ALEXANDRA RIPLEY

MORGENROT

ROMAN

Aus dem Englischen
von Gunther Seipel

WILHELM HEYNE VERLAG
MÜNCHEN

HEYNE ALLGEMEINE REIHE
Nr. 01/9423

Titel der Originalausgabe
THE TIME RETURNS
erschienen im Verlag Doubleday & Company, Inc., New York

Dieses Buch ist
voller Liebe
Elizabeth und Merrill
gewidmet.

Attenti alle meduse

INHALT

Erstes Buch

Lorenzo
1469–1478

1469

1. Kapitel

Lorenzo öffnete die Augen und richtete sich auf. Er war hellwach. Daß er immer sofort aufwachte, ohne durch jenes trübe Intervall zwischen Schlaf und Wachen zu gehen, das das Leben so vieler Menschen verlangsamte, war einer der vielen Glücksumstände, mit denen er gesegnet war.

Der Raum lag im Dunkeln; die hohen Fenster zeichneten sich nur ganz schwach gegenüber den Wänden ab. Noch war es nicht Tag. Lorenzo mußte eine Kerze anzünden, damit er genug Licht hatte, um sich anzukleiden.

Er zog eine zweifarbige Hose mit einem roten und einem weißen Bein, ein elfenbeinfarbenes Seidenhemd und ein gepolstertes Wams aus goldbesticktem roten Seidenbrokat an. Heute war sein Geburtstag, und er wollte so festlich aussehen, wie er sich fühlte. Statt des einfachen Metalldolches, den er üblicherweise trug, schnallte er einen juwelenbesetzten Dolch um seine Wade und steckte auch sein Schwert in eine mit Gold- und Silbergravierungen bedeckte Scheide, die an einem mit Rubinen verzierten Gürtel hing. Er streifte sich einen gefütterten Überrock aus braunem Samt über, bevor er sein Schwert umschnallte und seine Füße in braune Wildlederstiefel stieß. Es war kalt in seiner Schlafkammer, und draußen in den Steingassen von Florenz würde es noch kälter sein an diesem ersten Tag im Januar 1469 Anno Domini.

Lorenzos Schlafzimmer lag im Erdgeschoß des Medici-Palastes und öffnete sich zu den Säulenarkaden hin, die den zentralen Hof umgaben. Er blies seine Kerze aus und trat leise durch die Tür in das von Fackeln nur schwach erhellte Zentrum des großen Gebäudes. Die Wachen hinter den ungeheuren Eingangstüren schliefen. Lorenzo lächelte. Er erinnerte sich an eine Zeit, in der die Dienerschaft Tag und Nacht gewacht hatte, nachdem sein Vater nur knapp einem Mordanschlag entgangen war. In jenen Tagen war es gefährlich gewesen, der oberste Medici, das anerkannte Oberhaupt der florentinischen Republik zu sein. Aber das lag fast fünf Jahre zurück. Jetzt konnten die Wachen schlafen.

Er eilte über den Hof und durch den dahinterliegenden reifbedeckten Garten. Das kleine Tor in der Gartenumfriedung ließ sich leicht öffnen und schloß sich leise hinter ihm.

Das unwirkliche Licht vor Tagesanbruch ließ den Himmel niedrig und grau erscheinen; sein Widerschein glühte im feuchten Nebel, der in den steinernen Gassen hing und an den Steingebäuden klebte, die diese säumten. Lorenzo brauchte kein Licht, um seinen Weg zu finden. Er kannte die Strecke, die er ging, so gut wie die Sehnen seines eigenen Armes. Mit den sparsamen, leichten Bewegungen eines Athleten lief er lautlos dahin, seine Fußtritte gedämpft durch die weichen Wildlederstiefel und durch den Nebel, den sie aufwühlten.

Er verlangsamte seinen Schritt, als er sich den Stadtmauern und dem Stadttor darin näherte. Die Wachen an der Porta San Gallo würden nicht schlafen, und es verstieß gegen das Gesetz, sich im Dunkeln auf den Straßen der Stadt zu bewegen. Er wollte sie nicht erschrecken.

»Wachen«, rief er, »hier ist Lorenzo de' Medici! Ich bin gekommen, euch beim Öffnen der Tore zu helfen!«

Seine Stimme war unverwechselbar: scharf und für einen solch starken und muskulösen jungen Mann wie ihn recht hoch. Die Wachen riefen ihm ein freundliches Grußwort zu, und Lorenzo trat in den Lichtkreis des außerhalb des Wachthauses brennenden Feuers.

Die schlaftrunkenen Augen der beiden Wachen weiteten sich, als sie Lorenzo im Glanz seiner Juwelen sahen. »Der Pfau geht auf die Balz«, sagte der eine. »Was hoffst du denn außerhalb des Tores zu finden, Lorenzo?« Er stieß die jüngere Wache neben sich mit dem Ellbogen an, rollte mit den Augen und grinste anzüglich.

Lorenzo lächelte. »Vielleicht mußt du dich ja herausputzen, um die Aufmerksamkeit einer Frau auf dich zu lenken, Sebastiano«, meinte er gedehnt. »Ich beeindrucke sie am meisten, wenn ich meine Kleider fallen lasse.« Er zwinkerte dem Jüngeren zu.

Sebastiano gab sich nicht so schnell geschlagen. »Schön gesagt, aber keine Antwort auf meine Frage. Die ganze Welt weiß, daß du auf deinen Bauernhöfen nur zu gerne Eindruck schindest. Welches Milchmädchen hat dich denn so früh auf die Beine gebracht?«

Der Weg, der von der Porta San Gallo aufs Land führte, schlängelte sich durch die Hügel und führte in eine als »der Mugello« bekannte Gegend, ein Gebiet mit reichen Bauernhöfen, aus dem die Familie der Medici stammte und in dem sie noch immer Land besaß. Lorenzo reiste oft dorthin und genoß in schöner Regelmäßigkeit die Gunstbezeugungen, die ihm die Töchter oder Frauen der Bauern entgegenbrachten. Wie andere junge Männer seiner Zeit auch, führte er völlig unbeschwert und in aller Offenheit ein ausschweifendes Leben.

Jetzt grinste er Sebastiano an. »Öffne die Pforte für mich, und du kannst dich selber überzeugen. Vielleicht hat sie ja ihre Schwester mit dabei.«

Die Wache hob den Eisenriegel hoch, der quer über einer kleinen Tür im riesigen Holzportal lag, und öffnete sie einen Spalt weit. Bevor Lorenzo hinausschlüpfte, griff er sich einen brennenden Ast aus dem Feuer als Fackel. Außerhalb des Tores sprang er auf einen der massiven Steinvorsprünge. Er bewegte sich mühelos und geschmeidig.

Draußen brannten noch weitere Fackeln, die die Männer, Frauen, Kinder und Tiere, die sich außerhalb des Tores versammelt hatten, beleuchteten. Es waren Bauern und Handwerker, die gekommen waren, um ihre Erzeugnisse oder ihre Handwerkskunst auf dem geschäftigen Markt von Florenz feilzubieten.

Einige von ihnen waren die halbe Nacht gereist, um die ersten zu sein, die durch das Tor kamen, wenn es bei Sonnenaufgang geöffnet wurde. Lorenzo wurde mit Rufen empfangen: »Schauen Sie doch, diese feinen Schafe, Exzellenz!«

»Eier, noch warm, frisch von der Henne…!« – »Käse…!« – »Öl aus den fettesten Oliven…!« – »Ein wenig Grappa, um Euch an diesem bitterkalten Morgen aufzuwärmen…!« – »Ein Pferd, das eines Königs würdig ist…!« – »Prosciutto, so süß wie der Kuß einer Jungfrau…!«

Lorenzo hielt seine Fackel höher, damit jeder sehen konnte,

daß er verneinend seinen Kopf schüttelte. Das Licht warf tiefe Schatten über seine ausgehöhlten Wangen und unter sein scharfes Kinn; es betonte seine lange Nase, deren Rücken flach auslief. Er war ein häßlicher junger Mann, und einige der ihm am nächsten stehenden Leute wichen vor seiner bedrohlichen Erscheinung zurück.

Andere erkannten ihn jedoch und begannen zu rufen: »Lorenzo, Lorenzo!«

Er lächelte, und sein kantiges Gesicht sah plötzlich ganz anders aus, enthüllte seine Jugend und seine ansteckende Lebensfreude. »Freunde!« rief er. »Ich möchte, daß ihr alle meine Gäste seid. Heute feiere ich meinen zwanzigsten Geburtstag. Im Medici-Palast in der Via Larga gibt es den ganzen Tag über Wein, Speisen und Musik! Wollt ihr mit mir zusammen feiern, daß ich volljährig werde?«

Das Jubelgeschrei ließ sein Lächeln breiter werden, seine Augen erstrahlten. Grüßend hob er die Hand und sprang von dem Vorsprung herunter. Mit einem Blick über die Schulter, um sich zu vergewissern, daß die Wachen ihn beobachteten, legte er seinen Arm um die mit einem schwarzen Schal bedeckten Schultern einer alten Frau, die sich mit einem widerspenstigen Ziegenbock am Strick abmühte. »Laß mich dir helfen, *Donna*«, sagte Lorenzo. Er nahm ihr den Strick aus der Hand. »Wir werden uns zusammentun, und du wirst dir ungestört deinen Platz auf dem Mercato suchen.« Er sprach leise und sanft in dem ländlichen Dialekt mit ihr, in dem er auch zu der Menge gesprochen hatte.

Die Frau rieb ihre geschwollenen Hände an ihrem staubigen schwarzen Rock. »Aber es ist noch dunkel, Exzellenz. Keiner kann hineingehen.«

»Mit mir kannst du hinein. Ich bin Lorenzo, und es ist mein Geburtstag. Die Wachen können mir heute nichts verweigern. Es würde mein Glück zerstören. Komm, Donna. Schau, bald wird die Sonne über die Berge steigen. Wir müssen uns beeilen, wenn wir schneller als die anderen sein wollen!«

»Gott segne dich, Lorenzo«, sagte die alte Frau und schenkte ihm ein zahnloses Lächeln.

Lorenzo küßte ihre wettergegerbte Wange, zog den Ziegenbock fest an seine Seite und führte beide zum Portal. »Mach es weiter auf, Sebastiano«, lachte er. »Mein Liebchen und ich wollen hinein. Es tut mir leid, daß ich dich enttäuschen muß, aber der Ziegenbock hier gibt dir leider nicht die Brust. Du mußt anderswo für deinen Spaß sorgen.«

Als sie durch das Tor hindurch waren, jubelte die Menge draußen. »Lorenzo, Lorenzo! *Auguri*, Lorenzo!« Sie wünschten ihm für den Tag günstige Omen.

Auch die alte Frau wünschte Lorenzo gute Vorzeichen, als er sie verließ. Lorenzo dankte ihr, und er meinte es ernst. Er wußte, daß er die Hilfe der Sterne und der Schicksalsgöttinnen in Zukunft brauchen würde, ebenso wie den Beistand Gottes. Sein Leben würde nie in gewöhnlichen Bahnen verlaufen.

Die Sonne war durch den Nebel gebrochen, während Lorenzo die Frau und ihren Ziegenbock zum Marktplatz führte. Wie jeden Tag wurde sie durch den Klang der großen Glocke im Turm des Regierungspalastes begrüßt. Auf dieses Signal hin wurden die elf Tore der Stadt geöffnet, und die wartende Menge strömte herein, kam ins Stocken, wenn die Abgaben für ihre Erzeugnisse zu entrichten waren und über deren Höhe gestritten wurde, und eilte dann durch das sich verstärkende rosafarbene Licht zum Mercato. Das geschäftige Treiben beim Aufbau der Zelte und Sonnenschirme und die hin und her fliegenden Grüße der Verkäufer übertönten beinahe die Kirchenglocken, die überall in der steinernen Stadt erklangen.

Lorenzo war versucht, auf dem Markt zu bleiben. Er liebte die Lebendigkeit, den Lärm und die Gerüche. Hier konnte ein Mann alles finden. Es gab Stände, an denen von alter Kleidung bis zu den feinsten, aus Persien eingeführten Perlen nahezu alles feilgeboten wurde. Während der beginnende Tag noch immer den Himmel färbte, wurden an vier verschiedenen Stellen bereits fette Vögel gegrillt, die von Jägern herbeigebracht worden waren. An einem anderen Stand wurde das weltberühmte Olivenöl aus der Toskana über saftige Stücke Schweinsleber gegossen. Drei Frauen hielten mit ihren behandschuhten Händen Münzen zum Kauf einer auf einem

Bratspieß steckenden Taube hin. Es waren Dirnen, und die Handschuhe trugen sie als Zeichen ihres Gewerbes, wie es das Gesetz verlangte.

»Wie hübsch du aussiehst, Lorenzo«, meinte eine von ihnen. »Willst du nicht mit mir frühstücken?«

»Danke, Anna, aber ich kann nicht. Ich habe heute viel vor. Aber laß mich dir noch einen zweiten Vogel kaufen.« Lorenzo nahm eine Münze aus dem Geldbeutel an seinem Gürtel und ließ sie in die behende aufgehaltene Hand des Kochs schnellen.

Die junge Hure lächelte dankbar. »Dann«, meinte sie, »könnte ich dir vielleicht morgen einen Gefallen tun.«

»Vielleicht. Laß es dir schmecken.« Lorenzo warf ihr einen Kuß zu und bahnte sich seinen Weg durch die dichter werdende Menge. Er wurde von so vielen Leuten angesprochen, daß er nur langsam vorankam, aber das störte ihn nicht. Er genoß es, erkannt zu werden; es gefiel ihm, wenn sein Name gerufen wurde, wenn ihn die Bürger von Florenz schätzten. Alle lud er sie zu seiner Geburtstagsfeier ein.

Er lachte gerade mit einer Gruppe von Universitätsstudenten, als die Kirchenglocken aufhörten zu läuten. »Ich komme zu spät!« rief er. »Auf Wiedersehen!« Dann rannte er los. Wie alle Florentiner besuchte er jeden Tag die Messe. Heute wollte er zur Frühmesse gehen und sein einundzwanzigstes Lebensjahr damit beginnen, Gott für sein großartiges und günstiges Schicksal und sein Glück zu danken.

Die Sonne stand nun am Himmel. Sie wärmte seine Schultern und verwandelte den graubraunen Stein der Straßen in Gold. Der Himmel spannte sich über ihn in einem reinen, wunderschönen, wolkenlosen Blau. Lorenzo gierte seiner Zukunft entgegen, hieß dies gute Vorzeichen für seinen Geburtstag willkommen.

»Verflucht sei Lorenzo! Ich weigere mich, diesen Morgen damit zu verschwenden, auf seine vulgäre Geburtstagsfeier zu gehen.«

»Francesco, sei still. Bianca wird dich noch hören!«

»Brülle du mich nicht an, daß ich still sein soll! Und laß

Bianca nur alles hören, was sie will. Ich werde es ihr selber sagen. Es ist kein Geheimnis, daß ich ihren häßlichen Bruder nicht mag.«

Die Streithähne waren Guglielmo – auch Elmo genannt – und Francesco de' Pazzi. Es war nichts Neues, daß sie verärgert aufeinander einschrien. Sie waren Brüder, sie waren von ihrem Temperament her sehr unterschiedlich, und die Familie, der sie entstammten, war weithin bekannt für ihre Übellaunigkeit.

Die Pazzi waren eine der ältesten und erlauchtesten Familien in Florenz. Ihre adlige Abstammung war ihnen teuer zu stehen gekommen. Vor beinahe zwei Jahrhunderten, als Florenz Republik wurde, war es geradezu als Verbrechen erklärt worden, adlig zu sein. Während gewöhnliche Handelsleute und Handwerker wählen und Regierungsämter bekleiden durften, hatten Adlige keinen Zugang zu den Regierungsgeschäften. Die meisten Adelsfamilien änderten deshalb ihre Namen, erklärten, daß sie zum gewöhnlichen Volk gehörten, und betraten so erneut das schwierige Parkett des politischen Ränkespiels. Nicht so die Pazzi. Sie vergruben sich in ihrem Groll und ließen jeden spüren, wie überlegen sie sich fühlten. Währenddessen kümmerte sich die Familie darum, das ungeheure Vermögen zu vermehren, das sie mit ihrem Bankhaus erwirtschaftete.

Es gab Dutzende von Banken in Italien, die einzelnen Familien gehörten. Die reichste unter ihnen war die Bank der Familie Pazzi. Die Bank der Medici jedoch war die größte und bestangesehene von allen. Es war daher kein Wunder, daß Francesco de' Pazzi bei der Aussicht, Lorenzo de' Medici an seinem Geburtstag seine Aufwartung machen zu müssen, in Rage geriet. Er verachtete die Medici wegen ihrer niederen Herkunft; er nahm ihnen ihren geschäftlichen Erfolg übel; er war durch die unmerkliche Kontrolle frustriert, die die Medici über die florentinische Regierung ausübten. Vor allem aber war er sich bitterlich der Tatsache bewußt, daß jedermann Lorenzo bewunderte und ihm seine Zuneigung schenkte. Francesco wußte auch, daß die Leute ihre Witze über seinen eigenen, etwas kurz geratenen Körper machten und über seine übertrieben feine Lebensart witzelten, die er in seiner Kleidung und seinem Benehmen an den Tag legte. Auch wurde über das halbe Dutzend schöner, junger, verweichlichter Pagen gelacht, die zusätzlich zum regulären Personal in seinem Haus dienten.

Er funkelte seinen älteren Bruder an. Elmo war groß und sah trotz seiner einunddreißig ausschweifenden Jahre immer noch gut aus. Sein Fleisch allerdings wurde allmählich schlaff, bemerkte Francesco mit Genugtuung. Gut so. Allmählich würde schon sichtbar werden, wie er wirklich war: weichlich. So weichlich, daß er es den Medici erlaubte, seine Ergebenheit zu kaufen, indem sie ihn zum unbedeutenden Gesandten bei ihren Staatsgeschäften machten und Vorkehrungen trafen, der Familie Pazzi wieder die vollen Bürgerrechte zukommen zu lassen. So weichlich, daß er Lorenzo als älterer Freund und Ratgeber diente. So weichlich, daß er sich dazu verleiten ließ, sich den Interessen der Medici gegenüber loyal zu verhalten, als der schlaue Fuchs Cosimo de' Medici eine Heirat zwischen Elmo und Cosimos Enkelin Bianca einfädelte.

Francesco verabscheute Bianca, weil sie eine Medici war und außerdem so erbarmungslos und ewig weiblich. Sie eilte geschäftig im großen Palast der Familie Pazzi umher und sorgte fortwährend für Aufruhr, indem sie das Putz- und Kochpersonal überwachte und für die Aufsicht ihrer Kinderbrut komplizierte Arrangements traf. Immerzu roch sie nach Milch und Babies, denn sie war dauernd schwanger oder stillte gerade oder beides zusammen. Während ihrer neunjährigen Ehe hatte sie Elmo sieben Kinder geschenkt, von denen vier noch am Leben waren. Francesco gab zu, daß Bianca damit das erfüllte, was man von einer Ehefrau erwartete, aber ihre Fruchtbarkeit widersprach seinen hohen Ansprüchen. Eine derart zahlreiche Nachkommenschaft ziemte sich seiner Meinung nach nur für Bauern.

Und Bauern waren sie, diese Medici. Es verbitterte ihn, daß gewöhnliche Leute die Kontrolle über Florenz in ihren Händen halten sollten, während Adlige wie die Pazzi nur die Krümel von ihrem Tisch bekamen, indem ihnen unbedeutende Stellungen zugewiesen wurden.

»Das ist typisch für die vulgäre Art dieser Medici!« höhnte er. »Anläßlich der Volljährigkeit ihres so wertgeschätzten Sohnes füttern sie die ganze Stadt durch. Ich jedenfalls werde mich nicht daran beteiligen, wie sie mit Brot und Spielen Wählerstimmen fangen.«

»Na, dann gehst du eben nicht hin!« brüllte Elmo. »Man wird dich nicht vermissen!«

Während die laute Stimme ihres aufgebrachten Gemahls noch von den Steinwänden widerhallte, betrat Bianca de' Medici de' Pazzi den Raum. Drei winzige japsende Hunde und ein ungeheurer, mit reichbesticktem Brokat bedeckter Bauch in den letzten Stadien der Schwangerschaft kündigten ihr Kommen an.

»Ihr zwei macht einen ganz schönen Krach«, meinte sie gelassen. Sie hatte es schon vor Jahren aufgegeben, den Streitereien zwischen den Männern in der Familie irgendwelche Aufmerksamkeit zu schenken. Die Sonne fiel schräg durch die hohen Fenster und durchglühte die zu Schleifen gebundenen Zöpfe ihres goldenen Haars. Sogar in ihrem aufgedunsenen Zustand war sie eine reizende junge Frau. Mit ihrer hübschen glatten Haut und ihren großen blauen Augen sah sie wie ein Mädchen aus, obwohl sie fünfundzwanzig war.

»Elmo, ich bin ganz außer mir«, sagte sie. Ihre ruhige Stimme strafte sie Lügen, ihre geröteten Wangen jedoch bestätigten ihre Worte.

Elmo führte sie zu einer Bank. »Setz dich hin und erzähl mir, was los ist«, bat er.

»Wir können nicht zu Lorenzos Geburtstag gehen«, sagte Bianca ruhig. Dann zuckten ihre Lippen; Tränen schossen aus ihren Augen und strömten über ihr gerötetes Gesicht.

»Gut«, grunzte Francesco. Er grinste, eilte aus dem Raum und überließ es seinem Bruder, die Wogen zu glätten.

2. KAPITEL

Als die Messe beendet war, verließ Lorenzo mit einer Gruppe von Freunden die Kirche, draußen auf der Piazza blieb er jedoch stehen. »Geht schon mal weiter zu meinem Haus«, sagte er zu ihnen. »Richtet meiner Mutter aus, daß ich in zehn Minuten da sein werde. Ich habe vorher noch etwas zu erledigen.«

Die Freunde lachten und verließen ihn. Sie waren sich sicher, daß Lorenzo seine schöne Geliebte besuchen wollte. »Gibt es eine bessere Art, den Tag zu feiern, an dem man offiziell zum Mann wird?« fragte einer.

Lorenzo erriet, worüber sie lachten, aber er ließ sie in ihrem Glauben. Was er vorhatte, war so intim, daß er es auch mit seinen engsten Gefährten nicht hätte teilen wollen. Als seine Freunde um die Ecke gebogen und außer Sichtweite waren, ging er wieder in die Kirche hinein.

Innen war es dämmrig und still. Langsam ging der junge Mann unter den schönen grauen Steinbögen hindurch, unter denen sich die Duftschwaden aus Weihrauch, Kerzenwachs und dem Parfum der Frauen nur zögernd auflösten. Das Echo seiner Fußtritte hallte wispernd zurück. Als er das Hauptschiff erreichte, blieb er stehen. Er sprach, und auch seine Stimme war nur ein Wispern.

»Ich versprach dir, an diesem Tage zu dir zu kommen. Hier bin ich.«

Direkt vor Lorenzos Füßen war eine ebene, rechteckige Marmorplatte in den Boden eingelassen, in die die Worte PATER PATRIAE eingraviert waren. »Vater des Staates.« Die ehrenvollste Grabinschrift, mit der jemals ein Bürger der florentinischen Republik ausgezeichnet worden war. Sie kennzeichnete die Grabstätte seines Großvaters, Cosimo de' Medici, Lorenzos großem Vorbild und Maßstab für alles, was ein Mann sein konnte.

Ein dünner, stiller, unvoreingenommener Mann, hatte Cosimo seinen brillanten Intellekt und seine herausragende Menschenkenntnis dazu eingesetzt, Florenz aus einem mörderischen Krieg in die längste Friedensperiode zu führen, die diese Stadt je erlebt hatte. Gleichzeitig machte er aus der Stadt ein bedeutendes Ausbildungs- und Kunstzentrum, verschönerte sie, vervielfältigte das Vermögen der Medici um ein Tausendfaches und begründete die Stellung der Mitglieder dieser Familie als anerkannte Herrscher der Republik, ohne daß sie offiziell diesen Titel geführt hätten. Noch keine fünf Jahre war es her, daß er gestorben war. Lorenzo war damals fünfzehn Jahre alt gewesen.

Der junge Mann kniete sich hin und zeichnete mit dem Finger die Linien der in den Marmor eingravierten Buchstaben nach. »Großvater«, sprach er leise, »ich vermisse dich zu jeder Stunde des Tages. Ganz Florenz vermißt dich. Mein Vater ist ein guter Mensch, aber er ist kein Cosimo.

Wie du es mich geheißen hast, gehorche ich ihm in allen Dingen und tue alles in meiner Macht Liegende, um ihm zur Seite zu stehen. Ich war auf zwei diplomatischen Missionen und ein ehrenhafter Repräsentant unserer Familie und unserer Republik. Ich bin mit einer Frau aus der römischen Familie der Orsini verlobt, eine Verbindung, die unseren Einfluß im engsten Kreis der Macht um den Papst verstärken wird. Meine Studien und Andachtsübungen setze ich weiter fort. Ich glaube, würdig zu sein, wenn ich einmal das Oberhaupt der Familie und des Staates werde.«

Er beugte sich weiter hinunter, so daß seine Lippen dem nahe waren, dem er die Ehre erwies. Ein feines Lächeln umspielte seine Mundwinkel; seine Augen funkelten. »Großvater«, murmelte er, »ich will dir ein Geheimnis verraten, so wie ich es immer tat. Du warst derjenige, dem ich zu jeder Zeit mein Herz ausschütten konnte. Ich will alles tun, was du von mir verlangt hast, und unsere Republik und Familie beschützen. Dann, Großvater, habe ich noch mehr vor, nämlich sogar dich zu übertreffen. Ich weiß nicht, wie ich das tun und welchen Weg ich dazu einschlagen werde, aber tun werde ich es.«

Jetzt stand Lorenzo aufrecht; er lächelte noch immer. »Du hast mir gesagt, ich solle an dem Tag zu dir kommen, an dem ich zum Mann werde, um mich der Aufgabe zu erinnern, die du mir auferlegt hast, und dir zu schwören, daß ich sie nicht vergessen habe, daß ich mein Leben dazu verwenden werde, dich und unsere Familie zu ehren. Wenn du mich hören kannst, dann höre mein Gelöbnis. Ich habe alles getan, was du von mir verlangt hast; ich werde alles tun, was du gewünscht hast. Und dann werde ich noch vieles tun, durch das der Name Medici weder in Florenz noch in der Welt jemals in Vergessenheit geraten wird. Ich bin ein Mann und kann die Arbeit von zwanzig Männern bewältigen. Das schwöre ich dir feierlich.«

Sein Lächeln wurde breiter.

»Und ich werde es mit Freude tun, Großvater. Ich bin etwas, das du nie warst: ein Dichter und ein Musiker. Ich werde meine Pflichten mit einem Lied auf den Lippen und mit Heiterkeit erfüllen. Ich werde dich stolz machen. Ich werde unser Volk stolz machen. Und fröhlich.«

Er verneigte sich im Gedenken an seinen Großvater. »Sei mit Gott, Cosimo. Meine Liebe und mein Respekt sind bei dir.«

Mit geschwellter Brust und hoch erhobenem Kopf drehte sich Lorenzo um und ließ sein Knabenalter hinter sich.

Nachdem Lorenzos Freunde ihn verlassen hatten, ließen sie sich nicht weiter in den Straßen aufhalten. Die Luft war trotz der Sonne bitterkalt. Die jungen Männer hasteten zum Medici-Palast, der nur einen Häuserblock entfernt lag, und drängten sich durch die Menge, die bereits vor dem Gebäude versammelt war.

Riesige Kohlenpfannen waren auf beiden Seiten der Straßen längs des Palazzos aufgestellt, um die Menschen zu wärmen, die dampfende Fleischpasteten verzehrten. Pagen in der Livree der Medici reichten die Speisen auf riesigen Tabletts herum. In der Loggia, einem offenen, mit Säulen versehenen Raum an der Ecke des Palastes, gossen weitere Pagen für alle Ankömmlinge Wein in hölzerne Trinkbecher. Gaukler unterhielten die Leute, die in langen Reihen anstanden, um in die Loggia zu gelangen, und eine Sängergruppe bewegte sich durch die Menge auf den Straßen und erfreute die Umstehenden mit den unflätigsten Straßenliedern, die zu jener Zeit in Umlauf waren.

Im Innern des Palazzos war es still. Die meterdicken Steinwände hielten den Lärm von außen ab. Lorenzos Freunde strömten vom Hof die Treppen hoch und begrüßten in der darüberliegenden Halle Lorenzos Mutter.

»Madonna Lucrezia«, sagte der Anführer, »es ist bereits eine solche Horde von Menschen auf der Straße, daß ich fürchte, für meinen ausgehungerten Künstlermagen wird nichts übrigbleiben.« Er küßte sie auf beide Wangen. Sandro Botticelli hatte zehn Jahre lang im Palast der Medici gelebt, von seinem fünfzehnten Lebensjahr an bis zum vorigen Jahr, als er erfolgreich genug geworden war, um sich ein eigenes Haus und ein nahegelegenes Atelier zu kaufen. Er gehörte praktisch zur Familie.

Lucrezia de' Medici lächelte, als sie Sandros Beschwerde hörte. Es war seit langem Gegenstand vieler Witze, daß dieser gutaussehende blonde Mann für fünf Männer aß und dabei kein einziges Gramm Fett ansetzte. Sie hieß die anderen Gäste willkommen und geleitete sie in den *Gran Salone*, in dem im großen Kamin ein Feuer loderte. Auch diese anderen waren Maler, allerdings noch nicht so wohlhabend wie Botticelli. Ihre Mäntel waren dünn, ihre Gesichter mager. Sie konnten ein wärmendes Feuer und die bevorstehende heiße Mahlzeit gut gebrauchen.

Innerhalb des großen Raumes war alles für die Festlichkeiten gerichtet. Etliche Gäste waren bereits gekommen; in kleinen Gruppen standen sie ums Feuer herum oder an den hohen Fenstern und blickten auf das ungestüme Treiben auf der Straße. Lorenzos jüngerer Bruder Giuliano vertrat den Gastgeber und vergewisserte sich, daß jeder ein Glas Wein und eine kleine, warme Pastete hatte, damit sich der Hunger im Zaum halten ließ, bis das Mahl aufgetragen wurde.

Giuliano war sechzehn Jahre alt. Er war bereits größer als sein Bruder und hatte das gute Aussehen der Familie geerbt, ein Erbe, das Lorenzo versagt geblieben war. Sandro Botticelli betrachtete ihn mit dem abschätzenden Blick des Künstlers. Er beschloß, daß es bald an der Zeit sein würde, ein weiteres Portrait von ihm anzufertigen. Giuliano befand sich in jener interessanten Lebensphase, in der plötzliche Veränderungen von Haltung und einfallendem Licht den Mann erkennen ließen, der einst aus dem Knaben hervortreten würde. Sie umarmten einander, und Sandro stellte seine Gefährten vor. Er überließ sie Giulianos kundiger Fürsorge und ging zu den anderen Mitgliedern seiner Wahlfamilie, um mit ihnen ein paar Worte zu wechseln. Lorenzo und Giuliano hatten drei Schwestern. Sandro sah, daß sich nur Nannina und Maria im Raum befanden. Bianca muß wohl gerade ihr jüngstes Baby bekommen, dachte er. Nichts auf der Welt würde sie sonst davon abhalten, die erste zu sein, die zu Lorenzos Volljährigkeit erschien.

Biancas Mutter dachte genauso. Lucrezia flüsterte einem Pagen in einer kurzen Zwischenpause bei der Begrüßung der Gäste etwas zu, und der Page lief los, um im Palast der Pazzi Erkundigungen einzuholen.

Immer mehr Gäste trafen ein. Lucrezia war so beschäftigt, daß sie nicht merkte, daß Lorenzo heimgekommen war, bis sie seine Hand auf ihrer Schulter fühlte und das Vergnügen im Gesicht des ihr gegenüberstehenden Mannes sah, der an ihr vorbeiblickte.

»Lorenzo«, sagte der Mann. »Auguri!«

Lucrezia drehte ihren Kopf und lächelte ihren geliebten säumigen Jungen an. »Auguri, mein Sohn!«

Wie Lucrezia beobachten konnte, entwickelte sich das Fest gut. Sie stand direkt hinter der Tür zum Gran Salone, immer bereit, in die Halle zurückzugehen, um die Spätankömmlinge willkommen zu heißen. Und um den Pagen abzufangen, den sie losgeschickt hatte, um zu erfahren, was es über Bianca zu berichten gab.

Innerhalb des gewaltigen Salons gingen die Musiker auf der Galerie, die aus einer der hochaufragenden Wände hervorsprang, fast im Geräuschpegel der Gespräche und des Gelächters unter. Das Feuer trug mit seinem Prasseln ebenfalls zur festlichen Geräuschkulisse bei. Sonnenlicht strömte durch die hohen Fenster und ließ die hellen Seiden- und Satinstoffe der Gäste wie Juwelen erglühen und ihr Geschmeide funkeln und blitzen. Die langen, mit Leinentüchern bedeckten Tische waren bereit zum Festschmaus. Und so stand es auch mit den Gästen, da war sich Lucrezia sicher. Sie nickte dem obersten Kammerdiener zu, und er gab den in der Servierhalle wartenden Pagen am Ende des Salons ein Zeichen. Sofort begannen Dreiergruppen von Bediensteten zwischen den Menschen im Raum hin- und herzulaufen. Einer hielt ein silbernes Becken unter die Hände eines Gastes, während ein zweiter parfümiertes Wasser aus einem silbernen Krug darübergoß. Der dritte hielt ein Leinenhandtuch bereit, um sie abzutrocknen. Das war der traditionelle Beginn eines Festmahls, das Zeichen, daß nun jeder an einer der Tafeln Platz nehmen sollte.

Es war an der Zeit, ihren Gemahl zu rufen. Zwei kleine Furchen hatten sich in die glatte Haut zwischen Lucrezias Brauen gegraben. Ihr Mann würde Biancas Abwesenheit bemerken und nach dem Grund dafür fragen. Lucrezia ging zu einem Fenster, um nach dem Pagen zu schauen, den sie zum Palast der Familie Pazzi geschickt hatte. Statt dessen sah sie Bianca. Ihr Anblick ließ sie leise auflachen.

Bianca war in einen pelzgefütterten Mantel aus hellrotem Samt gehüllt. Er betonte ihre enormen Wölbungen noch. Sie sah aus wie eine bunt angemalte Barke, die sich in einem Fluß voller Menschen vorwärtsschob. Doch ihr Leibesumfang machte sie nicht langsamer. Ihr Gatte, ihre Kammerjungfer, die Kindermädchen und die Kinder waren ein gutes Stück hinter ihr zurückgeblieben und gingen fast in der Menge unter. Lucrezia eilte in das Zimmer ihres Mannes. Jetzt brauchte er sich nicht mehr zu sorgen.

Piero de' Medici war ein Krüppel. Er litt an einer Knochen- und Gelenkkrankheit, die die Florentiner »Gicht« nannten. Sein Vater Cosimo war daran im Alter von fünfundsiebzig Jahren gestorben, aber die Krankheit hatte ihm außer in den letzten Monaten seines Lebens keine wirklichen Schmerzen bereitet. Piero hatte es weniger glücklich getroffen. Bei ihm zeigten sich die ersten Symptome bereits in der Kindheit. Und schon als er noch ein junger Mann war, wurde es manchmal so schlimm, daß er sich nur unter großen Schmerzen bewegen konnte. Seit seinem vierzigsten Lebensjahr mußte er überallhin getragen werden, an guten Tagen auf einem Stuhl, und wenn die Schmerzen so stark wurden, daß er sich nicht mehr aufrichten konnte, flach auf einer Bahre liegend. Er war jetzt zweiundfünfzig Jahre alt; sein Kopf und sein Gesicht sahen noch immer ungewöhnlich gut aus; sein Körper jedoch war ein gemartertes Bündel aus grotesk angeschwollenen Gelenken und verdrehten Gliedern. Als Lucrezia sein Zimmer betrat, lag er auf seinem Bett. Sie machte kurz vor ihm halt, fürchtete, er sei zu krank, um gestört zu werden. Wie sehr hatte er sich gewünscht, an der Volljährigkeitsfeier seines Sohnes teilzunehmen! Tränen schnürten ihr die Kehle zu. Da hob Piero seinen Kopf und lächelte. »Ich habe Kraft gesammelt«, sagte er. »Ist es soweit?«

Lucrezia zog an der Zimmerglocke, um Pieros Leibdiener zu rufen. »Genau der richtige Zeitpunkt, mein Liebling.«

»Gut. Ich werde gleich zu dir kommen. Geh nun.« Lucrezia gehorchte sofort. Ihr Gemahl haßte es, wenn sie den unwürdigen Zustand seiner Abhängigkeit von den Bediensteten, die sich um seinen Körper kümmerten, mit ansehen mußte.

Bianca erreichte die Halle im gleichen Augenblick wie ihre Mutter. »Es tut mir so leid, daß ich zu spät komme«, keuchte die Schwangere. »Hast du das Fest schon eröffnet?«

»Noch nicht. Du bist gerade rechtzeitig gekommen. Fühlst du dich gut?« Das Gesicht ihrer Tochter war leuchtend rot und feucht vor Schweiß.

»Vollkommen, Mama. Ich mußte mich beeilen, das ist alles. Wir wurden aufgehalten, und ich war ganz außer mir. Stell dir nur vor, bei Tagesanbruch, ich war noch nicht einmal richtig angezogen, erschien ein völlig fremder Page am Haus und kündigte an, daß jede Minute Besucher eintreffen würden. Ich erwartete niemanden und wußte gar nicht, was ich tun sollte. Ich dachte mir, ich muß einfach auf sie warten, verpasse vielleicht das Fest. Du weißt, was es bedeutet, wenn es heißt ›sie können jede Minute eintreffen‹. Manchmal dauert das den ganzen Tag.«

Bianca fächelte sich mit einem Zipfel ihres Mantels Luft zu. »Es ist heiß hier drin.« Sie löste die Verschlüsse an ihrem Hals und ließ den wertvollen Pelz auf einen Hocker fallen. Lucrezia schnalzte mißbilligend mit der Zunge, nahm den Mantel hoch und faltete ihn fein säuberlich zusammen, während Bianca weiterplapperte. »Wie es sich herausstellte, dauerte es keine Stunde, bis sie eintrafen. Es war eine ungeheure, kunterbunte Truppe. Sie hatten die Nacht vor den Toren verbracht, weil es schon dunkel war, als sie ankamen. Ich sah die Wachen und all die Pferde und erschrak. Es sah aus, als sei der König von Frankreich oder sonstwer eingetroffen. Aber es war überhaupt keine wichtige Person, nur ein Kind: die Enkelin von Elmos Onkel Antonio. Du erinnerst dich, Antonios Tochter heiratete einen Grafen von Burgund und starb dann während der Geburt. Es ist ihr kleines Mädchen, Ginevra. Sie ist ein fürchterliches Kind, unscheinbar wie ein Erdklumpen und ganz in dieser fremdartigen Tracht herausgeputzt, wie sie die Burgunder tragen. Ich habe mich geschämt, mit ihr auf der Straße gesehen zu werden.«

»Hast du sie mitgebracht?«

»Natürlich. Ich habe sie einfach mit meinen Kindern und deren Kindermädchen hineinbugsiert. Sie werden für ihre Unterhaltung sorgen müssen. Man kann schließlich nicht von mir erwarten, Gastgeberin eines Kindes zu sein. Außerdem ist mein Französisch zu schlecht, als daß ich mich mit ihr unterhalten könnte. Sie spricht ein unmögliches Italienisch, hat es wohl von einem der Bediensteten ihrer Mutter gelernt... Oh, da kommen sie ja! Und Elmo! Und Francesco und ihr Onkel Jacopo!«

Lucrezia umarmte ihren Schwiegersohn. Jacopo, dem Oberhaupt der Familie Pazzi, bot sie ihre Hand. Er verneigte sich und küßte sie mit einer solchen Würde, daß nur der Atem von seinen Lippen Lucrezia berührte. »Es ist mir eine Ehre, Madonna Lucrezia!«

»Ihr ehrt meinen Sohn durch Eure Gegenwart, Jacopo! Francesco, ich bin glücklich, Euch willkommen zu heißen!« Lucrezias geübte Höflichkeit fiel plötzlich von ihr ab, als sich Biancas ältere Kinder um sie drängten, an ihren Röcken zerrten und Küsse von ihr verlangten. »Ihr kleinen Ungeheuer«, sagte sie liebevoll und bückte sich, um ihren Wünschen nachzukommen. Dann sah Lucrezia hinter ihnen die Besucherin aus Burgund, und es traf sie wie ein Schlag.

Ginevra war ein kleines Kind, blaß und ganz verschreckt. Wie alle Kinder zu jener Zeit trug sie eine verkleinerte Version der Kleidung von Erwachsenen. Die burgundische Mode jedoch war so extravagant, daß Lucrezia vor Staunen der Mund offenstand. Der Mantel des kleinen Mädchens bestand aus blauem, mit Goldfäden und großen, aufgenähten Perlen übersätem Brokat. Der Mantel war mit sich abwechselnden schwarzen und weißen Pelzstreifen besetzt und gesäumt und besaß eine lange Schleppe, in der sich förmlich der ganze Staub aus den Straßen der Stadt verfangen hatte. Das kleine Mädchen trug dazu einen ebenfalls mit Gold und Perlen bestickten Brokatkopfschmuck, der aus einem großen, oben spitz zulaufenden und in einen goldenen Seidenflor gehüllten Kegel bestand und fast so hoch war wie das ganze Kind. Meterlange goldene Stoffbahnen hingen von der Spitze des Kopfputzes herab, länger und schmutziger noch als die Schleppe. Das Gewicht des Kopfputzes zog den Kopf des Kindes nach hinten; das Seidenband, das ihn auf ihrem Kopf festhielt, schnitt sich tief in den weichen jungen Hals des Mädchens ein. Lucrezia hätte vor lauter Mitleid weinen mögen. Sie streckte dem kleinen Mädchen ihre weitgeöffneten Arme entgegen. »Komm zu mir, Ginevra«, sagte sie.

Doch das Kind bemerkte Lucrezia gar nicht. Es spähte mit weit geöffneten Augen durch die Tür in den Salon und starrte Lorenzo an. Er stand in einer Gruppe von Freunden und lachte, und sein Gesicht wurde vom Licht des nahegelegenen Fensters angestrahlt.

Das ist derselbe Mann, der diesen Morgen an dem Stadttor war, an dem wir warten mußten, sagte sich das kleine Mädchen. Ihr Herz schlug heftig und voller Hoffnung. Sie war unglaublich durcheinander und hatte fürchterliche Angst; sie hatte versucht, Fragen zu stellen, mit Bianca zu sprechen, aber sie konnte sich nicht verständlich machen und auch nicht verstehen, was man ihr sagte. Lorenzo hatte an der Porta San Gallo den einzigen ihr bekannten italienischen Dialekt gesprochen. Vielleicht würde er ja mit ihr sprechen, ihr zuhören. Wenn sie nur den Mut finden konnte, ihn um Hilfe zu bitten!

Sie fühlte eine Hand auf ihrer Schulter. Es war Bianca, die

sie zu den Kindern schob, die gerade weggeholt wurden. Mit gehetzter, gereizter Stimme sagte sie etwas zu ihr. »Nein«, schrie Ginevra. Mit ihren Händchen hielt sie ihre hoch über sie aufragende, schwankende Kopfbedeckung fest und rannte auf Lorenzo zu.

»Hilf mir«, bettelte sie, klammerte sich fest an seinen Ärmel und sprach mit rasender Geschwindigkeit, wobei sie sich bei jedem Wort verhaspelte.

Lorenzo starrte auf die Erscheinung, die sich da an ihn geheftet hatte. Dann ergaben die wirren, verzweifelten Worte einen Sinn. Er ließ sich auf die Knie fallen und legte dem Kind einen Arm um die Schulter. »Sachte, meine Kleine«, sagte er in der Sprache des *Contado*, »kein Grund zur Eile. Lorenzo wird dir helfen.« Er hob die Hand, um Biancas verärgerten Versuch abzuwehren, an die Kleine heranzukommen.

Der Geräuschpegel des Festes verringerte sich, dann wurde es totenstill. Jeder blickte auf das ungleiche Paar, das sich intensiv am Fenster unterhielt. Nach ein paar Minuten löste Lorenzo sanft die Bänder von Ginevras Kopfbedeckung, nahm sie von ihrem Kopf herab und stellte sie auf den Boden. Dann küßte er ihre Stirn, richtete sich auf und hob sie in die Arme, um sie auf seine breiten Schultern zu setzen.

»Freunde«, sagte er lächelnd, »ich möchte euch diese Dame hier präsentieren. Sie heißt Ginevra und ist heute sechs Jahre alt geworden. Wir stehen unter den gleichen Sternen. Ich habe sie eingeladen, das mit mir zusammen zu feiern. Laßt das Fest beginnen.«

Lorenzos Fest war genau das richtige für die Florentiner. Nicht wegen des Essens, Essen gab es überall. Das Fest gab ihnen etwas, das viel mehr nach ihrem Geschmack war, etwas unendlich Köstlicheres als die leckerste Süßigkeit: Es war ein wahrer Leckerbissen für Klatschmäuler. In der alten, von Mauern umgebenen Stadt kannte jeder jeden, und die Hauptunterhaltung für die Florentiner bestand darin, über alle anderen zu tratschen. Fast jeder prominente Florentiner war auf dem Fest gewesen; alle hatten sie das gleiche gesehen. Sie konnten ihre Eindrücke unendlich lange miteinander vergleichen und taten das auch mit Begeisterung. Sie sprachen über die ungeheure Großzügigkeit der Bewirtung einer solchen Vielzahl von Menschen in den Straßen, über Pieros körperlichen Verfall seit seinem letzten Erscheinen in der Öffentlichkeit, über Biancas hastigen Aufbruch, als der Konfekt gereicht wurde, über das Baby, das nur zwei Stunden später zur Welt gekommen war. Am meisten aber hechelten sie über Ginevra.

Es war unerhört, ein Kind an einem Fest für Erwachsene teilnehmen zu lassen. Gut, es war Lorenzos Fest, und er konnte tun, was ihm gefiel, aber dennoch war sein Verhalten absolut schockierend.

Die meisten Leute schrieben es ganz richtig dem Umstand zu, daß das Kind am selben Tag Geburtstag hatte wie er. Es war selten, seinen Geburtstag mit jemandem zu teilen, und mußte eine höhere Bedeutung haben. Die Astrologie war eine anerkannte und respektierte Wissenschaft; man unternahm nichts Wichtiges, ohne daß nicht vorher ein Horoskop erstellt wurde. Ein paar junge Frauen meinten beharrlich und mit Tränen in den Augen, Lorenzo habe einfach seinen tiefsten und süßesten Charakterzug zum Vorschein kommen lassen, nämlich daß er eines Tages ein liebender Vater sein würde, und es sei eine Schande, daß er eine auswärtige Frau heiraten sollte, wo es doch in Florenz so viele Mädchen gab, die seiner würdig waren.

Bald nach dem Fest sickerten mehr Nachrichten über Ginevra durch, und das Gerede verstärkte sich. Es hieß, der Großvater des kleinen Mädchens sei über ihren Besuch nicht gerade erfreut.

Antonio de' Pazzi war ein stolzer, zurückgezogener Mann, der das ganze Jahr über auf seinem Landhaus lebte, einer unauffälligen, eine Meile südlich von Florenz gelegenen Villa. Die Dienerschaft der Pazzi erzählte den Dienern anderer Familien, Antonio habe als Antwort auf die Aufforderung seines Bruders, in die Stadt zu kommen, wie ein Stier gebrüllt. Als dann das Kind zu ihm gebracht wurde, fragte er es aus, ärgerte sich über seinen Akzent und bestand darauf, das Mädchen nicht eher wiederzusehen, bis man ihm beigebracht hatte, wie eine Florentinerin Italienisch zu sprechen. Die Diener gaben diese Geschichte getreulich ihrer Herrschaft weiter, und so sprach sie sich im Nu in der ganzen Stadt herum. Es dauerte nur Stunden, und alles lachte darüber.

Wenige Tage später verwandelte sich das amüsierte Gerede in aufgeregten Tratsch. Es wurde bekannt, daß Ginevra nicht nur auf Besuch da war. Ihr Vater hatte sie auf Dauer zur Familie ihrer Mutter zurückgeschickt; er hatte kürzlich erneut geheiratet, und seine neue Frau wollte sie nicht in ihrem Hause haben. Das stellte eine Beleidigung der Familie Pazzi dar und war nur deshalb einigermaßen statthaft, weil man zusammen mit der Tochter auch die Mitgift der Mutter wieder zurückgegeben hatte, und zwar in doppelter Höhe. Der Graf von Burgund hatte die Mitgift für seine eigene Tochter gleich mitgeschickt. Das unscheinbare, ungezogene und seltsam gekleidete Mädchen war eine reiche Erbin. Überall in der großen Stadt wurden hastige Konferenzen einberufen, um die Bewerbung eines oder mehrerer männlicher Kinder als passende Heiratskandidaten zu planen.

Der Medici-Palast bildete dabei keine Ausnahme. Piero hatte nur einen engen Verwandten, Pierfrancesco. Beide hatten erbittert um die Aufteilung von Cosimos Ländereien gestritten, und fünf Jahre lang hatte Pierfrancesco mit Piero kein einziges Wort gewechselt und auch auf Pieros Briefe, die auf eine Aussöhnung drängten, nicht geantwortet. Pierfrancesco hatte zwei Söhne, der ältere von ihnen war nur wenige Monate jünger als Ginevra.

»Wenn du eine Verlobung arrangieren kannst, Piero, dann ist die Wunde verheilt.« Lucrezia de' Medici hielt die verkrüppelte Hand ihres Gemahls zwischen ihren glatten, starken Händen. Sie wußte, daß Piero Angst bei dem Gedanken hatte, zu sterben, ohne Frieden mit seiner Familie gefunden zu haben. »Du bist das Familienoberhaupt, Lieber. Pierfrancesco kann da alleine nichts ausrichten. Jacopo entscheidet für die Familie Pazzi. Soll ich ihm unter diesem Siegel eine entsprechende Nachricht zukommen lassen? Die Sache ist zu heikel, als daß sie einem Sekretär anvertraut werden könnte.«

Piero dachte nach, dann schüttelte er den Kopf. »Jacopo wird etwas Außergewöhnliches als Tausch für seine Erbin verlangen. Es ist gut möglich, daß sie jahrelang niemandem angetraut wird, während er über jeden lacht, der ihren Preis ergründen will. Wir müssen einen Weg finden, ihn zu überzeugen, eine Schwachstelle bei ihm suchen. Es hat Zeit. Er wird lange kein Angebot annehmen.«

Aber wir haben keine Zeit mehr, mein Liebster, dachte Lucrezia. Du wirst mit jedem Tag schwächer.

3. Kapitel

Mitte Januar ersetzte aufgeregtes Gerede über Lorenzos Turnier den Klatsch über seine Geburtstagsfeier. Das Turnier war für den siebten Februar angesetzt worden, und es versprach bei weitem das erstaunlichste Schauspiel zu werden, das man je in Florenz gesehen hatte – einer Stadt, die in der ganzen Welt für ihre außergewöhnlichen Festspiele und Feiern bekannt war.

Turnierspiele waren eigentlich ein Anachronismus. Kämpfe wurden längst von gemieteten Berufssoldaten ausgefochten, und ein junger Mann konnte Ruhm und schöne Mädchen viel rascher durch finanziellen Erfolg gewinnen als dadurch, daß er einen Gegner vom Pferd stieß. Aber die Tradition war alles andere als tot. Viele Städte Italiens hielten Turniere ab, die jedem offenstanden, und setzten hohe Gewinnsummen für den Gewinner aus. Der auf einem guten Pferd umherziehende »Ritter« konnte mit seiner scharfen, geübten Lanze einen üppigen Lebensunterhalt verdienen.

Das republikanische Florenz verachtete alles, was mit dem Ritterstand zu tun hatte, denn es war viel zu eng mit der Aristokratie verbunden. Wenn jedoch ein Turnier stattfand, wurden die Dramatik eines Wettkampfes, das erregende Gefühl der Gefahr und die Möglichkeit, sich prunkvoll zur Schau zu stellen, in einem einzigen Ereignis miteinander kombiniert. Alle stimmten also darin überein, daß Lorenzos Einfall, ein Turnier abzuhalten, einfach genial war.

Auch die näheren Umstände des Turniers lieferten Gründe

genug für prickelnde Spekulationen. Es war öffentlich bekanntgegeben worden, daß das Turnier stattfand, um Lorenzos bevorstehende Hochzeit zu feiern. Und doch war allgemein bekannt, daß Lucrezia Donati, Lorenzos Mätresse, die Turnierdame sein würde. Steckte Lorenzo ein Vermögen in das ganze Schauspiel, nur damit Lucrezia öffentlich von ihm geehrt werden konnte? Hatte sie das verlangt? Wußte seine zukünftige Frau von dem Turnier? Von Lucrezia? Das Gerede war fast so faszinierend wie die Frage, was man bezüglich der Bestellung der neuen Kleider unternehmen sollte, mit denen man das neue Kostüm jedes anderen Teilnehmers in den Schatten stellen wollte.

Die einzigen Menschen in Florenz, die sich nicht an dem Gerede oder dem Wettkampf um die raffinierteste Kleidung beteiligten, waren Lorenzo de' Medici und Lucrezia Donati. Bereits bei der Planung des Turniers, Monate bevor es angekündigt worden war, hatte er ihrer beider Kleider entworfen und bestellt. Und Lucrezia fragte ihn nie nach den Gründen seines Handelns. Sie hatte ein besseres Gespür für die Grenzen ihrer Position als Lorenzo.

Er hatte sich mit sechzehn Jahren in sie verliebt. Sie war damals erst elf. Zu jener Zeit trat ihre Schönheit gerade aus der Anonymität der Kindheit heraus. Lorenzo hatte sein erstes Liebesgedicht für sie geschrieben – und es verbrannt, weil es nicht gut genug für eine Göttin war. Er hielt sie für eine Venus, die zum Leben erwacht war, und sich selbst für einen plumpen Sterblichen, dem unerklärlicherweise das Geschenk ihrer Aufmerksamkeit zuteil wurde, als sie während der Messe seinen Blick spürte und ihn anlächelte.

Die Familie Donati gehörte zum alten Adel; sie lebte immer noch in dem beengten, jahrhundertealten Turm auf der winzigen Piazza, die ihren Namen trug. Lorenzo streifte häufig durch die gegenüberliegende Gasse, träumte von dem schönen Mädchen im Innern des Gebäudes und hoffte, durch eines der engen Fenster hoch über ihm einen Blick von ihr zu erhaschen. Er war berauscht von der Romantik seiner Verehrung, wollte Lucrezia heiraten, ihr einen Tempel bauen und ihr Blumenangebinde und Honigwaben darbieten.

Sein Vater erinnerte ihn an seine Pflicht gegenüber seiner Familie, und Lorenzo wurde auf seine erste diplomatische Mission geschickt. Als er wieder zurückkehrte, war bereits alles eingefädelt. Die Donati hatten keinen Einfluß mehr; eine Heirat mit Lucrezia wäre nicht von Vorteil. Falls er sie jedoch immer noch liebte, wenn sie in das Alter kam, in dem ein Mann und eine Frau sich lieben konnten, und wenn sie seine Liebe erwiderte, dann würde es keine Hindernisse geben.

Drei Jahre später wurde Lucrezia formal mit Niccolò Ardinghelli verheiratet. Einen Tag später trat dieser als Repräsentant von Florenz eine Reise nach Portugal an, und Lucrezia zog in ein Haus, das für sie in der Via de' Pucci gekauft worden war, nur ein paar Häuser vom Medici-Palast entfernt. Lorenzo wartete dort auf sie. Er überreichte ihr Blumen und Honig und ein Gedicht:

War der Himmel klar oder bewölkt, als wir uns trafen?
Es ist mir einerlei.
Denn hinter diesen Augen wohnt der Sommer
Und dieses Antlitz führt ein Paradies herbei.

Sie schenkte ihm ihren anbetungswürdigen Körper.

Seitdem war fast ein Jahr vergangen. Lorenzo erfüllte die Verwirklichung seiner jugendlichen Träume immer noch mit Ehrfurcht. Er besuchte Lucrezia fast jeden Tag; er brachte ihr Blumen mit und überreichte ihr jedes Mal ein neues Gedicht, das er ihrer Schönheit gewidmet hatte. Immer wartete sie auf ihn, angenehm duftend und in zarte Farben gekleidet. Und immer war sie es, die ihre Liebesbegegnung einleitete, indem sie seine Lippen mit den Fingern berührte und sagte: »Pst! Wir brauchen keine Worte. Bring mich ins Bett.« Dann zog Lorenzo sie langsam aus, bewunderte jedes Mal die Weißheit ihrer Haut, die Vollkommenheit ihres Körpers und ihres Gesichtes. Stand sie nackt vor ihm, fuhr er mit seinen Händen über ihren Körper. Die leicht getönte Farbe seiner Haut wirkte auf der ihren dunkel. Sie war wie reiner Marmor, aber warm und seidenweich. Er trug sie in seinen Armen, und sie schmiegte sich an ihn, ließ ihren Kopf in der Vertiefung an seiner Schulter ruhen. Lorenzos schneller Atem war das einzige Geräusch im Haus.

Sie hat überhaupt kein Gewicht, dachte Lorenzo immer wieder, erstaunt über Lucrezias Zartheit. Er trug sie zu ihrem Bett und legte sie sanft auf die rosarote, seidene Bettdecke. Dann nahm er die Elfenbeinnadeln aus dem Kranz ihrer goldfarbenen, zusammengeflochtenen Zöpfe und löste langsam ihr Haar. Wenn es wie ein Fächer um ihren kleinen Kopf herum ausgebreitet lag, ging er einen Schritt zurück, um sie zu betrachten. Lucrezia öffnete ihre blauen Augen und schenkte ihm ein langgezogenes Lächeln.

Lorenzos Herz pochte schmerzhaft. Seine Erektion spannte seine Hosennaht. Er rührte sich jedoch nicht. Lucrezia mit seinen Augen zu besitzen, war der für ihn aufregendste Teil des Liebesaktes. Er dehnte ihn bis an die Grenze dessen, was er ertragen konnte, in die Länge. Konnte er es nicht mehr aushalten, warf er seine Kleider von sich und zog ein Futteral über seinen schmerzenden Penis. Lucrezia spreizte ihre Beine für ihn, und mit einem wollüstigen Schrei des Triumphes, der Inbesitznahme und der Erlösung stieß er in sie hinein.

Später hielt er sie in den Armen, atmete den Duft ihrer Haare und sprach von seiner Liebe zu ihr, bis sein Hals rauh wurde. Dann schloß er die Augen und war sofort eingeschlafen.

Lucrezia schlüpfte aus seinen Armen, sammelte seine Kleidung auf und faltete sie am Fußende des Bettes zusammen. Dann ging sie in den Salon, um ihre eigenen Kleider zu holen. Lorenzo würde zehn oder fünfzehn Minuten lang schlafen und dann hellwach und mit frischen Kräften wieder auftauchen. Das war seine Art, sich um die durch die Zeit gesetzten Grenzen herumzumogeln. Er konnte überall schlafen, auf dem Rücken eines Pferdes, auf dem Fußboden oder aufrecht auf einem Stuhl sitzend, und mit erfrischtem Geist und Körper wieder aufwachen. Indem er ein kurzes Nickerchen machte, wenn gerade zehn Minuten dafür verfügbar waren, konnte er ohne die lange Schlafperiode in der Nacht auskommen, die die meisten Leute brauchten. Die Wachen, die in den dunklen, nächtlichen Straßen von Florenz patrouillierten, hatten sich an das einsame beleuchtete Fenster im Medici-Palast gewöhnt, hinter dem Lorenzo arbeitete oder las, schrieb oder komponierte. Er nutzte jede freie Minute, die er dem Tag abringen konnte, und immer noch waren es nicht genug. Es gab so vieles, was er tun wollte, so viele Vergnügungen zu erleben, so viele Dinge zu lernen, auszuprobieren, zu sehen.

Wenn er aufwachte, zog er sich schnell an und gesellte sich zu Lucrezia in den Salon. Er schenkte ihr und sich Wein ein, setzte sich ihr gegenüber und sagte: »Berichte mir die letzten Neuigkeiten aus der Stadt!«

Als wahre Florentinerin liebte Lucrezia den Tratsch. Während Lorenzo an seinem Wein nippte, plauderte sie glücklich darauflos. Sie erzählte ihm vom neuen Koch, den ihr Vetter gefunden hatte, vom Entwurf eines Kleides, das sie bestellt hatte, vom letzten Skandal, der sich ereignete, als der Erzbischof den vornehmen Konvent besuchte, bei dem jede Nonne ihren Liebhaber hatte; sie plauderte über den Brotpreis und über das Gerücht, daß Maria Rasponi ihre Juwelen verpfändete, um die Spielschulden ihres Mannes begleichen zu können.

Lorenzo nickte, lächelte, ermunterte sie. Er wurde es nie müde, die grazilen Bewegungen ihrer Hände und die köstlichen Veränderungen im Schwung ihrer Lippen zu verfolgen. Wenn es für ihn an der Zeit war zu gehen, hielt er ihr Gesicht in seinen Händen und blickte tief in ihre großen Augen. »Glücklich, mein Liebling?«

»Ja, ungemein glücklich!« Lorenzo küßte sie und ging. Sie fragte nicht, wann sie ihn wiedersehen würde. Er würde einen Pagen schicken, um ihr mitzuteilen, daß er kam. Sie würde auf ihn warten.

Wenn Lucrezia Lorenzo versicherte, sie sei glücklich, meinte sie das vollkommen aufrichtig. Sie liebte das Leben, das er ihr schenkte: ihr eigenes Haus, eingerichtet mit weichen Kissen und schönen Gegenständen; ihr eigenes Dienstpersonal, das sich der Erfüllung ihrer Bedürfnisse und Launen widmete; ihre Kleider, ihre Juwelen, ihre Parfums und Öle. Lucrezia war in einem Haushalt aufgewachsen, in dem man sich in der täglich mit Würde getragenen Schäbigkeit an vergangene Reichtümer erinnerte. Fortwährend freute sie sich an der Bequemlichkeit und den Vergnügungen, die einem der Wohlstand schenken konnte.

Lucrezia erinnerte sich daran, daß ihr Vater geweint hatte, als er von seiner Besprechung mit Piero de' Medici zurückkam. Damals war sie zu jung gewesen, um den Grund dafür zu verstehen. Jetzt war sie vier Jahre älter und wußte: Es hatte ihrem Vater das Herz gebrochen, daß seine Tochter als Mätresse, aber nicht als Ehefrau erwünscht war. Lucrezia war der Meinung, daß das sehr dumm von ihm war.

Ihre älteren Schwestern waren verheiratet. Auch Freundinnen und Verwandte in ihrem Alter waren es. Das Schicksal einer Ehefrau war aus ihrer Sicht weitaus weniger wünschenswert als ihr eigenes. Von einer Ehefrau erwartete man, daß sie Kinder in die Welt setzte, sich um den Haushalt kümmerte und sich vergewisserte, daß jeder Wunsch des Gemahls erfüllt wurde. Für Lucrezia hingegen war das alles genau umgekehrt. Lorenzo schlug sich förmlich darum, ihre Wünsche zu erfüllen, überschüttete sie mit Geschenken, Gedichten und Aufmerksamkeiten.

Unter seinem Schutz und angesichts der langen, stolzen Geschichte der Familie Donati wurde Lucrezia von jedermann mit Respekt behandelt. Es paßte ihr ganz gut, daß sie verheiratet war; noch besser gefiel ihr, daß ihr Ehemann nie da war. Dadurch war es ihr möglich, überallhin eingeladen zu werden und willkommen zu sein, wo eine junge und nach allen Regeln der Konvention verheiratete Frau eben hinging. Wie sie glaubte, wurde sie von allen beneidet.

Lucrezia wußte, daß sie all das ihrer Schönheit zu verdanken hatte, und sie war sich ihrer Schönheit bewußt. Sie sah sie, wenn sie in den Spiegel schaute und in den Augen eines jeden um sie herum. Schönheit wurde in Florenz verehrt. Die ganze Stadt war von der Kunst und vom Ideal der Schönheit berauscht. Lucrezia wurde als die größte lebende Schönheit in der Stadt angesehen, anerkannt und angehimmelt. Von überallher zollte man ihr in jeder Form Tribut. Jeden Tag erreichten sie Dutzende von Gedichten und Liedern, Unmengen von Blumen, Schachteln voller Konfekt, Bänder, goldglänzende Kämme und Fächer.

Lorenzo hatte nichts gegen diese Schmeicheleien einzuwenden. Es war so Sitte in Florenz und bedeutete keine besondere Vertrautheit. Die Leute hinterließen auf die gleiche Weise auch bei anderen Kunstwerken der Stadt ihre Blumen und Gedichte, vor der Skulptur eines Donatello oder den Gemälden eines Masaccio und Giotto beispielsweise.

Lucrezia schwelgte in ihrem Ruhm. Manchmal dankte sie in ihren Gebeten dem Himmel dafür. Sie fühlte sich wie eine Königin. Beim Turnier würde sie auf einem Thron sitzen. Das erschien ihr gerade angemessen.

Sie fragte sich nie, ob das alles nicht eines Tages sein Ende finden würde. Lucrezia war fünfzehn Jahre alt und glaubte, es ginge immer so weiter.

Herolde und Ausrufer kündigten vor Beginn des zu Lucrezia Donatis Ehren abgehaltenen Turniers ihren Einzug an. Als sie auf die Piazza vor der Kirche Santa Croce trat, waren die Jubelrufe der Massen um den Platz herum so laut wie Kanonendonner. Sie drehte ihren Kopf von einer Seite zur anderen und nahm die Willkommensgrüße der dichtgedrängten Menge auf allen vier Seiten der Piazza entgegen. Ihre goldenen, geflochtenen Haare waren eingerollt und in Schleifen und Windungen um ihren Kopf herumgesteckt. Sie wurden von Perlenschnüren in der Farbe ihrer Haut und mit Ketten aus blassen Saphiren in der Farbe ihrer Augen und ihres Gewandes gehalten. Der emailliertem Porzellan ähnliche Himmel wölbte sich über ihrem Haupt.

Sie nahm auf dem mit Samt ausgeschlagenen Thron Platz, der vorne im Zentrum der Tribünen stand, die für die Schiedsrichter und bevorzugte Bürger errichtet worden waren. Dann neigte sie hoheitsvoll den Kopf, und das Turnier begann.

Es bot alles, was Lorenzo versprochen hatte: Schauspiel, Dramatik, Überraschung, Gefahr, Aufregung. Zwanzig Wettkämpfer waren angetreten und für diese Gelegenheit zum »Ritter« geschlagen worden. Einer von ihnen war ein berühmter Berufskämpfer mit der Lanze. Achtzehn Wettstreiter kamen aus den großen florentinischen Familien. Und dann Lorenzo!

Einer nach dem anderen kamen die Ritter auf die Piazza; ihnen voran trugen Bedienstete in Livree die Standarten mit ihrem Wappen. Dann kamen die Knappen mit einem bemalten Seidenbanner, auf dem eine allegorische Darstellung der Dame des jeweiligen Ritters prangte. Mit den im Sonnenlicht funkelnden, goldglänzenden Standarten und den riesigen, hellen, farbenprächtigen, im Wind flatternden Bannern mit den Bildnissen schöner Frauen war der Aufzug eine Augenweide.

Auch die Zuschauer, die nicht lesen konnten, wußten, was die Banner ausdrückten. Sie begriffen ohnehin alles durch Symbole und Bilder: ihre Handelsabrechnungen, die ungeheuren Geschichtszyklen aus der Bibel und die Heiligengeschichten, die die Kirchen schmückten. Sie applaudierten der Nymphe im keuschen weißen Gewand, die Cupidos Pfeile zerbrach, der Göttin, die unfruchtbaren Weizen mit der bloßen Hand fruchtbar machte, der Jungfrau, die die Mähne eines Einhorns streichelte.

Die Gebildeten verstanden auch die Wortspiele und die Anspielungen auf den Werdegang oder den Charakter eines Ritters und seiner Dame. Sie spendeten sowohl dem Witz als auch dem Geschick der Maler Beifall.

Die Ritter waren herrlich gekleidet und mit Juwelen behangen; ihre Pferde waren mit Samt- und Brokatschabracken herausgeputzt. Jeder der Männer wurde mit bewundernden Rufen und jubelndem Beifall begrüßt.

Als letzter kam Lorenzo. Er wurde mit einem Aufschrei begrüßt, der die Luft des großen Platzes erzittern ließ. Das Getöse wurde noch durch die Steinmauern der Kirche und der Gebäude auf allen Seiten der Piazza verstärkt, bis die Leute sich die Hände über die Ohren hielten, während sie immer weiterbrüllten. Alle Fenster, Balkone und Dächer waren vollgepackt mit Zuschauern. Sie drängelten sich und reckten die Hälse, um sehen zu können, bis sie fast herunterfielen. Unter Lebensgefahr schrien sie: »Lorenzo! Lorenzo! Lorenzo!«

Er bot einen großartigen Anblick. Auf dem Rücken eines gewaltigen Schimmels, einem Geschenk aus den berühmten Ställen des Königs von Neapel, ritt er ein. Das Pferd bewegte sich, als wäre es sich seiner königlichen Herkunft bewußt: den

Kopf anmaßend in die Höhe gereckt, die Beine im Paradeschritt hochgezogen. Sein Zaumzeug und sein Sattel bestanden aus rotem Leder mit goldenen Beschlägen, die Trense und die Steigbügel waren aus purem Gold.

Auch Lorenzos Sporen waren aus Gold, und goldene Stikkerei bedeckte seinen rot-weißen Umhang. Eine große, mit Juwelen besetzte goldene Feder steckte in seiner mit Diamanten und Perlen geschmückten schwarzen Samtkappe. Von seinen Schultern fiel ein schwerer, breiter weißer Seidenschal, der bis zum mit Goldbändern umflochtenen Schweif seines Pferdes reichte. Der Schal war mit Rosen bestickt, einige von ihnen verwelkt, andere in voller Blüte. Mit Perlen war ein französischer Spruch in den Schal eingearbeitet. Er lautete: »Die Zeit kehrt wieder.«

Ein Raunen ging durch die Menge, die nach einer Übersetzung fragte und auch Antworten bekam. Jeder glaubte, er habe den Sinn des Spruches erfaßt:

In der florentinischen Republik wird jene große Zeit der Freiheit und der Macht wieder lebendig, in der das republikanische Rom die Welt regierte.

Die Gelehrsamkeit und die Kunst dieser Stadt ist die Wiedergeburt der Pracht des antiken Athen.

Nur Lorenzo wußte, daß der Spruch dies alles und noch mehr bedeutete. Es war ein Versprechen, das er den Menschen von Florenz gab. Allen Menschen, die heute da waren: den Mächtigen auf den Tribünen, den Handwerkern und den auf den Straßen arbeitenden Menschen, ihren Frauen und Kindern auf den Dächern und in den Fenstern. Er liebte sie alle, sogar die Taschendiebe und Beutelschneider, die in der Menge emsig ihrer Tätigkeit nachgingen; die Dirnen, die für später ihre Dienste anboten; die Verkäufer von mit Wasser versettem Wein und verdorbenem Käse, die ihren Gewinn einsteckten und machten, daß sie davonkamen, bevor die Käufer den Geschmack ihrer Ware testen konnten. Das waren sie, die Florentiner, und er würde ihnen noch Größeres bringen als das Schauspiel dieses Tages. Irgendwann würde er der herrschende Medici sein, und er würde den Glanz der Jahre seines Großvaters wieder aufleben lassen. Und ihn dann steigern. Dieses

Versprechen gab er der Menge; das war das Gelübde, das er vor Cosimo abgelegt hatte.

Als das Turnier beendet war, war der extravagante Schmuck der Pferde und Reiter zerfetzt und dreckig. Blutflecken verfärbten Ärmel und Beinkleider. Die Schiedsrichter berieten kurz, dann überreichten sie Lorenzo die Trophäe: einen Silberhelm mit einer Marssakulptur auf dem Kamm. Er hielt den Helm hoch in die Luft und ritt im Trab einmal um die Piazza herum, um den Zuschauern einen näheren Blick auf den schönen Gegenstand zu gestatten. Er grinste angesichts des Jubelgeschreis und der Glückwunschrufe, wußte er doch, daß es nicht sein Kampfgeschick war, das ihn zum Gewinner gemacht hatte. Die Leute wußten das ebenfalls. Lorenzo wurde für sein Talent bei der Planung und Aufführung dieses Turniers belohnt. Vor allem wurde ihm die Trophäe auch deshalb überreicht, weil er sie bezahlt hatte, wie auch das Geld für die Banner, die Herolde, die Knappen, die Musiker, die geschmückten Rüstungen, die Lanzen, die Helfer, für die Bänke der Schiedsrichter und den Thron Lucrezias. Das Turnier war sein Geschenk an die Stadt.

Aber auch mit dem leichten Unterton von Zynismus war der Jubel doch echt, und Lorenzo wußte auch dies. Genauso war es ihm schon viele Male vorher verstärkt durch die Mauern eben dieser Häuser entgegengeklungen. Auf der Piazza Santa Croce wurde *Calcio* gespielt; Calcio, dieser wilde, heftige, über alle Stränge schlagende Fußball, der die Kraft und die Nerven eines Mannes auf eine Weise auf die Probe stellte, wie es kein anderer Wettkampf tun konnte. Jeder Junge oder Mann in Florenz konnte es spielen – wenn er nur genug Verwegenheit und Mut besaß. Bei diesem Spiel wurde nicht nach Wohlstand oder Macht unterschieden. Lorenzo hatte sich in den Tumult gestürzt, sobald er laufen konnte. Er hatte sich blutige Verletzungen geholt, blaue Flecken davongetragen, war angeschrien und beschämt worden. Aber er hatte immer weitergespielt. Über die Jahre hinweg, während sein Körper heranreifte, wurde er zu einem der besten Spieler der Stadt. Er war ein Held, und er hatte es ganz alleine geschafft. Auf dem Fußballfeld war er Lorenzo, der Mann, nicht Lorenzo, der Medici. Und als Mann stand er jetzt auch in seinen goldenen Steigbügeln, ritt an den ihn anhimmelnden Menschenmassen entlang und akzeptierte den Jubel als etwas, das ihm zustand.

Lucrezia Donati beobachtete ihn von ihrem Thron herab und liebte ihn. Er war wie ein König, und sie war seine Königin.

Über ihr auf der Tribüne beobachtete ihn eine ältere Lucrezia: Lorenzos Mutter, Lucrezia de' Medici. Ihr liebenswürdiges Gesicht war weich und glühte vor Stolz und Liebe. Es schien jedem um sie herum nur natürlich zu sein, daß ihr die Tränen in den Augen standen. Keiner von ihnen konnte wissen, an was sie gerade dachte... Weide dich an diesem Triumph, mein Sohn, an dieser glücklichen Freiheit, dieser Freude! Bald, nur zu bald, wird alles vorbei sein. Dann, wenn du der Medici wirst, wenn hinter jedem lächelnden Gesicht ein Feind stecken kann, wenn Florenz mehr – so viel mehr – von dir fordert als einen festlichen Tag im Sonnenlicht. Ich wünsche mir, daß du für immer so bleiben könntest, wie du heute bist: jugendlich, vertrauensvoll und glücklich. Und doch fürchte ich genau das am meisten: daß es dein Wesen ist, das deinen Untergang herbeiführt.

Vergib mir meine Gedanken, heilige Mutter Gottes, betete sie still. Meine Kinder sind mein größter Segen, und ich bin so dankbar für sie. Aber sie sind um so vieles zerbrechlicher, als sie wissen, und die Angst um sie ist wie ein Dolch in meinem Herzen.

An Lucrezias Seite jubelte Giuliano seinem Bruder zu, bis er heiser war. Ganz in der Nähe klatschten seine Schwestern mit hoch erhobenen Köpfen, badeten sich im Widerschein von Lorenzos Glanz.

Die kleine Ginevra, von Biancas älteren Kindern nach hinten gedrängt, kauerte sich zusammen, um zwischen den Beinen des größten Jungen hindurchzuspähen. Sie machte große Augen; ihr dünner Körper erzitterte, so stark waren ihre Gefühle. Dieser Lorenzo, diese heldenhafte Gestalt, hatte sie auf seiner Schulter getragen, mit ihr seinen Teller geteilt, sie seine Sternenschwester genannt. Für sie war er wie ein Gott, und sie betete ihn an.

4. Kapitel

»Stell dich gerade hin! Laß deinen Kopf nicht so hängen! Sieh mich an! Laß mich dich anschauen!« Bianca ging ein paar Schritte zurück und musterte mit prüfendem Blick die kleine Cousine ihres Mannes.

Ginevra hatte jetzt nur wenig Ähnlichkeit mit dem festlich herausgeputzten Kind, das vom Schloß ihres Vaters aus Burgund gekommen war. Abgesehen von ihren Problemen mit der Sprache hätte sie ein beliebiges junges Mädchen aus gutem florentinischen Hause sein können. Und auch die Sprachschwierigkeiten legten sich dank des Erziehers, den Bianca eingestellt hatte, rasch. Bianca war sehr angetan von dem, was sie in nur ein paar Monaten bewerkstelligt hatte. Ginevra sah sehr manierlich aus. Bianca hatte einen anderen Menschen aus ihr gemacht.

Die Frauen und Mädchen aus Florenz trugen alle die gleiche Grundkleidung: ein dünnes, gewöhnlich in weißer Farbe gehaltenes langes Hemd mit rundem Ausschnitt und langen Ärmeln; darüber ein Kleid, das *Gamurra* genannt und von der *Cioppa*, einem langen, gefütterten, oft ärmellosen und vorne offenen Mantel bedeckt wurde. Bei der Gamurra wurde das Geschick des Schneiders auf eine harte Probe gestellt. Dieses Kleid hatte einen runden Ausschnitt, der etwas tiefer reichte als der des Hemdes, und lange, enganliegende Ärmel. Es wurde am Rücken zusammengeschnürt und hing gerade von den Schultern herab bis zu einem etwas ausgestellten Saum. Von Meisterhand zugeschnitten, konnte dieses Kleidungsstück jeder Körperform ungeheuer schmeicheln. Bei einer Frau mit einer guten Figur betonte es die Kurven von Busen, Taille und Hüfte, ohne dabei an Einfachheit zu verlieren.

Die Cioppa konnte je nach Geschmack und Geldbeutel des Besitzers ganz schlicht oder sehr aufwendig gearbeitet sein.

Florenz war das Weltzentrum für die Herstellung, Verarbeitung und das Färben von Wolle. In den Werkstätten der Stadt wurden auch Leinen-, Samt- und Seidenstoffe, Brokate und Stickereien von unübertroffener Pracht geschaffen. Die Variationen grundsätzlich einfacher Kleidungsstücke waren schier grenzenlos.

Bianca hatte für Ginevra eine gute Wahl getroffen. Das Kind besaß zwei weiße Leinenhemden und zwei Gamurras aus guter florentinischer Wolle, eine braune und eine dunkelgrüne. Rock und Ärmel hatten breite Säume, auch unter dem Schnürverschluß auf dem Rücken überlappte sich der Stoff ein gutes Stück. Wenn sie wuchs, konnten die Gewänder noch jahrelang länger oder breiter gemacht werden. Auch ihre ebenfalls aus brauner, grün gefütterter Wolle bestehende Cioppa hatte breite Säume. Die Kleidung würde reichen, bis Genevra voll ausgewachsen war, denn in Florenz hergestellte Wolle trug sich nie auf. Im Sommer konnten die drei warmen Wollgewänder durch ein gleichartiges Gewand aus leichterem und blasser gefärbtem Wollstoff ersetzt werden. Die Leinenhemden waren das ganze Jahr über passend.

Es war die gleiche Garderobe, die Bianca auch für ihre eigenen Töchter gekauft hatte. Wie alle Florentinerinnen war sie praktisch veranlagt und sparsam.

Sie musterte das kleine Mädchen mit prüfenden Blicken und war nahezu zufrieden. Es war eine Schande, daß Ginevra braune Haare hatte und nicht die in Florenz vorherrschende und bevorzugte blonde Haarfarbe, doch daran konnte Bianca nun mal nichts ändern. Wenn ihre Sprache der Prüfung standhielt, würde Ginevra ihr wahrscheinlich in wenigen Tagen aus der Obhut genommen.

»Nun sag es noch einmal«, befahl Bianca. »Halt den Kopf hoch und sprich nicht so undeutlich. ›Guten Morgen, verehrter Großvater.‹ Lauter!« Antonio de' Pazzi, Ginevras Großvater, kam in die Stadt.

Der Anlaß war die Zeremonie, in der Jacopo de' Pazzi zum Regierungsführer der Republik, zum *Gonfaloniere*, ernannt werden würde.

Florentinische Politik war eine verwickelte Mischung aus Tradition, Theatralik und unsichtbarem Taktieren. Jeder Bürger war stolz auf die Regierung der Republik, auch diejenigen, die wußten, daß die eigentlichen Fäden hinter den Kulissen gezogen wurden. Jeder andere Stadtstaat Italiens wurde von einem Despoten regiert. Nur in Florenz hatten alle Männer die gleiche Chance, Herrscher zu werden.

Die sichtbare Regierung bestand aus der unter dem Begriff Signoria bekannten Gruppe von neun Männern, an deren Spitze der Gonfaloniere oder Bannerträger stand. Die Männer der Signoria wurden durch ein kompliziertes lotterieartiges System gewählt, bei dem ihre Namen aus großen Ledertaschen gezogen wurden. Die Amtszeit betrug zwei Monate.

In dieser Zeit lebten sie in äußerstem Luxus im alten Regierungsgebäude, dem Palazzo della Signoria, trugen aufwendige Amtsroben, aßen von den besten Köchen der Stadt zubereitete Mahlzeiten und wurden von einem großen Stab Bediensteter in grüner Livree verwöhnt, von einer Wachtruppe in speziellen Uniformen beschützt, einem Hofnarr unterhalten und von Musikern eingelullt.

Sie waren die geehrtesten Männer der Stadt, und die Ehre blieb. Wer einmal Prior oder Gonfaloniere gewesen war, wurde für den Rest seines Lebens dafür geachtet.

Ohne diese Männer konnte keine offizielle Entscheidung getroffen werden. Die Signoria war die gesetzgebende Körperschaft des Staates.

Die weniger sichtbare, aber doch wichtige Regierungsgewalt lag in den Händen einer ausgedehnten, in Ausschüssen organisierten Staatsdienerschaft, die die Staatsgeschäfte und die Durchführung der Entscheidungen und Gesetze der Signoria regelte.

Die wichtigste Figur der Regierung hatte keinen Herrschertitel und kein besonderes Standeszeichen: das Familienoberhaupt der Medici. Seine Vorschläge und Empfehlungen bestimmten, wer in die Ausschüsse ernannt und wessen Namen in die Ledertasche gesteckt wurden, aus denen dann durch öffentliche Ziehung die Mitglieder der Signoria bestimmt wurden. So war es jetzt seit fünfunddreißig Jahren, seit Cosimo de' Medici die Funktionsweise der Regierung studiert und einige scharfsinnige Anpassungen veranlaßt hatte, die äußerlich keine Veränderungen bewirkten, die wirkliche Macht jedoch ihm übertrugen.

Aus einem Zustand des Chaos schuf er Ordnung. Die Bürger der florentinischen Republik nannten ihn Pater Patriae, und als er von ihnen gegangen war, trugen sie seinem Sohn die Führerschaft an.

Piero de' Medici traf alle nötigen Vorkehrungen dafür, daß Jacopo de' Pazzi im März zum Gonfaloniere gewählt wurde. »Das wird uns die Erbin für Pierfrancescos Sohn einbringen«, meinte er voller Zuversicht.

Lucrezia stimmte ihm zu. »Jacopo schätzt öffentliche Anerkennung mehr als alles andere. Du hast seine Schwachstelle gefunden. Er wird das Amt nicht zurückweisen, auch wenn er weiß, daß er dadurch moralisch in deiner Schuld steht.«

Die Einführung der neuen Signoria der Stadt war immer ein Festtag. An diesem schönen Frühlingstag gab es einen doppelten Grund zum Feiern. Es war der 25. März, Mariä Verkündigung, der Tag, den die Bewohner von Florenz als den Beginn des neuen Jahres feierten. Seit Lorenzos Turnier hatten sich nicht mehr so viele Menschen auf der Piazza Santa Croce versammelt. Alle waren sie in bester Stimmung, genossen das milde Wetter und den arbeitsfreien Tag.

Als Jacopo in seiner zeremoniellen Amtstracht an der Tür der Kirche auftauchte, wurde ihm durch ihren Applaus ein warmer Empfang bereitet. Alle Prioren trugen karmesinrote, mit Hermelin gefütterte Mäntel, die auch am Kragen und an den Ärmelaufschlägen mit Hermelin besetzt waren. Die Amtstracht des Gonfaloniere war über und über mit Goldsternen bestickt.

Jacopo hob den Arm, um den Gruß der Menge zu erwidern. Dann nahm er das seidene Banner der Republik vom aus dem Amt scheidenden Gonfaloniere in Empfang. Die rote Lilie auf weißem Grund war das Symbol von Florenz; mit ihr identifizierte sich der Staat. Außer Jacopo durfte in den nächsten beiden Monaten niemand dieses Symbol berühren. Jetzt lag die Republik in seiner Obhut.

Stolz schritt er die Stufen hinunter, hielt das leuchtende Banner hoch in die Luft und ging dem würdevollen Umzug zum Palazzo della Signoria voran. Die Prioren zogen im gleichen Schritt hinter ihm her. Jacopo war so sehr von Stolz erfüllt, daß er das Jubelgeschrei der Menschen, die den Weg des Umzugs säumten, kaum mehr hörte. Mit der Achtlosigkeit eines Imperators zertraten seine Füße die auf seinen Weg gestreuten Blumen.

»Er hätte zumindest nicken können«, meinte Bianca. Jacopo hatte nicht einmal gemerkt, daß seine Familie in der Kirche war. Doch in Biancas Stimme lag keine Verärgerung. Viel zu sehr war sie von Jacopos Ernennung erfreut. Während der zwei Monate, die er im Palazzo della Signoria leben würde, würde sie über den Palast der Pazzi die unangefochtene Oberherrschaft besitzen. Endlich konnte sie anordnen, daß die Räume einmal gründlich saubergemacht wurden. Vielleicht würde sie auch neue Vorhänge anfertigen lassen. Ihr Kopf schwirrte vor Plänen.

Elmo stieß sie am Arm an. »Mit der kleinen Besucherin scheint ja alles gut zu laufen«, murmelte er.

»Wie bitte?« Biancas Augen folgten der Richtung, in die Elmo deutete.

Antonio de' Pazzi hatte sich heruntergebeugt, sein Kopf war jetzt auf gleicher Höhe wie der seiner Enkelin. Sie sprachen miteinander.

Jacopos Wahl brachte für Ginevras Leben grundlegende Veränderungen. Den Tag nach der Zeremonie ging sie fort, um mit ihrem Großvater auf dessen Landsitz Villa La Vacchia zu leben.

Und in der Woche nach Ende seiner Amtszeit sandte Jacopo eine Botschaft an Piero de' Medici. Der Brief besagte lediglich, daß Jacopo Piero einen Besuch abstatten wolle, wann immer es ihm genehm sei. Beide Männer wußten, daß dies der Schritt war, der die Verhandlungen für Ginevras Verlobung mit Pieros jüngerem Vetter einleitete.

Beide wußten auch, daß Jacopo wohl kaum eine unpassendere Zeit hätte wählen können, um seine Bereitschaft zur Erörterung dieser Angelegenheit anzudeuten. Es war nur noch eine Woche bis zu Lorenzos Hochzeit, und im Medici-Palast war alles in heller Aufregung mit den Vorbereitungen.

Piero schickte einen Pagen los, um seine Frau und Lorenzo zu ihm zu holen. Bevor Jacopo eine Antwort geben würde, mußte die Familie zusammenkommen und sich über die näheren Einzelheiten der möglichen Verlobung beraten. Als Familienoberhaupt der Medici stand Piero die endgültige Entscheidung zu. Doch jede Familie erörterte einen bedeutenden Schritt miteinander, bevor er in die Tat umgesetzt wurde. Es war das Recht eines jeden Mannes, seiner Meinung Gehör zu verschaffen. Jede Handlung irgendeines Familienmitglieds hatte Auswirkungen auf jedes andere Mitglied. Die Familie war mehr als einfach eine Gruppe von Menschen, die blutsverwandt waren. Sie war eine Einheit, und in unsicheren Zeiten das einzige Bündnis, auf das man sich immer verlassen konnte. Es war ein ungeschriebenes Gesetz, daß jedes Familienmitglied einem anderen Familienangehörigen half, wann immer es nötig war; mit einem Dach über dem Kopf, mit Waren, mit Geld, und wenn es zum Kampf kam, nötigenfalls mit seinem Leben. Diese Tradition war so stark, daß auch die Gesetze der Republik sie anerkannten. Jeder Mann in einer Familie konnte für ein Verbrechen zur Verantwortung gezogen werden, das von irgendeinem anderen Mann mit demselben Familiennamen verübt wurde, auch wenn es sich um einen sehr entfernten Verwandten handelte.

Das Treffen im Medici-Palast war in zweierlei Hinsicht ganz anders als die meisten Familientreffen. Es trafen sich nur drei Familienmitglieder, und eines davon war eine Frau.

Normalerweise wurden nur volljährige Männer für fähig gehalten, Entscheidungen zu treffen. Doch Lucrezia de' Medici war keine gewöhnliche Frau. Cosimo selbst hatte Achtung vor ihrem Urteilsvermögen gehabt und sie bei seinen Unterredungen mit Piero über die heikle Kunst des Regierens dieser Stadt miteinbezogen. Die ganze Zeit über, in der Piero Familienoberhaupt und Kopf des Staates gewesen war, war sie seine engste Beraterin.

Und Lorenzo hatte man schon Jahre vor seiner Volljährigkeit als Mann angesehen und an den Beratungen beteiligt.

Und dennoch war eine Gruppe von drei Menschen, ganz gleich wie klug oder erfahren diese auch sein mochten, wohl kaum groß genug, um das auszumachen, was die Bewohner von Florenz unter dem Wort »Familie« verstanden. Piero hatte vor Aufregung ganz gerötete Wangen, als Lucrezia und Lorenzo in sein Arbeitszimmer traten. »Jacopo de' Pazzi möchte mich sehen«, sagte er. »Vielleicht können wir Pierfrancesco bald wieder zu uns zurückholen.«

»Das sind wirklich gute Nachrichten«, seufzte Lucrezia.

Lorenzo lachte. »Ich habe euch doch gesagt, die kleine *Contadina* Ginevra würde uns Glück bringen. Als Bianca sie mitbrachte und das Mädchen am gleichen Tag wie ich Geburtstag hatte, war ich der festen Überzeugung, es handele sich um ein gutes Omen. Am gleichen Tag wurde dann noch Biancas Sohn geboren, das macht schon drei, und ich wußte, daß ich recht hatte. Wie sollen wir Pierfrancesco die Nachricht überbringen?«

Piero lächelte. »Gehe du, mein Sohn. Pierfrancescos Sohn ist dein Namensvetter, also ist dein Interesse nur natürlich. Geh jetzt. Pierfrancesco hat noch genug Zeit, um an deinen Hochzeitsfeierlichkeiten teilzunehmen.«

Lucrezia bemerkte, wie Lorenzo unwillkürlich die Luft anhielt. Der Arme, dachte sie. Er hat Angst vor der Ehe.

5. KAPITEL

Es war eines der wenigen Male in ihrem Leben, bei denen sich Lucrezia mit ihrem Gespür für ihren Sohn getäuscht hatte. Lorenzo hatte es den Atem verschlagen, als er sich daran erinnerte, daß er versprochen hatte, ein paar Freunde auf der Piazza Santa Croce zu treffen. Er würde noch Zeit für einen Besuch bei Lucrezia Donati haben, bevor er sich zu ihnen gesellte. Sie würden Fußball spielen und dann zur Villa der Medici in Fiesole hinausgehen, um einen neuen Falken zu trainieren.

Lorenzo dachte selten an die bevorstehende Hochzeit; sie würde sein Leben nicht wirklich verändern. Auch dann noch würde er Zeit zum Fußball, Zeit für Falken und Freunde haben. Und für Lucrezia. Er wußte, was von ihm als Ehemann erwartet wurde. Monogamie gehörte nicht dazu. Die Strukturen und Rechte und Pflichten einer Ehe waren unmißverständlich vom Gesetz und den Sitten bestimmt. Er kannte sie, und Clarissa Orsini, seine zukünftige Frau, kannte sie auch.

Er trug die Verantwortung, sie zu beschützen, ihr ein Dach über dem Kopf zu liefern, sie zu kleiden und für ihren Unterhalt und später für den seiner Kinder zu sorgen. Er würde sie immer mit dem ihr und ihrer Familie zustehenden Respekt behandeln. Und in allen Angelegenheiten würde er über sie bestimmen.

Regelmäßig würde er ihr Bett aufsuchen. Man erwartete von ihnen, Kinder zu haben, und zwar so viele wie möglich, einmal, weil es Gottes Wille war, und zum anderen, weil durch die Ehen seiner Kinder seine Familie einst neue Bündnisse schließen würde. Bezüglich seiner Zeugungskraft machte er sich keine Sorgen. Obwohl er darauf achtete, keine unehelichen Kinder in die Welt zu setzen, hatte er seine Manneskraft seit Jahren unter Beweis gestellt.

Für Clarissa war es vielleicht nicht so einfach. Die Ehe würde ihr Leben maßgeblich verändern, denn sie mußte von Rom nach Florenz übersiedeln. Sie würde sich dem anderen Lebensstil anpassen müssen. Doch das gehörte nicht in Lorenzos Verantwortungsbereich. Darum würde sich seine Mutter kümmern.

Wie alle großen Häuser hatte der Medici-Palast eine Innenwelt, die den zum Haushalt gehörenden Frauen vorbehalten war. Ihre Schlaf- und Aufenthaltsräume lagen angenehm nah um die Küchenräume und Speisekammern, die Waschküchen und Nähzimmer herum verstreut, so daß sie das Dienstpersonal überwachen und die Haushaltsgeschäfte kontrollieren konnten. In der Stadt würde sich Clarissa immer in der Nähe von Lucrezia und Lorenzos Großmutter Contessina, der Witwe Cosimos, aufhalten.

Lucrezia war als Pieros Repräsentantin nach Rom gegangen, und sie hatte Clarissa akzeptiert. Lorenzo vertraute auf ihr Urteilsvermögen. Sie verwandte so viel Mühe darauf, Clarissas Vorzüge wie etwa ihre Bescheidenheit, ihren Gehorsam und gute Gesundheit zu beschreiben, daß Lorenzo sich von Zeit zu Zeit fragte, ob seine Braut nicht vielleicht ungeheuer häßlich war. Das war zwar nicht weiter wichtig, aber es wäre doch angenehmer, wenn sie sich als einigermaßen hübsch erwies.

Er würde es bald genug herausbekommen. Clarissa und ihr Gefolge waren schon von Rom aufgebrochen. Giuliano und ein Trupp Reiter der Medici eskortierten sie. Die Sitte verlangte, daß die Hochzeitsfeierlichkeiten am Familiensitz des Bräutigams stattfanden.

Lorenzos Hochzeit wurde allen Erwartungen gerecht. Die Feierlichkeiten und die Bewirtung im Medici-Palast und in den Straßen der Stadt dauerten drei Tage und drei Nächte. Das Wetter war perfekt; die Braut und ihre fünfzig Brautjungfern waren aufwendig gekleidet; aus den Trinkbrunnen sprudelte Wein statt Wasser. Jedem Gast auf den sechs Festbanketts im Palast wurde eine silberne, mit gezuckerten Mandeln gefüllte Schachtel überreicht. Jeder Bürger in den Straßen erhielt eine silberfarbene Holzschachtel. *Confetti* nannten die Florentiner dieses Naschwerk. Es wurde bei jeder bedeutsamen Familienfeier verteilt, zur Erinnerung an das miteinander geteilte Glück.

Sandro Botticelli war der letzte Florentiner, der sein Confetti in Empfang nahm. »Auguri, Lorenzo«, sagte er, während Lorenzo ihn durch die aus dem Gran Salone führende Türöffnung schob.

»Danke, Sandro.« Lorenzo nahm die einzige noch übriggebliebene Silberschachtel vom Tisch in der Eingangshalle und drückte sie Botticelli in die Hand. »Bitte nimm diese kleine Gabe an und trage sie mit dir nach Hause.« Er lachte dabei.

Sandro grinste. Er schaute auf Clarissa, dann zu Lorenzo. »Ich habe so eine Ahnung, daß du mich loswerden willst«, sagte er. Dann zwinkerte er Lorenzo lüstern zu und eilte die Treppe hinab.

Lucrezia stieß einen Seufzer aus. »Man kann sich darauf verlassen, daß Sandro immer als letzter geht. Wahrscheinlich ist kein Krümel an Essen mehr in diesem Haus vorhanden… Gute Nacht, Kinder. Ich gönne meinen erschöpften Knochen jetzt die wohlverdiente Ruhe.« Sie gab erst Lorenzo und dann Clarissa einen Kuß.

»Meine liebe Tochter«, sagte sie sanft, »du hast mich stolz gemacht. Ich bin sicher, daß ganz Florenz mich um das große Glück beneidet, dich in meiner Familie zu haben.«

»Danke, Madonna Lucrezia.« Clarissas Worte waren fast unhörbar. Sie war ein großes, schlankes Mädchen, ohne wirkliche Schönheit, aber mit einem angenehmen Gesicht, dessen Eindruck nur durch die schmalen, affektierten Lippen gestört wurde.

Lorenzo ergriff die Hand seiner frischgebackenen Ehefrau. »Sie hat recht, Clarissa. Du warst diese drei geschäftigen Tage sehr stark und tapfer. Wir sind alle stolz auf dich.« Er hatte die erschrekkende Blässe in ihrem Gesicht bemerkt. Sie war so erschöpft, daß sich ihre Haut, ihre Lippen und ihre Fingernägel grau gefärbt hatten.

»Du brauchst dir keine Sorgen zu machen, Lorenzo«, sagte sie. »Ich weiß, was meine Pflicht ist, und ich will sie immer tun.« Zum ersten Male war ihre Stimme fest und laut. Lorenzo verspürte eine ungeheure Erleichterung; er hatte gedacht, sie könne nur flüstern. Ihr Tonfall war fast feindselig, doch er konnte das verstehen, und er sah es ihr nach. Sie mußte ja verschreckt sein. Sie war weit weg von ihrem Zuhause und ihrer Familie, von Fremden umgeben und von anstrengenden Feierlichkeiten erschöpft. Und jetzt war der Zeitpunkt gekommen, an dem die Ehe vollzogen werden sollte. Sie konnte die Bedeutung von Sandros schlüpfrigem Zwinkern unmöglich übersehen haben. Eine Frau mit vornehmer Erziehung verlor nicht ohne Furcht ihre Jungfräulichkeit. Lorenzo erinnerte sich an das verängstigte Zittern seiner Mätresse, als sie sich zum ersten Male geliebt hatten. Clarissa war sechzehn und bis zu diesem Augenblick sicherlich niemals mit einem Mann allein gewesen.

Lorenzo dachte rasch nach. Was wäre für Clarissa einfacher? Jetzt mit ihr ins Bett zu gehen und ihr zu zeigen, daß es keinen Grund zur Angst gab? Oder zu warten, bis ihre Erschöpfung nach einem langen Schlaf verschwunden war?

Noch immer lag ihre Hand schlaff in der seinen. Trotz der Wärme des Juniabends war sie kalt und feucht. Er würde warten.

»Ich bringe dich auf dein Gemach«, sagte er sanft, »und lasse dich heute abend allein. Wir brauchen beide Ruhe.«

Am nächsten Morgen war Lorenzo fortgegangen, bevor der Rest der Familie aufgewacht war. Er hatte zu tun. Bis zum alljährlichen florentinischen Karneval waren es nur noch drei Wochen, und er kümmerte sich um den Aufbau eines der Festwagen.

Giuliano erzählte es den anderen. Lorenzo hatte seinem Bruder die Nachricht hinterlassen, ihn in der versteckten Werkstatt zu treffen, in der der Wagen hergerichtet wurde. »Wie du siehst, Mammina, kann ich nicht zum Essen bleiben.« Giuliano schnappte sich ein Stück Käse und brach ein Stück Brot ab. »Einen guten Morgen, Clarissa. Auf Wiedersehen!« Er gab seiner Mutter und seiner Großmutter einen Kuß auf den Scheitel und lief davon.

Lucrezia lachte. »Jetzt ist wieder alles so wie immer. Setz dich zu mir, Clarissa. Wir können jetzt gemütlich unser Frühstück einnehmen.« Der Eßsaal für die Familie war ein kleinerer, neben dem Gran Salone liegender Raum. Wenn die Medici keine Gäste hatten, nahmen sie dort ihre Mahlzeiten zu sich. Alle saßen sie so an einem Tisch zusammen, und jeder setzte sich dabei auf einen eigenen Stuhl, anstatt auf der üblicheren Anordnung von Bänken Platz zu nehmen, die sonst bis auf das Familienoberhaupt für alle gedacht waren.

Clarissa saß steif auf dem Rand ihres Stuhls und lächelte Lucrezia und Pieros Mutter an. Contessina war eine ungeheuer dicke, gutmütige alte Frau. Sie hatte ihr Gehör verloren, aber nicht einen einzigen Zahn. Darauf war sie auch sehr stolz; sie kannte nichts Schöneres, als den Menschen ihre strahlenden und unversehrten Backenzähne zu zeigen. Und auch sonst waren sie ihr eine Quelle großer Freude. Sie liebte das Essen und nickte Clarissa fröhlich zu, bevor sie weiteraß.

Wie alle im Palast eingenommenen Mahlzeiten der Familie war das Essen reichhaltig, aber einfach. Clarissa betrachtete die Schüsseln mit Orangen, die Brotteller, Käse- und Wurst-platten und fragte sich, wann die Bediensteten die Haupt-gänge bringen würden. In Rom beschäftigte jeder Haushalt etliche Küchenchefs, die miteinander darum wetteiferten, kunstvolle, komplizierte Gerichte zuzubereiten.

»Wir haben gute Brunnen«, sagte Lucrezia. »Das Wasser hier ist immer rein, aber trinke nie aus den Brunnen der Stadt.« Nachdem sie sich selber einen Becher mit Wasser ver-dünnten Weins eingeschenkt hatte, um Clarissa die florentini-schen Gebräuche zu zeigen, stellte sie die Krüge mit Wein und Wasser vor ihre neue Tochter. Rom war als Stadt der Aus-schweifungen berüchtigt; die Bewohner von Florenz hinge-gen verabscheuten Exzeß.

Clarissa füllte ihren Becher mit Wasser. »In meiner Familie trinken die Frauen nur zum Abendmahl Wein, Madonna Lucrezia. Ich bin Zitronensaft mit Honig und Wasser ge-wohnt.«

Gut, dachte Lucrezia, das Mädchen kann für sich eintreten. Wir werden keine Schwierigkeiten haben, uns zu verstehen. »Ich werde dir sofort etwas zubereiten lassen«, sagte sie und gab dem Tafelmeister einen Wink. Dann hob sie ihre Gabel und spießte ein Stück Wurst damit auf. Gabeln, so wußte sie, waren bisher außerhalb von Florenz noch unbekannt. »Ich habe mich sehr gefreut, als die Leute anfingen, diese Dinger hier zu benutzen«, sagte sie. »Es erspart einem so viele Lei-nentücher, wenn die Hände nicht so fettig werden.«

Clarissa folgte ihrem Beispiel.

»Nach dem Frühstück werde ich damit anfangen, dich mit dem Haus vertraut zu machen, Clarissa. Es wird nicht lange dauern, bis es dir wie zu Hause vorkommt. Dann gehen wir in die Messe. Würdest du sie lieber in San Lorenzo, unserer Familienkirche, besuchen oder in den Dom gehen? Wir sind in Florenz sehr stolz auf den Dom. Er ist einer der Wunder dieser Zeit.«

»Ich würde ihn sehr gerne sehen.«

Lucrezia war erfreut.

Lorenzo war über die bisher an dem Festwagen geleistete Arbeit ebenfalls erfreut. Das große Gefährt war bereits fertig. Die zwölf Räder waren so groß wie er selber. Es würde den Leuten auf der Straße leichtfallen, das kurze Schauspiel zu verfolgen, das auf ihm aufgeführt würde.

»Solch einen schönen Wagen hat es noch nie gegeben«, sagte er. »Bist du sicher, daß ihn keiner gesehen hat, Andrea?«

»Nur meine Schüler, die dafür alle anderen Arbeiten unterbrechen mußten, Lorenzo. Du wirst mich noch in den Ruin treiben.«

Lorenzo gab ein wenig feines Geräusch von sich. Andrea del Verrocchio besaß das einträglichste Atelier in ganz Florenz. Er und seine angehenden Künstler führten Auftragsarbeiten in allen Bereichen der Kunst aus: Sie malten Fresken und Gemälde auf Holz, fertigten Bronze- und Marmorstatuen, Töpferarbeiten, Holzschnitzereien, Goldschmiedeerzeugnisse. Sie machten Schmuck und bauten Rüstungen, Brunnen und Musikinstrumente, stellten Schwerter her und verzierte Fächer aus Pergament. Es gab nichts, was Verrocchio nicht tun konnte. Wenn er nur genügend Geld dafür bekam.

Lorenzo bewunderte den älteren Mann und war stolz darauf, ihn seinen Freund nennen zu können. Andrea wiederum schätzte Lorenzos Begabungen als Dichter, Musiker, Philosoph und Athlet.

»Ich habe eine prächtige Laute zur Begleitung entworfen«, sagte Andrea mit einem boshaften Blick. »Hast du das Gedicht schon geschrieben?«

»Ich war zu beschäftigt«, klagte Lorenzo. »Außerdem denke ich, Gigi wird ein besseres schreiben, als ich es je könnte.«

»Hört, hört«, rief Luigi Pulci, der den Spitznamen Gigi trug. Er war einer von Lorenzos liebsten Gefährten. Als Sohn eines Bauern aus dem Mugello liebte er die Stadt, lebte dort und verdiente sich seinen Lebensunterhalt mit seinem Einfallsreichtum. Er ersann Gedichte zu allen Themen, nach denen von den anderen Besuchern florentinischer Schenken gefragt wurde, und schuf dabei solche Meisterstücke der Situationskomik, aus dem Stegreif entstandener Wortspiele und Vulgaritäten, daß jeder, der ihm zuhörte, Geld in die auf dem Tisch neben ihm stehende Schale warf.

»Wenn ich das Thema bedenke, glaube ich, du hast recht«, meinte Andrea. Das Lied würde die Geschichte eines alten Mannes erzählen, der von seiner jungen Frau betrogen wurde. Dieses Thema kam jedes Jahr bei den Massen im Karneval besonders gut an. Variationen und Ausschmückungen stellten den Witz und das Geschick des Geldgebers auf die Probe.

Giuliano mußte laut rufen, um das Gelächter in der Werkstatt zu übertönen. »Laßt mich ein und erzählt mir den Witz!« Verrocchio entriegelte die Tür. Die Karnevalswagen mußten immer etwas Überraschendes bieten; Geheimhaltung spielte daher eine entscheidende Rolle.

»Komm schnell herein. Wurdest du verfolgt?«

»Nein. Ich habe aufgepaßt. Deshalb habe ich auch so lange gebraucht. Was ist denn so lustig?«

Andrea fing wieder an zu lachen. »Ein frischgebackener Ehemann kauft ein Stück über eine untreue Frau. Es wird alle zum Lachen bringen. Ist dein Bruder besorgt, oder brüstet er sich damit, sich keine Sorgen zu machen?«

Giulianos hübsches Gesicht verzerrte sich vor Ärger. Lorenzo war sein Idol, und Giuliano verabscheute jeden Hinweis darauf, daß er nicht vollkommen war. Aber dann hörte er, wie Lorenzo lachte. Der jüngere Bruder versuchte ein Lächeln.

»Schau dir das an, Giuliano«, rief Lorenzo. Er warf dem Jungen etwas zu.

Giuliano fing den Gegenstand behende auf. Dann begann auch er zu lachen. Es war eine noch unbespannte Laute, ein aus einer Vielzahl von Hölzern wunderschön verarbeitetes Handwerksstück, und hatte die Form eines riesigen Phallus.

Die Florentiner liebten derben Humor. Einhundert Jahre zuvor hatte Giovanni Boccaccio ihren Geist mit seinen Erzählungen aus dem *Decamerone* eingefangen. Jeder in Florenz, der des Lesens mächtig war, lachte noch immer über sich und das allzu Menschliche in Boccaccios Geschichten.

»Bravo, Andrea«, sagte Lorenzo. »Das ist etwas Neues.

Warum machen wir es nicht zum Thema der Dekoration? Statt der Vergoldungen auf den Seiten des Wagens könnten wir della Robbia dazu bringen, Fayencetafeln anzufertigen, auf denen ein Freier zu sehen ist, der gerade ein Ständchen bringt. Nur muß dann die Laute noch viel größer sein und ihn durch ihr Gewicht nach unten zerren.«

»Nein, nein, Lorenzo!« rief Gigi. »Der Freier schlägt mit der Laute auf den Ehemann ein.«

»Oder verschafft sich damit gewaltsam Eintritt zu dessen Haus«, fügte Lorenzo hinzu.

Bevor Gigi Pulci noch eine weitere Variante einbringen konnte, hob Verrocchio die Hand, um ihnen Einhalt zu gebieten. »Spart euch eure hervorragenden Einfälle, meine Freunde. Derzeit ist keiner von den della Robbias verfügbar. Der alte Antonio de' Pazzi hat das ganze Atelier gemietet, um eine Serie von Dekorationen für seine Villa anfertigen zu lassen.«

»Sie können ihn doch hinhalten«, beharrte Pulci.

»Aber doch keinen Pazzi!« entgegnete Andrea. »Seit Luca mit seinen Arbeiten anfing, wird er von dieser Familie gefördert. Er wird Antonio nicht enttäuschen.«

Lorenzo zuckte die Achseln. »Sie hätten uns wahrscheinlich sowieso eine ablehnende Antwort gegeben. Luca hat nicht das kleinste bißchen Humor und seine Neffen nur sehr wenig… Doch die Arbeit, die sie leisten! Wenn sie ihre Farben zusammenmischen, sitzen ihnen Engel auf der Schulter.«

Verrocchio nickte. »Luca hat mir erzählt, die Arbeiten für den alten Pazzi seien das Beste, was sie jemals gemacht haben. Er wird mir Bescheid sagen, wenn sie die Schmuckplatten an den Wänden der Villa anbringen. Dann werden wir hingehen, um sie uns anzuschauen.«

»Ein guter Plan«, meinte Lorenzo. »Ich würde auch gerne sehen, wie es der kleinen Contadina geht.« Er sah Pulcis Augen aufblitzen. »Nein, nein, Gigi, kein köstliches braunhäutiges Mädchen von den Feldern, das nur darauf wartet, von dir entjungfert zu werden. Ich spreche von Antonios Enkeltochter. Ich habe ihr den Kosenamen Contadina gegeben.« Er erzählte zum wiederholten Male die Geschichte von Ginevra, wie sie in seine Geburtstagsfeier hineinplatzte und nur einen bäuerlichen Dialekt sprach, verlor jedoch kein Wort über die Verhandlungen, die gerade mit Jacopo de' Pazzi geführt wurden. »Sie bringt mir Glück«, sagte er statt dessen.

Verrocchio kicherte. »Das erzähl bloß nicht Andrea della Robbia, daß dieses Kind Glück bringt. Sie hat ihn fast zum Wahnsinn getrieben. Wenn ihre Unterrichtsstunden vorbei sind, läßt Antonio sie frei umherlaufen; sie ist Andrea überallhin gefolgt, als er seine Planungsarbeiten durchführte und alles ausmaß. Selbst die Leitern ist sie hinter ihm hochgeklettert. Und hat ihn unablässig mit ihren Fragen bombardiert.«

Lorenzos Gesichtsausdruck veränderte sich nicht, doch in seinem Kopf arbeitete es heftig. Pierfrancesco würde ganz und gar nicht mit der Heirat einverstanden sein, wenn er hörte, daß Piero eine Verlobung mit einem schlecht erzogenen Mädchen in die Wege leitete. Er könnte es als weiteren Affront auffassen und erneut mit der Familie brechen.

»Laß es mich wissen, wenn du etwas von Luca hörst«, sagte Lorenzo. »Ich will die Malereien so bald wie möglich sehen.« Und ich werde ein paar Worte mit Antonio de' Pazzi wechseln, gelobte er schweigend. Er darf nichts zulassen, was auch nur annähernd zu einer Verwilderung des Mädchens führen kann.

Ein weiteres Mal ging er um den Wagen herum. Argwöhnisch musterte er ihn, als er sich die unterschiedlichen Wirkungen vorstellte. »Laß uns noch ein wenig über die Dekorationen sprechen«, sagte er. »Wenn schon keine Glasurplatten, wie wäre es denn mit aufgemalten Bildern?«

Zwei Stunden dauerte es, dann hatten sie sich auf gemalte, hölzerne Basreliefs geeinigt.

»Ich muß gehen«, sagte Lorenzo plötzlich.

»Ach, diese frischgebackenen Ehemänner«, stöhnte Pulci. »Kaum haben sie geheiratet, sind sie keine guten Kameraden mehr.«

Lorenzo machte seinen Freunden eine lange Nase und ging.

Es stimmte, er verließ sie, weil er zu Clarissa gehen wollte. Er wollte sich aufmerksam zeigen, wollte ihr die Gewöhnung an ihr neues Leben erleichtern.

Im tiefsten Innern seines Herzens hoffte er, daß er und Clarissa vielleicht die gleiche Art von Ehe zwischen sich entstehen lassen könnten, wie sie seine Eltern geführt hatten, die gleiche Nähe und die gleiche Sorge umeinander, die geteilten Pläne, das gemeinsame Lachen und das gemeinsame Glück. Aber er gestand diese Hoffnung nicht einmal sich selber ein. Piero und Lucrezia waren ein seltenes Paar, möglicherweise gab es so etwas nur einmal.

So sagte er sich, es sei nur anständig, etwas Zeit mit seiner Frau zu verbringen, anstatt sich mit Freunden zu amüsieren. Es war notwendig, sich gegenseitig kennenzulernen, miteinander zu sprechen, sich zu berühren und miteinander ins Bett zu gehen.

Er war froh, daß Clarissa nicht häßlich war, soviel gestand er sich ein. Und um ganz ehrlich zu sein: Ihr langer, schlanker, weißer Hals war richtig schön.

6. Kapitel

Lorenzo war auf dem Weg zu seinem Schlafgemach und wollte sich seiner staubigen Kleidung entledigen, bevor er Clarissa und seiner Mutter gegenübertrat. Seine Hand lag schon auf dem Schnappriegel der Tür, als ihm einfiel, daß er jetzt ein Stockwerk höher eine luxuriösere Wohnung hatte. Er rannte die kleine Wendeltreppe für die Dienstboten hoch, wusch sich hastig, zog sich an und eilte in den Eßsaal.

»Mein Bauch klebt mir schon am Rückgrat«, rief er beim Eintreten. »Ich hoffe, ihr habt noch etwas für mich übriggelassen.« Clarissa und Lucrezia waren gerade beim Nachtisch. Lucrezia lachte über ihren Sohn. »Ich dachte schon für einen Moment, du wärest Sandro Botticelli. Niemals hungrig, immer am Verhungern. Du hast soviel Krach gemacht, daß drei Dienstboten auf einmal in die Küche gerannt sind. Setz dich; dein Essen wird sofort da sein.«

Lorenzo nahm den neben Clarissa stehenden Stuhl. Sie lächelte ihn an, dann blickte sie vor sich auf den gezuckerten Kuchen hinunter.

»Nun, Clarissa«, sagte er, »hast du heute etwas Interessantes unternommen?«

»Wir gingen zur Messe in den Duomo.«

»Gut. Hat er dir gefallen? Ist er nicht wunderschön? In ihm hat fast die ganze Bevölkerung der Stadt Platz.«

»Sehr schön«, murmelte Clarissa.

Das Blut schoß ihr in die Wangen. Sie log, und sie war ärgerlich. Clarissa hatte nicht bemerkt, ob der Dom schön war oder nicht. Sie war viel zu schockiert gewesen, als daß sie darauf geachtet hätte.

Für die Florentiner waren die acht am Tag gelesenen Messen mehr als nur Gottesdienste. Sie waren auch gesellschaftliche Treffen und Geschäftsversammlungen. Die Frauen tratschten mit ihren Freundinnen, die Männer tätigten Finanzgeschäfte und erzählten sich danach die neuesten Gerüchte. In den riesigen, banklosen Zwischenräumen der Kirchen herrschte reges Treiben. Die Menschen bewegten sich von einer Gruppe zur nächsten, blieben für eine Minute oder auch fünf oder zehn Minuten stehen, um zu plaudern. Nur wenn der Priester die Hostie in die Höhe hob, das geheiligte Brot und den Leib Christi, verstummten sie, wandten sich dem Altar zu und neigten ihre Köpfe. Clarissa hielt ihr Verhalten für eine Ungeheuerlichkeit.

Für sie, für alle Römer und Römerinnen wie sie, war die Messe eine feierliche Pflicht, der man mit vollständiger Hingabe und Aufmerksamkeit nachzukommen hatte.

In Rom war die Kirche das allerwichtigste. Nicht nur für die Frommen, sondern für jeden. Kirche und Staat waren eins, der Papst war der Herrscher. Alle Gesetze, alle Steuern, jedes Vorrecht und jegliche Macht hatten ihren Ursprung in der Kirche. Die Gebiete des Kirchenstaates bedeckten ein Viertel der Fläche Italiens. Die Steuern, die Erzeugnisse und die Abgaben aus diesen der Kirche unterworfenen Territorien machten den Papst zum reichsten Herrscher des Landes. In diesen Regionen war seine weltliche Macht schier grenzenlos. Seine geistliche Macht erstreckte sich über ganz Europa.

Die Predigten seiner Priester auf die leichte Schulter zu nehmen bedeutete, die eigene Sicherheit aufs Spiel zu setzen.

Clarissa hielt die Einwohner von Florenz für gotteslästerlich. Ihr Verhalten war eine Beleidigung für die Kirche. Und es bedrohte alles, woran sie glaubte. Ihr Onkel war Kardinal, zwei ihrer Vettern waren Erzbischöfe. Obwohl das Vermögen der Orsini aus den ungeheuren, von Rom bis zu den Außenbezirken Neapels reichenden Besitztümern der Familie stammte, beruhte ihre Sicherheit und Macht auf den Familienmitgliedern, die in der Kirchenhierarchie die höchsten Ränge bekleideten.

Clarissa war gründlich in den Pflichten unterwiesen worden, die eine Ehefrau gegenüber ihrem Mann zu erfüllen hatte. Gehorsam und eine demütige Haltung waren dabei Grundvoraussetzungen. Daher log sie Lorenzo an, genau wie sie schon seine Mutter angelogen hatte. Ihre religiöse Einstellung verlangte, sich der Liturgie zu unterwerfen, aber nicht, den Glauben zu verteidigen.

Sie konnte nicht wissen und auch nicht verstehen, daß Lucrezia de' Medici eine zutiefst religiöse Frau war, die die Geselligkeit der Messe genoß und lange Stunden damit verbrachte, die Schriften und Werke großer Theologen zu studieren. Als Geschenk an Gott hatte sie jahrelang an einer Übertragung der Psalmen in italienische Verse gearbeitet, und sie befolgte das biblische Gebot, indem sie ihre wohltätigen Gaben geheimhielt.

Lorenzo wartete, bis unmißverständlich klar war, daß Clarissa ihrer aus zwei Worten bestehenden Bemerkung bezüglich der Schönheit des Duomo offensichtlich nichts mehr hinzufügen wollte. Er war es nicht gewohnt, daß am Tisch geschwiegen wurde. Konversation zu üben war für die Florentiner eine Form der Kunst und ein Spiel zugleich. Der junge Mann begann, Verrocchios Neuigkeiten über das neueste Projekt der Familie della Robbia zu erzählen. Clarissa hörte höflich zu.

Ein Bediensteter brachte eine Schüssel dampfender Ravioli und stellte sie vor Lorenzo hin.

»Die Küche hat dich beim Wort genommen«, meinte Lucrezia. Sie versteckte ihr Lächeln hinter ihrer Serviette. Die Schüssel wurde normalerweise zum Servieren benutzt, und sie war bis zum Rand gefüllt. Es war genug, um sechs Leute satt zu kriegen.

Lorenzo lachte herzhaft. Er liebte Streiche, auch wenn er selbst dabei die Zielscheibe war.

»Es wird zwei Stunden dauern, das aufzuessen. Gerade lange genug für Clarissa und mich, uns unsere Ruhepause zu gönnen. Wir hatten einen geschäftigen Morgen, und deine Schwestern kommen diesen Nachmittag zu Besuch.« Lucrezia nahm Lorenzos Braut mit und ließ ihn in Frieden.

Zehn Minuten später kam sie wieder zurück. »Clarissa ist fürchterlich schüchtern, Lorenzo. Du bist ein Mann; du kannst dir nicht vorstellen, welche Gefühle ein Mädchen hat.« Sie ergriff seine Hand. Seit seiner Kindheit war das das Signal dafür, daß sie seine volle Aufmerksamkeit wollte. »Lieber Sohn, du hattest es immer bei allem ein wenig eilig. Doch dieses Mal mußt du deine Ungeduld zügeln, deine Energien unter Kontrolle halten. Jetzt ist Geduld gefragt. Sei Clarissa ein Ehemann; sie ist fähig, eine Ehefrau zu sein. Doch erwarte nicht von ihr, daß es ihr leichtfällt, mit irgend jemandem von uns zu sprechen, bis sie sich hier zu Hause fühlt.«

Lorenzo hob seine Hand und führte die Hand seiner Mutter an die Lippen. Als er sie küßte, konnte Lucrezia spüren, daß er lächelte. »Ich werde mich daran erinnern, Mammina«, sagte er. »Danke.«

In jener Nacht besuchte Lorenzo seine Frau auf ihrem Zimmer. Clarissa erwartete ihn. Süße Kräuter brannten in dem durchbrochenen Messingbehälter, der über dem breiten, mit Seidendecken bedeckten Bett hing. Ihre Haare waren parfümiert. Und sie trug ein besticktes Seidennachthemd mit langen, spitzenbesetzten Ärmeln. Lorenzo war verblüfft. In Florenz schliefen alle Männer und Frauen nackt bis auf eine Nachtmütze.

Clarissa drehte ihren Kopf zur Seite, um seinen Körper nicht zu sehen. Mit den Händen zog sie an den Seiten ihres Nachthemdes, um ihm die Öffnung darin zu zeigen, die einen Geschlechtsverkehr gestattete, ohne gegen ihr Schamgefühl zu verstoßen.

Sie machte kein Geräusch, als er in sie eindrang und die Jungfernhaut zerriß. Ihre Fingernägel jedoch gruben sich in ihre Handflächen. Sie sagte nichts, als er sie verließ. Dann weinte sie sich in den Schlaf.

Es war das einzige Mal, daß sie weinte. Sie war zu stolz, um sich eine solche Schwäche zuzugestehen. Die Römer waren stolze Menschen, und die Orsini waren die stolzesten von allen. Clarissa war nur auf ein Ziel hin erzogen worden: sich so zu verhalten, wie es einem Mitglied des römischen Adels zukam, ihre Pflicht zu tun und keinerlei Schwäche zu zeigen.

Es dauerte nur Wochen, da erkannte auch Lucrezia, daß Clarissas Schweigen auf ihren Stolz und nicht auf ihre Schüchternheit zurückzuführen war. Sie hoffte, daß der jährliche Karneval von Florenz ihrer Schwiegertochter gefallen und sie amüsieren würde. Der Karneval war in ganz Italien berühmt. Mit diesem Fest wurde Johannes der Täufer, der Schutzheilige von Florenz, gefeiert. Während der viertägigen Festlichkeiten wurde einfach alles geboten. Prozessionen bewegten sich majestätisch aus allen Teilen der Stadt auf den Duomo zu. Einhundert kunstvolle, vergoldete Türme wurden der Signoria von den zur Republik gehörenden Städten überreicht. Ein halsbrecherisches Pferderennen, der *Palio*, führte von einem Ende der Stadt zum anderen. Es gab Paraden und Herolde, Wettkämpfe zwischen Gruppen von Standartenträgern, die ihre riesigen, farbenprächtigen Seidenbanner in die Luft schleuderten und herumwirbelten, und auch einen erbitterten, den ganzen Tag über andauernden Calcio-Wettkampf mit Mannschaften aus allen vier Stadtbezirken.

Überall wurden die Geschäfte und Gebäude mit Bannern, Wandteppichen, leuchtenden Seidenbahnen oder Goldtüchern, Perserteppichen und Malereien geschmückt. Die Bewohner von Florenz trugen ihre festlichsten Gewänder, streiften durch die Straßen und über die Plätze, teilten die Festtagsstimmung und genossen die überall gebotene Unterhaltungsmöglichkeiten: dressierte Tiere, Jongleure, Feuerschlucker, Akrobaten, Troubadoure, Seiltänzer, Musiker und Schwertschlucker. An jeder Straßenecke gab es etwas zu bestaunen, und ganz Florenz war auf den Straßen, um sich daran zu erfreuen.

Clarissa nannte das Spektakel vulgär und mied jeden Kontakt mit den Massen. In Rom, sagte sie, wurden Aristokraten niemals von gewöhnlichen Leuten berührt.

Am letzten Tag des Karnevals steigerte sich ihr Mißfallen zu geradezu hysterischer Ablehnung. Es war der Tag des großen Gelages. Auf jeder Piazza wurde musiziert und getanzt, in allen Straßen wurde gezecht. Während unverheiratete Frauen die Festivitäten nur von den Fenstern und Balkonen aus beobachten konnten, durften sich die verheirateten Frauen aller Stände und Altersgruppen unter die fröhlichen Horden mischen und taten dies auch. Die meisten Menschen trugen Masken, viele von ihnen frivole Kostüme. Als Frauen verkleidete Jünglinge machten eindeutige Gesten und gaben unzüchtige Lieder zum besten, wobei sie nicht selten geschmeichelte ältere Damen besangen, die sie gefangenhielten, indem sie unablässig um sie herumtanzten. Schwerfällig bewegten sich die Festwagen durch die Straßen und hielten häufig an, um ihre Gedichte, Theaterstücke oder Erzählungen darzubieten. Die Männer protzten mit übertrieben ausgepolsterten Schulterstücken und Schambeuteln und luden die Betrachter dazu ein, sie zu bestaunen und zu befühlen. Einen ganzen Tag und eine ganze Nacht lang wurden das Leben und die Sexualität gefeiert. Wer völlig außer sich geriet, der fand in den engen Gassen vorübergehende Abgeschiedenheit für Umarmungen oder hastige Vereinigungen.

Clarissa ertrug die lärmenden und drängelnden Menschenmassen keine zehn Minuten. Dann wandte sie sich an Lucrezia. »Ich wünsche, wieder nach Hause gebracht zu werden. Es ekelt mich an.« Sie trug eine Maske, aber der schroffe Blick ihrer Augen fiel wie ein Blitz durch die Öffnungen im weichen, rosaroten Satin.

Lucrezia sprach mit den Dienstboten, die sie eskortierten, und sie begannen, für die beiden Frauen einen Weg durch die Menschenmenge zu bahnen. »Lorenzo hoffte, du würdest dich über den Wagen, den er entworfen hat, amüsieren«, sagte sie mit trügerisch sanfter Stimme.

»Das gehört nicht zu meinen Pflichten!« Clarissas Worte waren ein durchdringender, schriller Schrei.

Lucrezia sprach nie wieder mit ihrem Sohn über die Tugend der Geduld.

Lorenzo bemerkte sofort, daß sich die Einstellung seiner Mutter zu Clarissa geändert hatte. Lucrezia veränderte ihr Verhalten nicht; sie blieb Clarissa gegenüber rücksichtsvoll, war geduldig mit ihr und gab nach außen hin alle Anzeichen von Freude darüber zu erkennen, daß sie eine neue Tochter hatte, die ihr Leben mit ihr teilte. Doch Lorenzo hatte die Gabe, die Trauer anderer zu spüren, und er wußte auch ohne Worte, daß seine Mutter von Clarissa enttäuscht war und wie sehr es sie berührte, daß die Braut, die sie für ihren Sohn gewählt hatte, diesen so wenig glücklich machte.

Er wußte schon seit langem, was Lucrezia beim Karneval erlebt hatte. Clarissa maß alles in ihrem Leben an ihrem starren, engstirnigen Pflichtbewußtsein. Aufgrund ihrer Herkunft und, was noch schlimmer war, aufgrund der Tatsache, daß sie es nie versäumte, ihre Pflicht zu tun, hielt sie sich für etwas Besseres als die anderen um sie herum. In ihren Augen war sie eine Märtyrerin, genau wie die Heiligen, deren Feiertage sie gewissenhaft einhielt und für die sie zusätzlich zur täglichen Messe private Andachtsübungen abhielt.

Das nächtliche Ritual in ihrem Bett veränderte sich nie. Clarissa ließ für Lorenzo die Rolle als Ehemann eine ebenso unwillkommene Pflicht werden, wie es ihre Rolle als Ehefrau für sie war.

Ich habe nicht mehr erwartet, sagte er sich, und dachte nicht weiter darüber nach. Er führte sein eigenes Leben. Es gab so vieles zu tun, so viele Dinge zu genießen. Die langen Sommertage schenkten zusätzliche kostbare Stunden, Lorenzo verschwendete keine einzige davon.

Wenn es in der traditionellen zweistündigen Ruhezeit nach dem Mittagessen überall in der Stadt still wurde, ritt er gewöhnlich nach Careggi hinaus, der nächstgelegenen Familienvilla, um seine Pferde trainieren zu sehen. Sein größter Traum war es, einmal das berühmte, gefährliche Rennen, den

Palio, zu gewinnen. Drei Jahre zuvor hatte er mit einem systematischen Zuchtprogramm begonnen und die schnellsten Pferde gekauft, die die Bankdirektoren der Medici überall da finden konnten, wo die Bank Filialen hatte: in Rom, Venedig, Neapel, Mailand, Pisa, Antwerpen, Brügge, London, Genf, Lyon und Avignon. Agenten in Konstantinopel schickten arabische Zuchthengste und Stuten. Die Trainer paarten sie, führten detaillierte Aufzeichnungen über alle Stärken und Schwächen und suchten die perfekte Kombination aus Zuchthengst und Muttertier, um die Furchtlosigkeit, die Geschwindigkeit und die Ausdauer zu erzielen, die für einen Gewinner des Palio notwendig waren.

Auch die Abende verliefen für ihn nach einem immer wiederkehrenden Muster. Er besuchte das schöne Haus in der Via de' Pucci und seine schöne Lucrezia. Dann ging er nach Hause, um das gemütliche Abendessen einzunehmen, das die Familie im Garten im langsam schwindenden Licht des Tages zu sich nahm. Oft war Piero bei ihnen, und nach dem ruhigen, einfachen Mahl half Lorenzo Pieros Männern, ihn auf sein Zimmer zu tragen. Vor dem schmerzhaften Vorgang des Zubettbringens sprach Piero eifrig mit seinem Sohn über die Arbeit der florentinischen Regierung und versuchte, ihn auf die Rolle vorzubereiten, die ihm bald zufallen würde. Wenn das Sprechen für ihn zu anstrengend wurde, um fortzufahren, schickte Piero Lorenzo weg. Das krächzende Geräusch seines qualvollen Atmens hallte in seinem Kopf wider, während er auf Clarissas Zimmer ging und seiner ehelichen Pflicht Genüge tat.

Danach suchte Lorenzo Giuliano und nahm ihn mit auf seine nächtlichen Streifzüge. Mit einem guten Schwert, einer Fackel und einem prallgefüllten Geldbeutel für die Strafen war es möglich, den Gefahren auf den nächtlichen Straßen zu trotzen und die Gesetze zu umgehen. Die Schenken waren immer voller Leben. Mit Gigi Pulci als Begleiter konnten die beiden Brüder beinahe vergessen, daß ihr Vater im Sterben lag und daß niemand irgend etwas tun konnte, um seine Schmerzen zu lindern.

Kurz nach dem Karneval gab Andrea del Verrocchio Lorenzo Nachricht, daß die della Robbias ihr Werk in der Villa Antonio de' Pazzis vollendet hatten. »Wir gehen morgen hin«, informierte Lorenzo Lucrezia. »Ich habe bereits einen Boten losgeschickt, um die Erlaubnis einzuholen.«

Lucrezia war besorgt. »Antonio ist ein solcher Einsiedler, daß er Besuchern vielleicht den Zutritt verweigert.«

»Unsinn, Mammina. Er ist ein sonderbarer alter Mann, aber er liebt die Kunst. Er wird außer sich vor Freude sein, mit seinen Schätzen protzen zu können. Verrocchio und Botticelli werden auch mitkommen.«

»Nun, in diesem Fall... Ich hoffe, daß du dort nichts allzu Schlimmes vorfindest. Ich mache mir Sorgen wegen dieser Gerüchte, daß die junge Ginevra so undiszipliniert sein soll. Die Verträge für die Verlobung sind fast fertig, und Pierfrancesco ist ungeduldig. Wenn wir das Ganze wieder rückgängig machen müssen, weiß ich nicht, was er davon halten wird.«

Lorenzo gab ihr einen schmatzenden Kuß auf beide Wangen. »Dazu wird es nicht kommen. Was immer auch unternommen werden muß, ich werde mich darum kümmern. Mach dir keine Sorgen.«

Er wünschte, er könnte die gleiche Zuversicht empfinden, die seine Worte verbreiteten. Antonio war weithin berüchtigt. Selbst für einen Pazzi hatte er einen außergewöhnlich schwierigen Charakter.

7. KAPITEL

Lorenzo war noch nie in der Villa La Vacchia gewesen. Sie entsprach ganz und gar nicht seinen Erwartungen. Die riesigen Tore bestanden aus kunstvoll verschlungenem Schmiedeeisen statt aus massivem Holz, und sie standen einladend offen. Der Pförtner und seine Frau spähten neugierig aus dem Fenster ihres Häuschens heraus, sagten aber nichts zu den Besuchern.

Vom Tor aus führte ein Weg durch einen Olivenhain auf

eine kleine Anhöhe und hinauf zur Villa. Es war ein kleines und sehr schlichtes Landhaus, überhaupt nicht zu vergleichen mit dem grandiosen Palast Jacopo de' Pazzis in der Stadt. La Vacchia hatte nur zwei Stockwerke und einen kleinen, viereckigen Turm, der sich aus der Mitte des mit roten Ziegeln bedeckten Daches erhob. Es gab keine Zinnen und auch keine anderen Verzierungen außer den verschlungenen Eisengittern, die die Fenster schützten.

Und dann war da natürlich noch die Lünette von della Robbia über der einfachen, hohen getäfelten Eingangstür.

Lorenzo hörte, wie Sandro Botticelli neben ihm nach Luft schnappte, und wußte, daß er selber auch mit offenem Munde dastand. Der mit leuchtenden Farben bemalte Halbkreis war atemberaubend.

»Willkommen, meine Herren.«

Lorenzo war so gebannt, daß er den im Eingang stehenden Antonio gar nicht gesehen hatte. Der alte Mann lächelte.

Hastig stieg Lorenzo vom Pferd. »Ich bitte um Vergebung, Messer Antonio, aber ich war so…«

»Ich fasse es nicht als Beleidigung auf, Lorenzo. Kunst sollte die Augen gefangennehmen… Ihr seid doch Lorenzo, nicht wahr? Ich sehe so wenige Leute, daß ich mir nie sicher bin, ob ich weiß, wer sie sind.«

»Ich bin Lorenzo. Und ich danke Euch, daß Ihr uns empfangt. Darf ich Euch meine Freunde vorstellen…« Andrea und Sandro hatten sich zu Fuß zu ihm gesellt.

»Ha! Verrocchio, diesen genialen Schurken, kenne ich bereits«, sagte Antonio. »Für ein Lesepult hat er mich um ein ganz schönes Sümmchen erleichtert. Allerdings hat er auch gute Arbeit geleistet, so daß ich ihm verzeihen mußte… Ihr müßt Botticelli sein. Ich verneige mich vor Eurem Genie, junger Mann.« Antonio senkte ehrerbietig den Kopf.

Der alte Mann faszinierte Lorenzo. Antonio war groß und schlank, genau wie sein Bruder Jacopo, und hatte auch die lange, schmale Habichtsnase der Pazzi. Doch während Jacopos zusammengekniffene Augen einen stets wachsamen und argwöhnischen Blick hatten, machten Antonios den Eindruck, als seien sie auf einen inneren Horizont gerichtet. Sie waren seltsam transparent. Lorenzo erkannte darin den Blick eines Gelehrten, eines Menschen, der sich in einer anderen Welt bewegte als der, die ihn umgab.

Antonios Kleidung stach auf ganz ähnliche Weise von der üblichen ab. Er war förmlich gekleidet und trug eine elegante Seidenjacke und eine Tunika über Hose und Hemd aus Seide. Die Tunika reichte ihm jedoch ganz im alten Stil bis halb über die Wade herunter, und der blaue Seidenstoff war so alt, daß er wie gesprenkeltes Grün aussah. Sein Schwertgürtel bestand aus flachen, goldenen Kettengliedern, was ebenfalls völlig aus der Mode gekommen war, und das Schwert selbst war das eines Ritters, viel zu lang und viel zu schmal, als daß man etwas anderes damit hätte tun können, als es zur Schau zu stellen. Nur mit Mühe konnte Lorenzo ein Lächeln unterdrücken.

»Kommt mit mir«, sagte Antonio. »Ich bestehe darauf, daß Ihr Euch die Lünette als letztes anseht. Sonst werdet Ihr die anderen nicht gebührend würdigen. Sie befinden sich auf der Gartenseite. Folgt mir.«

Er scheuchte die Besucher durch die quadratische Eingangshalle und einen kärglich eingerichteten Salon zu einer offenen Tür, die in einen ummauerten Garten führte.

»Dreht Euch um und schaut«, sagte der alte Mann.

Zwischen den hohen Fenstern im Erdgeschoß und den Fenstern des ersten Stocks erstrahlten sieben rechteckige Schmuckplatten in leuchtenden Farben. Sie zeigten Szenen aus den Geschichten des Alten Testaments: Daniel in der Löwengrube, Joseph in seinem vielfarbigen Mantel, David und Goliath, Jonas und den Walfisch, die Tiere beim Betreten der Arche, das Teilen der Wasser des Roten Meeres.

»Bei Gott, sie sind prachtvoll!« platzte Verrocchio heraus. »Messer Antonio, habt Ihr eine Leiter?«

»Ich lasse eine bringen.« Antonio winkte einem Diener zu, der fast so alt war wie er selbst. Der Mann hinkte davon, kam mit erstaunlicher Geschwindigkeit wieder zurück und zerrte eine Leiter hinter sich her. Botticelli lief ihm entgegen, um sie ihm abzunehmen. Dann bewegten die drei jungen Männer sie von einer Fayence zur nächsten, stiegen abwechselnd hinauf, um das Kunstwerk aus der Nähe zu betrachten, und riefen sich lautstark ihre Beobachtungen zu.

Antonio hörte zu, lächelte über die erregten Beifallsbekundungen. Alle waren sich sofort darin einig, daß diese Kunstwerke das Beste waren, was das Atelier della Robbia je geschaffen hatte. Doch es gab erhitzte Auseinandersetzungen darüber, welches von ihnen alle anderen übertraf. Und aufgeregt forderten die Künstler dazu auf, sich die Formgebung, ein bestimmtes Detail, die Intensität der Farben, die Figurenkomposition, den Verkürzungswinkel oder den Grad der Perspektive genauer anzusehen. Einige ihrer Kommentare waren so technisch, daß Antonio sich nähere Erläuterungen geben lassen mußte.

Dann stritten Botticelli und Verrocchio lauthals über die beste Art der Erklärung.

Nervös blickte Lorenzo zu Antonio hinüber. Er hätte sich gerne an dem Streitgespräch beteiligt, aber er erkannte, daß die geräuschvolle, enthusiastische Diskussion für einen Außenstehenden eher wie eine halbe Schlägerei wirkte als wie das ernsthafte Bemühen um absolute Genauigkeit. Er fürchtete, daß Antonio sie zum Gehen auffordern würde, bevor er in Erfahrung bringen konnte, ob die Gerüchte über Ginevra der Wahrheit entsprachen. Er mußte Andrea und Sandro Einhalt gebieten.

Doch bevor er ihre Aufmerksamkeit auf sich ziehen konnte, wurde die seine auf einen anderen Streit gelenkt. Zwei Männer betraten durch ein Törchen in der Mauer den Garten. Wild gestikulierend redeten sie in lateinischer Sprache aufeinander ein, fast zischten sie sich an.

Botticelli und Verrocchio verstummten und starrten auf das ungleiche Paar. Der eine war ein Mönch, der in seiner voluminösen, schäbigen braunen Kutte winzig und zerbrechlich wirkte. Inmitten eines Kranzes aus dünnen, weißen Haarbüscheln sah man seine Tonsur rosig glänzen. Der andere war groß, sah aber genauso zerbrechlich aus wie der kleine Mönch. Seine knochigen Handgelenke schauten unter den Ärmeln seiner schwarzen Baumwolltunika hervor, und seine spitzen Knie schienen die schwarze Baumwollhose an seinen langen, mageren Beinen zerschneiden zu wollen. Er war sehr blond und sehr jung, sein breiter Mund war genauso rosa wie die Kopfhaut des Mönchs.

Lorenzo mußte an sich halten, um nicht in lautes Lachen auszubrechen. Die ganze Szene glich dem billigen Klamauk, der auf einem Karnevalswagen ausgeführt wurde. Der altmodische Gastgeber, rüpelhafte Künstler und zerlumpte Latinisten. Er fragte sich, welche Rolle er wohl selber spielte.

»Mateo, Marco«, rief Antonio, »hört sofort mit eurem Disput auf, kommt her und begrüßt unsere Gäste.« Die Neuankömmlinge lösten ihre Blicke voneinander und hörten auf zu reden und zu gestikulieren. Dann lächelten sie und beeilten sich, zu der nahe der Villa stehenden Gruppe zu gelangen.

Antonio stellte die beiden vor. Fra Marco war ein langjähriger Begleiter, er lebte auf dem Landsitz und las in der kleinen Kapelle auf dem Grundstück die Messe für die Hausbewohner. »Mateo ist der Hauslehrer meiner Enkelin. Er ist erst vor kurzem zu uns gekommen.«

Lorenzo brachte sein Vergnügen über das Treffen zum Ausdruck. Und um die Gelegenheit nicht zu verpassen, fragte er rasch, ob er Ginevra sehen könne.

»Natürlich«, sagte Antonio. »Wo steckt sie, Mateo?«

Der Lehrer blinzelte. »Ich habe keine Ahnung, Exzellenz. Weißt du etwas, Fra Marco?«

Der Mönch schüttelte den Kopf.

Antonio blickte geistesabwesend auf einen Zitronenbaum, der in der Nähe seines Ellbogens stand, ganz so, als ob das Kind dort sein könnte. »Sie muß bei deiner Frau sein, Mateo.«

»Nein, Exzellenz. Erinnert Ihr Euch nicht? Emilia besucht doch ihre Familie in Arezzo.«

Lorenzo spürte, wie er allmählich ungehalten wurde. Es stimmte: Antonio ließ das kleine Mädchen verwildern. Und es würde nichts nützen, mit ihm darüber zu sprechen. Er steckte viel zu sehr in seiner eigenen, geistigen Innenwelt, um sich um Ginevra zu kümmern. Die anderen waren nicht besser; sie hatten den gleichen geistesabwesenden Blick wie Antonio. Würde Ginevra von Wölfen gefressen, würden sie ihre Abwesenheit wahrscheinlich erst bemerken, wenn ihre abgemagerten Knochen auf dem Text lagen, den sie gerade studierten. Die Aussöhnung seines Vaters mit seinem Vetter würde von diesen gelehrten Narren zerstört werden.

Antonio machte den Mönch und den Hauslehrer nun mit den beiden Künstlern bekannt. Lorenzo knirschte mit den Zähnen.

Und Ginevra beobachtete und belauschte das Ganze von ihrem Versteck aus, das hoch in einem in einer Ecke des Gartens stehenden Baum lag.

Wenn jemand sie rief, würde sie Antwort geben, doch bisher hatte das keiner getan. Bis das passierte, konnte sie Lorenzo betrachten und ihn anhimmeln. Als er nach ihr gefragt hatte, wäre sie fast heruntergeklettert, doch ihre Arme wollten ihr nicht gehorchen und klammerten sich am Baum fest. Mit ihrem Freund von der Geburtstagsfeier hätte sie sprechen können, mit dem heroischen Gewinner des Turniers hingegen nicht. Sie war doch nur ein Kind, dazu noch ein unwissendes Kind, wie ihr Großvater immer sagte. Und Kinder sprechen keine Helden an.

Doch sie können zuschauen, wie sich der Ausdruck im Gesicht des Helden verändert und sich das in ihr Gedächtnis einprägen, genau wie sie sich auch schon die von der Stimme des Helden ausgesprochenen Worte und den Klang seines Gelächters eingeprägt haben…

»Ginevra!« Fra Marcos kleiner Körper produzierte einen gewaltigen Klang. »Sie könnte hier irgendwo in der Nähe stecken«, meinte er mit seiner normalen ruhigen Stimme. Dann blickte er auf die zitternden Blätter des Baumes. »Das tut sie sogar. Erstaunlich.«

Lorenzo traute seinen Augen nicht. Wie ein Äffchen kletterte das kleine Mädchen vom Baum herunter. Sie war ganz braun. Ihre Haut war sonnengebräunt, ihre Kleidung bestand aus einer groben, braunen Bauerntunika, die mit einem zerfransten Seil zusammengebunden war. Ihr in einem einzigen Zopf auf den Rücken herabbaumelndes Haar hatte sich zur Hälfte gelöst und war mit Zweigstücken und Blättern gespickt. Die nackten Füße des Mädchens waren erdverkrustet.

Sie stand am Fuß des Baumes und starrte ihn an, riesige braune Augen in einem braunen Gesicht.

»Contadina«, murmelte Lorenzo. Bäuerin. Es war ein purer Ausdruck der Verzweiflung, denn genau das würde auch Pierfrancesco denken.

Ginevra hörte darin nur den liebevollen Spitznamen von der Geburtstagsfeier und lachte. Ihr Lachen war frisch und frei und glücklich. »Sei gegrüßt, Lorenzo«, sagte sie. Ihrem Latein fehlte jede Befangenheit.

Lorenzo wurde neugierig. Was machte das Gelehrtennest hier eigentlich aus diesem Kind?

Er blickte zu Antonio hinüber und ignorierte seinen finsteren Blick. »Darf ich mit Eurer Enkelin einen kurzen Spaziergang machen, Exzellenz?«

»Gern. Wenn Ihr keine Angst habt, Euch schmutzig zu machen. Es ist eine Schande, wie dreckig sie ist!«

Lorenzo führte das Kind bis zum Ende des Gartens. Dort setzten sich die beiden auf eine Steinbank und unterhielten sich. Wie er gleich bemerkte, waren Ginevras Lateinkenntnisse extrem begrenzt. Ihr Italienisch jedoch war makellos. Und immer noch konnte sie flüssig den Dialekt der Landleute sprechen.

Arglos antwortete sie auf seine Fragen und vermittelte ihm so ein vollständiges Bild von ihrem Leben mit Antonio. Als das wichtigste galt dort das Lernen. Bei Sonnenaufgang nahm sie ein Frühstück aus Milch und Brot ein, dann arbeitete sie bis Mittag mit ihrem Lehrer. Nachmittags, wenn Mateo Antonio und Fra Marco Griechisch lehrte, ging Ginevra auf einen der auf Antonios Besitz gelegenen Höfe, spielte mit den Kindern der Bauersleute und half ihnen bei der Feldarbeit. Wenn die Sonne niedrig stand, kehrte sie endlich zur Villa zurück, badete sich und legte saubere Kleider an. Dann aß sie mit den Älteren zu Abend, hörte ihren Gesprächen zu und lernte daraus.

»Und gefällt dir dein Leben, Contadina?«

»Oh ja! Ich finde es wunderbar.« Ihre Augen leuchteten, ihre braunen Wangen waren vor Eifer gerötet. »Willst du wissen, was passiert, Lorenzo?«

Er versuchte ein ernstes Gesicht zu machen. »Ja, sehr«, antwortete er.

»Dann werde ich es dir erzählen. Mateo zeigt mir irgend etwas und erklärt es – Grammatik oder wie ein Gedicht gemacht wird –, und es ergibt für mich keinen Sinn. Deswegen drehe ich es in meinen Gedanken hin und her, betrachte es mal von der einen, mal von der anderen Seite, kaue richtig darauf herum, probiere es mal mit dem in Verbindung zu bringen, was ich am Tag zuvor gelernt habe oder zwei Tage vorher oder mit etwas, das ich am Tisch gehört habe. Und dann, urplötzlich – plop! – wird es von ganz alleine klar. Es ist ungeheuer spannend.«

Lorenzo betrachtete das begeisterte, verschmierte Gesicht der kleinen Gelehrten. Es war ein komisches Gefühl, vor jemandem Respekt zu haben, der bloß ein Kind war; sie hatte eine Erfahrung beschrieben, die er selber tausendmal gemacht hatte. Auch er hatte diese Aufregung gespürt. Sie war immer noch in ihm lebendig.

Doch ihre Gelehrsamkeit würde Pierfrancesco nicht dazu bringen, sich mit dem Gedanken einer Verbindung mit ihr anzufreunden. Ginevra brauchte Unterricht in Lebensführung und gutem Benehmen. »Wer ist Mateos Frau?« fragte er. »Gibt auch sie dir Unterrichtsstunden?«

»Emilia? Bestimmt nicht. Sie weiß ja nichts. Sie wäscht mir die Haare und schnürt mir hinten das Kleid. Im Haus trage ich nämlich richtige Kleidung. Das hier sind nur meine Sachen für den Bauernhof.«

»Ich verstehe. Und gefällt dir die Landwirtschaft genauso gut wie deine Unterrichtsstunden?«

»Manchmal noch besser. Landwirtschaft macht soviel Sinn. Wenn man Dinge pflanzt und auf sie achtet, dann wird Gott sie dazu bringen, einen dafür zu belohnen. Man kann sie wachsen sehen. Pflanzen und Tiere. Auf einem der Höfe gibt es fünf Hühner. Ich habe gesehen, wie sie aus dem Ei geschlüpft sind. Dort gehe ich auch normalerweise hin. Da ist ein Mädchen, das ist genauso alt wie ich. Ihre Mutter ist wunderbar. Sie nennt mich ihr Waisenkind. Gewöhnlich esse ich bei ihnen, denn in der Villa gibt es nie genug. Großvater sagt, ein voller Bauch erstickt den Geist.«

Lorenzo steckte in einer Zwickmühle. Ginevra führte ein Leben, das für ein Mädchen aus guter Familie völlig unpassend war. Da mußte dringend etwas unternommen werden. Und doch wünschte er, er könnte sie so lassen, wie sie war. Ihr Leben war eine Art Paradies. Immer hatte er das Land und die Menschen vom Land geliebt. Und nie war er des Lernens und Studierens müde geworden. Er beneidete dieses Kind, dem beides in so großer Fülle offenstand.

Es wäre zwecklos, Antonio Vorhaltungen zu machen. Der alte Mann wäre beleidigt und würde wahrscheinlich alles Gesagte vergessen, sobald er wieder zu seinen Büchern zurückkehrte. Fieberhaft suchte Lorenzo nach einer Lösung.

Unbeabsichtigt gab ihm Ginevra die Antwort. »Hast du Bianca gesehen? Wächst das Baby schnell heran? Ich bin froh, nicht mehr in ihrem Haus zu sein, aber Bernardo vermisse ich. Wie du dich erinnerst, hat er am gleichen Tag Geburtstag wie wir.«

Lorenzo lächelte. »Ich erinnere mich. Und ich werde es so einrichten, daß du ihn sehen kannst. Morgen spreche ich mit Bianca.«

»Das wirst du tun? Oh, danke, Lorenzo.«

»Ich bin glücklich, daß ich etwas für dich tun kann, Contadina«, sagte er. Sogar mehr als glücklich, dachte er dabei. Bei Bianca wird Ginevra die nötige Erziehung erhalten. Sie hat Töchter, sie wird wissen, was zu tun ist. Ganz reglos saß er da, genoß die Erleichterung, eine Lösung gefunden zu haben. Das Kind neben sich hatte er völlig vergessen.

Ginevra schaute zu ihm hoch, stumm, vom Glück wie erschlagen. Ich hätte es wissen sollen! Lorenzo macht alles vollkommen, dachte sie. Er bringt alles fertig. Wie gut, daß ich ihn nach Bernardo gefragt habe. Ich brauchte nur den Mund aufzumachen... Was wäre wohl, wenn ich ihn wegen der anderen Sache, die ich mir wünsche, frage...? Würde er auch das tun...? Oder würde es ihn etwa wütend machen...?

Lorenzos Lippen kräuselten sich zu einem Lächeln, als er sich selbst beglückwünschte.

Ich werde es fragen, dachte Ginevra. Sie zitterte, aber dann wagte sie den Sprung nach vorne. »Könntest du auch mit

Großvater sprechen, Lorenzo? Mit Bianca und dem Großvater?«

Lorenzo wurde aus seinen Träumen gerissen. »Was? Mit deinem Großvater sprechen? Worüber?« Voller Verwirrung runzelte er die Stirn.

Erneut durchlief Ginevra ein Beben. Sie hätte nicht fragen sollen, und jetzt war es zu spät, um es wieder rückgängig zu machen. Ihre Stimme zitterte. »Über ein Pferd. Ich wünsche mir so sehr ein Pferd. Großvater will mich nicht auf seinem Pferd reiten lassen, und Fra Marco hat bloß einen Esel. Mateo hat Angst vor Pferden, deshalb läßt er sich in einem Karren hinter einem großen, fetten Maultier herziehen.«

Lorenzo war verärgert, aber der Schrecken auf Ginevras plötzlich ganz bleichem Gesicht ging ihm zu Herzen. Sie war schließlich ein Waisenkind. »Es wäre nicht richtig von mir, mit deinem Großvater zu sprechen«, sagte er vorsichtig. »Er ist älter als ich, und es wäre falsch von mir, ihm zu sagen, was seine Enkelin haben sollte.«

Lorenzo dachte an die Pläne, die er gerade schmiedete. Keines der Rechte, die Antonio über seine Enkelin besitzt, kann das, was ich vorhabe, durchkreuzen, gestand er sich ein. Was sind Erwachsene doch für Heuchler Kindern gegenüber.

»Warum lachst du, Lorenzo?«

»Weil ich mich freue. Eines kann ich dir versprechen, Contadina: Der Tag wird kommen, an dem du ein Pferd haben wirst. Bist du damit erst einmal zufrieden?«

Ginevras Gesicht hellte sich auf. »Oh ja!« erwiderte sie.

»Jetzt muß ich aber zurück zu meinen Freunden. Hilfst du mir suchen?«

Verrocchio und Botticelli standen vor dem Haus und bewunderten die Lünette über der Tür. »Laßt mich gefälligst auch mal auf die Leiter, ihr Halunken«, rief Lorenzo.

Nach einer intensiven Begutachtung strich er ehrfurchtsvoll mit den Fingern über die erlesenen Formen des glasierten Tons, folgte der erhabenen Linie des Abschlußbogens und dem kräftigen Schwung der Engelsflügel. Dann kletterte er herunter, trat einen Schritt von der Wand zurück und blickte staunend nach oben.

Inmitten des blauen Halbkreises umrahmten zwei goldgeflügelte Engel die grüngekleidete Christusfigur. In einer Hand hielt sie ein offenes Buch mit einem Alpha und einem Omega auf den Seiten. Die andere Hand war erhoben, die Finger leicht gebogen. Für Lorenzo sah es aus wie ein heiliger Segen für seine Vorhaben.

»Was verlangst du von mir? Du mußt nicht mehr ganz bei Verstand sein, Lorenzo. Die Kindermädchen würden es mir nie verzeihen, wenn ich Ginevra wieder zurück ins Haus bringe.« Bianca trug die gleiche Gelassenheit zur Schau wie immer, das Kinn unter ihrer weichen Haut verriet jedoch absolute Entschlossenheit.

Lorenzo war bestürzt. Er hatte Bianca immer viel nähergestanden als seinen anderen beiden Schwestern und dachte, er würde sie gut kennen. Diese starre Unbeugsamkeit war jedoch ein Teil ihres Charakters, den er nie zuvor zu Gesicht bekommen hatte. Am liebsten hätte er sie an den Schultern gepackt und geschüttelt. Er war klug genug, es statt dessen mit gutem Zureden zu versuchen.

»Liebste Schwester...«

Bianca lachte. »Das wird nicht funktionieren, Bruderherz.«

Lorenzo warf die Hände in die Luft. »Bianca, du mußt helfen. Die Lage ist verzweifelt. Wenn du das Kind nur gesellschaftsfähig genug für die Verlobungszeremonie machst; mehr verlange ich ja gar nicht.«

Biancas Augen waren auf einmal rund und glänzend. »Was für eine Verlobung?« fragte sie, ganz begierig auf den neuesten Klatsch. »Alle in der Stadt fragen sich, wer Ginevra bekommen wird.«

»Das weißt du nicht? Sie soll Pierfrancescos Sohn, meinen Patensohn Lorenzo, heiraten.«

»Unseren Vetter? Aber das ist ja herrlich. Sie hat eine gewaltige Mitgift. Und wenn Antonio stirbt...« Plötzlich runzelte Bianca die Stirn. »Aber das Mädchen ist ein Scheusal, Lorenzo. Wir können sie keine Medici werden lassen. Sie wird der ganzen Familie Schande bereiten, wenn sie nicht lernt, sich zu benehmen.«

Lorenzo wartete, bis seine Schwester selbst zu dem Entschluß kam zu tun, was er von ihr wollte.

»Nun, dann wäre das wohl erledigt. Morgen lassen ich Antonio eine Nachricht zukommen«, sagte Bianca schließlich.

»Du bist ein Engel!« Lorenzo küßte sie. »Einen Moment lang war ich beunruhigt. Ich kannte dich gar nicht mehr wieder. Natürlich dachte ich, du wüßtest über alles Bescheid und Elmo würde es dir sagen.«

Bianca erwiderte seinen Kuß. »Wie jung du doch bist, Lorenzo. Elmo erzählt mir überhaupt nichts. Du bist noch nicht lange genug verheiratet, um das zu wissen, aber Männer und Frauen leben in unterschiedlichen Welten. Männer und Frauen machen gemeinsam Kinder und besuchen Feste zusammen, aber das ist auch alles. Du wirst schon sehen.«

Daß Bianca das Muster, nach dem eine Ehe ablief, so heiter hinnahm, verbesserte Lorenzos Stimmung. Offensichtlich war sie zufrieden. Er brauchte sich nicht für Clarissas Glück verantwortlich zu fühlen. Ehefrauen sorgten selber dafür, daß sie glücklich waren.

Als er den Palast der Pazzi verließ, schaute Lorenzo zum Himmel hinauf und musterte die Schatten, um abzuschätzen, wie spät es war. Wenn er sich beeilte, hatte er noch Zeit genug, um vor dem Heimweg seine Mätresse zu besuchen. Er hatte Lucrezia Donati sein Kommen angekündigt und wollte sie nicht enttäuschen. Mit leichten, behenden Schritten lief er die Straße hinunter.

Immer noch sah er Lucrezia fast täglich. Er hatte sich dazu entschieden, weil er annahm, daß seine Ehe bei seiner Geliebten das Gefühl hervorrief, weniger wichtig zu sein und sich seiner nicht mehr so sicher sein zu können. Wie es sich herausstellte, ging er allerdings weniger zu Lucrezia, um sie zu beruhigen als vielmehr sich selbst. Vor seiner Ehe mit Clarissa war Lorenzo immer in den Armen und Betten der Frauen willkommen gewesen. Beim freudlosen Geschlechtsakt mit seiner Frau kam er sich brutal vor, es deprimierte ihn zutiefst. Das

Haus an der Via de' Pucci war für ihn ein wahrer Jungbrunnen geworden. Während er dahineilte, verfaßte er ein Gedicht an seine Geliebte.

8. KAPITEL

Die Verlobungszeremonie zwischen Lorenzo de Pierfrancesco de' Medici und Ginevra de' Pazzi fand am zehnten Oktober statt. Wie es Sitte war, wurde sie im Hause der Familie der Braut in Abwesenheit des Bräutigams abgehalten. Lorenzo vertrat seinen jungen Vetter und auch seinen Vater. In Pieros Namen unterzeichnete er den Ehevertrag.

Bianca hatte an Ginevra meisterhafte Arbeit geleistet. Das kleine Mädchen stand während der gesamten langwierigen Prozedur des Unterschreibens und Beglaubigens der Dokumente ruhig da. Als sie aufgerufen wurde, trat sie nach vorne und wartete mit gesenktem Blick darauf, ihren Anteil an der Zeremonie zu erfüllen.

Sie wirkte zurückhaltend und bezaubernd schüchtern. Ihr Gesicht hatte durch die Unmengen Puder, die Bianca auf ihre Haut aufgetragen hatte, eine helle Färbung angenommen, ihr hellbraunes Haar glänzte von zahllosen Kräuterspülungen und stundenlangem Bürsten. Es war in Perlenschnüre gewickelt. Bianca hatte dafür gesorgt, daß Ginevra dem Haus der Pazzi zur Ehre gereichte. Die Gamurra des Mädchens bestand aus gelbem Seidendamast, ihre Cioppa aus tiefblauer Wolle. Gold und Blau waren die Familienfarben der Pazzi. Ebenfalls in Gold waren zwei auf ihren Schwänzen stehende, kampfbereite Delphine auf den linken Ärmel ihrer Cioppa gestickt. Jede Schuppe war deutlich erkennbar; die Augen bestanden aus Saphiren, die herausgestreckten Zungen waren aus winzigen Rubinen gefertigt, die scharfen Zähne aus Silberfäden geformt. Es war das Wappen der Familie Pazzi.

Als man sie dazu aufforderte, streckte Ginevra ihre Hand aus. Lorenzo ließ den Verlobungsring über ihren Daumen gleiten und hielt ihn dort für einen Augenblick fest. Der Ring trug einen runden Rubin mit dem eingravierten Wappen der Medici: sechs Kugeln auf einem Schild. Es war ein feierlicher Augenblick, und Lorenzo verkniff sich den Wunsch zu lächeln. Ginevras ungepuderte Hand war so braun wie eine Kastanie.

Sie schaute zu ihm auf und lächelte. Es erforderte Lorenzos ganze Selbstbeherrschung, nicht loszulachen. Ihre Milchzähne fehlten, neue Zähne waren noch nicht nachgewachsen. In der Mitte ihres lächelnden Mundes sah man nur hellrosa Zahnfleisch.

Lorenzo zog den Ring wieder ab und reichte ihn dem wartenden Notar, auf daß er ihrer Mitgift hinzugefügt würde. Ginevra machte einen Knicks vor Lorenzo, danach vor jedem der anwesenden Erwachsenen. Dann ging sie zu Pierfrancesco, sank auf die Knie und küßte seine Hand als Zeichen töchterlicher Unterwerfung. Bianca hielt den Atem an. Pierfrancesco küßte Ginevra auf den Scheitel ihres gebeugten Kopfes.

Das kleine Mädchen erhob sich, drehte sich langsam um und verließ den Raum mit erhobenem Haupt und geradem Rücken. Bianca stieß einen Seufzer der Erleichterung aus. Ginevra hatte sich ganz hervorragend gehalten.

Diener trugen Tabletts mit goldenen Weinpokalen und Silbertellern herein, auf denen Berge kleiner Kuchen lagen. Die Formalitäten waren erledigt. Jetzt konnte es sich jeder gutgehen lassen; man prostete sich zu, stieß miteinander an und sprach sich gegenseitig Glückwünsche aus. Die gesamte Familie Pazzi war erschienen: Jacopo mit einem grimmigen Lächeln, das dem der Delphine in nichts nachstand, der geistesabwesende Antonio, der jüngere Bruder Andrea mit seinen sechs Söhnen, Elmo und dessen jüngere Brüder Giovanni und Francesco. Die Frauen standen in einer Ecke des Raumes in einer kleinen Gruppe zusammen und unterhielten sich über ihre Kinder. Die Männer sprachen über die Jagd.

Lorenzo fing Biancas Blick auf und zwinkerte ihr zu. Sie lachte, dann flüsterte sie mit den Frauen und erzählte ihnen in allen Einzelheiten von dem Wunder, das sie vollbracht hatte, um Ginevra zu einer ansehnlichen Erscheinung werden zu lassen.

Als die Feier vorbei war, gingen Lorenzo und Pierfrancesco gemeinsam nach Hause, in den Händen von Delphinen gekrönte Goldschachteln mit Confetti. Pierfrancesco ging mit Lorenzo in den Medici-Palast.

»Ich statte deinem Vater noch einen kurzen Besuch ab, Lorenzo«, sagte er. Pierfrancesco war jetzt ein regelmäßiger Gast. Es stand nicht mehr viel Zeit zur Verfügung, um die langen Jahre der Entfremdung wieder wettzumachen. Piero wurde mit jedem Tag sichtlich schwächer.

Lucrezia de' Medici empfing die beiden Männer oben auf dem Treppenabsatz. Lorenzo beantwortete ihre stille Frage mit einem lächelnden Nicken. Alles war gut gelaufen.

»Habt ihr Confetti…? Gut. Es gibt auch hier einen Grund dafür. Clarissa hat mir gerade berichtet, daß sie gesegneten Leibes ist. Piero wird so glücklich sein. Das hat er sich am meisten gewünscht. Herzlichen Glückwunsch, mein Sohn.«

Lorenzo stieß einen Freudenschrei aus, sprang in die Luft, hob seine Mutter hoch und schwenkte sie im Kreis herum. Cosimo hatte einmal traurig gemeint, der Medici-Palast sei zu groß für eine so kleine Familie. Lorenzo hatte sich an diese Worte erinnert, als er die kräftigen Söhne der Familie Pazzi und ihre fröhlich miteinander plaudernden Frauen gesehen hatte. Doch jetzt würde auch ins Haus der Medici neues Leben einkehren. Einen besseren Grund zum Feiern hatte es für ihn noch nie gegeben.

Ich wußte, die kleine Contadina würde mir Glück bringen, dachte er. Am nächsten Tag ritt er zu seinen Ställen und wählte den schönsten Einjährigen aus. »Schult ihn gut«, befahl er. »Bringt ihm bei, sanft zu sein. Dann schickt ihn als Geschenk an meine kleine Freundin in der Villa La Vacchia.«

»Lorenzo…«

Er mußte sein Ohr ganz nah an die Lippen seines Vaters legen, um ihn zu hören. »Mein Sohn, ich liebe dich. Ich würde dir die Last ersparen, die auf deine Schultern fallen wird, wenn ich gegangen bin. Ich würde weiterleben, um sie länger auf mich zu nehmen, aber ich kann nicht.«

»Vater, sag so etwas nicht. Die Krankheit wird vorübergehen. Solche schweren Anfälle hast du doch auch schon früher gehabt. Bald wirst du wieder zu Kräften kommen.«

»Wir haben keine Zeit, uns etwas vorzumachen, Lorenzo. Hör auf mich…«

»Ja.«

»Achte auf deinen Bruder. Du mußt ihm genauso ein Vater sein wie deinem Sohn, wenn er geboren ist.«

»Das werde ich.«

Piero rang nach Atem. Hilflos streckte Lorenzo ihm seine Hände entgegen und wußte doch, daß seine Berührung nur noch größere Schmerzen verursachen würde. Piero war kreidebleich und zerbrechlicher als je zuvor. Er hustete kraftlos, kleine Tränen stiegen in seine trüben Augen. Das Rasseln in seiner Kehle wurde schwächer.

»Tommaso Soderini«, flüsterte er. »Gehe zu ihm, wenn du in Regierungsfragen Hilfe brauchst… Um weisen Rat wende dich an deine Mutter… Hörst du mich?«

»Ich höre dich, Vater. Ich werde alles tun, was du sagst.« Pieros zerfurchtes Gesicht verzerrte sich zu einer grauenvollen Grimasse. Dann entspannte es sich. Lorenzo sah, wie die Linien um seinen Mund und seine Augen an Schärfe verloren, sich in einem spannungsfreien Vergessen glätteten. Sein Leiden war zu Ende, Piero glitt ins Koma.

Drei Tage später, am dritten Dezember 1469, starb er.

Am fünften Dezember wurde er in der Sakristei der Kirche San Lorenzo begraben, ganz in der Nähe der Stelle, an der Cosimo lag.

In jener Nacht fand Lorenzo keinen Schlaf. Er wußte, was von ihm erwartet wurde, was in den nächsten Tagen geschehen würde. »Die Geschicke des Staates« würden in seine Hände gelegt werden; er würde zum titellosen Führer der Republik. Stundenlang ging er rastlos in seinem Arbeitszimmer umher. Seine Gedanken rasten, sein Herz war aufgewühlt.

»Es kommt zu früh«, sagte er laut. »Ich bin noch nicht bereit.«

Und: »Es ist ungerecht. Piero war siebenundvierzig, als ihm diese Aufgabe zufiel. Ich bin nicht einmal einundzwanzig.«

Die Profile der Staatsmänner auf den alten Medaillons seiner Sammlung schienen ihn zu verspotten. Als du dich vor Cosimo gebrüstet hast, hat es dir nicht gerade an Selbstsicherheit gefehlt, hörte er sie in seiner Vorstellung sagen.

Am liebsten hätte er sie unter seinen Füßen zermalmt.

Mit wütenden Schritten ging er zum Schaukasten und öffnete den Deckel... und fing an zu lachen. Lorenzo, dachte er, du brauchst dir keine Sorgen darum zu machen, ob du die Aufgabe annehmen oder ablehnen sollst, wenn die Signoria erfährt, daß du mitten in der Nacht Stimmen hörst... Nein, die Nacht ist schon vorbei. Stimmen im Morgengrauen.

Ein weiteres Mal durchquerte er den Raum, dieses Mal sehr langsam. Vor dem Fenster blieb er stehen. Seine Ratlosigkeit war wie weggeblasen. Reglos beobachtete er, wie über Florenz die Sonne aufging. Warum benahm er sich wie ein Kind, welchen Sinn hatte es, sich etwas vorzumachen?

Lorenzo lächelte auf seine geliebte Stadt hinunter. Mit ruhiger Stimme sprach er zu ihr. »Ich will es. Die Last und die Anforderungen, den Ruhm und das Abenteuer, die Triumphe und die Niederlagen. Alles. Ja, auch die Risiken und Gefahren. Ich will sie alle. Ich werde tun, was ich Cosimo versprochen habe. Florenz, ich werde dich lieben, mich um dich kümmern und dich führen. Ich werde dich zu meiner Stadt machen.«

Am gleichen Nachmittag kam die Delegation. Tommaso Soderini war ihr Sprecher. Er sprach Lorenzo das Beileid der Regierung aus und forderte ihn in aller Form auf, die Geschicke des Staates in seine Hand zu nehmen.

Lorenzo antwortete mit einer Rede, die ebenso ausgefeilt war wie die Soderinis, dankte der Regierung für ihr Mitgefühl und die Ehre ihres Anliegens. Sein ganzes Leben lang wolle er nach nichts Größerem streben, sagte er, als nach der Gelegenheit, der Republik zu dienen.

Unter einer Bedingung.

Die Delegation hatte Lorenzos Rede erwartet. Auf die Bedingung waren die Männer nicht vorbereitet.

Lorenzo bestand darauf, daß neben ihm sein Bruder als gleichberechtigter Partner angesehen würde. Ein langes Schweigen entstand.

Dann ging Soderini im Namen der Bürger von Florenz auf seine Forderung ein.

Lorenzo hatte seine Macht auf die Probe gestellt, und er hatte gewonnen.

1470–1471

9. KAPITEL

Seine Stärke wurde schon sehr bald einer neuen Prüfung unterzogen, diesmal durch andere. Eine Gruppe aus der Stadt verbannter florentinischer Adliger stellte eine Armee aus Söldnern in ihren Dienst und griff Prato an, eine zur Republik gehörende, ungefähr dreißig Kilometer von Florenz entfernte Stadt. Sie glaubten, jetzt, wo nur ein Jugendlicher den Widerstand organisieren konnte, sei die Zeit reif, Florenz einzunehmen.

Doch die Bürger Pratos schlossen sich ihren Streitkräften nicht an, und es war ein leichtes, ihre Armee in die Flucht zu schlagen. Florenz erfuhr erst etwas von der Gefahr, als sie schon vorüber war.

Lorenzo frohlockte. Er wußte, daß die vertriebenen Adligen immer eine Bedrohung darstellten und Pläne ausheckten, wie sie wieder an die Macht kommen konnten. Wie jede mächtige Familie hatten die Medici überall ihre Beobachter und Informanten und empfingen regelmäßige Berichte über Stimmungen und Aktivitäten in ganz Europa. Jetzt hatten die Abtrünnigen gehandelt und waren unterlegen. Er konnte aufhören, sich über sie Sorgen zu machen.

Daß die Bewohner Pratos ihm gegenüber loyal geblieben waren, war noch wichtiger, denn es waren die Menschen, um die es Lorenzo hauptsächlich ging. Man hatte ihm die »Geschicke des Staates« übertragen. In seinem Verständnis hieß das: die »Geschicke der Menschen«.

Er verbrachte mehr Zeit als jemals zuvor damit, durch die Straßen von Florenz zu spazieren, sich für die Menschen erreichbar zu machen, zu demonstrieren, daß er ihrer Gesellschaft und ihren Interessen höhere Wichtigkeit beimaß als der Gesellschaft und den Interessen der Ratsmitglieder, der Mitglieder der gesetzgebenden Versammlung und der Amtsdiener, mit denen er jetzt soviel Zeit verbringen mußte.

Selbst den Hunderten von Bittstellern, die in den Palast kamen, um ihn um Hilfe bei der Arbeitssicherung, eine Beförderung oder Steuererleichterungen zu bitten, begegnete er mit Geduld. Sein einziges Zugeständnis an die Anforderungen seiner neuen Position bestand darin, daß er einen Sekretär einstellte. Er konnte nicht länger eigenhändig auf jeden Brief antworten.

»Mein Sohn, du wirst dich noch innerhalb eines Jahres ins Grab bringen«, sorgte sich Lucrezia.

Lorenzo lachte und umarmte sie. »Unsinn. Ich habe mich nie besser gefühlt. Mir macht es Spaß, viel zu tun zu haben.«

Auch Giuliano machte sich Sorgen um seinen älteren Bruder. Er wußte sogar noch besser als Lucrezia, wie wenig Ruhe sich Lorenzo gönnte, weil er einer derjenigen war, die ihn bei den Unternehmungen begleiteten, die nichts mit den Regierungsgeschäften zu tun hatten. Gemeinsam zogen sie los, um zu sehen, woran ihre Künstlerfreunde gerade arbeiteten; gemeinsam jagten sie in den um die Villen der Medici herum gelegenen Wäldern und ritten sogar bis ins zwei Tagesreisen entfernte Pisa, um nach besonderem Wild Ausschau zu halten. Sie besuchten die Bauernhöfe, planten neue Festwagen und spektakuläre Ereignisse für den Karneval, beklatschten in den Schenken Luigi Pulcis neueste Balladen, spielten beim Calcio auf der Piazza Santa Croce mit. Lorenzo drängte Giuliano, sich auch an der Politik zu beteiligen, doch der jüngere Bruder wollte sich nicht darauf einlassen.

»Wie die Dinge liegen, übersteigt es schon jetzt meine Kräfte, mit dir Schritt zu halten. Jede zusätzliche Anforderung würde mich unter die Erde bringen. Könntest du dein Tempo nicht ein wenig drosseln, Lorenzo?«

»Aber das habe ich doch schon«, sagte Lorenzo. Der Schalk blitzte in seinen Augen. »Hast du nicht bemerkt, daß ich mir die schöne kleine Witwe, die in Pisa Trost brauchte, einfach verkniffen habe? Sogar für meine Lucrezia habe ich weniger Zeit übrig. Die Signoria sollte die Opfer würdigen, die ich für den Staat bringe.«

Giuliano brach in schallendes Gelächter aus. »Die sind doch alle so alt, daß sie sich überhaupt nicht an das erinnern können, was du da opferst.«

Lorenzo lächelte. Er wußte von den Gesprächen am Eßtisch der Prioren, daß Giuliano mit seiner Einschätzung ganz gewaltig im Irrtum war.

An diesem Tisch wurden genauso obszöne Reden geführt wie bei ihm zu Hause. Er aß jetzt selten mit den Frauen zusammen. Um seine Freunde zu sehen, hielt er, wenn er daheim war, zur Essenszeit ständig ein offenes Haus. Jeder seiner Vertrauten konnte ihm dann einen Besuch abstatten und mitbringen, wer immer Witz und Begabung besaß. Oft hallte das Gelächter aus dem beleuchteten Zimmer draußen in der dunklen, gepflasterten Straße bis zum Morgengrauen wider.

Anfang Juni gebar Clarissa ein rosiges, schreiendes, gesundes kleines Mädchen. Lorenzo war völlig hingerissen von dem winzigen Geschöpf. Er bestand darauf, daß es Lucrezia heißen sollte. Von allen Namen, die man einem kleinen Mädchen geben konnte, war dieser ihm am liebsten.

Giuliano neckte ihn ausgelassen. »Du bist ein schlauer Fuchs, Bruderherz. Jetzt kann sich deine Geliebte unmöglich weiter vernachlässigt fühlen, und unsere Mutter wird über die Art und Weise hinwegsehen müssen, auf die du das Haus in eine Schenke verwandelt hast.«

»Genau wie sie auch deine Sünden immer großzügig übersieht«, erwiderte Lorenzo. »Jetzt, wo ich ein Kind habe, kann ich auch verstehen, warum. Wie durch magische Kraft wird purpurrot gefleckte Haut plötzlich wunderschön, und zwei Ohren erscheinen als etwas ganz Besonderes.«

»Du bist vernarrt in das Kind.«

»Das kann ich nicht leugnen.«

Lorenzo war tatsächlich glücklicher als je zuvor in seinen mit Vergnügungen gefüllten Jahren. Er war glücklich über seine Teilnahme an der Regierung, auch wenn es ihn verärgerte, daß die Ratsmitglieder ihn manchmal nur für einen Jungen zu halten schienen. Er genoß den Pomp und die Dramatik seiner Rolle als Gastgeber von Botschaftern und Würdenträgern, die der Stadt ihre Aufwartung machten. Daß er in der Position war, diejenigen, die es verdient hatten, in rentable Regierungspositionen zu bringen, erfüllte ihn mit Wonne. Insgeheim fand er aber noch viel mehr Gefallen daran, einige besondere Menschen, die es nicht verdient hatten, wegen ihrer Begabungen als Musiker oder Dichter mit Ernennungen zu bedenken.

Er liebte die Macht.

Er achtete allerdings sorgfältig darauf, sie nicht zu mißbrauchen. Seine Liebe galt immer zuallererst Florenz, seinen Bewohnern und der republikanischen Herrschaftsform dieser Stadt. Cosimo war sein Ideal. »Vater des Staates«, diesen Titel wollte auch er sich verdienen.

An seinem zweiundzwanzigsten Geburtstag ging er wieder zur letzten Ruhestätte seines Großvaters, um zu ihm zu sprechen. »Ich glaube, du wirst zufrieden mit mir sein, Cosimo. Für die Republik tue ich alles, was von mir verlangt wird, und mehr. Ich habe ein Kind in die Welt gesetzt, in sieben Monaten wird ein weiteres Kind geboren werden. Der Palast der Medici wird also mit neuem Leben erfüllt. Es macht mich glücklich, daß die Stadt die Liebe, die ich ihr schenke, willkommen heißt und sie erwidert.«

In der düsteren Stille der großen Kirche überkam Lorenzo ein Gefühl des Friedens. Eine Stunde lang kniete er, betete mit einem vor Dankbarkeit für allen empfangenen Segen übervollen Herzen.

Keine bösen Vorzeichen warnten ihn vor dem, was ihm so nah bevorstand.

Zwei Monate später empfing Lorenzo den mächtigsten Verbündeten von Florenz, Galeazzo Sforza, den Herzog von Mailand. Sforza war sich sehr wohl bewußt, wie wichtig die Unterstützung durch Mailand für Florenz war, und er zeigte sich als anstrengender und extravaganter Gast. Er kam in Begleitung der Herzogin, seiner Töchter, ihrer Hofdamen, von fünfhundert Fußsoldaten, einhundert Rittern zu Pferd, fünfzig Knappen, Dutzenden von Herolden, Trommlern, Jägern, Falknern, Falken und Jagdhunden. Während des achttägigen Besuches mußte Lorenzo alle nötigen Arrangements für ihre Verpflegung, Unterbringung und Unterhaltung treffen und auch alles bezahlen. Er erklärte die ganzen acht Tage zu einer Zeit des Feierns und der Festlichkeiten für Florenz und stellte mit Hilfe seines Bruders eine Reihe spektakulärer Darbietungen auf die Beine, die sogar den abgestumpften Mailänder in Erstaunen versetzten.

Clarissa beteiligte sich mit untypischer Begeisterung an den Festlichkeiten. Selbst für eine Frau aus einer der reichsten Familien Roms war es ein Triumph, ein mächtiges Staatsoberhaupt zu Gast zu haben. Sie lernte immer mehr, die Annehmlichkeiten ihrer Stellung als Gattin Lorenzos wertzuschätzen. Die vielen Bittsteller versammelten sich nicht nur im Hof des Palastes, um ihren Mann zu sehen, auch Clarissa machten sie ihre Aufwartung, schmeichelten ihr, behandelten sie mit übertriebener Hochachtung und baten sie, zu ihren Gunsten ihren Einfluß auf Lorenzo geltend zu machen. Clarissa fühlte, daß man ihr mit all dem Respekt gegenübertrat, der ihr rechtmäßig zukam, und sie genoß es. Auf ihre Weise war sie Lorenzo inzwischen treu ergeben. An seinen Besuchen in ihrem Bett konnte sie zwar keine Freude finden, aber sie empfing ihn ohne Abscheu. Die Leichtigkeit, mit der sie schwanger wurde, bestärkte sie in ihrer Selbstachtung. Kinder zu bekommen war die wichtigste Aufgabe einer Frau.

Am fünften Tag des herzöglichen Besuches unterbrach ein tragisches Ereignis die Festlichkeiten. Bei der Aufführung eines geistlichen Stückes fing die Kirche von Santo Spirito Feuer. Hunderte von Menschen kamen in den Flammen um oder wurden bei der panischen Massenflucht aus dem Gebäude getötet oder verletzt.

Es war eine Strafe Gottes, sagten die Florentiner voller Furcht, ein Zeichen göttlichen Zornes über die gottlosen Mailänder, die in der Fastenzeit auf den zu ihren Ehren abgehaltenen Festbanketts Fleisch aßen.

Selbst Clarissa hatte Angst. Jeden Tag verbrachte sie Stunden in der kleinen Palastkapelle, um mit dem zum Haushalt gehörenden Priester zu beten.

Lorenzo jedoch widmete sich weiterhin Galeazzos Unterhaltung. Persönliche diplomatische Beziehungen war eine der größten Stärken, die er als Führer der Republik besaß. Seine erste diplomatische Mission hatte ihn im Alter von fünfzehn Jahren nach Mailand geführt. Dort hatte er mit Galeazzo und dessen Schwester Ippolita Freundschaft geschlossen. Durch sie war er der Familie des Königs von Neapel nahegekommen, denn Ippolita wurde mit dem Thronerben Alfonso verlobt. Stellvertretend für diesen hielt sich dessen Bruder zur Verlobungszeremonie in Mailand auf. Diese Freundschaften stärkten die Bündnisse mit Mailand und Neapel, die für die Sicherheit von Florenz von entscheidender Bedeutung waren.

Die drei noch verbleibenden Tage mit dem Herzog von Mailand zeigte sich Lorenzo nach außen hin unbeschwert und ging völlig in den Vergnügungen auf.

Sobald der riesige Geleitzug jedoch wieder abgereist war, veränderte sich sein Verhalten. Er berief einen Ausschuß ein, der sich der traurigen Aufgabe widmen sollte, die Opfer des Feuers von Santo Spirito ausfindig zu machen, um ihnen Hilfe und Unterstützung zukommen zu lassen. Santo Spirito war die Kirche für die ärmsten Bewohner von Florenz, die Arbeiter in den Wollmanufakturen.

Durch die Katastrophe von Santo Spirito bereits betrübt, wurde er durch eine Fehlgeburt Clarissas zehn Tage nach der Abreise Sforzas und seines Gefolges in tiefste Verzweiflung gestürzt. Das erste Mal in seinem Leben war es ihm unmöglich, sich zu konzentrieren und in seiner Arbeit Freude zu finden. Clarissa wies seine Versuche, ihr sein Beileid auszudrücken, zurück. Es sei der Wille Gottes, sagte sie, die angemessene Strafe für die Blasphemie der Mailänder.

Lucrezia de' Medici wiegte ihren weinenden Sohn in ihren Armen. Dann schickte sie ihn hinaus in die Stadt. »Geh«, befahl sie. »Laß die Menschen an deinem Kummer teilhaben, Lorenzo. Sie werden die Wunden deines Herzens heilen.«

Lorenzo tat, wie sie ihm geheißen, und entdeckte, daß seine Mutter recht hatte. Wohin er auch ging, war er von Liebe und Mitgefühl umgeben. Auf dem Mercato drängten ihn die Verkäufer, einen Entenflügel, ein Stück Käse, einen Becher Wein oder einen Safrankuchen anzunehmen. Ihre Sympathie brauchte keine Worte, sie kam in ihren Gaben und den Tränen in ihren Augen zum Ausdruck. Die Menschen machten ihm auf den bevölkerten Straßen Platz, öffneten seinen stolpernden Schritten eine Gasse. Wenn er sich zwischen ihnen bewegte, konnte er ihre Blicke auf sich gerichtet spüren und ihr unterdrücktes Schluchzen hören. Die Anteilnahme linderte seine Qualen. Er hatte das Gefühl, als nähme jeder Einwohner der Stadt einen Teil seines Kummers auf sich, um ihn für ihn zu durchleiden.

Bei Einbruch der Dunkelheit kehrte er nach Hause zurück und suchte seine Mutter auf. Sein Gesicht wirkte abgespannt, aber nicht mehr verbittert. Er kniete neben Lucrezias Stuhl nieder, nahm ihre Hände und küßte ihre Handflächen. »Danke für deine Weisheit, Mammina.« Sachte legte Lucrezia ihre Wange auf seinen gebeugten Kopf.

»Giuliano, ich gehe in Verrocchios Atelier, um mit den Planungen für den diesjährigen Karnevalswagen zu beginnen. Setz deine faulen Knochen in Bewegung und komm mit.«

»Meine Knochen haben sich schon einem Calcio-Spiel verschrieben. Warum kommst du nicht statt dessen mit mir?«

Lorenzo geriet in Versuchung, aber er widerstand. Er fühlte das Bedürfnis, etwas zu schaffen, und nicht, andere übel zuzurichten und sich selber blaue Flecken zu holen. Und er hatte eine Idee für einen Entwurf, die zeichnerisch festgehalten werden sollte, solange sie noch frisch war.

Andrea del Verrocchios Werkstatt lag in der Nähe des Flusses. Der vom Wasser zu ihnen herüberwehende Wind trug den Duft frisch bestellter Felder auf den Hügeln hinter den Stadtmauern heran. Lorenzo fühlte das jährliche Wiedererwachen der Landschaft und erinnerte sich daran, daß es nur noch wenige Tage bis zum Verkündigungsfest und dem Beginn des neuen Jahres waren. Sein Schritt beschwingte sich, es wurde ihm leichter ums Herz.

Er bog in die Gasse, die zur Werkstatt führte, und stieß mit einem großen, dünnen jungen Mann zusammen.

»Verzeihung«, sagte Lorenzo. »Ich hoffe, ich habe Euch nicht wehgetan.«

Sein Opfer schüttelte den Kopf. »Nein, nein, Exzellenz. Ich war es, der nicht aufgepaßt hat. Es ist an mir, um Verzeihung zu bitten.« Mit langen Fingern strich der Mann über die zerknitterten Falten seines dunklen Gelehrtenmantels.

Lorenzo blinzelte. Er versuchte sich zu erinnern, woher er das Gesicht des Mannes kannte. Dann sah er die kranichartigen, in schwarzen Strümpfen steckenden Beine, und es fiel ihm wieder ein. Es war Mateo, der Hauslehrer der Enkelin Antonio de' Pazzis.

»Und wie geht es Messer Antonio, Mateo?«

»Es geht ihm gut, Exzellenz.«

»Was ist mit Ginevra? Macht ihr Unterricht Fortschritte?«

Mateo grinste. »Bei mir, ja«, antwortete er. »Aber was den Musiklehrer anbelangt ... Hört nur, sie hat gerade Unterricht.«

Lorenzo hörte einen jammervollen Aufschrei aus Verrocchios Atelier. Es war die Stimme eines Mannes. »Ist das ihr Lehrer?« fragte er Mateo.

Mateo nickte. »Es ist immer das gleiche«, meinte er. »Ich gehe immer laut deklamierend die Gasse entlang, damit ich es nicht hören muß.«

Lorenzo lachte. Leise betrat er Verrocchios höhlenartige Werkstatt und blieb in tiefem Halbdunkel stehen. Er schaute in die Richtung, aus der die auf einer Laute gezupften Töne kamen, und hielt angesichts der Schönheit, die er erblickte, unwillkürlich den Atem an. Der junge Musiklehrer hatte helle Haare, die vom Licht eines nahegelegenen Fensters wie ein Heiligenschein aufleuchteten. Der Strahlenkranz umrahmte einen Kopf und schmale Gesichtszüge von nahezu klassischer Reinheit. Es schien nahezu undenkbar, daß dies ein Mensch war und nicht eine in Marmor gehauene idealisierende Darstellung eines Mannes.

Plötzlich tauchte Andrea del Verrocchio aus der Dunkelheit neben Lorenzo auf. »Auch ich war überwältigt«, sagte er ruhig. »Er ist ein neuer Schüler. Das ungerechte dabei ist, daß er genauso begabt wie hübsch ist. Allerdings besitzt er keinerlei Disziplin. Wenn ich versuche, ihm beizubringen, wie man die Dinge macht, will er immer an etwas Neuem herumexperimentieren.«

»Ist er ein guter Musiker?«

»Sogar ein ganz hervorragender. Aber ich denke, an der

kleinen Pazzi wird selbst er sich die Zähne ausbeißen. Schau nur. Das Vergnügen gönne ich mir jede Woche.«

Andreas Schüler schlug einen Ton an, dann sang er ihn. »Hörst du?« fragte er Ginevra. »Der Ton auf dem Instrument in meinen Händen und dem Instrument in meiner Kehle ist der gleiche.« Er wiederholte die Übung. »A… A… A… Jetzt zupf du an der Saite, Ginevra… Gut… Jetzt noch einmal, und ich singe dazu… A… A… A… Hast du gehört? Gut. Nun spiel die Saite noch einmal und sing!«

»A… A… A…«

»AUFHÖREN!« Das Wort war ein gequälter Aufschrei. Der junge Lehrer hielt sich mit den Händen die Ohren zu. »Fürchterlich!« stöhnte er. Plötzlich setzte er sich gerade hin, packte Ginevras Kopf. »Öffne ganz weit deinen Mund.« Er spähte in ihren Hals, betastete ihn, versuchte in ihr Ohr hineinzuschauen.

Er ließ die Hände fallen und schüttelte langsam den Kopf. »Ich kann es nicht begreifen«, seufzte er. Ginevras Quakstimme war ihm ein Rätsel, und Rätsel faszinierten ihn. Er war sicher, daß er auch dieses lösen konnte. Jede Woche dachte er sich eine neue Vorgehensweise aus. Und jede Woche scheiterte er.

Ginevras Seufzer ähnelte dem ihres Lehrers. »Ich kann es auch nicht begreifen. Ich höre das Lied in meinem Kopf. Dann spiele ich das, was ich höre, auf der Laute, und Ihr sagt, es stimmt. Aber sobald ich singe, was ich höre, sagt Ihr, es ist falsch, und fangt wieder ganz von vorne an mit den As und damit, daß ich meinen Mund aufmachen soll. Der Ton, den ich auf der Laute spiele, und der Ton, den ich singe, ist doch derselbe. Seid Ihr sicher, daß Ihr nicht einen Fehler macht?«

»Da bin ich ganz sicher. In meinem ganzen Leben war ich einer Sache noch nie so sicher. Komm, laß es uns noch einmal versuchen.«

Verrocchio zog Lorenzo ins Licht. »Warte einen Moment«, sagte er. »Ich will nicht, daß mein Freund hier mit uns leiden muß.«

Die Musiker erhoben sich, als Andrea und Lorenzo auf sie zukamen. »Das ist Leonardo da Vinci, Lorenzo. Es wird dich fröhlich stimmen, Leonardo, daß Lorenzo keinen Unterricht nötig hat.«

Lorenzo lachte. Andrea wußte, daß er nicht besser singen konnte als Ginevra. Er blickte zu dem kleinen Mädchen hinunter. Seit er sie das letzte Mal auf der Verlobungszeremonie gesehen hatte, war sie so sehr gewachsen, daß er sie nicht mehr erkannt hätte. Lorenzo war erfreut von dem Anblick, der sich ihm jetzt bot. Ginevra war sauber gekleidet und sagte keinen Ton. Das gehörte sich auch so. Kinder hatten erst den Mund aufzumachen, wenn sie angesprochen wurden. Bianca machte gute Fortschritte mit ihr. Pierfrancesco hatte keinen Grund, sich zu beschweren.

»Wie geht es dir, Ginevra?« fragte Lorenzo.

Sie schluckte und machte einen Knicks. »Nun, danke.« Die Worte waren kaum mehr als ein Flüstern.

Lorenzos Freude schwand dahin. Ginevra hatte vollkommen deutlich zu Leonardo gesprochen. Warum nicht mit ihm? Er bemerkte nicht, daß nur der Wunsch, ihm zu gefallen, ihr die Stimme verschlug. Für Ginevra war Lorenzo ein übernatürliches Wesen, ein Zauberer, der ihren Herzenswunsch aus dem Nichts heraus hatte Gestalt werden lassen. Das aus seinen Ställen stammende Pferd, ein Geschenk, das er selber schon lange vergessen hatte, war für sie ein Wunder.

»Magst du Musik?« fragte er. Ginevra nickte stumm. So geht es nicht, dachte Lorenzo. Sie muß lernen, nicht so schüchtern zu sein. »Dann spiel doch bitte etwas für uns«, meinte er. Es war ein Befehl.

Ginevra zögerte nicht. Sie würde alles tun, was er wollte, und dankbar sein für die Gelegenheit, ihm eine Freude zu machen.

Leonardo begleitete sie. Sein leiser Kontrapunkt machte Ginevras ungleichmäßiges Anfängerzupfen voller und runder und ließ es wie Musik klingen.

Lorenzo nickte Andrea zu. Leonardo war wirklich begabt. Als das kleine Lied beendet war, fragte er den Musiker, ob er nicht allein spielen wolle.

»Aber gern«, antwortete dieser. Er zog die Laute näher an sich heran und neigte über ihr den Kopf mit der Geste eines

Liebenden. Seine schönen geschmeidigen Finger liebkosten die Saiten und beherrschten sie, und ein schillernder Klang durchwallte den Raum. Die Musik, die er spielte, war kraftvoll, doch gleichzeitig zart. Jeder Ton war so rein, daß er einem ins Herz drang. Er war kein Talent, er war ein Genie.

Die anderen Schüler waren hinzugekommen, während Leonardo spielte. Als er fertig war, herrschte ehrfurchtsvolle Stille, solange die Erinnerung an seine Musik noch das Atelier durchschwebte.

Dann rief Lorenzo: »Bravissimo! Bravissimo, Maestro.«

Leonardo lächelte, und seine Finger tanzten schon wieder über die Saiten und spielten ein altes Volkslied. Die anderen Schüler stimmten singend in das Lied ein.

Lorenzos Blick fiel auf Ginevra, und er lachte. »Los, komm, Contadina, dies ist ein Lied, das auch wir singen können.« Er blökte die Worte mit und benutzte dabei den schweren, ländlichen Dialekt ihrer Heimat.

Ginevra starrte ihn an. Ihr großes Vorbild sang wie ein schreiender Esel. Es hörte sich fürchterlich an. Sie drehte sich zu Leonardo. »Mache ich auch so einen Lärm?« rief sie. Leonardo nickte. Seine gerunzelte Stirn spiegelte die Qualen wider, die Lorenzos Gesang seinen empfindlichen Ohren zufügte.

»Dann tut es mir leid«, brüllte sie. »Ich werde nie mehr für Euch singen... Nur noch dieses eine Mal.«

Strophe um Strophe erklang das ausgelassene Lied. Ginevra sprang auf und lief an Lorenzos Seite. Sein Makel ließ ihn in erreichbare Nähe rücken. Sie lehnte sich gegen seinen Arm und ließ ihren mißtönenden Gesang mit seinem zusammenfließen.

Als das Lied beendet war, verließ Lorenzo mit Ginevra das Atelier und übergab sie Mateo. Das ausgelassene Zwischenspiel hatte ihn wieder zu Kräften kommen lassen, und die schneidende Frühlingsluft verhieß ihm, daß einfach alles möglich war. Er fühlte, wie ihn eine Woge der Lebensfreude, der Liebe zu allem Lebendigen erfüllte.

»Gib mir deine Hand, Contadina. Ich werde dich nach Hause bringen und unserem anderen Geburtstagskind einen Besuch abstatten. Was macht Bernardo denn? Ärgert er seinen kleinen Bruder?« Bianca hatte einem weiteren Sohn das Leben geschenkt, dieses Mal ohne den dramatischen und hektischen Abschied, zu dem es bei Lorenzos Volljährigkeitsfeier gekommen war, und sie war schon wieder hochschwanger.

»Bernardo ist dick und wunderbar, aber ich gehe nicht direkt nach Hause«, sagte Ginevra. »Mateo nimmt mich zuerst noch mit zum Laden des Schneiders. Möchtest du vielleicht mit uns dorthin gehen?«

»Ja. Gern. Ich laufe sowieso lieber herum, als mich im Haus aufzuhalten.«

Das kleine Mädchen klatschte in die Hände. Dann ließ sie ihre Finger in Lorenzos Handfläche gleiten.

»Dieses Jahr bin ich acht Zentimeter gewachsen«, brachte sie hervor. »Deshalb gehen wir auch zum Schneider. Er mußte die Säume an meinen feinen Kleidern herunterlassen. Ich soll sie bei der Prozession zum *Scoppio* anziehen. Ich bin noch nie in einer Prozession mitgegangen. Ich war überhaupt noch nie im Dunkeln draußen. Der Umzug ist um Mitternacht, weißt du.«

»Ja, ich weiß.«

Ginevra machte ein nachdenkliches Gesicht. Natürlich wußte er das. Er mußte einfach alles wissen. »Lorenzo, was ist der Scoppio eigentlich genau?« fragte sie. »Ich weiß nur, daß ich auf dem Weg dorthin nicht sprechen darf.«

»Nein, das darfst du auch nicht. Es ist eine sehr feierliche Angelegenheit.« Sein Lächeln nahm seinen Worten alles Bedrohliche. »Es wird dir gefallen. Über dem Altar des Duomo hängt eine wunderschöne weiße Seidentaube. Zur Mitternachtsmesse zündet der Erzbischof eine in der Taube verborgene Feuerwerksrakete an. Helle Funken schießen aus ihrem Schwanz heraus, und sie saust an einem Draht entlang quer durch den ganzen Dom und dann zur Tür hinaus auf die Piazza. Dort landet sie mitten in einem riesigen Haufen Feuerwerkskörper auf einem Karren, und sofort fliegt das ganze Ding in die Luft. Raketen schießen in den Himmel, und kleine Kracher wirbeln über die Pflastersteine, bis sie ausgebrannt sind. Das Getöse ist wunderbar. Die Piazza ist voller Menschen, und alles jubelt. Wenn sich die Taube in Bewegung setzt, drängt auch alles im Dom nach draußen, denn jeder will auf dem Platz dabei sein und das Jahr hochleben lassen.«

»Warum jubeln sie alle?«

»Der Scoppio sagt ihnen, daß es eine gute Ernte geben wird und niemand Hunger leiden muß. Je größer die Explosion, desto besser die Ernte.«

»Oh, das wird mir bestimmt gefallen. Großvater hat mir nicht erzählt, daß es dabei ein Feuerwerk zu sehen gibt und daß so viele Menschen da sind. Ich dachte, es sei nur eine Art Familienfeier.«

Lorenzo lachte in sich hinein. Das sah Antonio ähnlich. In dieser Hinsicht war er nicht anders als der Rest der Familie Pazzi. Für Jacopo de' Pazzi war die während des Scoppio stattfindende Zeremonie das wichtigste Ereignis im Jahr, für Antonio wahrscheinlich auch. Am Vorabend des Osterfestes versammelte sich die ganze Familie am Palazzo Pazzi zu einem Umzug; alle trugen sie Gewänder in den blauen und goldenen Farben und mit dem Familienwappen der Pazzi. Auf Jacopos Wappenrock prangten in Goldfäden gewirkte Delphine in hundertfacher Wiederholung. Er führte die Familie zur ältesten Kirche der Stadt, Santi Apostoli, wo ihm der Erzbischof den wertvollsten Schatz der Pazzi überreichte: Steinsplitter vom Grabmal Jesu Christi, der Heiligen Gruft. Ein früher Pazzi hatte sie 1099 aus Jerusalem mitgebracht, als er vom Ersten Kreuzzug zurückkehrte. Jacopo trug die Steinsplitter und ging der Prozession durch die von Fackeln erleuchteten Straßen der Stadt bis zum Duomo voran. Der Erzbischof, der Klerus und der Chor folgten ihm.

Am Altar überreichte Jacopo die Steine dem Erzbischof. Mit ihnen wurden dann die Funken geschlagen, die die Taube entzündeten. Viele Florentiner, Lorenzo eingeschlossen, waren überzeugt, daß der alte Jacopo dachte, die Menschen verehrten ihn und die Familie Pazzi, wenn sie beim Vorbeiziehen der Prozession niederknieten.

Für einen kurzen Moment fragte sich Lorenzo, ob Ginevra

wohl vom Großvater diesen anmaßenden Familienstolz übernehmen würde. Das könnte sie für seinen jungen Vetter zu einer schwierigen Braut machen. Er entschied, daß es lächerlich war, sich darüber Sorgen zu machen. Bei Biancas Ehemann Elmo war von dieser Eigenschaft nicht einmal ansatzweise etwas zu spüren, obwohl er zusammen mit seinen Brüdern nach dem Tod des Vaters unter Jacopos strenger Hand aufgewachsen war.

Außerdem wurde das Kind ja auch von Bianca erzogen. Und obwohl sich Bianca weigerte, diese Bürde mehr als einen Tag in der Woche auf sich zu nehmen, vertraute Lorenzo darauf, daß seine Schwester an einem Tag bei dem Mädchen einen stärkeren Eindruck hinterließ als die drei Gelehrten in der Villa an den anderen sechs Tagen zusammen. Den größten Teil der Zeit vergaßen diese wahrscheinlich sowieso, daß das Mädchen überhaupt da war.

»Stattest du immer noch jeden Nachmittag den Bauernhöfen einen Besuch ab?« fragte er.

Ginevra schüttelte den Kopf. »Bianca sagt, daß ich nicht auf dem Feld arbeiten darf, und wenn ich nicht bei der Arbeit helfen kann, stehe ich dort nur im Weg. Daher gehe ich nicht hin.«

»Mit wem kannst du denn dann spielen?«

»Manchmal spiele ich abends mit Fra Marco Schach, doch eigentlich brauche ich gar keine Menschen, mit denen ich spielen kann. Ich habe doch Cäsar.«

Lorenzo lächelte. Es mußten die Gelehrten gewesen sein, die ihrem Tier den Namen gegeben hatten. »Ist Cäsar dein Hund?«

»Natürlich nicht. Cäsar ist mein Pferd, das du mir geschenkt hast. Ich liebe ihn mehr als alles andere auf der Welt. Und er liebt mich auch. Wenn ich ihn rufe, kommt er, selbst wenn ich überhaupt keinen Zucker für ihn habe.«

Lorenzo dachte an sein erstes eigenes Pferd zurück und auch daran, wie besonders seine Liebe zu ihm gewesen war. Er war froh, daß er das Kind so glücklich gemacht hatte, obwohl er sich nicht daran erinnern konnte, ihr das Pferd gegeben zu haben.

»Er ist ein so schönes Tier«, prahlte Ginevra, »und so mutig. Cäsar läuft schnell wie der Wind und springt über einfach alles hinweg.«

»Ich bin froh, daß er dir gefällt«, meinte Lorenzo. Sie waren jetzt beim Laden des Schneiders angelangt. »Mateo!« Er konnte den Hauslehrer gerade noch am Arm festhalten, bevor dieser an dem Laden vorbeigegangen war. Mateo war tief in Gedanken versunken. »Auf Wiedersehen, Contadina. Unser Duett hat mir sehr gefallen.« Er beugte sich zu Ginevra hinunter und gab dem Mädchen einen Handkuß, als wäre es eine erwachsene Frau.

Ginevra hob die Hand bis dicht vor die Augen, um nachzuschauen, ob sie jetzt irgendwie anders aussah. Sie fand, daß man das eigentlich erwarten mußte, wo sie doch vorher in Lorenzos Hand geruht hatte und von seinen Lippen berührt worden war.

Mateo mußte sie an ihrem langen Zopf ziehen, um sie auf sich aufmerksam zu machen. Der Schneider winkte sie in den Laden hinein. Das erste Mal in ihrem Leben unterzog Ginevra ihre Kleidung einer kritischen Prüfung. Sie wollte auf dem Scoppio so hübsch wie möglich aussehen. Lorenzo würde auch da sein, und es konnte ja sein, daß sie ihn zu Gesicht bekam.

Sie konnte einen Blick auf ihn erhaschen, als sie mit den anderen zusammen hinter der Taube herlief und die Tür erreichte. Ginevra rief seinen Namen, aber im Geschrei der Menge auf der Piazza ging ihr Ruf unter.

Mit schweren Schritten ging Tommaso Soderini in Lorenzos Arbeitszimmer auf und ab. Wie sein Vater ihm dringend ans Herz gelegt hatte, verließ sich Lorenzo auf Soderini, wenn er in seinen Beziehungen zur Regierung einen Rat brauchte. Gewöhnlich war der ältere Mann ruhig und entschlossen. Noch nie hatte ihn Lorenzo so erregt gesehen.

»Das war seit Menschengedenken der schlimmste Scoppio, Lorenzo. Die Taube hielt an, dann wurde ihr der Kopf weggesprengt, der Karren explodierte und die Raketen schossen mitten in die Menge. Drei sind tot, und wer weiß wie viele haben sich Brandverletzungen zugezogen.«

»Das weiß ich doch alles, Tommaso. Auch ich war dabei. Doch es steht uns nicht an, Gottes Willen in Frage zu stellen.«

Mit einer Handbewegung wehrte Soderini Lorenzos Worte ab. Er lief immer noch im Zimmer hin und her, wollte nicht aufhören zu sprechen. »Die Leute sind besorgt und durch die bösen Vorzeichen beunruhigt. Sie müssen einen Weg finden, die Gunst Gottes wiederzuerlangen. Von Sonnenaufgang bis Sonnenuntergang sind die Kirchen voller Menschen. Die Kerzen werden schon knapp, weil so viele Leute welche gekauft haben.«

Lorenzo nickte, lauschte aufmerksam und zeigte Soderini nicht, wie ungeduldig ihn seine ständige Wiederholung allseits bekannter Tatsachen machte.

»Sie müssen aus ihrer Verzweiflung befreit werden, Lorenzo. Sie müssen glauben, daß die bösen Vorzeichen von Santo Spirito und dem Scoppio überwunden werden können, daß es einen Weg gibt, die Gunst Gottes wiederzugewinnen. Könnten wir ihnen ein Zeichen geben, ein Zeichen, das auch Gott der Herr sehen wird, würden sie neuen Mut schöpfen. Wir müssen seinen Dom vollenden, Lorenzo. Wir müssen diesem Bauwerk endlich seinen letzten Schliff geben.«

Lorenzo erkannte sofort, daß Soderini damit die ideale Lösung gefunden hatte. Die Kuppel, die über dem Dom aufragte, war das eigentliche Symbol der Stadt, noch mehr als der Löwe, der offiziell die Stadt symbolisierte. Es war die größte und schönste Domkuppel der Welt, das aufsehenerregendste Merkmal in der Silhouette der Stadt, das kilometerweit sichtbare Wahrzeichen, das auch von fast jedem Ort in der Stadt aus zu sehen war. Baumeister aus der ganzen Welt studierten sie und versuchten erfolglos, sie nachzubauen. Eine solche Kuppel gab es auf der ganzen Welt kein zweites Mal. Und sie war unvollendet.

Filippo Brunelleschi, der große Architekt der Domkuppel, war gestorben, bevor er sein Meisterwerk hatte vollenden können. Dem Duomo fehlte noch immer der von ihm entworfene krönende Abschluß: eine große goldene Kugel, die das

Sonnenlicht einfing und zurückwarf und den Reisenden als flammendes Leuchtfeuer entgegenstrahlte, lange bevor die Stadt selbst in Sicht kam.

Andrea del Verrocchio war die ehrenvolle Aufgabe zugefallen, die Kugel anzufertigen. Aber er war noch nicht fertig damit. »Lorenzo, Andrea ist doch dein Freund«, sagte Soderini. »Auf dich wird er hören. Sag ihm, er muß sich beeilen.«

Umgehend suchte Lorenzo Verrocchios Atelier auf. Sein Freund hieß ihn mit einer Umarmung willkommen. »Ich habe gerade einen ungeheuer guten Witz gehört. Du kommst gerade richtig, um ihn zu hören, bevor ich ihn wieder vergesse.«

»Zum Lachen ist später noch Zeit, Andrea. Ich muß mit dir über eine ernste und überaus wichtige Sache reden.«

Verrocchio wurde auf der Stelle vollkommen ernst. Noch nie hatte er Lorenzo so besorgt gesehen. »Worum geht es?«

»Ich muß wissen, wie es um die Kugel für den Duomo steht. Macht sie Fortschritte?«

»Komm und schau sie dir an.«

Die Kugel stand im anderen Ende des Ateliers auf dem Boden und war durch riesige Musselinvorhänge den Blicken entzogen. Sie war gewaltig. Mit ihren fast zweieinhalb Metern Durchmesser leuchtete sie wie eine von Menschenhand geschaffene untergehende Sonne. Sie war aus reinen Kupferplatten gefertigt worden, die man auf einen hölzernen Rahmen gehämmert und dann mit einer spiegelglatten Mattierung versehen hatte, die alle Nähte und Hammerspuren unsichtbar machte. Die Spanung wich aus Lorenzos Gesicht und Stimme. »Andrea, du bist wahrscheinlich der beste Kunsthandwerker in der florentinischen Geschichte«, sagte er. »Als ich dieses Ungetüm zum letzten Mal gesehen habe, war es noch wie mit Pockennarben übersät.«

Verrocchio badete sich in dem Lob.

»Dann wird es dir bestimmt leichtfallen, es bis zum Johannistag zu vollenden.« Lorenzo grinste seinen Freund an. Andrea prustete.

»Bist du verrückt geworden? Hast du jemals mit Gold gearbeitet? Als erstes mußt du es flachklopfen, bis es dünner wird als Seide, dann mußt du jedes einzelne Stück Blattgold beim Anbringen mit einer Zartheit behandeln, die der Berührung durch einen Engelskuß gleichkommt. Danach...«

»Ich weiß, ich weiß. Eine kaum zu bewältigende Aufgabe. Aber nicht für dich.«

»Wären deine Schmeicheleien aus Öl, könnte ich darin ertrinken, Lorenzo. Doch es ändert nichts. So schnell geht es einfach nicht.«

»Wieviel?«

»Jetzt beleidigst du mich. Ich versuche nicht, meinen Preis in die Höhe zu treiben. Ich sage dir, es ist nicht zu schaffen.«

»Andrea, ich flehe dich an. Hör mir zu. Florenz braucht dich.« Lorenzo wiederholte alle Gründe, die auch Soderini angeführt hatte, und ergänzte sie durch seine eigenen Gedanken. »Wir lassen den Dom am Tag des Schutzheiligen dieser Stadt in seiner ganzen Pracht erstrahlen, Andrea. Florenz wird ein Zeugnis ablegen vor Gott. Du mußt doch einsehen, wie notwendig und richtig das für uns alle ist.«

Verrocchios Augen musterten die gewaltige Fläche aus Kupfer. Sie verengten sich, während er im Kopf Berechnungen anstellte. »Ich muß sämtliche Schüler von allem abziehen, was sie gerade tun... Und die Arbeit an verschiedene Goldschmiede verteilen... und Ringe für Fackeln anbringen lassen, damit wir auch nachts arbeiten können..., und zu allen Heiligen beten..., dann ist es vielleicht möglich, aber auch nur vielleicht. Ein kräftiges Niesen im falschen Augenblick, und wir wären ruiniert.«

Lorenzo packte ihn an den Schultern und küßte ihn auf beide Wangen. »Du machst dich sofort an die Arbeit?«

»So gut wie. Sobald die anderen Arbeiten zur Seite gelegt sind und wir uns die Bäuche vollgeschlagen haben. Wirst du dableiben und mit uns essen?«

»Das kann ich nicht. Ich habe versprochen, der Signoria Bericht zu erstatten.«

»Dann geh und laß mich in die Gänge kommen.« Andrea hielt die Vorhänge einen Spaltbreit auseinander und schob seinen Freund durch die Öffnung. »Und sag den Prioren, ich bin auf ihre Gebete angewiesen.«

10. Kapitel

Verrocchio vollbrachte das Unmögliche, und am 25. Juni wurde die riesige goldene Kugel langsam auf ihren Platz auf der Spitze des Duomo manövriert. Die Menschen der Stadt feierten das Ereignis mit einem Karneval, der alles bisher Dagewesene weit übertraf. Als ob die große Kugel tatsächlich die Sonne wäre, wurden die Weintrauben an den Reben dicker als seit vielen Jahren zuvor, und das Getreide wuchs so hoch, daß ein Mann darin verschwinden konnte.

Dann, am 26. Juli, starb Papst Paul II. Die Nachricht erreichte Florenz am 1. August, und die ganze Stadt trauerte. Im Palast der Medici beaufsichtigte Lucrezia das Personal beim Verhängen der in leuchtenden Farben bemalten Wände der Privatkapelle mit schwarzen Tüchern. Dann beteten sie und Clarissa die ganze Nacht hindurch, während sich Lorenzo mit den Regierungsführern im Palazzo della Signoria traf. Der Tod des Papstes war für jeden Christen Anlaß zur Trauer. Für die italienischen Staaten war er außerdem Grund zu politischer Besorgnis. Der Papst war Herrscher über den Kirchenstaat und Befehlshaber der päpstlichen Armee. Das unsichere Machtgleichgewicht, die unbeständigen Bündnisse zwischen den Staaten – alles hing von der Politik und vom Charakter des Nachfolgers von Papst Paul II. ab. Wie alle anderen Regierungen in Europa würde auch Florenz eine diplomatische Delegation nach Rom schicken, um mit dem neuen Papst zusammenzutreffen und so gute Beziehungen mit ihm zu knüpfen, wie es nur irgend möglich war. Schließlich einigte sich der Rat auf den geschicktesten Diplomaten für die Aufgabe. Lorenzo war der jüngste und erfahrenste von ihnen.

Eine Woche später verließ die Delegation Florenz in einem Regenguß, der Lorenzos ohnehin sehr besorgte Stimmung noch weiter drückte. Die Wahl war vorbei, Kardinal Francesco della Rovere zum neuen Papst Sixtus IV. ernannt worden. Lorenzo kannte seinen Werdegang und seinen Ruf. Della Rovere war in einer armen Fischergemeinde unweit von Genua geboren worden und bereits in sehr jungen Jahren dem Franziskanerorden beigetreten. Er nutzte sein Talent zum Predigen vornehmlich zur Verfolgung seiner ehrgeizigen Ziele und wurde zum Ordensoberhaupt ernannt, bevor er fünfzig war. Innerhalb von nur drei Jahren hatte er sich darauf die Kardinalswürde erkämpft und jetzt, im Alter von siebenundfünfzig Jahren, war er Papst. Er war berühmt für seine Gerissenheit und Intelligenz, war ein gebildeter Theologe und entwickelte für sich und seine Familie einen geradezu räuberischen Ehrgeiz. Man erzählte sich auch, daß er blutige Schlachten liebte.

Es war unbedingt notwendig, daß Lorenzo sich diesen verdächtig kriegerischen Mann zum Freund machte. Der Frieden für Florenz machte dies erforderlich; die Zukunft seiner Familie hing davon ab. Die Bank der Medici erzielte mehr als die Hälfte ihrer Einnahmen mit dem Eintreiben und der Verwaltung der Kirchengelder. Darüber hinaus waren die Medici und das Papsttum Geschäftspartner bei einem prosaischen und unkomplizierten Unternehmen, das ungeheuren Gewinn abwarf und gewaltige Macht bedeutete – die Ausbeutung der reichen Alaunlager von Tolfa nahe Rom. Alaun, ein einfaches, weißes, kristallines Pulver war für den florentinischen Wollhandel von entscheidender Bedeutung. Es fixierte Farben, gab den berühmten, tiefen Farbtönen ihre Beständigkeit. 1462 hatte Cosimo de' Medici die Vereinbarungen über diese wertvollen Verbindungen mit dem Vatikan ausgehandelt. Damals war Pius II. Papst gewesen. Als Pius und Cosimo im gleichen Jahr starben und Paul II. zum Papst ernannt wurde, hatte Piero dafür gesorgt, daß die getroffenen Vereinbarungen weiter Bestand hatten. Jetzt war Lorenzo an der Reihe. Er mußte Erfolg haben. Zehn mit Geschenken vollgepackte Maultiere waren mit ihm unterwegs.

Nach einem Monat kam er mit den gleichen zehn Maultieren wieder nach Florenz zurück. Wieder trugen sie schwere Lasten. Dieses Mal waren sie für ihn gedacht. Sixtus hatte sich als überaus freundlicher Gastgeber erwiesen. Die Verträge waren erneuert worden; er hatte Lorenzo zwei antike römische Marmorstatuen zur Vergrößerung seiner Skulpturensammlung geschenkt und ihm den Ankauf einer ganzen Reihe von Schätzen aus den Sammlungen des vorangegangenen Papstes zu einem sehr guten Preis ermöglicht. Lorenzo frohlockte, blieb jedoch auf der Hut. Sixtus hatte es ihnen zu einfach gemacht.

Bald nach seiner Heimkehr legte sich jedoch seine Besorgnis. In Volterra, einer der zu Florenz gehörenden Städte, war Alaun gefunden worden. Die Bank der Medici finanzierte die Organisation einer Abbaugesellschaft. Ganz gleich, was Papst Sixtus nun unternehmen würde, der Wollhandel war jedenfalls gesichert.

Wenn es nur endlich aufhören würde zu regnen. Der Arno hatte Hochwasser und war so schlammig, daß die Wolle nicht gewaschen werden konnte. Sie türmte sich in den Kellern der Händler, weil alle Lagerhäuser bereits voll waren. In Bittgottesdiensten wurde der Herr um Hilfe angerufen, doch der Himmel blieb bedeckt und grau. Unaufhörlich regnete es weiter. Das Geraune über den Scoppio begann von neuem. Die Ernte verrottete auf den Feldern. Die Signoria schickte Männer aus, um die Türen von Orsanmichele, der städtischen Kornkammer, zu verstärken. Die Männer arbeiteten in den Stunden vor Tagesanbruch, so daß keiner sehen konnte, was sie dort machten.

Doch die Menschen wußten es. Und sie wußten auch, was das bedeutete. Die Regierung befürchtete eine Hungersnot. Bevor der Tag vorüber war, war in jedem Lebensmittelladen in der Nachbarschaft das Mehl ausgegangen. Die Hamsterkäufe hatten begonnen.

Schließlich hörte der Regen auf, doch da war es bereits zu spät. Als der Winter kam, gab es nicht genügend Nahrungsmittel. Die Stadt rationierte die in Orsanmichele lagernden Vorräte, verteilte Wochenrationen an Brot und Mehl. Es reichte kaum zum Überleben. Die Schwachen kamen nicht durch.

11. KAPITEL

Ehrfürchtig und dankbar hießen die Florentiner den Frühlingsanfang und den Beginn des neuen Jahres willkommen. Auf den Feldern sah man bereits die ersten Streifen frischen Grüns, gesunden neuen Wachstums. In der Luft lag ein süßer Duft, die Sonne war eine Wohltat. Am Osterabend ließ der Scoppio den Himmel mit seinen Farben jubilieren. Stundenlang hallte das Freudengeschrei der Menschen durch die Straßen der Stadt. Tags drauf drängten die Leute in die Kirchen, um die Auferstehung zu feiern.

Lorenzo kaufte vierzig Pfund Kerzen für den Altar in der Kirche von San Lorenzo und stiftete das nötige Geld für den Wiederaufbau und die Vergrößerung der Herberge für Reisende vor dem Tor von San Gallo. Auf diese Weise dankte er für das Überleben seiner geliebten Stadt und für das neue Kind, das im Leib seiner Frau heranwuchs.

Lorenzo platzte nur so vor Energie. »Ich will etwas wirklich Großartiges vollbringen«, meinte er zu Lucrezia, »irgend etwas, das einen Sinn hat und wirklich etwas ändert. Ich habe auch schon eine Idee.«

Lucrezia faltete ihre Handarbeit zusammen und legte sie auf die Seite. »Ich höre«, sagte sie.

Lorenzo spazierte im Zimmer auf und ab; er war viel zu aufgeregt, um auf einem Platz stehenzubleiben. »Als erstes gebe ich dir die einzelnen Bestandteile, Mammina. Habe Geduld mit mir... Gegenstand der Erörterung: Pisa.«

Der junge Mann streckte seine linke Hand aus. Mit seiner Rechten bog er den kleinen Finger an. »Eine Stadt, die seit rund sechzig Jahren Florenz unterworfen ist und ihre Abhängigkeit abschütteln möchte.«

Er bog einen weiteren Finger nach unten. »Früher eine bedeutende Hafenstadt, doch der Hafen versandete, und jetzt kann er nur noch von kleinen Schiffen benutzt werden.«

Beim dritten Finger sagte er: »Mit dem Seehandel ging auch

der Wohlstand. Und die Hälfte der Bevölkerung. Hunderte von Häusern stehen leer, und sie beginnen zu verfallen. –

Der Schlick versumpfte, und damit kam das Fieber.« Der Zeigefinger gesellte sich zu den anderen Fingern in Lorenzos Handfläche, nur noch der Daumen ragte aus ihr auf. Er hielt ihn vor sich hoch wie eine Trophäe.

»Das ist die Universität von Pisa, einhundert Jahre lang der Stolz der ganzen Toskana.« Er drehte das Handgelenk, und der Daumen zeigte auf den Boden. »Tot!« Er ließ die Schultern sinken und neigte den Kopf in Trauer.

Lucrezia applaudierte. Lorenzo richtete sich wieder auf, grinste und verneigte sich.

»Jetzt aufgepaßt!« rief er. Seine geöffnete Hand ging wieder in die Höhe. »Gegenstand der Erörterung: die Stadt Florenz.«

Er hielt sich die Hand vors Gesicht und schaute durch die gespreizten Finger. »Pisa immer unter Beobachtung haltend, besorgt darüber, daß es eine Rebellion geben könnte.«

Dann senkte er die linke Hand, umschloß mit Daumen und Zeigefinger seiner Rechten die gespreizten Finger und drückte sie zusammen. »Mauern«, sagte er, »die die Menschen zusammenpferchen, und kein Platz, um weitere Unterkünfte zu errichten.«

Er drehte seine gefangenen Finger hin und her. »Universitätsstudenten, die jeden Tag mehr werden, eingepfercht in viel zu wenig Zimmer.«

Die Finger rissen sich aus der Umklammerung. »Aufruhr in den Straßen.«

Er hielt jetzt beide Hände mit nach außen gerichteten Handflächen vor sich und ließ sie schlaff aus den Handgelenken herunterhängen. Lorenzo schüttelte verzweifelt den Kopf. »Und noch nicht einmal eine besonders gute Universität«, sagte er. »Welcher gute Lehrer ist schon bereit, sich rebellische Studenten aufhalsen zu lassen und sich mit langen Wartezeiten für die Vorlesungssäle herumzuschlagen.«

Er lächelte Lucrezia an. »Ich denke, du weißt jetzt, welche Idee mir gekommen ist.«

»Sie ist ganz hervorragend, Lorenzo. Welche Bereiche willst du in Florenz behalten?«

»Philosophie und Philologie. Pisa kann die Medizin, die Gesetzeskunde und die Theologie haben. Das sind die überfülltesten Kurse.«

Lucrezia lachte. »Und die, die dich am wenigsten interessieren.«

»Mammina! Das ist doch nebensächlich… Was hältst du denn nun wirklich davon?«

»Ich denke wirklich, es ist eine brillante Idee.«

Jetzt lachte ihr Sohn. »Das dachte ich mir auch. Pisa wird seinen Stolz wiedergewinnen, und das Geschenk aus Florenz wird die Ursache dafür sein. Wir werden die Sümpfe trockenlegen und Gras anpflanzen. Es wird Parks zum Spazierengehen und für Spiele geben und saubere Luft.«

Lorenzo fing wieder an umherzuwandern. Die Zukunft, die er vor Augen sah, erfüllte ihn mit Tatkraft. »Alle sagen, die Stätte der Gelehrsamkeit in Italien ist Bologna. Sie meinen damit, daß die großen Lehrer dort wirken. Ich weiß, daß ich einige von ihnen weglocken kann. ›Ihr könnt Euer Curriculum frei gestalten, Herr Magister‹, werde ich sagen, ›und natürlich auch Euer Arbeitszimmer und Euren Vorlesungssaal.‹«

Lorenzos normalerweise fahle Haut war gerötet. Sein dunkles Haar klebte ihm auf der schweißnassen Stirn. »Wenn ich das fertigbringe, dann werde ich den Menschen der Republik Wissen geben, Mammina. Eine größere Gabe gibt es nicht.«

Plötzlich hielt er inne. Dann lachte er in sich hinein. »Ich schwöre, daß ich dabei an den Nutzen für Florenz und Pisa und die Republik als Ganzes dachte. Doch gerade fällt mir ein, daß unsere Besitztümer nahe Pisa an Wert steigen werden, wenn das alles Wirklichkeit wird. Auch das ist zu begrüßen.«

»Da stimme ich dir zu«, meinte Lucrezia. »Und es hat noch ein Gutes: Wenn du und Giuliano dort auf die Jagd geht, brauche ich mir keine Sorgen mehr zu machen, ihr könntet am Fieber erkranken… Hast du auch darüber nachgedacht, wie du die Unterstützung der Regierung bekommen willst?«

»Noch nicht. Ich war zu sehr damit beschäftigt, mir das Ziel auszumalen, um auch noch über Mittel und Wege nachzudenken. Hast du Zeit, mit mir darüber zu sprechen? Hast du irgendwelche Vorschläge?«

»Ich habe alle Zeit der Welt, mein Lieber. Und ich habe zwei Vorschläge.

Erstens schlage ich vor, daß du dich hinsetzt. Mein Nacken tut mir weh, solange schaue ich schon zu dir hoch.

Zweitens schlage ich vor, daß du ein Gespräch mit den Geschäftsleuten im Studentenviertel in Erwägung ziehst. Es gibt sehr viel Vandalismus und Diebstähle in dieser Gegend. Diese Leute werden Interesse daran haben, daß dort weniger Studenten wohnen. Und ihr Einfluß wird das Protestgeschrei der Weinhändler wieder ausgleichen.«

Mehr als drei Stunden sprachen sie miteinander. Dann hatte Lorenzo einen klaren Plan für die anstehenden Schritte. Er wußte, wen er in welcher Reihenfolge und mit welchen Argumenten besuchen würde, um Unterstützung zu erhalten.

»In meinem ganzen Leben habe ich noch nie für so lange Zeit stillgesessen«, sagte er, stand auf und reckte sich. »Ein Spaziergang wird mir guttun. Bis zum Ende des Tages sollte es mir möglich sein, mindestens fünf oder sechs Männer aufzusuchen. Meinen ergebensten Dank, Hoher Rat.« Mit einem Finger berührte er sanft die Wange seiner Mutter.

Lucrezia hielt seine Hand fest. »Bevor du gehst, will ich dir noch etwas sagen.« Sie ließ seine Hand los, hielt ihn mit ihrem Blick fest.

»Dein Großvater sagte mir viele Male, daß es die stolzeste Leistung seines Lebens war, Johannis Argyropoulos nach Florenz zu holen. Vorher gab es keinen Menschen hier, der Griechisch konnte, der die Werke Platos in der Sprache lesen konnte, in der Plato sie verfaßt hatte. Cosimo sagte dasselbe wie du: Wissen ist die größte Gabe.«

Regungslos, ernst und schweigend stand Lorenzo da. Nach einer langen Minute ergriff er das Wort. Seine Stimme war ganz heiser vor innerer Bewegung. »Das wußte ich nicht… Danke, daß du es mir erzählt hast.«

»Laß uns anhalten, Bruderherz. Ich liebe den Blick von hier.« Lorenzo blieb auf dem Kamm des Hügels stehen. Giuliano holte ihn ein und hielt neben ihm inne. Ihre Pferde schnaubten und schüttelten sich die Schweißtropfen vom Kopf. Die beiden jungen Männer wischten sich mit den Händen über die Gesichter und schnippten den angesammelten Schweiß von den Fingerspitzen. Es war August. Sie waren bei dem heißen Wetter in sehr schnellem Tempo geritten und hatten die einhundert Meilen von Pisa in nur zwei Tagen zurückgelegt.

Unter ihnen schimmerte Florenz im Dunst der Hitze. Die große, goldene Kugel auf dem Duomo blitzte im schrägstehenden Licht der späten Nachmittagssonne hell auf.

Lorenzo holte tief Luft. Er konnte spüren, wie ihm das Herz in der Brust schlug, kräftig, vor Leben pulsierend und voller Liebe für seine schöne, strahlende Stadt.

Er schmeckte das Salz seines Schweißes auf der Zunge, kostete den Geschmack, kostete den Augenblick seiner Heimkehr, die Vollendung einer erfolgreichen Reise, das beglückende Gefühl, daß alles, was er berührte, zum Erfolg gedieh.

Seine Pläne für die Universität kamen noch schneller voran, als er gehofft hatte, und sie waren von allen Seiten mit Begeisterung aufgenommen worden. Sie waren auch der Grund dafür, daß sich seine Rolle in der Regierung der Republik verändert hatte. Er war jetzt wahrhaftig zum Führer, Planer und Initiator geworden und nicht mehr nur der Erbe einer ehrenhalber übertragenen Führungsposition.

Schon schrieben die ersten Gelehrten, um zu fragen, wann die neue Universität eröffnet werden würde und ob es dort Verwendung für sie gäbe. Der Vatikan hatte sich verpflichtet, die theologische Fakultät zu fördern und sowohl finanzielle Mittel als auch Studenten und Lehrer zu stellen.

Allerdings bestätigte Papst Sixtus allen ursprünglichen Argwohn Lorenzos voll und ganz. Als er der Universität seine Unterstützung zusicherte, hatte er gleichzeitig die Beteiligung der Familie Medici an der Alaunkonzession aufgehoben. Aber der Verlust war viel geringer als der Gewinn. Immerhin gab es auch in Volterra Alaun.

Und darüber hinaus war der Papst weniger wichtig als die Gelehrten. Lorenzo sah in Sixtus keinen wirklich entscheidenden Faktor für die Zukunft der Stadt mehr, denn alle Berichte aus Rom besagten nur das eine: Der Papst widmete seine ganze Aufmerksamkeit der Karriere seiner Neffen und unehelichen Söhne. Im neuesten Witz, den man sich an den Ufern des Tiber erzählte, wurde die Frage gestellt: »Wer ist der reichste Mann in Rom?« Die Antwort lautete: »Zwei haben in letzter Zeit ungeheure Geschäfte gemacht: der Händler für roten Farbstoff und der Hutmacher.« Sixtus hatte seine sechs dem Klerus angehörigen Neffen bereits zum Kardinal befördert und ihnen eigenhändig den roten Kardinalshut aufgesetzt.

Lorenzos Pferd war unruhig geworden und bewegte sich beständig seitwärts, um dem immer länger werdenden schmalen Schatten einer Zypresse auszuweichen. »Es wird spät«, meinte Lorenzo. »Laß uns heimreiten.«

Giuliano stieß einen Freudenschrei aus, gab seinem Pferd die Sporen und galoppierte in halsbrecherischem Tempo den steilen Weg hinab. »Versuch doch, mich einzuholen«, reizte er Lorenzo. Sein Bruder lachte auf und stürmte hinterher.

In den Sommermonaten zogen sich die wohlhabenden Familien von Florenz in die kühleren Gefilde ihrer Landsitze zurück. Die Frauen der Medici waren in der Villa in Fiesole, Giuliano hatte sich ihnen angeschlossen. Lorenzo ritt jeden Tag zum Mittagessen hinaus, doch er lebte in der Stadt im Palast. Die Reisen nach Pisa hatten seit dem Frühjahr fast seine ganze Zeit beansprucht, und er wollte seine Kontakte zur Stadt wieder enger knüpfen. Mit Freunden zusammen aß er auf der offenen Loggia zu Abend, unterhielt sich mit Passanten, lud einige von ihnen zu einer kleinen Pause und einem Becher Wein ein.

Wie in allen Straßen der Stadt standen an der Via Larga die unterschiedlichsten Gebäude. Neben dem Palast der Medici und dem großen Haus Pierfrancesco de' Medicis gab es dort Läden, kleine Häuser, Wohnhäuser und Werkstätten. Und viele der Menschen auf dieser Straße machten es sich zur Gewohnheit, sich nach ihrem Abendessen auf der Loggia zu der Gruppe zu gesellen und im schwindenden Licht des Tages mit ihnen zu plaudern.

Sie sprachen über das Wetter und dessen Auswirkung auf

das Geschäft und über das Wetter und dessen Auswirkung auf die Ernte, denn bis auf die ärmsten Bewohner der Stadt besaßen alle Florentiner ein wenig außerhalb ein kleines Stück Boden, um sich mit frischen Erzeugnissen vom Lande und ein wenig Wein zu versorgen. Sie unterhielten sich über die Gewinner beim letzten Calcio-Spiel und beim vergangenen Palio und schlossen für zukünftige Wettkämpfe Wetten ab. Sie sprachen über den Park, den Bernardo Rucellai mit Pflanzen bestückte, die kein Mensch in Florenz je zuvor gesehen hatte, und über den Astrologen aus dem Osten, der auf dem Mercato sein Zelt aufgeschlagen hatte. Sie sprachen in langsamem und schläfrigem Tonfall, denn es war heiß, und die Nacht brach ein. Und sie redeten sich mit dem vertrauten »Du« anstatt des formellen »Ihr«, denn sie waren alle Bürger der Republik Florenz, in der jedermann unabhängig von seinem Beruf oder Geldbeutel mit allen anderen gleichgestellt war.

Ende August gebar Clarissa einen Sohn. Lorenzo holte seine Tochter aus der Villa, ritt mit dem kleinen Mädchen auf den Schultern durch sämtliche Straßen der Stadt, verteilte Confetti an jedermann und forderte alle auf, sich mit ihm zu freuen. Dem Säugling gab er den Namen Piero.

Um seinen Vater zu ehren, beauftragte er Verrocchio, ein herrliches Grabmal zu entwerfen und bauen zu lassen, das schöner sein sollte als alle bisher dagewesenen. Und er bezahlte das ausgelassene Fest in Andreas Werkstatt, mit dem Leonardo da Vincis Aufnahme in die Künstlergilde von St. Lukas gefeiert wurde.

Lorenzo war fasziniert von dem jungen Künstler. Seine musikalischen Fähigkeiten erschöpften sich nicht etwa darin, daß er so schön spielte, wie es Lorenzo noch nie vorher gehört hatte. Leonardo baute seine Instrumente auch selber. Etliche von ihnen waren wunderliche und ausgefallene Schöpfungen. Der dicke Bauch eines lachenden Mannes bildete eine Mandoline, oder eine Laute war in Form eines Pferdekopfes gestaltet. Ganz gleich, wie bizarr die Instrumente auch sein mochten, alle erzeugten einen außergewöhnlich reinen Klang. Besonders, wenn Leonardo darauf spielte.

Wie alle gebildeten Männer war Lorenzo Musiker und Dichter. Trotz seiner krächzenden Stimme standen sein musikalisches Gehör und seine Fähigkeiten denen seiner Zeitgenossen in nichts nach. Als Dichter war er wirklich begabt. Sowohl Musik als auch Dichtung fielen ihm leicht und machten ihm viel Freude. Auf beiden Gebieten leistete er Hervorragendes.

Leonardos Musik jedoch war von gänzlich anderem Rang. Lorenzo war versucht, sich von dem jüngeren Mann Unterrichtsstunden geben zu lassen. Jetzt, wo die meisten Regierungsbeamten sich in ihre Villen zurückgezogen hatten, stand ihm mehr Zeit zur Verfügung als sonst.

Doch dann empfing er eine parfümierte, in einem Blumenstrauß steckende Nachricht. Absenderin war die schöne junge Frau eines reichen Wollhändlers, der unterwegs auf Geschäftsreise nach Venedig war. Sie schrieb ihm, daß sie in ihr Stadthaus gekommen sei, um einige Veränderungen im Garten zu überwachen, und sie langweile sich und fühle sich einsam.

Die Dame war außerdem eine begabte und schier unersättliche Liebhaberin. Lorenzo beschloß, daß die Musikstunden noch warten konnten. Der Ehemann würde schließlich nur wenige Wochen lang weg sein.

Die Affäre dauerte nur drei Tage. Dann überbrachte ein staubbedeckter Kurier die Nachricht, in Volterra habe es einen Aufstand gegeben. Die Menschen dort hatten die Kontrolle über die Alaunmine ergriffen und hielten sie besetzt.

»Lorenzo, es besteht kein Grund zur Gewalt.« Tommaso Soderini war zuversichtlich, daß die ganze Angelegenheit durch Verhandlungen und einen Kompromiß geregelt werden konnte.

Doch Lorenzo war fest entschlossen, die Rebellion auf seine Weise niederzuschlagen. Alaun war für Florenz viel zu wichtig. Ohne die Mine in Volterra besaß der Papst das Monopol und konnte nach Gutdünken seine Preise festsetzen. Die Medici hatten bei der Erschließung der römischen Minen nichts mehr zu sagen.

Noch ein weiterer Aspekt mußte berücksichtigt werden: Wenn Volterra rebellieren konnte, ohne dafür bestraft zu werden, würden andere zu Florenz gehörende Städte diesem Beispiel folgen.

Darüber hinaus ging das Gerücht um, daß die aus der Stadt verbannten Florentiner etwas mit dem Aufstand zu tun hatten. Angeblich stachelten sie die Volterraner dazu auf, Florenz anzugreifen und die Regierung der Medici zu stürzen.

Das wichtigste aber war, daß Lorenzo es satt hatte, sich von Soderini sagen zu lassen, was er tun und lassen sollte. Man mußte nicht nur die Leute in Volterra dazu zwingen, Florenz als herrschende Gewalt anzuerkennen, auch die alten Männer im Rat der Stadt sollten endlich anerkennen müssen, daß Lorenzo nicht länger ein unerfahrener Jugendlicher war. Er war bisher immer liebenswürdig und voller Achtung gewesen und hatte fast drei Jahre lang beim Regieren den Status eines Schülers gehabt. Es war an der Zeit, daß er sich durchsetzte.

Lorenzo bestand darauf, eine Armee in seinen Dienst zu stellen, und zwar die beste und professionellste überhaupt: die Söldnertruppen des berühmten *Condottiere* Federigo da Montefeltro, dem Herzog von Urbino. Die Signoria billigte sein Vorgehen.

Nach einer Belagerung von einem Monat kapitulierte die Stadt Volterra. Lorenzo triumphierte. – Bis ein zweiter Kurier in Florenz eintraf, diesmal mit wildem, starrem Blick und blutbefleckter Kleidung. »Wir haben uns ergeben«, rief er, »haben unsere Stadttore geöffnet. Die Armee kam mit der Parlamentärflagge einmarschiert, und dann… Und dann… Oh, lieber Gott sei uns gnädig… Sie haben alles zerstört… Alles. Gebrandschatzt, geplündert, gemordet, vergewaltigt, selbst die Kinder.«

Lorenzo machte sich sofort auf den Weg zu der rebellischen Stadt. Er konnte dem Bericht einfach nicht glauben. Krieg wurde wie ein Turnier nach bestimmten Regeln geführt. Eine Kapitulation bedeutete Sicherheit.

Als er sich der oben auf einem Hügel liegenden Stadt näherte und die offenen Tore sah, war er sicher, daß alles in Ordnung sein mußte. Doch dann sah er die Aaskrähen auf den Mauern.

Die belebende, frische Luft des Oktobers brachte alle wieder aus ihren Villen nach Florenz zurück. Tagelang begrüßten sich die Freunde bei der Messe mit dem Tratsch, der sich über die langen Sommermonate der Trennung hinweg angestaut hatte. Danach sprachen alle nur noch über die Veränderungen, die mit Lorenzo vorgegangen waren.

Seine reichen Seiden- und Samtstoffe waren verschwunden. Er trug jetzt den *Lucco*, ein strenges, dunkel gefärbtes, in Falten fallendes Wollgewand, das bis zu den Knöcheln hinabreichte. Es war die bevorzugte Kleidung alter Männer und Gelehrter; über dem athletischen, jugendlichen Körper Lorenzos wirkte sie völlig unpassend.

Die Leute flüsterten sich zu, daß er wegen der Plünderung Volterras Trauer trug. Sein Lucco war meistens schwarz.

Lorenzo wußte, was sie sagten, doch er gab keine Erklärungen. Der Lucco war kein Symbol der Trauer um Vergangenes. Er war eine sichtbar gemachte Verpflichtung für die Zukunft. Cosimo hatte immer den Lucco getragen. Cosimo hatte nie vorschnell gehandelt und nichts unternommen, um seine eigene Bedeutung zu unterstreichen. Cosimo hatte der Republik Frieden gebracht und keine Plünderungen. Lorenzo schwor vor dem Altar Gottes, daß er diesen Frieden bewahren würde. Er arbeitete intensiver als je zuvor, schlief weniger. Tiefe Linien gruben sich in sein Gesicht.

Doch weiterhin widmete er sich der Dichtung, liebte die Frauen, brachte seine Gefährten zum Lachen. Und im Laufe der Zeit gewöhnten sich die Menschen an die Linien in seinem Gesicht. Und an den Lucco.

12. KAPITEL

»Ich wünschte, Lorenzo würde etwas anderes tragen als diesen trübseligen Lucco!«

Lucrezia de' Medici rief die Worte so laut heraus, daß sie sich selbst aus dem Schlaf riß. Was habe ich da nur gerade geträumt, fragte sie sich, konnte sich aber an nichts erinnern.

Sie setzte sich in ihrem Bett auf, sank dann wieder in die Kissen zurück. Sie mochte nicht aufstehen. »Irgend etwas kann doch da mit mir nicht stimmen«, sagte sie, wieder mit lauter Stimme. Sie befühlte ihre Stirn, sie war kühl und trocken. Dann bewegte sie Arme und Beine, drückte auf ihren Hals, ihre Brüste und ihren Unterleib. Nirgends tat etwas weh.

Doch sie mochte das Bett nicht verlassen. Noch nie in ihrem ganzen Leben hatte sie sich so gefühlt. Es ängstigte sie, und sie zwang sich dazu, aufzustehen, sich zu baden und anzuziehen. Dann eilte sie auf Lorenzos Zimmer.

»Ich wünsche meinen Sohn zu sprechen«, sagte sie.

Lorenzos Sekretär verspritzte die Tinte über den ganzen Brief, den er gerade schrieb, sprang auf die Beine und hastete davon, um auszurichten, daß Madonna Lucrezia im Vorzimmer sei und ganz verändert wirke.

Lorenzo war nicht mit dem einverstanden, was seine Mutter ihm gerade von ihren Absichten erzählt hatte. »Laß mich einen Arzt holen oder besser zwei Ärzte«, sagte er.

»Wenn ich einen Arzt wollte, Lorenzo, wäre ich durchaus in der Lage, ihn selber kommen zu lassen. Ich bin nicht krank, nur müde und nicht ganz auf der Höhe. Ich will in die Bäder nach Morba reisen und habe dich lediglich gebeten, mir eine Eskorte bereitzustellen. Ist denn das so schwierig?«

»Nein, natürlich nicht, aber du solltest keine Reise machen, wenn du dich nicht gut fühlst.«

»Ich bin nicht krank. Das sagte ich dir bereits.« Lucrezia wurde immer ärgerlicher.

»Dann werde ich mitkommen. Ich will nicht, daß du da alleine bist.«

»Du wirst nicht mit mir kommen, Lorenzo. Ich will nichts anderes als genau das: allein sein! Wirst du allmählich taub? Ich habe dir doch gesagt, was ich von dir möchte: eine Eskorte.«

Lorenzo hatte noch nie erlebt, daß seine Mutter derart die Geduld verlor. Er war beunruhigt und ein bißchen erschrokken, sprach in dem beruhigenden Tonfall mit ihr, den er auch benutzte, wenn er ein verschrecktes Tier besänftigen wollte.

»Ist ja schon gut, Mammina. Du sollst reisen, und allein, wenn du willst. Aber ich bitte dich, geh nicht nach Morba. Es gibt neuere Bäder mit besseren Kureinrichtungen. Du wirst dich dort viel wohler fühlen.«

Lucrezia knirschte mit den Zähnen. »Morba gefällt mir aber.«

Lorenzo gab auf. »Was immer du sagst, Mamma. Alles, was du willst.«

Lucrezia fühlte sich schon wieder besser, noch bevor sie bei den Bädern eingetroffen war. Seit Jahren hatte sie keine lange Reise mehr unternommen. Es dauerte keinen halben Tag, und ihr Körper war vom Reiten ganz steif geworden. Ihr tat einfach alles weh. Doch Schmerzen waren ihr unendlich lieber als diese grundlose Müdigkeit, die sie befallen hatte. Als der Kommandant der Eskorte fragte, ob sie bereit sei, das Nachtquartier aufschlagen zu lassen, befahl Lucrezia ihm weiterzureiten. Es war fast dunkel, als sie in die Toreinfahrt einer auf einem Hügel liegenden Klosteranlage einbogen, um dort für die Nacht unterzukommen. Lucrezia blieb lange genug wach, um etwas Suppe zu sich zu nehmen, dann streckte sie sich auf der harten Pritsche aus, als wäre es die beste Federmatratze. Noch bevor sie ihre Abendgebete sprechen konnte, war sie eingeschlafen.

Als sie in der Morgendämmerung erwachte, fühlte sie sich, als sei ihr jeder Knochen im Leib gebrochen. Geschieht mir ganz recht, dachte sie bei sich. Nur eine halsstarrige alte Närrin würde noch so viele Stunden lang weiterreiten, obwohl sie längst ganz steif ist von der Reise. Lucrezia lachte über ihre Torheit. Das Lachen verursachte einen scharfen Schmerz, der sie zusammenzucken ließ, doch sie war dankbar dafür, ihren Humor wiedergefunden zu haben.

Als sie am nächsten Tag Morba erreichte, hatte sie ihn auch bitter nötig. Dem Badehaus fehlte das halbe Dach, und es war fast vollständig von einer dichten Dornenhecke umgeben. Die Quartiere für die Gäste waren im gleichen heruntergekommenen Zustand. Die meisten Fensterläden und Türen fehlten. Noch bevor Lucrezia das Gebäude betreten hatte, stieg ihr schon der Geruch nach altem Kohl und dreckiger Wäsche in die Nase. Lucrezia hatte das Bad zwar als kärglich ausgestattet in Erinnerung, aber auch als ungeheuer sauber mit wunderschönen Parks und einem zahlreichen und kompetenten Dienstpersonal. Auch das Essen war köstlich gewesen. »Ich kann mir nicht vorstellen, was mit diesem Ort passiert ist«, sagte sie zu dem unschlüssig herumstehenden Kommandanten.

Dann fiel ihr ein, daß sie das letzte Mal nach Giulianos Geburt in Morba gewesen war. Das war jetzt zweiundzwanzig Jahre her.

»Es hat entschieden seine Vorzüge, eine Medici zu sein«, sagte Lucrezia. Sie atmete den stark riechenden, heißen Dampf des Wassers ein, das ihr bis zum Kinn stand. »Zum Beispiel, und das ist nicht eben der geringste dieser Vorteile, haben die Leute entsetzliche Angst vor mir … Die meisten Leute zumindest. Du allerdings nicht, nicht wahr? Dir mache ich doch keine Angst, oder?«

Ihr Gegenüber gab keine Antwort. Die ausgezehrte alte Frau, mit der sie sprach, war taub. Und zahnlos. Lucrezia schmunzelte über den glückseligen Gesichtsausdruck des alten Weibes, während es an einer gezuckerten Zitrone lutschte. Die Alte hieß Caterina und stand Lucrezia in den Bädern zu Diensten. Mehr oder weniger paßte sie darauf auf, daß Lucrezia nicht im Wasser ausrutschte und ertrank. Und wenn Lucrezia aus dem Wasser stieg, hielt sie für sie ein Handtuch bereit. Gelegentlich bot sie ihr eine Zitrone an. Wenn Lucrezia dann ablehnte, deutete die alte Frau auf sich und steckte auf Lucrezias Nicken hin die Zitrone in ihren Mund.

Als Masseuse war sie nutzlos, weil ihre runzligen alten Hände zu schwach für diese Arbeit waren. Sie konnte auch keine Anordnungen befolgen, weil sie sie gar nicht hörte. Und doch war sie für Lucrezia der größte Luxus und eine unschätzbar wertvolle Gefährtin. Lucrezia konnte mit ihr sprechen.

Mehr als dreißig Jahre lang hatte Lucrezia keinen Menschen gehabt, dem sie sich hätte anvertrauen können. Piero und die Kinder hatten ihre Kraft und Gelassenheit gebraucht. Nie hatte sie zugeben können, daß sie unzufrieden war oder Angst hatte. Und als eine Medici mußte sie, wenn sie sich mit ihren Freundinnen unterhielt, ihre Zunge immer im Zaum halten. Alles, was im Palast der Familie vor sich ging, wurde mit der Begeisterung der Klatschwütigen durch die ganze Stadt weitergetragen und konnte den Dutzenden von Informanten politischer Feinde und wirtschaftlicher Rivalen unter Umständen wertvolle Informationen zuspielen.

Jetzt aber konnte sie sprechen, offen und frei heraus alles sagen, ohne vorher darüber nachzudenken. Und der größte Luxus dabei war, daß sie auch klagen konnte. Caterina wußte nicht, wer sie war, wußte nicht, daß Lucrezia de' Medici von allen Frauen der Welt am wenigsten Grund zum Klagen hatte. Wenn die alte Frau sah, daß sich Lucrezias Lippen bewegten, nickte sie ihr aufmunternd und nachdrücklich zu, ohne doch zu wissen, worum es gerade ging.

»Ich bin jetzt achtundvierzig«, erzählte ihr Lucrezia, »und eine alte Frau… Das Problem dabei ist nur, daß ich mich gar nicht so alt fühle. Und mir gefällt es auch nicht, wenn man mich behandelt, als wäre ich alt…

Welche Unverschämtheit von Lorenzo, einen Arzt rufen lassen zu wollen! Er hätte mich genausogut in mein Grab stoßen und es auf diese Weise hinter sich bringen können. Wenn du sterben willst, dann hole den Arzt. Er wird irgendeinen Weg finden, dich umzubringen, selbst wenn du gar nicht krank bist…

Ich habe genug von diesen Ärzten! In all den Jahren, in denen mein armer Piero so sehr gelitten hat, waren doch immer etliche im Haus! Da kamen sie alle an, die Herren Ärzte in ihren schmierigen Samtgewändern und ihrem mottenzerfressenen Pelzputz, mit ihren vergoldeten Sporen und den Ringen mit Steinen aus gefärbtem Glas an jedem ihrer Dreckfinger, und sie lasen sein Horoskop, tischten ihm Lügen auf, fütterten ihn mit irgendeinem Quacksalbermittel, das ihn fast vergiftete, und wenn sie dann irgendwann mit der Behandlung fertig waren, trugen sie den dicksten Samt und die teuersten Pelze, Rubine und Sporen aus echtem Gold. Beutelschneider sollten sie sich nennen, nicht Ärzte. Sie sind nicht mehr als Astrologen mit einem Abschluß aus Salerno, der sie berechtigt, sich wie ein feiner Herr zu kleiden und die Kranken zu bestehlen... Wie kann es mein eigener Sohn wagen, mich für einen solchen Narren zu halten, daß ich auf einen Arzt hören würde? Ich bin sicher, daß du in deinem ganzen Leben nicht ein einziges Mal bei einem Arzt gewesen bist, Caterina, und schau dich doch an. Du mußt doch bestimmt zweihundert Jahre alt sein... Nein, wahrscheinlich bist du nicht viel älter als ich. Das Leben ist mit dir nicht so sanft umgegangen wie mit mir.

Und das tut es auch jetzt nicht. Schau dich doch nur an. Du arbeitest immer noch, ganz gleich, wieviel du nun wirklich tust. Aber wenigstens kannst du glauben, daß du gebraucht wirst, daß du für irgend etwas nutze bist. Ich werde von niemandem gebraucht.« Lucrezia war von dieser Erkenntnis selbst schockiert: Sie begann zu weinen. Heiße Tränen rannen ihr über das Gesicht und tropften in das heiße Wasser des Beckens. »Was ist nur mit mir los?« schluchzte sie. »Das tue ich doch sonst nie!«

Die alte, taube Frau sah Lucrezias verzerrtes Gesicht. Sie nahm die Zitrone aus ihrem Mund und lächelte. »Gut«, sagte sie. »Gut! Reinigt Euch nur von innen und von außen!« Dann hielt sie sich die Zitrone dicht vor die Augen, musterte sie mit prüfendem Blick, warf sie auf den Boden und nahm eine neue aus der Schüssel neben sich.

Als Lucrezias Tränen versiegt waren, kletterte sie aus dem Becken heraus und nahm das Handtuch aus Caterinas knorrigen Händen entgegen. »Danke«, sagte sie.

»Danke«, sagte sie noch einmal, als sie sich angezogen hatte. »Du alte Frau bist klüger als ich. Ich fühle mich tatsächlich innerlich gereinigt.« Sie lächelte. »Jetzt werde ich meinem Wirt noch ein wenig Angst einjagen. Das tut mir auch immer richtig gut.«

Lucrezia beaufsichtigte das Säubern und die Reparaturen der Gebäude im Bad. Sie erteilte Befehle, weigerte sich, irgendwelche Entschuldigungen gelten zu lassen, drohte mit schrecklichen Konsequenzen für den Fall, daß man ihre Anordnungen nicht befolgen sollte, und verlangte vom schlampigen Eigentümer und seinem mürrischen Personal immer größere Anstrengungen.

Sie hatte einen ungeheuren Spaß dabei. Der ganze Ort war eine Herausforderung; es war ihr persönlicher Augiasstall. Und sie war Herkules.

Es war sehr lange her, daß sie einer solchen Herausforderung begegnet war.

Nachdem Lucrezia sich drei Wochen lang in Morba aufgehalten hatte, war der frühere Zustand des Bades fast wiederhergestellt. Die Wände waren neu verputzt und frisch gestrichen; die neuen, roten Dachziegel erstrahlten in der Herbstsonne in einem warmen Glanz. Die Parks waren nahezu kahl, in den Ecken verrottete das zu kleinen Gebirgen aufgetürmte Unkraut, die Geometrie der Anlage war wieder zu sehen. Das Dickicht aus Rosenbüschen beschnitt Lucrezia eigenhändig. Tief in seiner Mitte stieß sie auf eine verschlossene Knospe. Das Beschneiden ließ Luft und Licht heran, und prompt begann die Rose zu blühen.

Sie nahm es als Omen. Ihre an Caterina gerichteten Wehklagen waren ebenfalls so etwas wie ein Beschneiden gewesen. Sie hatten ihr Herz von lange in ihm eingeschlossenem Kummer befreit. Jetzt, wo sie all ihren Kümmernissen Luft gemacht hatte, schienen sie an Bedeutung verloren zu haben, ja, sie waren kaum noch einer Erwähnung wert.

Was machte es schon, daß Clarissa sie von ihrem angestammten Platz im Haus verdrängte und als Tochter eine Enttäuschung war? Sie hatte Lorenzo zwei Töchter und einen

Sohn geschenkt und damit genau das getan, wozu eine Frau auf der Welt war. Und gleichzeitig hatte Lucrezia damit drei Enkelkinder im Haus, an denen sie sich erfreuen konnte.

Und Giulianos Leichtsinn tat im Grunde niemandem etwas zuleide, nicht einmal ihm selbst. Er war jetzt zweiundzwanzig Jahre alt und immer noch eher ein Knabe als ein Mann, auch wenn Lorenzo ein Volljährigkeitsturnier für ihn veranstaltet hatte, das das Ereignis des Jahres gewesen war. Doch für einen zweitgeborenen Sohn, der keine Verantwortung zu übernehmen brauchte, war zweiundzwanzig nicht so sehr alt. Giuliano gefiel es, reich und hübsch zu sein und keine Sorgen zu kennen. Wer konnte ihm das verübeln? Die Florentiner sicherlich nicht. Alle diese Menschen, egal welchen Alters, bewunderten ihn – aufgrund seines Äußeren, weil er der beste Athlet war und weil er die unverdorbene Sanftmut eines inniggeliebten Kindes besaß, dem alle Dinge leicht erschienen und der Himmel ohne Wolken. Auch Lucrezia liebte ihn. Es war absurd, sich zu wünschen, er möge anders sein.

Insbesondere, wo es doch genau diese kindliche Sanftmut gewesen war, die sie ihren Mann so sehr hatte lieben lassen und nach der sie sich noch immer sehnte. Piero würde Giuliano nicht anders haben wollen. Er hatte in dem Jungen sein eigenes Naturell wiedererkannt, er hatte Giuliano verstanden. In Wahrheit war ihm von allen fünf Kindern Giuliano immer der liebste gewesen. Er hatte Lorenzo nie auf die gleiche Weise lieben können.

Sie jedoch … Lucrezia dachte an die Leistung, die sie hier in Morba vollbracht hatte. Sie hatte es sehr gut gemacht.

Doch das war noch nicht alles. Solange es nur ging, hatte sie es vermieden, aber jetzt mußte sie der Sache ins Auge sehen. All ihre anderen Sorgen hatten sich im heißen Dampf der Bäder mühelos verflüchtigt. Wirklichen Kummer aber bereitete ihr Lorenzo.

»Lorenzo, Lorenzo!« rief Lucrezia aus, und die Mauern des Bades echoten: »Lorenzo!«

»Caterina, weißt du, was es heißt, von demjenigen betrogen zu werden, den du am meisten liebst, dem du mehr vertraust als allen anderen? Kennst du den Schmerz, den man empfindet, wenn man zusieht, wie sich dieser Mensch verändert? Wenn du siehst, wie er sich von dir wegbewegt?

Volterra! Die Pest soll diesen Ort holen! Volterra hat ihn verändert. Es ist passiert, bevor die Minen sich als wertlos erwiesen, ganz zu Anfang, als die Armee die Stadt geplündert hat. Was glaubt er denn, wie die Menschen sind? Diese Männer töten, plündern und vergewaltigen. Ist es denn sein Fehler, daß sich Männer wie Männer verhalten? Er sollte das doch wissen. Er sitzt doch im Rat, dem alle Verbrechen vorgetragen werden, sieht doch den Galgen, sieht die Männer, die dort gehängt werden. Er muß doch auch die vielen Menschen sehen, die zu den Hinrichtungen gehen, um zu lachen, zu essen und zu trinken, während die Beine der Gehängten noch in der Luft zappeln. Er muß doch über die Straßenräuber Bescheid wissen, die sich auf die Lauer legen, um zu rauben und zu morden. Aus welchem Grund hat er mir denn sonst so eine starke Eskorte mitgegeben? Warum muß er mehr sein als ein Mensch?

Cosimo. Er will Cosimo sein. Dieser Narr! Cosimo war doch kein Heiliger. Ich kannte ihn gut. Cosimo sah die Menschen so, wie sie sind. Er hätte Volterra innerhalb einer Woche vergessen. Nein, er hätte es als Fehler aufgefaßt, den er einfach nicht noch einmal machen würde. Er, der Vater des Staates, hat doch auch Fehler gemacht, oh, ja, und er hat sie vertuscht, damit niemand etwas von ihnen erfuhr.

Wenn Lorenzo zu mir gekommen wäre, hätte ich ihm das erzählen können. Aber er ist nicht gekommen. Die Sache mit Volterra ist jetzt drei Jahre her, und die ganze Zeit über hat er mich nicht um Rat gefragt, mir nichts von seinen Plänen erzählt. Ich bedeute ihm nichts. Ich bin nutzlos.«

Lucrezia marterte sich, bis sie in Tränen aufgelöst war. Caterina, die alte Frau, beobachtete sie, nickte aufmunternd und lutschte an ihrer Zitrone. Als Lucrezia ganz erschöpft war, half ihr Caterina dabei, aus dem Becken herauszuklettern. Sie wickelte Lucrezia in ein Handtuch und legte ihr ihren Mantel über die Schultern. »Schlaft jetzt«, sagte sie.

Später wachte Lucrezia auf und schaute aus ihrem Fenster in den sternenübersäten Himmel, bis die Sterne zu verblassen begannen. Auch der Aufruhr ihrer Gefühle legte sich, und sie sagte Morba Lebewohl. Jetzt war sie bereit, nach Hause zurückzukehren.

Sie brauchte keine tauben Ohren mehr, auf die sie einreden konnte. Ihr Herz war ruhig, ihre Gedanken geordnet. Sie erkannte, daß es in ihrer Hand lag, ihrem Leben Fülle zu geben, und daß sie das für sich tat. Und sie erkannte, daß sie dazu auch in der Lage war. Die Umwandlung des Bades war allein ihr Werk, und sie war stolz darauf.

Fast so stolz wie auf meine Kinder, dachte sie mit einem bitteren Lächeln auf den Lippen. Ach ja, Mutterschaft, was bist du nur für ein trügerischer Teufel. Liebe und Eitelkeit sind dabei so gut vermischt, daß es unmöglich wird, beides voneinander zu trennen.

Es war ganz richtig, daß Lorenzo unabhängig von ihr seinen eigenen Weg ging. Er war jetzt sechsundzwanzig Jahre alt, und seit sechs Jahren für den Staat verantwortlich. Sie hätten keinen Respekt vor einem Mann, der ständig zu seiner Mutter rennt, bevor er einen Entschluß faßt, und jedem anderen würde es genauso gehen.

Sie mußte ihn wohl ziehen lassen. Die Zeit war schon seit langem reif dafür.

Vor ihrem inneren Auge sah sie sein Gesicht, und ihr Herz krampfte sich vor Liebe zusammen. Mein liebster Sohn, sagte sie leise, die Schönheit hat dich übergangen. Vielleicht bist du immer mein Lieblingskind gewesen, weil andere Menschen ihren Blick abgewendet haben, wenn sie diese große, zusammengedrückte Nase und den breiten Mund in deinem Kindergesicht sahen. Alle anderen waren so entzückende Babies.

Eigenhändig habe ich deine kleinen Hemden bestickt, um dich mit meiner Liebe zu umgeben. Als du älter wurdest, habe ich dafür gesorgt, daß nur die feinsten Wollstoffe in den leuchtendsten Farben in deinen Kleidungsstücken verarbeitet wurden.

Lucrezia schüttelte wehmütig und amüsiert den Kopf. Als du dich entschlossen hast, den Lucco zu tragen, hast du dir damit keinen Gefallen getan, mein Lieb, schalt sie ihren Sohn. Er macht dich noch häßlicher, als du bist. Kein Wunder, daß ich davon Alpträume bekommen habe.

Lorenzo kam Lucrezia in den Außenbezirken von Florenz entgegen.

»Woher wußtest du, daß ich komme?« fragte sie.

»Ich habe meine Spione. Du siehst einfach wunderbar erholt aus, Mammina. Morba hat dir gutgetan.«

»Ja, das hat es wirklich. Es ist ein herrlicher Ort. Ein wenig spärlich ausgestattet, aber alles ist ganz neu und sauber. Er gefällt mir so gut, daß ich alles in die Wege geleitet habe, um die Bäder zu kaufen. Mit ein wenig Anstrengung kann Morba zum besten Bad in der ganzen Toskana werden. Dann werde ich Geschäftsfrau sein und viel Geld verdienen.«

Lorenzo versuchte zu lächeln. »Das sind ja zur Abwechslung einmal gute Nachrichten. Ich hoffe, du bist nicht zu erschöpft, Mamma. Ich habe dir eine Menge zu erzählen, und ich brauche deinen klugen Rat.«

Lucrezias weiser Entschluß, ihren Sohn sein eigenes Leben führen zu lassen, löste sich innerhalb einer Sekunde in Luft auf. »Ich bin überhaupt nicht müde«, sagte sie.

13. Kapitel

»Sag es mir noch einmal, Lorenzo, und sprich nicht so schnell. Ich verstehe kein Wort von dem, was du sagst.«

Lorenzo ließ seine Faust auf den Schreibtisch krachen. »Es ist gemeiner Verrat an der Republik, das sage ich! Und auch an mir, doch mir sind sie keine Loyalität schuldig. Jeder Florentiner schuldet sie allerdings dem Staat.«

»Fang bitte von vorne an… Du sagtest, der Papst habe sich wegen eines Darlehens an die Bank gewendet.«

»Ja. Vierzigtausend Gulden. Ein Vermögen, aber natürlich hätten wir es ihm gewährt. Wir sind die Bankiers des Vatikan, und wir haben keinen Grund, Darlehen zu verweigern. Wir verdienen das Zehnfache von dem, was wir jemals verliehen haben. Doch dieses Geld war nicht für ein Geschäft des Vatikan gedacht. Sixtus selbst wollte es haben, um damit für seinen Neffen oder seinen unehelichen Sohn, was auch immer er sein mag, ein Königreich zu kaufen. Nachdem er schon seine ganzen Bauernpriester von Neffen zu Kirchenprinzen gemacht hat, will er jetzt auch noch diesen Riario zum Herrscher über einen eigenen Staat werden lassen. Und gleichzeitig Florenz bedrohen.

Als Imola zum Verkauf anstand, glaubte ich nicht, daß wir uns darüber irgendwelche Sorgen machen müßten. Imola ist eine kleine Stadt ohne jede Bedeutung bis auf die Tatsache, daß sie an unserer Grenze liegt und an der Straße, die unsere Händler zum Hafen von Ravenna nehmen. Die Republik war auf bestem Wege, sie zu kaufen, aber der Preis war zu hoch. Ich stand mitten in Verhandlungen um eine günstigere Summe, als Galeazzo auf der Bildfläche erschien und Imola für Mailand kaufte. Wir hatten also nichts mehr zu befürchten. Galeazzo ist ein zuverlässiger Verbündeter, denn er ist genauso auf uns angewiesen wie wir auf ihn.«

»Worin liegt dann das Problem? Ich sehe keins.«

»Sixtus ist das Problem. Dieser gerissene, alte Teufel! Er bot Galeazzo seinen Bankert Riario als Mann für dessen uneheliche Tochter an, wenn Galeazzo ihm dafür Imola als Heimat für das frischvermählte Paar verkaufte. Galeazzo willigte ein. Das Mädchen wird von keinem anderen genommen, weil es unehelich ist... und allen Berichten nach zu urteilen auch noch zänkisch dazu.

Dann beantragte Sixtus das Darlehen. Schmierig wie frischgepreßtes Öl schwafelte er über die Tugenden Riarios daher, von dem jeder weiß, daß er ein zügelloser Rüpel ist. Und tat so, als ob er nicht im Traum daran dächte, den Kirchenstaat bis zur Ostgrenze der Republik hin auszudehnen.

Die römische Filiale fragte mich, was sie tun solle. Ich sagte ihnen, sie sollten ihm auf die gleiche aalglatte Art das Darlehen verweigern.«

Lucrezias Bruder leitete die römische Filiale. Sie wußte, wie überaus höflich und bestimmt dieser nein sagen konnte.

»Dann hat Sixtus das Geld also nicht bekommen. Wo ist denn dabei der Verrat?«

»Du hörst nicht zu, Madonna! Die Familie Pazzi ist der Verräter. Es gibt mindestens dreißig Banken in Rom, doch die Pazzi besitzen die einzige, die reich genug ist, um ein Darlehen dieser Größenordnung zu gewähren. Von unserer Bank natürlich einmal abgesehen. Bevor ich meinen Onkel benachrichtigen ließ, ging ich in den Palast der Familie Pazzi. Ich sprach mit Jacopo, mit Elmo und Giovanni. Antonio war in seiner Villa und lag mit Fieber im Bett; Francesco war in Rom zu Besuch bei seinem Vetter Renato. Ich erklärte ihnen, welche Gefahr es bedeuten könnte, wenn der Neffe des Papstes sich in Imola niederläßt, und bat um die Zusage, daß ihre Bank das Darlehen verweigern werde. Alle waren damit einverstanden.

So schrieb ich also Renato, setzte ihn über alles in Kenntnis, was geschehen war, und schickte ihm den Brief mit demselben Boten, der auch den Brief an unsere Filiale bei sich trug.

Heute morgen wurde mir berichtet, daß man sich in ganz Rom zuflüstert, die Familie Pazzi wolle Sixtus finanzieren. Es ist nur ein Gerücht, aber es stammt aus verläßlicher Quelle. Wenn es stimmt, dann ist das der übelste Verrat, den ich kenne.«

Lucrezia verstand vollkommen, welche Gefahren für Florenz bestanden, wenn der Papst Imola kontrollierte. Und sie stimmte zu, daß Renato und Francesco Pazzi, sollte das Gerücht der Wahrheit entsprechen, der Republik schweren Schaden zugefügt hatten. Doch es gab keinerlei Bestätigung dafür. Sie hatte schon so manches Gerücht sich in Luft auflösen sehen, und sie hatte einen mehr als sechsstündigen Ritt über staubige Straßen hinter sich. »Vergeude deine Energie nicht mit einer Wut, die vielleicht ganz unberechtigt ist, Lorenzo«, sagte sie. »Warte, bis wir Näheres erfahren. Ich werde mich jetzt waschen, mich ein wenig ausruhen und dann auf die Kinderzimmer gehen. Wie geht es meinen Enkelkindern?«

»Gut«, erwiderte Lorenzo. Er war viel zu wütend, um an irgend etwas anderes zu denken als an die Pazzi.

Den Kindern ging es nicht nur gut, sie gediehen prächtig. Lucrezia war recht groß für ihre fünf Jahre und sehr ungestüm. Als ihre Großmutter das Kinderzimmer betrat, protestierte sie gerade lautstark gegen die systematische Zerstörung einer ihrer Puppen durch ihren kleinen Bruder. Piero achtete gar nicht auf sie, die zweijährige Maddalena schlief und merkte nichts von dem heftigen Streit.

Es ist wunderbar, wenn sich das Haus mit jungem Leben füllt, dachte Lucrezia. Dafür sind Häuser gebaut. »Guten Abend, Maria«, begrüßte sie die Kinderfrau. Piero ließ die Puppe liegen und kam zu ihr herübergerannt. Seine Schwester war ihm dicht auf den Fersen.

»Hast du uns etwas mitgebracht?«

Weniger als einen Monat später, am elften Dezember, gab es im Kinderzimmer eine neue Attraktion zu bestaunen. Clarissa hatte einen Jungen geboren, der bald darauf den Namen Giovanni bekam.

Das Baby kam etliche Wochen zu früh, doch es wog mehr als acht Pfund und war so kräftig, daß seine Schreie fast so laut waren wie die seiner ältesten Schwester.

»Er brüllt wie ein Löwe«, sagte Clarissa mit leichtem Schrecken. Sie hatte Lorenzo bereits von dem Traum erzählt, den sie in der Nacht vor Giovannis Geburt gehabt hatte. Er war so deutlich gewesen, daß er einen tiefen Sinn haben mußte. Sie hatte sich vor Schmerzen auf dem hellen Mosaikboden des Duomo hin und her gewälzt und dort ihr Kind zur Welt gebracht. Als das Baby dann aber geboren war, war es kein menschliches Kind, sondern ein riesiger Löwe.

Für Lorenzo lag die Deutung des Traumes auf der Hand. Giovanni war dazu bestimmt, die Kirchenlaufbahn einzuschlagen. In dieser Position würde er Florenz beschützen, ihr Löwe sein, das Symbol der Stadt.

Die Geburt seines Sohnes und deren Ankündigung durch diesen wundersamen Traum durchbrachen die ungewohnte Melancholie, die Lorenzo verspürt hatte. Mit jedem Schock durch immer neue schlechte Nachrichten war es dunkler und dunkler in ihm geworden.

Als erstes hatte sich das Gerücht über das Darlehen der Pazzi-Bank an den Papst bewahrheitet.

Dann war ein offizielles Schreiben des Vatikan eingetroffen mit der Ankündigung, daß die lukrativen Finanzgeschäfte des Papstes von der Medici-Bank auf die Bank der Pazzi übertragen würden. Mehr als die Hälfte der Einnahmen der Bank der Medici waren damit verloren.

»Im Bankgeschäft kenne ich mich nicht aus«, klagte Lorenzo bitter. »Ich hatte nie die Zeit, das zu lernen. Oder das Interesse. Und es war immer mehr Geld da, als wir brauchten. Jetzt sind die Bedürfnisse die gleichen, aber die Einnahmen viel geringer. Die Filiale in London mußte schließen, weil die Kriege der Plantagenets das Land verwüsteten und König Edward sein Darlehen nicht zurückzahlen konnte. Das gleiche passierte jetzt in Brügge mit dem Herzog von Burgund. Was soll ich nur tun?«

»Dir bleibt nichts anderes übrig, als das zu tun, was du sonst auch immer tust«, antwortete Lucrezia. »Du mußt die Führung der einzelnen Filialen ihren Leitern überlassen. Das hat dein Vater so gemacht und dein Großvater ebenfalls. Selbst wenn du der größte Bankier der Welt wärest, könntest du doch nicht in zehn Städten gleichzeitig sein. Dein Platz ist hier in Florenz als Regierungsführer.«

»Ja, ja. Und du weißt auch, was das bedeutet: Ich muß für die Unterhaltung der Besucher zahlen, für das Karnevalsfeuerwerk, die Karnevalswagen, die Kostüme für die religiösen Aufführungen an jedem Feiertag, muß für alles mögliche Unterstützung beisteuern, Geschenke an den König von Frankreich bezahlen und den König von Neapel und den Herzog von Mailand und Urbino und Ferrara und den Dogen von Venedig und sogar an den alten Satan Sixtus, um jeden zu besänftigen, der möglicherweise die Republik bedrohen könnte. Wie soll ich für den Staat sorgen, wenn ich in tiefer Armut stecke?«

Seine Mutter strich ihm über die kraftlosen Schultern.

»Still, Lorenzo! Du übertreibst. Selbst wenn die Hälfte des Vermögens der Medici verloren ist oder, wenn es sein muß, auch drei Viertel, so ist es doch immer noch groß genug, als daß du alles tun kannst, was du tun willst. Wenn die Pazzi jetzt sogar noch reicher geworden sind, welchen Unterschied macht das schon? Immerhin sind sie doch durch die Ehe zwischen Bianca und Elmo und die zukünftige Ehe zwischen Pierfrancescos Sohn und Ginevra mit uns verbunden. Es ist immer besser, Verwandtschaftsbeziehungen mit den Reichen einzugehen, sie müssen seltener um Gefälligkeiten bitten.

Sei nicht so traurig, mein Sohn. Geschäftlich war jemand schlauer als du, das ist alles. Das passiert jedem einmal. Und was den Neffen des Papstes anbelangt, habe ich dich ein dutzendmal sagen hören, Riario sei ein Narr. Für dich oder für Florenz bedeutet er keine wirkliche Gefahr. Vielleicht bist du nicht der beste Bankier Italiens, aber der beste Staatsmann bist du ganz bestimmt. Seinen Ehrgeiz kannst du mühelos bändigen. Auch die Familie Pazzi weiß das. Daß sie an Sixtus Geld verliehen haben, war nicht wirklich ein Verrat. Es war einfach ein scharf kalkuliertes Geschäft, bei dem für deinen Geschmack mit zu harten Bandagen gekämpft wurde. Vergiß deinen Kummer und geh weiter voran in deinem Leben. Du bist mit vielem gesegnet, denk lieber darüber nach, anstatt über deine Verluste nachzugrübeln.«

Lorenzo küßte die Hand seiner Mutter. »Du tust mir in der Seele gut, Mamina, auch wenn du Wahrheiten aussprichst, die ich lieber nicht hören will. Du hast wie immer recht; ich führe mich auf wie ein Kind, dem man sein Spielzeug weggenommen hat. Nur ein Narr vergeudet seine Zeit mit Schmollen, wo doch jede Stunde mit Freude gefüllt werden kann. Danke, daß du mich daran erinnert hast.«

Zwei Tage später ritt Lorenzo zu seinen Ställen in Careggi hinaus; im Galopp und heiser und unmelodisch singend, kehrte er in die Stadt zurück. »Endlich habe ich ein Pferd, das wie eine Rakete davonschießt«, erzählte er Giuliano. »Ich sah es so schnell rennen, daß meine Augen ihm kaum folgen konnten. Nächstes Jahr werden die Medici den Palio gewinnen.«

Giuliano warf seinem Bruder die Arme um den Hals und verwandelte die Umarmung geschickt in einen Würgegriff.

»Und ich werde es reiten. Sag ja, oder ich breche dir das Genick.«

Lorenzo befreite sich aus dem Griff, indem er Giuliano seinen Ellbogen in den Magen rammte. Dann rangen die beiden Brüder leidenschaftlich und von lautem Lachen unterbrochen miteinander, bis sie schweißüberströmt und voller blauer Flecken dastanden.

Ihre Mutter bestaunte ihre bunten Gesichter, als die Blutergüsse in allen Farben des Regenbogens erblühten. »Ihr seht ja aus wie zwei Majolicaverzierungen«, sagte sie. »Ich liebe leuchtende Farben im Zimmer.«

Daraufhin verschwand Lorenzo für einige Minuten und kam mit dem Geschenk zurück, das er eigentlich für den Dreikönigstag zurückgelegt hatte, den Tag, an dem man üblicherweise Geschenke austauschte. Es gab keinen Grund, länger damit zu warten. Jetzt war genau der richtige Zeitpunkt für diese besondere Gabe.

Es war ein Paar Terracottabüsten. Lebensgroß und verblüffend lebensecht. Lorenzo trug den Lucco, runzelte leicht die Stirn und wirkte sehr eindrucksvoll. Giulianos Ebenbild schien gerade lächeln zu wollen. Es trug eine Tonnachbildung der reichverzierten Silberrüstung, die er auf seinem Turnier getragen hatte.

Lucrezia schrie auf, als sie die Büsten sah, und streckte ihre Hände aus. »Sie sind so schön, ich muß sie einfach berühren.« Mit den Fingerspitzen strich sie vorsichtig über die aus Terracotta geformten Gesichtszüge ihrer Söhne und betrachtete dabei das geschundene Fleisch der lebenden Modelle.

»Von allen Dingen, die ich besitze, hat mich nie etwas so sehr erfreut«, sagte sie. »Ich danke euch von ganzem Herzen.« Lucrezia bewunderte ihre Geschenke, berührte sie, streichelte sie, sah sie sich aus allen Blickwinkeln heraus ganz genau an. »Die hat Andrea del Verrocchio gemacht, nicht wahr? Er muß euch beide sehr lieben. – Genau wie ich.«

Sie ließ die Büsten stehen und umarmte ihre Söhne. Sanft und heilend fuhr sie mit den Lippen über ihre blauen Flecken.

14. KAPITEL

»Der diesjährige Karneval wird der beste, den es je gegeben hat«, verkündete Lorenzo. Er war in Hochstimmung, und das seit Monaten. Er hatte seine Gelübde gehalten, sich von den Schatten abzuwenden, und das Leben hatte ihn mit goldenen, lichterfüllten Tagen des Vergnügens und des Friedens belohnt. Er streichelte die Mähne des Rennpferdes, ließ seine Wange an seinem Hals ruhen und murmelte beruhigende Koseworte in die zuckenden Ohren. »Morello, mein Hübscher, Morello, mein Pegasus, Morello, mein Geliebter, du wirst alle anderen so weit hinter dir lassen, daß sie denken, du wärst ein ihrer Phantasie entsprungener Zephyr.«

Giuliano grinste nervös und beugte sich aus der Hüfte nach unten, lockerte seine harten, verspannten Muskeln. »Ich wünschte, es ginge endlich los«, sagte er.

Überall in der Stadt wiederholte sich die gleiche Szene. Die Stunde vor dem Palio war für alle eine Zeit steigender Spannung: für die Zuschauer, die sich längs der Route zusammendrängten und ihre Wetten auf denjenigen erhöhten, der auf diesem Streckenabschnitt in Führung liegen würde; die Schiedsrichter, die ihre Geschichten aus den vorangegangenen Jahren unter das Volk brachten und ihre individuellen Vorlieben verbargen; die Besitzer der Pferde, die, symbolisiert durch die auf den um den Rücken der Tiere geschnallten Wollumhängen eingestickten Wappen, auch ihr Ansehen mit ins Rennen schickten; vor allem aber für die Reiter, die wußten, daß sie Ruhm ernteten oder eine Schmach erleiden würden, die sie für immer zeichnete. Der Palio war in keinerlei Hinsicht ein normales Rennen.

Der Preis war in Geld gemessen viel wert, doch sein symbolischer Wert war noch höher. Palio nannte man ein ungefähr ein Meter langes goldumrandetes Tuch. Weil es von den der Republik unterstehenden Städten bezahlt wurde, repräsentierte es die Macht und die Größe von Florenz. Weil es ein

Meisterwerk künstlerischer Gestaltung und einzigartiger Weberei war, kristallisierte sich in ihm auch die herausragende Stellung, die in Florenz den Künsten und der Tuchherstellung zugeschrieben wurde. Der Palio war der heißestbegehrte Preis in ganz Italien, und das Rennen war das gefährlichste des Landes.

»Vergiß aber die Blumen nicht«, sagte Lorenzo.

»Das hast du mir schon tausendmal gesagt.«

»Morello ist ein Pferd vom Land und jung. Er wird nicht wissen, was geschieht.«

»Lorenzo! Ich habe auch ohne deine Ermahnungen schon genug Probleme damit, nicht aus der Haut zu fahren.«

»Verzeih mir. Du wirst hervorragend sein. Und Morello ebenfalls. Erinnere dich nur daran...«

»Um der Liebe Gottes willen, sei jetzt endlich still!«

Jacopo de' Pazzi warf dem jungen Knappen, der für seine Familie ritt, einen finsteren Blick zu. »Und denk daran, Junge, das ist kein gewöhnliches Pferd. Es ist mehr wert als du und deine ganze Familie zusammengenommen. Wenn sich hier irgend jemand die Knochen bricht, sollten es besser nicht die des Tieres sein.«

Der Junge hieß Santino. Er schluckte und schwor beim Grab seines Großvaters, daß er daran denken würde. Vor allem anderen aber dachte er bei sich an die einhundert Florentiner Gulden, die ihm der alte Mann versprochen hatte, wenn er das seltsame ausländische Pferd als erster ins Ziel brachte. Einhundert Gulden verdiente man sonst in zehn Jahren; der Gedanke daran ließ seinen Mund trocken werden. Er schluckte wieder, um ein wenig Speichel zu erzeugen.

Der große graue Hengst schlug nervös mit den Hufen. Er war es nicht gewohnt, über gepflasterten Boden zu laufen. Heimlich hatte man ihn aus dem weichen Sand der arabischen Wüste in die Stadt gebracht.

Die große Glocke im Palazzo della Signoria erklang. Die ganze Stadt erzitterte. Es war das erste Signal, die Aufforderung, daß

sich die Wettkämpfer an den Anfang der Strecke begeben sollten.

»Gott sei mit dir«, sagte Lorenzo. Er umarmte Giuliano und
war ihm beim Aufsteigen behilflich. Beim Palio gab es weder
Sättel noch Steigbügel.

Giuliano lachte. Das Warten war fast vorbei. Jetzt konnte er
den Wettkampf genießen.

Die zweite Glocke war das Signal für die Reiter, ihre Plätze
einzunehmen. Dieses Jahr war das Teilnehmerfeld so groß wie
nie zuvor: Sechsunddreißig Pferde mit ihren Reitern bildeten
eine lange, nervöse Reihe auf der breiten Wiese direkt hinter
der Porta al Prato. Sie standen fast Knie an Knie. Es war ein
festlicher Anblick.

Die Reiter trugen die Farben der Familien, die sie repräsentierten, in ihren Hosen mit den zwei verschiedenfarbigen Beinen, den mit Gürteln versehenen Tuniken und den weichen,
mit Federn besetzten Kopfbedeckungen. Giuliano grinste zu
seinem Freund Matteo de' Tornabuoni hinüber. Matteo trug
Grün und Gold; auch sein Gesicht hatte eine grüne Färbung
angenommen. Er hatte sich auf diese Herausforderung eingelassen, als er betrunken gewesen war, und wünschte sich jetzt,
er wäre sonstwo, nur nicht hier.

Neben ihm stand Alberto Palmieri. Er trug Blau und
Schwarz, war bis aufs äußerste gespannt und konnte den Start
kaum erwarten. Alberto war vierzig, und es war sein fünfund-
zwanzigster Palio. Er schwor, daß nichts anderes im Leben –
kein Gelage, keine Frauen, keine Jagd – einen Mann in die
gleiche Hochstimmung versetzen konnte wie das Reiten im
Palio. Er war niemals weiter als bis zum fünften Platz gekommen, aber er würde es immer wieder versuchen, bis er starb,
oder bis das Rennen ihn umbrachte, was Gott verhüten möge.

Beide Alessandrini-Zwillinge nahmen teil, einer von ihnen
ritt für die Familie ihrer Mutter. Sie waren die jüngsten Teilnehmer und erst vierzehn Jahre alt. Giuliano stand zwischen
ihnen und wiederholte sich Lorenzos Warnung, wie gefährlich es werden konnte, wenn die Pferde vor den Blumen
scheuten. An der ganzen Rennstrecke lehnten sich erwar-

tungsvolle Zuschauer aus den oberen Fenstern; und nicht selten warfen junge Damen ihren Favoriten Blumengrüße zu, als Zeichen ihrer Verehrung.

Die dritte Glocke erklang, und das Rennen begann. Die Menschen am Rande der Wiese tobten. »Giuliano« war durch alle anderen Rufe hindurch zu hören.

Die Wiese erstreckte sich über eine Strecke von etwa fünfhundert Metern. Die Reiter beugten sich tief über die Hälse ihrer Pferde hinab, trieben die Tiere mit Worten an und gaben ihnen die Sporen und kämpften erbittert darum, als erste den Engpaß der vor ihnen liegenden Straße zu erreichen. Für eine florentinische Straße war der Borgo Ognissanti breit, breit genug, um vier schreitende oder drei galoppierende Pferde nebeneinander durchzulassen.

Auch die Zuschauer rannten los und bildeten in ihrem Eifer, diese Vorauslese des Teilnehmerfeldes zu sehen, eine zusätzliche Gefahrenquelle. »Rucellai!« und »Giuliano!« riefen sie den ersten, die in die Straße preschten, entgegen. Dann begann der eigentliche Palio. Die Reiter versuchten, eine möglichst günstige Position zu gewinnen, und benutzten ihre Ellbogen und Füße, um die anderen Pferde und Reiter wegzudrängen. Pferde bäumten sich auf und stürzten, drückten sich gegeneinander, stießen die Reiter gegen die Steinwände der Häuser und schabten mit ihnen daran entlang. Es war die reine Selbstverstümmelung. Matteo de' Tornabuoni stürzte, als sein Pferd vor diesem Tumult plötzlich verweigerte und abrupt die Richtung wechselte. Er rollte sich zu einer Kugel zusammen und schützte seinen Kopf mit den Händen. Vier Reiter sprangen mit ihren Pferden über ihn hinweg. Ein Huf traf ihn an der Seite, zerriß seine Tunika und brach ihm drei Rippen. »Gott sei Dank«, hauchte Matteo. Er war in Sicherheit.

Vorne ging das Rennen weiter, durch den Borgo bis zu der kleinen, von Zuschauern umstandenen Piazza am Fluß am Fuße des Ponte alla Carraia. Hier wurde es wieder breiter. Geschwindigkeit und Wagemut konnten ein Pferd weiter nach vorne in eine bessere Position bringen, in der es sich dann in die Via del Parione stürzte, die noch schmaler war als der Borgo. Santino, der Reitknecht der Familie Pazzi, sah ein Vermögen auf sich warten, schickte ein Stoßgebet zu allen Heiligen und stieß einen wilden Schrei aus. Es brachte ihm eine halbe Pferdelänge Vorsprung vor seinem nächsten Rivalen. Als neunter bog er in die enge Straße ein. Giuliano führte das Feld an; Alberto Palmieri war nur wenige Zentimeter hinter ihm. Der Lärm war ohrenbetäubend. Die Hufe schlugen auf das Pflaster, die Pferde schnaubten, die Zuschauer feuerten die Reiter an, und die Reiter schrien vor Schmerz auf, wenn ihre Beine in den Biegungen der Straßen gegen die Mauern schlugen.

Die Pferde drängten auf die Piazza Santa Trinità, die größer war als der vorherige Platz, dafür aber nach links zur nächsten Straße hin abfiel. Die Pferde waren vom ganzen Lärm und den herunterregnenden Blumen ganz außer sich. Einer der Alessandrini-Zwillinge verlor die Kontrolle über sein Pferd und schoß damit in die Menge. Sein Bruder versuchte anzuhalten. Die hinter ihm vorwärts drängenden Pferde liefen auf ihn auf und stießen ihn und sein Pferd zu Boden. Unbewegt und wehrlos blieb er liegen. Zuschauer stürzten nach vorne, um ihn beiseite zu ziehen, und die nachfolgenden Reiter machten verzweifelte Ausweichmanöver. Santino schaffte es. Zwei andere wurden abgeworfen. Ihre Pferde rasten weiter, von demselben Wahnsinn erfaßt, der sie umgab.

Hinein ging es in die Via Porta Rossa, die etwas breiter war als die Via Parione. Dort hatte man die Chance, sich einen Weg zu bahnen und weiter nach vorne zu gelangen. Eine ganze Reihe gestürzter Reiter waren bereits auf der Strecke geblieben, die schwächeren Pferde fielen zurück. Die Spitze ging jetzt als abgeschlossene Gruppe mit mehreren Häuserblöcken Vorsprung in Führung und rief bei den Menschen in den Fenstern und in den gefährlichen, offenen Eingängen der im Erdgeschoß der Gebäude liegenden Läden wildes Jubelgeschrei hervor. Santino betete, weinte und fluchte.

Das gefährlichste Stück auf der ganzen Strecke war die Stelle, an der man im rechten Winkel in die Via dei Calzaiuoli einbog. Eine hölzerne Barrikade schützte dort die Zuschauermenge. Es sah aus, als ob die Reiter ihre Pferde direkt in eine Mauer oder über diese hinweg in eine Menschenwand steuerten. Morello versuchte zu verweigern, und Giuliano verlor den Halt und glitt nach vorne auf den Hals des Tieres. Doch er behielt die Kontrolle, zwang Morello zu gehorchen und nahm die Ecke. Alberto Palmieri sah bei seinem fünfundzwanzigsten Versuch den Sieg zum Greifen nahe. Er galoppierte an Giuliano vorbei auf die breite Piazza della Signoria, die an allen Seiten von Menschen gesäumt war. Das Jubelgeschrei wirkte wie eine geschlossene Wand aus Lärm. Palmieri riß sich die Kappe vom Kopf und schwenkte sie.

Hinter ihm fiel Giuliano auf den Boden. Als Morello die freie Strecke vor sich liegen sah, legte er, bevor Giuliano seinen Halt wiedergefunden hatte, plötzlich ein ungeheures Tempo an den Tag. Der junge Medici rutschte mit einer grotesken Bewegung vom Hinterteil des Pferdes herunter, wobei er auf seinem eigenen landete und rollte in einem Purzelbaum nach hinten, um wieder auf den Füßen aufzukommen. »Giuliano!« schrien die Zuschauer. Er lächelte, zuckte die Achseln, lachte und rannte aus der Bahn der nachfolgenden Pferde in die Mitte des Platzes.

Pferd und Reiter der Familie Strozzi flogen vorbei, dann folgten die der Familien Soderini, Rucellai und Pazzi. Santino schwor zur Heiligen Jungfrau, daß er nie mehr ein unfreundliches Wort zu seiner Mutter sagen würde, wenn er nur gewönne. Das reiterlose Pferd des Alessandrini-Zwillings raste wie toll auf die Piazza, um die Augen herum standen ihm weiße Schaumspritzer, auch sein Leib war mit weißem Schaum befleckt. Es war ganz verwirrt und wurde langsamer. Giuliano rannte neben ihm her, schloß von hinten auf, ergriff die losen Zügel und die Mähne des Pferdes und schwang sich auf seinen Rücken. Die Menge raste, doch Giuliano war bereits verschwunden, beruhigte das unbekannte Pferd und trieb es wieder ins Rennen zurück, elf Reiter hinter sich. Neunzehn Teilnehmer fehlten, ausgeschieden durch einen Unfall oder eine Verletzung.

Auf dem Borgo dei Greci verlor Alberto Palmieri seine Führungsposition an einen brüllenden, blau und gelb gekleideten Derwisch auf einem grauen Araber. Es war Santino, der seine Fersen in die geschmeidigen Flanken seines Pferdes stieß, Gebete herausbrüllte und mit dem Arm auf seine Rivalen einhieb, wenn er sie einholte und an ihnen vorbeistob. Das Pferd war einfach phantastisch, streckte sich auf eine unvergleichliche und unübertreffliche Weise, wo immer nur genug Platz war, um Tempo zu gewinnen. Es kreuzte die Via de' Benci und sauste auf die Piazza Santa Croce, als ob es Flügel hätte. Es hatte gewonnen. Hier am Endpunkt standen die Zuschauer am dichtesten zusammen; hier war das Geschrei am lautesten, die Blumen prasselten in einem bunten Hagelschauer auf Pferd und Reiter herab. Sanft zog Santino an den Zügeln. Er weinte, lehnte sich nach vorne, um den mit schäumendem Schweiß bedeckten Hals des Pferdes zu küssen. Dann kniete er sich auf dem Rücken des Tieres hin, hob einen Fuß, gab ihm einen festen Stand und sprang auf die Beine. Hose und Ärmel waren nur noch blutige Fetzen, seine Tunika war blutdurchtränkt, sein ganzer Körper zitterte. Stehend ritt er zur Schiedsrichtertribüne hinüber, dann sprang er auf den Boden. Sein Gesicht war schweißnaß und von Tränen überströmt. Er strahlte im Glanz seines Triumphes.

»Bruder, ich habe dich enttäuscht. Man sollte mich aufhängen.« Giuliano fand Lorenzo in den Ställen des Palastes, wo dieser gerade eine lange Reißwunde in Morellos Flanke verarztete.

Lorenzo schaute hoch. Er lächelte. »Sei nicht albern. Es war sein erstes Rennen, und er scheute. Nächstes Jahr wird das anders sein. Wenn du allerdings dann nicht gewinnst, bringe ich dich eigenhändig um. Und jetzt erzähl, wie war es? Wie ist er gelaufen, mein Schatz, Morello?«

Die Brüder genossen den Karneval wie nie zuvor. Ihr Wagen wurde als der unvergleichlich beste gepriesen. Und das Lied, das Lorenzo als Begleitung geschrieben hatte, war genau nach dem Geschmack der Nachtschwärmer. Es verbreitete sich in der ganzen Stadt und war bald auf jedermanns Lippen. Seine hedonistische Botschaft traf den Kern dieses Festes.

Quant'è bella giovinezza
che si fugge tuttavia!
Chi vuol esser lieto, sia;
di doman non c'è certezza.

Wie schön und flüchtig
ist die Jugend!
Laßt fröhlich sein, wer will;
das Morgen ist dir nicht sicher.

15. Kapitel

Nicht die Tatsache, daß er beim Palio verloren hatte, störte
Lorenzo, obwohl er es haßte, bei irgendeiner Sache den kürzeren zu ziehen. Aber daß ausgerechnet die Pazzi gewonnen
hatten, nagte schwer an ihm.

Er begegnete ihnen oft; das Leben auf den Straßen von Florenz machte das unausweichlich. Und jedes Mal fragte er sich,
ob Jacopo ihn mit seinem verschlagenen Lächeln auslachte
oder ob Francesco sich vor den Leuten damit brüstete, der
Bank der Medici das Konto des Vatikan weggenommen zu
haben.

Die von ihm befürchtete Gefahr durch den vom Papst in
Imola eingesetzten Neffen war nicht Wirklichkeit geworden.
Riario verbrachte wenig Zeit in seinem neuen Herrschaftsbereich, und die florentinischen Händler konnten nach wie vor
unbehelligt und bei gleichbleibenden Zöllen nach Ravenna
reisen. Sixtus schien sich nur um den südlichen Nachbarn des
Kirchenstaates zu kümmern. Er hatte mit Ferrante, dem König
von Neapel, einen Pakt geschlossen und überschüttete seinen
neuen Verbündeten angeblich mit Aufmerksamkeit und reichen Geschenken.

Florenz befand sich in einer unbehaglichen Position. Veränderungen in bestehenden Bündnissen waren immer Anlaß
zur Sorge. Als Bankier der Kirche hätte Lorenzo Sixtus konsultieren, ihn vielleicht sogar beeinflussen können. Jetzt hatte

er keinen Kontakt mehr mit dem Vatikan. Doch war das Machtgleichgewicht in Italien nicht immer unsicher und potentiell gefährlich gewesen? Seit dem Ende des römischen Reiches bestimmt.

Lorenzo ermahnte sich, wachsam, aber ruhig zu bleiben. Die Familie Pazzi hatte der Republik keinen wirklichen Schaden zugefügt, und er hatte nicht das Recht, wegen einer persönlichen Geschäftsniederlage Ressentiments zu hegen. Es lag im Wesen des Bankgeschäfts, daß man versuchte, der Konkurrenz Konten abzujagen.

Und dennoch fiel es ihm schwer, freundlich zu Jacopo zu sein. Bei Francesco war es ihm fast unmöglich. Selbst wenn er mit Elmo zusammen war, hatte er ein ungutes Gefühl. Und Elmo war mehr als zehn Jahre lang ein Freund gewesen und darüber hinaus der Mann seiner Schwester.

Warum konnten sein Pferd und sein Bruder nicht von irgend jemand anderem besiegt worden sein als ausgerechnet den Pazzi?

»Lorenzo, das darfst du nicht!« Elmo de' Pazzi packte den Medici am Arm und zerrte ihn von den anderen weg, als sie bei der Morgenmesse um eine Ecke der Kirche bogen.

»Was ist denn? Ich weiß nicht, was du meinst, Elmo.«

»Sei nicht unehrlich. Jeder in der Stadt spricht darüber. Alessandra war das einzige noch lebende Kind des alten Borromeo. Als er starb, hätte sie seinen ganzen Besitz erben sollen. Und wenn sie nicht die Frau meines Bruders gewesen wäre, hätte sie ihn auch bekommen. Du hast dieses alte Gesetz nur ausgegraben, um es der Familie Pazzi heimzuzahlen.«

Lorenzo befreite seinen Arm aus Elmos Griff und schlenderte weiter. »Ich mache die Gesetze nicht, Elmo, und das weißt du. Dieses besondere Gesetz gilt seit hundert Jahren. Wenn ein Mann stirbt, ohne seinen letzten Willen niedergeschrieben zu haben, fällt sein Besitz seinen nächsten männlichen Verwandten zu. Bei den Borromeo sind das eben die Neffen.«

Elmo hielt mit ihm Schritt; seine Stimme wurde lauter. »Lorenzo, ich bin dein Freund und durch meine Ehe auch verwandtschaftlich mit dir verbunden. Ich flehe dich an, tu es nicht. Du weißt, daß dieses Gesetz seit Jahrzehnten in Vergessenheit geraten ist. Jeder weiß das. Die Leute wissen auch, daß du es warst, der die Signoria dazu überredete, es jetzt anzuwenden.«

Lorenzo brachte ihn mit einer Geste zum Schweigen. Die Glocke läutete, um die Gemeinde auf den Höhepunkt der Messe aufmerksam zu machen. Er neigte seinen Kopf; seine Lippen bewegten sich im Gebet.

Auch Elmo verneigte sich, doch er betete nicht. Er wartete, bis der feierliche Moment vorbei war und die Leute sich wieder bewegten und anfingen zu sprechen. Dann ergriff er zum zweiten Mal Lorenzos Arm.

»Ich sage dir das zu deinem eigenen Besten, Lorenzo. Auf diese Weise machst du dir Feinde. Nicht einmal so sehr Giovanni, obwohl Alessandra seine Frau ist. Es geht mehr um Francesco. Er ist so wütend, daß er plant, nach Rom zu ziehen. Er sagt, er könne es nicht aushalten, in der gleichen Stadt zu leben wie du.«

Lorenzo lachte. »Tatsächlich? Dann wünsche ich ihm eine gute Reise, und je eher er geht, desto besser. Meine Liebe für Francesco ist nicht größer als seine für mich.« Er antwortete auf den Gruß eines Freundes, schenkte Elmo ein Lächeln. »Ich muß mit Luciano sprechen. Entschuldige mich, Elmo.«

»Borromeo-Skandal« nannten die Leute den Vorfall, und er hielt im Frühherbst wochenlang die Gerüchteküche auf Trab. Fast jeder freute sich über die Schlauheit, die Lorenzo mit seiner Vergeltungsaktion unter Beweis gestellt hatte. Jacopo de' Pazzi war als mürrischer Geizhals verschrien, und es war ein großer Spaß, ihn um das ungeheure Vermögen gebracht zu sehen, das normalerweise sein Neffe bekommen hätte.

Lorenzo war viel zu beschäftigt, um seinen Erfolg zu genießen. Er mußte sich um eine ganz andere Sache kümmern. Sein Vetter Pierfrancesco war plötzlich gestorben und hatte seine beiden Söhne der Obhut Lorenzos hinterlassen.

Lorenzo ging mit den neuen Verpflichtungen genauso um wie mit allem anderen: Er verwandte seine volle Konzentration und seine ganze Energie darauf, wie er die Aufgabe am besten bewältigen konnte, und traf schnelle Entscheidungen.

Pierfrancescos Haus war spärlich möbliert und reparaturbedürftig. Er hatte nicht einmal eine Villa besessen. Immer hatte er geklagt, daß seine Armut ihn daran hindere, ein bequemes Leben zu führen. Die beiden Knaben würden daher in den Medici-Palast ziehen und ein Teil seiner Familie werden, beschloß Lorenzo.

Doch Pierfrancescos Testament bestimmte, daß seine Söhne einen eigenen Haushalt gründen sollten, sagte ihm der Nachlaßverwalter.

In diesem Fall, dachte Lorenzo, sollte er vielleicht die Hochzeit seines Schützlings schneller vorantreiben. Der junge Lorenzo war mit Ginevra de' Pazzi verlobt, und sie hatte eine riesige Mitgift. Davon ließe sich leicht das Leben bestreiten, das die beiden Jungen seiner Meinung nach führen sollten.

Gut, Lorenzo war mit dreizehn Jahren noch sehr jung. Doch auch seine Verlobte war dreizehn, und viele Mädchen heirateten in diesem Alter. Sie war alt genug, um Kinder zu bekommen, und Lorenzo konnte sich nicht vorstellen, daß sein Schützling gerade diesem Teil seiner ehelichen Pflichten nicht mit Freuden nachkommen würde. Wie er sich erinnern konnte, hätte er sich mit dreizehn glücklich gepriesen, wenn er zehn Frauen gehabt hätte.

Lorenzo lachte. Damit hatte er eine saubere Lösung des Problems gefunden, und sie machte sich in erfreulichem Umfang bezahlt. Es würde Francesco de' Pazzi zur Weißglut treiben, zusehen zu müssen, wie die kleine Erbin das Vermögen der Medici wieder aufbesserte. Die Söhne Pierfrancescos sollten eine Villa haben. Was das anging, würde es vielleicht nicht einmal notwendig sein, eine zu kaufen. Der alte Antonio de' Pazzi wäre wahrscheinlich sehr glücklich, den jungen Leuten La Vacchia als Sommerresidenz zur Verfügung zu stellen.

Je mehr Lorenzo über die Heirat nachdachte, desto besser gefiel ihm die Idee.

Vorausgesetzt, Ginevra war nicht zu sehr zu einer Pazzi geworden. Er trug die Verantwortung für seinen jungen Vetter;

ihn zu einer überstürzten Heirat mit einer weiblichen Ausgabe Francescos zu drängen, brachte er nicht übers Herz.

Lorenzo versuchte, sich daran zu erinnern, wie viele Jahre vergangen waren, seit er Ginevra zum letzten Mal gesehen hatte ... Es mußte mindestens fünf Jahre her sein. War sie immer noch die reizende kleine Contadina, oder hatte sie von ihrer Familie die Hochnäsigkeit der Pazzi gelernt?

Er beschloß, zu Antonios Villa hinauszureiten und sich selbst ein Bild zu machen. Nachdem es fast eine Woche lang geregnet hatte, war heute ein wunderschöner Tag.

Die zur Villa führenden Tore standen offen und waren unbeaufsichtigt, die Eingangstür bot das gleiche Bild. Lorenzo wikkelte die Zügel seines Pferdes um den Eisenring neben der Tür und trat ein paar Schritte zurück, um die Lünette della Robbias zu betrachten. Er hatte schon ganz vergessen, wie vollendet sie war.

Alles war ganz still. Kein Lüftchen regte sich, und die Blätter der Olivenbäume waren stumm. Wenn er nicht das leise Stimmengemurmel gehört hätte, das von irgendwoher im Inneren des Hauses herausdrang, hätte er gedacht, es gäbe hier keine Menschenseele. Er holte Luft, um einen Gruß zu rufen, atmete dann jedoch langsam wieder aus. Es schien unpassend, diesen Frieden ringsumher durch ein lautes Geräusch zu stören. Leise ging er in die Richtung, aus der die Stimmen kamen.

Als er sich ihnen näherte, wurden sie lauter und deutlicher. Lorenzo konnte jetzt die Worte verstehen. Ein Mann rezitierte auf Latein einen Abschnitt aus Ciceros *Über das Wesen der Götter*. Lorenzo blieb im Eingang zum Eßzimmer stehen, bis der Sprecher fertig war.

Die einfache, gelehrte Atmosphäre dieser Szene, die sich ihm bot, war den Worten des großen römischen Redners seltsam angemessen. Auf einem langen, polierten Eichentisch im Zentrum des Raums lagen Papierstapel und fein säuberlich zurechtgelegte Federhalter, Tinte und ein Federmesser. Die vier Anwesenden nahmen gerade ihr Mittagessen zu sich und saßen an einem kleineren Tisch vor den Fenstern in der linken Wand. Sie aßen Brot und Suppe aus Holzschüsseln.

Mateo, Ginevras Hauslehrer, war der Sprecher. Er und der alte Mönch saßen direkt unter dem Fenster auf einer Bank. Sie sahen genauso ärmlich aus, wie Lorenzo sie in Erinnerung hatte.

Antonio de' Pazzi hatte das Gesicht Lorenzo zugewandt. Das Licht vom Fenster schimmerte in seinem weißen Haar und ließ in den Falten seines altmodisch geschnittenen Wamses tiefe Schatten entstehen. Es beleuchtete sein schmales, habichtähnliches Aristokratengesicht. Lorenzo lächelte angesichts Antonios angespannter Konzentration. Sein Lächeln verebbte, als er sah, daß die blaßblauen Augen des alten Mannes milchig waren und ins Leere starrten. Antonio war blind.

Mateo beendete seinen Vortrag, und die anderen trommelten mit den Fingerspitzen auf dem Tisch gedämpften Beifall. Fra Marco äußerte die Ansicht, daß die römischen Götter weniger erhaben seien als die griechischen. Er sprach Latein. Antonio und Mateo begannen umgehend, die Frage zu diskutieren, der eine auf Latein, der andere auf Griechisch. Ginevra lachte über ihre Entrüstung. Fra Marco grinste vor Vergnügen, daß es ihm gelungen war, seine beiden Freunde zu ärgern.

Ginevra saß mit dem Rücken zu Lorenzo dem Mönch und dem Hauslehrer gegenüber. Lorenzo konnte erkennen, daß ihr Rücken schlank und gerade war; ihr Haar war ordentlich in einem einzigen dicken Zopf zusammengeflochten, der ihr bis zur Hüfte herabfiel. Offensichtlich verstand sie, worüber sich die Männer unterhielten, und genoß das Gespräch. Lorenzo war beeindruckt. In Florenz schätzte man es, wenn eine Frau gebildet war, doch nur wenigen brachte man bei, beim Essen über Cicero zu diskutieren. Und kaum jemand, ganz gleich ob Mann oder Frau, sprach Griechisch. Selbst er hatte nur die lateinischen Übersetzungen der griechischen Texte studiert. Wenn der Charakter meiner jungen Kusine die gleiche Qualität besitzt wie ihre Bildung, dachte er, wird mein Vetter eine bemerkenswerte Frau bekommen.

»Verzeiht die Unterbrechung«, sagte er. »Darf ich mich der Diskussion anschließen?« Das Latein, das er sprach, klang wie Musik.

»Wer ist das?« fragte Antonio.

Ginevra war herumgewirbelt, drehte ihr Gesicht der Tür zu. »Es ist Lorenzo de' Medici«, sagte sie.

Lorenzo sah, daß sie sich nur sehr wenig verändert hatte. Sie hatte dieselbe lange Nase und das spitze Kinn in einem Gesicht, das ohne jeden Reiz gewesen wäre, wären da nicht ihre tiefliegenden, großen braunen Augen und der wohlgeformte, volle Mund. Sie hat eine ungesunde Blässe, dachte er.

Er konnte nicht wissen, daß ihr das Blut aus den Wangen gewichen war, als sie seine Stimme gehört hatte. In den Jahren seit ihrer letzten Begegnung war Ginevras kindliche Heldenverehrung für Lorenzo weiter gewachsen, immer größer geworden und hatte sich mit all den Geschichten vermischt, die sie von Jason und Odysseus, Achilles und Herkules, Perseus und Bellerophon gehört hatte. Daß er nun so plötzlich in der Tür stand, erschien ihr, als wäre eine Legende zum Leben erweckt worden. Es fehlte nicht viel, und sie wäre in Ohnmacht gefallen.

»Willkommen, Lorenzo«, sagte Antonio. »Bitte, tretet ein.«

Lorenzo dankte ihm, grüßte die anderen, ging durch den Raum und setzte sich neben Ginevra auf die Bank. Für das Mädchen war das so, als hätte die Sonne den Himmel verlassen und wäre herabgestiegen, um neben ihr zur Ruhe zu kommen. Sie konnte nicht glauben, daß es wirklich passiert war. Es war fast unmöglich, der Debatte über die Götter noch weiter zu folgen. Sie hörte nur noch Lorenzos Stimme.

Hör doch bloß auf, wie ein Mondkalb dazusitzen, sagte sie sich und sammelte ihre ganzen Kräfte, um sich wieder in den Griff zu bekommen. Auf einen Wink von ihr brachte der alte Diener eine dampfende Schüssel mit Suppe herein, die er vor Lorenzo hinstellte. Wie immer ließ Ginevra Antonio nicht aus den Augen und drückte ihm einen Becher Mineralwasser in die Hand, wenn seine Stimme heiser wurde. Mit klarer, fester Stimme gab sie gut durchdachte Antworten und beendete durch eine Geste die Unterhaltung, wenn seine Energie schwand.

»Es ist Zeit für deine Bettruhe, Großvater.«

Antonio seufzte. »Du bist eine Tyrannin, Ginevra.« Doch

seine Worte verrieten die tiefe Liebe, die er für seine Enkelin empfand.

Hier hat sich ja vieles verändert, dachte Lorenzo. Antonios widerwillige Übernahme der Verantwortung für Ginevra ist einer Nähe und Zuneigung gewichen, die stärker ist als alles andere, das ich je erlebt habe. Sie unterscheidet sich auch von der Liebe zwischen meiner Mutter und meinem Vater. Was für ein außergewöhnliches Gelehrtennest das hier doch ist.

Ginevra zog den Stuhl ihres Großvaters vom Tisch zurück, dann drehte sie sich so, daß seine ausgestreckte rechte Hand auf ihre Schulter fiel.

»Ich habe Eure Gesellschaft sehr genossen, Lorenzo«, sagte Antonio. »Ich hoffe, Ihr werdet noch da sein, wenn ich wieder aufgestanden bin. Ich möchte mich noch weiter unterhalten.«

»Danke, Messer Antonio. Auch mir würde es Freude bereiten.« Er sagte die Wahrheit. Lorenzo hatte die angeregte Diskussion sehr gut gefallen.

Antonio lächelte und verbeugte sich. Langsam und vertrauensvoll verließ er dann, von Ginevra geführt und gestützt, das Zimmer. Offensichtlich war das eine lang eingeübte Routine. »Eine entzückende junge Frau«, bemerkte Lorenzo. Fra Marco und Mateo stimmten lauthals in sein Lob ein. Sie liebten das Mädchen genausosehr wie Antonio.

Als Ginevra zurückkam, bat Lorenzo das junge Mädchen, ihm noch einmal die della Robbias im Garten zu zeigen. »Es ist lange her, daß ich sie das letzte Mal gesehen habe.«

Er fühlte sich hin und her gerissen. Ginevras ruhige Gelassenheit und ihre fortgeschrittene Bildung ließen sie älter wirken, als sie in Jahren gemessen tatsächlich war. Vielleicht würde sie seinen jungen Vetter einschüchtern. Lorenzo hatte Ehen gesehen, in denen die Frau die Herrschaft übernommen hatte, und das war einfach abscheulich.

Auf der anderen Seite war sie gehorsam und ehrerbietig. Würde sie das dem jungen Lorenzo gegenüber sein?

Ihr Körper glich dem eines Jungen. Das verhieß im Hinblick auf das Kinderkriegen nichts Gutes. Doch sie machte einen kräftigen Eindruck und war auch gar nicht so blaß, wie er zunächst gedacht hatte. Lorenzo merkte, wie das Mädchen errötete. Sein prüfender Blick machte sie verlegen.

»Verzeih mir, Contadina. Ich habe mir nur gerade angesehen, wie erwachsen du bist. Ich nehme an, ich sollte eine gebildete junge Frau nicht mehr mit ihrem Spitznamen aus der Kindheit ansprechen.«

»Oh, aber mir gefällt es, wenn du mich so nennst!« Ginevras Wangen erglühten in einem noch tieferen Rot, sie schaute hinunter auf ihre Füße.

Wenn sie nicht an Antonio denken mußte, war es mit ihrer disziplinierten Ruhe schnell dahin. Sie fühlte sich unbeholfen und linkisch. Ein verstohlener Blick auf Lorenzo genügte allerdings, und alles war in Ordnung. Er lächelte, und das Lächeln zeigte seine Freude über ihre Antwort. Er lachte sie nicht aus. Seine Augen waren warm und freundlich, interessiert und aufmunternd. Plötzlich war sie fest davon überzeugt, daß sie ihm alles erzählen könnte. Er würde sie nicht zurückweisen. Er war ihr Freund.

»Kein anderer hat mir je einen Spitznamen gegeben«, vertraute sie ihm an. »Es gibt mir das Gefühl, daß wir auf eine ganz besondere Weise miteinander befreundet sind, genauso wie wir auch den gleichen Geburtstag haben… Das Confetti, das du mir geschickt hast, hat mir immer sehr gefallen. Hast du die Briefe bekommen, die ich dir geschrieben habe, um dir zu danken?«

»Natürlich.« Lorenzo erinnerte sich jetzt daran, daß er jedes Jahr einen sorgsam formulierten, kleinen Brief erhalten hatte, mit dem sie auf die kleinen Aufmerksamkeiten reagierte, die ihr sein Sekretär schickte. Damit tat sie mehr als Bernardo, sein Neffe, der ebenfalls am gleichen Tag wie er Geburtstag hatte. Er würde sich den Jungen deswegen einmal vorknöpfen müssen. Bernardo wurde bald acht, und das war wirklich alt genug, um zu schreiben. »Sie haben mir gefallen. Die meisten Briefe, die ich bekomme, machen mir Arbeit und kein Vergnügen.«

Ginevra lächelte. Sie sah ungeheuer jung aus und wollte Lorenzo unbedingt gefallen. Sie würde Pierfrancescos Sohn sicher eine gute Frau sein.

»Du weißt doch, Ginevra, daß du eines Tages meinen Vetter heiraten wirst, nicht wahr?«

»Ja.« Erneut lief sie rot an. Sie war von Lorenzo wie gebannt, dennoch gab es noch einige Geheimnisse, die sie nicht mit ihm teilen konnte. Bis vor ganz kurzer Zeit hatte sie geglaubt, daß er der Lorenzo sei, den sie heiraten sollte. Sie erinnerte sich daran, daß bei der Verlobungszeremonie er ihr den Ring auf den Finger gesteckt hatte, und sie hatte sich nicht vorstellen können, daß es noch mehr als einen Lorenzo auf der Welt gab. Sie war viel zu unwissend gewesen, um sich zu fragen, was »Ehefrau« eigentlich bedeutete oder wie es angehen sollte, daß ein Mann zwei Frauen haben konnte. Sie hatte sich eine Zukunft ausgemalt, in der sie im Medici-Palast lebte, zu seiner Familie gehörte, und jeder Tag aus einer wunderbaren Mischung aus Geburtstagsfeiern, Liedern mit Verrocchios Schülern und erfrischenden, gemeinsamen Ausritten bestand, auf Pferden, die nie müde wurden.

»Cäsar geht es gut«, platzte sie heraus. »Würdest du ihn gerne sehen? Mein Pferd, das du mir geschenkt hast?«

»Sehr gern. Reitest du noch?«

»Jeden Tag, während Großvater ruht.«

»Dann läßt du ja heute deinen Ritt ausfallen.«

»Das stört mich nicht. Ehrlich. Ich würde lieber einen Spaziergang mit dir machen.«

»Warum nicht reiten? Mein Pferd hat jetzt eine lange Ruhepause hinter sich.«

Ginevra holte tief Luft. »Wirklich? Zusammen?« Sie ergriff seine Hand und rannte Hals über Kopf zu den Ställen, Lorenzo mit sich davonzerrend.

Sie ritt ohne Sattel und erklärte, daß Cäsar und sie dadurch in engerem Kontakt miteinander stünden und auch ohne Zügel verstehen könnten, was der andere wollte.

Lorenzo hatte nie jemanden so reiten sehen. Den Rock um einen Lederstreifen geschlagen, den sie um die Hüfte trug, ihre nackten Knie und Beine an Cäsars Flanken geschmiegt, fehlte nicht viel, und Ginevra und ihr Pferd wären zum Zentauren geworden, zu einem einzigen Wesen zusammengewachsen. Am Strahlen ihres Gesichtes ließ sich ablesen, daß sie sich völlig ihrem Glück hingab. Sie galoppierte neben Lorenzo her, ritt manchmal ein Stück weit voraus, rief ihm dann zu, er solle aufholen, und wirkte wie ein mystisches Geistwesen, wie ein Teil der Natur, aber nicht ein Teil der Menschenwelt. Als der Weg steiler und breiter wurde, forderte sie ihn zu einem Rennen heraus. Er machte mit und gab seinem Pferd die Sporen. Der Funke sprang von Ginevra auf ihn über, und er wurde wie von der wilden Freude eines Zigeuners ergriffen. In voller Geschwindigkeit raste er davon, doch sie erreichte als erste die Anhöhe. In einer Geste des Triumphes und der Freude warf sie ihre weit ausgebreiteten Arme hoch in die Luft. Lorenzo wußte aus tiefster Seele: Das war das Abbild absoluter Freiheit.

Langsam ritt er in die Stadt zurück. Er wollte Zeit zum Nachdenken haben, bevor er wieder in seine geschäftige, komplizierte Welt zurückkehrte.

Wie hatte dieses Kind das nur zustande gebracht? Sie lebte ein Leben in Abgeschiedenheit, verbrachte lange Stunden mit ihren Studien, widmete sich unablässig den Bedürfnissen und dem Wohlergehen anderer, und es machte sie glücklich. Genau das hatte sie auch gesagt, als Lorenzo sie gefragt hatte, und war ganz erstaunt darüber gewesen, daß er überhaupt Zweifel an ihrer Zufriedenheit mit ihrem Schicksal haben konnte.

Und dennoch bedeutete ihr zurückgezogenes Leben keine Einengung ihrer Gefühle, die eher das Ausmaß von Leidenschaften hatten. Als sie Lorenzo erzählt hatte, sie empfinde Liebe für die drei Männer, mit denen sie zusammenlebte, hörte er in ihrer einfachen Äußerung eine leidenschaftliche Fürsorglichkeit, die bei einem so jungen Menschen etwas Erschreckendes hatte.

Mateos Frau habe ihren Mann verlassen, erläuterte Ginevra, weil sie die Ruhe der Villa nicht ertragen konnte. Sie war zu ihrer Familie nach Arezzo zurückgekehrt und lebte dort nach den Worten einer Köchin in einer eheähnlichen Verbindung mit einem anderen Mann zusammen. Zweimal war sie nach La Vacchia gekommen und hatte Geld von Mateo gefordert. Jedes Mal hatte er ihr alles gegeben, was er besaß, und jedes Mal erneut die verzweifelten Wochen durchlitten, die ihr Weggang ihm bereitet hatten.

»Ich sagte ihr, wenn sie jemals zurückkäme, würde ich sie umbringen«, sagte Ginevra mit ausdrucksloser Stimme, und Lorenzo glaubte, daß sie dazu fähig war.

Wie söhnte sie denn nur die so widersprüchlichen Aspekte ihres Wesens miteinander aus? Wie konnte dieses wilde Herz in diesem ruhigen, häuslichen Leben eines frühreifen Alters bestehen? Und dabei Zufriedenheit finden?

Lorenzo fühlte ein Frösteln im Nacken. Er wußte, daß die Antwort auf seine Fragen ein Mysterium war. Kein Rätsel, das sich lösen ließ, sondern ein Mysterium, den Mysterien alter Zeiten gleich, die die Menschen in verborgenen Quellen und Höhlen zu finden glaubten und denen sie opferten, damit sie ihnen gewogen blieben.

Auf beunruhigende Weise fühlte er sich mit dieser Mischung aus Kind, Frau und Geistwesen verbunden, ganz so, als ob sie die höchsten Ziele erreicht hätte, die ihm für immer versagt bleiben würden. Sie kannte die innere Ruhe, nach der er sich so oft sehnte, und das unkontrollierte Gefühl, das er nie frei herauszulassen wagte, und eine absolute Freiheit des Wesens, von der er geglaubt hatte, es gäbe sie nur in der Vorstellungswelt eines Dichters.

Sie waren unter demselben Stern geboren. Vielleicht hatten ja auch ihre Seelen gemeinsame Bestandteile, vielleicht war sie eine Erweiterung von ihm, ein Teil, der ihm fehlte.

Er wußte nicht, was er bezüglich der Heirat unternehmen sollte. Das traurige Bild eines Vogels mit gebrochenen Flügeln erschien vor seinem inneren Auge, aber mit Gewalt drängte er es weg.

Zu späterer Stunde erhielt Lorenzo an diesem Tag noch einen Besuch von Pierfrancescos Rechtsanwalt, der sein Problem für ihn löste. Die beiden Knaben hatten ein gewaltiges Vermögen geerbt. Die Knauserei des alten Geizkragens Pierfrancesco hatte zur Folge gehabt, daß er praktisch jeden Gulden, mit dem er je in Berührung gekommen war, aufbewahrt und angelegt hatte.

Die Hochzeit ließ sich auf unbestimmte Zeit verschieben.

»Und es ist auch eine gute Sache«, sagte Lorenzo. »Agnolo, du mußt mir helfen. Meine jungen Vettern haben die schlechteste Ausbildung in ganz Florenz erhalten. Ihr Vater hat bei ihrer Bildung genauso gespart wie bei allem anderen. Wenn man sich nur vorstellt, daß Lorenzo eine Frau wie Ginevra heiraten soll, wo er es doch kaum schafft, den Gallischen Krieg zu lesen und nicht einmal ein gutes von einem schlechten Pferd unterscheiden kann. Es ist einfach schrecklich. Hilfst du mir dabei, einen guten Lehrer zu finden?«

Agnolo Poliziano machte ein ernstes Gesicht. »Ich werde es versuchen, Lorenzo, aber ich kann gerade nicht behaupten, daß ich viel Hoffnung habe. Wenn der Wunsch zum Lernen nicht da ist, ist es unmöglich, einem Jungen in diesem Alter etwas beizubringen. Und wenn der Wunsch vorhanden wäre, dann hätte er etwas gelernt, ganz gleich, wie erbärmlich sein Lehrer auch sein mochte.«

»Ich nehme nicht an, daß du…«

»Nein! Bei deinen Söhnen ist das etwas anderes. Aus Liebe zu dir habe ich auch sie in mein Herz geschlossen und gebe ihnen Unterricht. Bei deinen jungen Vettern ist das besonders nach deiner Beschreibung von ihnen nicht so.«

Lorenzo grinste. »Du hast natürlich recht. Ich hätte dir gar nichts von ihnen erzählen sollen. Es wäre wirklich lustig gewesen zu beobachten, wie du dir am Fels ihrer Unwissenheit den Schädel einrennst.«

Poliziano zögerte, dann lachte er. Er wußte nicht immer, wann Lorenzo Witze machte. Gerade deshalb machte es Lorenzo nur, wenn sie unter sich waren. Agnolo war leicht zu kränken, und Lorenzo achtete sehr darauf, ihn nicht vor seinen anderen Freunden der Lächerlichkeit preiszugeben. Er hatte unendlichen Respekt vor Agnolos Verstand; mit seinen zarten Gefühlen konnte er mit der entsprechenden Sanftheit umgehen.

Sie hatten sich achtzehn Monate zuvor kennengelernt. Poliziano hatte Lorenzo damals ein Epos über das zu Giulianos Ehren abgehaltene Turnier geschickt. Dieses Turnier hatte dem aufsehenerregenden Turnier von Lorenzo in nichts nachgestanden, es sogar noch übertroffen. Poliziano war auf der Suche nach einem Mäzen.

Mehrere Dutzend Dichter hatten die gleiche Idee. Doch Polizianos Begabung hob sein Anerbieten von den anderen ab. Seine Gedichte waren einfach großartig, sie steckten voller anmutiger Metaphern, verblüffender Bilder, intelligenter und witziger Anspielungen auf die klassische Mythologie, die ein integraler Bestandteil der neoplatonischen Philosophie waren, die Lorenzo so sehr liebte.

Sofort ließ er Agnolo zu sich kommen. Der junge Dichter war zwanzig und somit sechs Jahre jünger als Lorenzo. Er wirkte eher wie ein Soldat als ein Gelehrter, hatte einen kräftigen, muskulösen Körper und ein zerfurchtes Gesicht, das von einer großen Hakennase beherrscht wurde. Ungleich so vielen der Bittsteller, die zu Lorenzo kamen, fehlte ihm jede Unterwürfigkeit, und sein Selbstvertrauen erregte Lorenzos Bewunderung.

Jahrelang hatte er mit den Gelehrten zusammen studiert, denen Lorenzo den größten Respekt entgegenbrachte: den Männern, aus denen sich die »Platonische Akademie« zusammensetzte. Als Lorenzo Poliziano fragte, warum er sie nicht dazu überredet hatte, ihn zu empfehlen, erwiderte Agnolo, daß er sich nur dann einen Aufstieg wünschte, wenn er ihn sich durch seine eigenen Fähigkeiten verdient hatte.

Lorenzo lud ihn ein, im Medici-Palast zu leben, und gewährte ihm ein jährliches Einkommen. In den darauffolgenden Monaten wurde Agnolo nach Giuliano zu Lorenzos engstem Freund. Auch Lucrezia favorisierte ihn, und er war der Liebling der vier Kinder.

Es fiel Lorenzo nicht schwer, Agnolo dazu zu überreden, die heikle Aufgabe zu übernehmen, einen Lehrer für Pierfrancescos Söhne zu finden. Agnolo war Lorenzo treu ergeben und widmete sich hingebungsvoll seiner Aufgabe. Er bewunderte Lorenzos Energie und die große Spannbreite seiner Aktivitäten, hatte Respekt vor seinem politischen und diplomatischen

Geschick, schätzte seinen Witz und seine Vorstellungskraft. Vor allem jedoch erkannte er besser als jeder andere Lorenzos erstaunliches Talent zum Dichten. Er hielt es beinahe für eine Tragödie, daß Lorenzo nicht die ganze Zeit ernsthaft als Dichter arbeiten konnte.

»Du wirst dich also meines größten Problems annehmen, Agnolo. Ich bin dir zu tiefem Dank verpflichtet. Wenn du das Feld sondiert hast, werde ich mich dir anschließen, um die endgültige Wahl zu treffen. In der Zwischenzeit werde ich die weniger wichtigen Angelegenheiten erledigen.«

Lorenzo stellte Arbeiter an, die das Haus seiner Vetter reparieren und verbessern sollten. So viele Stunden, wie er nur erübrigen konnte, verbrachte er mit den beiden Jungen zusammen, lernte sie näher kennen und machte sie mit den Vergnügungen bekannt, die einem Medici in Florenz offenstanden.

Ende des Jahres war er mehr denn je darauf erpicht, sie einem Lehrer zu übergeben. Allen seinen Anstrengungen zum Trotz waren die Jungen den Plänen gegenüber, die er für sie hatte, feindselig eingestellt und widerstanden seinen Versuchen, ihnen den Wunsch nach Bildung zu vermitteln.

»Es ist ganz egal, wer es ist, wenn es nur irgend jemand macht«, stöhnte er. »Du hast doch inzwischen sicherlich ein paar geeignete Kandidaten gefunden, Poliziano, oder?«

»Nächste Woche bringe ich dir mindestens drei. Dann hast du die Wahl.«

Doch zu diesem Zeitpunkt forderten inzwischen wesentlichere Fragen seine Aufmerksamkeit.

16. KAPITEL

An seinem Geburtstag erhielt Lorenzo die Nachricht, daß sein stärkster Verbündeter, Galeazzo Sforza, der Herzog von Mailand, tot war.

Am Tag nach Weihnachten war Sforza im Eingang der Kirche, die er gerade betrat, um die Messe zu besuchen, einem Attentat zum Opfer gefallen.

Wie erstarrt saß Lorenzo da. Bruno, sein Sekretär, führte den Kurier hinaus und belohnte ihn für das halsbrecherische Tempo, mit dem er die gefrorenen Wege über die Berge von Mailand nach Florenz zurückgelegt hatte.

In seinem Amtszimmer sah Lorenzo wie betäubt fürchterliche Zukunftsvisionen vor seinem inneren Auge auftauchen. »Die Republik ist in höchster Gefahr«, flüsterte er in das leere Zimmer hinein. »Nur ein paar Schritte weiter, und er wäre gerettet gewesen. Wenn er doch nur die heilige Stätte schon betreten hätte. Ein paar Schritte…«

Drei Tage nach ihrer Ankunft in Florenz erreichte die Nachricht Rom. Papst Sixtus stöhnte auf und sank auf die Knie. »Mit dem Frieden in Italien ist es vorbei.«

An jenem Abend empfing in einem Palast auf dem Palatin Sixtus' Neffe Girolamo Riario seinen Freund Francesco de' Pazzi zu einem Abendessen mit Musik. Wie jeder andere auch in Rom, Florenz, Venedig, Perugia, Assisi, in großen und kleinen Städten, sprachen sie über die Ermordung des Herzogs von Mailand.

»Ich kann es kaum glauben«, sagte Francesco. »Sforza war immer von bewaffneten Wachen umgeben. In Florenz wäre das etwas anderes gewesen. Lorenzo de' Medici geht überall ohne jeden Schutz hin…« Seine Stimme verlor sich in einem beredten Schweigen, und er blickte Riario an.

Der abwesende Herr über Imola schaute zurück.

Hervorgerufen durch eine beiläufige Bemerkung, entstand bei diesem Austausch von Blicken der Plan, Lorenzo zu ermorden.

Nach den ersten Minuten des Schocks über die Nachricht aus Mailand handelte Lorenzo. In einem Wirbel aus Aktivitäten traf er Entscheidungen, gab Befehle aus, schrieb Briefe, hielt Konferenzen ab, berief Versammlungen ein.

Galeazzos Erbe, der neue Herzog von Mailand, war ein Kind. Die Regierung lag in den ungeübten, schwachen Händen seiner Mutter, der Herzogin Bona. Darüber hinaus hatte Galeazzo drei jüngere Brüder, von denen jeder versuchen würde, die Macht an sich zu reißen. Keiner von ihnen hatte sich je dem zwischen Florenz und Mailand bestehenden Bündnis gegenüber loyal gezeigt.

Sofort schickte Lorenzo seinen alten Berater Tommaso Soderini und Luigi Giucciardini, einen erfahrenen Diplomaten, nach Mailand. Die beiden hatten die Befugnis, sich bei der Mailänder Filiale der Medici-Bank jede Summe auszahlen zu lassen, und führten Briefe mit sich, die Mailand der Unterstützung durch Florenz versicherten und Lorenzos Trauer und Mitgefühl ausdrückten. »Ich habe Euch zwei kluge Köpfe und zwei edle Herzen gesandt, auf deren Rat Ihr zurückgreifen könnt«, schrieb er. »Ihr dürft ihnen vollständig darin vertrauen, daß sie Euch beratend zur Seite stehen werden, um den besten Weg für die Sicherheit und Zukunft Eures Staates und Eures verwaisten Sohnes zu finden.«

Zur gleichen Zeit, in der er eigenhändig den Brief an Bona zu Papier brachte, schrieb Bruno von Lorenzo diktierte Briefe an die Staatsoberhäupter aller italienischen und europäischen Fürstentümer. Sie brachten die Entschlossenheit der florentinischen Republik zum Ausdruck, sich hinter die verwitwete Regentin zu stellen.

Danach konnte Lorenzo nur noch auf die neuesten Berichte aus Mailand und die der überall für ihn arbeitenden Informanten warten, auf Berichte über die Aktionen anderer, auf die er würde reagieren müssen, auf Berichte über Anzeichen für Verlagerungen im erschütterten Machtgleichgewicht Italiens und Bedrohungen der plötzlich verletzlich gewordenen Republik. Wie nie zuvor waren Informationen für ihn jetzt von lebenswichtiger Bedeutung. Die Nachtstunden reservierte er dafür, an seinem Schreibtisch zu arbeiten und die Flut von Depeschen durchzugehen, die jeden Tag eintrafen. Er studierte sie, verglich sie miteinander, filterte das zugrundeliegende Muster heraus; bei allem, was wichtig erschien, fragte er nach näheren Einzelheiten und den Quellen, aus denen es stammte.

Um ein nicht erhärtetes Gerücht, das in Rom kursierte und besagte, es gebe den Plan, ihn zu ermorden, kümmerte er sich nicht weiter. Solche Gerüchte gab es immer, und er war sicher, daß er nichts zu befürchten hatte. Die Republik war keine Tyrannei, und er hatte keinen Grund zur Vorsicht oder für Wachen, die ihn beschützen sollten. Die Bürger von Florenz waren seine Wachen.

Solange nichts passierte, was ein Eingreifen durch die Regierung notwendig machte, gab es genug andere Dinge, die seine Aufmerksamkeit beanspruchten.

Ende Januar wurde ihm eine weitere Tochter geboren, und alle bei einem solchen glücklichen Anlaß erforderlichen Feiern wurden abgehalten. Luisa verschlief sie friedlich.

Hinzu kamen die ganzen traditionellen Feste zu den Feiertagen der verschiedenen Heiligen mit ihren Prozessionen und ihren religiösen Aufführungen, die jetzt noch an Wichtigkeit gewonnen hatten, weil in ihnen der Schutz der Heiligen für Florenz angerufen wurde.

Außerdem war es notwendig, daß er seiner Geliebten mehr Aufmerksamkeit schenkte, auch wenn ihm diese Notwendigkeit immer lästiger wurde. Lucrezia Donati war von dem hysterischen Glauben erfaßt, daß sie nun bald sterben müsse. Sie war jetzt einundzwanzig Jahre alt und überaus schön, hatte aber in ihren Augenwinkeln winzige Fältchen entdeckt und schwor, in der Beschaffenheit ihrer seidenweichen Haut etwas Rauhes erspüren zu können. Sie beklagte sich bei Lorenzo darüber, daß sie älter wurde, und weinte in seinen Armen.

Vor zwei Jahren war sie abrupt von ihrem Sockel als größte Schönheit von Florenz gestürzt worden, als Marco Vespucci mit seiner Braut aus Genua zurückkam. Über Nacht war Simonetta Vespucci zur unerreichbaren Geliebten all der Männer geworden, die bis dahin Lucrezia den Hof gemacht hatten. Die Gedichte, Lieder, Blumen, Süßigkeiten, all die kleinen Aufmerksamkeiten wurden fortan im Palazzo Vespucci abgegeben. Nach außen hin trug Lucrezia den Treuebruch mit aller Gelassenheit. Lorenzo ließ ihr unverdrossen seine Geschenke zukommen und besuchte sie eifrig; seine Geliebte sagte fröhlich, daß ihre erzwungene Abdankung ein Segen sei, weil es ihr mehr Zeit für ihn und langersehnte Ungestörtheit schenke.

Strahlend lächelte Lucrezia vom Thron der Turnierdame auf Giulianos Turnierkampf herab, auch wenn Simonetta neben ihr als Liebes- und Schönheitskönigin thronte.

Doch nach nur eineinhalb Jahren des Triumphes starb Simonetta. Niemand hatte gewußt, daß sie an Schwindsucht litt, nicht einmal sie selber. Das Ende kam nur wenige Tage nach dem Auftreten der ersten Krankheitssymptome.

Lucrezia versetzte das in Angst und Schrecken. Das erste Mal in ihrem Leben war sie gezwungen, anzuerkennen, daß der Tod auf jeden zukommt, sogar auf die Schönen und Jungen. Wenn es vielleicht auch nicht so plötzlich geschah wie bei Simonetta, dann doch langsam mit der wachsenden Zahl von Jahren. Und eines Tages würde der Tod auch sie ereilen.

Lucrezia war nicht die einzige Person, die von Simonettas Tod tief betroffen war. Giuliano hatte Simonetta geliebt, und er verzweifelte in seinem Kummer. Allerdings nur kurze Zeit, denn das Feuer seines Leides brannte so intensiv, daß es sich bald verzehrt hatte.

Sandro Botticelli jedoch trauerte noch ein Jahr nach Simonettas Begräbnis um sie.

Zuerst erfüllte es Lorenzo mit Trauer, als er beobachtete, wie auch sein alter Freund allmählich innerlich abstarb. Sandro hatte während des ganzen Jahres an nichts gearbeitet. Dann aber tobte Lorenzo.

»Du standest in deinem Beruf an der Spitze, Sandro, warst auf dem Gipfel deines Schaffens. Ich liebe dich immer noch, aber mein Respekt vor dir ist tot, weil du tot bist. Was ist denn schon ein Maler, wenn er nicht malt?«

Botticelli drehte den Kopf zur Seite. Hilflose Tränen fielen auf seine hohl gewordenen Wangen. »Quäl mich nicht, Lorenzo. Ich bitte dich, ich fühle bereits stärkere Qualen, als ich ertragen kann.«

Lorenzo stapfte entschlossen durch das verdunkelte Atelier und stieß die Fensterläden auf. »Laß etwas Licht und Luft in diese Gruft, die du dir hier geschaffen hast.« Das Sonnenlicht fiel auf die leuchtenden, ausgetrockneten Farben auf dem unter den Fenstern stehenden Arbeitstisch. Sandro hielt sich schützend die Augen zu.

Der erzürnte Medici zog dem Künstler die Hände vom Gesicht. Er packte so fest zu, daß es Sandro an den Handgelenken wehtat. »Hör mir jetzt mal gut zu«, rief er. »So geht es nicht weiter. Die Hand Gottes hat dich berührt, dir eine Gabe verliehen, die du nicht einfach so verkommen lassen darfst. Es ist Gotteslästerung, daß du vor deinem künstlerischen Talent davonläufst. Schau dir doch nur deine Farben an. Trocken sind sie jetzt, nutzlos. Genau wie du. Den Heiligen bist du ein Greuel!«

Mit der Kraft eines Wahnsinnigen riß sich Sandro von ihm los. »Dann laß den Himmel mich erschlagen!« schrie er. »Ich sehne mich nach nichts anderem. Dann könnte ich sie bei den Engeln wiedersehen!«

Lorenzo wich zurück. Seine Wut war verflogen, schaudernd fühlte er jetzt nur noch Angst um die geistige Gesundheit seines Freundes.

»Laß mich allein«, sagte Botticelli. »Wenn du mich liebst, dann flehe ich dich an, Lorenzo: Laß mich allein.«

Als Lorenzo die Straße hinunter nach Hause zurückeilte, verfolgte ihn das Geräusch der sich schließenden Fensterläden.

»Wahnsinn kann ich nicht verstehen«, sagte Lorenzo zu seiner Mutter. »Seit Simonetta damals nach Florenz kam, ist Sandro nicht mehr richtig im Kopf. Er sah sie auf dem Mercato in einer Sänfte und verliebte sich in ihre vollkommene Schönheit. Nun gut. Das hat in der ganzen Stadt jeder getan, der die Schönheit liebt.

Aber... erinnerst du dich noch daran, Mammina, wie er sich weigerte, sie zu treffen, und nicht einmal im gleichen Raum mit ihr zusammensein wollte? Was haben wir für Witze über seine Ängstlichkeit gemacht!

Wenn er tatsächlich ihr Liebhaber gewesen wäre, ihren Körper besessen und sie seine Liebe erwidert hätte, dann ergäbe dieses übertriebene Leiden ja vielleicht noch einen Sinn. Aber so... Es ist Wahnsinn.«

Lucrezia begann sich die Schuhe anzuziehen, die sie draußen benutzte. »Ich hatte keine Ahnung, daß die Dinge so schlecht stehen«, sagte sie. »Ich werde gehen und ihn nach Hause bringen. Und du wirst Sandro gegenüber Geduld bewahren. Zum Teil ist das Ganze auch deine Schuld, und das weißt du, Lorenzo.«

»Meine Schuld?« Du bist genauso verrückt wie er. Habe ich etwa Simonetta umgebracht?«

»Du hast Sandro in deine Platonische Akademie eingeführt. Du hast seine Vorstellungskraft mit dem Begriff des Ideals entflammt. Er ist kein Philosoph, er ist Künstler. Als er dann eine Frau sah, die für ihn das Ideal der Schönheit verkörperte, setzte er sich nicht an einen Tisch und diskutierte die Werke Platos zu diesem Thema. Er gab sein Herz und seine Seele dafür hin.

Ich habe vor, beides zu retten.«

Lucrezia umgab Sandro mit der heilenden Fürsorge und dem fraglosen Verständnis mütterlicher Liebe, und sein Körper schöpfte neue Kraft.

Doch letzten Endes war es Lorenzo, der ihn rettete.

Jede Woche ritten Lorenzo und Giuliano etliche Male aufs Land hinaus, auf der Suche nach einer Villa, die zum Kauf für Pierfrancescos Söhne geeignet wäre. Lorenzo war fest entschlossen, die beiden Jungen im Sommer aus der Stadt fortzuschicken und ihnen so die Freuden und Herausforderungen des Landlebens zu erschließen. Agnolo Poliziano hatte einen jungen Lehrer gefunden, der zwar alles andere als ein großer

Gelehrter war, seine Defizite im Klassenzimmer aber durch seine Willigkeit wettmachte, seine Schüler das Reiten und Jagen zu lehren und ihnen beizubringen, wie man die Risiken eingeht, die von Männern erwartet werden.

Anfang Mai kaufte Lorenzo die Villa Castello mit Geld aus Pierfrancescos Nachlaß. Es war ein kleines, gepflegtes Kastell am Fuß eines sanften, mit Wiesen bedeckten Berges fünf Kilometer in Richtung Prato. Eines Nachmittags überredete er Botticelli, ihn dorthin zu begleiten. Der Berg war mit einem Teppich bunter Farben bedeckt; zarte Wildblumen kräuselten sich in der sanften Brise.

»Das ist doch fast vollkommen, oder nicht, Sandro?«

Die gedankenverlorenen Augen des Künstlers bejahten es.

»Kannst du diese Vollkommenheit für mich in einem Bild festhalten, mein Freund? Es soll dort an diesem Ort zwischen den Fenstern hängen, von denen aus man auf den Berg schaut. Kannst du das? Kannst du dein Herz in die Linien und Farben hineingeben?«

»Ich will es versuchen«, sagte Botticelli. »Ich will die Fenster und den Platz dazwischen sehen. Ist er auch groß genug? Das Gemälde muß groß sein.«

Lorenzo unterdrückte den Impuls, seinen Freund zu umarmen. Jetzt, wo dieser gerade begann, wieder ins Leben zurückzukehren, durfte er keinen Druck auf ihn ausüben. »Laß uns hineingehen«, sagte er. »Wenn der Platz nicht groß genug ist, lasse ich die Fenster versetzen.«

»Unser Sandro ist geheilt«, sagte Lucrezia. »Ich danke Gott dafür.«

Nach seinem Besuch der Villa war Botticelli in den Palast gestürmt und hatte nach Agnolo Poliziano gerufen. Zwei Wochen lang hatte er wie rasend gearbeitet, Agnolo an seiner Seite, und eine Skizze nach der anderen für das Gemälde angefertigt, das er vor seinem inneren Auge sah. Agnolo fühlte sich geehrt durch die Tatsache, daß Sandro ihn brauchte. Der Künstler wollte viele der allegorischen Bilder verwenden, die Agnolo in seinem Gedicht über Giulianos Turnierkampf entworfen hatte.

»Ich darf euch nicht sagen, was er macht«, berichtete Poliziano der Familie. »Das mußte ich ihm versprechen.«

Lorenzo brannte vor Neugier, aber er war nicht beleidigt, weil er ausgeschlossen wurde. Er war viel zu glücklich darüber, daß Sandro arbeitete.

Lucrezia freute sich, daß der Künstler wieder seinen ewigen Hunger beklagte. Es war wie früher, als der heranwachsende Sandro zum Haushalt gehört hatte.

Als die Sommerhitze die Stadt fest im Griff hatte, zogen Lucrezia, Clarissa und die Kinder in die Villa nach Fiesole. Giuliano blieb in Careggi. Dort waren die Ställe, und es waren nur noch wenige Wochen bis zum Palio. »Ich werde Morello dazu überreden, mich genauso zu lieben wie dich, Lorenzo«, sagte er. »Dieses Jahr wird die Familie Medici gewinnen.«

Lorenzo hätte ihm gerne beim Trainieren geholfen, aber er mußte in der Stadt sein, um die täglichen Berichte aus Mailand zu sondieren. Mit Florenz im Rücken behielt die Herzogin trotz eines blutigen Aufstands in Genua und der Agitation der drei Brüder Sforza die Zügel in der Hand.

Wie jeden Sommer pflegte Lorenzo die üblichen, langen geselligen Dämmerstunden auf der Loggia. Sie waren für ihn eine wahre Erholung von der ewigen Schauspielerei, die ihm tagsüber abverlangt wurde und für die er seine ganze Kraft brauchte. Bei der Messe, auf den Straßen, in den Versammlungen der Regierung erwartete jeder von ihm die Beteuerung, daß Florenz trotz des Aufruhrs in Mailand sicher war.

Doch er nahm sich auch die Zeit für erfreulichere Aktivitäten. Entwürfe für die Einrichtung der Villa Castello, Bestellungen für die Arbeiten an ihrer Renovierung, Pläne für die Gärten mußten gemacht werden, und Lorenzo kümmerte sich um all diese Dinge. Das Beste daran war, daß er entscheiden mußte, welche Bilder dort hängen sollten. Seit dem Verlust des päpstlichen Kontos an die Familie Pazzi hatte ihm kein Geld mehr zur Verfügung gestanden, um irgendwelche Kunstwerke in Auftrag zu geben.

Freizügig gab er das Geld aus Pierfrancescos Nachlaß aus, machte Anschaffungen für die Söhne des Verstorbenen, ließ die für die Künstler der Stadt so wichtige Förderung durch die Familie Medici wieder aufleben. In Antonio Pollaiuolos Atelier lauschte er ehrfurchtsvoll den Vorschlägen des Malers. Piero, sein Vater, hatte in ihm den größten Kunstmaler dieser Zeit gesehen. Lorenzo hielt ihn auf jeden Fall für den größten Geschichtenerzähler und beauftragte ihn damit, den Kampf zwischen Herkules und Antäus als Gemälde und als Bronzestatue zu gestalten.

Als er Luca Signorelli besuchte, war er weniger förmlich. Luca war genauso alt wie Lorenzo und wurde noch nicht von jedermann als Meister angesehen. Lorenzo jedoch glaubte an sein Talent.

Luca wollte eine riesige Madonna mit Kind anfertigen. Lorenzo wollte klassische Helden. Lauthals stritten sie miteinander, aßen Brot und Käse und Radieschen und einigten sich dann auf einen Kompromiß, der beide glücklich machte. Die Villa Castello würde eine *Guardaroba* bekommen, ein Zimmer zum Aufhängen der Kleidung, und in ihm würde eine Darstellung der Belagerung Trojas die Türen zieren. Und über dem Altar in der Kapelle würde eine kleine Madonna mit Kind hängen.

Lorenzo schlenderte durch Verrocchios riesiges Atelier, suchte Leuchten, Messer und Gabeln, Pokale, Lesepulte, Entwürfe für Gobelins, Gartenbänke, Brunnen und Lagertruhen, sogenannte *Cassone*, in allen Größen aus. »Wie sehr ich deine Gesellschaft doch liebe!« rief Andrea aus. »Heda, ihr Küken! Wir werden alle reich!« Die Schüler jubelten.

»Feiert nicht zu früh«, lachte Lorenzo. »Vor getaner Arbeit werde ich kein Geld herausrücken. Ich möchte die Dekorationen in Tempera und nicht in Wein.«

Aber dann tranken sie alle zusammen ein wenig Wein, und Lorenzo hatte nichts einzuwenden, als einer der Schüler mit seinem in Chianti getauchten Finger auf dem gescheuerten Holztisch eine Skizze anfertigte. Piero Perugino erhielt umgehend das alleinige Recht, die Truhen zu bemalen. Szenen aus den in der Stadt gefeierten Festspielen sollten auf ihnen zu sehen sein.

Fresken für die Wände der Kapelle der Villa gab Lorenzo bei Filippino Lippi in Auftrag. Der Vater des jungen Mannes war der für seine Lasterhaftigkeit berüchtigte Mönch Fra Filippo Lippi, der eng mit Cosimo befreundet gewesen war. Filippino war erst zwölf Jahre alt, als sein Vater starb. In den acht Jahren, die seit dessen Tod vergangen waren, hatte er bei Sandro Botticelli gelernt. In dem Jahr, in dem dieser sich von allem zurückgezogen hatte, hatte der junge Mann sein Bestes getan, um den Betrieb in der Werkstatt einigermaßen aufrechtzuerhalten.

Botticelli selbst ließ Lorenzo in Ruhe. Er war wieder in sein Atelier gezogen und arbeitete fieberhaft. Die Fensterläden waren weit geöffnet.

Am Maßstab eines Medici gemessen, gab Lorenzo Unsummen aus. Im Einkommen aus Pierfrancescos Nachlaß entstand hingegen nicht einmal ein spürbares Loch. Lorenzo setzte die nötigen Papiere auf, um sich selbst ein Darlehen über sechzigtausend Gulden auszuzahlen. Mit Mailand Frieden zu halten war sehr kostspielig. Und in Burgund war gerade Karl der Kühne gestorben, der der Filiale in Brügge fünfundneunzigtausend Gulden schuldete.

Lorenzos Schützlinge waren von der Villa und der prächtigen neuen Einrichtung, die dort eintraf, begeistert. Von nun an hielten sie ihren Cousin für einen wundervollen Beschützer, und seine Besuche bei ihnen waren auch ihm ein Vergnügen.

Sie lernten, gut genug zu reiten, um ihn auch einmal nach Careggi zu begleiten, wo sie Giuliano bei seinem Training für den Palio zuschauten. Als Giuliano erkrankte und nicht am Rennen teilnehmen konnte, waren sie noch enttäuschter als Lorenzo. Zwar ging beim Palio für die Medici ein anderes Pferd an den Start, das von einem Reitknecht geritten wurde, aber es kam weit abgeschlagen durchs Ziel. Lorenzo erlaubte nur Giuliano, seinen vielgepriesenen Morello zu reiten.

Nachdem er es sechsundzwanzig Jahre lang versucht hatte, gewann dieses Mal Alberto Palmieri das Rennen. Auf vier Plätzen füllte er Wein in die Trinkbrunnen, und der Karneval war prächtiger als je zuvor. Tag und Nacht hörte man in den

Straßen das von Lorenzo komponierte Lied aus dem Jahr davor. Alle Nachtschwärmer hatten es zu ihrer Erkennungsmelodie gemacht: »Wie schön und flüchtig ist die Jugend…«

Lorenzo lächelte, als er es hörte. »Ich merke, dir gefällt die Unsterblichkeit«, brummte sein Freund Luigi Pulci. »Ich bin ganz krank vor Neid. Die Ungerechtigkeit stört mich. Immerhin bin ich ein viel besserer Dichter als du.«

Lorenzo schob ihn in einen Wein speienden Brunnen. Pulci meinte, endlich hätte er sein Zuhause gefunden.

»Ich dachte, ich hätte etwas Gutes gerochen.« Sandro Botticelli spazierte mit hoch erhobener Nase zur Tür herein und schnüffelte.

Lorenzo sprang von seinem Stuhl hoch und lief auf seinen Freund zu. Nachdem sie sich umarmt hatten, betrachtete er Botticelli von oben bis unten. Sandro wirkte gepflegt, gut genährt und lächelte. Er war wieder ganz der alte.

»Komm und iß«, forderte Lorenzo ihn auf. Er wischte dem Künstler den Schnee von der Schulter. Es war bitterkalt an diesem Dezembertag. Agnolo Poliziano rutschte zur Seite, um neben sich auf der Bank Platz zu machen. Botticelli setzte sich hin und begann in aller Seelenruhe, Agnolos Essen zu verspeisen.

Ein junger Gesandter aus Mailand war zu Gast im Palast der Medici. Die Dreistigkeit des Künstlers verschlug ihm den Atem. Doch er war nicht überrascht. Im Haus dieses unkonventionellen Oberhauptes der florentinischen Republik konnte ihn nichts mehr aus der Fassung bringen. Auf der Burg der Herzogin von Mailand wahrte man eine strenge Hofetikette und hielt sich ans Protokoll. Hier herrschte Anarchie. Jeder sprach Lorenzo beim Vornamen an, duzte ihn und sprach so frei, daß er in Mailand dafür ins Verlies geworfen worden wäre.

»Mein lieber Botschafter«, sagte Lorenzo, »dieser Flegel ist der große Maler Sandro Botticelli… Unser Besucher ist der Marchese Stefano Vallambroso, Sandro. Er überbrachte uns die gute Nachricht, daß in Mailand alles ruhig ist. Ich hoffe, auch du hältst ein paar gute Nachrichten für mich bereit.«

Botticelli nickte dem Mailänder zu und erklärte sich äußerst erfreut, ihn kennenzulernen. Dann begann er, die Bratensoße auf dem vor sich liegenden Teller zu vertilgen. Mit größter Sorgfalt brach er das Brot, legte es genau in die Mitte des Tellers und zog es dann in gleichmäßigen Kreisen nach außen.

»Ich spüre, wie der Dolch an meiner Hüfte in seiner Scheide zu zucken beginnt«, bemerkte Luigi Pulci. »Er will Sandro ans Leder. Soll ich es erlauben?«

»Tu dir keinen Zwang an«, grollte Andrea del Verrocchio. »Ich habe Konkurrenz noch nie gemocht.«

Mit großem Getue rückte Andrea von Sandro weg. »Bitte keine Spritzer auf meine Kleidung. Blut hinterläßt Flecken.«

»Ich zittere vor Angst«, murmelte Sandro beim Kauen mit vollem Mund.

Lorenzo klopfte mit dem Rücken eines Löffels auf den Tisch. »Achtung«, sagte er. »Seht her.« Er hob den Deckel der Terrine hoch und wedelte den daraus aufsteigenden Dampf zu Botticelli hin. Mit einem Krachen ließ er den Deckel wieder herunterfallen. »Jeder, der hungrig ist, kann soviel davon nehmen, wie er will, wenn er nur aufhört, mich zum Wahnsinn zu treiben.«

Sandro lächelte. »Es ist fertig«, meinte er. »Morgen lade ich euch alle in mein Atelier ein, dann könnt ihr es euch anschauen.« Er streckte Agnolos leeren Teller vor sich hin.

Lorenzo schob die Terrine zu ihm hinüber. »Bravo!« rief er aus. »Bravissimo.« Er winkte dem in der Tür stehenden Diener. »Bring dem hungrigen Maler noch etwas Brot.«

»Und dem hungrigen Philosophen einen Teller«, fügte Poliziano hinzu.

17. KAPITEL

Botticellis Atelier war nicht sehr groß, es hatte nicht einmal ein Viertel der Ausmaße von Verrocchios ungeheurem ehemaligen Lagerhaus. Es diente Sandro auch als sein Zuhause; in einer Ecke standen ein Bett und die Kochgelegenheit. Sein Schüler Filippino lebte in einem Anbau des Gebäudes, einem kleinen Schuppen. Um Platz für die Freunde zu machen, die er eingeladen hatte, waren Bett, Ofen und Cassone an der Wand übereinandergetürmt.

Auch so hatten sie kaum genügend Platz. Verrocchio hatte jedem, den er kannte, Bescheid gesagt, und diese hatten es wieder anderen weitererzählt, und die Nachricht hatte sich in der kunstliebenden Stadt wie ein Lauffeuer verbreitet. Die Straße vor dem Atelier war voller Leute, die begierig und geduldig zugleich darauf warteten, daß sie an die Reihe kamen, um zu sehen, was Sandro geschaffen hatte.

Sie bildeten eine Gasse, um Lorenzo durchzulassen, und da er den Botschafter aus Mailand bei sich hatte, akzeptierte er diese Gunst. Außerdem brannte er selber darauf, das Gemälde zu sehen.

Es war einfach atemberaubend, glich nichts von dem, was Sandro je gemacht hatte, setzte sich von allem ab, was andere Künstler der Stadt geschaffen hatten. Bei den riesigen Ausmaßen des Bildes von fast zweieinhalb Meter Höhe und über drei Meter Breite mußte man zum Betrachten bis an die Rückwand des Ateliers zurücktreten, wo der wackelige Turm aus Einrichtungsgegenständen jede Minute zusammenzufallen drohte.

Der Gesandte aus Mailand war normalerweise ein ängstlicher Mann, doch in dem Augenblick, in dem er das Gemälde sah, vergaß er jede Gefahr. Er verstand sogar, warum das Staatsoberhaupt an seinem Tisch eine solch vertraute Atmosphäre zulassen konnte. Der Mann, der ein Kunstwerk dieses Ranges schaffen konnte, brauchte keinem Menschen gegenüber unterwürfig zu sein.

Neben dem Botschafter stand Lorenzo, den Arm um Botticellis Schultern gelegt. Er sagte nichts, es gab auch nichts zu sagen.

Das Gemälde war eine allegorische Darstellung des Frühlings. Auf einer Lichtung zwischen Phantasiebäumen, in denen goldene Orangen und leuchtende Blüten prangten, stand Venus. Zu ihren Füßen war die Erde mit dem gleichen Teppich aus Wildblumen bedeckt wie die Wiese in der Nähe der Villa Castello.

Die symbolischen Figuren aus Polizianos Gedicht waren vollendet wiedergegeben: Eros, Merkur, die Göttin Flora, Zephyr. Und die drei Grazien. Feierlich. Von ihrem Tanz verzückt. Jede tanzte für sich, und doch waren sie über ihre verschlungenen Finger miteinander verbunden. Sie waren die Verkörperung der Schönheit und der Jugend und der ewigen Feier des Lebens. In ihren unterschiedlichen Körperhaltungen, den unterschiedlichen, durchscheinend zarten Gewändern und ihrem herrlichen, hellen Haar, das in Wellen und Ringeln auf jeweils andere Weise herabfiel, waren die drei Grazien drei Portraits Simonettas.

Sandro hatte der Liebe, die ihn erfüllte, für immer einen Ausdruck geschaffen.

»Hast du Sandros Gemälde gesehen, Lorenzo? Es ist großartig. Und er ist in wunderbarer Verfassung.« Giuliano hatte von der Kälte und durch die Aufregung ganz rosige Wangen, als er in Lorenzos Amtszimmer stürzte.

»Ich habe es gesehen, und es stimmt, was du sagst. Und das andere weiß ich auch. Er hat letzte Nacht mit uns zu Abend gegessen. Ich wünschte, du wärest auch mit dabeigewesen. Pulci hat eine Ballade über Künstler, Modelle und alles, was man mit Pinseln anstellen kann, improvisiert. Den Mailänder hätte fast der Schlag getroffen.«

»Schade, daß ich es verpaßt habe. Ich war bei meiner Geliebten.« Trotzig streckte Lorenzos jüngerer Bruder sein Kinn vor.

Lorenzo runzelte die Stirn. »Machst du Witze? Mußt du ja wohl.«

»Nein, Bruderherz, ich scherze nicht. Ich weiß, was du mir erzählt hast, daß Geliebte oft anspruchsvoller sind als Ehefrauen und daß ich mich nicht binden sollte. Doch Fioretta ist ganz anders als Lucrezia Donati. Sie erwartet keine Aufmerksamkeiten und stellt überhaupt keine Ansprüche.« Giuliano sprach sehr schnell.

Lorenzo hob die Hand. »Moment mal. Sprich langsamer.

Ich kann ja kaum ein Wort von dem verstehen, was du da sagst. ›Fioretta‹? Wer ist denn Fioretta? Fioretta wer?«

»Fioretta Gorini. Ihr Bruder ist Gorini, der Schneider und Calcio-Spieler.«

Lorenzo lachte. »Gott sei Dank weiß ich jetzt, daß du scherzt. Ich kann mich an Gorinis Schwester erinnern. Sie hat bei allen Spielen zugeschaut. Die ist doch reizlos wie ein Erdklumpen. Du solltest mich nicht so erschrecken. Ich dachte schon, du meintest es ernst.«

»Und du solltest mich nicht auslachen. Es ist mein voller Ernst. Ich habe Fioretta zu meiner Geliebten gemacht, und, weil ihr Vater tot ist, bereits mit ihrem Bruder über alle zu treffenden Arrangements gesprochen. Sie lebt zu Hause, hat keinen kleinen Palast zur Verfügung wie Lucrezia; Fioretta will mich nicht ausnutzen.« Giulianos Hände waren zu Fäusten geballt.

»Schon gut, schon gut.« Lorenzo fühlte sich, als hätte er gerade einen Vorgeschmack auf zukünftige Unterhaltungen mit seinen Söhnen bekommen. »Du brauchst mir gegenüber nicht zu rechtfertigen, was du tust. Du bist ein erwachsener Mann… Doch eines möchte ich dich noch fragen, obwohl du mir nicht darauf antworten mußt. Ich bin nur neugierig… Warum gerade dieses Mädchen? Florenz ist voller schöner, unterhaltsamer, gebildeter Mädchen, und jede zweite ist verliebt in dich. Warum suchst du dir ausgerechnet eine aus, die…« Er machte eine Pause, weil er befürchtete, seinen Bruder zu beleidigen.

Giuliano lächelte. »Genau deswegen eben: Sie ist nicht schön und nicht gebildet und nicht geistreich. Alles, was sie zu bieten hat, ist ein von Liebe erfülltes Herz, und kein Mensch legt darauf großen Wert… Begreifst du das nicht, Lorenzo? Wenn ich sie nicht liebe, dann wird sie nie jemanden haben, der sich um sie kümmert. Bei den schönen Mädchen ist das anders.«

Lorenzo nickte. »Ja. Das sehe ich ein.« Kein Wunder, daß ich ihn so sehr liebe, dachte er. Kein Wunder, daß ihn alle lieben. »Komm schon«, lachte er dann. »Laß uns mal nachschauen, ob wir jetzt unbehindert in Sandros Atelier kommen. Ich werde ihn dazu bringen, ein Portrait von deiner Fioretta anzufertigen. Sandro wird sie wunderschön aussehen lassen. Ich verspreche dir, daß ihr das gefällt – besonders wenn sie älter wird.«

»Danke, Bruder. Auf diesen Gedanken wäre ich gar nicht gekommen. Hol dir besser Mantel und Stiefel. Schau mal aus dem Fenster. Es schneit.«

Der Schnee fiel ununterbrochen in kleinen Flocken, die sich hin und her drehten, als würden sie tanzen, als sie durch das trübe, graue Licht herabschwebten.

Er häufte sich auf den Steindelphinen, die an der Ecke des Pazzi-Palastes auftraten, zu kleinen Kronen. In einem Fenster neben ihnen brannte Licht, obwohl es erst zwei Uhr nachmittags war. Das Licht ließ den fallenden Schnee aufglitzern und verlieh den Kronen einen goldenen Glanz.

Im Innern des erleuchteten Raumes hockten drei Männer um einen Tisch vor dem Kamin mit einer dicken Schicht glühender Asche. Die Diener konnten kein Holz nachlegen, da die Tür zum Zimmer abgeschlossen war.

»Das hier gefällt mir nicht«, sagte Jacopo de' Pazzi. »Die ganze Familie sollte entscheiden.«

Francesco zügelte nur mühsam seine Wut. Seine Stimme klang sachlich und kühl. »Es wird erst dann Sache der ganzen Familie sein, Onkel, wenn es vollbracht ist. Dann werden alle dankbar sein. Die Pazzi werden wieder zu dem werden, worauf sie immer schon ein Anrecht hatten... Wir drei sind die einzigen, auf die es jetzt ankommt. Und wir können unsere Absichten auch für uns behalten. Wenn es zu viele Mitwisser gibt, haben wir keine Chance, unseren Plan geheimzuhalten. Und das Überraschungsmoment ist von ganz entscheidender Bedeutung.«

Jacopo nickte und gab nach. »Woher weiß ich, daß du die Wahrheit sagst und der Papst hinter uns steht?«

Francescos Gesicht lief rot an. Seine Stimme jedoch blieb ruhig. »Ich werde dir die entsprechende Bestätigung kommen lassen: einen Soldaten, einen Kommandanten der päpstlichen Armee. Er wird auch derjenige sein, der das Schwert führt. Er ist ein Experte im Töten. Und dieser Mann ist mit Riario und mir zu Sixtus gegangen. Er weiß, daß der Papst uns unterstützt, wenn nötig auch mit Waffen und Geld.«

Francesco drehte sich zu seinem Bruder um. »Elmo? Du bist der einzige, der noch übrig ist. Unser Onkel ist einverstanden, nicht wahr, Jacopo?«

Jacopo nickte wieder.

Elmo rückte vom Tisch ab und schüttelte den Kopf. »Ich kann nicht zustimmen. Ich kann einfach nicht.«

Francesco legte eine Hand auf den Stuhl seines Bruders, um ihn ruhig zu halten. »Du mußt. Denk doch nur daran, was es für deine Familie und deine Kinder bedeutet! Unser Onkel wird zwar dein Berater, aber du wirst die Herrschaft ausüben. Du bist der Älteste. Florenz wird wieder Königreich, ganz wie es sein sollte, und die niederen Klassen werden unter uns stehen, wo sie hingehören. Und du wirst der Herrscher sein, Elmo. Und dein Sohn ein Fürst.«

»Aber Bianca ist ihre Schwester!«

»Ja. Und die Kinder sind ihre Kinder. Wem gegenüber wird sich eine Frau loyaler verhalten, ihren Geschwistern oder ihren Kindern? Siehst du nicht, wie wunderbar sich alles fügt? Sollten irgendwelche Verbündeten der Medici zaudern, wem sie sich anschließen sollen, wird es ihnen leichtfallen, sich für dich zu entscheiden, denn die Thronerben sind ja halbe Medici.

Du mußt auch keinen Finger krumm machen, Elmo. Du mußt nicht einmal sehen, wie es geschieht. Wenn es geschehen ist, mußt du dich lediglich darum bemühen, die Unterstützung der Leute zu gewinnen.«

Elmos Gesicht glänzte von kaltem Schweiß. »Dann stimme ich mit Ja.«

»Das wäre es dann ja wohl«, sagte Jacopo. »Geh zurück nach Rom und schick mir diesen Kommandanten. Wie heißt er?«

»Montesecco.«

»Gut. Wenn er bestätigt, was du über Sixtus gesagt hast, werden wir die Sache zu Ende bringen. Hast du schon einen Plan? Einen Zeitpunkt ausgewählt?«

»Noch nicht. Wir werden uns etwas ausdenken, das uns von jedem Verdacht befreit. Ich lasse dir eine Nachricht zukommen.«

Elmo leckte sich die Lippen. »Ist es denn wirklich nötig... Auch Giuliano? Er hat doch nichts mit der Regierung zu tun.«

Jacopo tauschte mit Francesco einen Blick aus. Wortlos waren die beiden sich einig, daß Elmo nur Dekoration sein würde, wenn die Macht in ihren Händen lag.

»Es ist nötig«, sagte der alte Mann. »Wenn Lorenzo tot ist, darf es niemanden geben, zu dem die Leute aufsehen können. Außer dir.«

18. Kapitel

»Welche ist es, Lorenzo? Du hast versprochen, sie mir zu zeigen.«

Lorenzo reagierte auf das Zerren an seinem Ärmel. »Ach ja! Laß mich sie suchen.« Zusammen mit seinen Schützlingen Lorenzo und Giovanni stand er direkt hinter dem Eingang im Innern des Duomo. Es war der Abend vor dem Osterfest. Dem jungen Lorenzo gegenüber hatte er erwähnt, daß seine zukünftige Frau bei der Prozession der Familie Pazzi mit den Feuersteinen für den Scoppio dabei sein würde, und der Junge hatte darauf bestanden, daß ihn Lorenzo zur Zeremonie mitnahm und ihm Ginevra zeigte.

Lorenzo konnte die Neugier seines jungen Vetters verstehen, doch er wünschte, er hätte ohne den Jungen kommen können. Er wollte den Scoppio keinen Augenblick aus den Augen lassen, damit er sah, wie die Vorzeichen waren. Es wurde behauptet, man könne aus ihnen ablesen, wie die Ernte des betreffenden Jahres ausfallen würde. Wenn man sie also schon für Voraussagen über den Zustand der Weinstöcke und der Felder nutzen konnte, warum nicht genausogut über den Zustand des Staates? Die Nachrichten aus Mailand waren beunruhigend.

»Lorenzo! Welche ist es denn?«

»Noch nicht! Warte ... da! Da kommt sie. Siehst du den alten Mann im goldenen Samtgewand mit der Hand auf der Schulter des Mädchens? Das Mädchen ist Ginevra.«

Sie bemerkte nicht, daß Lorenzo in der Menge stand. Ihre Augen schauten geradeaus, ihr Gesicht hatte einen ehrfürchtigen Ausdruck, ihr Rücken war aufrecht und stark, eine unfehlbare Stütze für den schwachen Arm ihres Großvaters. Die juwelengeschmückten goldenen Delphine auf ihrem Ärmel schimmerten im Licht der unzähligen Kerzen im Dom.

»Besonders gut sieht sie ja nicht gerade aus«, meinte Giovanni. »Eher bissig.«

»Ruhe«, herrschte ihn sein Beschützer an. »Das ist eine sehr wichtige Messe.«

Giovanni hüpfte von einem Fuß auf den anderen und kicherte. »Sie sieht bissig aus... Lorenzos Braut sieht aus, als ob sie ihm gleich den Kopf abbeißt.«

Bevor Lorenzo ihn zum Schweigen bringen konnte, hatte der junge Lorenzo den Arm seines Bruders gepackt und umgedreht. »Sei ruhig, oder es setzt was«, sagte er. »Du bist ein Dummkopf. Sie sieht gar nicht bissig aus, sondern bedeutend. Sie sehen alle gleich aus mit ihren Goldinsignien, alle bedeutend. Die Familie Pazzi ist sehr angesehen und einflußreich, nicht wahr, Lorenzo?«

»Denken sie jedenfalls«, murmelte Lorenzo im Flüsterton. Lauter sagte er: »Schau dort hinüber, Lorenzo. Da steht deine Kusine, meine Schwester Bianca. Die kennst du ja.« Er lächelte. Bianca war immer imstande, ihn zum Lächeln zu bringen. Und normalerweise wußte sie nie den Grund dafür. Das feierliche Schreiten der Prozession paßte zu ihr, denn sie war wieder hochschwanger. Ihre Familieninsignien waren so gestaltet worden, daß die Delphinstickereien auf der mit blauem Brokat geschmückten Seidencioppa von ihrer Brust bis zum Knie reichten, und zwar einer auf jeder Seite der vorne offenen Jakke. Es sah aus, als ob die Tiere ihren mit gelbem Samt bedeckten, nach vorne gewölbten Bauch mit ihren Rücken unterstützten. Bianca hielt Bernardo, Lorenzos Patensohn, an der Hand fest und ignorierte dessen Versuche, sich loszureißen, mit der majestätischen Nichtbeachtung einer erfahrenen Mutter. Bernardo wird an unserem nächsten Geburtstag zehn Jahre alt, dachte Lorenzo. Ich werde ihn raus nach Careggi mitnehmen, damit er sich ein junges Pferd aussucht. Es ist lächerlich, daß ich mich durch meine Wut auf Francesco davon abhalten lasse, meine Schwester und meinen Patensohn zu besuchen. Und meinen Freund Elmo. Er meidet mich in letzter Zeit.

Morgen, beschloß er, werde ich hingehen und ihnen einen Besuch abstatten. Es ist Ostern, ein Fest der Erneuerung, der Wiedergeburt und der Versöhnung.

Während der Messe dachte er über das ewige Mysterium

der Auferstehung nach und das genauso unergründliche Mysterium der Geburt, an Biancas stolze Mutterschaft, seine eigene, immer größer werdende Familie, an die kleine Contessina, erst drei Wochen alt und schon ein eigenständiges, unverwechselbares und von ihren Brüdern und drei Schwestern unterscheidbares Geschöpf. Meine Kinder sind mein größter Reichtum, dachte er, und demütig dankte er Gott mit seinen Gebeten dafür.

Als ob sie gesegnet wäre, flog die Taube mitten in die Feuerwerkskörper hinein und explodierte in herrlichen Farbfontänen. Lorenzo fiel ein Stein vom Herzen. Er brauchte sich nicht mit Sorgen zu belasten. Die Republik würde beschützt sein, dessen war er sich jetzt sicher. Die Probleme in Mailand würden sich lösen. Dann stand er auf den Domstufen und jubelte, trug mit seinen Rufen zu dem lärmenden Inferno der Freude auf dem von Menschen wimmelnden Platz bei. Raketen stiegen in den Himmel und explodierten; die Lichter – weiß, rot, grün, blau – zeigten ihn der Menge. »Lorenzo! Lorenzo!« riefen sie. Er breite seine Arme für sein Volk aus, lachte, jubelte, feierte mit ihnen, ein Florentiner unter Florentinern, ein Toskaner unter Toskanern, ein Republikaner unter Republikanern.

Hundert Meter entfernt reckte ein großer Mann mit einem kräftigen, wettergegerbten Gesicht den Hals, um über die Köpfe der sich eng um ihn herum zusammendrängenden Menschenmenge hinwegzusehen. Er war Römer und Kommandant der päpstlichen Armee: Montesecco. Inmitten einer Gruppe von Pilgern, die die Heilige Woche in der Hauptstadt der Republik begehen wollten, war er in die Stadt gekommen. Die Stadttore hatten weit offengestanden; die Wachen hatten nicht wie sonst gefragt, welches Vorhaben die Besucher in die Stadt führte.

Zwanzig Soldaten aus Perugia gelangten auf die gleiche Weise in die Stadt.

Befanden sie sich erst einmal innerhalb der Stadtmauern, brauchten sie nur noch auf den richtigen Zeitpunkt zum Losschlagen zu warten.

19. Kapitel

»Francesco, ich sage dir, wir müssen die Sache abblasen«, jammerte Elmo. Er packte seinen Bruder an der Schulter. »Paß gefälligst auf und hör mir zu!«

Langsam bewegte sich Francescos Hand nach oben und hob Elmos ihn krampfhaft festhaltende Hand am Gelenk hoch. Er drehte seinen Körper weg und ließ die Hand fallen, als sei sie irgend etwas Dreckiges. »Ich habe zugehört«, sagte er. »Alles, was ich gehört habe, sind die Phantasien eines Feiglings.«

»Ich bilde mir nichts ein. Lorenzo hat Verdacht geschöpft. Er war zu liebenswürdig, zu freundlich. Seit zwei Wochen, seit Ostern, spürt er mir nach, lädt mich ein, mit ihm zu essen, kommt im Palast vorbei, um Bianca zu besuchen, besucht meine Kinder. Er muß etwas wissen. Bestimmt stellt er uns eine Falle.« Flehend streckte Elmo den anderen Männern im Zimmer seine Hände entgegen.

»Seht ihr das denn nicht?« rief er. »Wir müssen mit dieser Sache aufhören, bevor es zu spät ist.« Seine Hände zitterten.

Die Blicke aller Männer waren jetzt auf Francesco gerichtet.

»Es ist bereits zu spät, Elmo«, sagte er schneidend. »Unsere Truppen sind nur einen Tagesmarsch von Florenz entfernt. Alles steht bereit, und nichts wird schiefgehen, solange du nicht die Nerven verlierst.« Er wedelte seinem verängstigten Bruder mit einem Blatt Papier zu.

»Das hier hast du doch gesehen. Lorenzo lädt dich zu einem Essen auf seine Villa in Fiesole ein. Das entspricht genau unserem Plan. Jacopo hat ihm geschrieben und berichtet, der Kardinal und der Erzbischof seien hier auf unserer Villa eingetroffen, und Lorenzo wiederum hat sofort ihnen geschrieben und sie ebenfalls eingeladen, und zwar mit allen Begleitern, die sie mitbringen wollen. Die Sache wird heute über die Bühne gehen. Geh jetzt auf dein Zimmer und warte. Wir geben dir Bescheid, wenn alles vorbei ist.« Francesco grinste verächtlich und gab Elmo einen Stoß.

Elmo stolperte, rührte sich jedoch nicht von der Stelle. »Es ist eine Falle. Er wird Wachen da haben, Soldaten…«

»Narr! Der Erzbischof hat zehn ›Diener‹ bei sich, jeder von ihnen ist ein bewaffneter Krieger. Monteseccos Soldaten aus Perugia werden direkt hinter uns stehen. Die Priester des Kardinals sind bewaffnet. Und Lorenzo ist völlig ahnungslos.«

Elmo begann erneut zu diskutieren. Ein Mann beim Fenster fing an zu lachen. »Schaut mal her, mein besorgter Freund.« Er deutete aus dem Fenster. Der in tiefem Purpur gefärbte Seidenstoff seines Ärmels glänzte in voller Pracht, als er den Arm hob. Der Mann war der Erzbischof von Pisa, Francesco Salviati, eine hagere Gestalt mit einem verschlagenen Gesicht, in dem sich seine Habsucht und sein bösartiges Wesen spiegelten. »Da kommt Euer mißtrauischer Schwager gerade. Er hat keine Fallen gestellt, sondern ist sogar ein so guter Gastgeber, daß er uns die Mühe abnimmt, zu ihm hinauszureiten, um ihn umzubringen. Er kommt zu uns. Mit nur zwei Begleitern, einer davon ein Junge.«

Francesco und Elmo eilten zum Fenster. »Giuliano«, sagte Francesco, »ist Giuliano bei ihm? Wo ist Montesecco? Was für ein Glücksfall!«

Die anderen beiden Männer im Zimmer waren in einfachen, schwarzen Soutanen gekleidete Priester. Einer von ihnen lief zur Tür. »Ich werde Montesecco suchen«, sagte er.

Der zweite ließ eine Hand in seinen Ärmel gleiten. »Es macht nichts, wenn du ihn nicht finden kannst«, sagte er. Seine Augen funkelten, seine Lippen verzogen sich zu einem bösen Grinsen. Er zog einen schmalen, glänzenden Dolch hervor.

Francesco stöhnte und wandte sich vom Fenster ab. »Steck das wieder weg, Stefano. Ich kann den anderen Mann nicht erkennen, aber Giuliano ist es nicht. Geh und hol den Kardinal.«

Elmo huschte quer durch den Raum. »Ich bin nicht da. Ihr habt mich nicht gesehen.« Er stammelte. »Ich verstecke mich in meiner Schlafkammer.«

Francesco hob hinter dem verschwindenden Rücken seines Bruders den Arm zu einer verächtlichen Geste. »Widerwärtig«, sagte er. »Wenn wir ihn nicht bräuchten, würde ich ihn ertränken. Er ist beim Pöbel beliebt und hat diese Medici zur Frau. Ich schäme mich.«

Salviati zuckte die Achseln. »Ihr braucht Euch nicht zu entschuldigen, mein Freund. Wir wählen uns unsere Brüder genausowenig aus wie unsere Väter. Er ist nützlich, und nur das zählt.« Er strich seine prächtigen Gewänder in gleichmäßige Falten und rückte den Hut auf seinem Kopf so zurecht, daß sein Gesicht im Schatten lag.

»Wie ich mich auf diesen Abend freue«, sagte er. Seine Stimme verriet, wie sehr er die Situation genoß. »Ich hoffe, Lorenzo hat einen langsamen Tod. Ich hasse ihn schon seit langem.«

Der Kardinal hieß Rafaello Riario. Er war erst siebzehn, und in seinem Leben hatte es schon so viele Veränderungen gegeben, daß er sich in einem Zustand dauerhafter Verwirrung und Verwunderung befand. Zuerst wurde seine einfache Bauernfamilie die wohlhabendste im ganzen Dorf; dann wurde er zum Priester ernannt, obwohl er kaum lesen und schreiben konnte. Mit fünfzehn war er plötzlich auf die Universität von Pisa geschickt worden, wo die Lehrer erstaunlich viel Geduld mit ihm bewiesen. Vor zwei Monaten schließlich war er zum Kardinal ernannt worden und verfügte damit plötzlich über das enorme Einkommen, das die Region um Perugia abwarf.

Papst Sixtus IV. war Rafaellos Großonkel.

Der jugendliche Kardinal blickte auf Lorenzo de' Medicis unbedeckten Kopf herunter, als der ältere Mann niederkniete und seinen Ring küßte. Er fühlte sich wie ein Kind, das in Erwachsenenkleidern steckte, die ihm gar nicht paßten.

Als Lorenzo nach der obligatorischen Huldigung aufstand, lächelte und ihn fragte, wie ihm die Universität gefiel, fühlte er sich schon viel besser. »Ich höre nur immer, was der Lehrkörper denkt«, meinte der Medici, »und ich wäre Euch dankbar, wenn Ihr mir erzählen würdet, wie die Situation der Studenten wirklich ist.«

Rafaello war nur zu glücklich, dem nachzukommen. Er hatte eine Menge Beschwerden vorzubringen, und kein anderer hatte sie je hören wollen. Lorenzo zeigte echtes Interesse. Der Kardinal konnte es ihm anmerken. Auch sein Begleiter, den

Lorenzo ihm als den Hauslehrer seines Sohnes, Agnolo Poliziano, vorstellte, war offenbar wirklich interessiert.

»Und das ist mein Sohn, Eminenz. Er heißt Piero und ist fast sechs Jahre alt. Wenn er älter wird, wird er selber einmal auf der Universität studieren.«

Piero war ein kleines Kind und ganz geblendet von den neuen karmesinroten Gewändern Rafaellos und seinem riesigen Saphirring. Er gab dem jungen Kardinal das Gefühl, extrem erwachsen zu sein. Zum ersten Mal begann er es zu genießen, daß er eine Eminenz war. Diese vom Erzbischof für ihn geplante Reise fing an, ihm Spaß zu machen.

Von der Verschwörung, dem wirklichen Zweck seiner Erhebung in den höheren Stand und dem Grund für die Reise über Florenz in die ihm unterstehenden kirchlichen Gebiete von Perugia, wußte er nichts. Als Staatsoberhaupt der florentinischen Republik war es für Lorenzo selbstverständlich, einen Besucher vom Rang Rafaellos zu bewirten.

»Wir freuen uns darauf, Euch in Fiesole als Gast empfangen zu dürfen, Eminenz«, sagte Lorenzo. »Wir sind herübergeritten, um Euch und Eure Freunde persönlich zu eskortieren. An der Strecke gibt es einiges an interessanten Dingen zu sehen.«

»Der Kardinal freut sich auf den Besuch«, meinte der Erzbischof zu Lorenzo. Rafaello biß sich auf die Lippe. Das hätte er auch selber sagen können. Salviati sprach weiter. »Insbesondere freut er sich darauf, Euren Bruder kennenzulernen. Er wird doch sicher da sein.«

Lorenzo wandte sich weiter an Rafaello. »Leider wird mein Bruder heute nicht bei uns sein, Eminenz. Er fühlt sich nicht gut und bleibt in der Stadt.«

Salviati ergriff wieder das Wort. Seine Stimme war warm und sanft. Sie ließ nicht einmal andeutungsweise seine Enttäuschung durchklingen, auch nicht, wieviel ihm daran lag, die beiden Medici-Brüder zusammen und ungeschützt anzutreffen. »Seine Eminenz hat so wunderbare Berichte von Eurer Sammlung antiker Kunstgegenstände gehört. Ich weiß, daß er darauf gehofft hat, sie auch zu sehen, doch er ist zu bescheiden, um Euch mit seinen Wünschen zu bedrängen.«

Rafaello konnte sich nicht erinnern, jemals etwas von Lorenzos Sammlung gehört zu haben, und er verspürte keinen Wunsch, sie zu sehen. Aber er wollte mit Lorenzo zusammensein und ihm von den vielen Möglichkeiten erzählen, wie sich die Universität in einen glücklicheren Ort verwandeln ließ. Als Lorenzo auf den aufdringlichen Wink des Erzbischofs reagierte, indem er Rafaello für den nächsten Tag in den Medici-Palast einlud, nahm der junge Kardinal die Einladung mit ungespielter Dankbarkeit an.

»Ich werde in der Stadt sein«, fügte er so gelassen wie möglich hinzu. »Es ist geplant, daß ich im Dom am Hochamt teilnehme. Ich werde in vollem Ornat erscheinen. Werdet Ihr kommen?«

»Natürlich komme ich«, sagte Lorenzo, »und danach gehen wir zu meinem Haus zum Mittagessen. Bei dieser Gelegenheit könnt Ihr dann auch meine Sammlung sehen. Und den Rest der Familie kennenlernen.«

Salviato blickte beiläufig in Francescos Richtung. Gut gemacht, sagten Francescos Augen.

Am Sonntag morgen weckten die erwachenden Vögel den jungen Kardinal, noch bevor im kalten, grauen Licht mehr als ein kleiner Hoffnungsschimmer von der Sonne zu sehen war. Bestens gelaunt wachte er auf, fragte sich, warum, und erinnerte sich dann daran, wie sehr er den vorigen Abend genossen hatte. In der Villa der Medici war ein überaus witziger Sänger gewesen, dessen Lieder vor sexuellen Anspielungen und Anzüglichkeiten nur so strotzten. Rafaello war in äußerst erregte Stimmung geraten und hatte sich dabei ungeheuer kultiviert gefühlt. Sein neuer Freund Lorenzo hatte versprochen, Worte und Melodie für ihn zu Papier zu bringen. Er würde sie lernen und den anderen Studenten vortragen können, wenn er zur Universität zurückkehrte. »Mein Freund Lorenzo de' Medici hat mir das beigebracht, als ich in Florenz bei ihm zu Gast war«, würde er sagen. »Er hat dieses Lied aufgeschrieben.«

Ohne den üblichen Widerwillen verließ Rafaello sein warmes Bett. Er konnte es gar nicht erwarten, daß der Tag begann.

Als Ginevra de' Pazzi aufwachte, war der Himmel von rosa- und goldfarbenen Streifen durchzogen. Einen Augenblick lang drückte sie das warme Federbett eng an sich, dann sprang sie aus dem Bett. Der gefliese Boden war kalt, und während sie sich wusch und anzog, hüpfte sie zitternd von einem Fuß auf den anderen. Dann machte sie die Fenster weit auf und atmete den berauschenden, frischen Duft taubenetzter Blumen ein. Es würde ein herrlicher Tag werden.

Ich werde das Frühstück draußen im Garten anrichten lassen, entschied sie.

Nach der Frühmesse führte sie ihren Großvater von der Kapelle zu seinem Stuhl am Gartentisch, dann setzte sie sich auf ihren Platz neben ihm. Sie spürte die Wärme der Sonne im Nacken und schloß die Augen, um es unbeeinträchtigt von all den faszinierenden Dingen im Garten um sie herum genießen zu können.

Antonio, Mateo und Fra Marco sprachen über die Darstellung des Todes und der Unterwelt in der Legende von Persephone.

Ginevra döste in einem glücklichen, benommenen Dämmerzustand der Wärme und des Duftes vor sich hin. Als sie Fra Marco »…Lorenzo de' Medici« sagen hörte, wurde sie plötzlich wach.

»Was ist mit Lorenzo? Ich war halb eingeschlafen.«

»Ich ging gestern in die Stadt und hörte, daß Lorenzo einen Kardinal zu Gast hat. Ich fragte mich, ob er ihn vielleicht hierher bringen wird, damit er sich unsere della Robbias ansehen kann… Weißt du, einem Kardinal bin ich noch nie begegnet.«

»Ich bezweifle, daß er das tun wird, Fra Marco. In der Stadt gibt es so viel an Kunst zu sehen.« Ginevra sprach mit sanfter Stimme. Wenn sie gewußt hätte, wieviel es dem alten Mönch bedeutete, wenigstens einmal in seinem Leben einen Kardinal zu treffen, hätte sie Lorenzo geschrieben und ihn gebeten, zu kommen oder Fra Marco in die Stadt einzuladen.

»Ich nehme an, es war furchtbar verwegen«, sagte der Mönch, »aber ich hinterließ eine kleine Nachricht im Medici-

Palast, daß wir glücklich wären, ihnen die della Robbias zu zeigen, sollte der Kardinal kommen wollen.«

Ginevra lachte. »Du bist wundervoll«, meinte sie. »Es war nicht verwegen, sondern einfach großherzig.«

Fra Marco schüttelte den Kopf. »Ich fürchte, nicht. Ich werde morgen zu meinem Beichtvater gehen müssen. Aber jetzt werde ich die Kerzenleuchter auf dem Altar polieren.« Er unterdrückte ein Seufzen und erhob sich. Die schweren Silberleuchter waren so reich verziert, daß es eine lange und anstrengende Aufgabe bedeutete, sie richtig auf Hochglanz zu bringen. Fra Marco pflegte sich mit dieser Arbeit selbst zu bestrafen für seine Weltlichkeit.

Auch Mateo stand auf und legte seinen Arm um die schmalen Schultern des älteren Mönches. »Wie du weißt, Vater, habe ich mehr Sünden begangen, als ich mich erinnern kann. Ich werde dir beim Polieren helfen.«

»Gute Männer und gute Freunde«, meinte Antonio, nachdem die beiden gegangen waren.

»Ja, das sind sie wirklich«, erwiderte Ginevra. »Genau wie du, Großvater.«

Antonio streckte seine Hand zu ihr hin. »Gesegnet seist du, mein Kind. Halt meine Hand und teile den Tag mit mir. Erzähl mir, was ich sehe.«

Ginevra nahm Antonios knorrige Finger in ihre glatten Handflächen. »Es ist ein wundervoller Tag«, fing sie an, »und du siehst die Welt erfüllt mit neuem Leben. Die Olivenbäume haben die silbernen Seiten ihrer neuen Blätter nach oben gedreht, um den leichten Wind zu spüren, und die Weinreben krümmen sich mit frischen, kleinen Fingern aus neuem Grün um die Spaliere. In den Nestern im Feigenbaum sitzen Vogeljunge. Ihre Mutter ist ganz stolz und nervös zugleich. Hör sie dir nur an…

Und hast du das gehört? Einer der Goldfische im Wasserbecken des Springbrunnens ist gerade gesprungen. Er feiert bestimmt den Frühling.

In den Zitronentöpfen auf der Terrasse summt eine Biene. Die Zitronenbäume tragen Früchte und Blüten. Die Biene sieht so aus, als sei sie vom Duft ganz benommen, aber vielleicht ist es auch nur die süße Luft.« Sie legte ihren Kopf an Antonios Arm und holte tief Luft. »Probier es mal aus, Großvater. Die Luft prickelt richtig.«

Antonio lächelte und atmete, während er die Welt durch Ginevras Augen sah. Auf seltsame Weise war sein Leben seit seiner Erblindung reicher geworden. Er »sah« Dinge, die er nie wahrgenommen hatte, als er noch über seine Sehkraft verfügte, und er fand Gefallen an Dingen, die er früher für selbstverständlich gehalten hatte. Die Welt kam aus einem jugendlichen Blickwinkel zu ihm, und er wurde selber wieder jünger dadurch.

»Danke, mein liebes Kind. Jetzt bin ich bereit hineinzugehen.« Antonio erhob sich. Ginevra führte ihn ins Haus. Sie lächelte, als ihre scharfen, jungen Ohren Mateo und Fra Marco bei ihrer Arbeit in der Kapelle singen hörten.

In der Stadt hörte auch Bianca de' Pazzi Gesang, als sie ihr Haus betrat, aber sie lächelte nicht. »Sei froh, daß ich dich erwischt habe, wie du diesen Krach machst, und nicht der Hausherr«, sagte sie zu dem Küchenmädchen, das einen Eimer Wasser aus dem Brunnen zog. »Stell das jetzt ab und hilf mir die Treppe hoch. Schweigend.« Bianca war vierunddreißig und näherte sich dem Ende ihrer zwölften Schwangerschaft. Sie fühlte sich sehr alt, sehr schwer und sehr unwohl.

Auf halbem Weg die lange Treppe hinauf wäre sie fast von Francesco umgestoßen worden, der die Stufen heruntergerannt kam. »Um der Liebe Gottes willen, kannst du nicht dafür sorgen, daß dein Bauch anderen Leuten nicht ständig im Weg ist?« schrie er.

»Kannst du nicht aufpassen, wo du gehst? Willst du mich umbringen?« Bianca schrie sogar noch lauter.

Francesco hatte das Gefühl, als habe ihn eine Faust getroffen. Wußte sie etwas? Hatte Elmo es ihr erzählt? Er schob das Hausmädchen weg, ergriff Biancas Arm, entschuldigte sich und bestand darauf, daß sie ihm erlaubte, ihr zu helfen.

Bianca bedauerte ihren Ausbruch. Es war ganz und gar nicht ihre Art, laut zu werden oder die Geduld zu verlieren. Sie dankte Francesco und gab sich große Mühe, sich nicht zu schwer auf ihn zu stützen. »Verzeih mir«, sagte sie. »Ich hätte dich nicht so anschreien sollen.«

»Nein, nein, es war alles mein Fehler.« Ungeachtet des Gewichtes an seinem Arm atmete Francesco leichter. Seine Besorgnis war eindeutig unbegründet.

Bianca plauderte munter drauflos in dem Versuch, ihren häßlichen Ausbruch vergessen zu machen. Als Francesco merkte, was sie gerade sagte, traf ihn ein weiterer Schlag. Dieser Schreck war nicht eingebildet.

»Möge Gott Giuliano de' Medici in die ewige Verdammnis schicken!« fluchte er, als er wenige Minuten später das Arbeitszimmer seines Onkels betrat.

Sieben Männer waren im Zimmer. Francescos Worte verschlugen allen den Atem, hastig bekreuzigten sie sich. Der Tod, ja sogar ein Mord, war eine alltägliche Sache, aber Verdammnis war etwas zu Schreckliches, um auch nur daran zu denken.

Francesco marschierte mit großen Schritten im Raum auf und ab, dabei wedelte er mit den Armen in der Luft herum und fluchte. Giuliano, erzählte er, fühlte sich immer noch krank. Bianca hatte in der Frühmesse ihre Mutter gesehen und erfahren, daß der jüngere der Medici-Brüder nicht an dem Essen teilnehmen würde, das Lorenzo für den jungen Kardinal veranstaltete. »Im Palast laufen viel zu viele Bedienstete und bewaffnete Männer herum, als daß wir nach seinem Zimmer suchen könnten, ohne Argwohn zu erregen«, sprudelte es aus Francesco heraus. »Wir müssen die beiden Brüder irgendwo zusammen erwischen, wo sie nicht auf der Hut sind.«

Die Verschwörer tauschten besorgte Blicke aus. Bis jetzt war Francesco der Anführer, der Zuversichtliche gewesen. Seine Wut und Unsicherheit waren demoralisierend.

Erzbischof Salviati trat vor und ging bis in die Mitte des Zimmers. »Beruhigt Euch, Francesco«, sagte er. Seine leise Stimme hatte etwas Besänftigendes. Er blickte von einem Gesicht zum anderen, ein schwaches, selbstbewußtes Lächeln auf den Lippen. »Es gibt eine ganz einfache Lösung, einen besseren Plan als den, dem wir bisher gefolgt sind.« Langsam bewegte er sich auf Francesco zu und blieb neben ihm stehen. Er war größer, älter und beherrschter als Francesco, der mit diesem einen kurzen Moment seine führende Position verloren hatte und plötzlich wie in seinem Schatten stand. Salviati hatte das Kommando übernommen. »Wir werden folgendes tun«, sagte er.

Francesco war verstummt, er verzog beleidigt die Lippen und schmollte. Die anderen Männer ignorierten ihn.

Es war eine seltsame Gruppe. Die Motive der Männer reichten von einem glühenden, rachsüchtigen Patriotismus wie bei Antonio Maffei, einem Priester aus Volterra, bis zu der Hoffnung, bei der Plünderung des Besitzes der Medici mitmachen zu können.

Die Plünderer waren zwei vornehme Herumtreiber namens Baroncelli und Bracciolini.

Jacopo de' Pazzi wollte Macht. Der zweite Priester im Zimmer, Stefano da Bagnone, war sein Privatsekretär und sein Handlanger. Er würde absolut alles tun, was sein Herr von ihm verlangte, Mord inbegriffen.

Salviati fiel es nicht schwer, die anderen zur Zustimmung für seinen Plan zu bewegen. Nur einer war dagegen: der Berufssoldat Montesecco.

»Meine Arbeit ist das Töten«, sagte er. »Aber ich werde nicht einem Mann das Leben nehmen, der vor dem Altar Gottes steht. Das ist Blasphemie.«

Salviati hatte vorgeschlagen, die beiden Medici während der Messe zu ermorden. Giuliano konnte sich ja vielleicht weigern, an einem Essen teilzunehmen, aber die Sonntagsmesse konnte er nicht auslassen, es sei denn, seine Krankheit war viel schlimmer, als Bianca berichtet hatte.

Der Erzbischof brüllte Montesecco an. Für wen halte er sich denn, daß er, der Laie, der gewöhnliche Soldat, sich mit seiner Interpretation dessen, was für Gott annehmbar sei, über einen Erzbischof und zwei Priester und die Wünsche des Papstes höchstpersönlich stellte?

Doch Montesecco blieb hart, und die Zeit verrann. Schließlich mußte Salviati kapitulieren.

»Dann machen wir es so«, sagte er. »Francesco, Ihr und Baroncelli, Ihr erledigt Giuliano. Die beiden Priester kümmern sich um Lorenzo. Das Zeichen ist der Glockenschlag, bei dem der Priester die Hostie hebt und alle Köpfe gebeugt sind. Ich werde kurz vorher weggehen und die Soldaten aus Perugia zum Palazzo della Signoria führen. Dort töten wir die Prioren und nehmen die Festung ein. Wenn wir das geschafft haben, werde ich die große Glocke im Turm läuten; die Bewohner der Stadt werden daraufhin auf die Piazza laufen, und ich werde ihnen sagen, daß die Tyrannei der Medici ein Ende hat und die Pazzi die Macht übernommen haben. Die Glocke wird auch das Signal für dich sein, Jacopo, deine bewaffneten Männer durch die Straßen zu führen, um die Bevölkerung zu unserer Unterstützung aufzurufen. Noch vor zwölf Uhr mittags wird dann alles vorbei sein, die Truppen werden vor den Mauern der Stadt stehen, bevor es Abend wird, um die Stadt zu besetzen und jeden Aufstand unter Kontrolle zu bringen...

Nun, die Sonne steht schon hoch am Himmel. Der kleine Kardinal muß bereits auf dem Weg in die Stadt sein, um sich auf die Messe vorzubereiten. Laßt uns an unsere Geschäfte gehen. Francesco, bringt Euren feigen Bruder hierher zu mir. Ich werde ein Gebet sprechen, um unser Unternehmen unter den göttlichen Segen zu stellen und unseren Erfolg zu sichern.«

20. KAPITEL

»Ist mit meinem Äußeren alles in Ordnung, Lorenzo?« Der jugendliche Kardinal streckte seine aufgeregt flatternden Hände weit von sich. Er hatte Angst, seine feierlichen Gewänder zu berühren. Der prächtige Umhang aus Goldbrokat war mit breiten Säumen aus roten und grünen Schnörkelverzierungen bestickt, die aus Perlen gewirkte Malteserkreuze umrahmten.

»Ihr seht großartig aus, Eminenz«, erwiderte Lorenzo. Er rückte das Gewand auf den schmalen Schultern des Jungen in eine bequemere Position. »Vielleicht sitzt das Birett nicht ganz gerade. Ich werde es Euch zurechtrücken.« Er zog den viereckigen, roten Seidenhut am Kopf des Kardinals nach unten.

»Ihr seid sehr freundlich«, sagte der Junge. »Das hätte ich alleine nicht tun können. Es wäre mir schrecklich gewesen, ganz aufgetakelt mit der Sänfte in die Stadt kommen zu müssen. Danke, daß Ihr mich in Eurem Haus die Kleider habt wechseln lassen.«

»Ihr erweist meinem Haus eine Ehre, Euer Eminenz.«

Der Junge errötete. »Könnt Ihr mich nicht bitte Rafaello nennen?« bat er.

Lorenzo lächelte und schüttelte den Kopf. »Es tut mir leid«, sagte er sanft, »aber das wäre nicht richtig. Der Papst kann Euch mit Eurem Vornamen anreden, vielleicht noch andere Kardinäle, aber kein Priester von niedrigerem Rang und erst recht kein Laie. Ein hohes Amt belohnt mit vielem, aber es hat auch seinen Preis. Gewisse Dinge muß ein Mann aufgeben, wenn er Kirchenfürst wird, Euer Eminenz. Intimität ist eines davon.«

»Mußtet Ihr viel aufgeben, als Ihr Fürst von Florenz wurdet?«

Lorenzo lachte, verstummte aber, als er merkte, daß sein Lachen verletzend war. »Ich bitte um Vergebung«, sagte er rasch. »Ich habe Euch nicht ausgelacht, ich lachte nur bei dem Gedanken, daß irgend jemand Fürst von Florenz genannt werden könnte. Wir sind eine Republik, Eminenz, und stolz darauf. Fürsten gibt es bei uns nicht. Nur heute, wo uns ein Kirchenfürst besucht. Kommt. Der Duomo wird sich gerade mit Florentinern füllen, die begierig darauf sind, Euch zu sehen.«

Gehorsam ging Rafaello hinter Lorenzo her. Auf dem kurzen Weg vom Medici-Palast zum Duomo segnete er die Menschen in den Straßen, die sich bei seinem Anblick tief verneigten, indem er unentwegt das Zeichen des Kreuzes in die Luft malte. Während er sich angezogen hatte, hatte Lorenzo ihm gezeigt, wie man es machen mußte. Der junge Kardinal entdeckte rasch, daß es äußerst angenehm war, wenn jeder sich vor einem verbeugte. Den Dom betrat er mit geschwellter Brust. Der Schritt seiner in roten Strümpfen steckenden Füße war fest und sicher geworden.

Lorenzo führte ihn durch das lange Mittelschiff zu der achteckigen, erhöhten Plattform im Zentrum des Querschiffes, die den Altar trug. Der den Gottesdienst leitende Priester eilte los, um das Tor in dem niedrigen Marmorgeländer zu öffnen, das um die Plattform mit dem Altar herumlief. Rasch machte er einen Kniefall und küßte Rafaellos Ring. »Eine Ehre, Euer Eminenz«, murmelte er. Der Knabe im Kardinalsgewand dankte mit einem huldvollen Neigen des Kopfes.

Lorenzo verbarg sein Lächeln und schlich sich davon. Wie er vorausgesagt hatte, füllte sich der Duomo schnell mit Menschen, die alle den Kardinal sehen wollten. Der junge Medici bewegte sich durch die Menge, grüßte, antwortete auf Grüße, blieb von Zeit zu Zeit stehen, um eine Minute zu plaudern. Alle seine drei Schwestern waren da, jede war schwanger. Bianca befand sich im fortgeschrittensten Stadium. Auf ihrer Stirn standen Schweißperlen, und sie stützte sich schwer auf Elmos Arm. Elmo sieht überhaupt nicht gut aus, dachte Lorenzo, schlimmer noch als die anderen Male, wo ich ihn in letzter Zeit gesehen habe. Er versuchte, sich seinen Weg zu Elmo zu bahnen, hatte vor, seinen Platz einzunehmen und Bianca zu stützen, doch Sandro Botticelli lauerte schon auf ihn.

»Dein junger Gast gibt ein hübsches Bild ab, Lorenzo«, bemerkte Sandro, »und du auch, wenn ich das hinzufügen darf.« Der Künstler neigte seinen Kopf zur Seite, während er Lorenzos prächtige Kleidung bewunderte. Zu Ehren des Kardinalsbesuches hatte Lorenzo seinen üblichen Lucco abgelegt und trug eine tiefgrüne Jacke aus Seidenmoiré mit geschlitzten Ärmeln, die das karmesinrote Futter sichtbar werden ließen. Seine Hose war halb grün, halb gelb; sein karmesinroter Wappenrock war mit goldenen Sonnen bestickt, deren Mitte aus kleinen Trauben aufgenähter Smaragde bestand. Größere Smaragde und Rubine funkelten auf dem goldenen Griff und der goldenen Scheide seines Schwertes.

Botticelli nickte anerkennend. »Farben gefallen mir. Du solltest das öfter tragen. Aber ich habe dich nicht angehalten, um dir Komplimente zu machen. Ich wollte mich beschweren. Giuliano ist nicht zu den Sitzungen erschienen, und solange er nicht kommt, kann ich sein Porträt nicht vollenden. Wo versteckst du ihn?«

Lorenzo tat so, als sei er verletzt. »Warum machst du das mir zum Vorwurf? Ich bin nicht dafür verantwortlich, wann er kommt oder geht.«

»Wenn du ihn mit irgendwelchen Vergnügungen fortlockst, bist du das sehr wohl. Letzte Woche hat er mich versetzt, weil er mit dir zum Jagen ging.«

Lorenzo lachte in sich hinein. Er rückte enger an Sandro heran und flüsterte ihm ins Ohr: »Und wurde dafür bestraft. Sein Pferd drückte ihn gegen einen Baum, und er konnte kaum noch gehen. Er gibt überall bekannt, er habe Halsschmerzen, so daß keiner herausbekommt, wie dumm er sich angestellt hat. Stell dir vor: Giuliano außerstande, ein Pferd zu bändigen.«

Sandro lachte vor Vergnügen. Jeder Mann kannte Giulianos Ruf als bester Reiter der Toskana.

»Was ist denn da so unterhaltsam?« Agnolo Poliziano schob sich durch die Menge, um sich zu ihnen zu gesellen.

»Ich informierte Sandro gerade über Giulianos Halsweh«, sagte Lorenzo. Poliziano stimmte in ihr Lachen ein. Er hatte mit zu der Jagdgruppe gehört.

»Die Messe hat begonnen«, sagte Agnolo. »Du solltest dich jetzt besser mehr darauf konzentrieren, Lorenzo, sonst wird der kleine Kardinal beleidigt sein... Kommst du mit uns, Sandro?«

»Nein. Ich will Giuliano finden, damit ich ihn fragen kann, wie es seinem Hals geht.«

»Du bist ein gemeiner Kerl, Sandro«, meinte Lorenzo. »Und wirst kein Glück haben. Giuliano kommt nicht.«

Botticelli zuckte die Achseln. »Dann sehe ich ihn eben morgen. In der Zwischenzeit kann ich dreißig oder vierzig Leuten die Geschichte erzählen. Ich muß meine Zeit nicht mit Kirchenfürsten vergeuden.«

Lorenzo und Agnolo ließen ihn stehen. Wenige Sekunden später steckte Sandro schon mit einem Freund die Köpfe zusammen und flüsterte ihm etwas zu.

Die Menschen im Querschiff bewegten sich auf geordnetere

Weise als die wogende Menge im Mittelschiff des Domes. Es war üblich, in der Nähe des Altars und des Chorraums langsam umherzugehen und leise zu sprechen und sich immer im Uhrzeigersinn um das große Achteck herumzubewegen. Lorenzo und Poliziano schlossen sich einer Gruppe von fünf jungen Männern an, die der junge Medici in politische Ämter lancieren wollte. Antonio Ridolfi war der älteste von ihnen. Er war neunundzwanzig und damit genauso alt wie Lorenzo und stellte sich neben ihn, als ständen ihm automatisch die Rechte des Älteren zu. Die anderen gingen ein Stück voraus, unter ihnen auch Agnolo.

Lorenzo fing den Blick des jungen Kardinals auf und lächelte. Rafaello wollte gerade sein Lächeln erwidern, da erinnerte er sich daran, wo er sich befand. Er gab seinem Gesicht wieder einen feierlichen, aufmerksamen Ausdruck und konzentrierte sich auf die Worte und die Musik der Messe. Lorenzo nickte ihm anerkennend zu und ging weiter. »Sag mal, Antonio«, sprach er Ridolfi an, »glaubst du, du hast vertrauenswürdige Freunde in Venedig? Ich habe seit Wochen keine verläßlichen Nachrichten mehr von dort bekommen und würde gern unter dem Vorwand irgendeiner diplomatischen Mission jemanden losschicken, der herausfinden soll, was die Dogen planen.«

»So gut kenne ich Venedig nicht«, erwiderte Antonio bedauernd. »Nori hat Verwandte dort, er würde einen besseren Gesandten abgeben.«

»Dann spreche ich mit ihm. Mach dir keine Sorgen. Du wirst auch noch zum Einsatz kommen. Denk mal darüber nach, wo du am nützlichsten sein könntest, und laß es mich wissen. Im Moment ist ganz Italien aus dem Gleichgewicht geraten.« Lorenzo drehte sich um, denn er wollte noch einen Blick auf den Kardinal werfen, bevor er weiter nach vorne ging, um mit Francesco Nori zu sprechen. Für einen Augenblick dachte er, er hätte Giuliano auf der anderen Seite des Chores gesehen, kam dann aber zu dem Schluß, daß er sich geirrt haben müsse.

Er hatte sich nicht geirrt. Francesco de' Pazzi und Bernardo Baroncelli waren zum Medici-Palast gegangen und hatten Giuliano überredet, mit ihnen zum Duomo zu kommen. Sie gingen sehr nah neben ihm und nahmen ihn in die Mitte. Auf der Rückseite des Domes schlüpfte eine große Gestalt in einem weißen, mit Purpur geschmückten Seidengewand durch die Tür und lief die Stufen hinab. Es war Erzbischof Salviati.

Lorenzo merkte, daß sich die Messe ihrem Höhepunkt näherte. Die Menschen verlangsamten ihren Schritt, bereiteten sich darauf vor, stehenzubleiben. Ich werde warten, dachte er, und hinterher mit Nori sprechen. Er vergewisserte sich, daß der Kardinal alles im Griff hatte. Der Junge hatte etwas Rührendes, in seinen bauschigen, prächtigen Gewändern wirkte er so jung, so unsicher und so verloren. Lorenzo sah, wie der Priester die Hostie, das Brot, in der Hand hielt, um sie hochzuhalten, damit man ihr als Leib Christi seine Verehrung entgegenbringen konnte. Der junge Medici neigte den Kopf.

Während er dies tat, blickte er aus den Augenwinkeln zur Seite, um herauszufinden, wer sich da so unangenehm nah hinter ihn gestellt hatte. Er sah ein schwarzes Gewand, einen schwarzen Ärmel. Ein Priester, dachte er, der sich nach vorne drängt, um den Kardinal besser sehen zu können. Vom Altar hörte er ein leises Klingeln; es war die Glocke, die läutete, wenn die Hostie hochgehalten wurde. Er hob seine Finger, um sich zu bekreuzigen, spürte, wie ihn eine Hand an der Schulter packte, öffnete die Augen, unterbrach sein Gebet, sah etwas aufblitzen.

Seine Reflexe waren schneller als sein Verstand, rissen seinen Körper aus dem Griff des Fremden, vom aufblitzenden Metall weg. Zuerst berührte etwas Kaltes, dann etwas Heißes seinen Hals; seine linke Hand riß den Umhang von der Schulter und wirbelte ihn um seinen Arm, während die rechte Hand, das Kreuzzeichen gerade zur Hälfte gemacht, nach seinem Schwert griff. Sein Körper drehte sich, jetzt sah er dem Angreifer ins Gesicht, sein Schwert war fast gezogen, sein vom Umhang gepolsterter Arm zur Abwehr erhoben. Zwei Priester waren es, nicht einer. Zwei Dolche stießen nach ihm, einer davon war blutverschmiert.

Wie viele waren es noch? Wo? Lorenzo konnte es sich nicht leisten, die Feinde in seiner nächsten Nähe aus den Augen zu lassen. Er attackierte sie mit dem Schwert, fühlte, wie zu beiden Seiten und hinter ihm die Luft in Bewegung geriet, hörte Schreie, spürte ein kräftiges Stoßen und Schubsen und sah Agnolo Poliziano seine Arme ausbreiten und vor ihn hinspringen, ein menschliches Schutzschild zwischen ihm und den Priestern.

»Lauf, Lorenzo!« keuchte er.

»Schnell, zur Sakristei«, schrie Antonio Ridolfi. »Es müssen noch mehr von ihnen da sein.«

Lorenzo packte Polizianos Arm. »Mit mir, Agnolo«, schrie er, »nicht an meiner Statt. Komm!« Er hechtete über das Geländer in den Chorraum und rannte über die Plattform mit dem Altar. Poliziano war neben ihm, stieß den Kardinal aus dem Weg – mit einem Satz ging es über das Geländer auf der anderen Seite und auf die Tür der Sakristei zu. Mit bleichen Gesichtern und wutglühenden Augen setzten die mordlüsternen Priester ihnen nach: Ihr Tempo wurde durch ihre langen Soutanen beeinträchtigt. Vor der Tür zur Sakristei kämpfte Francesco Nori mit jemandem. Schwerter klirrten. Lorenzo hatte kaum Zeit, in Noris Gegner Francesco de' Pazzi zu erkennen, da war er schon im Innern der Sakristei, wurde von Poliziano nach vorne geschoben. Ridolfi schrie: »Du bist verwundet!« Drei weitere seiner Protegés bemühten sich, die massiven Bronzetüren vor den heranstürmenden Priestern und einer Gruppe ungeschlachter, in den Farben der Familie Pazzi gekleideter bewaffneter Männer, die drohend ihre Dolche schwangen, zu schließen.

»Nori!« schrie Lorenzo. »Hier herein!« Doch während die Türen sich langsam, so unendlich langsam, schlossen, sah er, wie das Schwert Noris Brust durchbohrte, hörte seinen schrecklichen, gurgelnden Schrei, dann das klirrende, metallische Geräusch des Metalls der Türen, als diese gegeneinander schlugen und der Raum verschlossen war.

Die dicken Bronzeplatten dämpften die Geräusche aus dem Dom, hielten sie aber nicht gänzlich ab. Man hörte Schreie, Fäuste, die gegen die Tür hämmerten, eilige Fußtritte. Antonio Ridolfi packte Lorenzo an der Schulter und schüttelte ihn. »Du bist verletzt«, rief er. »Vielleicht war die Klinge vergiftet.

Nicht bewegen, Lorenzo!« Er heftete seinen Mund an Lorenzos Hals und saugte das Blut aus der Wunde.

Lorenzo bemerkte Ridolfi kaum. Er konnte nur an eines denken. Hatte er Giuliano gesehen? Oder hatte er es sich nur eingebildet? War sein Bruder da? War er verletzt?

»Giuliano«, rief er, »hat jemand Giuliano gesehen? Ist er in Sicherheit? Laßt mich nach draußen. Ich muß los, muß ihn finden.« Seine Rufe gingen im lauten Klang der großen Glocke im Turm des Palazzo della Signoria unter. Das Dröhnen der Glocke klang lange nach und erfüllte die Luft um sie herum.

Als es aufhörte, entstand eine unheimliche Stille.

Dann hallten die Türen von Faustschlägen wider. »Freunde«, hörte Lorenzo schwach. »Wir sind Freunde.« Doch durch die Barriere der Tür waren die Stimmen bis zur Unkenntlichkeit verzerrt.

Die winzige, aus nur sechs Männern bestehende Gruppe konnte nicht wissen, ob sie gerettet oder in eine mörderische Falle gelockt werden sollten.

»Der Orgelchor«, sagte Poliziano. »Wo ist die Leiter?«

Antonio Ridolfi und ein Jugendlicher namens Cavalcanti zerrten aus dem hinteren Teil der Sakristei eine Leiter hervor und lehnten sie gegen die Türen. Lorenzo wurde übel, als er die beiden sah. Cavalcantis Jacke war von einer Wunde an seiner Seite blutverklebt; Ridolfis Lippen schimmerten blaß unter dem verschmierten Blut hervor, daß ihn hätte vergiften können, als er es aus Lorenzos Wunde saugte. Dafür würden die Pazzi bezahlen müssen.

Der Jüngste der Gruppe, Sigismundo della Stufa, kletterte die Leiter zum Orgelchor hinauf. Von dort aus konnte er den Dom überblicken. Auf Händen und Knien kroch er über den verzierten Marmorbalkon. Der Boden unter ihm begann zu vibrieren; wieder erklang die große Glocke.

Keine zwei Kilometer weiter südlich hörte man nur ein ärgerliches, gereiztes Zwitschern. Die Vögel fühlten sich durch eine Katze gestört, die ihrem Nest zu nahe gekommen war. Ginevra de' Pazzi scheuchte die Katze fort, als sie in den Garten kam. »Da«, sagte sie, »ihr könnt mit eurem hysterischen Getue aufhören. Ihr seid sehr dumme Vögel, wißt ihr? Das ist die Küchenkatze. Sie ist viel zu faul und viel zu gut gefüttert, als daß sie euch belästigen würde.« Sie band sich eine Schürze um und zog ein Paar Handschuhe über, bevor sie in den Garten ging, in dem die für die Vasen der Villa gedachten Schnittblumen standen.

Während sie Tulpen schnitt und sie in einen Korb legte, sang sie laut und falsch vor sich hin. Sie begann einen zweiten Korb mit Gänseblümchen und Iris zu füllen. Das Knirschen von Fußtritten auf Kies ließ sie innehalten. Nie drängte sie ihren Gesang anderen auf.

Fra Marco stand in dem Bodengang, durch den man in den Garten gelangte. Ginevra lächelte ihn an. Rasch drehte sie dann ihren Kopf zur Seite und horchte.

»Was ist, Ginevra?«

»Ich dachte, ich hätte eine Glocke gehört. Es war sehr schwach; ich muß mich wohl geirrt haben.« Sie schnitt noch einige Stengel Lerchensporn ab und fügte sie dem bereits übervollen Korb hinzu.

»Dieses Jahr sind die Blumen früher dran als üblich«, sagte der alte Mönch. »Bevor wir uns versehen, ist es Sommer.«

»Es sieht ganz so aus.« Ginevra lächelte wieder. Jedes Jahr sagte Fra Marco das gleiche. »Das wird wundervolle Blumensträuße für den 1. Mai geben«, sagte sie. Dann erinnerte sie sich daran, daß auch sie das jedes Jahr sagte, und lachte.

Fra Marco stimmte in ihr Lachen ein. Auch er erinnerte sich daran. Er nahm einen Korb, Ginevra einen anderen, und sie gingen an einen Tisch auf der Terrasse, wo die Vasen darauf warteten, gefüllt zu werden. Sie schwatzten miteinander, während Ginevra die Sträuße für das Haus fertig machte und Fra Marco Blumengestecke für die Kapelle zusammenstellte. Das friedliche, wohlklingende Summen der kleinen Bienen, die über den gefüllten Vasen schwebten, und das gelegentliche leise Platschen eines Fisches im Teich mit dem rieselnden Brunnen waren die einzigen Geräusche um sie herum.

Ein Windstoß ließ die Blätter der Bäume kurz aufraschelm, dann war er wieder weg. »Da«, sagte Ginevra, »hast du das gehört? Ich bin mir fast sicher, daß im Wind der Klang einer Glocke zu hören war… Egal…«

Sigismundo erreichte den Rand des Balkons und hob langsam den Kopf. Unter ihm lagen die weiten Hallen des Domes fast verlassen da. Auf der anderen Seite konnte er einen Priester sehen, der den jungen Kardinal wegführte. Die Hände des Jungen waren in die Stola des Priesters gekrallt, und sein steifes Gewand funkelte, durch den schlotternden Körper darunter in Bewegung versetzt.

Unmittelbar unter dem Balkon stand eine Gruppe aus einem Dutzend junger Männer. Sigismundo konnte sie jetzt deutlich verstehen, erkannte die Stimmen von Freunden. Doch er konnte sie weder anblicken noch ihnen etwas zurufen, denn er war wie gelähmt vor Schreck. Der in heiterem Grün, Rosa und Weiß gehaltene Mosaikfußboden des Domes war auf gräßliche Weise entstellt. Eine große Pfütze sich dunkel verfärbenden Blutes ließ den Platz erkennen, an dem Francesco Nori gefallen war.

Und vor dem Altar lag ein Körper, dahingestreckt in der nahezu grotesk anmutenden Widerwärtigkeit eines brutalen Todes. Blutverschmiert, in zerrissener Seide, das einst glänzende Haar am zerschmetterten Schädel klebend, die Hände leer und flehend: Giuliano de' Medici, kaltblütig ermordet.

Das darf Lorenzo nicht sehen, schrie es in Sigismundo, ohne daß ein Laut über seine Lippen kam. Die Verzweiflung verlieh ihm die Kraft, seinen Blick abzuwenden, zu den Männern herunterzurufen, seine Stimme unter Kontrolle zu halten, damit er in der Sakristei nicht gehört wurde. Er sagte den anderen, was sie tun sollten, erfuhr, daß Noris Leiche bereits von seinem Vater weggeschafft worden war. Dann drehte er sich um und rief in die Sakristei hinab: »Öffnet die Türen für unsere Freunde. Es ist niemand mehr im Dom!«

Von Sorge und Ungewißheit erfüllt, angetrieben und gequält, rannte Lorenzo durch den unheilvoll leeren Dom, ohne die verstümmelte Leiche seines Bruders zu sehen. Es war niemand auf der Piazza, niemand auf den umliegenden Straßen.

Fensterläden und Türen aller Häuser waren verschlossen, stumme Schutzwälle gegen die Gefahr, die plötzlich über die Stadt hereingebrochen war.

Vor dem Medici-Palast standen vier Wachen. Mit gezogenen Schwertern rannten sie auf Lorenzos Gruppe zu, dann erkannten sie den jungen Medici und liefen schneller, um ihm Schutz zu geben, bis er das Haus und die kleine Tür neben dem verbarrikadierten, großen hölzernen Eingang erreicht hatte.

Sobald er drinnen war, stürmte Lorenzo weiter. »Ich bin unverletzt!« rief er über die Schulter den im Hof versammelten bewaffneten Männern zu. »Ich bin in Kürze wieder da; dann habe ich Befehle für euch.«

Oben am Ende der Treppe stieß er auf seine Mutter, die auf ihn wartete.

»Lorenzo! Dein Hals!«

»Ein Kratzer, Mammina. Gott sei Dank bist du in Sicherheit. Clarissa? Die Kinder?«

»Alle unversehrt. Laß mich deine Wunde behandeln.«

»Dafür ist jetzt keine Zeit. Ich muß herausfinden, was in der Stadt passiert ist.« Auf seiner hellgrünen Jacke waren die rostfarbenen Flecken getrockneten Blutes zu erkennen; sein Hals war mit dem weißen Seidenärmel umwickelt, den er aus Polizianos Hemd gerissen hatte; das Weiß war von der immer noch blutenden Wunde mit braunen und roten Streifen durchtränkt. »Mammina, wo ist Giuliano?«

Lucrezia konnte ihn nur noch anstarren.

»Mammina?«

Ihre Lippen zitterten, und sie streckte die Arme nach ihm aus. »Mein armer Schatz. Ich dachte, du wüßtest es.«

Lorenzo wich vor ihrem Trost zurück.

»Nein!« brüllte er. »Nein! Das kann nicht sein.«

»Bianca hat ihn gesehen, Lorenzo. Es gibt keinen Zweifel.«

»Bianca? Sie ist hier? Verheiratet mit einem Pazzi, und hier? Sie lügt. Eine Lüge der Pazzi. Ich werde die Wahrheit aus ihr herausschütteln.«

»Lorenzo.« Lucrezias Stimme hatte die ganze Autorität und Vernunft einer mit ihrem Sohn sprechenden Mutter. Stumm sah Lorenzo sie an. Einen Augenblick lang war er wieder ein Kind, ein von Trauer, Verwirrung und Wut überwältigtes Kind. »Lorenzo«, sagte sie wieder, ihr Herz schwang in den zarten Silben mit. »Du lebst, mein Sohn, und dafür danke ich Gott. Um meinen anderen Sohn werden wir morgen trauern. Jetzt ist nicht die Zeit für Trauer. Florenz braucht dich. Ich habe folgendes in Erfahrung gebracht...«

Bianca hatte Elmo zu ihrer Mutter in Sicherheit gebracht. Schluchzend und stammelnd hatte er alle Einzelheiten des Komplotts gestanden.

Aufmerksam lauschte Lorenzo dem Bericht Lucrezias. Sein Gesicht war bleich und hart wie Granit. »Sieh zu, daß ich ihn nicht zu Gesicht bekomme, sonst bringe ich ihn um!« sagte er, als Lucrezia verstummte. »Ich schone sein elendes Leben nur, weil du es verlangst; die anderen Pazzi werden nicht soviel Glück haben.«

Dann stürmte er wieder in den Hof hinunter. Ungerührt erteilte er Befehle. Innerhalb von Minuten waren Männer zu jedem Winkel der Stadt unterwegs, um in Erfahrung zu bringen, was vor sich ging. Eine kräftige Wache begleitete den im Palast lebenden Priester, der die Aufgabe hatte, Giuliano die Sterbesakramente zu spenden und seinen Leichnam heimzugeleiten.

Lorenzo fühlte sich nicht in der Lage, seinen Bruder zu sehen. Noch nicht. Er kehrte in das obere Stockwerk zurück, nutzte den Gran Salone als Hauptquartier, kümmerte sich darum, daß Cavalcantis Wunde behandelt wurde, schrieb Botschaften an Pierfrancescos Söhne, an Lucrezia Donati, an die Verwalter der nahegelegenen Villen der Medici, an die Signoria. Wenn es die noch gab.

Er schrieb noch, als die ersten Männer mit ihren Berichten zurückkamen, beendete mit ungewöhnlicher Sorgfalt den angefangenen Satz und zögerte so den Moment hinaus, in dem er erfahren würde, ob die Pazzi die Stadt unter ihre Kontrolle gebracht hatten und er ein Gefangener in seinem eigenen Hause war. Dann blickte er hoch, und der Ausdruck auf den Gesichtern vor ihm verriet ihm, daß die Pazzi gescheitert waren.

Salviati und seine Anhänger waren von den Prioren gefangengenommen worden. Das Läuten der Glocken hatte die Stadt alarmiert und vor dem Aufstand gewarnt.

Jacopo, der es für das Signal des Erfolges hielt, war mit einhundert Anhängern durch die Stadt geritten und hatte den Menschen zugerufen, sie sollten sich ihm anschließen. Die Menschen hatten mit der Parole der Medici darauf geantwortet: »*Palle! Palle!*« Als Jacopo den Palazzo della Signoria erreichte, wurde er von einer vom Turm auf ihn herunterprasselnden Steinsalve empfangen und war darauf in Begleitung Monteseccos aus der Stadt geflohen. Die Wachen am Tor hatten sie davonstürmen sehen.

Nachdem Lorenzo entkommen war, waren Francesco und die anderen Attentäter aus dem Duomo geflohen; über ihren weiteren Verbleib hatte sich jedoch bisher nichts herausfinden lassen.

Die Stadt kochte förmlich über mit Nachrichten vom Mord an Giuliano, Gerüchten über den Tod Lorenzos, Wut und Rachegelüsten gegen die Pazzi.

Lorenzo ging zu jedem seiner Männer, schüttelte ihm die Hand, dankte ihm für die gute Arbeit. »Überbringt diese Botschaften«, sagte er. »Und sucht die Pazzi und ihre Leute. Bringt sie zur Signoria. Nach meiner Ansprache an die Stadtmiliz gehe ich auch dorthin. Feindliche Truppen marschieren gegen die Stadt, es gibt viel zu tun.« Er reckte den Kopf, als Geräusche von der Straße zu ihm heraufdrangen.

»Viele Leute sind uns bis hierher gefolgt«, sagte ein Wächter. »Sie weigern sich zu glauben, daß Ihr nicht getötet wurdet.«

Lorenzo ging zum Fenster.

»Du siehst so zerschunden und blutig aus. Solltest du nicht besser deine Kleidung wechseln, bevor du dich ihnen zeigst? Die aufgebrachte Menge wird jeden abschlachten, der je freundlich zu einem Pazzi war.«

Lorenzo berührte den blutverschmierten Seidenfetzen um seinem Hals. »Laßt sie es doch sehen«, sagte er. Seine Augen waren rot und furchteinflößend. »Das ist nichts. Mein Bruder...« Er riß das Fenster auf und zeigte sich; sein Gesicht war wutentstellt.

Agnolo Poliziano trug Lorenzos Botschaft zur Signoria. Mit Gewalt mußte er sich seinen Weg durch die Menschenmassen in den auf die Piazza zuführenden Straßen bahnen. Als er auf die eigentliche Piazza kam, drängten sich dort die Bewohner der Stadt dicht zusammen und forderten Gerechtigkeit.

Sie mußten nicht lange warten. Agnolo schob sich nach vorne, stieß mit den Ellbogen die Leute beiseite, bat, daß man ihn doch durchlassen solle, unterbrach dann aber seine Anstrengungen, gegen seinen Willen gebannt von den dramatischen Szenen, die sich vor seinen Augen abspielten. Die Schreie der Menge verrieten ihm, daß Francesco de' Pazzi in den Palazzo gezerrt wurde. Man hatte ihn unter einem Bett versteckt in Jacopos Palast aufgespürt.

Er hörte sich selber in primitives Triumphgeschrei ausbrechen, als die Wachen der Signoria auf die erhöhte Plattform vor den Türen heraustraten. Auf ihren Lanzen trugen sie die bluttriefenden, abgeschlagenen Köpfe der Soldaten aus Perugia.

Dann folgten seine Augen den Händen der aufgebrachten Menge, die auf die Turmfenster zeigten. Dort sah er den Gonfaloniere und die Prioren stehen. Er stimmte in das Jubelgeschrei der Menschen um ihn herum ein und brüllte mit ihnen immer wieder im Chor: »Gerechtigkeit! Gerechtigkeit! Gerechtigkeit!«

Mit Freude im Herzen beobachtete er, wie die Prioren ein Seil am steinernen Mittelpfosten des Fensters befestigten, mit Salviatis Komplizen Bracciolini rangen, das andere Ende des Seiles um seinen Hals legten und ihn aus dem Fenster warfen. Seine Schreie, als er fiel, erfüllten Agnolo mit Genugtuung; der zuckende Körper des Erstickenden ließ ihn in einem wütenden Aufschrei triumphierender Rache die Zähne blecken.

Erzbischof Salviati war der nächste. Er trug immer noch seine prächtigen Kirchengewänder, und die glänzende Seide flatterte wie ein Freudenbanner im Wind, als er gegen das Seil ankämpfte.

Francesco de' Pazzi kam unmittelbar danach an die Reihe. Vor dem Hängen hatte man ihn nackt ausgezogen. Die Menge jubelte über seine Demütigung, stieß Schmährufe aus über seinen Hängebauch und die durch den Todeskampf hervorgerufene Erektion. Sie keuchten vor Freude beim Anblick des schauerlichen Spektakels über ihnen. Salviati stieß in einem letzten Todeskrampf mit Francesco zusammen und schlug die Zähne in dessen nackten Körper.

Vereint schieden die beiden Verschwörer aus dem Leben.

Salviatis Helfer wurden nicht erhängt. Man warf sie einfach aus den Fenstern. Ihre Schreie schienen über ihren herabstürzenden Körpern frei in der Luft zu hängen. Mit einem ekelerregenden, zugleich hart und flüssig-weich klingenden Klatschen schlugen sie auf der Steinplattform auf, und die Menge verstummte. Dann erhob sich erneut frenetisches Jubelgeschrei, dieses Mal tiefer, grollender. Männer und Frauen rannten zu den zerschmetterten Körpern und rissen ihnen die Kleider vom Leib. Kämpfe brachen über den Besitz der Beute aus, aber es wurde mit einer seltsamen Freundlichkeit gekämpft. Die Einwohner der Stadt hatten sich gegen einen gemeinsamen Feind zusammengeschlossen. Untereinander gab es keine Mißgunst. Am Schluß verließen Hunderte von Menschen die Piazza mit Kleiderfetzen, einer Handvoll Haaren oder ausgebrochenen Zähnen. Schaurige Andenken an die Niederlage ihrer Feinde.

Niemand achtete auf die gebeugte Gestalt Agnolo Polizianos. Er war auf die Knie gefallen und erbrach sich, befreite sich so von den krankhaften Empfindungen, die ihn über das Hängen hatten frohlocken lassen. Das Entsetzen über die Erkenntnis, daß solche verborgenen Abgründe in der Seele jedes Menschen lauern, sogar in der eines Philosophen, konnte er nicht wieder ausspeien.

Als nichts als Scham noch in ihm war, richtete er sich taumelnd auf und stolperte zum Brunnen in der Nähe des Palazzos, wo er immer wieder seinen Kopf ins Wasser tauchte. Danach fühlte er sich endlich sauber genug, um Lorenzos Nachricht zu überbringen.

21. Kapitel

Fra Marco wurde von dem Geräusch von Pferdehufen auf dem Kies auf die kleine, überdachte Veranda vor der Kapelle gelockt.

Auch Ginevra hörte es. Sie war gerade im Zimmer ihres Großvaters und stellte eine Vase mit Blumen auf den Tisch zwischen den Fenstern. Sie schaute auf die hübschen, rot und weiß gefärbten Uniformen und die großen Reiter auf ihren prächtigen Pferden. »Wir bekommen Besuch, Großvater. Drei Medici auf einem Ausritt, nehme ich an. Lorenzo bringt bestimmt den Kardinal, um ihm die della Robbias zu zeigen.«

Sie wünschte, sie würde etwas Besseres als die alten Kleidungsstücke tragen, die sie für die Gartenarbeit angezogen hatte, wischte sich die Hände an ihrer Schürze ab und griff hinter ihren Rücken, um die Bänder zu lösen.

Fra Marco lächelte den Besuchern entgegen. Er schaute über seine Schulter zu der winzigen Kapelle zurück. Ja, sie war eines Kardinals würdig. Die Blumen waren Gottes Gabe an seine Kinder, und ihr Duft war so voll wie der des Weihrauchs.

Die Reiter stiegen von ihren Pferden und gingen auf die hohe Eingangstür der Villa zu. Sie blieben eng beieinander, bereit, sich gegen einen Angriff zu verteidigen, sollte die Tür bewaffnete, verzweifelte Männer verbergen. Der erste der Männer klopfte mit dem Schwertgriff gegen die Tür. »Aufmachen!« rief er.

Im darüberliegenden Fenster runzelte Ginevra verärgert die Stirn. Was sind das für ungehobelte Männer, dachte sie. Das würde sie Lorenzo erzählen. Sie blickte zum Weg hinab und hielt nach ihm Ausschau.

Fra Marco trat aus dem Schatten der Veranda vor der Kapelle heraus, seine Hand zum Gruß erhoben. Vom Geräusch seiner Schritte hinter ihnen aufgeschreckt, wirbelten die drei Männer herum. Der erhobene Arm des Mönches warf einen langen, bedrohlichen Schatten auf die fahlen Kieselsteine.

Ginevra sah, wie die Männer auf Marco losstürzten und ihn zu Boden schlugen. Sie traute ihren Augen nicht. Ihre Hände ließen die Schürzenbänder los, fanden das Fensterbrett und hielten sich daran fest.

Die Eingangstür öffnete sich, laut schreiend kam der alte Diener herausgerannt. Die Männer drehten sich um. Ginevra verschlug es den Atem, als sie ihre funkelnden, gezückten Schwerter sah. »Nein«, flüsterte sie. Ein uniformierter Arm bewegte sich, der Diener taumelte, die Arme hoch in die Luft geworfen, sein Mund ein tonloses, schwarzes Loch. Eine funkelnde, silberne Klinge hatte sich durch seine Brust gebohrt.

»Was machst du da, Ginevra?« Antonios Stimme verriet Verdrossenheit. »Ich muß doch hinuntergehen und unsere Gäste begrüßen. Komm, bring mich nach unten.«

»Ja, Großvater, ja. Wir müssen gehen.« Wir müssen gehen, wiederholte sie innerlich. Das ergibt keinen Sinn, wir haben keine Zeit, den Versuch zu machen, es zu verstehen… Gefahr, Gefahr…, auf… Oh, Gott, was geschieht denn da?

Sie hörte einen Schrei.

Der Turm. Ich kann Großvater zum Turm führen, kann die Tür verriegeln, alle Getreidefässer von innen dagegen stellen.

»Großvater, hör mir zu. Wir müssen sehr schnell und ohne jedes Geräusch gehen. Komm, leg deine Hand hierhin, auf meine Schulter. Jetzt! Wir gehen so schnell wir können. Und leise, leise! Wir müssen ganz leise sein.«

»Was redest du da, Ginevra? Wer macht denn da so einen fürchterlichen Lärm?«

»Pssst! Komm schon, komm schon. Da sind Männer…, Diebe… Sie sind eingebrochen. Wir gehen zum Turm. Wir müssen uns beeilen. Sei jetzt still!«

»Diebe? Was meinst du damit?«

»Still! Bitte, Großvater, wir müssen still sein.«

Sie führte ihn durch den Flur zur Treppe. Die Tür zum Turm befand sich auf dem Treppenabsatz, auf halbem Weg hinunter zum Gran Salone und den chaotischen Geräuschen ein Stockwerk tiefer.

Ginevra legte ihre Hand über Antonios und klopfte sachte gegen sie. Das war das Signal für den alten Mann, einen Schritt nach unten zu machen, immer eine Stufe weiter.

Langsam, seine Schritte waren so langsam, so vorsichtig auf

den Steinstufen. Sie hatte ihn immer gebeten, vorsichtig zu sein.

Sie erreichten den Treppenabsatz. Ginevra hörte Mateos Stimme; er schrie und fluchte.

Ich muß vorankommen. Ich muß einfach. Da vorne ist die Tür. Sie drehte sich um und führte den Großvater auf die offen daliegende Hälfte des Treppenabsatzes oberhalb der in den Salon führenden Treppe. Mit hochgezogenen Schultern wartete sie auf die Rufe von unten, daß man sie entdeckt hatte. Doch sie kamen nicht.

Ihre Hand berührte den Türknauf. Danke, himmlischer Vater, betete sie.

Nicht hinschauen, sagte sie sich. Doch ihre Augen gehorchten ihr nicht. Während ihre Finger am Türknauf drehten, bewegten sie sich nach links unten.

Oh, heilige Mutter Gottes! An der Tür des Eßzimmers lag die Köchin auf dem Boden ausgestreckt. Doch es war nicht mehr die Köchin, nur noch eine schreckliche Masse aus Blut und zerhacktem Fleisch mit ihrem Kopf und ihren starrenden Augen. Am Fuß der Treppe sackte Mateo langsam, ganz langsam in sich zusammen, klappte mit ausgestreckten, vom Schwert, das sie hatten aufhalten wollen, zerfetzten Händen nach vorne. Es war das gleiche Schwert, das hoch durch seinen Hals gestoßen war und seinen Fall so fürchterlich langsam werden ließ und das von einem starken, in Rot und Weiß gekleideten Arm gehalten wurde, das Weiß besprizt mit einem Rot, das kräftiger war als das Rot der Kleidung.

Gewaltsam riß sich Ginevra von dem Anblick los, heftete ihren Blick auf den Türgriff. Die Tür wollte sich nicht öffnen lassen. Sie war abgeschlossen.

Tu es nicht, sagte sie sich. Rüttel nicht daran. Es hilft nichts. Vor ihrem inneren Auge sah sie deutlich den Schlüssel. Achtlos abgelegt auf Antonios Schreibtisch … in seinem Arbeitszimmer, hinter dem Salon.

Die Tür konnte doch nicht wirklich abgeschlossen sein! Sie war nie abgeschlossen. Sie zog und zog, weigerte sich, die Wahrheit zu akzeptieren. Doch es führte kein Weg daran vorbei. Sie mußte sich etwas anderes ausdenken.

Oben über der Küche gab es einen kleinen Dachgarten. Aus Fra Marcos Zimmer führte eine Tür dorthin. Wenn sie ihren Großvater an diesen Ort brachte, wenn sie sehr leise waren, sich flach auf die Dachziegel legten, flacher waren als die Brüstung und von unten nicht sichtbar... Eine andere Chance hatten sie nicht. Sie berührte Antonios Hand, das Signal, daß er ihr folgen sollte, und bewegte sich leise, langsam, langsam, drehte sich zur Treppe zurück, die sie gerade hinuntergegangen waren.

»Da ist er ja!« Ein Ruf aus dem Salon. Ginevra blickte nach unten. Als sie den Mann sah, der auf sie zeigte, rannte sie los.

Antonios Hand fiel von ihrer Schulter, als sie floh. Ginevra schluchzte, drehte sich um, griff nach seinem Arm. »Lauf, Großvater, lauf mit mir.« Sie legte ihren Arm um seine Hüfte, halb zog sie ihn, halb schob sie ihn die Treppen hoch, stützte ihn ab, wenn er stolperte.

Hinter ihnen stampften Stiefel die untere Treppe herauf.

Ginevra blieb im Korridor stehen, schlug die Tür zu, drehte den mit Quasten geschmückten Schlüssel im Schloß. »Ginevra«, sagte Antonio, »ich muß wissen, was los ist.«

Sie legte seine Hand auf ihre Schulter. »Beeil dich«, flüsterte sie. Sie konnte ihre Verfolger hinter der Tür hören, sie hämmerten dagegen, riefen. Leise ging sie weiter, Antonio war dicht hinter ihr.

»Ich muß wissen, was los ist, Ginevra.«

»Sie wollen uns umbringen, Großvater. Ich weiß nicht, warum. Sie bringen alle um – Mateo und das Personal.« Sie brachte es nicht fertig, ihm von Fra Marco zu erzählen. »Ich bringe dich aufs Dach. Vielleicht schauen sie dort nicht nach.«

Antonio hielt sie auf. Ginevra packte ihn am Handgelenk und zog daran. »Nein«, sagte er. »Du gehst. Ich bleibe hier und halte sie auf, während du dich versteckst.« Er legte seine Hand an den Griff seines Zierschwertes.

»Nein.« Ginevra hielt die Hand ihres Großvaters fest umklammert und führte ihn den Flur entlang. Gegen ihre Entschlossenheit konnte Antonios Widerstand nichts ausrichten.

Als sie gerade in Fra Marcos Zimmer kamen, zersplitterte die Barriere hinter ihnen. »Wir sind verloren, Großvater«, rief

Ginevra, »aber wir müssen es versuchen.« Sie scheuchte ihn durch die Ecke des Zimmers auf die Dachterrasse, in das Halbdunkel hinter den offenen Fenstern und Türen.

Nur Sekunden später kamen die drei Männer auf die Terrasse gerannt.

»Haltet sie«, sagte einer. Er packte Ginevra am Oberarm und schleuderte sie zu den anderen hinüber. Einer von ihnen zog sie an sich und hielt sie, indem er seine Arme wie Ketten um sie schloß.

»Laßt mich los!« schrie sie.

»Laßt sie frei«, befahl Antonio. Er zog sein Schwert.

Das Schwert des einen Mannes schoß nach vorne, berührte das Antonios.

»Nicht!« schrie Ginevra. »Schaut euch doch seine Augen an! Könnt ihr denn nicht sehen, daß er alt und blind ist? Er kann euch doch gar nichts antun.« Sie kämpfte gegen den eisenharten Griff, der sie gefangenhielt.

»Blind? So ein schöner Kampfhahn und kann nichts sehen?« Die beiden Männer bei Antonio lachten. »Ein Pazzi zum Spielen also.« Den alten Mann verhöhnend und verspottend, tanzten sie vor ihm herum, parierten seine Stöße, mit denen er auf die Stimmen zielte, ließen ihre Schwertspitzen über sein Kinn und seine Wangen schnellen, hinterließen gepunktete, rote Linien von Blut, die sich mit den aus seinen milchigen Augen rollenden Tränen vermischten und diese rot färbten.

Während Ginevra gegen ihre Gefangenschaft ankämpfte, sah sie in bruchstückhaften Momenten, wie Antonio gequält wurde. Sie wand sich hin und her, versuchte ihre Arme freizubekommen und trat wild um sich, doch ihre weichen Pantoffeln konnten den Beinen des Mannes nichts anhaben. Schließlich schaffte sie es, ihre Zähne in die Schulter hinter ihrem Kopf zu graben. Der Mann schleuderte sie von sich weg gegen die rauh verputzte Wand der Villa. Das Mädchen stürzte sich auf Antonios Peiniger.

Die Männer in seiner Nähe sahen sich um, achteten nicht auf das suchende Schwert des blinden Mannes. Es traf einen Mann an der Brust und glitt an seinem Kettenpanzer ab. Fluchend wirbelte dieser herum. Im gleichen Moment, in dem sein Gefährte die volle Wucht von Ginevras Angriff abbekam, ins Taumeln geriet und gegen die niedrige Brüstung fiel, trieb er seine Klinge in Antonios Herz.

Bevor sich Ginevra auf ihn stürzen konnte, hatte Antonios Mörder ihr einen Fausthieb gegen den Kopf versetzt. Die anderen beiden schlugen sie zu Boden.

Schmerz, Benommenheit und eine verschwommene Sicht auf die roten Vierecke der Fußbodenkacheln und die offene, ausgestreckte und seltsam schlaffe Hand ihres Großvaters. Rauhe Hände, schroffe Stimmen. Man zerrte an ihren Armen, verdrehte sie, renkte sie fast aus. Ginevra versuchte, den Kopf zu schütteln, die schwarzen Streifen, die quer über ihr Gesichtsfeld liefen, zu verjagen. Doch als sie den Kopf bewegte, würgte es in ihrem Hals, und die Schwärze wurde wieder schlimmer.

Ihr Haar wurde verdreht, ihr Kopf nach hinten gerissen. »Schau dir deinen Herrn an, du Hure«, hörte sie. Dann sah sie ihren Großvater. Seine Arme und Beine weit von sich gestreckt lag er mit angewinkelten Knien da, leblos, würdelos. Sie fühlte einen Schmerz, der größer war als der Schmerz in ihrem Kopf oder in ihren Armen, unerträglichen Schmerz über seinen entwürdigenden Tod und daß sie ihn nicht hatte verhindern können.

»Ein Geschenk von Lorenzo, Alter«, hörte sie und sah, wie der Stiefel in Antonios Gesicht krachte. Wut wischte alle Schmerzen weg. Mit zu Krallen gekrümmten Händen riß sie sich los, stürzte sich auf den Stiefel und das Bein darin.

Bevor sie es packen konnte, fühlte sie aber ein erdrückendes Gewicht auf Schultern und Rücken; ihr Kinn schlug auf dem harten Boden auf.

Gelächter dröhnte in ihren Ohren. »Der alte Mann war uns ein guter Zeitvertreib, was ist denn mit dieser Hure hier? Sie hat ganz schön Temperament und muß dringend gezähmt werden.«

»...sollte nach diesem alten, welken Stengel den Schwanz eines richtigen Mannes willkommen heißen.«

»Dich hat sie gebissen, Guido, dir steht der erste Stoß zu.«

»Die Hure könnte mich ein zweites Mal beißen. Ich halte sie für dich fest.«

»Ihr beiden haltet sie für mich fest. Mein Schwert braucht eine Scheide.«

Ginevra atmete erleichtert aus, als das Gewicht verschwand. Dann wurden ihr wieder die Arme verdreht, ihr Hinterkopf schlug auf die Fliesen, sie fühlte, wie Fingernägel ihren Hals zerkratzten, hörte das Geräusch zerreißenden Stoffes, spürte gleichzeitig plötzliche Wärme und ein Frösteln, als ihre entblößten Brüste von der sonnendurchfluteten Luft berührt wurden.

Scharfe Zähne schlossen sich um ihr zartes, freiliegendes Fleisch. Ginevra hörte einen Schrei, fühlte, wie ihr der Hals wehtat. Das muß ich gewesen sein, dachte sie. Lautlos schwor sie sich, nicht mehr zu schreien oder zu weinen. Sie sah, wie sich ein Gesicht näherte und sammelte alle Feuchtigkeit in ihrem trockenen Mund, um es anzuspucken. Eine Hand schlug ihr auf den Mund, dann aufs Kinn. Andere Hände schlugen auf sie ein, ohrfeigten sie, packten sie, hielten sie fest, zogen ihr Arme und Beine auseinander. Gesichter, Stimmen, das Funkeln metallischer Kettenglieder, die roten und weißen Vierecke aus Seide.

»Von den Medici« hörte sie, und ein unbekannter Schmerz durchbohrte ihren Körper, ließ ihren Rücken sich aufbäumen. »Medici, Medici, Medici, Medici.« Bei jedem neuen, stechenden Schmerz dieser Name. Übelriechender Atem stieß ihr ins Gesicht.

Großvater, verzeih mir, weinte sie innerlich. Ich kann meinen Schwur nicht halten, und sie schrie, schrie, bis sie bewußtlos wurde.

Die drei Männer in der Villa waren die Hälfte einer unter dem Kommando eines Leutnants stehenden Sechsergruppe. Die anderen drei Männer waren mit der Durchsuchung der Bauernhöfe beauftragt worden und sollten das Versteck Jacopo de' Pazzis ausfindig machen. Sie fanden nichts, und der Leutnant war sehr schlechter Laune, als er zur Villa hochritt, um seinen Gefangenen in Gewahrsam zu nehmen und seine Männer abzuholen.

Das Blutbad, das er sah, erzürnte ihn. Er stürmte durch das Haus und kam schließlich auf den Dachgarten.

»Ihr Narren«, knurrte er. »Ich habe doch gesagt, ihr solltet ihn festnehmen und nicht töten.«

»Er zog sein Schwert. Was blieb uns schon anderes übrig?«

Der Offizier zuckte die Achseln. Er war über die Mißachtung seines Befehls entrüstet, nicht über Antonios Tod. Die Pazzi hatten getötet; sie verdienten es, getötet zu werden.

Er ging zu Ginevras zerschundenem, leblosen Körper hinüber. Ihre nackten, gespreizten Beine waren blutverschmiert. »Konntet ihr nicht mehr als eine Frau auftreiben? Die da habt ihr ja völlig zugrunde gerichtet.« Er stieß mit der Stiefelspitze gegen ihren Kopf, und das geschwollene Gesicht rollte in sein Blickfeld.

Sein Kiefer fiel herab. »Bei der heiligen Mutter Gottes, wißt ihr Idioten, was ihr da getan habt? Das ist kein Dienstmädchen. Ich kenne sie. Ich habe ihr einmal ein Pferd gebracht, das ihr Lorenzo geschenkt hat. Sie ist die Verlobte seines Neffen. Ihr werdet dafür hängen, daß ihr sie vergewaltigt habt.«

»Aber sie ist eine Pazzi.«

»Ich sage euch, sie ist verlobt und damit Eigentum der Medici. Jesus stehe euch bei.«

Der älteste Vergewaltiger kniete sich neben Ginevra hin und hob sie in seine Arme. »Wenn sie tot ist, kann sie es keinem erzählen.« Er trug sie zum Rand der Dachterrasse. »Sie könnte ja weglaufen und dann heruntergefallen sein. Sie hätten diese Brüstung wirklich höher bauen sollen.« Er warf sie über die niedrige Mauer; sie sah aus wie ein Bündel Lumpen, das durch die Luft flog.

Der Leutnant machte eine Grimasse. »Ich werde einen Unfall melden«, sagte er. »Die Verlobung hätten sie wahrscheinlich sowieso gelöst.«

22. KAPITEL

Als Lorenzo von seinen Treffen mit der Stadtmiliz und der Signoria zurückkehrte, war es später Nachmittag. Er war erschöpft wie nie zuvor. Der Aufruhr des Tages, die durch seine Wunde verursachten Schmerzen und der Blutverlust, die Aufforderungen, Entscheidungen bezüglich der Verteidigung der Stadt zu fällen, die Unsicherheiten, die Ängste – alles hatte seinen Tribut gefordert. Doch vor allem hatte ihn die Willensanstrengung ausgelaugt, die nötig gewesen war, um jeden Gedanken an seinen Bruder zu verscheuchen, bis seine Arbeit getan war.

Der Tisch im Gran Salone war mit Papierstapeln bedeckt. Es waren aus Hunderten von Quellen stammende Berichte über die Ereignisse in der Stadt. Lorenzo schaute sie an, schwankte und brach in einem Sessel zusammen. »Lorenzo, Sie müssen sich jetzt Ruhe gönnen«, sagte sein Sekretär. Das ausgezehrte Gesicht des jungen Medici und seine hängenden Schultern schockierten ihn.

»Sobald ich fertig bin«, entgegnete Lorenzo. Er nahm den ersten Bericht vom nächstgelegenen Stapel.

Eine halbe Stunde später stieß Lorenzo auf den Bericht des Leutnants über den »Unfall« in der Villa La Vacchia. Der aufgestaute Kummer in seinem Herzen brach sich Bahn. Lorenzo konnte es sich nicht leisten, an Giuliano zu denken; es gab zu viele Erinnerungen, zuviel Liebe. Doch den kleineren Schmerz über den Tod Ginevra de' Pazzis konnte er fühlen. In seiner Einbildung sah er ein Kaleidoskop aus Erinnerungen, eine schnelle Abfolge sich verändernder Szenen: das komische, verlassene Kind mit seinem unglaublichen Hut, das kichernde, glückliche Mädchen im Musikunterricht, der wilde, freie Geist, wie sie sich ohne Sattel an ihr Pferd klammerte und die Arme in die Luft warf, um die Welt zu umarmen und eine Zukunft, die sie jetzt niemals mehr kennenlernen würde. Wie schon so oft hatte er das Gefühl, daß Ginevra, die unter den gleichen Sternen wie er geboren war, ein Teil von ihm war, daß sie einen Winkel seiner Seele mit ihm teilte. Und sie war tot; ihre Unschuld und ihre Lebensfreude waren vergangen, in einem einzigen Augenblick zerstört. Genau wie bei ihm auch. Lorenzo hatte das Gefühl, alles Glück, jedes Vertrauen, alle Sanftheit sei für immer aus seinem Herzen verschwunden. Seine Seele war tot. Seine Hände waren zu Fäusten geballt, in der einen hielt er den zu einer Papierkugel zusammengeknüllten Bericht.

Er warf den Kopf weit in den Nacken und stieß einen unverständlichen, animalischen Schrei des Verlustes, des unerträglichen Schmerzes und der Verzweiflung aus. Es war ein Protestschrei und ein Gebet zugleich.

Keine Antwort war zu hören.

Schließlich fiel sein Blick auf seinen erschrockenen Sekretär. Lorenzos Augen waren rot gerändert, von dunklen Schatten des Leids umgeben. Doch sie waren trocken. Erlösende Tränen waren ihm nicht vergönnt. Als er sprach, war seine Stimme ruhig. Leblos.

»Gib Agnolo Poliziano dieses Papier«, sagte er. »Sag ihm, ich hätte darum gebeten, daß er einen Priester und einige Frauen mitnimmt, um die Toten für das Begräbnis vorzubereiten.«

23. KAPITEL

Lucrezia de' Medici unterbrach Lorenzo bei der Arbeit. Das hatte sie noch nie zuvor getan.

Doch dieser endlose Tag war ohnehin anders als jeder Tag zuvor.

»Lorenzo«, sagte sie atemlos, »Agnolo ist gerade gekommen. Er hat Ginevra mitgebracht. Lorenzo, sie lebt! Sie ist sehr schwer verletzt, aber sie atmet. Das Mädchen ist nicht tot!«

Lorenzo sprang auf, stieß seinen Sessel um, jede Erschöpfung war vergessen. Seine Contadina lebte! Der Mensch, mit dem er seine Sterne teilte, dieses Schattenbild seiner selbst! Mehr als je zuvor erschien sie ihm wie ein fleischgewordenes Omen. Ihr Leben schien auf mysteriöse Weise mit dem seinen verflochten zu sein. Sie war am gleichen Tag verwundet worden wie er. Als er glaubte, sie sei tot, fürchtete er dies als ein Vorzeichen seines eigenen Todes. Doch sie war nicht tot. Hoffnung und neue Kraft durchströmten ihn. Gott hatte Ginevra nicht sterben lassen. Er hatte sein Antlitz nicht von Florenz, von den Medici, von Lorenzo abgewendet.

»Laßt die Ärzte kommen«, befahl er seinem Sekretär.

»Nein!« rief Lucrezia. »Ich werde nicht erlauben, daß irgendein Arzt sie noch weiter quält. Laß Schwestern aus dem Spital kommen. Mit ihrer Hilfe werde ich Ginevra heilen.«

Lorenzo schlug mit der Faust auf den Tisch. »Du wirst dich um deine eigene Gesundheit kümmern, Mutter, aber nicht um die des Mädchens. Jeden Tag, jede Minute können wir angegriffen werden. Es wird Krieg geben, und ich will meine Familie da heraushalten. Clarissa und die Kinder werden sich an einen sicheren Ort begeben, und du wirst mit ihnen gehen.«

»Das werde ich nicht tun.«

Mutter und Sohn standen sich in dem breiten Raum gegenüber. Lorenzos Sekretär hielt den Atem an.

Dann ging Lucrezia langsam auf Lorenzo zu und legte sanft ihre Hand auf seinen starren Arm. »Mein Sohn«, flüsterte sie, »mein einziger Sohn. Schick mich nicht weg. Es würde mir das Herz brechen, an einem Tag zwei Söhne zu verlieren.«

Lorenzo brach in Tränen aus. Die Worte seiner Mutter hatten die Wand, die er errichtet hatte, um sich vor dem Gedanken an Giuliano zu schützen, durchstoßen.

Er riß seine Mutter an sich, Lucrezia drückte ihn an ihre Brust, gemeinsam weinten sie, teilten ihren Verlust und ihr Leid.

Schweigend ließ Lorenzos Sekretär sie allein, persönlich eskortierte er die Krankenschwestern auf dem Weg zum Palast.

Ginevra war gebrochen. Ein Priester spendete ihr die Sterbesakramente, weil ein Weiterleben unmöglich erschien. Die Krankenschwestern flüsterten miteinander, während sie das Mädchen badeten, beteten und stießen entsetzte Schreie aus, als sie das Ausmaß ihrer Verletzungen erkannten. Beide Arme waren gebrochen, ein Bein an drei Stellen. Die Schlüsselbeine, die Rippen, das Becken und die Kiefer wiesen ebenfalls Brüche auf. Die Krankenschwestern richteten die Knochen, verbanden sie und waren dankbar dafür, daß Ginevra in einem tiefen Koma lag. Es verhinderte, daß sie sich bewegte, auch wenn es sie auf der Schwelle des Todes hielt.

Lucrezia half den Schwestern dabei, Heilsalbe auf Ginevras zerschundene Haut aufzutragen. Sie war es auch, die die zerrissene und blutende Vagina des Mädchens verarztete. Die alte Frau weinte, als sie sah, wie Ginevra zugerichtet worden war. Sie weinte auch, weil es an der Ursache dieser Verletzungen keinen Zweifel gab. Sie würde Lorenzo nicht erzählen, daß Ginevra vergewaltigt worden war. Die Blutungen würden nicht aufhören, wenn er die Täter bestrafte. Lucrezia schloß sich den Gebeten der Nonnen an, bereitete einen Kräutersud zu und badete die Wunden, die zum Vorschein kamen, als man Ginevras Haare bis auf die Kopfhaut heruntergeschnitten hatte.

Dann half sie den Schwestern dabei, einen Kopfverband zu wickeln und eine Daunendecke über den mitleiderregenden, mumienähnlichen Körper des Mädchens zu breiten.

»Nimm das und verbrenne es«, befal sie einer Dienerin und schob ihr mit dem Fuß die blutverschmierten Überreste von Ginevras Kleidung hin. »Sag dann meinem Sohn: Wenn er es immer noch wünscht, kann er hereinkommen.«

Lorenzo stockte der Atem, als er das geschwollene, übel zugerichtete Gesicht sah, das der einzige sichtbare Teil des Mädchens war. »Ich hätte sie nicht erkannt«, sagte er. Dann legte er die Hand an den Mund, lehnte sich zu Lucrezia und murmelte in ihr Ohr: »Wird sie leben?«

»Wenn sich Gott ihrer erbarmt«, erwiderte Lucrezia laut und deutlich. »Du brauchst deine Stimme nicht zu senken; sie kann nichts hören und fühlt keine Schmerzen. Das Koma könnte ihre Rettung sein.«

Lorenzo kniete neben dem Bett nieder. »Contadina«, sagte er. Trotz Lucrezias Worten flüsterte er. Was er zu sagen hatte, war nur für Ginevras Ohren bestimmt. »Contadina, sei tapfer. Du mußt leben. Viele Male warst du ein gutes Omen für mich.

Gib jetzt nicht auf, wenn ich meine ganze Kraft brauche.« Er musterte die leblose Gestalt auf dem Bett, suchte nach irgendeiner Antwort, einer Bewegung, dem Zucken eines Augenlides. Ginevra lag da wie eine Tote. Selbst ihr langsamer, flacher Atem erzeugte kein Geräusch, verursachte nicht die geringste Bewegung der auf ihr liegenden Bettdecke. Sie war in dunklen Tiefen versunken.

In den nachfolgenden Wochen schwebte sie in der Bewußtlosigkeit wie in einem warmen, tröstenden Meer. Von Zeit zu Zeit näherte sie sich der Oberfläche, hörte Geräusche, spürte die silberne Röhre, die die Schwestern ihr zwischen die geschundenen Lippen steckten, um sie zu füttern. Immer glitt sie wieder vor den mit der Bewußtheit gekoppelten Schmerzen zurück, war dankbar für das Vergessen in der tiefen Schwärze, das die Schmerzen in ihrem Körper und in ihrer Seele auslöschte.

Gegen ihren Willen wurden die Perioden der Bewußtheit immer länger und häufiger. Ihre von Verbänden bedeckten Glieder bewegten sich nicht, ihre verletzten Augen waren zu dick angeschwollen, als daß sie sie hätte öffnen können, doch ihr Geist nahm den pochenden, wütenden Schmerz wahr, der in ihrem Körper tobte, erinnerte sich an den Alptraum des Angriffs, durchlebte ein weiteres Mal die machtlose Verzweiflung, sah die teuflischen Attacken auf die Menschen, die sie am meisten liebte, wurde Zeugin des entwürdigenden Todes ihres Großvaters.

Sie hörte, wie sich die Schwestern unterhielten. Was sie sagten, vermehrte ihren Schrecken. Jacopo de' Pazzi, erzählten sie sich mit Genugtuung, war nahe der Grenze zur Toskana aufgespürt worden. Man hatte ihn in Ketten nach Florenz zurückgebracht, gefoltert und dann an einem Fenster des Palazzo della Signoria erhängt. »Noch mit seinem letzten Atemzug«, sagte Schwester Serafina, »hat er seine Seele dem Teufel verschrieben.«

»Dann ist er ja ein geeigneter Gefährte für alle Pazzi«, meinte ihre Gefährtin mit Nachdruck.

»Renato de' Pazzi hat seinem Leben ein gebührliches Ende

gesetzt«, brachte Serafina vor. »Er beichtete seine Sünden und küßte das Kreuz, bevor er gehängt wurde.«

»Sie sollten alle gehängt werden. Die ganzen Männer in die Verliese von Volterra zu schicken ist eine zu geringe Strafe.«

»Schwester Constantia! Das ist aber nicht anständig von dir.«

»Die Pazzi sind eine richtige Teufelsbrut. Die Schlechtigkeit liegt ihnen im Blut, ohne Ausnahme.«

Ginevra trieb wieder ins Dunkel hinein, aber es war nicht länger das Nichts des Friedens. Überall zuckten gequälte, baumelnde Gestalten im Todeskampf.

Manchmal waren andere Schwestern da, die weniger verdammende Urteile abgaben als Schwester Constantia. Aber die Stimmen aller Schwestern vermittelten die gleiche Zufriedenheit über die Vernichtung der Familie Pazzi. Mehr als zweihundert ihrer Helfer und Anhänger waren tot; ihre Köpfe wurden auf Pikenschäften durch die Straßen getragen… Der Name Pazzi wurde offiziell zu einem Zeichen der Schande erklärt… Die Signoria erließ ein Dekret, nach dem jeder Florentiner, der eine Frau aus dieser Familie heiratete, seine Bürgerrechte verlor… Der Scoppio wurde abgeschafft… Die stolzen Delphine wurden zerstört, wo immer sie auftauchten, und sämtliche Besitztümer der Pazzi wurden konfisziert und zum Eigentum Lorenzo de' Medicis erklärt.

Ginevra gab die Versuche auf, sich in der Bewußtlosigkeit zu verlieren. Sie war überzeugt, in viel zu großer Gefahr zu schweben, als daß sie sich diesen Luxus erlauben konnte. Sie glaubte, Lorenzo habe ihre ganze Familie getötet, damit er deren Besitz an sich reißen konnte. Sie jedoch besaß keine Reichtümer.

Warum hatte er sie nur am Leben gelassen und hielt sie in seinem Palast gefangen? Genoß er es, zu wissen, daß sie litt? Sie zwang sich, für längere Zeiträume bei Bewußtsein zu bleiben, und nahm die damit verbundenen Schmerzen auf sich, denn das war der Preis, den sie zahlen mußte, um lauschen und denken zu können. Und sie ersann einen Weg zu überleben: Sie täuschte das Koma vor, damit sie vor der Rechtsprechung der Medici geschützt war, überließ sich den Tätigkeiten der Schwestern, ohne bei den unerträglichen Schmerzen aufzuschreien, die sie verursachten, hielt ihre Augen geschlossen, auch als die Schwellung zurückgegangen war. Mit enormer Willenskraft zwang sie ihren Körper dazu, schlaff und schwer dazuliegen, auch wenn ihre zusammenwachsenden Knochen im ganzen Körper einen wie Feuer brennenden Juckreiz hervorriefen.

Ihre Sinne wurden immer schärfer, ihr Kopf klärte sich. Mit der Zeit erfuhr sie, daß sie sich zwar im Medici-Palast befand, aber nicht, wie sie zunächst gedacht hatte, als Gefangene. Lucrezia de' Medici wollte, daß sie wieder genas. Sie stattete ihrem Krankenzimmer ein Dutzend Besuche am Tag ab, und in ihrer Stimme lag echte Sorge, in ihren sanften, kühlen Händen wirklicher Trost. Ginevra sehnte sich danach, Lucrezia zu antworten und sich der heilenden Kraft ihrer Berührung und ihrer Lebenskraft zu überlassen.

Doch sie konnte es nicht. Ihre Erinnerungen waren stärker als ihr Bedürfnis nach Trost; sie sah den Stiefel, der auf das Gesicht ihres Großvaters eintrat, deutlich vor sich, »ein Geschenk von Lorenzo«; sie fühlte wieder die widerlichen rauhen Hände auf ihrem Fleisch und den stechenden Schmerz zwischen ihren Beinen, hörte die sich ständig wiederholenden, rhythmischen Rufe »Medici! Medici! Medici!«, während die Soldaten sich ihrer bedienten, und ihr Herz verhärtete sich.

Während sie wie leblos dalag, arbeitete es Stunde um Stunde in ihrem Kopf, nach der Angst kam die Raserei, danach eine kaltblütige Entschlossenheit. Sie spürte, wie sich das Fieber in ihrem Körper abschwächte, die Blutungen aufhörten, die Schmerzen schwächer wurden. Und sie wußte: Haß hatte sie geheilt, nicht Zuwendung. Der Haß gehörte ihr, brannte mit seiner sengenden Flamme alles Kranke aus ihr heraus, verlieh ihr Kraft und Lebenswillen.

Für mich gibt es nichts mehr auf dieser Welt, dachte sie. An dem Tag, an dem die Männer der Medici durch den Olivenhain nach La Vacchia heraufgeritten kamen, habe ich alles und jeden verloren, Ginevra eingeschlossen. Doch noch kann ich nicht sterben. Das kann ich erst, wenn ich uns alle gerächt habe: Großvater, Fra Marco, Mateo, die Diener in La Vacchia, die Ehre meiner Familie, meine eigenen Verletzungen und meine Schande.

Ginevra bewegte die Finger, krümmte sie, verfluchte ihre Schwäche. Ich werde euch wieder stark machen, schwor sie sich stumm. Ich werde euch so stark werden lassen wie meinen Haß, und ich werde ihn töten. Einen anderen Grund zum Leben gibt es für mich nicht mehr. Wenn das getan ist, kann ich sterben und frei sein von Erinnerungen.

Ich werde ihn bezahlen lassen.

Ich werde Lorenzo töten.

Zweites Buch

Ginevra
1478–1483

24. Kapitel

Ginevra war zu einer Meisterin der Täuschung geworden. Nach den zum Simulieren wochenlanger Bewußtlosigkeit nötigen Anstrengungen war die neue Rolle, die sie spielen mußte, ein Kinderspiel. Tatsächlich lachte das Mädchen manchmal still in sich hinein. Wenn sie die Krankenschwestern nach dem Grund dafür fragten, antwortete sie immer: »Ich bin nur glücklich darüber, daß es mir wieder bessergeht.« Jetzt bestand ihre Rolle darin, die Genesungsphase zu verlängern.

Heimlich bemühte sie sich jedoch, wieder zu Kräften zu kommen. Schon vor dem Öffnen der Augen und ihrer krächzenden Bitte um Wasser beugte und streckte sie in den Nachtstunden, wenn ihre Betreuerinnen eingenickt waren, die geschwächten Muskeln. Nachdem ihr die Verbände und Schienen abgenommen worden waren, konzentrierte sie sich immer auf einen Bereich auf einmal und verbarg die Bewegung des Knies, des Knöchels oder des Bauches unter dem Hügel aus leichten Bettdecken. Die unablässigen Anstrengungen lösten eine neue Periode hohen Fiebers aus; sie war schwächer als je zuvor.

Doch nie war sie so schwach, daß sie ihr Ziel aus den Augen verlor und aufgab. Und erst das Ziel verlieh ihr die Fähigkeit, jeden der vielen Rückschläge bei ihrer Genesung wieder wettzumachen. Auch wenn sich ihr Herz vor Rachedurst verzehrte, tat sie fortwährend so, als sei sie schwach, bemitleidenswert und von Dankbarkeit erfüllt. Ihr Körper gewann dabei seine Spannkraft wieder zurück, und sie war wieder in der Lage, ihn genauestens zu kontrollieren.

Schließlich beherrschte sie ihn so gut, daß sie ihn schlaff und leblos werden lassen konnte, als Lorenzo ihn in die Arme nahm, hochhob und in das Schlafgemach im Erdgeschoß hinuntertrug, das in seiner Jugendzeit einmal sein eigenes gewesen war.

»Ich glaube, hier wirst du glücklicher sein, Contadina. Du

kannst dir das große Gemälde mit den Pferden anschauen, das gegenüber dem Bett hängt, und dir vornehmen, wieder so gesund zu werden, daß du reiten kannst.«

Ginevra preßte ein paar dünne Tränen hervor und brachte ein schwaches »Danke« zustande. Scheinbar ohnmächtig werdend, schloß sie die Augen, während Lorenzo sie sanft auf sein altes Bett legte. Während er sie trug, hatte sie unter den gesenkten Lidern hindurch direkt neben ihrer Wange seine verletztliche Brust und seine mit der Last ihres Körpers beladenen Arme erkennen können. Er war unfähig, sich zu verteidigen. Wenn sie doch nur einen Dolch gehabt hätte. Und die Kraft, richtig zuzustechen.

Sie verdoppelte die Zahl ihrer heimlichen Übungen.

Bald entdeckte sie, daß das neue Zimmer viele Vorteile besaß. Es war Spätsommer, und die zum Lüften offenstehende Tür gestattete es ihr, die Unterhaltungen der bewaffneten Männer im Hof und das Kommen und Gehen am Eingang des Palastes zu verfolgen.

So erfuhr sie, daß Lorenzo immer von Wachen umgeben war, wenn er in die Stadt hinausging, und sie lachte, da sie sich im Innern seines Hauses befand, dort, wo er verwundbar war.

Sie hörte von dem Krieg, der zur Zeit tobte, und davon, daß die Armeen Roms und Neapels immer mehr zu Florenz gehörende Städte einnahmen. Die Wachen waren besorgt. Florenz besaß nur eine bunt zusammengewürfelte Truppe, die aus jenen kleinen Kontingenten bestand, die Mailand, Bologna und Clarissa de' Medicis Verwandte, die Familie Orsini, geschickt hatten. Der König von Frankreich, ein langjähriger Verbündeter der Medici, hatte einen Gesandten mit einem Brief geschickt, in dem er Unterstützung und fünfhundert Söldner zusicherte. Aber die Soldaten waren nicht erschienen. Unterdessen blieben der Gesandte, Philippe de Commines, und sein Gefolge weiterhin als Gäste Lorenzos im Palast, was für die Wachen, die sie natürlich eskortieren mußten, zusätzliche Arbeit bedeutete und für unablässiges Murren sorgte.

Ginevra, die nichts über den Krieg wußte, freute sich über das besorgte Gerede der Wachen. Wenn die Einnahme der

Stadt bedeutete, daß die Familie Medici vernichtet wurde, würde sie nur glücklich darüber sein.

Vorausgesetzt, ihre Hand und keine andere versetzte Lorenzo den Todesstoß.

Obwohl sie in den Schriften der griechischen Philosophen und der römische Dichter und Staatsmänner gebildet war, wußte Ginevra nichts von den Wegen des Herzens. Wenn irgend jemand ihr erzählt hätte, ihr alles verzehrender Haß auf Lorenzo sei so intensiv geworden, weil sie diesen Mann seit ihrer Kindheit als Held angesehen hatte, hätte sie den Sprecher für verrückt erklärt. Sie wollte Rache für die Verletzungen nehmen, die man ihr und den Menschen, die sie liebte, zugefügt hatte. Nie kam ihr der Verdacht, daß sie sich auch für einen verratenen Traum rächen wollte.

Die Schwestern wurden jetzt, wo Ginevra sichtlich außer Gefahr war, nicht mehr soviel gebraucht. Nur eine blieb an ihrer Seite, und nachts schlief diese in dem neben dem Krankenzimmer liegenden Raum. Ginevra konnte ihre Aktivitäten verstärken, kräftiger üben, sogar ihre ersten wackeligen Schritte um das Bett herum unternehmen und sich dabei auf der hohen Matratze abstützen.

Die Anstrengungen der Nachtstunden erschöpften sie, und die meiste Zeit des Tages schlief sie. Durch den Schlaf schöpfte sie wieder neue Kräfte und hielt die Fiktion ihrer Krankheit aufrecht.

Lucrezia war beunruhigt. »Jetzt, wo die Krise vorbei ist, hoffte ich, sie würde sich rasch erholen«, sagte sie zu der Schwester. »Es ist jetzt fast sechs Monate her, daß sie verletzt wurde, und immer noch ist sie so schwach. Zu schwach, um der Krankheit Widerstand zu leisten, und auch immer noch zu schwach, um in Sicherheit gebracht zu werden.«

In Florenz war die Pest ausgebrochen. Jeder, der dazu in der Lage war, floh in Panik aus der Stadt. Am ersten Oktober hatte man das erste Opfer auf den Stufen der Kirche Santa Croce gefunden. Das war jetzt eine Woche her, und mittlerweile starben täglich neun Menschen an der Seuche.

Lucrezia hatte jeden Fußboden und jede Wand im Palast

mit Lauge und Essig abschrubben lassen. Alle Fenster waren mit Wachs versiegelt worden, und durchlöcherte, mit Kräutern gefüllte Metallkugeln brannten Tag und Nacht in allen sechsundsiebzig Zimmern des Palastes, ganz gleich, ob diese bewohnt waren oder nicht.

In Ginevras Zimmer standen drei Rauchgefäße. Lucrezia kochte dicke Suppen mit kleingeschnittenem Kohl und Rindfleischstückchen und rüttelte das Mädchen tagsüber alle zwei Stunden wach, um sie zu füttern.

»Du mußt dich zwingen, etwas zu essen«, flehte Lucrezia ihren Schützling an. »Es ist der einzige Weg, wieder zu Kräften zu kommen.«

Ginevra machte eifrig mit. Seit Wochen war sie unsagbar hungrig gewesen. Ihr Körper, dem sie soviel abverlangte, forderte mehr Nahrung als die dünne Brühe und die warme Milch, die die typische Krankenkost ausmachten.

Lucrezia beobachtete, wie Ginevra aß, und Tränen schossen ihr in die Augen. »Mein armes Kind!« sagte sie. »Das muß es gewesen sein, was dir die ganze Zeit gefehlt hat, und ich wußte es nicht. Bitte, verzeih mir.«

Ginevra sagte nichts. Sie war viel zu sehr mit dem Essen beschäftigt, um zu sprechen. Und sie würde auch zu keinem Medici »Ich verzeihe dir« sagen, nicht einmal zu dieser Frau, die so sehr der Mutter ähnelte, die sich die verlassene Ginevra ausgemalt hatte, als sie noch ein Kind gewesen war.

Die nahrhafte Suppe stellte sie nur für kurze Zeit zufrieden. Sie ermöglichte es ihr, ihre Übungen mit geringerer Erschöpfung durchzuführen, und ihre Glieder kräftigten sich so sehr, daß sie gehen, dann die Beine beugen, dann vom Boden aus auf das hohe Bett springen konnte. Sie war fast in der Lage, die Holzstufen neben ihrem Bett hochzuheben; sie wußte, bald würde sie sie einen Zentimeter heben können, dann zwei, drei und schließlich, wenn sie es wollte, bis in Kopfhöhe.

Doch sie brauchte mehr Nahrung, irgend etwas Richtiges zu essen. Sie sehnte sich nach einer harten Brotkruste oder einem dicken, gewürzten Würstchen, irgend etwas zum Kauen, etwas, das nicht durch ihren Hals rinnen würde, bevor sie den Geschmack kosten konnte. Lucrezia konnte sie nicht sagen, was sie wollte, denn sie wagte es nicht, ihr zu enthüllen, wie weit ihre Genesung bereits fortgeschritten war. Wenn jeder wußte, daß sie fast wieder gesund war, würde man sie aus der Stadt schicken, weg von der Pest.

Und es war von entscheidender Bedeutung, daß sie im Medici-Palast blieb, denn nur hier konnte sie einen unbewachten und nichtsahnenden Lorenzo überrumpeln.

Ich muß träumen, dachte Ginevra. Sie zwickte sich in den Arm, zuckte zusammen, schnupperte. Deutlich und kräftig roch es nach Käse. Ihr lief das Wasser im Mund zusammen.

Leise und sicher lief sie im beinahe vollständigen Dunkel ihres Zimmers umher. Ihre Augen hatten sich seit langer Zeit an die schwache Beleuchtung von den glimmenden Rauchgefäßen gewöhnt. Sie drehte den Türknauf, jederzeit bereit, zu ihrem Bett zurückzulaufen, wenn es ein Geräusch machte. Das Mädchen fragte sich, ob die Schwester die Tür wohl abgeschlossen hatte, als sie sie nachts hinter sich zumachte. Sie fühlte, wie sich die Tür öffnete, zog vorsichtig daran.

Licht strömte durch den schmalen Schlitz. Ginevra trat hastig zurück, sich sicher, entdeckt worden zu sein. Dann erkannte sie die Geräusche hinter der Tür. Jemand schnarchte, genau wie Fra Marco es immer getan hatte, wenn er nach dem Abendessen in seinem Stuhl eingeschlafen war.

Die lebhafte Erinnerung traf sie ganz unverhofft, und ihre Kehle füllte sich mit brennenden Tränen. Sie schluckte, gewann die Kontrolle und ihre Konzentration wieder zurück und machte die Tür weiter auf.

Fünf Männer in der Uniform der Medici schliefen im Hof. Ihre Körper lagen lang ausgestreckt auf dem Boden vor den Türen, die zur Straße, in den Garten, auf die Loggia und die überwölbten Eingänge der Treppenhäuser zu den oberen und unteren Stockwerken führten. Die Wachen schliefen mit einem Schwert oder Speer in der Hand.

Ginevra hielt sich an der Tür fest; ihre wieder gekräftigten Beine waren plötzlich ganz schwach geworden. Sie hatte die Wachen seit Wochen belauscht, ohne sie sich als etwas anderes

223

als körperlose Stimmen vorzustellen. Doch der Anblick dieser Männer ließ sie vor Furcht zittern. Die Fackeln, die den Hof beleuchteten, ließen die in Rot und Weiß gehaltenen Tuniken hell aufleuchten; die Kettenhemden an ihren Armen glitzerten, ihre Waffen schienen sich im flackernden Licht zu bewegen.

Mit beängstigender Geschwindigkeit stürmte alles wieder auf sie ein. Dieser weiße, mit rotem Blut bespritzte Seidenstoff, die metallischen Kettenglieder der Rüstung, die in ihre nackte Haut eindrangen, die klirrenden Schwerter, das Stechen und Töten. Der zu Boden geschlagene Fra Marco, Mateos Leben, das aus dem Loch in seiner Brust spritzte, ihr Großvater…

Sie sank zu Boden, kauerte sich zusammen, legte sich die Arme über den Kopf und biß sich in die eigene Schulter, um das Geräusch ihrer klappernden Zähne und ihres Wimmerns zu ersticken.

Es schien ihr eine Ewigkeit zu sein, die sie dort verbrachte. Noch einmal durchlebte sie den Schrecken und wartete, gelähmt und hilflos vor Angst, nur darauf, daß alles wieder von vorne begann.

Das Schnarchen hörte auf. Die Angst wurde zum blanken Entsetzen. Auf dem Bauch kroch Ginevra tiefer in ihr Zimmer hinein.

Bei Tagesanbruch fand die Schwester sie unter ihrem Bett. Sie wand sich in Krämpfen, ihre Augen waren nach oben gedreht, ihre Lippen rauh und zerbissen. Die Nonne schrie um Hilfe. Eine Wache erschien, warf einen Blick ins Zimmer und rannte los, um Lucrezia zu holen. »Wir müssen sie ins Bett schaffen und warmhalten«, sagte Lucrezia. »Dann müssen wir beten.«

Sie gab die Nachricht an die übrigen Haushaltsmitglieder weiter und bat auch diese um ihre Gebete.

Lorenzo eilte auf Ginevras Zimmer, als er die Botschaft seiner Mutter erhielt. Für eine Minute kniete er mit ihr neben Ginevras Bett nieder, dann ging er nach oben und den langen Korridor entlang, der zu seinem Arbeitszimmer führte. Er konnte keine Ruhe finden. Erst am Tag zuvor hatte er die Nachricht erhalten, daß sein Patensohn Bernardo an der Pest gestorben war. Eigentlich hätte der Junge in der Abgeschiedenheit der Villa auf dem Land, wohin Bianca und Elmo verbannt worden waren, sicher sein sollen. Aber Bernardo war tot. Das Kind, das am Geburtstag Lorenzos, am Geburtstag Ginevras geboren war, an dem Tag, an dem Ginevra in Florenz ankam und Lorenzo volljährig wurde, war tot.

Und jetzt litt Ginevra an einer Krankheit, die genauso mysteriös und unberechenbar war wie der Schwarze Tod. Und das zu einem Zeitpunkt, an dem sie so deutlich auf dem Wege der Besserung gewesen war.

Lorenzo fühlte sich von seiner Machtlosigkeit gegenüber dem Schicksal, seiner Unfähigkeit, die Bedeutung dieser Zeichen zu verstehen, wie erdrückt. Wenn sie überhaupt eine Bedeutung hatten. Wenn der Zusammenbruch Ginevras und der Tod Bernardos überhaupt Zeichen waren.

Er wußte es nicht. Er fühlte, daß es nichts gab, dessen er sich sicher sein konnte.

Unsicherheit und Hilflosigkeit waren ihm fremd; sie gehörten nicht zu seinem Wesen, waren auch keine Bestandteile seines vergangenen Lebens. Sie waren für ihn unerträglich, und so spazierte er stundenlang den Korridor auf und ab und versuchte, diese Gefühle abzuschütteln, sie unter seinen Fersen zu zertreten, die Entschiedenheit wiederzugewinnen, die die Signoria und die Menschen von Florenz von ihm erwarteten, die er selber von sich erwartete.

Kuriere kamen zu ihm, Boten, Repräsentanten des Kriegsrates. Alle hatten sie ihre Fragen, und er beantwortete sie. Alle brauchten sie Befehle, und er gab sie ihnen. Alle erwarteten von ihm, geführt zu werden, und verlangten von ihm, Zuversicht zu vermitteln, und er stellte sie zufrieden.

Dann ging er in sein Arbeitszimmer und setzte sich an seinen Schreibtisch. Jetzt war er bereit, die viele Korrespondenz in Angriff zu nehmen, die nach seiner Aufmerksamkeit verlangte. Es gab so viele Dinge, so viele Menschen, die von ihm abhängig waren, und er konnte keine wertvolle Zeit damit verschwenden, sich über unbeantwortbare Fragen den Kopf zu zerbrechen.

Die Contadina würde schon wieder auf die Beine kommen.

Er wußte es. Sie war auf eine Weise Teil von ihm, wie es Bernardo nie gewesen war, und sie würde den Kampf um das, was sie erreichen wollte, ebensowenig aufgeben wie er. Er breitete eine Karte der Toskana vor sich aus und markierte die zuletzt gemeldeten Positionen der feindlichen Truppen.

Drei Stunden später gab Ginevra einen Seufzer von sich. Ihr Zittern verschwand, und eine vollständige Entspannung trat ein. Lucrezia küßte ihre geschlossenen Lider. »Gott sei Dank, sie schläft.«

Als Ginevra erwachte, war sie ausgeruht und ruhig. Ihr Schlaf war zum ersten Mal nicht von Alpträumen gestört worden, und sie wußte, daß sich eine wichtige Veränderung in ihrem Leben vollzogen hatte. Ruhig und versonnen lag sie da, bis sie alles begriff.

Die Sache, die mich entgegen aller Vernunft erschreckt hat, ist Vergangenheit, ist bereits geschehen, dachte sie. Es ist vorbei. Abgeschlossen. Deswegen muß ich mich auch nicht mehr davor fürchten. Und es gibt nichts, was mir irgend jemand in Zukunft antun kann, das mich ebenso tief verletzten könnte. Die Hölle habe ich bereits kennengelernt. Was habe ich jetzt noch zu fürchten? Nichts. Ich habe vor nichts Angst, nicht einmal vor dem Tod. Der Tod ist bloß eine tiefere Bewußtlosigkeit, und ich weiß, er ist friedlich.

Schmerzhaft ist es nur, wenn man wieder ins Leben zurückkehren muß.

Ganz langsam streckte sie sich, dankbar für die geschmeidige, gehorsame Reaktion ihrer Muskeln, an deren Aufbau sie so viel gearbeitet hatte, schwelgte in ihrem Gefühl, wie neugeboren und unüberwindbar zu sein.

In dieser Nacht schlich sie sich auf den stillen Hof, fand den kleinen Raum, in dem Nahrung und Getränke für die Wachen bereitstanden, und aß sich am Käse, am Brot und an den Oliven satt.

Drei Nächte später entdeckte sie die Waffenkammer. Sie wählte einen gut in der Hand liegenden Dolch mit kleinem Griff und einen Wetzstein aus und nahm beides mit auf ihr Zimmer. Sie versteckte es oben auf dem tiefen Baldachin über dem Bett, der die reichlich mit Brokat versehenen Seidenvorhänge zusammenhielt, die die Zugluft abhalten sollten. Es war leicht, die geschnitzten Bettpfosten hochzuklettern; sie waren so dick wie kleine Bäume. Während sie auf eine Gelegenheit wartete, den Dolch zu gebrauchen, konnte sie ihn jede Nacht schärfen.

»Ich bin bereit«, flüsterte sie den pastellfarbenen Phantasiepferden zu, die die Wände schmückten. Und lachte.

25. Kapitel

Lucrezia bemerkte die Veränderung, die in Ginevra vorgegangen war, sofort. »Unsere Patientin ist glücklich, Schwester. Sehen Sie nur, sie lächelt im Schlaf.«

Als sie Ginevra weckte, um ihr die Suppe zu geben, meinte sie, sie könnte vielleicht Gefallen daran finden, einmal aus dem Bett und dem Zimmer herauszukommen. »Ich habe dir einen Tragsessel herunterbringen lassen. Er gehörte meinem Mann. Er konnte nicht gehen, weißt du. Wenn du möchtest, werde ich dir zwei Diener zuweisen, und du kannst dich im Haus bewegen und an schönen Tagen sogar in den Garten gehen.«

»Oh, danke, Madonna Lucrezia. Das würde mir gut gefallen.« Ginevras Dankbarkeit war echt. Sie mußte das Haus kennenlernen, sie mußte wissen, wo sie Lorenzo allein und arglos antreffen konnte. Auf diese Weise würde niemand erfahren, daß sie schon wieder laufen konnte. Es wäre ein großer Vorteil.

Kaum hatte sie jedoch damit begonnen, sich das obere Stockwerk anzusehen, ging Lorenzo weg.

»Er hat seine Kinder sehr vermißt«, erklärte Lucrezia, »und er wird auf unsere Villa in Cafaggiolo gehen, um dort etwas Zeit mit ihnen zu verbringen. Clarissa nahm sie dorthin mit, um sie vor dem Krieg in Sicherheit zu bringen, der im letzten Juni begann. Es ist ein abgelegener Fleck; die Villa hat gute, dicke Wände, einen Wassergraben und eine Zugbrücke.«

»Ist der Krieg vorbei?«

»Nein.« Plötzlich fiel ein Schatten auf Lucrezias Gesicht. Auf einmal wirkte es ganz grau. Dann lächelte sie. »Aber für etliche Monate wird nicht mehr gekämpft. Armeen haben ganz bestimmte Vorschriften über das, was sie tun und was sie nicht tun. Im Winter ziehen sie sich in eine Stadt zurück, in der Männer und Pferde eine Unterkunft beziehen und es sich bequem machen. Im nächsten Frühjahr fangen sie dann wieder an zu kämpfen.

In der Zwischenzeit haben wir das Haus praktisch für uns. Wenn Lorenzo weg ist, gibt es auch nur wenig Besuch. Ich habe vor, den Frieden und die Ruhe zu genießen, besonders in so guter Gesellschaft. Lorenzo erzählte mir, daß du eine richtige Gelehrte bist, Ginevra. Vielleicht könnten wir ein wenig lesen und diskutieren. Wir haben eine wirklich gute Bibliothek. Und es gibt viele Dinge, die ich gerne lernen würde, wenn du mir dabei hilfst.«

Ginevra war erstaunt. Sie hatte nie geglaubt, daß eine ältere Person sich an sie wenden könnte, um etwas zu lernen. Mißtrauisch musterte sie Lucrezia, doch sie konnte keine Spur von Herablassung oder Arglist in ihrem immer noch schönen Gesicht erkennen.

»Ich bin glücklich, alles zu tun, was in meiner Macht steht«, erwiderte sie.

Und es war ein glücklicher Winter, eine geschenkte Zeit, ohne Haß und Intrigen, eine Zeit ohne die ständige Beschäftigung mit dem Tod, der zuerst Lorenzo, dann unvermeidlich sie selbst treffen würde. Ginevra nahm das Geschenk ohne jeden Ärger an. Auf ihre Rache konnte sie noch warten, sie würde dadurch nichts von ihrer Süße verlieren. Das Mädchen schob alle Gedanken an Lorenzo beiseite und überließ sich Lucrezias Führung. »Als erstes gehen wir in die Bibliothek«, sagte Lucrezia. Bis zu dem Zeitpunkt, in dem sie in den Raum voller Bücher traten, hatte Ginevra gar nicht gemerkt, wie sehr sie die friedvollen Stunden des Lesens vermißt hatte. Sie spürte ihren aufgeregten Herzschlag. Noch nie hatte sie so viele Bücher auf einmal gelesen. Ein Haushalt galt als reich, wenn er fünf Bücher besaß. Im Palast der Medici gab es mindestens fünfhundert!

Das war aber noch nicht alles an Reichtümern. Der Palast war eine Schatzkammer der Kunst. Lucrezia machte sie mit den einzelnen Gemälden, Skulpturen, Gobelins und Orientteppichen nacheinander vertraut, damit Ginevra Zeit genug hatte, jedes einzelne Stück zu studieren und zu genießen. Lucrezia erzählte ihr auch wunderbare Geschichten über die Künstler, die viele der schönen Dinge geschaffen hatten.

»Donatello war vielleicht der engste Freund meines Schwiegervaters. Er war ein gütiger, liebevoller Mann und ein großer Bildhauer. Der Brunnen im Garten – die über Holofernes triumphierende Judith – ist von ihm. Mein Schwiegervater hat ihn zu einem sehr hohen Preis in Auftrag gegeben, weil er sich über Donatellos Lebensstil Sorgen machte. Dieser Mann schien nie über einen warmen Mantel zu verfügen oder sich eine anständige Mahlzeit zu gönnen. Cosimo bezahlte ihn im voraus mit Gold und gab Donato den Namen eines Bankdirektors. ›Geh und statte diesem Mann einen Besuch ab, gib ihm dein Geld und sag ihm, er solle es für dich anlegen‹, empfahl er ihm. ›Dann wirst du so viel Geld haben, daß es dir an nichts fehlt.‹«

Ginevras Mund verzog sich. »Kein Wunder, daß er nach dieser Großzügigkeit ein so enger Freund von ihm wurde«, meinte sie.

Lucrezia lachte. »Geld bedeutete Donatello nichts. Er nahm Cosimos Gold und tat damit das gleiche wie mit dem ganzen anderen Geld, das er verdiente: Er legte es in einen Korb, der an der Decke seiner Werkstatt hing. Sein Koch, seine Schüler, seine Freunde, alle konnten sich dort bedienen, wenn sie irgend etwas brauchten. Sie konnten es kaum glauben, als sie eine Münze herausnahmen und feststellten, daß es ein Florentiner Gulden statt eines Scudo war.«

Ginevra stimmte in Lucrezias Lachen ein. »Was hat Cosimo dann getan?«

»Er hat die Davidsstatue in Auftrag gegeben, die dir so gut gefällt, die in der Nähe deiner Zimmertür.«

»Mit Zahlung im voraus?«

»Natürlich. Er hat den Versuch nie aufgegeben.«

»Und, landete es im Korb?«

»Natürlich.«

Ginevra liebte die Geschichten und die Kunst. Um sich allein umherbewegen und ihre besonderen Favoriten ganz nach Gutdünken betrachten zu können, ersetzte das Mädchen ihre simulierte Unbeweglichkeit durch einen stockenden Gang.

Eines der Kunstwerke, die sie ganz besonders in ihr Herz geschlossen hatte, war die in leuchtenden Farben gestaltete Darstellung der Heiligen Drei Könige, die drei Wände in der kleinen Familienkapelle zierte. Das Bild steckte voller Überraschungen, und jedes Mal, wenn sich Ginevra das Gemälde ansah, entdeckte sie etwas, das sie vorher nicht bemerkt hatte, eine exotische Blume oder ein Tier oder ein Detail der aufwendigen Gewänder der Weisen aus dem Morgenland oder ein winziges Insekt, das sich auf der Feder eines Engelsflügels niedergelassen hatte.

Lucrezia wurde zugetragen, daß Ginevra oft über eine Stunde lang allein in der Kapelle saß. Sie war erleichtert, das zu hören, denn sie war besorgt um das Seelenheil des Mädchens. Nicht selten fehlte Ginevra bei der täglichen Messe, die in der Kapelle abgehalten wurde, und wenn sie kam, dann hatte ihr Gesicht häufig einen abweisenden Ausdruck.

Wenn sie aber in die Kapelle ging, während sich niemand anders dort aufhielt, mußte sie doch auf irgendeine persönliche Art ihre Andacht verrichten, dachte Lucrezia. Sie konnte das verstehen. Vater Paolo war ein hektischer, nervöser Mann und machte jeden um ihn herum ebenfalls nervös. Wenn er die Messe las, raste er durch den Text, brachte die heiligen Worte durcheinander und klapperte mit den Gefäßen für die Sakramente herum.

Lucrezia wünschte, sie könnte einen anderen Priester bitten, ihnen als Hausgeistlicher zu dienen, aber es war unmöglich. Für Vater Paolo wäre das ein zu grausamer Schlag. Fast zwanzig Jahre lang hatte er im Palast gelebt, und fairerweise mußte man zugeben, daß seine Nervosität ihre Ursache in dem ernsten, spirituellen Dilemma hatte, in dem er steckte. Unmittelbar nach dem Aufstand der Pazzi hatte nämlich der Papst Lorenzo exkommuniziert und gefordert, die Stadt solle ihn der römischen Gerichtsbarkeit überantworten. Andernfalls habe sie mit einem Interdikt zu rechnen.

Die Signoria weigerte sich, Lorenzo dem sicheren Tod auszuliefern, und das Interdikt, eine Exkommunizierung der gesamten Republik, wurde verhängt. Es bedeutete die Schließung aller Kirchen, keine Sakramente mehr, keine christlichen Eheschließungen oder Begräbnisse. Die Bischöfe der Toskana weigerten sich, das Interdikt anzuerkennen. Statt dessen faßten sie eine Verurteilung des Papstes ab und ließen das Schreiben in ganz Europa verbreiten.

Vater Paolo, ein gehorsamer Sohn der Kirche, befürchtete bei jeder Messe, die er abhielt, seine Seele aufs Spiel zu setzen. Man hatte ihn dazu ausgebildet, die Gesetze des Papstes zu befolgen. Den abtrünnigen Widerstand der Bischöfe zu unterstützen hatte er nicht gelernt. Aber er war nicht fähig, einen Mann wie Sixtus, der sich mit anderen zusammentat, um in einem Gott geweihten Dom einen Mord zu begehen, als legitimen Papst anzuerkennen. Diese widersprüchlichen Gefühle waren die Ursache seiner Nervosität.

Lucrezia begriff das und zeigte ihm gegenüber Geduld. Auch mit Ginevra hatte sie Geduld und erwartete nicht von ihr, Vater Paolo zu verstehen. Wieviel das Mädchen von der Verschwörung der Pazzi wußte, wagte Lucrezia sie nicht zu fragen. Sie zog es vor, zu glauben, daß Ginevra völlig unschuldig war und sich an nichts beteiligt hatte, denn sie hatte das Mädchen sehr gern und mochte sie mit jedem Tag mehr.

Ihre Zuneigung war offenkundig, als sie am Tag nach Weihnachten Ginevras Hände nahm und sie auf eine niedrige Bank in der Nähe des warmen Feuers im Gran Salone führte. »Bitte, setz dich ein wenig zu mir, mein Liebes, und hilf mir bei einer schwierigen Aufgabe.«

Ohne Zögern willigte Ginevra ein. »Erzählt mir nur, was ich tun muß.«

»Mein Kind, du mußt mir ganz genau bei dem zuhören, was ich dir sagen will. Ich befürchte, das Zuhören ist noch schlimmer als das Erzählen. Ich werde es so schnell wie möglich tun…

Ginevra, deine Verlobung mit meinem jungen Cousin wurde aufgehoben. Du wirst nicht mit ihm verheiratet werden.«

Ginevra lächelte. »Ist das alles? Madonna Lucrezia, Sie sollten mir nicht einen solchen Schrecken einjagen. Ich hatte schon Angst, daß Sie eine wirklich schlechte Nachricht für mich haben. Ich finde es nicht schlimm, jemanden nicht zu heiraten, dem ich noch nie begegnet bin.«

Lucrezias Griff wurde fester. »Das ist noch nicht alles, Ginevra. Es wird schwer für dich sein, irgendeinen Mann zu finden, der deiner wert ist.«

Ginevra zog ihre Hände zurück und drehte den Kopf weg, damit Lucrezia ihr Gesicht nicht sehen konnte. »Ich weiß darüber Bescheid«, sagte sie. Ihre Stimme war schroff. »Ich hörte die Schwestern tratschen. Kein Mann kann eine Pazzi heiraten. So will es das Gesetz.«

Lucrezia hielt ihre Tränen zurück. »Gesetze lassen sich umgehen. Es ist leicht, einen Namen zu ändern, und nichts Ungewöhnliches. Für eine Mitgift läßt sich sorgen. Aber es gibt nichts, was man tun könnte, um den Schaden wiedergutzumachen, den man dir zugefügt hat. Meine arme Ginevra, Liebes, du wirst nie ein Kind bekommen können. Ich habe versucht, die Blutungen zum Stillstand zu bringen. Ich habe jede Medizin, alle mir bekannten Kunstgriffe verwendet...« Jetzt liefen die Tränen ungehindert über Lucrezias Wangen.

»Ginevra, du hast keine Gebärmutter mehr. Du bist für immer unfruchtbar. Ein Mann nimmt sich eine Frau, damit sie ihm Kinder schenken kann. Wir können nur darauf hoffen, daß ein Vater, dessen Frau gestorben ist, damit einverstanden ist, daß seine Kinder...«

Ginevra wandte ihr das Gesicht zu.

»Bitte«, sagte sie, »bitte, Madonna, weint nicht. Euer Kummer bricht mir das Herz.« Mit einer unbeholfenen Bewegung legte das Mädchen ihre Arme um die ältere Frau.

»Es ist nicht wichtig. Wirklich. Ich habe kein Interesse an einem Mann oder Kindern. Dank Euch lebe ich und bin glücklich. Es gibt keinen Grund für Euch zu weinen.«

Sie legte ihre Wange an die Wange Lucrezias und spürte Tränen aufsteigen, spürte, wie sich ihre eigenen Tränen mit denen Lucrezias vermischten. Ich hätte nie zulassen dürfen, daß sie mich liebt, dachte Ginevra, oder daß ich sie liebe. Es wird jetzt soviel schwerer sein, ihren Sohn zu töten.

26. Kapitel

Lucrezia konnte nicht glauben, daß ihre Unfruchtbarkeit Ginevra nicht traurig machte. Kinder zu bekommen, war doch das Glück und die Pflicht einer Frau. Unaufhörlich dachte sie darüber nach, wie Ginevras Leben verlaufen war. Das Mädchen war isoliert auf dem Land aufgewachsen und nur mit alten Männern und älterem Dienstpersonal zusammengewesen und hatte keinerlei Erfahrungen mit Kindern, keine Vorstellung davon, was es bedeutete, Mutter zu sein, kein Verlangen nach etwas, das sie sich nicht vorstellen konnte.

An einem warmen, frühlingshaften Tag im Februar wurde es Ginevra dann bewußt.

Durch die dünnen Scheiben des Bibliotheksfensters hindurch spürte sie die Kraft der Sonne und wurde von einer heftigen Sehnsucht nach dem Garten in La Vacchia erfaßt. Der Geruch der Erde, der Anblick wachsender Pflanzen, das Geräusch der Vögel und des plätschernden Wassers, all das fehlte ihr. Den Garten hinter dem Palast hatte sie, abgesehen von Donatellos Statue, als traurigen, öden, farblosen und kalten Ort in Erinnerung.

Aber an einem Tag wie diesem würde das bestimmt ganz anders sein. Jetzt würde es dort zumindest Vögel geben, die aus dem Brunnen tranken, und Sonnenlicht, das auf ihre Schultern schien. In ihrer Eile vergaß sie, das Buch wieder in den Schrank zu stellen. Nicht einmal eine Minute Sonnenlicht wollte sie jetzt verpassen.

Sie dachte, sie hätte den Ruf eines ihr unbekannten Vogels gehört, als sie sich dem Garten näherte, und eilte auf die letzten paar Stufen zu. Im Eingang blieb sie wie angewurzelt stehen. Direkt vor ihr war eine hellgrüne Wolldecke auf dem noch braunen Wintergras ausgebreitet worden. Ein Baby lag darauf, gurgelte vergnügt vor sich hin, spielte mit seinen Zehen und versuchte sie zu fangen. Fast nackt lag es da, die

Windel hatte sich gelöst und in einem kleinen wirren Bündel um seine rosige, seidenglatte Haut gewickelt.

Ginevra schaute nach rechts, dann nach links. Außer ihnen beiden war niemand im Garten. Sie ließ sich neben dem Kind auf die Knie fallen und streckte vorsichtig eine Hand aus, um den fetten nackten Fuß zu berühren.

»Du bist so weich«, rief sie aus.

Das Baby gluckste.

Lucrezia fand Ginevra eine halbe Stunde später. Das Mädchen liebkoste gerade den Bauch des Säuglings, lachte über dessen Freudenschreie, tat so, als ob sie dem heftigen Ziehen der rundlichen kleinen Fäuste Widerstand leistete, die sich an ihrem Kopftuch und den kurzen, lockigen Haaren darunter festklammerten.

»Du hast Giulio also gefunden«, sagte Lucrezia. »Ist er nicht wunderbar?«

Ginevras Lächeln war ein einziges Strahlen. »Ich glaube, er mag mich.«

»Da bin ich ganz sicher. Ich konnte ihn lachen hören, als ich auf den Hof kam… Dieser kleine Teufel! Er bringt es immer wieder fertig, aus seiner Windel zu schlüpfen. Der Himmel stehe uns bei, wenn er erst laufen lernt.« Lucrezia setzte sich neben Ginevra ins Gras, befreite die Hände des Babys aus ihrem Haar und küßte die kleinen Vertiefungen an den Fingerchen. »Ich dachte, er würde inzwischen laut schreien. Der übliche Zeitpunkt zum Stillen ist längst überschritten.«

Als ob es genau daran erinnert worden wäre, zog das Baby sein Gesicht in Falten und wirkte ungeheuer besorgt. Ginevra versuchte, es zu kitzeln und so zum Lachen zu bringen, aber statt dessen begann der Säugling zu schreien.

»Oh nein!« klagte sie. »Was habe ich denn falsch gemacht? Habe ich ihm wehgetan? Das wollte ich nicht!«

Lucrezia lachte. »Er hat nur gerade gemerkt, daß er Hunger hat. Das ist alles… Maria!«

Eine junge Frau lief in den Garten, ihre Finger lösten die Bänder am Ausschnitt ihres Kleides. »Es tut mir leid, Madonna«, sagte sie. »Ich habe gar nicht gemerkt, wie spät es ist.« Sie beugte sich nach unten, hob den Säugling zusammen mit seinen Wickeltüchern hoch. Sein lautes Geschrei schien sie überhaupt nicht zu beunruhigen.

Ginevra schaute fasziniert zu, als Maria sich auf eine Gartenbank setzte und eine pralle, kugelförmige Brust hervorholte. Giulios Geschrei verwandelte sich in ein laut schmatzendes Saugen.

»Gieriges kleines Ungeheuer«, sagte Lucrezia liebevoll. »Was hältst du von ihm, Ginevra?«

»Er ist einfach wundervoll. Ich wußte gar nicht, daß es hier Babys gibt. Sind noch viele andere da?«

Lucrezia war von der Frage verwirrt. »Lorenzo und Clarissa haben sechs Kinder, aber die sind alle in Cafaggiolo.«

»Das meinte ich nicht. Ich meinte das Personal. Maria gehört doch zum Personal, oder nicht?«

»Oh, jetzt verstehe ich. Nein, die Kinder der Bediensteten leben nicht im Palast. Wenn ein Mädchen ein Kind bekommt, dann lassen wir sie und ihren Mann, falls sie einen hat, auf eine der Villen ziehen. Hier in der Stadt ist kein Platz, an dem ein Kind frei herumlaufen könnte. Lorenzos Kinder verbringen den größten Teil des Jahres auf der Villa in Fiesole.«

»Aber…« Ginevra schaute auf Maria.

»Sie ist Giulios Amme. Der Säugling ist mein Enkelsohn, der Sohn meines jüngeren Sohnes Giuliano. Seine Mutter war Giulianos Geliebte. Lorenzo überredete sie, ihm das Baby nach der Geburt zu überlassen. Giulio wird zusammen mit Lorenzos Jungen aufwachsen, als wäre er Lorenzos eigener Sohn…«

»Warum nimmt Giuliano ihn nicht? Wie kann er es ertragen, daß sein Bruder sein Kind großzieht?«

Lucrezias Atem ging jetzt ganz unregelmäßig; ihr Gesicht war plötzlich sehr bleich geworden. »Giuliano ist tot«, sagte sie.

»Das tut mir so leid. Ich wußte es nicht. Ich hoffe, ich habe Sie jetzt nicht traurig gemacht.«

Lucrezia strich über Ginevras Haar. »Das ist schon in Ordnung. Ich bin sicher, es war keine Absicht.« Sie konnte die gezackten Narben auf der Kopfhaut des Mädchens fühlen. Giuliano war nicht das einzige Opfer.

Sie kam wieder auf ein fröhlicheres Thema zu sprechen. »Giulio kam im August zu uns. Er ist jetzt sechs Monate alt. Ich finde, das ist ein wunderschönes Alter für Babys. Jüngere schlafen die ganze Zeit; ältere springen ununterbrochen herum. Wenn sein Bauch voll ist, macht er für etwa eine Stunde ein Nickerchen. Dann will er den ganzen Nachmittag über spielen. Hättest du Lust, daß wir ihn uns von Maria auf mein Wohnzimmer bringen lassen?«

»Oh, ja. Sehr!«

Ginevra wurde zu einer bewundernden Sklavin des Babys. Sie hörte auf, Krankheit vorzutäuschen, und genoß ganz offen das Leben. Mehr als einen Monat lang fühlte sie sich fast wie im Paradies, teilte mit Giulio den kommenden Frühling, erzählte ihm die Namen von Vögeln und Blumen, entfernte geduldig Grasstückchen, Zweiglein und Blätter aus seinem Mund, spielte »Guck-Guck« mit ihm, brachte ihm bei, in die Hände zu klatschen, zum Abschied zu winken und ein Geräusch zu machen, das ihrer sicheren Überzeugung nach ihr Name war. Oft gesellte sich Lucrezia zu den beiden im Garten. Während sie das Lachen und das Glück mit ihnen teilte, arbeitete sie mit winzigen Stichen an einer Gobelinstickerei.

Anfang April wurde das Idyll zerstört. Lorenzo kam wieder heim.

Plötzlich war der Palast ein emsiges Gewühl aus den verschiedensten Aktivitäten. Zu jeder Tages- und Nachtzeit gingen die Leute aus und ein; der Hof war voller bewaffneter Männer, die die Menschen im Auge behielten, die Lorenzo sehen wollten; diejenigen, die nicht mehr in dem Hof Platz fanden, suchten sich im Garten ein Plätzchen; auf den Durchgängen und Treppen herrschte reges Treiben; Boten, Knappen, Sekretäre und Ratsmitglieder eilten dort hin und her, auf und ab. Selbst die Bibliothek wurde von Gelehrten von der Universität Pisa in Besitz genommen. Lorenzo hatte sie bei einem Besuch getroffen und eingeladen, zu kommen, im Palast zu wohnen und dort ihren Studien nachzugehen.

Weniger als vierundzwanzig Stunden nach Lorenzos Ankunft brachte Maria Giulio in Ginevras Zimmer, um sich von ihr zu verabschieden. Lorenzo schickte sie nach Cafaggiolo. Der Säugling winkte, wie Ginevra es ihm beigebracht hatte. Als Ginevra ihn ein wenig zu fest an sich drückte, brach er in ein erschrecktes Geheul aus. Das letzte, was Ginevra von ihm sah, war ein rotes Gesicht über Marias Schulter. Die runden, dunklen Augen standen voller Tränen.

Lucrezia zeigte wenig Mitgefühl. »Aber es war immer so geplant, daß Giulio sich den anderen Kindern anschließt. Als er geboren wurde, waren überall Soldaten auf den Wegen, und der Winter war zu kalt, um ein Baby über eine solche Entfernung zu transportieren.« Sie eilte in den Küchentrakt. Ein Haus voller Menschen zu betreuen verlangte viel Umsicht.

Als sie später ein paar Minuten Zeit zum Nachdenken fand, bedauerte sie, Ginevra so barsch abgefertigt zu haben. Das Mädchen war ganz vernarrt in das Kind, wahrscheinlich zu vernarrt. Es war bestimmt kein Fehler, die Bindung aufzulösen, bevor sie zu stark wurde.

Jedenfalls hatte sie keine Zeit, sich darüber Gedanken zu machen. Lorenzo brauchte sie. Die Kosten des Krieges bedeuteten höhere Steuern, und die Florentiner begannen allmählich, sich zu fragen, ob es den Preis wert war, Lorenzo im Kampf gegen Papst Sixtus zu unterstützen. Besonders als offensichtlich wurde, daß Florenz den Krieg verlor. Lorenzo mußte seine Schritte sehr sorgfältig planen, wenn er Regierungsführer bleiben wollte. Er und Lucrezia sprachen die ganze Nacht über miteinander, schätzten die Möglichkeiten ab und schmiedeten Pläne.

Auch Ginevra verbrachte eine schlaflose Nacht. Allein. Lucrezias brüske Verabschiedung hatte bei ihr einen bitteren Nachgeschmack hinterlassen; sie war enttäuscht. Doch sie wußte, daß Lucrezias Gegenwart und sogar ihre Zuneigung keine Hilfe gewesen wären.

Der Verlust Giulios ließ sie die Bedeutung dessen erkennen, was Lucrezia ihr gesagt hatte. Sie war unfruchtbar. Sie würde nie ein Kind austragen. Sie wußte jetzt, was es hieß, ein Baby zu halten, seine kleinen Ärmchen um den Hals zu spüren, das plötzlich hervorbrechende, schmelzende Gefühl der Liebe für den Säugling zu erleben, wenn sie ihn schlafen sah oder wenn er einen Kuß gegen ihren Hals drückte. Wenn schon das Baby eines Fremden das alles für sie bedeutete, wieviel größer mußte dann die Liebe einer Mutter sein? Ginevra hielt sich die Hände gegen ihre kleinen Brüste, bis sie angesichts der Leere, die sie fühlten, genauso schmerzten wie ihr Herz. Sie würden nie mit Milch gefüllt sein, nie das gierige Saugen kennenlernen, nie Nahrung und zufriedenen Schlaf schenken.

Sie war sechzehn Jahre alt, eine Frau und doch keine Frau, und würde nie eine Frau werden.

Nie würde Leben in ihrem Schoß wachsen; auch wenn sie umherlief und atmete und sprach, war sie leblos.

Ginevra gab ein lautes Lachen von sich, ein erbärmliches Zerrbild von Humor. Ich war mir so sicher, den Tod nicht zu fürchten, dachte sie. Warum sollte ich auch? Ich bin ja bereits tot.

Sie fühlte die gespeicherte Kälte des Winters aus den dicken Steinwänden in das Zimmer sickern, fröstelte und wickelte sich eine Steppdecke um die gekrümmten Schultern.

Eine flammende Erregung erfaßte ihren ganzen Körper. Haß war es; ein Haß, der sie wärmte und die Kälteschauer, die sie durchliefen, als sie sich der Verzweiflung überließ, verjagte. Lorenzo. Seine Opfer schrien nach Rache: alle Menschen, die sie je geliebt hatte, und alle ungeborenen Babys, die sie nie bekommen würde und nie lieben konnte, die Kinder, die ihr für immer versagt bleiben würden.

Rasch kletterte sie den Bettpfosten hoch und nahm ihren Dolch an sich. Während der Monate, die er dort versteckt gelegen hatte, hatte er Rost angesetzt und war ganz stumpf geworden. Ginevra spuckte auf die Klinge und begann sie zu schleifen.

Lorenzo zu töten war nicht so einfach, wie Ginevra sich das vorgestellt hatte. Den größten Teil des Tages war er außer Haus, manchmal für ganze Tage. War er aber daheim, waren immer Leute bei ihm, während andere schon wieder auf ihn warteten. Sie hatte den Palast gut kennengelernt, wußte, wo sie ihn finden konnte, aber es gab keine Chance, ihn alleine anzutreffen. Und das war von entscheidender Bedeutung. Sie mußte ihn völlig nichtsahnend überraschen, losschlagen, wenn er ihr den Rücken zuwandte. Maß sie ihre Kräfte mit ihm, würde sie immer den kürzeren ziehen. Und sie konnte nicht riskieren, daß eine dritte Person ihn mit einem Zuruf warnte. Lorenzos Reflexe waren zu schnell. Eine zweite Chance würde es nicht geben. Alles mußte perfekt sein.

Am verwundbarsten war er abends, wenn er und Lucrezia sich zu einer privaten Unterredung auf seinem Arbeitszimmer trafen. Ginevra war überzeugt, daß Lucrezia so arglos war, daß alles vorbei sein würde, bevor sie überhaupt merkte, was da geschah. Doch Ginevra brachte es nicht übers Herz, die Zuneigung und das Vertrauen ihrer einzigen Freundin zu verraten.

Zunächst war die Herausforderung, die passende Gelegenheit zu finden, etwas Aufregendes, fast wie ein Spiel. Doch als die Wochen vorbeiflogen, wuchs ihre Frustration. Sie konnte es nicht ertragen zu scheitern.

Die Tage wurden länger und wärmer. Lucrezia erzählte Ginevra, daß sie Anweisungen gegeben hatte, die von den üblicherweise mit dem Wechsel der Jahreszeiten im Haus vorgenommenen Veränderungen abwichen. Die Zitronenbäume in ihren großen Terrakottatöpfen würden zwar wie gewöhnlich aus ihrem mit Glas versehenen Winterhaus geholt, sollten aber ins obere Stockwerk gebracht und auf das flache Dach des Glashauses gestellt werden, um die Terrasse abzuschirmen. »Der Garten ist jetzt immer voller Menschen, aber wir sollten deshalb nicht darauf verzichten müssen, unsere Sonne und die frische Luft im Freien zu genießen. Die Terrasse wird unser ganz privater Platz.«

Die Fenster von Lorenzos Arbeitszimmer lagen nur wenige Meter über der Terrasse. Endlich, dachte Ginevra. Endlich. Jetzt muß ich nur noch dort warten und horchen, bis sich eine Gelegenheit bietet.

Am allerersten Tag war es soweit.

27. Kapitel

»Danke, daß du gekommen bist, um mich zu sehen, Luca. Du hattest wie immer recht. Die alte Handschrift ist wundervoll, und ich bin dir dankbar dafür, daß du mir das erste Anrecht darauf zugestanden hast. Es wird einer der Schätze meiner Bibliothek sein . . . Bruno, begleite doch bitte meinen Freund über die Straße. Und beschütze ihn vor der Horde im Hof. Ein Buchhändler ist viel zu wertvoll, als daß er von einem Politiker angerempelt werden sollte.«

Ginevra hörte den schlurfenden Gang des alten Mannes und den festen Schritt von Lorenzos Sekretär.

»Und halte mir so lange wie nur irgend möglich jeden vom Leib, Bruno. Ich würde gerne ein wenig Zeit mit dem heiligen Augustinus verbringen.«

Die Tür schloß sich. Man hörte das Geräusch umgewendeter Seiten. Ginevra berührte ihren Ärmel. Der Dolch war sicher versteckt. Ihr Blut pochte, und sie fühlte sich vor Aufregung ganz benommen. Es schien ihr, als ob ihr ganzer Körper Auftrieb erhielt, daß er fast schwebte, als sie sich auf die breite Fensterbank hochzog.

Sie hörte Lorenzo aufschreien, sah ihn von seinem Stuhl hochschießen, herumfahren und nach dem an seine Wade gebundenen Dolch greifen. Sie hätte schwören können, daß sie kein Geräusch gemacht hatte.

»Contadina! Bei den Wunden des Heilands, hast du mich erschreckt!« Der Dolch glitt wieder in seine Scheide zurück. Lorenzo schüttelte den Kopf. »Du solltest nie einen Mann auf diese Art von hinten überraschen, Ginevra. Ich hätte dich umbringen können, bevor ich gemerkt hätte, daß du es warst.«

Er ging zum Fenster hinüber. Im gleichen Augenblick stürzten zwei Wachen in den Raum; ihre Schwerter funkelten. »Es ist alles in Ordnung«, sagte er ihnen. »Geht wieder auf eure Posten zurück... Komm herein, Contadina. Ich bin glücklich, dich zu sehen.« Er lächelte und reichte ihr die Hand, um ihr herabzuhelfen.

Ginevra hatte Lorenzo jetzt seit Monaten nicht mehr gesehen. Müde sah er aus, bemerkte sie, und auf beiden Seiten seines Mundes hatten sich tiefe Linien eingegraben. Leichtfüßig sprang das Mädchen von der Fensterbank, ohne seine Hand zu beachten.

Wie kannst du nur, wollte sie rufen, wie kannst du es nur wagen, so zu tun, als seiest du mein Freund, als wärest du so froh, mich zu sehen? Für wie dumm hältst du mich?

Sie war kaum imstande, Lorenzos erfreutem Bericht über die Entdeckung des Buchhändlers zuzuhören, der die vergessenen Seiten in einem verlassenen Kloster gefunden hatte, war kaum in der Lage, die passenden Interessensbekundungen von sich zu geben, zu lächeln, als er sie zur Tür führte und diese öffnete. »Auf diesem Weg betritt man diesen Raum«, meinte er lachend.

Lucrezia konnte dem Vorfall keine lustige Seite abgewinnen. Über eine Stunde lang schimpfte sie Ginevra aus, nannte sie eine Närrin, leichtsinnig, undankbar, verwöhnt, gedankenlos, wild.

»Lorenzo ist mit Dingen von größter Wichtigkeit beschäftigt«, sagte sie. »Er hat keine Zeit, um mit dir zu spielen. Du bist ihm nicht gleichgültig, Ginevra. Durch mich erfährt er von deinen Fortschritten. Und trotz des Gewichtes ernstester Sorgen auf seinen Schultern hat er sogar die ersten Schritte unternommen, um ein Zuhause und einen Mann für dich zu finden. Bisher ohne Erfolg, das ist wahr, aber er hat dich nicht vergessen. Dein Betragen war kindisch und beschämend. Ich bin bitter von dir enttäuscht…«

Ginevra stand während der ganzen Tirade ruhig da, ihr Blick war demütig gesenkt. Schließlich sagte sie: »Es tut mir aufrichtig leid, Madonna Lucrezia. Ich werde so etwas nie mehr tun.«

Und das entsprach der Wahrheit. Sie würde es tatsächlich nicht noch einmal versuchen, denn es war von vornherein zum Scheitern verurteilt. Sie mußte einen anderen Weg finden… Mitte November fand sie ihn.

Jede Nacht stand sie unter Lorenzos Fenstern und lauschte. Die Dunkelheit bewahrte sie davor, entdeckt zu werden. So erfuhr sie von den vertraulichen Plänen und Informationen, die Lorenzo in dringenden, geheimen Unterhaltungen zum Entwerfen neuer Strategien nur mit Lucrezia teilte, nachdem man vermuten konnte, daß der ganze Palast im Schlaf lag.

Kein Bewohner der Stadt durfte wissen, wie schlecht es im Krieg um Florenz stand, nicht einmal die Prioren und der Kriegsrat. Sie waren sich auch nicht des vollen Ausmaßes der gefährlichen Situation bewußt, die in Mailand entstanden waren. Die Mailänder waren unter der unsicheren Regentschaft der Herzogin ohnehin schwache Verbündete gewesen. Im September jedoch wurde es immer wahrscheinlicher, daß der Nachbarstaat zum aktiven Feind werden könnte. Die Herzogin wurde von allen drei Schwagern attackiert; Florenz war nicht in der Lage, Männer oder Geld von der eigenen Verteidigung abzuziehen und ihr zu helfen. Die Herzogin nahm das Angebot des stärksten der drei Schwager an, sich mit ihm zu verbünden und die beiden anderen zu vernichten. Lodovico Sforza wurde Mitregent des jungen Herzogs und begann sofort, König Ferrante von Neapel zu verstehen zu geben, daß Mailand gewillt sein könnte, einen Seitenwechsel in Erwägung zu ziehen. Ferrante reagierte unmittelbar.

Lorenzos Spionen gelang es, viele der Briefe abzufangen und Abschriften für ihn zu machen. Der Briefwechsel ließ ihn eine verwegene Möglichkeit in Betracht ziehen.

»Mammina, ich bin sicher, daß es das Wagnis wert ist.«

»Ich wünschte, ich könnte das einsehen, Lorenzo, aber das tue ich nicht. Ich denke, du liest deine eigenen Wünsche in diese Briefe hinein.«

»Und würde das etwas ändern? Die Lage ist verzweifelt. Die Truppen Roms und Neapels sind im Süden weniger als fünfzig Kilometer entfernt; Sixtus' verfluchter Neffe hat nördlich von uns eine Armee innerhalb der Grenzen der Toskana stehen; unser königlicher Verbündeter, der König von Frankreich, schickt Kuriere, die Geschenke und Gefälligkeiten fordern, doch die fünfhundert Krieger, die er versprach, sind alle für ihn in seinen Schlachten mit dem habsburgischen Kaiser eingespannt. Und Venedig ist durch den Krieg mit den Türken so geschwächt, daß wir auch von dieser Seite nicht auf Hilfe hoffen können.

Nur die Jahreszeit hat uns bisher vor der völligen Vernichtung bewahrt. Der winterliche Waffenstillstand hat begonnen. Wenn ich irgend etwas unternehmen soll, dann muß es jetzt in diesen vier Monaten geschehen.

Ich behaupte, Ferrante hat nur mit mäßiger Begeisterung auf die Angebote Sforzas reagiert und lobt auch seinen Verbündeten, den Papst, nicht gerade mit überzeugender Inbrunst. Ich glaube, ich könnte ihn dazu überreden, sich von Sixtus loszusagen und die alten Verträge mit Florenz wieder zu erneuern. Sforza würde dann unser Verbündeter bleiben müssen. Ich will nach Neapel gehen, werde mich dazu verkleiden und nur mit einer Handvoll Gefährten Florenz unbeobachtet verlassen. Diese Kühnheit wird Ferrante imponieren. Er hat immer schon eine Vorliebe für das Dramatische gehabt.«

»Und für Verrat. Ich habe Angst um dich, mein Sohn.«

»Ich habe die gleiche Angst um den Staat, Mammina. Sixtus will mich vernichten, und er wird damit Erfolg haben und die Republik ruinieren, nur um an mich heranzukommen. Neapel ist meine einzige Chance. Ich muß sie ergreifen.«

Ginevras bestärkendes Nicken blieb lautlos und ungesehen. Er würde verkleidet sein, ungenügend geschützt und weit weg von Florenz. Sie würde dafür sorgen, daß Lorenzo Neapel niemals erreichte.

Der Plan sah vor, daß einer nach dem anderen von Lorenzos kleiner Gruppe Florenz in Mönchskutten verließ. Die Kutten würden ihre Rüstung und ihre Waffen verbergen und ihre Gesichter in den tiefen Kapuzen verstecken. Das Tor, das auf den Weg nach Pisa führte, war die Porta San Frediano. Direkt hinter dem Tor lag ein Kloster in den Feldern. Keine Wache würde einem Mönch Fragen stellen, der dieses Tor passierte, insbesondere um den Sonnenuntergang herum, wenn viel Betrieb war. Kurz hinter dem Kloster würden sie sich treffen. Dort würden dann auch Pferde für sie bereitstehen.

Ginevra stahl eine von Vater Paolos Mönchskutten, zog sie in dem leeren, zum Überwintern der Zitronenbäume gedachten Gebäude an und schlich sich in den Garten, ging zwischen den Menschen hindurch, die auf den Pfaden herumliefen, und dann durch das kleine Tor, das auf die Straße führte. Die Wache am Tor bekreuzigte sich, als sie vorüberging. Sie unterdrückte ihren Wunsch loszulachen, bis sie etliche Schritte weiter die Straße hinuntergegangen war. Sie war in solcher Hochstimmung, daß es ihr schwerfiel, langsam voranzuschreiten und den Blick gesenkt zu halten. Sie wollte losrennen, tanzen, singen, lauthals lachen und ihrer Freude Luft machen.

Das war nicht nur deswegen so, weil sie zu guter Letzt die Verwirklichung ihres Zieles in greifbare Nähe gerückt sah. Es lag auch daran, daß sie von Mauern und Einschränkungen befreit war. Ganz egal wie luxuriös der Medici-Palast gewesen war, über ein Jahr lang war er ihr Gefängnis gewesen. Außer auf dem Weg zur Messe gingen unverheiratete junge Frauen in Florenz nicht auf die Straße. Lucrezia hatte ihr nicht einmal diesen Gang zur Messe gestattet. Sie meinte, es sei gefährlich für eine Pazzi, sich in der Öffentlichkeit blicken zu lassen.

Ginevra hätte sich zu gerne umgeschaut und die Geräusche und Gerüche ergründet, die von allen Seiten auf sie einströmten. Doch sie zügelte ihre Neugier. Zunächst mußte sie sich unter Lorenzos kleine Gruppe mischen. Dann mußte sie ihn töten. Danach würde sie wirklich frei sein.

Viel zu früh kam sie am Treffpunkt an, so daß sie noch das Tageslicht nutzen konnte. Im Unterschied zu den Männern, die Lorenzo erwartete, hatte Ginevra das Kloster oder den Weg, auf dem sie reisen würden, noch nie gesehen. Sie mußte auch den besten Platz für einen Hinterhalt ausfindig machen. Fünf Männer wurden erwartet. Ein sechster Mönch würde sofort auffallen.

Es war der sechste Dezember. Die Morgendämmerung kam mit einem kalten Wind, doch Ginevra schwitzte in ihrem schattigen Versteck. Immer wieder rutschten ihre Hände an dem dicken Holzknüppel ab, den sie neben sich hielt. Jetzt handelte sie, anstatt sich nur etwas auszumalen, und in diesem Augenblick vergegenwärtigte sie sich zum ersten Mal, was sie da vorhatte. Sie wollte einen Menschen töten, vielleicht sogar mehr als einen. Lorenzo hatte den Tod verdient, sagte sie sich, seine Wachen ebenfalls. Jeder von ihnen war vielleicht derjenige, der Fra Marco getötet hatte, das unschuldigste Geschöpf, das je gelebt hatte. Oder Mateo. Oder meinen Großvater.

Doch würde sie fähig sein, es zu tun? Ihre Hand heben? Zuschlagen? Sie zitterte. Ihr Arm fühlte sich ganz schwach an.

Du mußt es tun. Du hast die Kraft. Du kannst es tun. Sie griff auf ihren energischen Willen zurück, auf die Entschlossenheit und die Disziplin, die den Schmerz und den süßen, verlockenden Ruf eines friedlichen Todes bezwungen hatten. Sie hatte ihren Körper dazu gebracht, ihr zu gehorchen; auch die angstvollen Phantasien in ihrem Kopf konnte sie kontrollieren.

Sie rieb ihre verschwitzten Handflächen am rauhen Gewebe der Kutte. Die Rauhheit fühlte sich gut an, brachte sie wieder in die Gegenwart, in die Realität zurück, weg von den ängstlichen Visionen in ihrem Kopf. Jetzt nahm sie den Knüppel fest in ihre Hände.

Eine Mönchsgestalt ging an ihr vorbei zum Stallhof, wenige Augenblicke später ein zweiter. Der Wind raschelte in den Blättern der Büsche, die sie vor Sicht schützten, und es war schwierig, die gesenkten Stimmen der beiden Männer zu hören. Einer von ihnen, dachte sie, war Lorenzo.

Dann kam eine dritte Gestalt mit Kapuze vorbei, und sie wußte, daß sie sich geirrt hatte. Dieser schnelle Schritt und die stolze Haltung konnten nur einem Menschen gehören. Die ruhige, befehlsgewohnte Stimme ebenfalls. »Bindet die Pferde los. Wir müssen losreiten können, sobald Sebastiano und Guido eintreffen.«

Welcher von ihnen werde ich sein, fragte sich Ginevra. Sie fühlte ein impulsives Verlangen danach, diese Frage zu stellen, laut zu sprechen.

Dann schnürte sich ihr die Kehle zu. Näherkommende Schritte verrieten ihr, daß der Zeitpunkt zum Handeln gekommen war. Ich hoffe, er ist nicht so groß, dachte sie. Ich hoffe, ich kann es tun. Sie hob ihren Knüppel.

Sie hatte Glück. Der Mann, der sich vor dem mit karmesinroten Streifen durchzogenen Himmel abzeichnete, war nur wenig größer als sie. Innerlich völlig von seinem Ziel vereinnahmt, hörte er sie nicht hinter sich. Als sie ihm einen seitlichen Schlag gegen den Kopf versetzte, gab er nur ein leises, grunzendes Geräusch von sich. Er fiel in einen schattigen Fleck in der abschüssigen Grasnarbe und rollte dort hinunter vom Pfad weg. Ginevra tauchte wieder in ihr Versteck.

»Was war das?« hörte sie. Sie legte sich eine Hand über den Mund, um das Geräusch ihres raschen, keuchenden Atems zu dämpfen.

Nur einen Moment später erschien der letzte Gefährte Lorenzos. Er rannte fast.

»Ruhig, Guido«, zischte jemand. »Deine Füße sind wie Trommeln.«

»Wir haben keine Zeit, um ruhig zu sein«, sagte Guido. »Ich glaube, man hat mich erkannt. Laßt uns aufbrechen!«

»Es geht noch nicht. Sebastiano ist noch nicht da.«

»Wir reiten los.« Es war Lorenzos Stimme. Ginevra hörte das leise Quietschen der Zügel und die Tritte der sich nervös seitwärts bewegenden Hufe der Pferde, als die Männer aufstiegen. Sie zog die Kapuze tief über ihr Gesicht und rannte zum Hof.

»Hier, Sebastiano.« Jemand warf ihr die Zügel von zwei Pferden zu. Sie sah, daß jeder Mann ein Pferd ritt und eines als Ersatz mit sich führte. Der erste Reiter war Lorenzo. Er hatte das Tor bereits passiert und galoppierte den Weg entlang. Die anderen folgten; Ginevra bildete den Abschluß.

Ihre Hände und ihr Körper paßten sich der Gangart des Pferdes und seinem nervösen Temperament an, als ob sie es ihr ganzes Leben lang geritten hätte. Unter der tiefen Kapuze war ihr Gesicht ganz naß von Tränen der Begeisterung. Wie habe ich das vermißt, dachte sie. Wenn sie mich fangen und innerhalb der nächsten fünf Minuten töten, dann wird es diesen Moment wert gewesen sein, an dem ich endlich wieder reiten kann.

Sie preschten davon, zu schnell für irgendwelche Gespräche. Der Weg verlief parallel zum Arno und führte oft an seinen Uferbänken entlang. Er war flach, und der Vollmond gab Licht. Wir sehen aus wie Gespenster, dachte Ginevra mit einem erregten Schauder. Der staubige Weg dämpfte den Hufschlag, der Wind blähte die dunklen Kutten hinter den Reitern

zu wolkengleichen Formen, die kalte Luft machte silbrige
Fahnen aus ihrem Atem. Von Zeit zu Zeit drehte der Mann vor
Ginevra den Kopf, um sich zu vergewissern, daß sie mit ihnen
Schritt hielt. Im tiefen Schatten unter seiner Kapuze schien
sich kein Gesicht zu befinden, nur Dunkelheit.

Sie sah, daß jeder Mann selber bestimmte, wann er auf das
frische Pferd überwechselte, und wartete, bis alle anderen
übergestiegen waren, so daß sie automatisch ihre Position als
letzte beibehalten würde.

Sie ritten immer weiter, bis der Mond im Fluß verblaßte und
das Wasser eine kalte, eisenrote Färbung annahm. Lorenzo
rief: »Da vorne an dem Hof machen wir Rast.«

28. Kapitel

Als Lorenzo vom Pferd stieg, öffnete sich die Tür des Hauses.
Ein Mann kam herausgelaufen; Lorenzo umarmte ihn. »Nun,
ich danke dir, Mario«, beantwortete er die Frage des Bauern.
»Es gab keine Schwierigkeiten. Uns geht es allen gut, wir
sind nur erschöpft, insbesondere diese tapferen Pferde. Laßt
eure Söhne sie mit der gleichen Sorgfalt trockenreiben, die sie
auch einer schönen Frau zukommen lassen würden. Und
dann füttert sie genauso großzügig wie uns . . . Wo ist Claudia, die Geliebte meines Herzens? Ah, da bist du ja.« Er küßte
die Frau des Bauern auf beide Wangen. »Diesmal wirst du
doch bestimmt dein Scheusal von Mann verlassen und mit
mir für ein Zigeunerleben unter freiem Himmel davonzie-
hen, oder?«

Claudia war eine ältliche, dünne Frau mit einem strengen
Gesicht, doch Lorenzo ließ sie erröten wie ein Mädchen. Sie
bedeckte ihr Lächeln mit der Hand, um die fast zahnlosen
Kiefer zu verbergen, doch ihre dunklen, in ein Gewirr aus kleinen Fältchen eingebetteten Augen lachten.

»Das fragst du mich jedes Mal, wenn du herkommst«, sagte
sie, »und eines Tages werde ich ja sagen. Und was machst du
dann, du Halunke?«

Ginevra hörte die Worte durch einen Nebel aus Erschöpfung. Ihre körperliche Kraft und ihre Nerven waren bis zum äußersten beansprucht worden. Ihre Sinneswahrnehmungen schwankten in schwindelerregendem Wechsel von extremer Schärfe bis zu abgestumpfter Dumpfheit. Die Sprache, in der sich Lorenzo und die Bauersleute unterhielten, hatte den Akzent und das Vokabular des Contado, des Bauerndialektes, der das erste Italienisch gewesen war, das Ginevra gelernt hatte. Zunächst war es verwirrend; dann konnte sie es plötzlich deutlich verstehen. Ein berauschendes Wohlgefühl wärmte ihren steifgefrorenen Körper; es war eine Mischung aus der Liebe zu ihrer frühesten Kinderschwester und diesem freundlichen Paar, der Erleichterung darüber, daß der strapaziöse, nächtelange Ritt vorüber war, und einer ungeduldigen Reaktion auf den Geruch heißen Essens und das tanzende Licht des Feuers, das aus der offenen Tür des kleinen Hauses zu ihnen herausfiel. Ich bin glücklich, dachte sie, und war verdutzt über das gerade jetzt so unpassende Gefühl.

Sie stieg vom Pferd und stolperte auf die Wärme zu.

»...und das ist Sebastiano, der letzte meiner Gefährten und der Mann mit der kleinsten Statur, aber alles andere als kleinmütig.« Lorenzos Stimme war sehr laut. Ginevra wich in den Schutz der Kapuze und der Kutte zurück. »Ist dir denn immer noch so kalt, Sebasto?« fragte Lorenzo. »Komm zum Feuer herüber, und wärm dich auf!« Er zog am spitzen Ende der Kapuze, und sie glitt nach hinten auf Ginevras Schultern.

Als das Licht ihr Gesicht traf, fühlte sie eine manische Woge der Kraft und der Energie. Sie richtete sich hoch auf, hob das Kinn und lachte ein wildes, prahlerisches Lachen.

Lorenzos Kiefer fiel nach unten; ungläubig starrte er sie an. Dann brüllte er vor Lachen. Die anderen in der Stube wirkten verwirrt und beunruhigt. Er wandte ihnen sein Gesicht zu. Plötzlich wirkte er zehn Jahre jünger. »Ich habe gute Neuigkeiten«, sagte er. Während er sprach, mußte er immer wieder lachen. »Unserer Mission ist jetzt der Erfolg sicher. Ein Zeichen wurde uns geschickt. Diese Person, die nicht Sebastiano ist, ist meine Sternenschwester. Sie hat mir immer Glück gebracht, und jetzt wird sie uns allen Glück bringen.«

Unter den erstaunten Rufen seiner Freunde sprach Lorenzo leise mit Ginevra. »Wie kommt es, daß du hier bist, Contadina? Und warum? Haben dich die Engel geschickt? Wo ist Sebastiano?«

Ginevra grinste boshaft und erzählte Lorenzo, wie sie ihn belauscht und was sie mit Sebastiano gemacht hatte. Sie war wie trunken vor Erschöpfung, vom durch Lorenzos Reaktion hervorgerufenen Schock, von ihrer verwirrten Erkenntnis, daß sie auf irgendeine unbegreifliche Weise eine Heldin war.

»Aber warum?« fragte Lorenzo beharrlich. »Wir reiten großer Gefahr entgegen.«

»Ich wollte reiten. Bilder von vorgetäuschten Pferden sind nicht genug. Und ich wollte flüchten. Ich kann es nicht mehr ertragen, drinnen eingesperrt zu sein. Und die Gefahr kümmert mich nicht. Ich will das Abenteuer.« Sie hörte ihre eigenen, im Dialekt des Contado gesprochenen Worte und merkte plötzlich, daß sie die Wahrheit sagte. Bevor sie auch mit der tieferen Wahrheit herausplatzte und ihr eigentliches Motiv verriet, fand sie ihre List wieder, die sie brauchte, um zu überleben. Sie gähnte und seufzte. »Ich bin hungrig, Lorenzo. Und sehr, sehr müde.«

Gierig machten sich alle Reisenden über das Essen her, dann fielen sie auf die auf dem Fußboden verteilten strohgefüllten Matratzen und schliefen. Lorenzo wachte nach nur einer Stunde wieder auf. Er fühlte sich erfrischt und war bereit, sofort weiterzureiten, aber er wußte, daß die anderen noch Ruhe brauchten. Er schrieb seiner Mutter einen Brief und berichtete ihr, daß Ginevra bei ihnen in Sicherheit sei. Dann schrieb er einen Brief an die Signoria, teilte ihr und über sie der Stadt mit, daß er Tommaso Soderini als seinen Stellvertreter zurückließ und nach Neapel gegangen war. Er versprach, den Frieden zu sichern, wenn möglich auf diplomatischem Weg, wenn nicht, indem er sein Leben opferte und so den Feinden der florentinischen Republik Genugtuung verschaffte. Zwei Söhne des

Bauern brachen sofort nach Florenz auf, um die Briefe zu überbringen.

»Ich werde deine Jungen vertreten, Mario«, sagte er. »Laß mich dir in eurem Weinberg helfen.«

Während er neue Stöcke für den Wein schnitt und die herunterhängenden, trockenen grauen Weinreben an ihnen festband, genoß Lorenzo die warme Berührung der Sonne auf seinen Schultern und die frische, frostige Luft in seiner Nase. Genau das habe ich gebraucht, dachte er. Ehrliche Arbeit und ihren Schweiß. Nicht die Welt der Spione und der Politik, der Auseinandersetzungen, der Bestechung, der Einschüchterung und der Kompromisse. Und nicht die endlosen Versammlungen und Ausschüsse, bei denen mir der Angstschweiß auf die Stirn tritt, weil ich keinem Menschen mehr trauen kann.

Ferrante ist mein eingeschworener Feind, und ich weiß, woran ich bei ihm bin. Ich werde gewinnen oder verlieren, und es hängt nur von mir ab. Keine mehrheitliche Wahl, die mit Geld und Intrigen zustande kam, kein Kampf, der mit Männern ausgefochten wurde, die eine andere Provinz gekauft hatte. Er richtete sich auf, reckte sich, um seine verhärteten Muskeln zu lockern. Die Kälte seines schweißdurchtränkten Hemdes ließ ihn frösteln. Er fühlte sich frei. Den Tod zu riskieren war ein geringer Preis für dieses Gefühl.

Abenteuer hatte die Contadina es genannt. Jetzt fiel es ihm wieder ein. Wie kann ich es ihr verübeln, danach zu suchen?

Aber wie kann ich es ihr erlauben? Sie ist nur eine Frau, sie wird hierbleiben müssen. Ich muß Mario etwas Geld dalassen. Er kann ihr eine Eskorte bezahlen, die sie nach Florenz zurückbringt.

»Du sagtest, sie würde uns Glück bringen, Lorenzo. Du kannst doch unser Glück nicht einfach zurücklassen.«

»Guido hat recht. Ich sagte dir zwar, ich würde dir überallhin nachfolgen, doch das hier ändert alles.«

»Ich bin kein abergläubischer Narr wie diese beiden. Ich sage, wir sind besser dran ohne sie.«

Ginevra belauschte, wie Lorenzos Wachen miteinander

stritten. Sie machte ein gleichgültiges Gesicht, ihr Herz jedoch jubilierte. Die Meinungen standen zwei zu eins für sie. Drei zu eins, wenn sie Lorenzo mitzählte, und sie war sicher, daß sie das konnte. Er war froh gewesen, sie zu sehen, das wußte sie. Und niemand, der noch alle fünf Sinne beisammenhatte, würde seinem Glück den Rücken zukehren. Zum ersten Mal fühlte sie sich mächtig siegesgewiß. Lorenzo war gar nicht so ein ehrfurchtgebietender Mann, daß sie sich vor ihm fürchten mußte. Er mußte ja wohl ein Narr sein, wenn er die Hand der Rache für die Verkörperung des Glücks hielt.

Bevor er sich umentschied, führte Lorenzo Ginevra zu einem Gespräch unter vier Augen mit nach draußen. »Contadina, du mußt dir jetzt ernsthaft Gedanken über diese Sache machen. Keine Spielchen mehr. Du wolltest ein Abenteuer. Du hast dein Abenteuer gehabt. Die Verkleidung, der Ritt durch die Dunkelheit, all das ist sehr aufregend. Doch es bedeutete keine richtige Gefahr. Bald wird das Abenteuer sich in ein Spiel auf Leben und Tod verwandeln. Du kannst nicht wissen, was das bedeutet.«

Ginevra blickte ihm in die Augen. Ihr Mund arbeitete. Dann spuckte sie auf den Boden zwischen ihnen. »Erzähl mir nicht, was ich wissen kann und was nicht, Lorenzo. Ich war dem Tod näher, als ich hier bei dir stehe. Kannst du dasselbe von dir sagen? Nein, das kannst du nicht. Ich sage dir, ich habe keine Angst vor dem Sterben.«

Er wich ihrem intensiven, starrenden Blick aus. »Es gibt noch andere Dinge... Gefahren, die für einen Mann in dieser Form nicht existieren... Dinge, die schlimmer sind als ein schneller Tod...« Er war unsicher, verlegen, unfähig, die richtigen Worte zu finden, mit denen er das, was er meinte, einer jungen Frau vermitteln konnte, die er noch für eine Jungfrau hielt.

Ginevra half ihm nicht. Selbst wenn sie gewollt hätte, hätte sie nicht sprechen können. Sie war vor Wut wie gelähmt. Sie dachte, er habe vergessen, was seine Männer getan hatten. Er hatte die Zerstörung so vieler Menschenleben angeordnet, daß sich ihres gar nicht mehr von all den anderen unterscheiden ließ und so unwichtig war, daß er sich nicht einmal mehr daran erinnerte.

»…kann nicht einmal für das Verhalten meiner eigenen Männer garantieren«, sagte Lorenzo gerade, »und wir werden es mit Dutzenden von Seeleuten zu tun haben. Wenn du mit uns kommst, mußt du die ganze Zeit dicht neben mir bleiben, Tag und Nacht.«

Ginevras Herz tat einen Sprung. Besser hätte es nicht kommen können. Sie fand ihre Stimme wieder, die vor Aufrichtigkeit bebte. »Ich gebe dir mein Wort, Lorenzo.«

Ginevra behielt ihre Mönchskutte. Lorenzo erfand eine Vergangenheit für sie, die es ihr erlaubte, die Männer zu begleiten. »Wir können nicht das Risiko eingehen, daß irgend jemand den Klosterbruder bittet, eine Messe zu lesen oder einen Segen zu erteilen«, erklärte er den anderen, »daher reisen wir mit meinem persönlichen Schützling, einem Narren Gottes… Tino heißt er, Kurzform für *Cretino*, Idiot.« Er lachte, freute sich über den plumpen Scherz, freute sich darüber, daß ihm das Lachen so natürlich erschien. Seit Monaten hatte er nicht mehr unbeschwert gelacht.

»Tino ist schwachsinnig, daher werden alle Eigentümlichkeiten seines Benehmens diesem Umstand zugeschrieben werden. Seine hohe Stimme ebenfalls. Erinnert euch nur die ganze Zeit daran, daß Tino ein Mann ist. Vergeßt ihr es, bezahlen wir dafür vielleicht mit unserem Leben. Seeleute glauben, daß Frauen auf einem Schiff Unglück bringen.

Die Leute werden sich fragen, warum Lorenzo einen heiligen Narren dabei hat. Erzählt ihnen, er glaubt, Tino bringe ihm Glück. Der Teil zumindest ist wahr.«

»Wenn ich ein Narr sein soll, dann werde ich das genießen«, meinte Ginevra zu Lorenzo. Sie ritt neben ihm her, führte die Gruppe an, freute sich über alles, was mit der Reise verbunden war. Einige Stunden, nachdem sie den Hof verlassen hatten, bogen sie vom Hauptweg ab auf einen schmalen Pfad, der durch die Berge führte. Es begann zu schneien, die Männer hinter ihnen fluchten. Lorenzo erinnerte sie daran, daß so alle Spuren ihrer Reise verwischt wurden, was bei der Geheimhaltung ihrer Mission sehr hilfreich war. Außerdem würden die

Wegelagerer, die Reisenden überall auflauerten, bei diesem Wetter ihre Feuerstellen nur sehr ungern verlassen. Soweit sich Ginevra erinnern konnte, hatte sie noch nie so viel Schnee gesehen. Sie fing ihn mit der Zunge auf, bewunderte die Schönheit der weiß überzogenen Bäume, bettelte, bis Lorenzo einwilligte, haltzumachen, damit sie sich einen sanften Abhang hinuntergleiten lassen konnte.

Der Pfad führte sie über das Unwetter hinauf in eine in blendendes Sonnenlicht getauchte, glitzernde weiße Schneelandschaft. »Oh! Ist das schön! So muß es aussehen, wenn die Engel um sich schauen.« Ginevra warf ihre Kapuze zurück und begrüßte mit weit ausgebreiteten Armen die herrliche Welt.

Lorenzo hatte diese Geste schon einmal gesehen, als sie auf den Hügel in La Vacchia geritten war. Er erkannte diesen freien Geist wieder. Das war Ginevra. Es war richtig, daß sie mitkam, dachte er. Seine Sorge verflüchtigte sich und auch sein früherer Neid auf ihre Freiheit. Auch er war frei. Er fing an zu singen.

Ginevra lachte, ließ ihre mißtönende Stimme mit der seinen zusammenfließen und überließ ihr Herz der Freude.

Drei Tage später erreichten sie die Küste.

»Ich dachte, ich würde nie mehr so etwas Schönes wie die Schneefelder sehen«, sagte Ginevra. »Ich habe mich geirrt.«

Sie standen auf dem Kamm eines Hügels oberhalb des schmalen Streifens flachen Landes, der ans Meer grenzte. Vor ihren Augen spannte sich das Mittelmeer, erstreckte sich immer weiter bis zu einem Horizont, der mit dem Himmel verschmolz. Ein Blauton ging in den anderen über, und das Wasser strahlte wie eine Unendlichkeit sich verändernder Farbe, so prächtig, daß im Vergleich damit jedes jemals der Erde entrissene Juwel armselig erschien.

»Ich möchte es berühren«, sagte Ginevra.

»Das sollst du auch.« Lorenzo gab seinem Pferd die Sporen.

Ginevra war in einem wahren Rausch des Entdeckens. Während die anderen den letzten Rest Brot und Käse aus den Satteltaschen verspeisten, watete sie durch die mit warmem Wasser gefüllten seichten Stellen an der Küste, spürte den körnigen Sand zwischen ihren Zehen, ließ ihn durch ihre Finger gleiten, lief auf dem Strand hin und her und stieß über die Zartheit jeder Muschel, die sie fand, Freudenschreie aus.

»Ich gehe hier nur sehr ungern weg«, schrie sie, als Lorenzo sie schließlich rief.

»Es wird Zeit«, sagte er.

Kilometerweit ritten sie am Strand entlang. Lorenzo hatte ihre Reiseroute gut geplant. Der Strand war nicht breit, es gab keine Meeresarme oder kleinen Buchten und daher auch keine Fischerdörfer. Außer den großen weißen Vögeln, die auf den Luftströmungen über dem Wasser dahinsegelten, sahen sie kein Lebewesen. Die Abgeschiedenheit, die warme Luft und ihr salziger Geschmack waren berauschend. Alle wurden von einer Art kindischer Ausgelassenheit befallen. Selbst Maurizio, dem immer etwas auf der Seele zu lasten schien, rannte bald am Rand des Wassers entlang, immer wieder in die niedrige Brandung hinein und heraus und spielte mit ihrem ungleichmäßigen Vordringen und Zurückströmen ein selbsterfundenes Spiel.

Die Sonne neigte sich zum Horizont herab, wurde größer und färbte das blaue Meer violett. Ohne ein Wort verlangsamten alle ihren Schritt, bis die Pferde geräuschlos über den weichen Sand liefen, und waren umgeben von der erwartungsvollen Stille am Ende des Tages. Der untere Teil der dunkelroten Sonne berührte die purpurfarbenen Fluten, und alle gleichzeitig atmeten sie mit einem gemeinsamen, ehrfürchtigen Flüsterton tief ein.

Als Antwort kam ein Windstoß über das Wasser, schob die rosa geränderte Brandung vor sich her. Die Sonne wurde breiter, flacher, schimmerte, bewegte sich kurz nach oben und wurde dann von dem plötzlich dunklen Meer verschluckt. Ginevra erschauerte.

Vor ihnen erstreckte sich der fahle Sand wie eine gefährlich enge Brücke. Die Pferde blieben stehen.

Lorenzos leises Lachen ließ Ginevra hochfahren. »Jetzt ma-

chen wir unser eigenes Licht«, sagte er. »Folgt mir.« Er gab
seinem Pferd die Sporen, bis es davonstob, trieb es an den
Rand des Wassers, und zu den platschenden Geräuschen gesellte sich ein Licht aus unirdisch grünen Funken.

»Das ist ja Zauberei!« rief Ginevra und stürmte hinterher.
Die anderen folgten dicht hinter ihr. Während sie in der
phosphorbeladenen sanften Brandung spielten, verdrängte
ihr Lachen die furchterregende Gegenwart des Meeres.

Als sie an einen scheinbaren Felswall kamen, brachte Lorenzo sie zum Schweigen. »Wir sind jetzt fast da«, sagte er.
»Wenn wir hinter diese Landzunge kommen, seht ihr ein Feuer vor uns liegen. Einige Fischer werden uns mit unserem
Abendessen empfangen. Tino, vergiß nicht, wer du bist. Und
für alle gilt: Hört lieber zu, anstatt selber zu sprechen. Über
dem Wasser sind unsere Stimmen weithin zu hören, und Ferrantes Männer sind ganz in der Nähe.«

Das Feuer war in der Dunkelheit ein willkommener Wegwei-
ser, der würzige Duft aus dem großen Kessel, der über den
Flammen aufgehängt war, erinnerte daran, daß salzhaltige
Luft hungrig macht. Ginevra hatte nie zuvor etwas so Köstliches gegessen wie den würzigen Eintopf mit den dicken Stük-
ken Meeresgetier darin. Sie hatte kein Bedürfnis zu sprechen,
fühlte nur noch die zufriedene Müdigkeit am Ende eines vollkommenen Tages. Sie wickelte sich in die Falten ihres Gewandes und rollte ihren Körper vor einem kleinen Sandhügel
zusammen, der immer noch warm war. Das rhythmische
Flüstern der Brandung trug sie mit einem Lächeln auf den
Lippen in den Schlaf.

In der Morgendämmerung wachte sie auf, hörte das Geräusch, mit dem sie in den Schlaf gewiegt worden war, erinnerte sich daran, wo sie war, und ihr Lächeln wurde breiter.
Langsam drehte sie den Kopf, um das Meer zu betrachten.

In der trägen Dünung lag ein Schiff vor Anker. Im grauen
Zwielicht sah man nur seine Konturen, eine niedrige, in Nebel
eingehüllte dunkle Form mit hohen Masten ohne Segel, die
auf kleinen, sich unheimlich über die Meeresoberfläche bewegenden Nebelfahnen schwebte. An der Seite hatte das Schiff

eine Reihe schwarzer Schlitze, die aussahen wie lauernde Augen.

Das Spiel ist vorbei, sagte sie sich. Das hier ist das Abenteuer. Paß auf, was du tust, Tino.

29. KAPITEL

Ginevra heimliches Lauschen hatte ihr ein vollständiges Bild darüber verschafft, wie gewagt Lorenzos Unternehmen war. Ferrante, der König von Neapel, war ein ungeheuer launischer Tyrann mit einer Vorliebe für das Makabre, die sogar die legendäre Grausamkeit des früheren Herzogs von Mailand übertraf. Er war absolut nicht vertrauenswürdig: Im Jahr zuvor hatte er eine der eisernen Regeln des Krieges gebrochen, indem er einen gegnerischen General zu einer Unterredung einlud, ihm schriftlich freies Geleit zusicherte und ihn dann hinrichten ließ, sobald er in Neapel eingetroffen war.

Ginevra fragte sich, ob Ferrantes großzügige Geste, ein Schiff für Lorenzos Reise zu schicken, freies Geleit oder etwas Besseres oder Schlechteres bedeutete.

Sie hielt nach Lorenzo Ausschau. Vielleicht ließ sich die Antwort aus seinem Gesicht ablesen.

Der Medici saß mit den Fischern in der Nähe des heruntergebrannten Feuers, aß, unterhielt sich leise, lachte.

Ginevra rappelte sich auf und lief los, um sich zu ihnen zu gesellen. Ihre eigene Mission konnte noch ein wenig Aufschub vertragen. Erst mal konnte sie es kaum erwarten, daß das Abenteuer begann.

Lorenzo hatte das Gepäck vorausgeschickt, und die auf den Sand gezogenen Fischerboote waren mit Kisten, Lederbeuteln und in Öltuch gewickelten Ballen hoch bepackt. Lorenzo kletterte auf einen hellroten Cassone und hob den Deckel hoch. Er warf noch leuchtendere Farben herab: rote, blaue, gelbe, grüne elegante Gewänder für seine Männer, einen prächtigen, pelzgefütterten blauen Samtlucco für sich selbst.

Einer der Beutel enthielt Goldmünzen für die Fischer und eine massive, mit Saphiren besetzte Goldkette. Ginevra sah, daß die Kettenglieder die Gestalt einer Schwertlilie hatten, das Symbol des französischen Königs. Es sollte Ferrante daran erinnern, daß Ludwig XI. Lorenzos Verbündeter war, ein selbsternannter Verwandter, der der Familie Medici das Privileg gewährt hatte, das königliche Wappen Frankreichs auf ihrem Wappenschild zu zeigen.

Bravo, Lorenzo, dachte sie. Keine demütigen Bitten um Frieden, sondern Drohungen mit einer größeren Macht. Unter den Fenstern über der Terrasse hatte sie erfahren, daß Frankreich eigene Ansprüche auf das Königreich Neapel hatte, die es jederzeit zum Vorwand für eine Eroberung nehmen konnte. Ferrantes Thron stand auf wackeligen Beinen. Sein Vater war der erste König in seiner Linie gewesen und hatte Neapel seinen französischen Herrschern entrissen. Ferrante war erst der zweite König, und er war ein illegitimer Sohn. Die Pläne Frankreichs erfüllten ihn mit unablässiger Sorge.

Ginevra lächelte und aß ihr Frühstück mit herzhaftem Appetit. In ihrem ganzen Leben hatte sie noch nie ein derartiges Hungergefühl verspürt wie hier in der frischen, salzgewürzten Meeresluft, die jetzt unter der gerade aufgegangenen Sonne tanzte. Es tat ihr nur leid, daß ihre Rolle verlangte, diese glanzlose, staubige Mönchskutte zu tragen. Es hätte ihr besser gefallen, Farben zu tragen, die genauso strahlend waren wie ihre Laune.

Das Schiff stand unter dem Kommando eines Edelmannes, des Grafen von Ardenza, Filippo Gambassi. Mit seinen Pelzen, Brokaten und Juwelen wirkte er wie der Inbegriff der Opulenz. Sogar eine große, birnenförmige Perle baumelte an einem seiner Ohrläppchen. Sein Gesicht war hager, finster und boshaft. Er sah aus, als könnten seine Stiefel durchaus Pferdefüße verbergen. Es fiel Ginevra nicht schwer, wie ein Idiot zu schnattern, als Tino ihm vorgestellt wurde.

»Dieser heilige Narr ist mein Maskottchen, Graf, mein Glückszauber. Wie Sie sehen, hält er sich für einen Priester. Er heißt Tino.«

Gambassi neigte seinen Kopf. Er war amüsiert und beeindruckt. Alle Herrscher hatten ihre Narren, doch normalerweise waren das geistreiche Männer von vornehmer Kultiviertheit. Er hielt es für sehr originell von Lorenzo, einen Narren zu haben, der auch wirklich ein Narr war.

Sein Amüsement steigerte sich noch, als Lorenzo ihm erklärte, daß der Narr seine Unterkunft mit ihm teilen würde. Gambassi war ein gebildeter Mann aus einer freizügigen Stadt. Für ihn war es nichts Ungewöhnliches, daß ein wohlhabender Mann einen Protegé hatte, aber er hatte noch nie gehört, daß sich jemand einen einfältigen Möchtegernpriester zum Spielzeug genommen hatte. Er hielt Lorenzo wirklich für außerordentlich originell.

Ginevra spürte, wie er sie mit interessierten Augen anstarrte, und sie war dankbar, daß die tiefe Kapuze sie verbarg. Sie war überzeugt, daß ihr Gesicht sie verraten würde. Es mußte förmlich glühen vor Aufregung. Alles fügte sich wunderbar zusammen! Sie wußte jetzt, daß sie mit Lorenzo die Unterkunft teilen würde, und so war das Abenteuer nun zu ihrem alleinigen Abenteuer geworden. Nur sie und er! Sie brauchte nur noch darauf zu waren, bis er einschlief, und dann... Er hatte ihr sogar ein Messer gegeben, damit sie es in ihren Gewändern versteckt bei sich trug. Er konnte ja nicht wissen, daß sie bereits eins hatte.

Doch zunächst stand ihr noch der ganze Tag zur Verfügung, um die Schönheit des Meeres zu genießen und auszukosten, zum ersten Mal an Bord eines Schiffes zu sein. Als ob Lorenzo ihre Gedanken gelesen hätte, sagte er Gambassi, er würde sich gern überall auf dem Schiff umsehen.

Es war eine Galeere, die mit dem Luxus eines Oberdecks über dem Bereich versehen war, in dem sich die Ruderer befanden. Die Segel waren blau und rot gestreift, und die gleichen Farben schmückten die gepolsterten Bänke im Salon und die Betten in den großen Kabinen. Blaue und weiße Seidenvierecke waren zu einer Markise zusammengenäht worden, die sich über einem Tisch und den Sesseln an Deck spannte. Schweigend saß Ginevra da, während Lorenzo Wein trank und mit

Gambassi um Geld spielte. Nach dem anregenden Morgen war sie froh darüber, etwas Ruhe zu haben. Es gab so viele Eindrücke und Erlebnisse zu verarbeiten: das knallende Geräusch, als das Segel gehißt wurde und den Wind einfing, der atemberaubende Anblick, als es sich blau und rot vor dem Blau des Himmels und des Meeres blähte, die Bewegung des Decks und der Triumph, darauf sein Gleichgewicht zu bewahren, das Geräusch des Wassers, das am Schiffsrumpf vorbeirauschte, das Stechen des Salzes in den Wassertropfen, die auf dem Gesicht spritzten, das Staunen über die Geschwindigkeit, mit der sie sich schneller voranbewegten als irgend etwas anderes, das sie je gekannt hatte.

Wenn es nach ihr ging, konnte es bis in alle Ewigkeit so bleiben.

»Wie lange werden wir brauchen, um nach Neapel zu gelangen?« fragte sie Lorenzo, als sie sich in die miteinander verbundenen Kabinen zurückzogen, die ihm zugewiesen worden waren.

»Das kommt ganz darauf an. Heute hatten wir guten Wind. Morgen wieder geht vielleicht überhaupt kein Wind, und mit den Rudern sind wir nicht sehr schnell. Oder ein Sturm zieht auf, und wir müßten die Küste anlaufen. Unter idealen Bedingungen dauert eine Reise etwa sechs oder sieben Tage.«

So kurz, dachte Ginevra. Ein Tag ist bereits fast vorbei. Sie setzte gerade zum Sprechen an, da bemerkte sie, daß Lorenzo eingeschlafen war. Sein Kopf war gegen die hohe Lehne eines thronähnlichen Sessels gesunken, der unter einer schwankenden Öllampe stand. Der Verschluß seines Lucco hatte sich am Hals gelöst und legte seine Kehle frei.

Jetzt kann ich es tun, dachte Ginevra. Langsam bewegte sich ihre rechte Hand auf ihren linken Ärmel und den darunter an ihren Arm gebundenen Dolch zu. Ihr Atem erschien ihr viel zu laut.

Ihre Finger schlossen sich um den Griff des Dolches.

Dann lösten sie sich wieder und zogen sich zurück. Es gibt noch so viele Tage, sagte sie sich. Ich werde mir noch ein bißchen Zeit auf dem Meer gönnen. Chancen wie diese bieten sich mir noch viele, eine Schiffsreise werde ich nur einmal erleben.

In der Nacht darauf passierte das gleiche. Die nächste Nacht ebenfalls, dann die Nacht darauf, und jedes Mal ließ Ginevra die Gelegenheit verstreichen. Sie war zu begierig, die Stunden an Bord des Schiffes genießen zu können. Freude und Zufriedenheit kannte sie, aber noch nie zuvor in ihrem ganzen Leben hatte sie gewußt, was es heißt, richtigen Spaß zu haben. Jede Minute jedes einzelnen Tages auf der Galeere war mit unbeschwertem Vergnügen angefüllt.

Lorenzo wollte sich alles anschauen, alles wissen, alles ausprobieren. Ginevra fühlte genauso. Und wie sie herausfand, stand ihr alles offen. Jeder hielt sie für einen Mann. Lorenzo sprach mit den Seeleuten, stellte ihnen Fragen über die Segel und die Takelage, wollte wissen, wie man am Wind das Wetter ablesen kann. Ginevra an seiner Seite lernte mit ihm. Und wenn er den Matrosen dabei half, die Leinen einzuholen, packte sie hinter ihm mit an.

Gleichzeitig lernten sie, wie man Knoten macht und die Taue in flachen Ringen aufeinanderlegt, und sie kletterten auf den Ausguck hoch oben auf den Masten, von denen es an jeder Seite des Schiffes einen gab. Der Bogen, den der Ausguck bei jedem Schwanken durchmaß, war angsteinflößend und belebend zugleich. Ihre Augen trafen sich, und sie lachten, jeder war froh, die Angst im Gesicht des anderen zu sehen.

Sie entdeckten ein Delphinenpaar, und schweigend beobachteten sie es für Minuten, in denen die Zeit stillzustehen schien, teilten das Wunder der Anmut und Schönheit dieser Tiere, erinnerten sich an die reiche Mythologie, die mit ihnen verbunden war.

Am Abend, in der Kabine, unterhielten sie sich über das Geheimnis des Meeres und die Magie des Windes, über Odysseus und Jason, die Hesperiden und Zephyr, ihre Lieblingsbücher und die Dichtkunst. Ginevra rezitierte Passagen aus Homer; Lorenzo meinte, eines Tages wollte er Griechisch lernen wie sie.

»Ich würde gerne schwimmen lernen«, sagte Ginevra. »Es sieht aus, als ob es ungeheuren Spaß macht. Den Tümmlern.«

»Es macht Spaß. Und es ist ganz einfach. Wenn wir wieder heimkehren nach Florenz, werde ich es dir beibringen.«

Keiner von beiden gestand sich ein, daß sie Florenz vielleicht nie mehr wiedersehen würden.

Ginevra war sich sehr der Veränderung bewußt, die sich bei Lorenzo vollzog, wenn er mit dem Grafen zusammen war. In ihren Gedanken war er dann für sie der Lorenzo in Neapel. Bei den Mahlzeiten oder wenn die beiden Männer im Gespräch auf dem Deck herumwanderten, blieb sie still, ließ ihren Kiefer schlaff herabhängen und gab ihren Augen einen leeren Blick. Doch das Kräftemessen zwischen beiden entging ihr nicht. Gambassi war geschmeidig und auf subtile Art drohend; Lorenzo schien sich keines Untertones bewußt zu sein, vertraute auf seine Position und seine Kraft. Ginevra hatte den Eindruck, Gambassi würde jeden Tag ein wenig mehr zusammenschrumpfen, auf immer geringere Bedeutung reduziert durch Lorenzos Gegenwart. Er blieb für immer längere Zeiträume auf seiner Kabine, als ob Lorenzo langsam das Kommando des Schiffes übernehmen würde. Ginevra war froh. Sie wurde es nie müde, irgendeinen neuen Winkel darauf zu entdecken.

Sie glaubte, daß auch Lorenzo froh darüber war. Er konnte sich menschlicher geben, wenn der Kapitän nicht in der Nähe war. Am Morgen des vierten Tages erschien Gambassi nicht zum Frühstück. Lorenzo zwinkerte Ginevra zu. »Komm«, sagte er. Sie gingen nach unten, dorthin, wo ihnen Gambassi den Einblick verwehrt hatte, und sahen die Rudermannschaften, die an den Knöcheln angeketteten Sklaven. Lorenzo sprach mit etlichen von ihnen, rief Ginevra zu sich, damit sie die Worte eines Griechen übersetzte, legte ihr die Hand auf die Finger, als er sah, wie sie vor Mitleid den Mund verzog. Dann bat er die Männer, ihm Lieder beizubringen, die sie beim Rudern sangen, und als er sie mit ihnen zusammen anstimmte, war Ginevra die erste, die über die abscheulichen Töne lachen mußte, die er von sich gab.

Später legte sich der Wind, und Lorenzo nahm den Platz des Griechen ein. Er ruderte eine Stunde lang. Ginevra stand neben dem Trommler, der das Tempo bestimmte, und ärgerte sich darüber, daß ihre Hände zu schwach waren, um es selbst einmal auszuprobieren.

»Da warst du schlau«, meinte Lorenzo hinterher. »Nachdem ich angefangen hatte, wollte ich nach fünf Minuten schon wieder aufhören, wagte aber nicht, das zuzugeben.« Er zeigte ihr die aufgerissenen Blasen auf seinen Handflächen.

»Tino wird für mich würfeln müssen«, sagte er Gambassi, als sie mit dem Würfelspiel begannen, das sie jeden Tag vor dem Abendessen spielten. »Meine Hände sind übel zugerichtet.«

Gambassi lachte in sich hinein. »Ich hatte von euch Republikanern gehört und auch von euren Theorien, Lorenzo. Als du mir erzähltest, du wolltest einmal rudern, hatte ich Angst, du würdest auf meinem Schiff die Leute zum Republikanismus anstiften.«

»Ich hatte keine Politik im Sinn, Filippo. Übermäßige Neugier und männliche Profilierungssucht, das war alles. Dafür bin ich auch übermäßig bestraft worden. Ich hoffe, die Würfel fügen nicht noch neuen Schmerz hinzu. Laß sie rollen, Tino. Bring mir Glück.«

Ginevra brachte ihm Glück. Auch sie wurde von der fieberhaften Erregung des Spieles gepackt, beobachtete gebannt, wie sich die Würfel drehten, und konzentrierte sich mit ihrer ganzen Willenskraft auf die Zahl, die erscheinen sollte.

Lorenzo schenkte ihr die Münzen, die sie gewonnen hatten, und einen Lederbeutel zur Aufbewahrung. Sie mußte ihm schwören, nicht mit den Seeleuten zu spielen.

Doch als er ein Nickerchen machte, tat sie es. Und verlor ihr ganzes Geld. Es war ihr egal. Sie spielte mit drei Matrosen, die alle in ihrem Alter waren oder jünger. Es war das erste Mal, daß sie mit Gleichaltrigen zusammen war.

Lorenzo hielt ihr eine strenge Strafpredigt, doch Ginevra ließ sich nicht aus der Fassung bringen. Sie sah das Zucken um seine Mundwinkel und wußte, daß er nur mit Mühe sein Lachen unterdrückte.

»Versprich mir jetzt, daß du es nicht noch einmal tust«, schloß er. »Und meine es diesmal ernst.«

»Natürlich mache ich es nicht noch einmal. Ich habe ja kein Geld mehr.«

Lorenzo konnte sich sein Lachen nicht länger verkneifen.

Ginevra blickte ihn an, betrachtete sein von Wind und Wetter gegerbtes Gesicht, seine zerschundenen Hände und die winzigen, weißen Linien in seinen Augenwinkeln, die die Sonne nicht bräunen konnte, weil er die Augen im Licht zusammenkniff. Sie fragte sich, ob die blasse Haut wohl zart, seine roten Backen wohl rauh sein mochten. Der Klang seines Lachens schien zurückzuweichen, sie hörte ihre eigene Stimme hohl in ihrem Kopf widerhallen. Ich habe mir etwas vorgemacht. Diesen Mann kann ich nicht töten. Ich liebe ihn. Ganz gleich, was er getan hat oder was er jemals tun wird, ich habe ihn immer geliebt und werde ihn immer lieben.

30. Kapitel

»Ginevra, Contadina!« Lorenzo schrie fast.

»Was denn? Tut mir leid, ich habe dich nicht gehört; ich dachte gerade an etwas anderes. Was hast du gesagt?«

»Ich fragte dich, ob du vor dem Schlafengehen noch auf einen kleinen Gang mit an Deck kommst. Wir sind jetzt so weit im Süden, da ist die Nacht ganz warm.«

»Ja, gerne.« Ginevra hatte das Gefühl, sie brauchte Platz. Sie war verkrampft, in einem emotionalen Schraubstock gefangen, durch die Entdeckung von Gefühlen verwirrt, die viel zu stark, viel zu neuartig waren. Sie spürte einen derart verzweifelten Drang, Lorenzo zu berühren, daß sie Angst hatte, in der Kabine mit ihm zusammen zu sein, Angst davor, die Kontrolle über sich zu verlieren. Sie mußte sich von ihm und diesem fremdartigen Teil ihrer selbst entfernen.

»Dann komm.« Er streckte ihr seine mit Blasen bedeckte Hand entgegen, um sie aus ihrer zusammengekauerten Position auf der Bank hochzuziehen. Mit einem Sprung kam Ginevra auf die Beine und stürzte zur Tür. Wenn er mich berührt, weiß ich nicht, was ich tue. Schreien. Es ihm sagen. Weglaufen.

Sie spazierte über die Decks, drängte in schnellem Schritt

voran, von einem in Aufruhr versetzten Herzen gehetzt, blind für die schöne Szenerie um sie herum, taub für alle Geräusche. Lorenzo holte sie ein, hielt sie am Rücken an den Falten ihrer Kutte fest und brachte sie so zum Stehen. »Ich habe einen Spaziergang vorgeschlagen und keinen Dauerlauf«, sagte er mit warmer, nachsichtiger, amüsierter Stimme. »Schau nur, Contadina, schau dir nur den Himmel an.«

Der Himmel hier im Süden ist ganz anders, dachte Ginevra. Die Sterne sind näher und wärmer, sie sind eher wie ein weiches Strahlen als ein entferntes, klares Funkeln. Oder bin ich es, die sich so verändert hat? Ich kenne mich gar nicht wieder; diese Person in mir ist mir fremd, ich verstehe ihre Leidenschaften nicht, die das mir bisher vertraute Ich so schwach machen.

Unbekümmert legte ihr Lorenzo seinen Arm um die Schultern. Immer noch blickte er nach oben. Gegen den Stützpfosten einer Markise gelehnt, suchte sich Ginevra Halt. Du darfst dich nicht an ihn anlehnen, sagte sie sich, sonst bist du verloren. Sie wußte nicht, wieso sie da so sicher sein konnte, aber sie war vollkommen davon überzeugt, daß sie Lorenzo nichts von ihrer Liebe erzählen durfte.

»Das sind unsere Sterne«, sagte er, »und sie bewegen sich nach einer uns verborgenen Bestimmung in die Konstellationen hinein, die unser Sternzeichen ausmachen und unsere Leben regieren. Ich glaube, daß ich Ferrante genau bei Halbmond treffen soll, wenn der Steinbock seine Wirkungskraft entfaltet. Das bedeutet, daß auch meine Kraft im Steigen begriffen ist. Und deine auch, Ginevra, und du bist bei mir. Das heißt, meine Kraft wird verdoppelt. Ich bin dankbar dafür, dich bei mir zu haben.« Die Muskeln an seinem Arm spannten sich, drückten sie für einen kurzen Augenblick an sich. Mit einem Lächeln schaute Lorenzo auf ihr Gesicht herab.

»Hat es dir gefallen, Contadina?«

»Oh, ja.«

»Mir auch. Es war sehr gut, daß uns diese Tage auf See vergönnt waren, fern von der Welt, ohne Verpflichtungen und für eine Weile aller Sorgen enthoben. Ich fühlte mich fast wieder wie ein Kind. Es ist komisch, aber ich hätte dich manchmal beinahe Giuliano genannt. Er und ich haben so viele Dinge gemeinsam unternommen, hatten soviel Spaß dabei, haben soviel gelacht…« Lorenzos Stimme wurde undeutlich.

Ginevra klammerte ihre Hände fest ineinander, um ihre Arme daran zu hindern, ihn zu halten, während er weinte.

Nach einer Minute räusperte sich Lorenzo. »Jetzt müssen wir unsere Pläne für Neapel schmieden«, sagte er. »Morgen kommen wir an.«

»So bald?« Es war ein gepeinigter Aufschrei.

»Unsere Reise hätte nicht viel besser verlaufen können. Wir waren sehr schnell. Morgen werden wir wahrscheinlich langsamer werden. Gambassi hat heute nacht Männer an Land gesetzt, die vorausreiten und unsere Ankunft ankündigen sollen. Er wird ihnen Zeit geben, die Nachricht zu überbringen, wahrscheinlich erst nach dem Frühstück die Anker lichten und mit kleinerem Segel fahren. Aller Wahrscheinlichkeit nach wird er uns genau beobachten und nach Anzeichen von Angst suchen, die er Ferrante melden kann. Wir werden wenig Zeit haben, miteinander zu sprechen.

Ich werde Guido zu deinem Wächter ernennen. Er wird an deiner Seite bleiben und dich beschützen. Ich denke, mich führt man direkt zu Ferrante. Der König ist viel zu gerissen, als daß er das Nervenspiel damit beginnen würde, mich auf eine Audienz warten zu lassen.«

»Wann werde ich dich wiedersehen?«

»Das weiß ich nicht, Contadina. Ich habe keine Ahnung, was mir bevorsteht.«

»Hast du Angst?«

Lorenzo lachte. »Nein«, sagte er, »noch nicht. Dafür wird später noch genügend Zeit sein, wenn meine Rechnung nicht aufgeht… Hast du denn Angst, kleine Schwester?«

Ginevras Lachen klang echt. »Warum sollte ich? Wer wird denn schon einem heiligen Narren etwas antun? Insbesondere einem so dreckigen wie Tino. Ich muß mir ein neues Gewand besorgen. Ich stinke wie eine Ziege.«

»Wirklich? Das ist hervorragend. Kein Wunder, daß der gute Kapitän so lange auf seiner Kabine geblieben ist. Weißt du, meine Nase ist noch durch andere Dinge gesegnet als durch Schönheit allein. Mir fehlt jeder Geruchssinn. Das läßt mich Rom und Neapel ertragen. Du wirst morgen schon sehen, was ich meine. Es ist nicht mit Florenz zu vergleichen.«

Die Galeere ließ die Segel fallen und lief mit sich in vollendetem Gleichschlag bewegenden Rudern in die Bucht von Neapel ein. Eine Flottille aus kleineren Schiffen wartete mit flatternden Fahnen darauf, sie zum Landeplatz zu begleiten. Auf dem Bug jedes dieser Schiffe bliesen Herolde zum Salut, Knappen schwangen Banner mit den Wappen Lorenzos und Ferrantes. Es war eine königliche Begrüßung.

Lorenzo hob den Arm zur Erwiderung des Grußes. In voller Hoftracht stand er da, der Lucco war fürs erste im Koffer verschwunden. Weithin sichtbar stellte er die Kette mit den Schwertlilien zur Schau. Lorenzo wirkte ruhig, doch seine Augen suchten die Decks der Schiffe nach vertrauten Gesichtern ab. Er hatte Freunde in Neapel, und er wußte, daß er sie brauchen würde.

Ginevra stand ein Stück weit entfernt bei den drei livrierten Wachen. Das Panorama des weiten Bogens der Bucht hatte sie völlig überwältigt. Das Wasser darin schimmerte in dem Blau, das sie die ganze Woche über gesehen hatte, doch es war mit anderen Blautönen durchzogen, von türkisfarbenen und grünen Flecken durchsetzt. Majestätisch bewegte sich die Galeere über ein Juwelenfeld. Ginevras Blick strich über das Wasser bis zur Küste, wo andere Farbtöne ihre Aufmerksamkeit erregten: Häuser, die sich wie zu einem Regenbogen fügten, Blumen, die Kleidung der Menschen, die sich auf dem langen, breiten Kai zusammendrängten. Der weite Schwung der Küstenlinie, der ihren Blick hypnotisch bis zum entferntesten Punkt und noch darüber hinaus lenkte, der geheimnisvoll rauchende Vesuv. Voller Staunen und Angst starrte sie auf die Wolke und glaubte fast, daß Vulkanus, der Gott des Feuers, tief in der Erde darunter seine Schmiede schüren müsse.

Die Galeere näherte sich dem Land, verzückt holte Ginevra Luft. Lorenzo muß verrückt sein, dachte sie. Wohlriechende Blumen, das ist der Duft von Neapel. Am siebzehnten Dezember ist hier Frühling. Wie schade, das nicht riechen zu können!

Lorenzo. Sie behielt das Wort in ihrem Mund, den Geschmack, der an Süße dem Duft in ihrer Nase in nichts nachstand. Das Gesicht in der Kapuze verborgen, weidete sie sich an seinem Anblick. Wie gerade war doch sein Rücken, wie breit seine Schultern! Sein Haar glänzte so voll wie seine juwelengeschmückte Seidenkappe; und seine Beine in der weißen Seidenhose waren so kräftig wie Säulen aus Carraramarmor.

Er hat gesagt, er ist froh, mich dabeizuhaben, dachte sie. Und er hat seinen Arm fest um mich gelegt.

Ihr Herz war von einem Frühling erfüllt, der süßer war als der Frühling vor ihren Augen. Die ganze Dichtung, die sie gelesen hatte, ohne sie zu verstehen, durchflutete ihre Seele. Jetzt war sie voller Sinn, und ihre Musik ertönte in ihrem Herzen.

Das vollkommene Glück hielt an, bis die Galeere an den breiten Steinstufen des Kais anlegte und Lorenzo leichtfüßig darüber hinweg auf die prächtig geschmückte Steinplattform sprang. Unmittelbar war er in einem Kreis lächelnder, auf ihn einredender, gestikulierender Menschen verschwunden, umarmte einen nach dem anderen, Frauen wie Männer, dann ging er vom Schiff weg, ohne einen einzigen Blick zurückzuwerfen.

Ginevra fühlte sich, als sei die Sonne hinter einer Wolke verschwunden.

König Ferrante und sein Hofstaat lebten in einer klobigen Steinburg, von der aus man die ganze Bucht einsehen konnte. Er wies Lorenzo einen kleinen Palast gegenüber der Burg zu. Ein prunkvoller Haushofmeister vom neapolitanischen Hof führte Lorenzos kleine Gruppe von Begleitern mit einem Ausdruck der Verachtung auf dem Gesicht vom Schiff. Nur vier Begleiter, und einer von ihnen ein stinkender, herumstolpernder Idiot! Er wies ihnen ihre Quartiere zu. Ginevra wurde ein Zimmer in der Nähe der Kapelle gegeben. Der Haushofmeister roch demonstrativ an einer mit Nelken bespickten Orangenparfumkugel, wann immer er näher als zwei Meter an sie herankam.

Ginevra unterdrückte ihren Drang, über seine geckenhaften Gesten zu kichern; sie verbiß sich auch die scharfen Worte, die ihr auf der Zunge lagen. Auf dem Weg vom Kai zum Palast war ihr aufgegangen, was Lorenzo meinte, als er sie vor Neapel gewarnt hatte. Eine breite, gepflasterte Prachtstraße führte zu Ferrantes Burg. Die Seitenstraßen jedoch waren ein Sumpf aus Schlamm, der nach Abfall und aus den Hausfenstern geschüttetem Waschwasser roch. Im Vergleich dazu, hätte sie gerne gesagt, roch ihre ungewaschene Mönchskutte doch eindeutig angenehm.

Sie sah sich in ihrem Zimmer um und erkundete dann den Palast. Er war hell und luftig, von mit Balkonen versehenen Fenstern aus sah man das Meer, vielfarbige oder vergoldete Darstellungen von Muscheln, Nymphen, Delphinen, Fischen und phantastischen Pflanzen schmückten jedes Zimmer. Der farbenprächtige Tand versetzte sie in Hochstimmung. Es war unmöglich, hier an Gefahr zu denken. Hinter den geschlossenen Türen ihres Zimmers wirbelte sie in einem spontanen Freudentanz umher – obwohl ihr Zimmer weit weg von Lorenzos Zimmer lag, obwohl er sie vergessen hatte, kaum daß er seine Freunde sah. Es war Frühling, und sie war verliebt.

Am nächsten Tag konnte Ginevra gar nicht aus dem Bett kommen. Sie hatte kaum ein Auge zugetan. Anfangs war sie viel zu aufgeregt gewesen, dann wurde sie von dem Aufruhr in ihrem Herzen und in ihren Gedanken wachgehalten.

Ich muß mir doch das Geschehene irgendwie erklären, sagte sie sich. Was bedeutet es, verliebt zu sein? Was sollte ich tun? Was kann ich tun? Was denkt Lorenzo über mich, welche Gefühle hegt er mir gegenüber?

Ich weiß, daß ich ihm nicht gleichgültig bin … Ist es wirklich so? Er nahm mich mit hierher, sagte, ich bringe ihm Glück …, ließ mich dann in der Minute unserer Ankunft stehen und hat sich nicht einmal von mir verabschiedet.

Wie es Liebende zu allen Zeiten gemacht haben, überprüfte sie jede Erinnerung an jedes Wort, jeden Blick, jede Handlung Lorenzos, drehte den Vorfall in Gedanken hin und her, um jede Facette betrachten zu können, versuchte, in jede Geste oder Betonung Bedeutsames hineinzulegen, suchte nach dem Sinn und der Botschaft, die zu finden sie sich so sehr sehnte.

Im einen Augenblick himmelhochjauchzend, im nächsten zu Tode betrübt, dann wieder in Hochstimmung. Ich quäle mich, dachte sie, und ich muß damit aufhören. Ich gerate nur in immer größere Verwirrung.

Doch es war eine süße Qual, und sie konnte nicht aufhören. Sie erfand Unterhaltungen, die zwischen ihr und Lorenzo stattfanden, kleine Dramen, bei denen sie ihm ihre Liebe eingestand und er zunächst überrascht war, um dann von der frohen Erkenntnis überwältigt zu werden, daß auch er sie liebte. Oder bei denen er ihr augenblicklich gestand, daß er sie immer geliebt, aber nie die Hoffnung gehegt hatte, sie könne seine Gefühle erwidern. Oder er sagte gar nichts, riß sie nur in seine Arme und... Sie konnte die Szene nicht zu Ende denken. Ihre leuchtende Traumwelt erlaubte keinerlei Erinnerungen daran, daß Hände ihre Haut berührten, oder an die häßliche, brutale Lust der Männer, die sie vergewaltigt hatten.

Sie kniete an ihrem Fenster nieder, blickte zu den Sternen, von denen Lorenzo gesagt hatte, er teile sie mit ihr, und stieß unzusammenhängende Gebete aus, Gebete an die Sterne, an Gott, an alle Heiligen, die Jungfrau Maria und Jesus Christus, an den Mond und ans Meer. Macht, daß er mich liebt..., nicht so, wie ich ihn liebe, soviel verlange ich gar nicht. Macht, daß er mich nur ein kleines bißchen liebt..., oder wenn das zuviel sein sollte, macht, daß er es zuläßt, daß ich ihn liebe.

Als sie schließlich einnickte, kniete sie immer noch. Bei Sonnenaufgang weckten sie die Schreie hungriger Seemöwen. Ihr steifer Rücken, die Steifheit in ihren Beinen und in ihrem gekrümmten Hals ließ sie aufstöhnen; sie taumelte zu ihrem Bett, fiel quer darüber und sank auf der Stelle in einen tiefen Schlaf.

Es schien nur Sekunden später zu sein, da hörte sie ein heftiges Klopfen an ihrer Tür. Doch als sie ihre Augen öffnete, blinzelte sie in schmerzhaft gleißendes Sonnenlicht. Sie begriff, daß es schon spät sein mußte.

»Ich komme«, rief sie. »Einen Moment noch.« Sie schob sich

ihr Haar aus dem Gesicht und zog sich ihre duftende Mönchskutte über.

Dann entriegelte sie ihre Tür und riß sie auf. »Was wollt Ihr?«

Die Dienerin davor schrak verängstigt zurück und plapperte in einem Akzent los, den Ginevras müder Verstand kaum entziffern konnte. Sie mußte die Frau dreimal bitten, es zu wiederholen, bis sie endlich verstanden hatte. Dann waren ihre Müdigkeit und ihre schlechte Laune wie weggewischt. Heißes Wasser, eine Wanne und frische Kleidung warteten in einem Zimmer auf sie, in das sie die Dienerin geleiten wollte. Seine Exzellenz, der Ehrengast aus Florenz, hatte sie für seinen Priester kommen lassen.

Lorenzo hatte sie nicht vergessen.

Ein Offizier aus Ferrantes Garde geleitete die drei Gehilfen und den heiligen Narren aus Florenz vor dem Mittagessen auf einem Rundgang durch die Burg. Das Erlebnis stellte für Ginevra die Welt auf den Kopf.

Der Thronsaal, die Empfangssäle, der Bankettsaal, die Tanzsäle waren riesig, verschwenderisch dekoriert und eingerichtet. Ganz wie es einem neapolitanischen König zustehe, sagte Maurizio, einer von Lorenzos Männern. Die anderen beiden lachten. Auf Florentiner, die auf die strenge, steinerne Schönheit ihrer Stadt stolz waren, wirkte die Anhäufung vergoldeter Putten komisch.

Das Gesicht des Offiziers verdunkelte sich. Er beschloß, den Rundgang auszudehnen.

»Das hier sind die Räume, die dem König den meisten Spaß bereiten«, sagte er. Er öffnete eine dicke Holztür und führte die Florentiner in die dahinterliegenden Hallen.

Eine Stunde des Schreckens begann. Der Offizier zeigte ihnen die verschiedensten Folterwerkzeuge; viele davon waren Gerätschaften, von denen selbst die abgebrühten Wachen der Medici noch nie etwas gehört hatten. Dann geleitete er sie in einen ungeheuren, ummauerten Garten. Ginevra dachte, der Rundgang sei jetzt vorüber, und beglückwünschte sich insgeheim dafür, wie gut sie die Fassung bewahrt hatte.

Bis sie den ersten Käfig sah. Ein nackter, ausgemergelter Mann mit verfilzten langen Haaren, Bart und wirrem Blick war darin gefangen. Er gab erbärmliche, tierähnliche Laute von sich und streckte ihnen durch die Gitterstäbe seine Hände entgegen.

»Er glaubt, es ist Zeit zum Essen«, meinte der Offizier lachend. »Normalerweise kommen die Leute während der Fütterungszeit, um sich die Gefangenen anzuschauen. Es ist sehr amüsant. Manchmal werfen wir ihnen Holzstückchen hin, die so bemalt sind, daß sie wie Brot oder Fleisch aussehen. Dieser hier beißt immer so stark zu, daß die Splitter fliegen.«

»Wie viele…?« Maurizio gab sich unbeeindruckt und milde interessiert.

»Das ist ganz unterschiedlich. Im Moment haben wir nur vier oder fünf. Wir schauen sie uns noch alle an. Folgt mir.«

Ginevra hielt die traurigen Gestalten für die Wahnsinnigen der Stadt. Sie fühlte sich plötzlich ausgesprochen unwohl in ihrer Maskerade. Guido, die Wache, die man mit ihrem Schutz betraut hatte, bereitete dieser Punkt ebenfalls Sorge. Nach dem dritten Menschenkäfig, den der Offizier voller Stolz präsentierte, fragte Guido, ob man denn alle Verrückten Neapels in Käfigen halte.

»Verrückte?« echote der Offizier. »Wenn sie hierherkommen, sind sie nicht verrückt. Es sind Feinde des Königs, und alle waren einmal adlige Herren. Dem König gefällt es, wie sie erst um ihre Freilassung betteln, und später dann darum, getötet zu werden; noch später betteln sie um etwas Essen, damit sie am Leben bleiben. Er schließt mit seinen Freunden Wetten ab, wie lange es dauern wird, jeden von ihnen zu brechen.«

Der Offizier lächelte die Besucher aus Florenz an. Er wußte, daß sie sich alle Lorenzo de' Medici in einem dieser Käfige vorstellten. »Genug vom Gefangenengarten«, sagte er. »Es wird langweilig.«

Sie waren froh, ihm auf dem frisch geschnittenen Graspfad zu folgen und von den Käfigen wegzukommen.

Er hatte sein Ziel erreicht, amüsierte sich aber viel zu gut, als daß er den Höhepunkt des Rundgangs ausgelassen hätte.

Ginevra dachte zuerst, der Offizier hätte sich vertan und sie wären in einen Empfang hineingeplatzt. An den Wänden des eleganten, langen Saales, in den sie eintraten, hingen prächtige Gobelins; ungeheure Blumenvasen standen auf den tiefen Fenstersimsen; aufwendig gekleidete Männer saßen in vergoldeten Armsesseln oder standen an allen Seiten des Saales.

Dann traf ein Geruch ihre Nase, den die Blumen nicht überdecken konnten, und der ihr die Kehle zusammenschnürte. »Das sind des Königs liebste Feinde«, sagte ihr Führer. »Alles Männer, die er bewunderte und die er als Freunde ansah. Als sich ihre Freundschaft allerdings als trügerisch erwies, mußte er sie natürlich hinrichten lassen. Doch er wollte nicht das Vergnügen ihrer Gesellschaft verlieren. Er ließ sie einbalsamieren, und so stehen sie ihm nun immer, wenn er mit ihnen sprechen will, zur Verfügung... Ein exzellentes Stück Arbeit, findet Ihr nicht auch? Man könnte schwören, daß sich jeder von ihnen im nächsten Augenblick bewegen könnte oder anfängt zu sprechen... Soll ich Euch mit ihnen bekannt machen? Wir haben drei Generäle, zwei Herzöge, eine ganze Reihe Grafen...«

Und mit diesem König will Lorenzo vernünftig reden und ihn überzeugen, seinen Krieg gegen Florenz zu beenden, dachte Ginevra. In diesem Augenblick ist Lorenzo wahrscheinlich bei ihm; die Maus für Ferrantes Katze.

Sie verachtete sich selbst, daß sie sich wegen einer so belanglosen Sache wie ihren liebeskranken Sehnsüchten Sorgen machte, während Lorenzo zur gleichen Zeit auf Gedeih und Verderb Ferrante ausgeliefert war und nur seine Intelligenz ihn schützen konnte. In einem einzigen Augenblick vollzog sie den Sprung zur Realität, heraus aus ihren selbstbezogenen, romantischen Tagträumen. Sie erkannte Lorenzo als den Mann, der er war. Mutig. Kühn. Staatsmännisch. Voller Sorge um den Staat.

Und ich teile seine Sterne mit ihm, sagte sie voller Stolz zu sich selbst. Ich muß irgendeinen Weg finden, ihm zu helfen. Der Himmel wird ihn mir weisen. Bestimmt.

31. KAPITEL

In Neapel lebten ziemlich viele Toskaner. Die Medici-Bank hatte dort eine Filiale; etliche kleinere Banken, Wollhändler, Schiffseigner, Juwelen-, Gewürz- und Weinhändler ebenfalls. Darüber hinaus gab es wohlhabende Toskaner, die den lässigeren Lebensstil im Süden bevorzugten, und einige, die sich den vielgesichtigen Lastern hingeben wollten, die dort blühten.

Alle waren sie begierig darauf, Lorenzo bei sich empfangen zu können. Einladungen überschwemmten den Palast, noch bevor der Medici dort eintraf.

Seine engsten Freunde waren jedoch nicht unter seinen Landsleuten zu finden. Sie gehörten zu Ferrantes Familie. Es war jetzt fast fünfzehn Jahre her, daß er Florenz auf einer diplomatischen Mission vertreten hatte. Als der fünfzehnjährige Lorenzo damals in Genua an Land ging, war er dort Ferrantes jüngerem Sohn Federigo begegnet und gemeinsam mit ihm nach Mailand gegangen, um dort Ippolita, die Tochter des damals herrschenden Herzogs zu treffen. Federigo begleitete Ippolita nach Neapel, wo sie seinen älteren Bruder Alfonso heiraten sollte, den Thronerben und Herzog von Kalabrien. Auf dem Weg nach Neapel hatte sich die ganze Hochzeitsgesellschaft über eine Woche lang als Gast Lorenzos in Florenz aufgehalten.

Die drei jungen Leute waren alle ungefähr gleichen Alters, sie teilten ihre jugendliche Begeisterung und Energie und auch beständigere Eigenschaften miteinander. Wie es von allen gutgebildeten, jungen Männern erwartet wurde, war Federigo ein Dichter und zeigte leidenschaftliches Interesse an Lorenzos nachdrücklichem Eintreten für die italienische Volkssprache als beste Sprache für die Poesie. Ippolita war eine außergewöhnliche junge Frau und von den Ideen der Platonischen Akademie fasziniert, die Cosimo de' Medici ins Leben gerufen hatte.

Sie entwickelten eine echte Freundschaft, die über die Jahre hinweg immer stärker wurde. Briefe und Manuskripte wurden mit großer Regelmäßigkeit zwischen Florenz und Neapel hin- und hergeschickt.

Lorenzo hatte sich gefragt, welche Auswirkungen Ferrantes Krieg wohl auf seine Freunde gehabt hatte. Der General der Armee, die Florenz bedrohte, war Alfonso, Federigos Bruder und Ippolitas Mann.

»Verträge entstehen und werden wieder gelöst; Kriege kommen und gehen, aber die Dichtung hat für immer Bestand«, sagte Federigo. »Es ist wunderbar, endlich einmal deine Gastfreundschaft erwidern zu können. Ich hoffe nur, daß wir uns in Neapel genauso gut amüsieren werden wie damals in Florenz.«

Ippolita meinte, sie sei fest dazu entschlossen. Ihr Lächeln deutete an, daß sie Lorenzo eine Art von Gastfreundschaft anbieten würde, der Federigo nichts Gleichwertiges entgegenzusetzen hatte.

Sein erstes Spiel hatte Lorenzo gewonnen.

Lorenzo fand Ginevra inbrünstig betend in der Kapelle. »Komm mit mir, Contadina. Ich möchte dir eine Spezialität Neapels zeigen.« Er hatte sich gerade von seinen Freunden getrennt und war bester Stimmung.

Es war noch nicht lange her, daß Ginevra von ihrem makabren Rundgang zurückgekehrt war. Sie wollte ihm eine Warnung entgegenschreien, ihn anflehen, vor Ferrante zu fliehen, aber statt dessen lächelte sie und ging mit ihm. Es hatte keinen Zweck, ihm etwas zu erzählen, was er bereits wußte, und es war sicher, daß er niemals davonlaufen würde.

Gemeinsam besuchten sie den Dom, um sich den erstaunlichen, mechanisch bewegten Weihnachtsumzug anzuschauen. Eine lebensgroße, lebensechte Heilige Familie war im Stall von Bethlehem versammelt, wunderschöne Engel schwebten hoch über ihnen, und anbetende Tiere betrachteten die Szene. Eine langsam rotierende Kette beförderte die Hirten und ihre Schafe von ihrem Platz hinter einem Hügel zur Weihnachtskrippe, an ihr vorbei und in einen kleinen Hain hinein. Als die Hirten verschwanden, kam der Aufzug der Heiligen Drei Könige hinter dem Hügel hervor. Jeder König wurde von Knappen, Rittern und Sklaven begleitet. Es gab Kamele, Elefanten, Zebras, Pferde jeder Farbe. Nie zuvor hatte Ginevra irgend etwas Vergleichbares gesehen. Mit offenem Mund starrte sie auf die wunderschön gestalteten Figuren, ihre Kleidung, das echte Haar auf ihren Köpfen, ihre Juwelen und Sättel und die Geschenke für das Christuskind.

Als der letzte Knappe in den Wald hineingeglitten war, schaute sie Lorenzo an. Er war genauso überwältigt wie sie. »Ich habe von diesen Krippen gehört, aber ich habe es nicht geglaubt. Ich muß eine für Florenz bekommen.«

»Oh, schau nur, Lorenzo, es ist noch nicht vorbei. Da kommt noch ein Dudelsackpfeifer.«

»Ja, und ein Bauer mit einer Sense. Und da auch noch seine Frau, sie führt eine Ziege.«

»Die alte Frau hinter ihr sieht aus wie Claudia von dem Bauernhof, auf dem wir nach unserem Ausbruch aus Florenz die Nacht verbracht haben.«

Dutzende von Männern, Frauen und Kindern bewegten sich vor ihnen her. Sie repräsentierten alle Stände, alle Zünfte, alle Menschen, die in der Region Neapel lebten.

Lorenzo und Ginevra machten mit unwillkürlichen Rufen ihrem Erstaunen darüber Luft, wie naturgetreu jede Figur war. Es war richtige Kunst, eine anheimelnde Kunst, und vielleicht die einzige Kunstform, die in Florenz nicht praktiziert wurde. Lorenzo wünschte, seine Künstlerfreunde könnten es sehen, und seine Entschlossenheit, ebenfalls ein Kunstwerk dieser Art zu besitzen, wuchs.

Der erste Hirte tauchte wieder auf. Ginevra seufzte. »Ich könnte es mir hundertmal ansehen.«

»Ich wünschte mir, wir könnten das, aber ich habe so wenig Zeit. Ich wollte dir sagen, daß die Sterne uns unterstützen und du dir keine Sorgen machen mußt. Geht es dir gut? Haben sie dir ein angenehmes Zimmer gegeben?«

»Ja. Es ist sehr schön. Und in meiner sauberen Kleidung fühle ich mich viel wohler. Danke, es war sehr aufmerksam von dir, sie mir zukommen zu lassen.«

Lorenzo grinste. »Selbstverteidigung«, meinte er. »Ich wollte nicht auf die Straße geworfen werden.« Dann wurde er ernst. »Hör jetzt gut zu, Ginevra. Alles, was wir tun oder sagen, wird beobachtet. Sprich nicht mehr mit dem Dienstpersonal, als du unbedingt mußt, und halte nachts deine Zimmertür verschlossen. Vergiß nicht, daß du ein Ordensmann bist; es ist also wichtig, daß du mindestens zweimal am Tag die Messe besuchst. Mit Guido kannst du so oft hierherkommen, wie du willst, und dir die Krippe anschauen.

Ich werde zu tun haben, doch ich versuche, wann immer es möglich ist, gegen Sonnenuntergang in der Kapelle zu sein. Wenn du mich wegen irgend etwas fragen willst, dann such mich dort.

Ich hoffe, meine Mission wird in ein oder zwei Wochen beendet sein. Kannst du dich selbst beschäftigen?«

Ginevra nickte. »Mach dir keine Sorgen. Ich finde immer etwas zu tun.«

»Braves Mädchen. Jetzt müssen wir aber machen, daß wir zurückkommen.« Er gab ihr schnell einen Kuß auf beide Wangen.

Darüber werde ich jetzt nicht weiter nachdenken, schwor sich Ginevra. Ich werde es mir für heute abend aufsparen, wenn ich allein und ängstlich bin. Ihre Wangen jedoch brannten. Sie berührte sie mit den Fingern, merkte sich die Stelle, um sich später wieder daran zu erinnern.

Lorenzo war außer sich vor Wut. »Er will Frieden, der Bastard, und er weiß sehr wohl, daß sein Thron mit Florenz als Verbündetem sicherer ist als mit dem Papst an seinen Grenzen, der nur darauf wartet, seinen Herrschaftsbereich zu vergrößern. Aber es macht ihm Spaß, mit seinen unförmigen Wurstfingern die Fäden in der Hand zu halten und mich wie eine Marionette tanzen zu sehen. Verfluchter Ferrante!«

Ginevra ermahnte ihn, seine Stimme zu senken. »Bestimmt stehen Spione vor der Tür und horchen, Lorenzo. Sie denken, daß du zur Andacht in die Kapelle gekommen bist, und ich gelte als Schwachsinniger und nicht als jemand, der die Probleme der Diplomatie versteht.«

Zwei Wochen waren vergangen, und Lorenzo war dem Ende seiner Mission keinen Schritt näher gekommen. Die erzwungene Tatenlosigkeit verbitterte ihn. Er hatte die Stunden gefüllt, hatte Festbanketts für die Toskaner von Neapel gege-

ben und an Banketts teilgenommen, die zu seinen Ehren veranstaltet wurden. Er löste die Galeerensklaven aus, die ihn
nach Neapel befördert hatten, und schenkte ihnen die Freiheit. Er stiftete Geld für die Mitgift eines Dutzend vom Erzbischof ausgewählter Mädchen. Briefe an seine Familie, seine
Freunde, die Signoria, die Verwalter seiner Ställe und Villen,
die Professoren der Universität Pisa wurden verfaßt. Er las,
schrieb Gedichte, ging mit Federigo auf Falkenjagd, begann
eine Liebelei mit Ippolita – doch bezüglich seiner Mission erreichte er nichts.

Ginevras Warnung zwang Lorenzo, sich auf sie anstatt auf
seine Wut zu konzentrieren. »Verzeih mir«, sagte er ruhig.
»Du hast recht. Wenn ich die Geduld verliere, arbeite ich nur
Ferrante in die Hände. Ich werde meine Gedanken auf fröhli-
chere Dinge lenken. Morgen ist unser Geburtstag, erinnerst
du dich? Was würdest du dir wünschen?«

»Geld«, antwortete sie, ohne zu zögern.

Lorenzo war beleidigt. »Warum nicht?« sagte er in verbit-
tertem, scharfem Ton. »Das wollen sie doch alle.« Er band eine
schwere Ledertasche von seinem Gürtel los und ließ sie vor
Ginevra auf den Boden fallen. Die Goldmünzen darin machten ein dumpfes, klirrendes Geräusch.

Genau wie er beabsichtigt hatte, fühlte sie sich wie ein Ju-
das. Doch sie nahm die Ledertasche mit einem einfachen, ge-
murmelten »Danke« auf. Sie hatte einen Plan, und dafür
brauchte sie Geld. Und der Plan war ihr sogar noch wichtiger
als Lorenzos Entrüstung.

32. KAPITEL

Am nächsten Tag setzte sie ihren Plan in die Tat um. Mehr als eine Woche lang war sie mit leerem Blick, ziellosem Schritt und wirrem Gerede, das urplötzlich durch sinnloses Gelächter und zusammenhanglose Tiraden über Religion unterbrochen wurde, in der Burg umhergelaufen. Zunächst rief ihre Maskerade Argwohn hervor, aber sie war so überzeugend, daß das Dienstpersonal der Burg und die Soldaten sie bald hinnahmen und Gefallen daran fanden, »Tino« mit grausamen, höhnischen Bemerkungen und Beleidigungen zu verspotten. Tino verstand nichts, lächelte nur idiotisch und klatschte über die ihm entgegengebrachte Aufmerksamkeit vergnügt in die Hände. Irgendwann war das Spiel langweilig geworden, und Tino wurde zu einer unwichtigen Erscheinung, die niemand mehr beachtete. Jetzt konnte Ginevra beginnen.

Sie hatte Ferrantes Kammerdiener Carlo ausfindig gemacht, seine Gewohnheiten in Erfahrung gebracht und wußte, wo er zu finden war, wenn er nichts zu tun hatte. Es mußte ganz einfach Schicksal sein: Der Kammerdiener war ein unverbesserlicher und glückloser Spieler. Ginevra steckte eine der Goldmünzen in ihren Mund und näherte sich der Ecke des Stallhofes, in der Carlo mit dem Oberhofstallmeister und seinem obersten Reitknecht würfelte.

Es war nicht schwer, ihren Schatz entdecken und sich zu einem Spiel überreden zu lassen. Die Betrügerei war mehr als offenkundig, aber Tino war zu dumm, um das zu bemerken. Tino war auch zu blöde, als daß man in seiner Gegenwart Diskretion hätte wahren müssen. Die drei Männer unterhielten sich freimütig, Carlo spielte sich vor den anderen groß auf, indem er sein besonderes Wissen über den König und dessen Launen herausstellte. Ferrante prahlte oft vor seinem Diener, vertraute ihm sogar vieles an.

Ginevra verlor fast jeden Tag einen Florentiner Gulden. Jeden Abend, wenn sie sich mit Lorenzo in der Kapelle traf, berichtet sie ihm, was sie erfahren hatte.

Er war über ihre Verwegenheit erfreut und beeindruckt. »Bei allen Heiligen, du bist ein Phänomen, Contadina! Ich bin nur froh, daß du auf meiner Seite stehst!« Die Informationen, die sie in Erfahrung brachte, waren oft nervenzerrüttend. Ferrante wurde fortwährend von seinem Sohn unter Druck gesetzt, die Stärke der Armee zu erhöhen und Florenz zu erobern, wenn der Krieg wiederaufgenommen wurde. Der König war ungeheuer eitel, und die Vision, der Bezwinger Lorenzo de' Medicis zu sein und ihn seinem gräßlichen Museum einbalsamierter Gestalten hinzuzufügen, reizte ihn zuäußerst.

Doch auch Federigo ließ nicht nach, unaufhörlich Druck auf ihn auszuüben. Ebensowenig Ippolita. Und Ferrante war schlau; er wußte, daß Neapel sicherer war, wenn man dem Ehrgeiz des Papstes Grenzen setzte und Florenz im Norden und Neapel im Süden Sixtus in Schach hielten. Die zahllosen Briefe, die ihm der Papst überbringen ließ, hatten einen aufreizenden, gebieterischen Ton, der Ferrantes Eigendünkel beleidigte.

Und so verhielt sich Ferrante Lorenzo gegenüber ganz unterschiedlich, mal kam er ihm entgegen, mal ließ er ihn auflaufen, er hielt ihn hin, spielte mit ihm, stellte seine Geduld auf die Probe. Die Wochen vergingen und wurden zu Monaten.

Ginevra war die ganze Zeit über Lorenzos Zuflucht und Mitverschwörerin. Sie lernte dabei seine komplexe, widersprüchliche Natur kennen, seine Mutlosigkeit und seine Begeisterung, sein Ungestüm und seine eiserne Beherrschtheit, seine Ausgelassenheit und sein nüchternes Pflichtgefühl. Der ihm entgegengebrachte Respekt und ihre Bewunderung für ihn wuchsen, bereicherten die verzehrende Liebe, die sie fühlte. Die Intimität der miteinander geteilten Gefahr bestärkte sie, hundertmal ließ sie die im Flüsterton verlaufenden Treffen in der Kapelle in ihrer Erinnerung wiederaufleben. Und wenn sie allein auf ihrem Zimmer war, weinte sie, weil sie deutlich erkannte, daß Lorenzo ihre Liebe nicht erwiderte, sie überhaupt nicht als Frau ansah. Bei diesem gefährlichen Unternehmen war sie seine Partnerin, eine Gefährtin, fast seinesgleichen.

Wir sind Freunde, sagte sie sich, und das ist doch viel. Er vertraut mir, bewundert mich, liebt mich mit der Liebe eines Freundes. Ich kann froh sein, daß ich das habe. Es genügt. Es muß genügen.

Wenn ich nur nicht so müde wäre. Diese Maskeraden berauben mich meiner ganzen Lebenskraft. Ich hasse es, mich dauernd zu verstellen, auf jedes Wort, das ich sage, auf jedes Augenzwinkern zu achten, unaufhörlich zuzuhören und zu versuchen, hinter dem Gehörten das Gemeinte zu erkennen. Ich hasse es, vor diesem verachtenswerten Carlo den Narren zu spielen und mich mit Lorenzo wie ein jüngerer Bruder zu gebärden.

Ich weiß nicht, ob ich es so lange aushalte, bis Ferrante uns gehen läßt. Aber ich habe keine andere Wahl.

Ende Februar, nach zehn endlos dahingedehnten Wochen, unterzeichnete Ferrante einen Vertrag, in dem er mit Florenz Frieden schloß und sich mit der Republik verbündete.

»Das war unser Werk, Contadina. Jetzt können wir nach Hause gehen.«

Das Schiff für die Rückreise war ein Handelsschiff, das einem florentinischen Geschäftsmann in Neapel gehörte. Im Gegensatz zu Ferrantes Galeere verfügte es über keinerlei Luxus, aber der Kapitän und die Mannschaft wurden dafür auch nicht vom Feind bezahlt. Lorenzo konnte sich entspannen, Ginevra ebenfalls, Tino war für immer zurückgelassen worden. Nur die Mönchskutte, die Ginevra weiterhin als Verkleidung trug, war noch vorhanden.

Es gab keine Spannung und keinerlei fieberhafte Fröhlichkeit. Beide waren erschöpft. Das Gefühl, ihr Werk vollbracht zu haben, machte sie träge; und die Ruhe war wohlverdient. Sie spazierten auf dem Deck umher oder machten es sich auf den aufgestapelten Ballen und den Fässern mit dem Ladegut bequem, schauten aufs Meer, atmeten die scharfe Luft ein, genossen nach der Atmosphäre der Gefangenschaft in Neapel den grenzenlosen Raum um sich herum.

Manchmal unterhielten sie sich; häufiger schwiegen sie, stellten keine Forderungen, weder an sich noch an den anderen. Lorenzo sagte träge, er wünschte, Giuliano hätte bei ihnen sein können. Er hätte die Intrigen und das Abenteuer geliebt.

»Ich glaube, ich bin deinem Bruder nie begegnet«, sagte Ginevra. »Ich weiß, daß du ihn vermißt. Woran ist er gestorben? War es die Pest?«

Lorenzo erzählte ihr vom Mord an Giuliano, von dem Versuch ihrer Familie, die Macht im Staat an sich zu reißen.

Ginevra war viel zu geschockt, um auch nur ein einziges Wort dazu zu sagen.

Stunden später war sie in der Lage, ihm zu sagen, wie aufrichtig leid es ihr tat. »Und ungeachtet dessen, was die Familie Pazzi euch angetan hat, haben du und deine Mutter mich aufgenommen und euch um mich gekümmert. Warum habt ihr mich nicht einfach sterben lassen?«

»Du warst unschuldig, und ich wollte nie, daß Unschuldige verletzt werden. Natürlich wurden Hunderte verletzt, aber du warst die einzige, die zu uns gebracht wurde. Und außerdem: Wie könnte ich meinen Geburtstag ohne meine Contadina feiern?«

Die Stunden glitten dahin wie durch die Finger rinnender Sand. Ginevra versuchte, sie festzuhalten, wie Lorenzo bis spät in die Nacht aufzubleiben, die Sonne mit bloßer Willenskraft davon abzuhalten, auf- und wieder unterzugehen. Als sie in Livorno ankamen, wußte sie, daß ihre Zeit mit Lorenzo sich dem Ende zuneigte. Sie starrte ihn an, wenn er schrieb oder las oder schlief, versuchte sich alles an ihm einzuprägen, jedes Detail seines Gesichtes, seines Körpers, seiner Hände und Füße, die Art und Weise, wie sein Haar auf seinem Scheitel einen Wirbel formte, die schmale Narbe an seinem Hals, die eckige Form seiner Nägel.

»Nein!« rief sie aus, als er ihr sagte, sie würden am nächsten Morgen anlegen. »Ich liebe das Meer so sehr«, fügte sie rasch hinzu.

»Du wirst noch andere Seereisen unternehmen, dafür werde ich schon sorgen. Welchen Wunsch hättest du denn sonst noch, Ginevra? Für deine Hilfe in Neapel stehe ich tief in deiner Schuld.«

Ich möchte bei dir bleiben, sagte ihr Herz. Doch Ginevra blieb still, hielt ihre Augen gesenkt, um ihre Tränen zu verbergen.

Lorenzo zwang sie, ihr Kinn zu heben. »Keine Schüchternheit erlaubt«, lachte er. »Sie steht dir nicht. Und jetzt heraus mit der Sprache! Es muß doch etwas geben, was du gerne möchtest… Was ist es, Contadina? Weinst du? Was fehlt dir denn?«

Ginevra versuchte, ihren Kopf abzuwenden, doch seine Finger hatten ihr Kinn fest im Griff. Sein Gesicht war ihr ganz nahe. »Sag es mir«, forderte er.

»Ich möchte bei dir bleiben«, flüsterte sie.

Lorenzo ließ sie los und schrak zurück, als hätte er sich verbrannt. Irgendwie wußte Ginevra, daß andere Frauen, vielleicht viele Frauen, diese Worte vorher zu ihm gesagt hatten, daß sie versucht hatten, ihn zu halten, ihn an sich zu binden. Sie hatte alles ruiniert, selbst seine Erinnerung an sie.

»Es hat so viel Spaß gemacht«, sagte sie. »Es war so aufregend und so anders. Den heiligen Narren zu spielen, das Würfelspiel, ein Spion zu sein. Ich wünschte mir, es würde immer so weitergehen. Das Leben wird jetzt so glanzlos für mich sein, während du die ganze Zeit immer neue Abenteuer erlebst.«

Lorenzo glaubte ihr. Deutlich ließ sich das von seinem Gesicht ablesen, aus der Art, wie sich sein Körper entspannte. »Ich hoffe sehr, daß du dich irrst«, sagte er lächelnd. »Ich kann sehr gut ohne ein weiteres Abenteuer wie dieses auskommen. Wisch dir das Gesicht ab, Ginevra, und hör auf zu schniefen. Laß uns mal sehen, was wir uns ausdenken können, um zu verhindern, daß dein Leben so glanzlos wird… Meine weise und wundervolle Mutter will, daß ich einen Mann für dich finde. Ich denke, ich werde nach einem Mann Ausschau halten müssen, der ein bißchen verrückt ist. Nach jemandem, der eine beständige Kost aus Abenteuern vertragen kann. Wie wäre es mit einem Kapitän, der über die Meere fährt? Du könntest mit ihm reisen, praktisch auf seinem Schiff leben.«

»Ich habe nicht die Absicht zu heiraten.« Sie war jetzt wütend. Er wollte sie für den Rest ihres Lebens loswerden, als ob sie eines dieser armen Mädchen in Neapel wäre, denen er eine Mitgift geschenkt hatte. Zur Belohnung, als Abschiedsgeschenk, als Andenken an Neapel wollte er ihr einen Mann kaufen.

»Aber natürlich wirst du heiraten. Das ist es doch, was Frauen tun.«

»Ich bin keine Frau. Frauen kriegen Kinder, und ich bin unfruchtbar.«

Lorenzo versuchte, ihre Hand zu nehmen. »Ich weiß; Mammina hat es mir erzählt, dein Sturz...«

Aufgebracht riß sich Ginevra von ihm los. »Zur Hölle mit meinem Sturz! Ich bin unfruchtbar, weil mich deine Soldaten so brutal vergewaltigt haben. Ich werde es nie mehr zulassen, daß mich ein Mann anrührt, weil ich nie in der Lage sein werde zu vergessen. Schau es dir an, Lorenzo!« Sie riß ihre Kutte auf, um ihm ihre nackten Brüste zu zeigen. »Siehst du diese Narben? Sie stammen von den Bissen! Und diese anderen, die hier, das sind die Stellen, wo die Glieder ihrer Kettenhemden mir die Haut zerrissen haben. Du bist ein Mann. Hättest du gerne eine Frau, die die Narben anderer Männer trägt? Die schlimmer als jede Hure benutzt und dann wie Abfall weggeworfen wurde? Was für ein entartetes Nichts von einem Mann könntest du wohl als Ehemann für mich kaufen?«

Der Schein der schwankenden Laterne über ihren Köpfen fiel wie ein Schlaglicht auf Ginevras schrecklich gezeichnete weiße Haut. Lorenzo versuchte, seinen Blick von den Narben abzuwenden, die Tragödie zu leugnen, die sie sichtbar werden ließen. Er fiel vor ihrer Bank auf die Knie.

»Laß mich dich zudecken«, sagte er. »Meine arme, kleine Contadina. Das wußte ich nicht, ich wußte es nicht.« Seine Finger hoben die Falten ihrer Kutte hoch und zogen sie zusammen, ohne sie dabei zu berühren.

Dann fielen seine Hände hilflos nach unten, und er schaute

auf, um dem Blick ihrer trockenen, wütenden Augen zu begegnen. »Ich kann nicht verlangen, daß du verzeihst. Es gibt Dinge, die kann man nicht verzeihen. Ich werde herausfinden, wer die Männer waren und sie töten lassen.«

Ginevra schüttelte den Kopf. »Das will ich nicht. Ich möchte es einfach nur hinter mir lassen.« Ihre Augen waren ohne jeden Glanz, die Wut war verflogen. Sie legte ihre Hand auf Lorenzos Kopf, ein federleichtes Streicheln. »Dir habe ich vor langer Zeit verziehen. Doch ich werde dir nie verzeihen können, wenn du mich zwingst zu heiraten.«

»Das werde ich nicht, darauf hast du mein Wort.«

Ginevra schloß die Augen. »Danke«, sagte sie.

Flaggen, Musik und eine jubelnde Menschenmenge begrüßten sie in Livorno. Die Nachricht von dem Vertrag war ihnen vorausgeeilt. Die Mitglieder des Stadtrates standen in voller Zeremonialtracht und in nervöser Erwartung bereit. Sie verbeugten sich immer und immer wieder und sahen Lorenzo an, als sei er eine Gottheit. »Magnifico«, sagte ihr Führer, »die Stadt Livorno heißt ihren Retter willkommen, erweist ihm in aller Demut ihre Reverenz und zollt der Republik dankbar ihren Tribut.« Eine Gruppe weißgekleideter Knaben präsentierte ihm zierlich ein in Gold eingefaßtes Banner, das mit den prächtigen Symbolen Livornos, der Stadt Florenz und der Medici bestickt war.

Aus dem Stand hielt Lorenzo eine wortgewaltige Dankesrede für den Empfang, den ihm Livorno bereitet hatte, und die Gnade Gottes, der nicht duldete, daß die Gerechten von den Gottlosen geschlagen werden.

Ginevra mußte hinter der Hand ihr Grinsen verbergen. Lorenzo hatte die Rede vor drei Tagen geschrieben und eingeübt, um die Pausen und Halbsätze zu vervollkommnen, die die Rede wie improvisiert wirken lassen sollten. Ginevra hatte ihm dabei als Publikum gedient.

Sie stand auf dem Deck und konnte über die Menge hinweg die in der Livree der Medici gekleideten Männer erkennen. Sie hielten drei Koppeln Pferde an ihren Führungsseilen; einige davon waren gesattelt, andere mit schweren Lasten bepackt.

Die Rückkehr nach Florenz würde gemächlicher werden als ihr Aufbruch.

Lorenzo hielt noch eine weitere Rede, blumig und schmeichlerisch wies er die Einladung zu einem Festbankett zurück. Ginevra sprang die Laufplanken hinunter. Sie wollte wieder auf einem Pferd sitzen, wie der Wind davonpreschen, ihrer Begeisterung mit dem Tempo und wortlosen Rufen Luft machen. »Du wirst alle meine Abenteuer teilen«, hatte Lorenzo ihr versprochen. »Du wirst wie mein Bruder sein, von den Beschränkungen eines Frauenlebens befreit, meine Gefährtin und meine Freundin. Wenn nötig, machen wir dafür ein Gesetz.«

Und er kannte einen nur wenige Stunden entfernten Fluß, in dem er ihr beibringen würde zu schwimmen.

33. KAPITEL

»Magnifico.« »Magnifico.« »Magnifico.« Jede Stadt und jedes Dorf am Wegesrand war mit leuchtenden Wimpeln und Bannern geschmückt. Die Plätze standen voller Menschen, die darauf warteten, Lorenzo zu sehen und ihn mit Blumen, Wein und Kuchen zu beschenken. Überall wurde er mit dem Titel Magnifico, der Prächtige, angesprochen.

Die Sitte solcher Ehrentitel war nicht für Lorenzo erfunden worden. In ganz Italien gehörte ein derartiges Pathos zur ganz normalen Ausdrucksweise. In der Republik gab es keine Adelstitel und keinen offiziellen Meister oder *Signore*, daher wurde ein Mann, der es zu Wohlstand oder Macht gebracht hatte, »Exzellenz«, »Patron«, »Höchster«, »Euer Gnaden« oder »Erlauchter« genannt. Und nun: »Prächtiger«. Lorenzo war schon vorher mit all diesen Ehrennamen bedacht worden. Doch jetzt war er in mysteriöser, ungeplanter Einstimmigkeit überall in der Toskana »der Prächtige«: Il Magnifico.

Ginevra neckte ihn deswegen. Sie pflückte ein paar frische, biegsame Zweige von einem Lorbeerbusch und flocht sie zu einem Kranz zusammen. »Hier«, sagte sie, und setzte ihm den

Kranz auf. »Eine Krone für dein erhabenes Selbst; in Zukunft werde ich dich »Lauro« nennen.«

Lauro war das italienische Wort für Lorbeer; es war auch ein gängiger Spitzname für Lorenzo. Ginevra konnte nicht begreifen, warum der Medici so seltsam darauf reagierte. Er wurde blaß, dann schoß ihm das Blut ins Gesicht. Er hob den Kranz von seinem Kopf und hielt ihn lange Zeit in den Händen. »Ich hoffe, ich habe das wirklich verdient«, sagte er und betrachtete das Siegessymbol.

Dann schaute er Ginevra an und lächelte: »Danke, du hast mir mehr gegeben, als du weißt«, sagte er. »Diesen Namen habe ich seit Jahren nicht mehr gehört. Mein Großvater hat mich so genannt, wenn er besonders zufrieden mit mir war.«

»Warum biegen wir ab, Lorenzo? Wir sind doch fast da. Ich kann schon die goldene Kugel auf dem Duomo sehen.«

»Wir werden die Nacht hier verbringen und morgen in die Stadt einziehen. Ich habe Nachricht gegeben, daß der morgige Tag zum Feiertag ernannt werden soll. Es wird ein geschäftiger Tag werden, und ich will ausgeruht sein ... Außerdem ist Careggi mein richtiges Zuhause, mehr als jeder andere Ort. Ich möchte sehen, wie es um meine Weinstöcke steht.«

Ginevra verstand sofort, warum die Villa mit dem Namen Careggi für Lorenzo solche Wichtigkeit besaß. Es war ein kleines, in einen Olivenhain eingebettetes Haus, das von den anheimelnden Gebäuden und Feldern eines bewirtschafteten Bauernhofes umgeben war. Es erinnerte sie so stark an La Vacchia, daß sie sich ganz schwach fühlte. Careggi war auf eine Weise ein Zuhause, wie es der Palast in der großen Stadt nie sein konnte.

Nachdem Lorenzo jeden einzelnen seines Dienstpersonals begrüßt und aufmerksam ihren Berichten über die Zustände während seiner Abwesenheit gelauscht hatte, nahm er Ginevra mit sich zu den Ställen. Als sie sich dem niedrigen Gebäude näherten, stieß er einen Pfiff aus. Ein lautes, langgezogenes Wiehern antwortete. Lorenzos Gesicht erstrahlte in einem breiten Lächeln.

»Morello hat mich nicht vergessen«, sagte er. »Komm und lerne ihn kennen.«

Er tätschelte den großen Hengst und führte ihn in den umzäunten Stallhof. »Nein, du großes Untier, ich habe keinen Zucker. Du wirst dich nur mit dem Anblick meiner süßen Wenigkeit zufrieden geben müssen. Doch jetzt hör genau zu, was ich dir sage. Das hier ist Ginevra. Sie kann alles reiten, was vier Beine hat, dich mit deinen fiesen kleinen Tricks eingeschlossen. Ich erwarte, daß ihr Freunde werdet.«

Ginevra hielt ihre Handfläche unter Morellos Nase, während er sie vorsichtig beschnupperte. Und bevor er wußte, wie ihm geschah, hielt sie sich mit festem Griff an seiner Mähne fest und kletterte auf seinen Rücken.

Lorenzo trat einen Schritt zurück und beobachtete, wie Pferd und Reiterin darum kämpften, wer über wen die Kontrolle ausübte. Morello zitterte am ganzen Leib, darauf vorbereitet durchzugehen. Ginevra sprach zu ihm mit tiefer Stimme und umklammerte ihn fest mit den Beinen. Es dauerte weniger als eine Minute, dann hatte sie gewonnen.

»Bravo, Contadina. Genau das habe ich erwartet. Jetzt wird er dich immer wiedererkennen … Morello, du hast dir ein wenig Zucker verdient. Zeig Ginevra, wo wir ihn aufbewahren.«

Sie glitt vom Rücken des Pferdes herunter und ging mit ihrer Hand auf seinem Hals neben ihm her zu einem mit einem Schnappriegel verschlossenen Schrank. »Er ist ein Prachtstück«, sagte sie, während sie ihn fütterte. »Ich kann es kaum erwarten, ihn zu reiten. Ich konnte die Kraft in ihm spüren.«

Lorenzo nickte voller Stolz. »Er ist das beste Tier in meinem Stall. Außer mir wird er von niemandem geritten. Und von Giuliano vor seinem Tod. Und jetzt von dir.«

Reglos stand Ginevra da, ignorierte Morellos hartnäckige Stupser. »Es ist eine Auszeichnung«, sagte sie. Die Worte waren kaum zu hören.

Ich will nicht in die Fußstapfen eines Toten treten, schrie sie innerlich auf. Ich will, daß du mich liebst, so wie ich bin, nicht als Geist, der zurückkommt. Sie schaute Lorenzo an, biß sich auf die Lippe. Wenn sie nur mit ihm zusammensein konnte, war ihr der Grund dafür egal. Mit der Zeit würde er Giuliano vergessen, sagte sie sich. Dann bin ich es, die er will. Ich darf mein Glück nicht dadurch zerstören, daß ich ihm Bedingungen stelle.

»Du mußt dich jetzt anständig anziehen, Ginevra. Die Zeit der Mönchskutte ist vorüber.«

»Aber die Kutte war so bequem. Und so leicht.«

»Du brauchst keine Verkleidung mehr. Wir sind jetzt zu Hause.«

»Ich werde aber nicht auf einem Damensattel reiten. Und das ist mein letztes Wort.«

»Du wirst. Wir werden feierlich in die Stadt einreiten, und ich will nicht, daß du die Leute schockierst... Worüber lachst du?«

»Glaubst du nicht, daß jeder in Florenz bereits alles über mich weiß? Maurizio und Guido sind gestern in die Stadt vorausgeritten. Mittlerweile werden sie alle möglichen wilden Geschichten über ihre heldenmütigen Großtaten in Neapel und über die sonderbare Frau des Magnifico erzählt haben.«

Lorenzo schlug sich mit dem Handrücken gegen die Stirn.

»Natürlich hast du recht.« Er fing an zu lachen. »Ich nehme an, du bist meine Geliebte, Hexe und Einfaltspinsel in einer Person. Wahrscheinlich gibt es inzwischen hundert Dichter, die dir ihre Epen offerieren wollen, und ein halbes Dutzend Bildhauer, die sich darum reißen, Statuen von dir als Pallas Athene anzufertigen.«

»Oder eine Menschenmenge, die nur darauf wartet, mich zu steinigen. Ich denke, ich bleibe hier, bis es vorbei ist, und gehe dann ganz still alleine hinein.«

Am Ende hatte sie so lange auf Lorenzo eingeredet, daß auch er ihre Idee für die beste hielt. Sie kam auf die gleiche Weise in die Stadt, auf die sie sie verlassen hatte: Sie ging zu Fuß durch das Tor und hatte die Kapuze ihrer Kutte weit nach vorne gezogen, um ihr Gesicht zu verbergen. Doch dieses Mal hatte sie keine Angst und fühlte keine Rachegelüste. Überall um sich herum hörte sie die aufgeregten Stimmen der Florentiner, die miteinander darum wetteiferten, Lorenzo mit den ausgesuchtesten Superlativen zu preisen. Sie saugte die Worte auf wie starken Wein und stimmte mit jedem von ihnen überein. Es unterscheidet sich so sehr von dem, was Tino in Neapel zu Ohren kam, dachte sie glücklich. Sie konnte es kaum erwarten, Lorenzo davon zu berichten.

Das Tor zum Garten war bewacht, stand aber offen. Für mich, dachte Ginevra. Sie lächelte den Wächter an; es war ihr gleichgültig, daß er es nicht sehen konnte.

Im Tor wartete eines der Dienstmädchen auf sie. »Madonna Lucrezia fragt, ob Sie sich zu ihr gesellen wollen«, richtete sie Ginevra aus. Sie bemühte sich, die junge Frau in ihrer Kutte nicht anzustarren. »Ach ja«, ergänzte sie, »sie ist in Ihrer Schlafkammer.«

Im Hof drängte sich eine jubelnde Menge, die Lorenzo sehen wollte. Ginevra schob sich an den im Schatten liegenden Außenwänden entlang, fühlte sich mehr wie ein Spion als je zuvor in Neapel. Sie kicherte, als sie durch die Tür zu ihrem Zimmer flitzte.

Lucrezia kam mit ausgestreckten Armen auf sie zu. »Willkommen daheim, mein Kind.«

Ginevra atmete den zarten Duft von Lucrezias Haar und Haut, fühlte die warme Umarmung. »Ich bin so froh, wieder zurück zu sein«, sagte sie. »Es tut mir leid, daß ich gegangen bin, ohne Euch etwas davon zu sagen.«

»Kein Wort mehr darüber«, sagte Lucrezia. Sie hielt Ginevra ein Stück von sich weg. Ihre glatten Hände hoben sich weiß vor der braunen Kutte ab; die alte Frau küßte sie auf beide Wangen. »Lorenzo hat uns eine Nachricht zukommen lassen, so daß ich nur einen einzigen Tag im Ungewissen war. Jetzt laß mich dich anschauen. Braun und gesund siehst du aus, mit einer guten Gesichtsfarbe und strahlenden Augen. Das Meer hat dir gutgetan.«

»Oh, ja. Ich war begeistert. Überhaupt alles hat mir gutgetan, Madonna Lucrezia. Ich muß Euch so vieles berichten.«

Lucrezia nickte: »Ich weiß. Lorenzo hat mir deine Abenteuer genauestens geschildert. Er hat dich über alle Maßen gepriesen, Ginevra. Für ihn warst du ein Geschenk des Himmels.

Ich habe ein Tablett mit Kuchen und Wein. Wir können eure sichere Heimkehr feiern… Tust du mir zuerst einen Gefallen?«

»Jeden.«

»Danke, mein Liebes. Ich würde mich besser fühlen, wenn du dein Kostüm ablegst. Deine Sachen sind auf dem Bett ausgelegt. Ich schaue auf die Gemälde, während du dich umziehst. Sie gefallen mir sehr gut, und ich sehe sie viel zu selten. Sag mir Bescheid, wenn du soweit bist, daß ich dich hinten zuschnüren kann.«

Die Kleider waren alle neu: ein Damenhemd aus schimmernder weißer Seide, eine rosarote Seidengamurra und eine Cioppa aus schwerem weißen Seidenmoiré, bestickt mit voll aufgeblühten, scharlachroten Rosen und gefüttert mit einem im zarten Grün der Blumenblätter gefärbten Samtstoff. Dazu weiße Seidenstrümpfe und grüne Samtpantoffeln.

Ginevra war entzückt von der zarten Schönheit der Geschenke Lucrezias. Diese Kleider schienen ihr jedoch eine noch größere Verkleidung zu sein als Tinos Kutte. Ihre Haut war von Sonne und Wind gebräunt, ihr Körper hart und muskulös. Sie sah sich als Abenteurerin und nicht als Jungfer Rosenrot.

Und doch konnte sie Lucrezia nicht vor den Kopf stoßen. Sie zog ihre Stiefel aus, legte ihre anderen Gewänder darüber auf den Boden und zog sich das Hemd und die Gamurra an. Die neue Kleidung fühlte sich ganz fremd an, lag kühl auf der Haut und saß unangenehm eng, als sie sich zu Lucrezia umdrehte.

»Ich bin soweit.«

Mit flinken Fingern befestigte Lucrezia die Schnüre. »Einige geschnittene Zitronen werden deine Haut aufhellen«, sagte sie. »Ich sage der Küche, sie sollen ein paar von ihnen vorbereiten.«

Ginevra versteifte sich. »Madonna Lucrezia, ich habe mit Lorenzo gesprochen. Wir sind uns einig, und es ist alles geplant. Ich werde nicht das Leben einer Frau führen, im Haus bleiben und Samt und Seide tragen…«

Lucrezia unterbrach ihre Tätigkeit. »Darüber weiß ich Bescheid. Lorenzo hat es mir erzählt... Da. Alles fest verschnürt... Komm, setz dich zu mir, Ginevra, und laß mich ein paar Worte mit dir reden.«

Ginevra wollte fortlaufen, wollte Lorenzo suchen, mit ihm darüber lachen, wie albern es war, Tino in rosa Seide zu stecken. Sie fürchtete sich vor dem, was Lucrezia ihr bestimmt sagen wollte, daß Lorenzo sein Versprechen bereut und es zurückgezogen hatte und sie einem Leben häuslicher Eingeschlossenheit in einer bequemen Ehe überließ.

Doch Lucrezia nahm ihre Hand und führte sie zu einem Tisch mit ihrem Lieblingsmandelkuchen darauf. Daneben stand eine gepolsterte Bank.

»Liebstes Kind«, begann Lucrezia. »Du bist mir wie eine Tochter, und ich liebe dich, Ginevra. Ich bitte dich, das zu glauben. Das erste Mal, als ich dich sah, warst du ein winziges, verängstigtes kleines Geschöpf, und ich wollte dich in meine Arme nehmen und trösten. Genauso fühle ich mich auch jetzt.

Vieles von dem, was du fühlst, kann ich mir vorstellen... Wut, Verwirrung, Angst. Selbst die Begeisterung über das, was du in Neapel bewerkstelligt hast, und über die Art und Weise, auf die du es getan hast.

Doch du kannst dich nicht für den Rest deines Lebens verstellen. Du bist eine Frau, hast das Herz einer Frau und die Bedürfnisse einer Frau. Du solltest ein Zuhause haben und einen Mann, der sich um dich kümmert.«

Mit einem Ruck entzog Ginevra ihre Hand Lucrezias sanftem Griff. »Ich werde nicht heiraten. Das werde ich nicht tun. Ich will frei sein.«

»Keiner von uns ist frei, Ginevra, weder Männer noch Frauen, ganz gleich, wie es dir erscheinen mag. Es gibt eine Welt um uns herum, und die Regeln, die darin herrschen, schränken uns alle ein. Du willst wie ein Mann auftreten. Nein, nicht wie ein Mann, wie ein sorgloser Junge. Das ist unmöglich, unnatürlich. Du bist kein Junge, du wirst nie einer sein; Gott hat dich zu einer Frau gemacht. Wenn du versuchen würdest, das Leben eines Jungen zu leben, dann wärest du eines dieser mythologischen Mischwesen mit dem Kopf des einen Tieres und dem Körper eines anderen. Irgend etwas Monströses. Das geht nicht.«

Ginevra wandte ihren Blick von Lucrezias fürsorglichem Gesicht ab. Verzweifelt versuchte sie, der Falle ihrer Weisheit und Liebe zu entkommen. Die Wände des Zimmers schienen enger an sie heranzurücken, die Luft war zum Ersticken. Sie wollte sich die Hände vor die Ohren oder Lucrezia über den Mund halten, damit sie sich nichts mehr anhören mußte.

»…vernünftiger«, sagte Lucrezia gerade. »Er war immer schon etwas vorschnell. Und manchmal auch gebieterisch. Aber wenigstens du wirst doch Vernunft annehmen: Du hast einen disziplinierteren Geist, der sich weniger leicht von Begeisterungsstürmen davontragen läßt.«

Ginevra umklammerte Lucrezias Arm. »Soll das heißen, daß Lorenzo nicht mit Ihnen übereinstimmt?«

»Ganz genau. Er stimmt nicht mit mir überein. Er hat einfach seine eisernen Kinnbacken zusammengepreßt und irgend etwas von einem Versprechen erzählt.«

Ginevra warf Lucrezia ihre Arme um den Hals und küßte immer wieder ihre Wange. Sie lachte, weinte, schnappte nach Luft. »Er läßt mich nicht im Stich.«

Die alte Frau hielt sie, streichelte ihr über den Rücken und über das Haar.

Als Ginevras unkontrollierter Gefühlsausbruch vorüber war, wischte Lucrezia mit sanften Fingern die Tränen aus ihren Augenwinkeln. »Teuerste Tochter, so sehr liebst du ihn?«

Ginevra versuchte verzweifelt, sich wieder zu fangen, alle anderen Gefühle als ihre Sehnsucht nach Freiheit und Abenteuer zu verleugnen.

Doch Lucrezia konnte sie nicht belügen.

»Ihr werdet es ihm doch nicht sagen?« fragte sie schließlich. »Bitte, Madonna, ich flehe Euch an! Versprecht mir, es ihm nicht zu sagen!«

Lucrezias tränennasse Augen glänzten. »Oh, nein, mein Kind. Ich werde dich nicht verraten. Nicht auf diese Weise. Unterstütze ich dich aber in diesem verrückten Wunsch, das Leben eines Mannes zu führen, dann würde ich dich auf andere Weise verraten. Ich kann nicht glauben, daß du so dein

Glück finden wirst, Ginevra. Und wenn du damit anfängst, dann gibt es keinen Weg zurück. Dann wirst du aus der normalen Welt ausgestoßen sein.«

»Das ist mir egal. Ich will nicht zurück. Ich will nur das, was ich in diesen vergangenen Monaten hatte. Ich war so lebendig, so glücklich, es war ein größeres Glück, als ich je gekannt oder mir erträumt habe.«

»Wegen Lorenzo?«

»Ja, aber nicht nur deswegen. Diese Lebendigkeit habe ich schon in mir gespürt, bevor ich ihn liebte.«

Lucrezia ließ den Kopf sinken. »Dann habe ich nichts mehr zu sagen. Ginevra, ich bin hin und her gerissen, weißt du? Ich habe Angst um dich. Doch ich habe Angst um meinen Sohn. Er hat sein Vertrauen in die Menschen verloren. Weil er einmal zuviel Vertrauen besaß und Giuliano mit seinem Leben dafür bezahlt hat, traut er jetzt niemandem mehr.«

»Euch vertraut er.«

»Ja, natürlich. Bei der Familie ist das etwas anderes. Doch er hat seine Freunde verlassen, hat sich von allen distanziert, ist vorsichtig geworden. Du hast sein Vertrauen gewonnen, in deiner Gesellschaft hat er keine Angst, sich zu entspannen. Ich hoffe, er wird seine alte Art, mit seinen Freunden umzugehen, durch seine Ungezwungenheit mit dir wiederfinden.

Und das wünsche ich ihm so sehr. Er braucht es… Dich als Brücke zu seinen Freunden zu benutzen, ist für dich natürlich ein schlechter Handel, Ginevra. Du weißt, daß er dich nicht als Frau sieht.«

»Ich weiß. Es stört mich nicht. Ich will es auch nicht.«

Langsam schüttelte Lucrezia den Kopf. »Ich kann es nicht verstehen.« Sie betrachtete Ginevra und lächelte, ihre Augen flossen über. »Aber du hast meinen Segen, mein Kind, und ich bin dir dankbar. Ich glaube, du wirst Lorenzo Glück bringen, und ich bete zu Gott, daß du dir dadurch nicht das eigene Herz brichst.«

Ginevra küßte Lucrezias Hände. Ihr sonnengebräuntes Gesicht glühte. »Danke, Madonna, ich verspreche Euch, alles wird wunderbar. Nun will ich Lorenzo von meinem Gang durch die Stadt berichten. Wo ist er?«

»Er ist mit den Kindern und Clarissa im Gran Salone und packt gerade die Geschenke aus, die er aus Neapel mitgebracht hat. Komm. Wir gehen zusammen hoch.«

Ginevra saß da wie versteinert. Natürlich, er wollte seine Frau und Kinder sehen, sagte sie sich. Bis zu diesem Augenblick waren sie für sie nicht Wirklichkeit gewesen. Sie zwang sich, sich zu bewegen, zu sprechen. »Ich muß mich fertig anziehen. Ich bin gleich oben.« Sie rannte zu ihrem Bett und nahm die dünnen Seidenstrümpfe hoch. Als Lucrezia gegangen war, hielt sie sie gegen ihre Brust, als wolle sie die Verletzung in ihrem Herzen verbergen.

34. Kapitel

Ginevra haßte Clarissa auf den ersten Blick. Sie haßte das überhebliche Hohnlächeln der älteren Frau, als sie ihr von Lucrezia vorgestellt wurde, die gereizten Klagen Clarissas, Lorenzo würde die Kinder zu schlechtem Benehmen ermuntern, die Art und Weise, auf die Clarissa die Falten ihrer Cioppa von den Kindern wegzog.

Die Kinder waren überwältigend. Und so viele. Acht! Und so ausgelassen! Alle schrien, sogar das erst sechs Monate alte Baby Giuliano heulte in seiner Wiege. Alle kletterten sie auf Lorenzo herum, zerrten an seiner Kleidung, zogen an seinen Haaren, forderten, wollten auf seinen Schultern oder seinem Rücken herumgetragen werden, verlangten lautstark nach seiner Aufmerksamkeit: »Schau her! Schau mich an!«

Ginevra dachte, sie würde wohl Lucrezia bitten müssen, sie für sie zu identifizieren. Bis auf Giulio, ihre erste Liebe. Obwohl die Zeit mit ihm so kurz gewesen war, erkannte sie ihn sofort. Er war mehr als ein Jahr älter und ebenso laut und aktiv wie die anderen auch. Die kräftigen Beinchen, auf denen er herumlief, waren immer noch genauso fett wie damals und hatten auch noch die gleichen Grübchen. Die Nase in seinem rosigen, runden Gesicht wirkte immer noch wie ein kleiner Knopf.

Lorenzo sah Ginevra neben Lucrezias Stuhl stehen und schrie noch lauter als die Kinder, verlangte nach Ruhe. Von ihrem unkontrollierbaren Kichern einmal abgesehen, gehorchten sie. Eines nach dem anderen stellte er sie dann vor und fügte in feierlichem Ton bei jedem noch ein paar Worte hinzu, wodurch die Kinder nur noch mehr kicherten.

»Meine älteste Tochter Lucrezia. Sie ist zehn Jahre alt und hält uns für sehr albern... Piero ist fast acht und denkt, er ist zwanzig... Maddalena wird sehr bald sieben, wenn sie nicht vorher platzt, weil sie zu viele Süßigkeiten ißt... Giovanni, fünf, bringt seinen Hauslehrer zur Verzweiflung... Luisa, bereits im Alter von drei Jahren die schönste Frau in Florenz... Contessina, fast zwei und eine überragende Tänzerin... Giulio, der beste Sänger in der ganzen Horde... Und Giuliano, der klug genug ist, auf seinem Kissen zu liegen und tief zu schlafen.

Benehmt euch dieses eine Mal in eurem schlechten Leben und sagt Ginevra guten Tag. Ich habe euch alles über sie erzählt. Sie hat mir geholfen, das große Schiff den ganzen Weg bis nach Neapel zu rudern.«

Die Kinder drängten sich um Ginevra, die Älteren baten darum, ihre Mönchskutte zu sehen... Bitte, wollte sie ihnen nicht zeigen, wie sie die Grimassen eines Idioten geschnitten hatte? Stimmte es, daß sie bis oben auf die Mastspitze des Schiffes geklettert war? Konnte sie wirklich auf Morello reiten, ohne abgeworfen zu werden? Die jüngeren Kinder starrten sie einfach an, Giulio nuckelte dabei am Daumen.

»Sie peinigen einen bis aufs Blut, wenn man sie läßt«, meinte Clarissa, nachdem die Kinder unter lautem Protestgeschrei von den Kinderschwestern weggescheucht worden waren. »Lorenzo verzieht sie unsäglich.«

»Ich verwöhne jedermann auf geradezu empörende Weise«, sagte Lorenzo. »Die kleine Truppe ist jetzt weg, dann kann ich ja in aller Sicherheit den Rest der Geschenke auspakken.« Er öffnete einen Cassone und nahm eine mit Samt überzogene, flache viereckige Schachtel heraus. »Um den Frieden zu feiern«, sagte er. Mit einem Kuß auf Clarissas Wange legte er die Schachtel in ihren Schoß.

»Und für Mammina«, sagte er und hob einen ganzen Arm voll Spitze in die Höhe.

»Lorenzo! Wie schön!« Lucrezia hielt ihr Gesicht hoch, um einen Kuß ihres Sohnes entgegenzunehmen.

»Danke, Lorenzo«, sagte Clarissa. Sie hielt die Halskette aus riesigen Perlen gegen das Licht, um ihren herrlichen Glanz begutachten zu können.

Lorenzo griff erneut in die Truhe. Er schaute hoch und lächelte seine Frau an. »Ich habe die Burschen beim Perlentauchen beobachtet. Sie müssen sogar noch größere Lungen haben als unsere Kinder.« Er zog ein großes Bündel wattierter Seide hervor. »Und das ist ein Souvenir für Lorenzo.« Sorgfältig wickelte er die Umhüllung los, um eine aus rosigem Jaspis gefertigte Vase zum Vorschein zu bringen.

Mit zärtlichen Fingern liebkoste er den glatten Stein. »Sie zu finden war allein die ganze Reise wert«, sagte er. »Ich lasse sie als Erinnerung an Neapel auf eine Silberplatte mit einem Muster aus Muscheln und Delphinen stellen.«

Er machte eine Geste in Richtung Ginevra. »Der Rest ist für dich, Contadina. Ich bin von der Rangelei mit den Kleinen zu müde, um es für dich auszupacken.«

Sie rannte auf ihn zu. Der Cassone enthielt noch viele andere, in schützende Verpackungen eingeschlagene Objekte. Ginevra fürchtete sich fast davor, sie zu berühren. Ihre Hände zitterten so sehr, daß sie ganz sicher damit rechnete, den ersten Gegenstand, den sie hochhob, fallen zu lassen. Sie kniete sich hin, hielt sich an der offenen Truhe fest.

Lucrezia kam und kniete sich neben sie. »Ich liebe Geschenke«, sagte sie. »Komm, ich helfe dir.«

Ginevras Andenken bestand aus einer Sammlung von Figuren, mit denen man eine Krippenszene aufbauen konnte. Die Figuren hatten etwa ein Fünftel der Größe der Figuren im Dom von Neapel, die Hirten waren ungefähr dreißig Zentimeter groß. Doch die Details waren genauso herrlich herausgearbeitet wie im Dom, auch die Kostüme standen denen der Figuren dort in nichts nach. Beim Anblick jedes Ärmels, jedes Stiefelpaares, jedes Spitzenkragens oder jedes winzigen, aufgenähten Edelsteins stießen Lucrezia und Ginevra erstaunte Rufe aus. Clarissa, die genauso fasziniert war, stimmte mit ein.

Lorenzo ging. »Bei eurer Geschwindigkeit werdet ihr das letzte Stück gerade rechtzeitig zum Weihnachtsfest auswickeln«, meinte er. »Ich muß noch ein paar Leute besuchen.«

»Ich habe ganz vergessen, ihm zu danken«, sagte Ginevra später. »Wie schrecklich. Ich war so versunken...«

Lucrezia lachte. »Einem Geschenk kann man keine größere Anerkennung zollen. Wir haben uns bei Lorenzo durch unsere vollständige Inanspruchnahme angemessen bedankt. Ich bin mir sicher, er hat zum Auswählen ebensoviel Zeit gebraucht, sonst hätte er jetzt nicht einfach gehen können.«

Als Ginevra sich später bei Lorenzo bedankte, gab der Medici das auch zu. »Ein anderes Mal erzähle ich dir alles über die Figuren«, ergänzte er. »Ich habe noch etwas Besonderes mit ihnen vor.« Sie hatte keine Gelegenheit, ihn zu fragen, was das war. Lucrezia zog Ginevra mit sich fort.

»Wenn die Familie ankommt, möchte ich dich an meiner Seite haben. Auf diese Weise kann ich sichergehen, daß du auch jeden kennenlernst.« Lorenzo besuchte an jenem Abend ein zu seinen Ehren abgehaltenes Festbankett mit der Signoria, doch die Familie kam zuerst.

Und alle schienen im gleichen Moment einzutreffen. Ginevra verlor alle Hoffnung, sie könne sich all die Namen und Gesichter in nur drei Minuten einprägen. Lorenzos Schwestern, deren Männer und ältere Kinder, ein Onkel, von dessen Existenz sie nichts gewußt hatte, seine jungen Vettern, die ganze ausgedehnte Familie, die im Palast lebte oder jemals dort gelebt hatte, der neue Priester für die Palastkapelle und der Astrologe der Medici, Lorenzos frühere Lehrer und die Direktoren der Familienbank, der Wollhandelsfirmen, der Schiffahrtsgesellschaften...

Erst als sie in dieser Nacht im Bett lag, erkannte sie, daß die beleibte Frau, die sie umarmt und geküßt hatte, Lorenzos Schwester Bianca de' Pazzi gewesen war. Das letzte Mal hatte sie Bianca auf dem Familientreffen der Pazzi vor der Prozession anläßlich des Scoppio gesehen. Tot, dachte Ginevra, alle tot... Erschöpft vom Weinen schlief sie schließlich ein.

In den darauffolgenden Wochen wurde Ginevra ein Teil der Familie im Palast. Lucrezia war die Mutter, nach der sie sich immer gesehnt hatte. Clarissa war wie eine distanzierte, desinteressierte ältere Schwester. Am wichtigsten war jedoch, daß Lorenzo sein ihr gegebenes Versprechen mit einer solchen Energie und Effektivität erfüllte, daß sie sich fühlte, als würde sie von einem Wirbelwind mitgerissen.

Er nahm sie auf seine Rundreise zu den Höfen und Villen der Familie Medici mit, und sie erlebte wieder den erregenden Kitzel, durch unbekanntes Land zu reiten und frei von jedem Drang die Kraft ihres Pferdes im fliegenden Galopp über unvertraute Wege auf die Probe zu stellen.

In den Landhäusern gewann sie ihre Fähigkeit zurück, flüssig den Dialekt des Contado zu sprechen, und lernte die Volkslieder, die Lorenzo für die ureigene Poesie des toskanischen Volkes hielt. Sie schockierte die Bauern und amüsierte Lorenzo damit, daß sie versuchte, den normalerweise den Hirten vorbehaltenen Dudelsack spielen zu lernen. »Du könntest doch singen und damit das gleiche fürchterliche Geschrei produzieren«, meinte er.

»Und du könntest mit deinem Gesang alle Esel hinter dir her nach Hause locken«, konterte sie.

Die beiden verbrachten eine fröhliche, sorglose Zeit miteinander.

In die Stadt zurückgekehrt, nahm Lorenzo Ginevra mit zur Medici-Bank und erteilte die Anweisung, ihre Unterschrift als ausreichende Befugnis zur Auszahlung jedes von ihr geforderten Betrages anzusehen. Dann führte er sie in das nahegelegene Haus eines Notars.

»Was machen wir denn hier?« fragte Ginevra.

»Wir unterzeichnen einige Papiere. Ich übertrage dir La Vacchia. Es ist ein Ort, den du kennst, und mit guter Verwaltung wird er ein gutes Einkommen abwerfen. Wenn du Freiheit willst, Contadina, dann mußt du auch über dein eigenes Geld verfügen. Nimm von der Bank, was immer du willst und solange du es brauchst, aber bau auch deinen eigenen Besitz auf.«

Er brauchte nicht mehr zu sagen. Sie hatte kein unterstützendes Netz von Familienbeziehungen, auf das sie zurückgreifen konnte. Ihre Familie lebte nicht mehr. Und die Medici waren nicht wirklich ihre Familie, ganz gleich, wie sehr sie sich im Palast zu Hause fühlte. Wenn Lorenzo irgend etwas zustieß... Sie weigerte sich, darüber nachzudenken, tat so, als ob die bewaffneten Wachen, die sie auf den Straßen der Stadt begleiteten, nichts Ungewöhnliches wären.

Mit einer schwungvollen Gebärde unterschrieb sie die Schriftstücke. »Da. Das ist mein neuer Name.« Die Augen des Notars funkelten.

»Das macht noch zusätzliche Dokumente erforderlich, Magnifico«, sagte er zu Lorenzo. »Und natürlich die übliche Gebühr für die Durchführung einer Namensänderung.«

Lorenzo lächelte und zuckte die Achseln. »Sprechen Sie mit der Dame. Sie nimmt ihre Angelegenheiten selber in die Hand und wird bei ihrer Bank eine entsprechende Zahlung an Sie veranlassen.«

Als die beiden das Haus des Notars verließen, verneigte sich Lorenzo vor Ginevra. »Also, Ginevra di Antonio della Vacchia, würdest du in der Werkstatt eines alten Freundes deinen neuen Namen gebrauchen wollen? Ich habe vor, Andrea del Verrocchio einen Besuch abzustatten.«

»Sehr gerne, Lorenzo di Piero de' Medici. Wirklich. Ich habe es sehr bedauert, als meine Musikstunden aufhörten und ich nicht mehr dorthin ging.«

Verrocchios Atelier war ein einziges Tohuwabohu. »Hallo!« rief Lorenzo. »Andrea, was ist denn hier los?«

Andreas Gesicht leuchtete auf, als er seinen Besucher erblickte. Er warf einen Armvoll langer Papierrollen auf den Boden und stürmte auf die Ankömmlinge zu. Auf halbem Weg verlangsamte sich sein Schritt. »Ich bin froh, Euch zu sehen, und beglückwünsche Euch zu Eurem Erfolg, Exzellenz.«

Lorenzo gab Verrocchio einen Fausthieb auf die Brust. Es war kein wütender Schlag, aber kräftig genug, um den Künstler ins Wanken zu bringen. Lorenzo fing seinen aus dem Gleichgewicht geratenen Freund in seinen Armen auf und drückte ihn an sich. »Das hast du für deinen kühlen Willkommensgruß verdient«, sagte Lorenzo. »Sind wir etwa keine Freunde mehr, du Hanswurst?«

Verrocchios Lachen war voller Freude. »Als Beweis meiner Zuneigung würde ich dir am liebsten die Nase platthauen, aber der Herrgott ist mir zuvorgekommen. Wie geht es dir, Lorenzo? Ich habe deine Schönheit die ganzen Monate über vermißt, hatte für die Kobolde in meinen Gemälden gar kein Modell mehr.«

Er legte seinen Arm um Lorenzos Schultern und schob ihn auf die Tür zu. »Komm. Laß uns nach draußen gehen, weg von dem Lärm, damit wir miteinander plaudern können. Ich lasse uns von einem der Schüler eine Flasche Wein bringen… Nanu? Wer ist denn das?« Direkt vor Ginevra blieb er stehen. »Ganz Florenz spricht über Tino. Ist er das? Oder besser sie? Ist das wirklich dieselbe Ginevra, die für mich die Farben zerrieben hat, wenn sie da Vinci lange genug gequält hatte? Trinkst du einen Schluck, kleine Heldin? Ich möchte alles über den wunderbaren Streich hören, den du Ferrante gespielt hast.«

Lorenzo drängte Andrea und Ginevra durch die breiten Türen. »Selbst wenn sie es dir erzählte, könntest du ja überhaupt nichts hören«, schrie er. »Einmal wegen des Getöses da drin, und zum anderen, weil du selbst nie aufhörst zu reden. Gebrauch deine Stimme dazu, den Wein zu bestellen, und dann schenke uns eine Minute Frieden.« Seine Augen funkelten. Wie hatte es ihm gefehlt, mit Andrea Unverschämtheiten auszutauschen!

Sie setzten sich auf die vom Ende der Straße zum Arno hinunterführenden Stufen, schöpften ein wenig Wasser, um den Wein zu verdünnen, und plauderten. Lorenzos Wachen bildeten oben auf dem Treppenabsatz eine menschliche Mauer.

Ginevra ergriff nur selten das Wort. Sie war zufrieden, den Männern zu lauschen und das Glück in Lorenzos Stimme zu hören. Sie beobachtete die Strömung, kräftig schoß das Hochwasser des Frühlings an ihr vorbei.

Auf anderen Treppen und auf den Steinvorsprüngen, die in den Fluß hineinragten, wuschen Männer ihre Wolle, ließen sie in langen Bahnen von ihren Händen ins Wasser hinabhängen, wo der Fluß an ihnen zerrte und sie spülte. Die bereits gefärbten Wollbahnen gaben ihre überschüssige Farbe in roten, grünen, braunen, blauen und gelben Strähnen ins Wasser ab. Wie Bänder glitten die Farbsträhnen davon, wurden blasser, je weiter sie sich im Wasser bewegten. Dort, wo sie sich miteinander vermischten, entstanden neue Farben. Wo die Strömung Strudel bildete und aufschäumte, verwandelten sich die farbigen Fäden zu getönten Luftblasen.

Ginevra war entzückt, hypnotisiert. Verrocchios Abschiedsgruß nahm sie kaum wahr. Lorenzo stieß sie an, damit sie aufmerkte. »Auf Wiedersehen, Maestro«, sagte sie. »Sag Leonardo, ich lasse ihn grüßen.«

»Ich richte es ihm aus. Du mußt wiederkommen und etwas Musik für uns machen. Wir haben dich nicht vergessen.«

»Danke, gern.« Sie winkte, bis Andrea um die Ecke herum verschwunden war.

»Ich mag ihn«, meinte sie zu Lorenzo. »Ich würde gerne wiederkommen.«

Lorenzo pflichtete ihr bei. »Er ist ein ehrbarer Mann. Wenn ich seine Freundschaft verlieren würde, wäre ich wirklich um einiges ärmer. Für diesen Krieg mit Neapel und Rom bezahlte ich einen höheren Preis, als mir bewußt war. Zu so vielen Menschen, die mir ungeheuer viel bedeuten, habe ich den Kontakt verloren. Hast du Andrea gesehen? Er war förmlich, distanziert. Ich habe gar nicht gemerkt, wieviel Zeit vergangen ist, in der ich nur Generäle und Politiker zu Gesicht bekam. Andrea hat mich daran erinnert. Ich habe in dieser Zeit den besten Teil meines Lebens verpaßt, meine Freundschaften.

Vor meiner nächsten Konferenz können wir gerade noch Botticelli einen Besuch abstatten. Auf der Familienfeier ist er keine fünf Minuten geblieben. Komm, Contadina.«

Lorenzo stand auf, dann schwankte er.

Über ihm machten die Wachen einen Schritt auf ihn zu, aber er winkte sie zurück. Er legte eine Hand auf Ginevras Schulter, um sich abzustützen.

»Was ist los? Tut dir etwas weh?« Sie war ganz erschrocken.

»Komm mir nicht wie Tino. Es ist schon gut. Die Feuchtigkeit am Fluß hat meine Beine ein wenig steif werden lassen, das ist alles. Hilf mir die Stufen hoch, dann bin ich wieder ganz der alte.«

Lorenzo sprach ruhig und mühelos, als sie weitergingen. »Hast du gehört, was Andrea gesagt hat? Es herrscht deswegen ein so großes Durcheinander in seinem Atelier, weil er umzieht. Seine Gilde hat ihm erlaubt, die Werkstatt hinter dem Duomo zu mieten, die einmal Donatello gehörte. Er fiebert förmlich vor Aufregung und Stolz. Ich bin sicher, er denkt, daß der Staub in den Wänden seine Arbeit genauso großartig macht wie die des Meisters. Er ging bei Donato in die Lehre.

Ich habe ihn schwören lassen, daß die erste Skulptur, die er dort anfertigt, mir gehört. Vielleicht einen Brunnen für Careggi? Was meinst du? Der Garten vor der Villa ist ganz zugewuchert und sieht schäbig aus. Vielleicht kann ich Andrea dazu bringen, einen neuen Plan für die Gestaltung anzufertigen, mit seinem Brunnen in der Mitte.«

Ginevra schlug einen heiligen Franziskus vor. »Wenn dann die Vögel kommen, um zu trinken, wären sie wie ein Teil der Skulptur.«

Doch Lorenzo schien sie nicht zu hören. Er sprach immer weiter, fast so, als führte er Selbstgespräche. »Es sind nicht nur meine Freunde... Ich habe den Kontakt zur Stadt verloren. Bestimmt wußten alle, daß Andrea umzieht, nur ich nicht. Früher wußte ich gewöhnlich über alles Bescheid, was gerade passierte. Vor... dem hier.« Seine Augen huschten von einer Seite zur anderen, blickten auf die Wachen.

»Ich muß sie wegschicken. Es geht nicht, daß ich von Florenz abgeschnitten bin.«

Er konzentrierte sich wieder auf Ginevra. »Nun, Contadina, was hältst du von einem Brunnen von Andrea?«

Dieses Mal hörte er ihr aufmerksam zu, sprach mit Enthusiasmus über die vielen Vogelarten, die er in dem Garten gesehen hatte, und die anderen Vögel, die vielleicht angezogen würden, wenn er mehr Büsche mit Beerenfrüchten anpflanzte. Wie er gesagt hatte, war er wieder ganz der alte.

Doch Ginevras Wahrnehmung war durch die Liebe geschärft. Sie sah, daß er mit seinem linken Bein ganz leicht hinkte.

Von einem Besuch bei Sandro Botticelli vor der Rückkehr in den Palast war nicht mehr die Rede.

Ginevra berichtete Lucrezia von dem Vorfall auf den Stufen. »Ich hatte Angst, er würde hinfallen. Und dann hat er fast gehinkt. Meint Ihr, er sollte einen Arzt konsultieren? Ich mache mir Sorgen.«

Lucrezias sanftes Gesicht hatte einen grimmigen Ausdruck angenommen. Auf einmal wirkte sie alt. »Solange ich es verhindern kann, wird es in unserem Hause keine Ärzte geben«, sagte sie. »Ich habe immer darauf gewartet und gebetet, es möge nicht kommen. Es ist die Gicht, Ginevra, der Fluch der Medici.«

Sie schaute auf ihre Hände, entdeckte, daß sie ineinander verkrallt waren, und lockerte ihre Finger. »Sag zu Lorenzo oder zu irgend jemand anderem kein einziges Wort über die Sache. Ich werde meinen Sohn dazu veranlassen, Bäder zu nehmen. Das wird helfen. Ich sage ihm, ich müßte mir meine Investition in Morba ansehen; das hat den Vorteil, daß es der Wahrheit entspricht. Wer weiß, was während dieses absurden Krieges alles mit den Bädern geschehen sein mag? Ich konnte ja nie nach dem Rechten sehen. Ich werde ihn um Rat fragen. Das gefällt den Männern immer.

Danke, meine Liebe, daß du es mir erzählt hast… Aber dieses Gespräch hat natürlich nie stattgefunden. Du weißt hoffentlich, was ich meine?«

»Ja, natürlich, Madonna. Vergeßt nicht, ich habe Routine in der Kunst der Verschwörung und den Dummen zu spielen.«

35. KAPITEL

Lucrezia und Lorenzo waren für zwei Wochen fort. Ginevra kam es viel länger vor.

Zuerst zogen sich die Minuten in die Länge, weil sie sich

auf ihrem Zimmer eingeschlossen hatte und sich in Selbstmitleid erging. Warum hat man mich nicht gebeten mitzukommen? stöhnte sie in sich hinein. Auch wenn Lorenzo es nicht wußte, Madonna Lucrezia wußte doch, wieviel es ihr bedeutete. Ich hatte ein Recht darauf mitzukommen. Ich war diejenige, die sah, daß er Schmerzen hatte. Auf mich hat er sich gestützt, als ihm das Bein wehtat. Ich sollte bei ihm sein.

Der Gedanke an Lorenzos Leiden ließ auch sie leiden. Sie fühlte sogar ihr eigenes Bein steif werden, als ob sie ihm auf diese Weise seine Beschwerden abnehmen und für ihn ertragen könnte. Sie sehnte sich nach ihm, stellte sich vor, wie er ritt und jagte und wie sein Bein auf dem unebenen Weg durchgeschüttelt wurde. Ihre Unfähigkeit, ihm zu helfen, ihre Gedanken an seinen Schmerz quälten sie.

Ganz allmählich wurde das imaginäre Bild von Lorenzo zu Pferde von ihren Erinnerungen überlagert. Sie sah seinen breiten Rücken genauso vor sich, wie sie ihn so viele Male gesehen hatte, beobachtete die geschmeidigen Positionswechsel seiner Schultern, wenn er sich den Bewegungen des Pferdes anpaßte, das plötzliche Ducken, wenn er es vom Schritt in den Galopp fallen ließ, das Licht, dann den Schatten, dann das Licht, den Schatten, das Licht, wenn er auf den Höfen, die sie zusammen besucht hatten, unter den Bäumen eines Olivenhaines entlangritt...

Dann sah sie die Mahlzeiten, bei denen sie in den Küchen der Bauernhöfe um die Tische herum saßen, hörte die Lieder und blickte in das vom Schein des Feuers und völliger Zufriedenheit erwärmte Gesicht Lorenzos.

Ginevra ging eine Erinnerung nach der anderen durch, häufte ihren Reichtum vor sich auf. Und ihr Herz raste den Weg entlang bis nach Morba und schrie: Verlaß mich nicht. Ich muß bei dir sein.

Sie hörte den Schrei in ihrem Kopf widerhallen, und es fühlte sich an, als würde ihr ein Schwall kalten Wassers mitten ins Gesicht geschleudert.

Das darfst du nicht sagen, sagte sie sich. Das darfst du nicht einmal denken, sonst verlierst du ihn. Du hast ihn doch auf dem Schiff gesehen, als er dich fragte, was du wolltest, und du sagtest, du wolltest bei ihm bleiben. Es hat ihn abgestoßen.

Und warum sollte es auch anders sein? Diese Art von Forderung ist schmarotzerisch. Du entziehst ihm damit seine Kraft, saugst ihm das Leben aus, um dein eigenes aufrechtzuerhalten.

Voller Erinnerungen schaute sie sich im Zimmer um und sagte sich, daß sie die Schwäche ihres verletzten Körpers durch Disziplin und Entschlossenheit bezwungen hatte. Ihre Gefühle würde sie auf die gleiche Weise in den Griff bekommen.

Danach verging die Zeit nicht mehr so schleppend. Sie hatte so viel zu tun, daß der Tag gar nicht genug Stunden hatte.

Ginevra bat einen der Diener, sie bei ihren Einkäufen zu begleiten, denn ohne Begleitung gingen Frauen nicht auf die Straße, zumindest keine Frauen ihres Standes. Sie ging zur Bank, dann auf den Mercato, mischte sich unter die vielen Verkäufer gebrauchter Kleidung, die um die Marktbuden herum ihre Geschäfte tätigten, und auf dem Rückweg zum Palast trug ihre Begleitung mit offensichtlicher Verlegenheit einen Haufen ausgebeulter Pakete neben ihr her. Danach brauchte sie keine Begleitung mehr.

Sie hatte eine geflickte und ausgebesserte Gamurra gekauft, ferner eine schmucklose Cioppa. Diese Art von Kleidung wurde von Frauen der Arbeiterklasse getragen, und von diesen Frauen erwartete man nicht, daß sie den Regeln der in Palästen aufgewachsenen Damen gehorchten.

Ein gebrauchter Lucco war ebenfalls in ihren Besitz übergegangen. Es war das knöchellange Männergewand, das Lorenzo bevorzugte. Studenten trugen sie normalerweise auch, obwohl diese ihre Luccos nie aus den feinen Stoffen anfertigen ließen, aus denen Lorenzos Luccos gemacht waren. Ginevra zog sich den Lucco an, den sie gerade gekauft hatte. Er schien eher aus fünfter als aus zweiter Hand zu sein, urteilte sie lachend. Jetzt konnte sie gehen, wohin sie wollte. Nicht nur eine Verkleidung wie in Neapel stand ihr zur Verfügung; diesmal waren es zwei. Sie machte Fortschritte.

Ginevra öffnete die anderen Pakete, legte die Schürze und die ausgebesserte Hose beiseite, setzte sich den *Cappuccio*, den

Studentenhut, auf und zog die abgetragenen Stiefel an. Ihr Haar war immer noch kurz, nicht länger als das der meisten Männer. Ginevra klatschte fröhlich in die Hände, ihrem eigenen Einfallsreichtum Beifall spendend.

Nun konnte sie sich die Stadt untertan machen, ihre Straßen und Viertel kennenlernen, ihren Bewohnern zuhören; sie konnte Lorenzos Augen und Ohren ersetzen und ihm das zum Geschenk machen, was er verloren hatte, seit er von Wachen umgeben war.

Florenz faszinierte sie. Als sie hier aufwuchs, hatte sie nicht viel von der Stadt zu sehen bekommen. Die Größe und die Vielfalt erstaunten Ginevra, sie fand das Leben in den Straßen aufregend; das Gerede, das sie auf allen Seiten zu hören bekam, belustigte und erzürnte sie.

Sie sei ein Skandal, erzählten sich die Leute. Mutig…, närrisch…, bemitleidenswert…, lächerlich…, hervorragend…, einfältig…, schwärmerisch…, schamlos…, tragisch…, unerhört. Zu ihrer Überraschung wußte jeder, daß sie durch ihre Verletzungen dem Tod nahe gewesen und die offizielle Version von dem Unfall eine Lüge war. Die Spekulationen darüber, was sich wirklich zugetragen hatte, waren oft nicht weit von der Wahrheit entfernt. Übereinstimmend meinte man, sie habe wohl so viel gelitten, daß sie ein wenig verrückt geworden sei. Das erklärte ihren leichtsinnigen Ritt nach Neapel und ihren Erfolg beim Vortäuschen eines Narren. Es ermöglichte ihr jetzt auch fast jedes andere von allen Regeln abweichende Benehmen.

Ginevra war erfreut, das zu hören.

Was ihr über Lorenzo zu Ohren kam, ließ in ihr das Bedürfnis aufkommen, auf eine Plattform zu steigen und den Florentinern wegen ihrer Undankbarkeit eine Strafpredigt zu halten. Jeder beklagte sich, Lorenzo habe auf König Ferrante nicht genug Druck ausgeübt und der Friedensvertrag hätte für Florenz zu viele Nachteile. Neapel hätte für den Frieden bezahlen sollen, sagten sie. Doch statt dessen wurden die Steuern erhöht, weil die Truppen bezahlt werden mußten und Ferrantes Sohn Alfonso, der immer noch über das nur etwa sechzig Kilometer südlich gelegene Siena herrschte, eine jährliche Abfindung erhielt. Lorenzo hätte auch den Papst in die Knie zwingen sollen. Es reichte doch nicht aus, daß Sixtus den Frieden anerkannte und seine Armee zurückgezogen hatte. Die eingenommenen Städte waren nicht an die florentinische Republik zurückgefallen, und Sixtus hatte das Interdikt nicht aufgehoben. Alles in allem hatte Lorenzo nicht die guten Ergebnisse erzielt, die er hätte erzielen sollen.

Gleichzeitig, sagten die Leute, habe er Besseres geleistet, als es irgendein anderer Führer gekonnt hätte. Er war der mutigste Mann von ganz Italien. Und er hatte der Republik wieder einen Frieden gebracht, der offene Handelsrouten, vor Kriegszerstörungen sichere Ernten und Bauernhöfe und einen neuerlichen Wohlstand für alle bedeutete. Er war der Erhabene, il Magnifico, und er war einer der ihren. Nur Florenz besaß die Größe, diesen Mann zu verdienen.

Den größten Teil ihrer Tage verbrachte Ginevra damit, Florenz kennenzulernen. Aber einen Teil ihrer Zeit verwendete sie auch dazu, etliche Male nach La Vacchia zu reiten.

Beim ersten Mal forderte es alle Selbstdisziplin, die sie aufbringen konnte, um die das Haus umgebenden Anlagen zu betreten. Dreimal wäre sie fast auf dem Weg von den Toren den Hügel hinauf, auf dem das Haus stand, wieder umgekehrt. Sie zwang ihre Gedanken, sich auf den Zustand zu konzentrieren, in dem sich die den Weg säumenden Olivenhaine befanden. Sie mußten dringend beschnitten werden. Mit dem Verwalter, den Lorenzo angestellt hatte, würde sie ein paar ernste Worte reden müssen.

Der Mann kam aus dem Haus, als er ihr Klopfen hörte. Ginevra wandte ihren Blick von den Schatten der Eingangshalle hinter der offenen Tür ab und kritisierte die Unzulänglichkeiten des Verwalters mit einer solchen Heftigkeit, daß dieser davonstürzte, um unmittelbar damit anzufangen, dem Grundstück mehr Aufmerksamkeit zu widmen.

Dann betrat sie das Innere des Hauses, um sich ihren Erinnerungen zu stellen und ihre bösen Geister auszutreiben.

Danach wurde es bei jedem ihrer Besuche auf der Villa

einfacher. Sie konnte sich die guten Zeiten wieder ins Gedächtnis zurückrufen, spürte das alte Vergnügen am Garten und auch ihre Freude an den entzückenden, von della Robbia geschaffenen Tafeln mit den Darstellungen biblischer Geschichten. Sie verscheuchte ein für allemal die Erinnerung an das blutige Ende ihres Aufenthaltes auf La Vacchia. Ihr Leben spielte sich nicht mehr hier ab, sondern bei Lorenzo. La Vacchia würde wieder schön werden und produktiv, dafür würde sie sorgen, aber es würde nie mehr ihr richtiges Zuhause sein.

Ihr Zuhause war der Medici-Palast, dort lebte ihre Familie.

Die Abende verwendete Ginevra darauf, die Kinder besser kennenzulernen. Lorenzo hatte sie für die Kleinen zu einer Heldin werden lassen, und jedes Mal, wenn sie auftauchte, begrüßten sie die Kinder mit lautem Freudengeschrei.

Agnolo Poliziano machte ein finsteres Gesicht. »Ich bin der Hauslehrer von Piero und Giovanni«, sagte er mit schmalen, mißbilligenden Lippen. »Ich kann es nicht erlauben, daß ihre Unterrichtsstunden unterbrochen werden.«

Ginevra war am Boden zerstört. Sie wußte, Agnolo war Lorenzos engster Freund. Auf der Reise nach Neapel hatte Lorenzo so häufig und so liebevoll von ihm gesprochen, daß sie ihn bereits mochte, bevor sie ihm begegnet war. Sie hatte auch in der Bibliothek des Palastes seine Gedichte gelesen und wollte ihm sagen, wie sehr sie sie bewunderte. Sie hatte erwartet, daß sie Freunde sein würden.

Agnolo war kalt und abweisend.

Die Erklärung dafür war einfach. Er ist eifersüchtig, dachte sie, weil Lorenzo mir nähersteht als ihm. Wie kindisch und wie dumm von ihm. Wenn man jemanden wirklich gern hat, dann will man doch, daß dieser Mensch glücklich ist. Und man liebt die Menschen, die ihn glücklich machen; man haßt sie doch nicht, weil sie das tun.

Ich bin jedenfalls froh, daß ich nicht so kleinmütig und selbstsüchtig bin wie Agnolo, dachte sie selbstgefällig.

Ihre überhebliche und aufgeblasene Eitelkeit war zum Platzen reif. Nur wenige Tage nach Lorenzos Rückkehr fiel sie in sich zusammen.

»Wie gut du ausschaust! Willkommen daheim.«

»Danke, Contadina. Ich fühle mich auch wie verjüngt. Mamminas Bäder halten alles, was sie versprechen. Die unverschämten Preise inbegriffen. Sie ist der beste Geschäftsmann der Familie… Doch jetzt, meine liebe Ginevra, wo wir schon vom Aussehen sprechen, was ist das nur für ein widerwärtiger Lumpen, den du da trägst?«

Ginevra zog ihren Hut und schwenkte ihn in einem weiten Bogen, während sie sich verbeugte. »Ein bescheidener Student zu Ihren Diensten, Magnifico. Oh, Lorenzo, ich habe mich so köstlich amüsiert! Endlich fühle ich mich wie eine richtige Florentinerin. Ich will dir berichten, was ich gehört habe…«

Zunächst war er amüsiert, dann erfreut und schließlich interessiert. »Warte, Ginevra, ich will, daß Mammina das alles hört. Informationen sind genau das, was uns fehlt, damit sie mir bei meinen Plänen helfen kann.«

Und so wurde Ginevra das dritte Mitglied im innersten Kreis der Medici.

Lucrezia mußte ihre Mißbilligung von Ginevras Streifzügen für sich behalten; die Informationen waren viel zu wertvoll, und die Freude des Mädchens war zu wichtig. Lucrezia glaubte, daß Ginevra sich ein Leben fern von Lorenzo aufbauen mußte. Allerdings brauchte sie sich dafür ja nicht unbedingt wie ein Landstreicher anzuziehen. »Trag einen Lucco, wenn du es nicht lassen kannst, aber dann laß dir wenigstens einen anständigen machen.«

36. KAPITEL

»Das ist mein studentischer Freund Tino«, sagte Lorenzo, als er Ginevra in Sandro Botticellis Atelier mitnahm. Sandro und sein Schüler Filippino priesen lauthals Lorenzos Erläuterungen zu Ginevras Kostüm. »Stellt euch nur vor. Sie kann jetzt in Florenz überall hingehen. Das hat noch keine Frau getan. Ich erwarte fast, daß sie irgendwann einmal zum Prior gewählt wird.«

Sandros Komplimente ließen Ginevra vor Freude erröten, die zurückhaltendere Anerkennung durch den jüngeren Maler Ghirlandaio, den Lorenzo als nächstes besuchte, ebenfalls.

Das Beste aber war, als Lorenzo ausgelassen vorschlug, sie sollten ihre Verkleidung einer Probe unterziehen, indem sie in einer Schenke einkehrten. Sie nahm ihn beim Wort und überredete ihn, es tatsächlich zu tun.

Später sagte sie, die *Sandracca* sei so dunkel gewesen, daß sie dort nackt hätte hereinspazieren können, und niemand hätte gemerkt, daß sie eine Frau war.

»Ich hätte nie einwilligen sollen, dort hineinzugehen«, sagte Lorenzo. »Gigi hat dich völlig verdorben!«

Luigi Pulci war in der *Sandracca* gewesen und hatte sich zu ihnen gesellt. Wie gewöhnlich war er ungeheuer witzig. Und wie sonst auch hatte er eine Zote nach der anderen zum besten gegeben. Lorenzo konnte nichts tun, um Ginevras weibliches Zartgefühl zu beschützen, ohne ihre Maskerade zu verraten. Sie fand sein Unbehagen noch lustiger als Gigis Gedichte.

»Sei doch nicht so zimperlich«, meinte sie zu Lorenzo. »In den Straßen bekomme ich noch viel deftigere Geschichten mit. Sie sind nur nicht so amüsant.« Tatsächlich hatten die Prahlereien der Männer über ihre Eroberungen und ihre Manneskraft sie zunächst erschreckt und Erinnerungen an die Soldaten in La Vacchia wachgerufen. Doch dann belauschte sie auch die Gespräche der Frauen und fand bei ihnen die gleiche Lüsternheit. Sie war zu dem Schluß gekommen, daß sie ihren eigenen Abscheu besser für sich behielt, andere Leute empfanden da anders.

»Ginevra«, sagte Lorenzo, »du überraschst mich wirklich immer wieder, du bist ein wahrer Goldschatz.« Sie nahm die Worte in sich auf, als wären sie ein ungeheuer wertvolles Geschenk. »Doch keine weiteren Witze jetzt«, ergänzte er. »Wir werden einen älteren Bildhauer besuchen, der sich beleidigt fühlen würde, wenn wir ihn zum Narren hielten. Du wirst Ginevra, die Exzentrikerin, sein und nicht Tino, der Schauspieler.«

»Ich werde mich benehmen. Wer ist es?«

»Er heißt Bertoldo, arbeitete mit Donatello zusammen und

hat ihn nie verlassen. Er ist ein bescheidener Mann; er sagte einmal, daß er durch das Blankpolieren von Donatellos Bronzestatuen der Kunst mehr geben könne als durch alles, was er je selber schaffen würde. Ich erbte ihn von meinem Großvater. Cosimo war Donatos Mäzen; ich kümmere mich um Donatos Assistenten. Geld zu verachten, lernte der alte Bertoldo von seinem Meister, daher macht er es mir nicht leicht. Ich kann ihm nicht einfach geben, was er braucht; muß immer irgendeine Arbeit finden, die er tun kann. Ich hoffe, daß die Krippe, die wir in Neapel gesehen haben, dieses Problem löst. Wenn er unsere kleinen Figuren in Lebensgröße nachbildet, dann wird ihn das auf Jahre hinaus beschäftigen.«

Doch Bertoldo lehnte ab. Er war beleidigt. »Irgendwelche neapolitanischen Modeartikel nachmachen? Ich, der ich mit dem großen Donatello gearbeitet habe? Geh weg, Junge, und beauftrage einen Spielzeugmacher damit. Ich will dein Geld nicht. Ich tue gut daran, mich meinen Schülern zu widmen. Noch gibt es einige Menschen auf dieser Welt, die dem Niveau wirklicher Kunst Respekt entgegenbringen. Sie kommen zu mir, um zu lernen.«

Lorenzo verabschiedete sich, so gut er konnte. Als das armselige Quartier des alten Mannes hinter ihnen lag, blieb der Medici stehen und lachte. »Hast du gehört, wie er mich ›Junge‹ genannt hat? Ich habe Glück gehabt, daß er mich nicht mit dem Rohrstock verprügelt hat. Er muß diesen Schülern, sofern es sie gibt, ganz schön Angst machen.«

»Was willst du denn jetzt machen, … Junge?«

»Wenn du mir nicht mit dem angemessenen Respekt begegnest, stecke ich gleich deinen Kopf in diesen Brunnen dort, mit Hut und allem Drum und Dran. Und bezüglich Bertoldo werde ich mir schon noch etwas einfallen lassen.

Vielleicht hat ja Andrea eine Idee. Laß uns sein neues Atelier besuchen.«

Verrocchios laute Fröhlichkeit war genau das richtige Mittel gegen die mürrische Bitterkeit des alten Bildhauers. »Komm herein, mein Guter«, brüllte er. »Ich denke gerade über den Karneval nach. Wir haben nicht mehr viel Zeit, um ein Thema zu finden. Wie wäre es denn mit Pallas und dem Zentauren für den Wagen? Wir können dem Untier ja das aufgedunsene Gesicht von Ferrante geben.«

»Vorausgesetzt, daß meine Freundin hier je wieder ein Kleid anzieht, laß sie doch Pallas sein.« Lorenzo legte seinen Arm um Ginevras Hüfte.

»Was ist das denn?« Andrea beugte sich nahe heran, um unter ihren Hut zu schauen. »Jedenfalls kein Student. Dafür sieht sie zu intelligent aus. Mich könnte man damit nicht eine Minute narren.«

»Gigi wohl.«

»Das ist mit Sicherheit eine Lüge. Gigi doch nicht. Erzählt mir alles. Wann? Wo? Was hat er gesagt?« Verrocchio stampfte vor Freude mit den Füßen.

Ginevra wußte bestimmt, daß sie noch nie so glücklich gewesen war. Sie wurde akzeptiert, gemocht, gehörte zu Lorenzos Gruppe, und sie stand ihm von allen am nächsten.

An diesem Abend gesellte sie sich zu den Männern an Lorenzos Tisch, anstatt mit Lucrezia und Clarissa zu essen. Lorenzo ließ sie rechts neben sich Platz nehmen.

Agnolo Poliziano sagte kaum ein Wort. Ginevra achtete nicht darauf.

Am nächsten Morgen mußte Ginevra aufmerksam sein. »Du wirst die wichtigsten Leute in meinem Leben treffen«, sagte Lorenzo, als er sie dazu einlud, ihn nach Fiesole zu begleiten.

Sie gingen zu einem kleinen Haus, das nicht größer war als das kleinste Bauernhaus in La Vacchia. Ginevra fragte sich, ob Lorenzo sich einen Scherz mit ihr erlaubte. In seinem Gesicht lag jedoch gespannte Vorfreude.

Vom Geräusch der Pferde angelockt, traten drei Männer aus der Tür. Einer trug ein Bischofsgewand. Lorenzo sprang vom Pferd und lief zu ihm hin, um sich vor ihm auf den Boden zu knien.

Der Bischof machte auf seiner Stirn das Kreuzzeichen. »Gottes Segen, Lorenzo«, sagte er. »Und sei willkommen.« Sein Lächeln strahlte.

Wie hübsch er ist, dachte Ginevra. Und wie jung sein Gesicht unter dem weißen Haar. Doch da ist auch irgend etwas überhaupt nicht Junges. In seinen Augen steckt so viel Weisheit, daß er glatt hundert Jahre alt sein könnte. Wer ist er?

Es war Gentile de' Becchi, erfuhr Ginevra, Lorenzos Lehrer aus dessen Jugendzeit, jetzt Bischof von Arezzo. Die anderen Männer waren Cristoforo Landino, ein späterer Lehrer, und Marsilio Ficino, dem das Haus gehörte.

Alle umarmten Lorenzo und hießen Ginevra herzlich willkommen. »Es gibt Wein«, sagte Ficino und führte alle durch das Haus und auf eine Terrasse mit Blick auf das silberne Band des Arno und auf Florenz.

Agnolo Poliziano wartete dort. »Ave«, sagte er. Aus diesen Männern setzte sich die Platonische Akademie zusammen, und üblicherweise sprachen hier alle Latein.

»Wenn ich Griechisch sprechen könnte, würden wir uns in dieser Sprache unterhalten«, erklärte Lorenzo. »Aus reinem Edelmut mir gegenüber tut jeder so, als ob ihm Latein lieber sei. Du mußt so freundlich sein wie sie, Ginevra, obwohl ich mir sicher bin, daß du dich lieber griechisch unterhalten würdest, so wie sie es wahrscheinlich auch tun, wenn ich nicht in der Nähe bin.«

Ginevra war völlig verunsichert, und sie wußte es. Sie schluckte, durchkämmte ihren Verstand nach einer eleganten lateinischen Formulierung, um etwas auf Lorenzos lateinische Worte zu antworten. Doch das einzige, was sie fand, waren konfuse Bruchstücke aus Gedichten, Konjugationen, unregelmäßigen Verbformen, Deklinationen. Die Panik hatte nahezu ihr gesamtes Wissen ausradiert.

Mit der Zeit kam ihr Wortschatz wieder zurück und die Lektionen, die sie gelernt hatte, ebenfalls. Sie war in der Lage, praktisch jedes Wort, das die Philosophen sagten, zu verstehen. Die Bedeutung ihrer Worte jedoch entzog sich ihr auf quälende Weise.

Sie diskutierten nicht über Plato und Aristoteles, wie es ihr Großvater und der Hauslehrer getan hatten. Antonio und Mateo hatten über die Werke als akademische Gegenstände gesprochen; diese Männer sprachen von ihnen als Bestandteile ihres täglichen Lebens. Platos Schönheitsideal und sein Ideal des Guten wurden auf die Kunst und die Politik, die Natur und den Menschen angewandt.

Die Männer stritten miteinander, lachten, ermunterten sich und übten Kritik. Sie waren alle redegewandt, gebildet und kreativ, doch Poliziano war der herausragendste unter ihnen. Latein ging ihm müheloser von der Zunge als Italienisch, und er war auf eine Weise in der Welt des Intellekts zu Hause wie sonst nirgendwo. Die älteren Männer hörten ihm mit gespannter Aufmerksamkeit und Bewunderung zu. Ginevra paßte gut auf und schämte sich dafür, sich diesem Mann je auf irgendeine Weise überlegen gefühlt zu haben.

»Hat es dir gefallen?« fragte Lorenzo Ginevra, als er mit ihr in die Stadt zurücktritt. »Du warst sehr still.«

»Ich bin sehr unwissend«, antwortete sie, »aber es hat mir sehr gut gefallen. Ich hatte ganz vergessen, wie aufregend das Studieren und Lernen ist. Sobald wir den Palast erreichen, werde ich in der Bibliothek eine Ecke für mich einrichten.« Sie zog sich den Hut etwas nach unten.

»Wie vernünftig war ich doch, mir Studentenkleidung zu kaufen. Jetzt habe ich noch einen weiteren Grund, sie auch zu tragen.«

37. Kapitel

Gigi Pulci brach in ein schallendes Gelächter aus, als er von dem Streich hörte, den Ginevra und Lorenzo ihm gespielt hatten. Er verkündete jedem in Hörweite: »Bei den Wundmalen Christi, in eine solche Frau muß sich ein Mann einfach verlieben!« und marschierte mit einem Arm voller Frühlingsblumen zum Medici-Palast, um Ginevra den Hof zu machen.

Zur Überraschung aller, insbesondere Gigis eigener, verliebte er sich tatsächlich in sie. Wie es für ihn typisch war, machte er aus seinen Gefühlen etwas Witziges und schwor, daß er der Perversität verfallen sei. »Es ist der Gedanke an eine Frau, die Männerkleider trägt«, dozierte er. »Jeder weiß doch, daß man einen Studenten bespringen kann und einen glänzenden, rosigen Hintern findet, aber der Gedanke an Brüste und den weichen, runden Bauch einer Frau... Er läßt mich fiebernd in Schweiß ausbrechen.«

Er schrieb ein Gedicht für sie. Ganz nach Pulcis Art war es kein Sonett oder Liebeslyrik, sondern die brillante, witzige Parodie eines Epos, vollgestopft mit verulkten, ritterlichen Romanzen, empörenden Wortspielen, Scherzen und lyrischen Passagen von einer Schönheit, daß einem der Atem stockte.

»Es hat den Titel *Morgante,* sagte er, als er Ginevra das dicke Bündel des Manuskriptes zum Geschenk machte. »Ich möchte, daß du dich ja nicht bezüglich der Identität des Helden irrst. Die Geschichte ist natürlich autobiographisch.«

Morgante war ein Riese, und er war so ungeheuer groß, daß er Feigenbäume aus der Erde riß, um sie als Zahnstocher zu verwenden. Er war die Verkörperung der Bosheit, fortwährend mischte er sich in die Kämpfe seiner heroischen Söhne Orlando und Rinaldo aus der Familie Chiaramonte ein, die das Böse in der Welt bezwingen wollten.

Ginevra versuchte, es der Gruppe am Eßtisch laut vorzulesen, aber bald lachte sie so sehr, daß sie es wieder an Gigi zurückgeben mußte.

Morgante wurde bei den Abendessen die bevorzugte Unterhaltung. Jeden Abend trug jemand eine neue Begebenheit aus dem Epos vor oder forderte Gigi auf, eine hinzuzufügen.

Pulci enttäuschte sie nie. Und immer stellte er der neuesten Fortsetzung eine fremdartige, blumige Widmung voran: »Für Tino, meine Muse und mein mich rasend machendes Verlangen.«

Wie er traurig erklärte, hatte er nur ein Ziel. Er sehnte sich danach, daß ihm erlaubt würde, Ginevras Schoßhund zu sein. »Tritt mich, meine unerreichbare Geliebte«, rief er immer wieder, »damit ich den angebeteten Fuß ablecken kann, der mir die Rippen bricht.« Er trug ein Band um seinen Hals und lief oft auf allen vieren hinter Ginevra durchs Zimmer.

Lorenzo und seine Freunde spendeten Gigis Mätzchen und seiner Dichtkunst Beifall. Nur eine einzige Person wußte, wieviel echte Leidenschaft dahinter verborgen lag. So unwahrscheinlich es auch war, Gigis Vertraute war Lucrezia de' Medici.

»Seit vielen Jahren habt Ihr mich gedrängt, mein närrisches Leben als Herumtreiber aufzugeben, Madonna Lucrezia. Ihr pflegtet mich davor zu warnen, daß der Tag kommen würde, an dem ich die vergeudeten Jahre bedauern und mich nach Ansehen sehnen würde. Jetzt ist dieser Tag gekommen.

Ich liebe Ginevras Mut und ihr heiteres Gemüt. Wenn ich ein standesgemäßer Bewerber wäre, würde ich ihr mit der ganzen Dichtkunst, über die ich verfüge, den Hof machen. Mit den Flutwellen meiner Anbetung würde ich alles hinwegspülen, was sie erlitten hat, und mein Leben dafür verwenden, sie glücklich zu machen.

Doch außer Gelächter habe ich ihr nichts zu bieten. Ich bin nur Luigi Pulci, Hanswurst, Schenkendichter und Hofnarr am Palast der Medici.«

Lucrezia lächelte und schüttelte den Kopf. »Übertreib nur noch mehr, Gigi. Du hast für Lorenzo mehr als eine diplomatische Reise mit Erfolg abgeschlossen. Und auch geschickt Verhandlungen geführt. Es gibt viele Menschen, die dir Respekt und Liebe entgegenbringen, mich selbst eingeschlossen.«

Pulci küßte ihre Hand. »Ihr erweist mir Ehre, Madonna, aber Ihr wißt, daß es stimmt, was ich sage. Ich bin kein Ritter, der um der Gunst Ginevras willen seine Lanze brechen darf. Ich habe kein Vermögen, keinen Beruf, nichts, was ich ihr bieten könnte.

Und außerdem liebt sie Lorenzo. Ich bin nicht magnifico.«

»Wer hat dir denn das erzählt?« fragte Lucrezia ein wenig zu rasch.

Gigi lachte sie an. »Ihr habt Euch verraten, Madonna. Aber es ist egal, ich wußte es ohnehin. Liebe schärft den Blick eines Mannes. Wenn Ginevra denkt, daß es niemand sieht, schaut sie ihn auf diese ganz besondere Weise an... Ich denke, es ist die gleiche Art, auf die ich sie anschaue, wenn ich nicht beobachtet werde. Es ist eine Situation, die so alt ist wie die Zeit selbst, Stoff zu einem Possenspiel. Warum weint der Humorist Pulci dann, wenn er lachen sollte?«

Er setzte sich zu Lucrezias Füßen und legte seinen Kopf gegen ihr Knie. Sie streichelte sein zerzaustes Haar. »Ich weine mit dir, Dichter«, sagte sie sanft. »Mir dir und um dich. Und um Ginevra.«

Für Ginevra wäre Lucrezias Trauer unbegreiflich gewesen. Ihr tat es nur leid, immer wieder ein paar Stunden an den Schlaf verlieren zu müssen. Das Leben war zu wunderbar, um auch nur eine Minute davon zu vergeuden.

Gigis Aufmerksamkeiten waren nur ein Scherz, dessen war sie ganz sicher. Aber dennoch war es erregend, bewundert zu werden. Sie entwickelte sich selbst gegenüber ein ganz neues Gefühl, ein fraulicheres Gefühl, auch wenn sie sich gewöhnlicherweise wie ein Mann kleidete.

Sie glaubte, die Bewunderung oder gespielte Verehrung des Freundes würde auch Lorenzo dazu bringen, sie zu bewundern. Doch was es auch immer war, es machte keinen Unterschied. Allein die Tatsache zählte, daß jeder Tag mit aufregenden Dingen angefüllt war, die man tun und die man sehen konnte. Und jeden Abend gehörte sie mit zu der Gruppe an Lorenzos Tisch.

Tagsüber war er fast immer beschäftigt. Es gab zwar keinen Krieg, aber er konnte jederzeit wieder aufflackern. Ferrantes Sohn war immer noch in Siena, seine Armee mit ihm. Und Girolamo Riario, der Neffe des Papstes, verstärkte seine Truppen im Norden und bereitete sich, wie die Leute erzählten, darauf vor, Ferrara anzugreifen.

Riario unterstützte auch ein weiteres Komplott mit dem Ziel, Lorenzo durch ein Attentat zu töten. Die Verschwörer waren leichtsinnig, ihr Vorhaben flog auf, sie wurden gefangengenommen und hingerichtet. Aber Lorenzo mußte alle Pläne aufgeben, seine Wachen zu entlassen.

Ginevras Berichte über das, was sie in den Straßen hörte, wurden wertvoller als je zuvor. Meist galt das Gerede Sixtus. Was führte er im Schilde? Warum hatte er es abgelehnt, das Interdikt aufzuheben? Stimmte es, daß der König von Neapel seine Allianz mit Rom wieder erneuern wollte?

Die Menschen in Florenz waren besorgt. Es gab Gerüchte

von Kälbern, die mit zwei Köpfen geboren wurden, und in zwei aufeinanderfolgenden Nächten fielen wahre Schauer von Sternschnuppen vom Himmel. In der Nähe von Santa Croce sah man eine Zauberin, die ein Auge aus seiner Höhle nahm und es in ihrer Hand hielt, während sie klagend düstere Voraussagen hinausschrie. Elf neue Astrologen stellten ihre Buden auf dem Mercato auf, und lärmend drängten sich die Menschen um sie herum, schoben und drückten sich, um nach innen zu gelangen und ihre Zukunft zu erfahren.

»Der Karneval muß dieses Jahr besser werden als je zuvor«, sagte Lucrezia. »Das wird das Vertrauen der Menschen in die Republik erneuern.«

»Für mich wird es in jedem Fall der beste Karneval sein«, meinte Ginevra, »denn es ist mein erster.« Sie war wie ein Kind und fieberte vor Aufregung. Unablässig fiel sie in die geheime Werkstatt ein, in der Lorenzos Karnevalswagen gebaut wurde, und übernahm auch die niedrigste Arbeit, die Verrocchio ihr auftrug.

Sie nahm auch wieder Musikunterricht bei seinem Schüler Leonardo, übte die traditionellen Karnevalslieder ein und versuchte, selbst eines zu komponieren.

Auch La Vacchia stattete sie Besuche ab, um zu sehen, wie sich das Getreide entwickelte, und den Verwalter an seine Pflichten zu erinnern.

Und wenn sie einen freien Moment hatte, studierte sie Plato oder die Kommentare zu seinen Werken, wenn sie nicht gerade mit Giulio und den anderen jüngeren Medici spielte. Von Poliziano hielt sie sich fern.

Der Karneval übertraf Ginevras wildeste und hochgesteckteste Erwartungen. Sie sah sich alles an, bejubelte jedes der aufsehenerregenden Ereignisse, aß alles, was von den Straßenverkäufern angeboten wurde, sang, tanzte, schlief keine einzige Minute.

Das Beste, erzählte sie Lorenzo, sei ihr Ausflug mit Gigi und einer Gruppe seiner Freunde gewesen, die hinter dem Karnevalswagen hermarschierten. Jeder von ihnen trug die traditionelle Karnevalstracht: Masken und Frauenkleider. Für Ginevra war das eine doppelte Verkleidung: Eine Frau, die vorgibt, ein Mann zu sein, tut so, als sei sie eine Frau. Das machte die ganze Sache auch doppelt so aufregend.

Sie erzählte Lorenzo nichts von Gigis Arm, den er um ihre Hüften gelegt hatte, damit sie nicht von der Menge mitgerissen wurde. Oder über die Dinge, die er ihr ins Ohr geflüstert hatte.

»Das einzige, was mir nicht gefiel«, sagte sie, »war die Tatsache, daß ein Strozzi den Palio gewonnen hat. Ich wünschte, ich könnte für dich reiten. Dann würden wir gewinnen.«

Nach dem Karneval verfiel Florenz in die gemächlichere Gangart des Sommers. Clarissa und die Kinder zogen in die Villa auf dem Hügel in Fiesole; Lucrezia ging nach Careggi. »Ich möchte einige Zeit ganz in Ruhe und allein verbringen«, sagte sie. Ginevra beschloß, mit Lorenzo in der Stadt zu bleiben. Wenn sie wegginge, würde sie die Abendessen und die fortgesetzten Abenteuer des *Morgante* vermissen, erläuterte sie.

Lorenzo lachte in sich hinein, als sie es ihm erzählte. »Wo immer du dich auch aufhalten könntest, Gigi würde es schaffen, zu dir zu kommen«, sagte er.

Aber du nicht, dachte Ginevra.

Sie hatte sich für die Sommermonate idyllische Szenen erträumt, in denen sie und Lorenzo zusammen waren, nur sie beide, wie auf dem Schiff nach Neapel.

Die Wirklichkeit kam dem sehr nahe.

Sie half Lorenzo bei seinem neuesten Vorhaben, nämlich Arbeit für den alten Bildhauer Bertoldo zu finden. Gemeinsam überprüften die beiden Karten und Aufzeichnungen von verschiedenen Grundstücken, die den Medici gehörten, besuchten alle, die in Frage zu kommen schienen, und entschieden sich schließlich für ein ungenutztes Gartengebiet in der Nähe des Klosters San Marco. »Mein Großvater hat San Marco wieder aufgebaut«, erzählte Lorenzo Ginevra. »Von allen Dingen, die er für die Stadt getan hat, lag ihm das hier am meisten am Herzen. Er hielt es sogar für wichtiger als die Vergrößerung unserer Familienkirche San Lorenzo.

In der Mitte zwischen den Mönchszellen baute er eine Bibliothek. Ich ergänze bis heute die Sammlung religiöser Werke, die er dafür gespendet hat. Eine Zelle des Klosters hatte er für den eigenen Gebrauch reserviert. Dorthin ging er immer, um zu studieren und zu meditieren, um sich vor der Welt zurückzuziehen. Jetzt wird seine Zelle für mich bereitgehalten, aber ich war noch nie in der Lage, die Stille zu suchen. Ich muß aktiv sein. Vielleicht werde ich es ja lernen, wenn ich älter bin.

Mit diesem Garten werde ich, Lorenzo, Cosimos Beitrag noch etwas hinzufügen. Die Mönche bauen dort kein Gemüse mehr an. Ich werde ihn dazu nutzen, Künstler wachsen zu lassen, werde dafür sorgen, daß Bertoldo hier alle Schüler hat, die er nur haben will. Wenn er mich nicht nach meinem Vorschlag zum Teufel schickt.«

Der alte Bildhauer akzeptierte mit widerwilligem Vergnügen und gab Lorenzo zu verstehen, daß er ihm einen großen Gefallen damit tue, wenn er sich als Hüter der Tradition Donatellos dazu herabließe, im Garten der Familie Medici zu lehren.

Lorenzo brachte wortreich zum Ausdruck, wie sehr er sich dieser Ehre bewußt war. Dann ließ er Männer kommen, die den Schutt aus dem Garten entfernten, eine Unterkunft für den alten Mann bauten und einige der antiken römischen und griechischen Statuen vom Palast in die landschaftsgärtnerisch ganz neu gestalteten Anlagen brachten. »Donatello selbst hat sie studiert, um sich inspirieren zu lassen. Ich nehme an, Bertoldo wird für sie ein kleines Plätzchen übrig haben.«

Während Lorenzo den Bildhauer noch dazu brachte, seine Unterstützung anzunehmen, beschloß er, sich an einen noch reizbareren Künstler heranzuwagen.

Es war Antonio Squarcialupi, der Organist des Duomo. Antonio war in ganz Europa als Musiker und Komponist berühmt – und wegen seiner ewig schlechten Laune und seiner vernichtenden Beschimpfungen zur Legende geworden.

»Sie nennen mich doch einen Diplomaten«, sagte Lorenzo und machte sich über sich selber lustig. »Dieses Vorhaben wird meine Talente weit mehr auf die Probe stellen als die

Episode in Neapel. Ich will Squarcialupi dazu überreden, Lehrer zu werden.«

Ginevra hatte einen Kloß im Hals. Wenn Lorenzo sich für eine neue Idee begeisterte, schien er ein Licht in sich zu tragen. Seine Augen waren heller, er lächelte häufiger, seine Haut strahlte in einer gesunden Farbe. Er lief auf und ab, während er sprach. Die Worte purzelten ihm immer schneller aus dem Mund. Seine langen, anmutigen Finger skizzierten in der Luft, was er vor seinem inneren Auge sah.

»Musik ist Kunst; vielleicht vollendete Kunst«, meinte er, »denn nur sie vermag wahre Harmonie, ein perfektes Gleichgewicht, einzufangen...« Seine Hände untermalten seine Worte. »Warum lassen wir die Musik nicht zu einem weiteren Werkzeug eines Künstlers werden, der mit seinem Pinsel oder seinem Meißel Leben zum Ausdruck bringt? Folgt nicht daraus, daß ein Mann, der aus Farbe, Bronze oder Marmor etwas Schönes schaffen kann, nicht auch eine größere Begabung für die Kunst der Musik besitzen muß als gewöhnliche Menschen?

Nimm doch nur deinen da Vinci. Er bemalt in Verrocchios Werkstatt Tabletts. Und Cassone. Bilder auch, nehme ich an. Vielleicht sind diese Tabletts ja der Grund dafür, daß seine Begabung für Musik fast ans Geniale grenzt.

Squarcialupi soll eine Schule für mich leiten, eine Harmonieschule. Maler und Bildhauer werden seine Schüler sein. Hier im Garten, wo die Mauern mitschwingen, können wir Konzerte stattfinden lassen, vielleicht auch auf den Piazzas der Stadt, wo alle Leute sie hören und in ihrem Leben mit dem Geschenk der Harmonie bereichert werden...

Was denkst du, Contadina? Wäre das nicht großartig?«

»Es wäre großartig«, stimmte Ginevra zu. Doch zu sich selbst sagte sie: Ich denke, daß ich dich so sehr liebe, daß ich kaum atmen kann.

Squarcialupi komponiere gerade, sagte ein nervöser Assistent. Er dürfe nicht gestört werden, und das gälte selbst für den Magnifico.

»Mein Ruf als Diplomat ist für eine Weile gesichert«, meinte

Lorenzo. »Laß uns mit dem Löwenwärter sprechen. Ich habe eine Fülle respektvoller Formulierungen für Squarcialupi im Kopf, und es gefällt mir überhaupt nicht, sie ungenutzt zu lassen.«

Der Löwe war das Symbol des Mutes und der Kraft, daher stand er auch für Florenz. Hinter dem Palazzo della Signoria unterhielt die Stadt einen weitläufigen Tierpark, in dem ein Dutzend Löwen in wunderschön gefertigten Käfigen lebten, die um eine große, tiefe Grube herum angeordnet waren. Hier konnten sich die Raubtiere frei bewegen. Es gab noch andere Tiere, und zwar drei Bären und einen Elefanten, aber sie waren nur Kuriositäten. Den Löwen begegnete man mit Ehrfurcht.

Es war ein Verbrechen, sie zu berühren, und ein solcher Frevel wurde mit dem Verlust der Hand, die das Tier berührt hatte, bestraft. Verletzte ein Mensch einen Löwen, wurde er dafür mit dem Tode bestraft.

Jeder beobachtete sie, um nach Vorzeichen Ausschau zu halten. Krankheit oder Tod sagten eine Katastrophe voraus, eine Geburt dagegen und insbesondere ein großer Wurf garantierten der Stadt Wohlstand.

Der Mann, der die Löwen fütterte und pflegte, wurde von allen verehrt, und man näherte sich ihm mit der gleichen Ehrfurcht, die einst den Hohepriestern der alten heidnischen Religionen entgegengebracht wurde. Er war ein hünenhafter, muskulöser Mann mit dicken, behaarten Armen und Händen und einem üppigen, gelbbraunen Bart; der einzige Bartträger in der ganzen Republik. Sein Name war unbekannt. Er hieß einfach »Löwenwärter«.

Lorenzo und Ginevra lehnten sich auf den die Grube umgebenden Eisenzaun und beobachteten, wie die Löwen im Schatten der Markisen, die in den Sommermonaten über die Ränder der Grube gespannt waren, schliefen. Ginevra war insgeheim viel mehr an dem Elefanten interessiert, aber sie wußte, daß man solche Empfindungen besser nicht laut aussprach.

Der Löwenwärter trat aus dem Schatten seines Hauses und kam auf sie zu.

»Sei gegrüßt, Löwenwärter«, sagte Lorenzo. »Deine Schützlinge sehen heute ja außerordentlich gut aus.«

Der Löwenwärter gewährte ihm ein Nicken.

»Wie geht es der Pfote des jungen Männchens?« fragte Ginevra.

Der Löwenwärter lehnte sich neben sie auf den Zaun und beschrieb in allen Einzelheiten die neue Breipackung, die er anwandte: welche Kräuter darin enthalten waren, wie fein bestimmte Kräuter zerkleinert werden mußten, wie lange andere gekocht wurden, in welchem Verhältnis zueinander die einzelnen Zutaten in die Mischung kamen, wie oft die Packung aufgetragen und wie lange sie auf der Pfote gelassen wurde, wie groß der Bereich war, den sie bedeckte. »Die Mischung zieht eindeutig das Gift heraus«, schloß er glücklich. »Er hat die Pfote heute morgen bereits dazu benutzt, sein Fleisch zu zerreißen.«

Ebenso wie Ginevra beglückwünschte ihn auch Lorenzo zu seinem Erfolg.

»Und mich nennen sie einen Diplomaten«, sagte er zu ihr, als sie weggingen. »Wie kommt es, daß du dich so gut mit dem Löwenwärter angefreundet hast?«

»Eigentlich weiß ich das gar nicht. Ich bleibe oft ein wenig stehen und spreche mit dem Elefanten. Eines Tages sprach mich dann der Löwenwärter an.«

Als Squarcialupi endlich mit seiner Komposition fertig war, wurde Lorenzos diplomatisches Geschick bis an seine Grenzen beansprucht. Er hatte Erfolg, und im September wurde die Harmonieschule ins Leben gerufen.

Doch noch bevor dies vollbracht war, erreichte Lorenzos Ruf derartige Höhen, daß sein Ehrentitel Magnifico durch ganz Europa getragen wurde.

Die erste Nachricht, die Florenz erreichte, ließ nichts Gutes ahnen. Alfonso, der Herzog von Kalabrien, mobilisierte die Armee, die in der Umgebung von Siena lagerte. Soldaten machten sich marschbereit, Kanonen wurden für den Transport ausgerüstet.

Lorenzos Spione hielten die Marschkolonnen Tag und

Nacht unter Beobachtung; Kuriere ritten auf regelmäßig ausgewechselten Pferden, um zu melden, wie weit die Truppen vorrückten.

Dann wurde unmißverständlich deutlich, daß Alfonso die Republik nicht angreifen wollte. Er kehrte nach Neapel zurück.

Am gleichen Tag traf im Palast der Medici ein Bote mit einer Depesche aus Pisa ein. Es war eine Katastrophe eingetroffen, deren Auswirkungen ganz Italien betrafen. Die Türken hatten ihre Seestreitmacht geschickt und Otranto eingenommen, eine südöstlich von Neapel gelegene Stadt, und mehr als zwei Drittel ihrer Bewohner abgeschlachtet. Eine siebentausend Mann starke türkische Armee hatte sich auf dem Absatz des italienischen Stiefels festgesetzt.

Alfonsos Armee wurde jetzt zum Schutz Neapels gebraucht. Ganz Italien war bedroht, wenn die Türken erst die Feindseligkeiten eröffneten.

Der Papst schickte an jeden Staat die dringende Botschaft, alle Streitereien zu vergessen und sämtliche Kräfte für die Verteidigung gegen die Ungläubigen zu mobilisieren. Er deutete den Florentinern an, daß ihnen jede Art von Entschuldigung die Versöhnlichkeit des Papstes und die Aufhebung des Interdiktes einbringen würde.

»Lorenzo, der Magnifico, hat den türkischen Angriff in die Wege geleitet«, ging das Gerücht. »Es ist wohlbekannt, daß er am Hof in Konstantinopel Freunde hat. Sein Arm reicht weiter als der jedes Monarchen. Sein Einfluß kennt keine Grenzen.«

»Lorenzo, stimmt es, was sie sich in den Straßen erzählen? Hast du die Türken gerufen, um Florenz zu retten?«

»Nein, und selbst wenn ich gewollt hätte, hätte ich es nicht bewerkstelligen können. Doch das bleibt unser Geheimnis, Contadina. Es schadet nichts, wenn die Leute daran glauben.«

38. Kapitel

Die Sicherheit der florentinischen Republik war nun nicht länger gefährdet, Lorenzo befand sich auf dem Höhepunkt seines Ansehens, und so beschloß der Medici, dies sei ein günstiger Augenblick, sich um die Zukunft seiner Kinder zu kümmern. Täglich ritt er nach Fiesole oder Careggi hinaus, um sich mit Clarissa und Lucrezia zu beraten.

Das älteste Kind, Lucrezias Namensschwester, galt bei den Vätern aller Söhne in Florenz schon seit ihrer Geburt als hochgeschätzte Braut. Lorenzo hatte alle Bewerber hingehalten, unsicher, welche Verbindung die beste wäre. Doch Lucrezia feierte bald ihren elften Geburtstag, damit war sie nur noch drei oder vier Jahre von der Ehe entfernt. Es mußte eine Entscheidung gefällt werden. Lorenzo willigte ein, mit der Familie Salviati in Verhandlung zu treten. Die Salviati gehörten zu den wohlhabendsten Familien der Toskana und hatten nur bescheidene Erwartungen, was die Mitgift betraf. Es lag ihnen sehr viel daran zu beweisen, daß sie die Familie Medici unterstützten und nichts mit den Aktionen ihres Verwandten, des Erzbischofs Salviati, zu tun hatten, der an dem Attentat auf Giuliano beteiligt gewesen war.

Lorenzo wollte all die vielen Risse, die die Verschwörung in der florentinischen Gesellschaft hinterlassen hatte, ebenfalls heilen. Doch er hatte nicht die Absicht, den Bruch mit der Familie Salviati zu kitten, ohne sie mit der Schwere des von ihm scheinbar ignorierten Verbrechens zu beeindrucken. Vor dem ersten Treffen, auf dem Lucrezias Eheschließung mit Jacopo Salviati diskutiert werden sollte, ließ Lorenzo bekanntgeben, daß er einer Verbindung zwischen seiner zweijährigen Tochter Contessina und dem Sohn Antonio Ridolfis zugestimmt hatte, des Freundes, der sein Leben riskiert hatte, als er das Blut aus Lorenzos Halswunde saugte.

Luisa, die ein Jahr älter war als Contessina, wurde mit Giovanni, dem jüngeren Sohn Pierfrancesco de' Medicis, verlobt.

Clarissa bestand darauf, daß nur eine Braut aus dem römischen Adel gut genug für ihren Sohn sei, und Lorenzo willigte ein. Er hatte einen schrecklichen Preis für die Erkenntnis gezahlt, was es bedeuten konnte, den Papst zum Feind zu haben. Auch die Armee, die Clarissas Familie geschickt hatte, als Florenz Hilfe brauchte, hatte er nicht vergessen. Die Familie Medici mußte sich in Rom eine einflußreichere Position aufbauen.

Er schrieb an Clarissas Onkel, das Familienoberhaupt der Orsini. In dem Brief brachte er ganz freimütig seinen Wunsch zum Ausdruck, eine Braut aus der Familie Orsini für Piero gewinnen zu wollen, und bat um alle nur mögliche Hilfestellung beim Vatikan, um seinem zweiten Sohn Giovanni einen Aufstieg in der Kirche zu sichern. Er habe vor, den Jungen für den Dienst an Gott ausbilden zu lassen, sagte Lorenzo. Er wollte, daß sein Sohn Kardinal wurde.

Ginevra sagte sich, es sei ganz verständlich und natürlich, daß Lorenzo von diesen Familienangelegenheiten völlig vereinnahmt wurde. Es war kindisch von ihr, sich traurig und verlassen zu fühlen, insbesondere wo doch Gigi Pulci ihr Gesellschaft leistete, wann immer sie sie haben wollte, und Lorenzo regelmäßig in die Stadt zurückkehrte, um zusammen mit der Künstlergruppe sein Essen einzunehmen.

Eines Nachts aber kam Lorenzo nicht zurück.

Das Essen wurde trotzdem serviert. »Tino« wurde zum Gastgeber gewählt.

Ginevra sah sich mit verschwommenen Augen am Tisch um. Es war ihr bewußt geworden, daß sie angenommen war. Sie gehörte zu ihnen, sagte sie sich, aus eigener Kraft, und nicht nur als Lorenzos Begleiterin. Diese Versammlung von Genie und Witz, diese Dichter, Künstler und Bildhauer waren ihre Freunde. Sie war die glücklichste, reichste Frau der Welt.

39. Kapitel

»Ich bin die glücklichste Frau der Welt«, brüstete sich Ginevra vor Lucrezia, als der Sommer zu Ende ging und alle wieder in die Stadt zurückkehrten. »Ich habe meine Freiheit, wundervolle Freunde, alles, was ich wollte. Sie sehen, Madonna, ich hatte recht. Ich bin glücklich mit meinem Leben.«

»Das freut mich für dich, liebes Kind.«

»Auch Lorenzo ist mein Freund«, sagte Ginevra und beantwortete damit Lucrezias unausgesprochene Frage. »Sieht man einmal von den Regierungsgeschäften ab, läßt er mich an praktisch allem, was er unternimmt, teilhaben.« Sie ergriff Lucrezias Hand. »Genau das wollte ich, und es genügt mir. Wirklich.«

Eine Woche später legte Ginevra schluchzend ihren Kopf in Lucrezias Schoß.

»Es wäre besser gewesen, er hätte gesagt, ich solle zu Hause bleiben und mich selbst beschäftigen. Mich zum Besuch dieses Festes zu bewegen war einfach grausam.«

Lorenzo hatte Ginevra auf ein Fest mitgenommen, zu dem seine Mätresse Lucrezia Donati eingeladen hatte.

Lucrezia de' Medici versuchte, Ginevra gut zuzureden. Viele der Freunde und Freundinnen, auf die Ginevra so stolz war, waren doch auch auf dem Fest gewesen: Sandro Botticelli und Andrea del Verrocchio zum Beispiel; Agnolo Poliziano hatte sie und Lorenzo begleitet. Jeder Gast war entweder Dichter oder Künstler. Es waren also genau die Leute, deren Gegenwart Ginevra bei den Essen, die Lorenzo gab, so sehr genoß.

»Außerdem«, sagte Lucrezia und kam damit auf den Kern von Ginevras Kummer zu sprechen, »ist es mit der Liebesbeziehung doch schon lange vorbei. Lucrezia Donati wurde vor gut zwölf Jahren Lorenzos Mätresse. Sie nimmt immer noch diesen Platz ein, aber Leidenschaft ist da schon lange nicht mehr im Spiel. Lorenzo hält die Fiktion nur deswegen aufrecht, weil er sich für sie verantwortlich fühlt.«

»Aber sie ist so schön. Und ich bin so häßlich.«

Lucrezia schüttelte Ginevra an der Schulter. »Hör auf damit!« befahl sie. »Du kannst nicht beides haben, Ginevra. Du hast dich dazu entschieden, ihm eine Kameradin zu sein, bist ihm wie ein Junge begegnet. Du kannst deinen Wert nicht mit weiblichen Maßstäben messen.« Sie hob Ginevras tränenüberströmtes Gesicht zu sich hoch und wurde von Mitleid erfaßt, als sie den maßlosen Schmerz darin sah.

»Von allen menschlichen Eigenschaften ist Schönheit doch

die vergänglichste, Ginevra. Denk einmal nach. Würdest du denn mit Lucrezia Donati tauschen wollen? Würdest du gerne wissen, was es heißt, daß der Mann, den du einmal geliebt hast, dich jetzt nur noch besucht, wenn es die Pflicht von ihm verlangt? Ein Spiegel ist kein guter Gesellschafter.«

Ginevra wischte ihre Augen an Lucrezias Ärmel trocken. »Ihr habt ja recht. Und es tut mir leid. Ich werde mich nicht mehr so dumm anstellen.«

Es war ein Gelöbnis, das Ginevra nicht halten konnte. Immer wieder kam sie in Lucrezias Zimmer und suchte Trost und die strenge, mitfühlende Weisheit dieser Frau.

Manchmal war die Anerkennung, die ihr so viel bedeutete, auch eine Strafe. Lorenzos Freunde und Lorenzo selbst behandelten sie wie ihresgleichen. Durch die unflätigen Sticheleien der Männer erfuhr Ginevra Dinge, die ihr Herz wie Messer durchbohrten, beispielsweise, welche komplizierten Tricks sich Lorenzo hatte einfallen lassen, um seine Affäre mit Ippolita in Neapel voranzutreiben. Sie hörte auch von den erstaunlichen Fähigkeiten der ägyptischen Prostituierten, die kürzlich in Florenz eingetroffen war, von den Liebessonnetten, die Lorenzo etlichen von ihren Männern vernachlässigten Frauen schrieb, oder von den Kurzreisen in nahegelegene Dörfer, die er mit Gigi Pulci unternahm, um nach bereitwilligen, frischen jungen Mädchen vom Lande zu suchen.

Es war kein Trost für Ginevra, daß sich alle anderen Männer genauso verhielten und daß die gesellschaftlichen Regeln ihnen viel Freiraum für eine unbekümmerte Sexualität ließen. Am wenigsten half es ihr, daß Lucrezia meinte, Gigi habe Lorenzo wahrscheinlich mit Absicht zu seinem Bericht über ihre Heldentaten verleitet. »Gigi wollte dir vor Augen führen, daß Lorenzo kein Heiliger ist, Ginevra. Er hoffte, wenn dir Lorenzo weniger Hochachtung einflößen würde, würdest du ihn, Gigi, mehr zu würdigen wissen. Gigi ist eifersüchtig. Er ist auch nur ein Mensch.«

»Er ist ein Teufel, wenn er Lorenzo dazu verleitet hat, genauso gemein zu sein wie er selber.«

Lucrezia entschied, daß Ginevra Abstand brauchte.

»Ich möchte, daß du mit mir nach Morba kommst«, sagte

sie, und es war eher ein Befehl als eine Bitte. »Ich habe vor, eine Woche lang die Bäder zu genießen, bevor der Winter das Reisen zu beschwerlich werden läßt.«

Aus der Entfernung sah Ginevra die Dinge so, wie Lucrezia es sich erhofft hatte. Sie konnte die von ihr getroffene Wahl einer erneuten Prüfung unterziehen, das neue Wissen um den Preis, den sie dafür zu zahlen hatte, in sich aufnehmen und es dennoch als die für sie beste Lebensweise ansehen. Die Freiheit, von der sie mit solcher Zungenfertigkeit gesprochen hatte, stand ihr ja wirklich zu Gebote, und sie war ein kostbares Gut. Lorenzos Freundin zu sein bedeutete, unablässig unterhalten, angeregt, gebildet und bis an den Rand ihrer Intelligenz und Vorstellungskraft gefordert zu werden. Durch Lorenzo stand sie im Zentrum aufregender Ereignisse, die in Florenz, in Italien, ja in ganz Europa ihresgleichen suchten.

Am Abend vor ihrer Rückreise nach Florenz befand sich Ginevra auf dem Weg zu Lucrezias Zimmer, um ihr für ihre Weisheit und die Gelegenheit, Klarheit in ihre Gedanken zu bringen, zu danken.

Sie klopfte an die Zimmertür und öffnete sie, hatte die passenden Worte schon auf den Lippen.

Eine Dienerin befand sich im Raum. Die Frau eilte zur Tür und drückte sie rasch wieder zu. »Geht«, sagte sie drängend. »Bitte geht!«

Ginevra wich zurück. Das Gewicht der zufallenden Tür drückte sie nach hinten. Doch bevor die Tür ins Schloß fiel, hörte sie den tiefen, gequälten Husten. Und über die Schultern der Dienerin hinweg sah sie Lucrezias zusammengekrümmte Gestalt und das blutbefleckte Tuch vor ihrem Mund.

»Ja, es ist wahr«, sagte Lucrezia ihr später. »Ich habe die Schwindsucht. Ich leide schon lange daran, aber erst im letzten Jahr wurde es so schlimm. Deswegen wollte ich auch den Sommer über in Careggi allein sein. Das Versteckspiel ist so kräftezehrend.

Ginevra, du hast mich einmal gebeten, Lorenzo deine Liebe zu ihm nicht zu entdecken, und ich habe dich nicht verraten.

Jetzt bitte ich dich, so lange wie möglich meine Krankheit vor ihm geheimzuhalten.«

»Ich werde alles tun, was Ihr von mir verlangt, Madonna. Wirklich alles.«

»Dann versprich mir eines: Es sollen keine Ärzte hinzugezogen werden. Und versuche, nicht zu trauern, meine Tochter. Bis das Ende kommt, bleibt mir noch Zeit, vielleicht noch viel Zeit.«

Als sie heimkamen, kehrten sie in ein lachendes Florenz zurück. Auch Lucrezia lachte, als sie den Grund für die Heiterkeit erfuhr. Ginevra tat es ihr gleich.

Die ganze Stadt sprach über die endgültige Aussöhnung zwischen Papst Sixtus und der Republik. Der Papst hatte darauf bestanden, daß Florenz öffentlich seine Reue demonstrierte. Die Delegation mußte sich auf die Stufen der Peterskirche knien und einen symbolischen Schlag mit dem päpstlichen Zepter entgegennehmen, während sie sich laut für die Sünden entschuldigte, die zur Exkommunikation geführt hatten.

»Wie befohlen, knieten wir uns hin«, erzählten die Delegierten jedem, der es hören wollte. »Und er berührte unsere Schultern. Doch ganz egal, was er vielleicht zu hören glaubte, wir murmelten alles andere als Entschuldigungen.«

Die Kirchen hatten den Anordnungen des Papstes zum Trotz nie ihre Pforten geschlossen. Die offizielle Wiederaufnahme in die Amtskirche rief jedoch bei allen Erleichterung hervor, auch bei denjenigen, die sich am lautesten dafür ausgesprochen hatten, dem Papst die Stirn zu bieten. Viele Taufen, Hochzeiten und Beerdigungen aus den Jahren des Interdiktes fanden ohne viel Aufhebens ein zweites Mal statt.

Und dann war es fast Weihnachten. Lucrezia und Ginevra bauten auf einer Bühne in der Loggia die neapolitanische Krippenszene auf, damit alle Bürger von Florenz sie so häufig sehen konnten, wie sie wollten. Jeden Tag bewegte sich von morgens bis abends ein langsam voranschreitender unablässiger Zug von staunenden Menschen an ihr vorbei.

40. Kapitel

»Ich gebe es nur äußerst ungern zu«, sagte Lorenzo, »aber ich bewundere die Frechheit dieses alten Piraten.« Er schüttelte den Kopf und gab ein widerwilliges Lachen von sich. Der Papst hatte ihm geschrieben und ihn gebeten, die besten Maler aus Florenz nach Rom zu schicken, um eine von ihm errichtete Kapelle bemalen zu lassen.

»Er bemühte sich nach Kräften, uns zu zerstören. Sein Neffe steht im Norden und versucht, sich mit Venedig zu verbünden, um unsere Grenzgebiete einnehmen zu können, und Sixtus will von mir, daß ich ihm den Stolz dieser Stadt überlasse.«

»Was willst du tun?« fragte Ginevra.

»Ich werde die Künstler fragen. Für den Vatikan zu malen ist für einen Kunstmaler eine große Sache. Er kann dadurch zu großem Ruhm gelangen. Jede Kirche in Italien, die ausgeschmückt werden soll, wird doch einen Künstler anstellen wollen, der für den Papst gearbeitet hat.«

»Und er macht sein Talent Gott zum Geschenk«, warf Lucrezia ein. Lorenzos immer stärker werdende Weltlichkeit bekümmerte sie. Er dachte zu viel an Geld und zu wenig an geistige Dinge.

Lorenzo hatte weder mit ihr noch mit irgend jemand anderem über die verzweifelte Lage der Medici-Banken gesprochen. Die Filiale in Brügge, die einmal zu den einträglichsten gehört hatte, stand kurz vor der Schließung.

Doch die Finanzen waren nie Teil der Diskussionen, die er mit seiner Mutter führte und in denen es sich um Diplomatie und Politik drehte. Ginevra war bei diesen Treffen häufig zugegen, anfangs in ihrer Rolle als Informantin, später aus Gewohnheit. Sie tat nur dann ihre Meinung kund, wenn man sie danach fragte. Als sie sich jetzt zu Wort meldete, war Lorenzo ganz überrascht.

»Wenn du dem Papst hilfst, ist er dir etwas schuldig. Wenn

er bereit ist, sich dir so zu verpflichten, muß ihm seine Kapelle sehr am Herzen liegen.«

»Kluge Contadina, ich werde es ihm leichtmachen. Eigentlich möchte ich ja von ihm, daß er seinen Neffen mundtot macht. Das wird unmöglich sein. Daher werde ich ihn einfach auf Giovanni aufmerksam werden lassen. Wenn Giovanni älter wird, will ich nicht, daß seiner kirchlichen Laufbahn irgendwelche Hindernisse im Wege stehen.«

Lucrezia nickte anerkennend.

»Welche Künstler willst du ihm denn schicken?« fragte Ginevra. »Ich meine, wen sprichst du an?« Aus ganz privaten Gründen hoffte sie, daß er nicht an Sandro Botticelli dachte.

Lorenzo beantwortete ihre Frage ohne jedes Zögern. »Natürlich Ghirlandaio. Sixtus möchte Fresken mit Szenen aus dem Alten Testament. Domenico ist dafür der beste Maler, den wir haben... Verrocchio wird nicht dabeisein. Fresken sind nicht gerade seine Stärke. Die meiste Arbeit überläßt er Perugino, der wird daher auch dazugehören. Und dieser neue Schüler, Bernardino Pinturicchio. Andrea hält viel von ihm.«

Ginevra schlug ihm Leonardo da Vinci vor.

»Auf gar keinen Fall«, entgegnete Lorenzo. »Er ist zwar ein guter Maler, aber viel zu undiszipliniert. Seit er Andrea verlassen hat, verbringt er mehr Zeit mit seinen Experimenten als bei seiner Arbeit.«

Ginevra biß sich auf die Lippe. Sie konnte nichts gegen das vorbringen, was Lorenzo sagte. Sie wünschte sich jedoch, Leonardo helfen zu können. Immer noch ging sie regelmäßig zu ihm, um Musikunterricht zu nehmen. Sie wußte, daß ihre Zahlungen – und sie waren unbedeutend genug – praktisch seine einzige Einkommensquelle darstellten.

»Und Sandro natürlich«, fuhr Lorenzo fort. »Er kann das Projekt leiten.«

Ginevra unterdrückte ihren Protest.

Am nächsten Tag bei Sonnenaufgang rannte sie zu Botticellis Atelier. Es war kalt in den schattigen Steinstraßen, im Atelier war es nicht viel wärmer.

»Brrr!« machte sie. Ihr klapperten die Zähne. »Deine spärlich bekleidete Göttin kann einem ja leid tun, Sandro.«

Botticelli lachte, lichtete das hauchdünne Seidengewand, das er gerade malte, mit sicherem Pinselstrich auf. »Göttinnen rinnt göttliches Blut durch die Adern, nicht das Blut von euch Sterblichen. Sie frieren nie.«

Ginevra verzog ihr Gesicht zu einer grotesken Grimasse und ging in die Ecke, in der der Kachelofen stand. Er war so gut wie kalt. Sie scharrte einige Kohlen in die Kohlenpfanne und legte Holz für den Ofen nach. Dann machte sie es sich zwischen diesen beiden Wärmequellen auf einem Hocker bequem und wartete schweigend ab. Oft kam sie einfach her, um Sandro bei der Arbeit zuzusehen. Von allen Künstlern war er der einzige, den Zuschauer nicht störten. Die sich jeden Moment ändernde Entwicklung der Gemälde faszinierte sie.

Ginevra hatte auch herausgefunden, daß Botticelli bei der Arbeit ganz gern plauderte. Ohne daß sie ihn großartig dazu auffordern mußte, schwelgte er in Erinnerungen an die Jahre, in denen er bei den Medici gelebt hatte, und erzählte vom jungen Lorenzo.

Doch anscheinend war heute nicht gerade sein gesprächigster Tag. Seine ganze Konzentration galt einem Detail im Gewand der Göttin. Ginevra zwang sich zur Ruhe, innerlich wand sie sich hin und her, es drängte sie, das Wort zu ergreifen.

Sandros Schüler Filippino kam mit frischem Brot vom Mercato herein. Er hatte es in seine Jacke gesteckt, um es warmzuhalten und sich selbst damit zu wärmen. Sofort legte Sandro seinen Pinsel ab.

»Ich sterbe vor Hunger«, rief er. »Kommt, wir essen!«

Filippino machte ein wenig Wurst warm und holte aus seinem Zimmer ein Stück Käse herbei. »Das wird ja ein richtiger Festschmaus«, meinte Ginevra. »Danke, Filippino.« Sie mochte den jungen Maler; er war eifrig, gab sich ganz seiner Kunst hin und stand ihr mit dreiundzwanzig Jahren von allen altersmäßig am nächsten.

Während sie aßen, beschwor Ginevra die beiden, kein Sterbenswörtchen von dem weiterzusagen, was sie ihnen jetzt mitteilen wolle. Dann berichtete sie Sandro davon, daß Lorenzo bald vorbeikommen würde, um mit ihm zu sprechen, und verriet ihm auch den Grund seines Besuches. »Nun, wie ihr seht, muß alles viel früher fertig werden, als wir dachten. Es könnte sein, daß du jahrelang in Rom bleibst.«

Das Gemälde auf der Staffelei war ein Geschenk der Signoria an Lorenzo. Es war Sandros Version von Pallas und dem Zentauren, dem Thema, das Lorenzo im Karneval verwendet hatte. Dieses Mal trug der Zentaur nicht die karikaturistisch verfremdeten Gesichtszüge König Ferrantes; die Bedeutung der allegorischen Darstellung war jedoch unverkennbar. Die Göttin trug einen Lorbeerkranz, und im Hintergrund sah man die Bucht von Neapel. Lorenzo zähmt die neapolitanische Bestie; das war die Aussage des Bildes.

»Es dauert nicht mehr lange, dann bin ich mit dieser Arbeit fertig, Ginevra. Mach dir nicht solche Sorgen. Solange es nicht wärmer wird, kann kein Mensch irgendwohin reisen.«

»Aber das andere Gemälde, Sandro. Damit hast du doch noch gar nicht angefangen.«

»Vielleicht ist es besser, noch eine Weile damit zu warten. Je mehr Zeit verstreicht, desto geringer wird der Schock.«

Botticelli hatte versprochen, das Porträt von Giuliano zu vollenden, an dem er gerade gearbeitet hatte, als der jüngere Medici ermordet wurde. Ginevra wollte es Lucrezia im Juni zum Geburtstag schenken.

»Nein«, sagte Ginevra, »es duldet keinen Aufschub. Ich habe es mir fest vorgenommen.«

Sie hatte Lorenzos Pläne offenbart, ohne einen weiteren Gedanken daran zu verschwenden. Doch nichts in aller Welt würde sie dazu bringen, Lucrezias Vertrauen zu enttäuschen. Sie konnte Sandro nicht erzählen, daß sie befürchtete, Lucrezia könne sterben, bevor er aus Rom zurückkehrte.

Vier Tage später verließ sie wieder kurz nach Anbruch der Morgendämmerung das Haus. Dieses Mal ging sie zum Mercato und hörte sich an, was die Leute vom Weggang der Künstler nach Rom hielten. Lorenzo hatte die Männer angesprochen, die er ausgesucht hatte, und alle waren einverstanden. Heute würden die Ausrufer die neue Nachricht verkünden, und als erstes würden sie es auf dem Mercato tun. Keiner konnte voraussagen, wie die Florentiner darauf reagierten. Würden sie stolz darauf sein, daß der Papst die Künstler aus Florenz als die besten der Welt anerkannte? Oder wären sie verärgert darüber, daß ihre Künstler weggeschickt wurden und dazu ausgerechnet zu dem Herrscher, mit dem Florenz noch vor gar nicht langer Zeit im Krieg gelegen hatte? Wie immer die Reaktionen auch sein mochten, alle Lobpreisungen und Schuldzuweisungen würden sich auf Lorenzo konzentrieren.

Auf halbem Weg konnte sie schon den Marktlärm hören. Sie blieb stehen, neigte ihren Kopf zurück und atmete tief ein.

Frühling lag in der Luft.

Immer noch war es bitterkalt. Der Januar war noch nicht vorbei, aber irgend etwas hatte sich seit dem gestrigen Tag geändert. Eine kaum wahrnehmbare Vorahnung von Milde, eine Verheißung von Geburt, Wachsen und zartem Grün lag über allem.

Ginevra sprang so hoch, wie sie nur konnte, lachte laut auf. Den Rest des Weges legte sie mit leichtem und beschwingtem Schritt zurück.

Florenz reagierte positiv auf die Ankündigung der Ausrufer. Ginevra überraschte das nicht. An einem so vielversprechenden Tag konnte doch nur Gutes passieren.

Mit gewohnter Geschicklichkeit lauschte sie, bis sie sich sicher war, daß sie nicht länger horchen mußte. Dann lief sie zum Palast zurück.

»Ich benötige ein Pferd«, sagte sie dem Wächter am Tor. »Bitte, laß eins für mich kommen, während ich mich fertig mache. Wenn heute irgend jemand nach mir fragt, bin ich in La Vacchia.«

Es wurde Zeit, mit der genauen Planung zu beginnen, den Ernteertrag zu verteilen, Saatgut und Vorräte zu bestellen. Dieses Jahr würde sie zum ersten Mal selbst entscheiden, was mit dem Land, ihrem Land, geschehen sollte. Eine günstigere Gelegenheit für sie, La Vacchia in einen besseren Zustand als je zuvor zu versetzen, würde sich ihr nicht bieten.

»Unsere Ginevra ist besessen«, beschwerte sich Gigi unüberhörbar.

Lorenzo lächelte. »Von einer guten Sache. Sie ist glücklich.«

»Aber sie ist so geistesabwesend. Ich glaube nicht, daß sie auch nur eine einzige Strophe vom heutigen *Morgante* gehört hat. Und schau sie dir doch an. Ihre Fingernägel haben Trauerränder. Jeden Tag wird es schlimmer mit ihr.«

»Du bist in deinem Dichterstolz verletzt, Gigi. Laß die Contadina doch. Sie ist in ihrem Element, scheucht den Gutsverwalter herum, spricht mit jedem Bauern in der Region, lernt viel über den Boden. Wenn die Felder bestellt und die Weinstöcke geschnitten sind, dann wird sie ihre Nägel bürsten und deinem Witz applaudieren. Doch momentan schert sie sich nicht darum, und jemand anders sollte das auch nicht kümmern.«

Am 25. März, dem offiziellen Beginn des neuen Jahres, verabschiedete sich Florenz von den vier Künstlern. Der Zug aus Reitpferden, Tragtieren und einer Vorhut aus Wachen, die die gefährlichen Wege sichern sollten, verließ die Stadt in einem Blütenregen und unter ohrenbetäubenden Jubelrufen.

In der Nacht zuvor hatte es im Palast der Medici ein Festessen mit Musikern, Clowns und einem Theaterstück gegeben, das Agnolo Poliziano eigens für diesen Anlaß geschrieben hatte.

Botticelli überreichte Lorenzo das Gemälde, das seinen Triumph in Neapel verewigte, und die Festlichkeiten begannen aufs neue.

»Heute werden sie nicht weit reiten«, bemerkte Lorenzo, als das letzte Pferd hinter der Wegbiegung verschwunden war. »Sie haben alle viel zuviel Wein getrunken und viel zuwenig geschlafen ... Was den Schlaf betrifft, könnte auch ich ganz gut ein Nickerchen gebrauchen. Sollen wir nach Hause gehen, bis es Zeit wird für den Umzug zum Duomo, Contadina?«

»Tu das nur. Ich werde dich zu Hause treffen. Aber vorher muß ich noch etwas erledigen.«

Ginevra mußte noch in Sandros Atelier und mit Filippino sprechen. Das Porträt von Giuliano war gerade fertiggestellt, die letzten Pinselstriche nur wenige Minuten vor Beginn des Festessens angebracht worden. Jetzt mußte das Bild noch trocknen. Ginevra wollte Filippino daran erinnern, es unter Verschluß zu halten und ihr Bescheid zu geben, wenn sie es holen konnte.

Hoffentlich ist er da, dachte sie, als sie die Tür aufstieß. »Filippino«, rief sie, als die Tür aufschwang. »Ich bin's, Ginevra!«

Sie ging hinein und blieb wie angewurzelt stehen. »Verzeihung«, sagte sie. Filippino war gerade bei der Arbeit.

Der Künstler schaute nicht einmal hoch. Seine Hand glitt behende über einem Blatt Papier hin und her, machte mit einem Stück Holzkohle erste Entwürfe für ein Porträt.

Filippino zeichnete das Porträt eines jungen Mannes. Der drehte sich um und schaute Ginevra an.

Irgend etwas in seinem lässigen Blick ließ in ihr den verzweifelten Wunsch entstehen, daß dieser Tag noch einmal beginnen möge, damit sie sich die Fingernägel sauberbürsten und anstelle eines Luccos ein Kleid anziehen konnte.

41. Kapitel

Franco Soranzo sei sein Name und er käme aus Mailand, erzählte der junge Mann Ginevra. »Ich bin erst seit einigen Wochen in Eurer wunderschönen Stadt Florenz und fühle mich noch sehr fremd.«

Ginevra stammelte im Namen der Stadt einen unbeholfenen, zusammenhanglosen Willkommensgruß.

Was ist nur mit mir los? fragte sie sich. Meine Stimme klingt ja ganz närrisch. Und ich gaffe ihn an wie ein Idiot. Sie wandte den Kopf und schaute zu Filippino hinüber. Doch sie sah nur seine Skizzen vom Gesicht des Mailänders. Der Mann hatte ein rundliches Kinn mit einem eigenartigen Fleischwulst, der unterhalb seiner Unterlippe eine dunkle Mulde formte. Auch unter den hervorstehenden, leicht geneigten Wangenknochen hatte sein Gesicht wie hingegossen wirkende Mulden. Sein Mund schien daraus hervorgegangen zu sein, als ob die Hand eines Bildhauers ihn in den Ton gedrückt und nach vorne gezogen hätte. Er hatte volle, scharf umrissene Lippen; fast war es ein Schmollmund. Die Unterlippe hatte eine leichte Kerbung; in ihrer Mitte war eine Linie zu sehen, die sich quer über sie hinweg bis zu dem zugespitzten Bogen der Oberlippe hochzog. Es war ein übertriebener Mund, viel zu geschwungen, viel zu voll, viel zu sinnlich.

Der Mund paßte zu seinen Augen, die von hohen, gewölbten, ausgeprägten Augenbrauen beschattet wurden und ungewöhnlich weit auseinander standen. Die Iris hatte den hellbraunen Farbton von Topaz und besaß eine eigentümliche Transparenz, die die Augen unergründlich, geheimnisvoll, verschwiegen, herausfordernd machten. Und wissend.

»Vielleicht hättet Ihr die Güte, mir die Festlichkeiten des heutigen Tages ein wenig näherzubringen, Madonna Ginevra«, sagte Soranzo mit satter, schwerer Stimme, einer Stimme wie Honig. »In Mailand begrüßen wir das neue Jahr ganz anders. Es interessiert mich sehr, wie es hier gemacht wird.«

Unwiderstehlich wurde Ginevras Blick wieder zu Francos Augen gezogen. Ihr Atem ging flach, sie bekam kaum genug Luft.

Mit einer kraftvollen, fließenden Bewegung erhob sich der Mailänder von seiner Bank. Deutlich war zu erkennen, wie unter der enganliegenden roten Seidenhose seine kräftigen Beinmuskeln arbeiteten. Er drehte sich um und beugte sich nach vorne, um einen pelzbesetzten Mantel von der Bank zu nehmen.

Franco Soranzo trug die kurze Jacke, die in Mailand Mode war. Sie reichte nur eine Handbreit über seinen Hüftgürtel und endete in einer bestickten Borte, die sein festes, muskulöses Gesäß umrahmte.

Er warf sich den Mantel über die Schultern, drehte sich um und wandte Ginevra sein Gesicht zu. »Sollen wir gehen?« fragte er. Seine starken Finger ließen die Verschlußspange einschnappen, dann strich er über seinem flachen Bauch die Falten der Jacke glatt. Ihre hellblaue Borte tauchte in den Bändern wieder auf, mit denen sein dick gepolsterter Schambeutel aus gelber Seide an der roten Seidenhose festgebunden war.

Mit einem kurzen Blick auf Filippino sagte er: »Morgen früh bin ich wieder da.« Dann verzogen sich seine Lippen langsam zu einem an Ginevra gerichteten Lächeln. Er streckte die Hand nach ihr aus.

Sie trat einen Schritt zurück. »Ich kann nicht«, sagte sie. »Ich... Ich treffe... einen Freund.«

Mit einem tadelnden Blick brachte Soranzo seine Enttäuschung zum Ausdruck. »Dann eben ein anderes Mal«, sagte er.

Als er durch die Tür ging, streifte seine Schulter Ginevra. Die Berührung löste eine Drehbewegung aus, der sie nicht eher Einhalt gebieten konnte, bis sie auf die Straße schaute und sah, wie er davonging.

Er bewegt sich wie ein Löwe, dachte sie.

»Mailand!« stöhnte Lorenzo. »Aus Mailand kommt doch immer nur Ärger.«

Ginevras Arm fuhr hoch, sie verschüttete ihren Wein. »Warum sagst du das?«

Lorenzo faltete die Nachricht zusammen, die ihm gerade überreicht worden war. »Die Herzogin und ihr Sohn sind nicht mehr an der Macht«, sagte er. Seine Stimme klang erschöpft. »Ludovico Sforza hatte es satt, sich die Herrschaft mit jemand anderem zu teilen. Er hat die Staatsgewalt an sich gerissen und den Jungen und seine Mutter ins Exil geschickt. Es war schon lange fällig, aber ich hatte gehofft, es würde nicht gerade jetzt dazu kommen. Es bedeutet nämlich, daß eine neue Allianz gebildet werden muß. Ein neuer Herzog will umworben werden. Ich frage mich, was sein Preis ist.« Lorenzo schob seinen Teller weg und stützte sich mit den Armen auf dem Tisch ab. Seine Stirn ruhte auf seinen Händen.

»Ich bin müde, Contadina.«

Ginevra schüttelte protestierend den Kopf. Noch nie hatte sie erlebt, daß Lorenzo müde war wie andere Männer, nie, nie hätte sie auch nur im Traum daran gedacht, daß er zugeben würde, müde zu sein. Sie hielt ihm ihre Hand hin, zog sie dann zurück, hatte plötzlich Angst, seine gebeugten Schultern zu berühren, fürchtete sich vor allem in dieser so plötzlich instabilen Welt.

Er hob seinen Kopf und lächelte. Ginevras furchtsam pochendes Herz verlangsamte seinen Schlag und klopfte wieder mit normaler Geschwindigkeit. »Beende dein Mahl«, sagte Lorenzo. »Wir wollen uns doch nicht zum Umzug verspäten.« Er berührte ihre Nase mit seinem Finger. »So ein blasses kleines Kaninchen! Sei nicht beunruhigt. Ich habe lediglich einen leichten Gichtanfall, deswegen bin ich auch so schlecht gelaunt.«

»Du solltest nicht ausgehen, wenn du Schmerzen hast. Schone dein Bein lieber.«

»Iß und sei nicht albern. Ich habe keine Schmerzen. Und die Leute erwarten vor mir, daß ich dem Fest beiwohne.«

Ginevra wich Lorenzo nicht von der Seite, beobachtete jeden seiner Schritte und jede seiner Gesten, bereit, ihm ihren Arm oder ihre Schulter als Stütze anzubieten. Lorenzo ließ sich keine Schmerzen anmerken, seine finstere Stimmung war wie weggeblasen. Er ließ die Wachen hinter sich und drängte sich durch die Menge, schwatzte und lachte, gewann durch den Kontakt mit seinen Leuten wieder neue Kraft.

Doch als Ginevra und Lucrezia sich an diesem Abend mit ihm trafen, um über die Bedeutung der Ereignisse in Mailand zu sprechen, lag Lorenzos Bein von Kissen gestützt und abgepolstert ausgestreckt auf einer Bank. Das Knie war angeschwollen und teigig.

»Du mußt nach Morba gehen«, sagte Lucrezia. »Auf der Stelle.«

»Das kann ich nicht, Mammina. Ich muß hier sein, um die Nachrichten aus Mailand zu empfangen.«

»Dann geh nach Bagno a Ripoli. Das ist nicht so weit weg. Die Kuriere können dir deine Briefe dorthin bringen. Dein Sekretär soll dich begleiten, damit du sie beantworten kannst. Du mußt in die Schwefelbäder, Lorenzo. Du mußt einfach. Ich kenne mich in diesen Dingen besser aus als du.«

Lorenzo willigte ein. »Bei Tagesanbruch reise ich ab. Doch

jetzt müssen wir uns mit Ludovico Sforza befassen. Was wissen wir noch über ihn, außer daß er ein ziemlich finsterer Geselle ist? ›Lodovico Il Moro‹ klingt eher nach einem Clown als nach einem Herrscher.« Lorenzos Augen glänzten vor Schmerz, aber seine Stimme war klar, er wirkte belustigt.

Ginevra wartete, bis Lucrezia auf ihre Zimmer gegangen war. Dann fragte sie Lorenzo, ob sie mit ihm in die Bäder kommen könne.

»Nein«, sagte er.

»Bitte, Lorenzo. Es ist wichtig.«

Er rieb sich den Nasenrücken, strich sich die gerunzelte Stirn glatt. »Nein, Ginevra. Vielleicht nehme ich die älteren Jungen und Agnolo mit, aber damit ist es genug. Warum willst du überhaupt mitkommen? Bist du krank?«

»Nein. Mir geht es gut. Ich habe einfach Lust, einmal aus der Stadt herauszukommen.«

»Dann geh doch in eine der Villen. Oder nach La Vacchia. Sieh nach, wie deine Weinstöcke wachsen. Tu, was immer du möchtest. Doch jetzt sei eine gute Contadina und laß mich in Ruhe. Ich möchte ins Bett.«

»Laß mich dir helfen.«

»Ich schaffe es schon.« Seine Gereiztheit wuchs. Ginevra wünschte ihm eine gute Nacht.

Sie hatte Schwierigkeiten einzuschlafen. Das kannte sie gar nicht von sich. Das Bett fühlte sich uneben an; sie fand keine Position, in der sie bequem liegen konnte. Ihr Körper kam ihr ganz komisch vor. Ihre Haut reagierte überempfindlich auf die Berührung der Bettdecken. Ihre Muskeln konnten sich einfach nicht entspannen.

Vielleicht bin ich ja krank, dachte sie. Vielleicht fühle ich mich deswegen so komisch. Doch sie wußte, daß das nicht stimmte.

Die Schenke in der Nähe der Universität hatte schon seit langem ihre Pforten geschlossen. Zu Sonnenuntergang war Sperrstunde. Die drei Männer im Gastraum würden die ganze Nacht aufbleiben müssen, wollten sie nicht riskieren, verhaftet zu werden, wenn sie auf die Straße traten. Der schlaftrunkene Wirt störte sich nicht daran. Die drei sahen so aus, als würden sie bis zum Morgengrauen trinken, und sie zahlten den besten Wein.

»Ich habe heute die verrückte Mätresse des Magnifico getroffen«, erzählte Franco Soranzo. Er rekelte sich auf einer Bank herum, den Kopf gegen die Wand gestützt, die Füße auf dem Tisch. »Sie sieht aber auch wirklich ulkig aus, so mager, wie sie ist. Entweder ist dieser Lorenzo pervers, oder sie verfügt über irgendwelche gut versteckten Talente. Ich denke, ich werde herausfinden, worin sie bestehen.«

»Du bist derjenige, der hier verrückt ist, Franco«, sagte einer der Männer. Er hatte bereits Schwierigkeiten mit der Sprache. »Lorenzo de' Medici gehört diese Stadt. Der schneidet dir die Eier ab.«

»Das macht die ganze Sache doch um so aufregender, oder etwa nicht? Die Gefahr der Entdeckung verleiht dem ganzen doch einen besonderen Reiz.«

Der dritte Mann gab ein heiseres Lachen von sich. »Hört euch nur diese lebensmüde Stimme aus Mailand an! Was verleitet dich zu dem Gedanken, daß eine Frau dir schöne Augen macht, Franco, wenn sie doch Lorenzo il Magnifico hat. Du bist ein hübscher, junger Schnösel, mehr nicht. Er ist ein Mann, der über allen anderen Männern steht.«

Franco schob seine Augenbrauen in die Höhe. »Das behauptet ihr Florentiner. Ich als Mailänder sage euch: Sie ist zu haben. Dafür gehe ich jede Wette ein.«

»Ich setze eintausend Florentiner Gulden.«

»Ich setze weitere tausend.«

Franco lächelte. »Ich setze zweitausend dagegen.«

»Bring uns noch einen Krug, Wirt! Ich möchte das Vermögen feiern, das bald mein eigen sein wird.«

»Da gehe ich nicht hin!« schrie Ginevra laut. Der Schrei weckte sie auf. Sie setzte sich in ihrem Bett hoch, versuchte, das Durcheinander an Bettdecken, das sie durch ihren unruhigen Schlaf hervorgerufen hatte, zu entwirren. Doch ihre Bemühungen machten alles nur noch schlimmer.

Du benimmst dich wie ein Schwachkopf, sagte sie sich. Tino, dachte sie, du bist wieder wie Tino. Der Gedanke ließ sie lächeln. Sie war stolz auf das, was sie in Neapel getan hatte.

Sie zündete eine Kerze an, stieg mühsam aus dem Bett, zog alle Decken auf den Boden und legte sie dann, nachdem sie sie glattgezogen hatte, eine nach der anderen wieder hin. Dann schlug sie die Kissen auf, legte sie zu einer ordentlichen Pyramide zusammen, ging einen Schritt zurück und begutachtete ihr Werk. Die sanften Wölbungen von Bettdecken und Kissen wirkten warm und sehr einladend.

Rasch stieg sie wieder in das Nest, das sie sich gebaut hatte. Sie hatte kaum noch Zeit, die Kerze auszublasen, so schnell war sie wieder eingeschlafen.

Sonnenlicht fiel schräg durch die hohen Fenster auf ihre Augenlider und weckte sie auf.

Ginevra blinzelte und drehte ihren Kopf weg. So lange schlief sie sonst nie.

Doch sie hatte gut geschlafen. Ich werde zu Fuß nach La Vacchia gehen, dachte sie sich. Vielleicht renne ich auch dahin. Sie reckte sich, streckte ihre Zehen, fühlte, wie es in den Beinen zog und malte sich aus, welche Freude ihr der steile Pfad die Hügel hoch und die süße Frühlingsluft bereiten würden.

Eine Stunde später verließ sie nach dem Frühstück und einem beruhigenden Gespräch mit Lucrezia den Palast. Lorenzo hatte sich an diesem Morgen viel besser gefühlt und war zusammen mit Agnolo und den Jungen in bester Ferienstimmung nach Bagno a Ripoli aufgebrochen.

Ich werde Blumen schneiden und sie Lucrezia bringen, dachte Ginevra. Jetzt müßten Iris und Tulpen in voller Blüte stehen. In Gedanken stellte sie Farben zusammen, suchte aus Lucrezias Sammlung Vasen aus, als sie sich plötzlich bewußt wurde, was sie gerade tat. Sie ging in eine ganz falsche Richtung. Nein, dachte sie sich, aber es nützte nichts. Ihre Schritte verlangsamten sich, aber sie kehrte nicht um. Wie von einer unwiderstehlichen Kraft angezogen ging sie zu Botticellis Atelier.

42. Kapitel

Es war immer dasselbe. Ginevra kämpfte mit sich und verlor. Ihr Verstand hatte keine Macht über das, was sie tat, ihre Willenskraft schwand dahin. Sie konnte sich einfach nicht von Franco Soranzo fernhalten.

Die junge Frau verachtete sich für diese Schwäche und sagte sich immer und immer wieder, daß sie auch Franco verachten sollte. Alles, was sie verabscheute, vereinigte er in sich: Er war Universitätsstudent, hatte aber kein Interesse am Lernen; er trank zuviel, war faul und zügellos; er hatte weder Verstand noch Humor und behandelte normale Leute wie Diener, Diener wie Tiere.

Doch sie behandelte er wie eine Frau, eine Frau, die er begehrte.

Er sagte ihr das nie. Er war kein guter Unterhalter und kein Poet, aber seine hellen Augen waren fest auf ihre Lippen geheftet, wenn sie mit falscher, nervöser Fröhlichkeit draufloserzählte, um das Schweigen zu füllen und die Distanz zwischen ihnen aufrechtzuerhalten. Francos Mund schien sich immer zu einem Lächeln verziehen zu wollen, wenn sie leicht zu durchschauende Ausflüchte vorbrachte, die erklären sollten, warum sie während seiner Sitzungen im Atelier erschien. Und Francos fester, muskulöser Körper rückte ihr jeden Tag ein wenig näher, wenn er zum Tisch hinüberging, um seinen Becher wieder aufzufüllen, oder in ihrer Nähe stand, um Wein zu trinken.

»Dieses Porträt wird bald fertig sein«, sagte er eines Tages, »und dann werdet Ihr in meine Gemächer kommen… und den besten Platz dafür aussuchen.«

Und Ginevra wußte, sie würde es tun.

Ginevra wollte mit Lucrezia über die ganze Sache sprechen, sie ins Vertrauen ziehen, sie um Hilfe bitten. Ihre Unfähigkeit, ihr eigenes Verhalten zu kontrollieren, brachte sie ganz durcheinander, jagte ihr Angst ein, Angst davor, ihren Verstand auf die gleiche Art wie ihren Willen zu verlieren, Furcht vor den hartnäckigen, neuen Regungen ihres Körpers, vor den Träumen, die ihren Schlaf störten und an die sie sich beim Aufwachen nicht mehr erinnern konnte.

Doch Lucrezia war krank. Sie sah zwar gut aus, ihre Augen waren klar, und ihre Wangen strahlten, doch wenn Ginevra ihre Hand ergriff, war ihre Haut heiß und trocken, und viele Stunden verbrachte sie allein auf ihrem Zimmer. Ginevra wußte, daß Lucrezia sich darin aufhalten mußte, zusammengekrümmt, von Schmerzen gequält und von Hustenanfällen geschüttelt, genau wie in Morba. Sie konnte dieser Frau, die bereits so schwer an ihrer Krankheit trug, nicht auch noch ihre eigenen Probleme aufbürden.

Den größten Teil des Tages verbrachte Ginevra in La Vacchia und versuchte, den Aufruhr in ihrem Innern abzutöten, indem sie sich ganz auf die Arbeit konzentrierte, die ihr am meisten am Herzen lag, und sich im Weingarten und in den Ställen abrackerte, bis sie vor Erschöpfung zitterte und nicht mehr von unverständlichem, ungewolltem Verlangen durchpulst wurde.

Oft übernachtete sie auch in der Villa. Die Abendessen im Palast der Medici waren jetzt, wo Sandro nach Rom gegangen und Lorenzo nicht da war, anders geworden. Andrea del Verrocchio beschwerte sich darüber, daß er seine Arbeit ohne seine beiden besten Schüler nicht schaffte. Andere Künstler, denen es früher genügt hatte, zur Gruppe dazuzugehören, drängten sich jetzt mit lauten Streitgesprächen über technische Fragen und sarkastischen Bemerkungen über die Projekte der anderen in den Vordergrund.

Gigi blieb seiner Rolle als Komödiant treu. Sein Humor ging Ginevra mächtig auf die Nerven. Sie konnte die verborgene Sinnlichkeit und die anzüglichen Hinweise auf Sexuelles nicht ertragen.

Sie wollte sich nicht eingestehen, daß zwischen Gigis Geschichten und dem, was in ihr vor sich ging, eine Verbindung bestand.

Wenn Lorenzo wieder heimkommt, wird mit mir schon wieder alles in Ordnung sein, redete sich Ginevra ein. Wir werden auf die Jagd gehen und die Höfe besuchen, ganz wie letztes

Jahr im Frühling. Ich werde ihm zeigen, was ich in La Vacchia mache, und die Mahlzeiten werden wieder ein Grund zur Freude sein, und jeden Tag weiß ich, er ist da, und ich werde ihn sehen und über nichts und niemand anderen nachdenken. Wenn Lorenzo erst wieder heimkommt…

Doch er blieb mehr als drei Wochen weg. Als er dann tatsächlich wiederkam, war er von den Bedrohungen aus dem Norden und dem schleppenden Vorankommen der diplomatischen Delegation, die er zu Lodovico Sforza geschickt hatte, völlig vereinnahmt. Als er an dem Abend seiner Ankunft mit Lucrezia und Ginevra zusammenkam, sprach er von nichts anderem als von Mailand.

Jedes Mal, wenn er das Wort fallen ließ, hörte Ginevras Herz für einen langen, gräßlichen Moment auf zu schlagen. Für sie bedeutete Mailand Franco, bedeutete seine rauhe, rötlichbraune Behaarung, die sich borstig zwischen seinen Schulterblättern beginnend an seinem Rücken entlangzog und immer geschmeidiger wurde, bis sie schließlich in einer schmalen, seidenweichen Linie im Spalt zwischen seinen Gesäßbacken verschwand.

Lorenzo war zu lange fortgeblieben. Das Leben Ginevras kreiste nur noch um eines: Franco Soranzos Zimmer mit den geschlossenen Fensterläden.

Weder sich selbst noch Franco machte Ginevra vor, daß sie bei ihm auftauchte, um einer neuen Bekanntschaft einen geziemlichen Besuch abzustatten. Nicht einmal beim ersten Mal tat sie das. Franco sagte, er wolle, daß sie das Licht auf seinem Porträt begutachte, aber Ginevra hatte keine Augen dafür. Sie stand mitten im Zimmer und wartete darauf, daß er mit dem Reden aufhörte. Sie war gekommen, weil sie gegen ihren Willen dazu getrieben wurde. Sie war gekommen, um von seinen breiten Händen berührt zu werden, seine Haut unter ihren Handflächen zu spüren, seine vollen Lippen zu schmecken und seine überhebliche Männlichkeit zu riechen.

Er packte ihre Arme oberhalb der Ellbogen, schaute in ihre Augen und sah darin die Bereitschaft, sich ihm hinzugeben. »So«, sagte er. Seine Zunge zeichnete gemächlich die Umrisse ihres Mundes nach. Ginevra erschauerte und öffnete ihre Lippen seinem forschenden Kuß.

Als Ginevra gedacht hatte, Franco bewege sich wie ein Löwe, war ihre Wahrnehmung genauer gewesen, als sie wußte. Franco war tatsächlich ein Raubtier, und Frauen waren seine Beute. In Florenz führte er ein verschwenderisches Leben auf Kosten eines Adligen aus Mailand, der bereit war, ihn gut dafür zu bezahlen, daß er seine Frau in Ruhe ließ.

Mit zwölf Jahren hatte Franco seine Mutter verloren. Die zweite Frau seines Vaters hatte nicht erst monatelang gewartet, bis sie ihren Stiefsohn in der Kunst unterwies, wie man eine Frau glücklich macht. Damals war er vierzehn. Mit sechzehn lieferte er einen von seinem Vater, einem Schneider, angefertigten Mantel an die Witwe eines Kaufmanns aus und kehrte nie wieder nach Hause zurück.

Sein Akzent und sein Benehmen verbesserten sich. Seine Opfer glichen aufeinanderfolgenden Sprossen auf einer Leiter zu wachsendem Wohlstand und sich steigernder Macht. Im Alter von zweiundzwanzig stellte ihn Gräfin Alessandra als ihren persönlichen Leibwächter ein und kaufte ihm so viele Kleidungsstücke und Juwelen, daß ihr Mann ein sehr hohes Gebot machen mußte, um Franco zu überzeugen, von Mailand nach Florenz zu gehen.

Die Frauen in Francos Leben waren normalerweise älter als er, obwohl er sich manchmal in den Häusern, in denen er lebte, auch mit jungen Dienstmädchen vergnügte. Alle gierten sie nach Sex und waren für Francos reiches Repertoire von Liebesfreuden sehr empfänglich. Er war zu einem wahren Virtuosen der Liebeskunst geworden.

Doch keine seiner vielen Erfahrungen hatte ihn auf Ginevra vorbereitet.

Sein erster Kuß setzte ein leidenschaftliches Feuer bei Ginevra frei. Sie entpuppte sich als eine überaus sinnliche Frau, die ihn durch die Intensität ihrer bebenden Antwort auf die Berührungen ihres Körpers selbst entflammte. Als er ihr Kleid öffnete, hoben sich ihre Brüste seinen Händen entgegen, ihre Brustwarzen waren groß und heiß, die halbmondförmigen Narben tiefrot. Ihre Haut glühte so sehr, daß er das Gefühl hatte, seine Handflächen müßten verbrennen. Die unsichtbaren, feinen Härchen an ihrem Körper waren steil aufgerichtet, winzigen Nägeln gleich, die an seinen Fingern, seinen Lippen und seiner Brust entlangkratzten und sie Feuer fangen ließen, als er sein Hemd aufriß, um sich mit seiner nackten Haut gegen sie zu drücken. Ihr Unterleib tanzte unter seinen Händen; Wellen sich zusammenziehender Muskeln pulsten über ihren Bauch und ließen ihren ganzen Körper vibrieren, drängten seine Hände nach unten, durch das sanft geneigte Dreieck aufgerichteter Haare hindurch. Zwischen ihren gespreizten Schenkeln war sie ganz heiß und feucht; seine Finger drangen durch geschwollenes, ihm entgegenfieberndes Fleisch und lösten einen wahren Schauer krampfartiger Bewegungen aus. Wie flüssiges Feuer schoß es in Ginevra hoch, sie schrie auf, er hörte, wie ihr Schrei mit dem seinen zusammenfiel, fühlte, wie ihn sein eigener Höhepunkt förmlich auseinanderriß, wie es in einer Eruption geschmolzenen Feuers aus den Tiefen seines bebenden Körpers hervordrang.

Ein erlöster Schrei, das war alles, was Ginevra von sich gab. Als Franco versuchte, seine üblichen, gut einstudierten Liebesworte zu sagen, legte sie ihm ihre Finger über den Mund. Nichts ließ sie gelten, keinerlei aufgesetzte Romantik, keine Heuchelei, nichts, was die Kraft der weißglühend blitzenden Fleischeslust, von der die Luft um sie herum knisterte, als etwas anderes hinstellte.

Eine Fleischeslust, der die Erfüllung versagt blieb. Sie wollte ihm nicht erlauben, in sie einzudringen, stieß ihn mit einer solchen Kraft von sich, daß er nun wirklich an die Mär glaubte, sie sei eine Verrückte. Ein Frösteln überkam ihn. Er fürchtete sich vor ihr.

Dann berührte sie schweigend seinen Körper, schmeckte ihn mit brennenden Händen, Armen, Beinen und Lippen, bis er genauso im Fieber lag wie sie und bereit war, ihre stummen, drängenden Forderungen mit der Glut seiner Liebkosungen zu erwidern.

Sie trafen sich täglich, und mit den Wochen wurde er ihr ergebener Liebesdiener, ihren Leidenschaften verfallen, gefangen von seinem eigenen Versagen, sie zu beherrschen. Das

Raubtier wurde zur Beute einer Urkraft, die es nicht begreifen konnte.

Und dann teilte sie ihm mit, daß es vorbei war. »Ich habe dich benutzt, Franco«, sagte Ginevra, »und ich schäme mich. Du hast mich gelehrt, was es heißt, eine Frau zu sein, und dafür bin ich dir dankbar, aber jetzt ist es vorbei.«

»Sie los zu sein ist das ganze Geld wert«, sagte Franco mit einem Lachen, als er seine Schulden bei seinen Trinkkumpanen beglich. »Ich fürchtete schon, daß es schwer werden würde, die Sache zu beenden.« Abgesehen davon, daß sein Gang zu einem richtigen Stolzieren geworden war, verhielt er sich wie immer. Aber seine Freunde waren sich darin einig, daß er irgendwie anders war.

Auch in Ginevra waren Veränderungen vorgegangen. Sie waren aber so subtiler Art, daß nur Lucrezia sie bemerkte. Und sogar sie kam ihnen nicht auf den Grund.

Ginevra wußte, was es war. Ich fühle mich wie leergebrannt, sagte sie sich, und ich danke Gott. Jetzt bin ich im Frieden. Ich fühle meiner Schwäche und meinen heimlichen, schmutzigen Begierden gegenüber nicht einmal Abscheu. In jedem von uns haust ein Tier. Die Schöpfer der Mythen haben das von jeher begriffen. Wenn es freikommt, wird seine Macht so groß, daß es nicht mehr kontrollierbar ist. Mein Tier hat seine Zeit gehabt, jetzt ist es tot; ich brauche es nicht mehr zu fürchten.

Als die Zeit des Karnevals mit seiner aufdringlichen Zurschaustellung der Sexualität gekommen war, nahm sie mit Begeisterung an den Feiern teil. Sie war sich jetzt der Bedeutungen bewußt und wurde nicht länger von einer Erregung verwirrt, die sie nicht verstand. Doch sie dachte nicht daran, sich wirklich in den Trubel hineinfallen zu lassen und in leidenschaftlichen Gefühlsregungen aufzugehen, und fühlte sich dabei unermeßlich älter und weiser.

»Wie schön und flüchtig ist die Jugend…«, sang sie mit den ausgelassenen Menschenmassen in den Straßen und war heilfroh, daß ihre Jugendzeit vorbei war.

Es war ihr sogar möglich zu verstehen, warum Lorenzo sich in eine maskierte Frau verliebt hatte, der er auf der Piazza Ognissanti begegnet war.

Und das trotz der bleiernen Eifersucht, die in ihrem Herzen wühlte.

43. KAPITEL

»Lorenzo, wer ist diese Frau, diese Luisa Felceroccia?« wollte Lucrezia wissen. »Clarissas Brief klang ganz hysterisch. Irgend jemand berichtete ihr, du seist unangenehm aufgefallen.«

»Mammina, ich werde nicht zulassen, von dir ausgefragt oder von Clarissa kritisiert zu werden. Sie hat kein Recht, sich in mein Privatleben einzumischen, und dasselbe gilt für dich.« Lorenzos Stimme war schrill geworden, sie bebte vor unterdrückter Wut. Die eindringlichen Fragen seiner Mutter verärgerten ihn, und da er wußte, daß sie mit ihren Anschuldigungen recht hatte, machte ihn das noch ärgerlicher. Seine Affäre mit Luisa Felceroccia war nicht eine der üblichen, verschwiegenen Verbindungen wie seine anderen Abenteuer. Seine Vernarrtheit in sie war wie eine Krankheit, sie vernebelte sein Bewußtsein und zerstörte seine Urteilskraft.

Ginevra rettete ihn vor Lucrezias Zorn. Sie steckte ihren Kopf durch die Tür seines Arbeitszimmers und fragte, ob sie stören dürfe. Lucrezia funkelte ihren Sohn wütend an und sagte, sie müsse jetzt sowieso gehen.

»Was ist denn, Ginevra?« Als Lucrezia weg war, ließ Lorenzo sie seinen ganzen Ärger spüren.

Ginevra ignorierte es. »Ich möchte, daß du auf mein Zimmer kommst und dir etwas anschaust«, sagte sie. »Es dreht sich um das Geschenk, das ich deiner Mutter morgen zu ihrem Geburtstag überreichen will, und ich möchte, daß du darauf vorbereitet bist... Es ist Sandros Porträt von Giuliano, Lorenzo.«

Lorenzo vergaß alles andere. »Du hast ihn dazu gebracht,

es fertigzustellen? Contadina, du bist ein Wunder! Wie glücklich sie sein wird. Und ich natürlich auch. Komm, zeig es mir.« Er sprang von seinem Sessel hoch, doch dann suchte er am Schreibtisch Halt.

Ginevra lief auf ihn zu, aber er scheuchte sie mit einer Handbewegung zurück. »Es ist nicht weiter schlimm. Ich vergesse immer, daß ich nicht mehr alles tun kann, was ich zu tun gewohnt bin. Dadurch mache ich es nur noch schlimmer.«

Der letzte Gichtanfall hatte beide Knie betroffen.

»Gib mir deinen starken Arm und reich mir den Stock da. Dann wird es schon gehen.«

Ginevra legte ihm ihren Arm um den Rücken, stützte seinen Arm mit ihrer Schulter. »Ich kann es dir auch hochholen.«

»Nein. So ist es besser. Ich muß mich an Bewegung gewöhnen. Ich habe sonst Angst, daß die Gelenke steif werden, bis sie sich nicht mehr bewegen lassen und völlig nutzlos geworden sind.«

»Oh, ja«, sagte Lorenzo im Flüsterton und hielt sich stärker an Ginevra fest. »Mein Bruder Giuliano!«

Gemeinsam betrachteten sie das Porträt.

»Ich wünschte, ich hätte ihn gekannt«, sagte Ginevra. »Ich kann verstehen, warum er von jedem geliebt wurde.«

Das Gemälde zeigte einen jungen Mann im Dreiviertelprofil. Er wollte gerade lächeln, vielleicht auch lachen, und seine gute Laune würde ansteckend sein.

Seine Haut war ganz golden, jugendlich frisch und strotzte vor Gesundheit. Sein Blick jedoch war gesenkt; seine Augenlider fast geschlossen. Es war wie ein Symbol seines tatsächlichen Zustandes, das Gemälde eines toten Mannes.

Der Künstler hatte ihn vor einem Fenster mit Innenläden plaziert, ein Laden war geschlossen, ein weiterer Hinweis auf den Tod. Der zweite Laden ließ den Blick auf den freien Raum dahinter fallen, auf den entfernten, strahlendblauen Himmel der Toskana, die Ewigkeit, das Ziel seiner dahingeschiedenen Seele.

Das Gemälde erlaubte keine Trauer.

»Ich habe ihn so sehr geliebt«, sagte Lorenzo. Ginevra rückte mit ihrer Schulter näher an ihn heran und gab ihm schweigend etwas von ihrer Kraft.

»Du hast mich sehr glücklich gemacht, Ginevra«, sagte Lucrezia. »Ich werde dieses Geschenk mehr als alles andere, was ich besitze, in Ehren halten.«

Sie gab Ginevra und Lorenzo einen Kuß, dann setzte sie sich hin und betrachtete das Abbild ihres jüngeren Sohnes. »Ich würde jetzt gerne mit Giuliano sprechen«, sagte sie, und sie ließen sie allein.

»Was wissen wir schon über den Tod?« fragte Lorenzo. In der Hand hielt er einen kurzen Olivenzweig, den er von einem Baum im Garten außerhalb des kleinen Hauses von Marsilio Ficino abgebrochen hatte. Zwischen den Blättern hingen fünf Oliven, und während er sprach, pflückte er eine nach der anderen.

Es war Anfang Dezember, die Zeit der Olivenernte und die Zeit, in der alle anderen Gewächse im Garten braun und leblos geworden waren.

Agnolo Poliziano antwortete als erster. Während seine Dichterstimme die Lehren Platos zitierte, betrachtete Ginevra die völlig gebannten Gesichter der um den Tisch versammelten Männer. Inzwischen fühlte sie sich wohl bei diesen Philosophen und in der Akademie. Ich bin sehr glücklich in diesem Kreis, dachte sie, glücklich darüber, die täglichen Sorgen hinter mir lassen und einige Stunden damit verbringen zu können, ihre Suche nach tieferem Sinn und ewiger Wahrheit zu teilen.

Sie folgte den Worten Agnolos, dann hörte sie sich Ficinos Kommentar an. Gleichzeitig hing sie ihren eigenen Gedanken nach. Warum brachte Lorenzo das Thema Tod zur Sprache? Hatte er Lucrezias immer weiter fortschreitende Schwäche bemerkt? Es hatte nicht den Anschein. Tat er nur so, als ob er es nicht bemerkt hatte, weil er annahm, sie wolle es vor ihm verborgen halten? Oder war es seine eigene Krankheit, die ihn über die Sterblichkeit nachdenken ließ? Die knorpeligen Verdickungen an seinen Handgelenken wurden von einer Spitzenrüsche seines Hemdes bedeckt, doch Ginevra wußte, daß sie durch die Gicht entzündet waren. Die Krankheit beschränkte sich nicht mehr nur auf seine Knie.

Sie konzentrierte sich wieder auf die Diskussion, bereicherte sie mit einer Passage aus Aristoteles und lachte mit den anderen über Lorenzos gespielte Seufzer, mit denen er die Grabrede eines Bauern vortrug, die dieser an seine beim Werfen ihrer Ferkel gestorbene Sau gerichtet hatte.

Lorenzo ist wundervoll, dachte sie. Laudino und die anderen verdienen allen Respekt der Welt für ihren messerscharfen Verstand, aber neben ihm verblassen sie. Sein Verstand ist ihnen ebenbürtig und umfaßt noch tausend andere Dinge. Er verleiht diesem Raum Wärme.

Bei der letzten Versammlung der Akademie war er eher hitzig gewesen. »Was ist Liebe?« hatte er gefragt und viel zu lange seine Meinung dazu vorgetragen. Es war die Zeit seiner Sommerromanze mit dieser Felceroccia gewesen. Man erzählte sich jetzt auf den Straßen, daß es damit vorbei war.

Inmitten der allgemeinen Fröhlichkeit bemerkte niemand Ginevras zufriedenes Lächeln.

44. KAPITEL

»Herzlichen Glückwunsch zum Geburtstag, Lorenzo.«

»Herzlichen Glückwunsch zum Geburtstag, Contadina. Siehst du, welches Geschenk vom Himmel gefallen ist?«

Während der Nacht hatte es begonnen zu schneien. In Florenz war das ein seltenes Ereignis.

Nach dem Frühstück gingen alle im fallenden Schnee spazieren: Ginevra und Lorenzo, Lorenzos Wachen, Agnolo, die Kindermädchen und die Kinder. Die Straßen waren voller Menschen, alle rutschten sie umher, lachten, fingen den Schnee mit den Händen auf, ließen die großen, nassen, sanft heruntersegelnden Flocken auf ihre Zungen fallen. Kein Lüftchen regte sich, doch der Schnee reichte schon bis weit über die Knöchel.

»Wir könnten doch irgendeine Figur aus Schnee bauen«, meinte Lorenzo. »Wer hilft mir dabei?«

Die Kinder drängten sich um ihn und riefen: »Ich! Ich! Ich!«

»Ich auch«, stimmte Ginevra ein.

Im Garten hinter dem Haus ließen sie drei Figuren entstehen. Als sie damit fertig waren, schickte Lorenzo die drei ältesten Kinder nach drinnen, um Hüte für sie zu besorgen. Nacheinander hob er die drei jüngsten Kinder hoch, damit sie den massigen Figuren die Hüte aufsetzen konnten.

Die zwei mittleren Kinder, Luisa und Giovanni, schauten traurig zu. Ginevra kniete sich rasch neben sie. »Luisa«, sagte sie, »der Judith im Brunnen ist bestimmt ganz kalt. Wenn du den Schnee von ihrem Kopf fegst, dann kann Giovanni ihr meinen Hut aufsetzen.« Sie nahm das kleine Mädchen in die Arme.

Giovanni, der bald sieben wurde, verschmähte jegliche Hilfe. Mit Ginevras Hut zwischen den Zähnen kletterte er ganz allein auf die schneebedeckte Bronzefigur. Alle klatschten, als er Donatellos Meisterwerk mit Ginevras rotem Cappuccio krönte.

»Eines Tages wird Giovanni selbst den roten Kardinalshut tragen«, sagte Lorenzo an jenem Nachmittag. Es hatte aufgehört zu schneien; ein strahlendblauer Himmel spannte sich über ihnen, eine klare Sonne ließ den Schnee glitzern und funkeln.

Ginevra war überrascht, wie sicher seine Stimme klang. »Hast du etwas vom Papst gehört?«

»Ich erhielt die Nachricht, daß er mit der Dekoration seiner Kapelle sehr zufrieden ist... und daß jetzt ein anderer Neffe ganz oben in seiner Gunst steht. Der Papst hört auf Giuliano della Rovere, und Giuliano haßt den früheren Günstling Girolamo. Da Girolamo mein Feind ist, ist Giuliano automatisch mein Freund. Es sieht gut aus für meinen Sohn. Wenn die Zeit gekommen ist, wird Giovanni mit ziemlicher Sicherheit zum Kardinal ernannt werden.« Lorenzo grinste und streckte seine Arme aus.

»Doch Politik und Ambitionen können mir jetzt gestohlen bleiben. Ich werde auf dem Eis rutschen. Wollen wir um die Wette laufen?«

Ginevra verschwendete gar nicht erst die Zeit für eine Antwort. Sie streckte ihre Arme, drückte sich von der Mauer weg und glitt dann mit kreisenden Armen unsicher wackelnd die tiefen Spuren entlang, die ein Karren auf dem Weg hinterlassen hatte.

»Das ist unfair!« rief Lorenzo und schlitterte hinter ihr her.

Kurze Zeit später landeten sie beide in derselben Schneewehe, lachend spuckten sie den Schnee aus, der ihnen in die offenen Münder fuhr, und brachen darüber in noch größeres Gelächter aus. Ginevra zeigte auf Lorenzos Wachen, die auf unsicheren Beinen und immer wieder hinfallend versuchten, ihnen zu Hilfe zu eilen, und ein neuer Lachanfall erschütterte die beiden. Sie konnten sich nicht erinnern, jemals so gelacht zu haben.

Wie glücklich ich doch bin, jubilierte Ginevra. Es ist unser Geburtstag. Ich bin neunzehn Jahre alt, Lorenzo ist dreiunddreißig, und wir haben genausoviel Spaß wie die Kinder. Ja, noch mehr, denn wir wissen, wie selten diese Augenblicke sind... und wie wenige Tage ihn die Gicht nicht plagt.

Lorenzo half ihr hoch, dann klopften sie sich gegenseitig

den Schnee ab. Sie steuerten auf ihr Ziel zu, Bertoldos Schule und Skulpturengarten. Wie sie gehofft hatten, nutzte der alte Mann den Schnee dazu, seine neun Schüler im Modellieren von Skulpturen zu unterweisen. Die Schüler fertigten Nachbildungen der antiken Marmorfiguren an, die Lorenzo im Garten hatte aufstellen lassen.

»Um der Liebe Gottes willen, erzähl Bertoldo bloß nicht, daß du Donatellos Judith deinen Hut aufgesetzt hast«, flüsterte Lorenzo, als sie sich dem ältlichen Bildhauer näherten.

Sie schauten zu, in welcher Geschwindigkeit eine Schönheit entstand, die ebenso schnell wieder der Vergänglichkeit preisgegeben sein würde, und blieben, bis die länger werdenden Schatten den Schnee ganz blau färbten. Dann gingen sie heim.

Als ob sich der Winter mit diesem unverhofften Schneetreiben erschöpft hätte, wurde das Wetter nun frühlingshaft. Jeden Tag sagten die Menschen: »Das kann nicht so bleiben, wir sollten es besser genießen, solange wir können.« Doch das Wetter hielt sich. Anfang Februar waren die Hügel um Florenz von hauchzartem frischen Grün überzogen.

Die Künstler kamen aus Rom zurück und priesen die milde Witterung, die ihnen das Reisen ermöglicht hatte.

»Du kannst dir nicht vorstellen, wir glücklich ich bin, zu Hause zu sein«, meinte Sandro Botticelli zu Ginevra. »Erzähl mir den neuesten Tratsch! Lorenzos Briefe waren beklagenswert dürftig, immer ging es um Politik und Plato… Wo steckt er? Ich will ihn mit seiner großen Romanze aufziehen. Glücklicherweise habe ich noch andere Freunde, die mir in ihren Briefen Neuigkeiten mitgeteilt haben, die eher nach meinem Geschmack waren als seine Nachrichten. Ich glaube, ich sollte ihm eine Brille empfehlen. Mein Freund sagte, die berühmte Luisa sei ein richtiges Mauerblümchen.«

»Er ist bei der Signoria«, erwiderte Ginevra, »und wird wahrscheinlich jede Minute zurückkommen. Er weiß, daß man heute mit eurer Rückkehr rechnet, und hat mir aufgetragen, für diesen Abend ein besonderes Essen zu arrangieren. Gigi hat ein Willkommenslied geschrieben, und ich spiele die

Begleitung dazu. Es hat mehr als dreißig Strophen; rechnet also gar nicht erst damit, früh ins Bett zu kommen.

Und, Sandro, geh bitte nicht zu ruppig mit Lorenzo um. Er leidet. Madonna Lucrezia ist schrecklich krank.«

»Was hat sie denn? Kann ich sie sehen?«

»Ja. Sie möchte dich sehen. Aber sei gefaßt auf das, was dich erwartet. Sie liegt im Sterben, Sandro… Verzeih mir, ich weine schon wieder, und ich versprach ihr doch, es nicht zu tun. Das einzige, was ihr Sorgen bereitet, ist die Tatsache, daß wir alle so unglücklich sind.« Ginevra legte sich die Hand auf die Lippen, unfähig, weiterzusprechen.

»Das sieht ihr ähnlich«, sagte Botticelli. »Mammina. Ich werde sie besuchen und ihr schockierende Geschichten über Rom erzählen. Ich werde selbst darüber lachen.« Er wischte sich die Tränen aus den Augenwinkeln und schenkte ihr ein breites Lächeln. »Wenn es sein muß, bin ich zu allem fähig, solange es sie nur glücklich macht… Ich weiß schon, was das beste ist. Ich werde Lucrezia um etwas Eßbares bitten,… und ich werde es sogar essen.«

Am 25. März, kurz nach Sonnenaufgang des ersten Tages im neuen Jahr, starb Lucrezia de' Medici friedlich im Schlaf. Die Kirche von San Lorenzo war zu klein für all die Menschen, die sie geliebt hatten und gekommen waren, um sie zu betrauern.

Lorenzo war so gefaßt, daß es Ginevra beunruhigte. Persönlich nahm er die Beileidsbekundungen der ganzen Trauergäste entgegen, eigenhändig beantwortete er jedes Kondolenzschreiben, tröstete die Kinder, komponierte ein Klagelied und entwarf das Denkmal, in das es eingraviert werden sollte, suchte einen Standort dafür aus und entschied sich für die Herberge, die Lucrezias bevorzugtes Wohltätigkeitsprojekt gewesen war. Er wählte einen Architekten aus, der die Herberge in ihrem Namen umbauen und vergrößern sollte. Und all dies leistete er neben dem, was er sonst noch regelmäßig für die Republik tat. Ginevra kam er wie ein Fremder vor.

Bis zu dem Tag, an dem sie auf sein Arbeitszimmer bestellt wurde. Er saß an seinem Schreibtisch, vor ihm lag eine Unmenge Papier. Als er aufschaute, stand ihm der Schmerz, den er so lange versteckt gehalten hatte, in den Augen. »Hier, Mamminas Nachlaß«, sagte er. Er reichte ihr ein zusammengefaltetes, mit Schnüren zugebundenes Pergament. »Sie hat dir Morba überschrieben. Das ist die Urkunde.« Seine Hand zitterte.

»Nein«, sagte Ginevra. Sie glaubte, daß er verletzt war, weil Lucrezia ihr und nicht ihm die Bäder anvertraut hatte. Seine nächsten Worte bewiesen jedoch, daß sie damit unrecht hatte.

»Du mußt es annehmen, Contadina. Hör dir an, was sie gesagt hat.« Er las ihr aus dem Dokument auf dem Schreibtisch vor; wie seine Hand zitterte auch seine Stimme. »Ich hinterlasse Ginevra della Vacchia die Schwefelbäder von Morba in der Hoffnung und im Vertrauen darauf, daß sie meinen Sohn davon überzeugen wird, dorthin zu gehen und seine Gebrechen behandeln zu lassen…«

Lorenzo versuchte ein Lächeln. »Ich sehe sie jetzt wieder ganz deutlich vor mir. Wie hat sie die Ärzte gehaßt! Erinnerst du dich noch daran, wie sie immer ihre Hände zu kleinen Fäusten zusammenballte und wütend herumfuchtelte, wenn sie von ihnen sprach? Das läßt sie so lebendig werden… Ach, Ginevra, ohne sie herrscht in meinem Leben eine solche Leere!«

Hilfesuchend blickte er sie an. In seinem Gesicht spiegelte sich echte Verzweiflung.

»Ich weiß«, sagte sie. »Ich weiß.« Sie ging zu ihm hinüber, nahm ihn in die Arme und legte seinen Kopf gegen ihre Brust.

Lorenzo schlang die Arme um ihre Hüfte und drückte sie fest an sich. Sein Kopf lastete schwer auf ihr. Dann begann er zu weinen.

Ginevra wiegte ihn sanft hin und her, fuhr ihm liebkosend mit den Fingern über das Haar und strich die Strähnen aus seinen Augen und von seinem Mund zurück. Seine Tränen benetzten ihr Kleid, durchtränkten es, fühlten sich ganz warm an auf ihrem Herzen. Eine jähe Freude mischte sich in den Schmerz, den sie mit ihm teilte. Das ist alles, was ich je gewollt oder gebraucht habe, dachte sie bei sich: ihn zu lieben und spüren, daß auch er von mir geliebt werden will.

Als Lorenzos bebender Atem zu einem erschöpften Seufzen geworden war, nahm Ginevra sein Gesicht in ihre Hände und drehte es zu sich hoch. »Schlaf jetzt«, flüsterte sie. Mit den Daumen schloß sie seine Lider und küßte sie.

Leise verließ sie das Zimmer, den Geschmack von Salz auf ihren Lippen, den die Tränen hinterließen, die sich in seinen Wimpern verfangen hatten.

45. KAPITEL

Wie wird er heute sein? Mit dieser Frage wurde Ginevra wach. Was wird er sagen? Was soll ich sagen, wie soll ich mich verhalten, jetzt, wo alles ganz anders geworden ist?

Sie tanzte vor Glück, als sie aus dem Bett stieg, summte vor sich hin, während sie sich wusch, lachte in sich hinein, als sie ihre Haut mit dem Duftöl einrieb, das jetzt seit über einem Jahr unangebrochen dagestanden hatte.

Dann stand sie vor ihrem Kleiderschrank, und alle Fröhlichkeit schwand dahin.

Was soll ich nur tragen? Einen Lucco, um ihm zu verstehen zu geben, daß ich immer noch sein Kamerad bin? Wir könnten ja reiten gehen, vielleicht zu den Höfen hinaus oder zu einer der Villen. Oder soll ich meine geflickte Gamurra anziehen, die ich sonst immer trage, wenn ich mich verkleide? Darin würde ich wie eine richtige Contadina aussehen. Das könnte ihm gefallen. Oder vielleicht möchte er, daß ich mich schönmache, um die letzte Nacht zu feiern.

Sie hielt die Hände an die Stelle ihrer Brüste, an der Lorenzos Kopf geruht hatte, und wiegte ihren Körper hin und her, genauso, wie sie ihn gewiegt hatte.

Dann holte sie ihre mit Rosen bestickte Cioppa aus dem Fach, schüttelte sie aus und hielt sie gegen das Licht, um sich an den schimmernden Farben des Seidenstoffes zu erfreuen.

Nein, entschied sie abrupt. Ich werde mich anziehen wie immer und den Lucco tragen. Keiner braucht zu wissen, daß heute ein besonderer Tag ist. Es kann unser Geheimnis bleiben. Aber in Frauenkleidung würde ich natürlich hübscher aussehen.

»Clarissa«, entfuhr es ihr laut. Der Klang ihrer Stimme ließ sie aufschrecken. Sie legte sich die Hand auf den Mund.

Ginevra hatte Clarissa noch nie gemocht, dachte nur selten an sie und sah sie so gut wie nie. Clarissa lebte ihr eigenes Leben, und in Ginevras Vorstellung war sie ganz mit der Welt ihrer Freundinnen und den Gesprächen über das Kinderkriegen und das faule Dienstpersonal und neue Kleider zufrieden. Sie hatte Clarissa und ihre Welt immer als unwichtig abgetan und nahm sie nicht weiter ernst.

Doch Clarissa war immerhin Lorenzos Frau. Sie und ihr Stolz hatten ein Recht darauf, respektiert zu werden.

Ginevra warf die festliche Cioppa auf das Bett und griff sich einen Lucco aus dem Schrank. Alles mußte so scheinen wie immer. Sie und Lorenzo waren befreundet und sonst nichts.

Bevor sie sich anzog, wusch sie das Duftöl wieder ab.

»Das glaube ich nicht«, sagte Ginevra.

»Aber ja doch, Donna. Er ist heute früh mit Piero und seinem Lehrer weggeritten. Ich glaube, er sagte, sie wollten die Verwandten in Castello besuchen.«

Ginevra entließ den Tafelmeister und starrte auf ihren Frühstücksteller. Falsch. Sie hatte sich geirrt. Sie hatte unrecht mit dem, was sie gedacht hatte, hatte das Falsche getan.

Das hast du doch schon einmal durchlitten, sagte sie sich. Du willst etwas, das du nicht haben kannst, wiegst dich selbst in dem Glauben, daß dein Wunsch genügt, um die Dinge so werden zu lassen, wie du sie gerne haben willst. Du kommst darüber hinweg. Du mußt einfach darüber hinwegkommen. Und du hast es schon einmal geschafft.

Sie rührte das Essen nicht an, würde später essen, und zwar die eigenen Lebensmittel aus La Vacchia. Und nachdem sie sich davon überzeugt hatte, daß in der Villa alles zu ihrer Zufriedenheit lief, würde sie nach Morba gehen und in Erfahrung bringen, wofür sie da verantwortlich war.

Und danach wäre genug Zeit verstrichen, um Lorenzo wieder in Freundschaft zu begegnen.

46. Kapitel

»Warum läßt du die Akademie nicht in deiner Villa in Fiesole zusammenkommen?« fragte Ginevra Lorenzo eines Tages. »Marsilio setzt nie einen Schritt aus seinem kleinen Haus, und eine Veränderung würde ihm guttun.«

»Der wird sich nie ändern«, erwiderte Lorenzo. »Keiner von ihnen wird sich ändern. Mein Großvater hat die Akademie ins Leben gerufen, und er gab das Haus Ficino, damit er einen Platz zum Leben hatte, während er an seiner Übersetzung Platos arbeitete. Sie haben sich schon dort getroffen, als ich noch ein Junge war; es ist das Haus der Akademie. Nur eine Explosion oder Schlimmeres könnte daran etwas ändern.«

Die Explosion kam im Mai.

Sie hieß Pico della Mirandola.

»Es war ein Omen«, meinte Marsilio Ficino. Gerade war er mit der Übersetzung fertig geworden, an der er jetzt über zwanzig Jahre gearbeitet hatte, da meldete ihm sein Diener, daß ein junger Gelehrter an der Tür stehe und nach ihm verlange.

Pico war ein Phänomen. Er fügte den Lehrsätzen des Neoplatonismus, die er in ihrer ganzen Komplexität beherrschte, neue, erweiterte und ausgefeilte Theorien hinzu, die auf seinen Studien östlicher Religionen, des Okkulten und der hebräischen Kabbala beruhten. Er hatte sich selbst Hebräisch beigebracht, und das war nur eine der zweiundzwanzig Sprachen, die er beherrschte.

»Ich muß ihn unbedingt malen«, meinte Sandro Botticelli. Und alle anderen Künstler in Florenz äußerten den gleichen Wunsch.

Pico war die ideale Verkörperung junger Männlichkeit. Sein wallendes Haar hatte einen golden schimmernden Farbton, seine Augen waren so blau wie der Himmel über der Toskana. Er hatte einen geschmeidigen Körper von vollendeten Proportionen und ein schönes, ebenmäßiges Gesicht, das von seinem sprühenden, sein ganzes Wesen beherrschenden und stets wachen Intellekt durchleuchtet wurde.

»Er ist ein Heiliger«, meinten die Bürger von Florenz. Seiner Männlichkeit, seiner Muskelkraft und seiner Schönheit zum Trotz lebte Pico wie im Zölibat. Er verdammte das freizügige Leben um ihn herum nicht, aber er nahm auch nicht daran teil. Er war nicht hinter den Frauen her wie alle anderen und hatte auch keine lockeren homosexuellen Beziehungen wie die meisten.

»Er gleicht einem Kometen«, sagte Lorenzo, »und erfüllt die Welt mit Licht und Aufregung.« Lorenzo war fasziniert vom Genie Picos und stellte ihm sofort einige Zimmer im Medici-Palast zur Verfügung.

Er ist mein phantastischer neuer Freund, dachte Ginevra. Wie alle anderen auch war sie von Picos Verstand fasziniert. Doch am besten gefiel ihr, daß er erst neunzehn war und noch etliche Monate jünger als sie. Das erste Mal in ihrem Leben hatte sie einen Gefährten in ihrem Alter.

Pico hatte Interesse an allem; seine Intelligenz war schier grenzenlos. Ginevra nahm ihn mit, um ihn Leonardo da Vinci vorzustellen, und Pico teilte ihren Enthusiasmus über Leonardos Erfindungen und Ideen. Sein Fluggerät, erklärte Pico, würde eine Reise durch die Berge unermeßlich erleichtern, und Leonardos Plan, den Arno zu begradigen, sollte seiner Meinung nach umgehend in die Praxis umgesetzt werden. Die Stadt würde dadurch geometrisch viel ansprechender, und darüber hinaus wäre damit ein Abriß der häßlichsten Bauwerke von Florenz verbunden.

Doch Picos Unterstützung zum Trotz lachte jeder, Lorenzo inbegriffen, über da Vincis Erfindungen. Pico hatte jedoch dort Erfolg, wo er Ginevra versagt geblieben war: Er konnte Lorenzo dazu überreden, dem Künstler eine gewisse Förderung zukommen zu lassen. Ludovico Sforza hatte Lorenzo gebeten, ihm einige Talente aus der Fülle begnadeter Geister dieser Stadt zu schicken. Lorenzo beauftragte Leonardo damit, eine weitere Laute in Gestalt eines Pferdekopfes anzufertigen, dieses Mal in Silber.

»Ich kann nicht behaupten, daß dieser Erfinder ein Künstler ist, aber ich habe mich selbst von seiner Meisterschaft als Musiker überzeugt. Wenn Lodovico die Laute sieht, die ich ihm schenken werde, soll der Herzog von Mailand selbst entscheiden, wie groß Leonardos Talente als Künstler sind. Ich lasse ihm die Laute mit einem Begleitbrief zusammen zukommen, indem ich da Vincis Musik preise. Beides kann ihm Leonardo überbringen.«

Die Laute und der Musiker waren nur zwei der vielen Geschenke, die Lorenzo nach Mailand schickte. Die Allianz mit Sforza war lebenswichtiger geworden denn je. Girolamo Riario, der Neffe des Papstes, griff Ende April mit Unterstützung Venedigs Ferrara an.

Im Mai erklärte er dem kleinen Stadtstaat im Namen der Allianz aus Venedig, Genua, Siena und seinem eigenen Staat Imola den Krieg. Rom stand durch seine Verwandtschaft mit Papst Sixtus stillschweigend auf seiner Seite.

Lorenzo hatte sich auf die Gefahr vorbereitet. Er brachte eine Opposition gegen Riario zusammen, zu der sich Florenz mit Mailand und Neapel verbündete. Als Repräsentanten von Florenz stellte er eine Armee in seinen Dienst, die von Costanza Sforza geführt wurde, einem Verwandten des Herzogs von Mailand.

Dann konnte er nicht viel mehr tun, als einen unablässigen Austausch an Depeschen zwischen den Verbündeten und den im Norden kämpfenden Armeen aufrechtzuerhalten und die Sorgen der Signoria und der Bürger der Republik zu besänftigen.

Trotz seiner immer wieder aufflammenden Gichtanfälle war er in diesem Sommer viel auf Reisen. In jeder der der Republik unterstehenden Städte veranstaltete er Festessen für die örtlichen Regierungsbeamten und Geschäftsleute und nahm an den Feiern und den öffentlichen Vergnügungen der normalen Bürger teil.

»Du wirst dich um die Karnevalsvorbereitungen kümmern müssen«, sagte er Ginevra. Überglücklich willigte sie ein. Pico würde ihr helfen, und sie hatte sich etwas ganz Besonderes vorgenommen.

Pico war von Florenz genauso begeistert wie die Stadt von ihm. Am allermeisten beeindruckten ihn die Vielfalt und die Fülle im Bereich der Kunst. Die letzten zehn Jahre hatte er in Universitäten zugebracht. Mit fünfzehn absolvierte er in Bologna die Abschlußprüfung in Gesetzeskunde. Danach wanderte er auf der Suche nach Wissen von einer Institution zur nächsten. Er war in Sprachen, Dichtkunst, Geschichte, Philosophie und Theologie gebildet. Jetzt konnte er sein Sehen und seinen Tastsinn ausbilden.

Ginevra führte ihn von einem Atelier zum nächsten, machte ihn mit allen Kunstmalern, Bildhauern, Gold- und Silberschmieden, Holzschnitzern und Töpfern bekannt. Sie zeigte ihm auch die Schätze in den Kirchen und Kapellen, auf den Straßen und Piazzas, im Palast der Medici und in La Vacchia. Picos Enthusiasmus und seine Neugier fanden einfach kein Ende.

»Mögen mich die Engel vor ihm verschonen«, stöhnte Andrea del Verrocchio. »Dein Freund ist genauso anstrengend wie du, Ginevra. ›Wie macht ihr dies?‹ und ›Warum macht ihr das?‹ und ›Laß es mich mal versuchen!‹ Das ist ja wie früher mit dir.«

Doch Andrea freute sich darüber, von dem jungen Genie behelligt und bewundert zu werden, das für ganz Florenz ein Idol war. Pico war sofort einverstanden, am Karnevalswagen mitzuarbeiten.

Lorenzo kam gerade rechtzeitig zum Karneval von einem Besuch in Pisa zurück. »Ist der Wagen fertig?« wollte er wissen. »Für welches Thema habt ihr euch denn am Ende entschieden? Andrea zufolge habt ihr euch seit meiner Abreise stündlich etwas anderes überlegt.«

Ginevra und Pico tauschten ein verschwörerisches Grinsen aus. »Genieße einfach die Feierlichkeiten, Lorenzo«, sagte sie. »Du wirst überrascht sein.«

Die Überraschung kam, Stunden bevor der Wagen enthüllt wurde. Morello, Lorenzos Rennpferd, hatte mit der als Knappe verkleideten Ginevra den Palio gewonnen.

In der ganzen Geschichte von Florenz war es das erste Mal,

daß ein Gewinner disqualifiziert wurde. Selbst mit einer neuen Frisur und in ihrer Verkleidung war Ginevra in der Stadt viel zu bekannt, als daß sie als Mann hätte durchgehen können. Und die Teilnahme einer Frau am Palio war undenkbar.

Lorenzo tat gar nicht erst, als sei er wütend auf sie. »Du hast mein Ansehen und das des Hauses Medici mit dem größten Triumph meines Lebens geschädigt«, sagte er lächelnd. »Morello soll für den Rest seiner Tage so viel Zucker haben, wie er nur will, und du, meine teuflische Contadina, du sollst alles bekommen, was du haben möchtest. Was wird es sein?«

»Ich habe bereits alles, was ich mir wünsche«, erwiderte Ginevra. Es entsprach tatsächlich fast der Wahrheit.

Picos Entwurf für den Wagen war so ausgeklügelt und steckte so voller hochgebildeter Metaphorik, daß kein Mensch in ganz Florenz seine Bedeutung verstand. Daher galt er weithin als der beste.

»Ganz im Vertrauen«, murmelte Lorenzo Ginevra zu, »ich habe keine Ahnung, was es darstellen soll.«

»Ich auch nicht«, lachte Ginevra, »und ich war dabei, als Pico das ganze Andrea erklärt hat, und habe heftig dazu genickt.«

Von allen Künstlern wurde Sandro Botticelli Picos engster Freund. Sandro war ein glühender Verfechter des Neoplatonismus, und er verstand besser als alle anderen, was Pico so schnell und unter abenteuerlichen Gedankensprüngen über die Lippen sprudelte.

»Er ist wie ein Feuerwerk«, meinte der Künstler. »Paff, paff, paff, paff, ein Wort folgt dem anderen, die Worte purzeln förmlich übereinander, seine Ideen schießen alle auf einmal in prachtvollen Explosionen nach allen Seiten davon... Ich wundere mich, daß dieser schöne Kopf dabei nicht zerplatzt.«

Botticelli begann gerade mit der Arbeit an einem großen Gemälde, das Lorenzo für die Villa seines jungen Cousins in Auftrag gegeben hatte. »Die Geburt der Venus« war das Thema. Pico kündigte an, daß er Sandro dabei assistieren wolle. »Während du malst, werde ich dir alles über Venuskulte erzählen, und natürlich über die noch interessantere Verehrung, die man Aphrodite entgegenbrachte. Das wird dir eine Hilfe sein.«

Sandro kicherte. »Ich werde dir zeigen, wie das Eiweiß vom Eigelb getrennt wird, welche Pigmente man mit dem Eiweiß mischt und welche im Eidotter fixiert werden. Dann können wir beide arbeiten, während du redest.«

Pico stand Modell für einen der Zephyre, von denen die Muschel, die die Venus trug, ans Ufer geblasen wurde.

Ginevra mischte die Farben. »Genies«, meinte sie lachend, »scheinen mit ihren Fingern nicht viel anfangen zu können. Pico war so mit seiner Erzählung beschäftigt, daß er die Eier in der Hand zerquetscht hat.«

Sie war froh, sich an einem Projekt wie diesem beteiligen und dadurch bei einer Sache mitmachen zu können, die sie vereinnahmte und ihr Freude bereitete. Lorenzo war mit einer neuen Liebesaffäre beschäftigt. Er verstieß gegen alle Ausgangssperren und brach alle Regeln des gesunden Menschenverstandes, indem er jede Nacht zur Villa der Bartolommea dei Nasi hinausritt und erst bei Anbruch der Dämmerung zurückkehrte. Mit zunehmender Kälte wurde das Murren der Wachen immer vernehmlicher, denn während Lorenzo sich seinen Liebesabenteuern widmete, mußten sie unweigerlich im Freien warten.

47. KAPITEL

Kurz nach Neujahr wurde *Die Geburt der Venus* an ihrem Platz in Castello aufgehängt. Das Wetter war so kalt, daß die Wege gefroren waren, und Lorenzo stellte einen Festzug zusammen, der den Pferdewagen, der extra für den Transport des drei Meter langen Gemäldes gebaut worden war, begleiten sollte.

In die Mähnen und Schwänze der Pferde waren Bänder eingeflochten; zu kleinen Rosetten gebundene Schleifen flatterten am Wagen und an den Ärmeln jedes Reiters. Pico ritt voran und trug ein Banner, auf das Sandro eine Prozession gemalt hatte, die der, die Pico anführte, sehr ähnlich war.

Lorenzo und Sandro folgten. Sie ritten zu beiden Seiten neben dem Wagen her und beobachteten argwöhnisch, ob der Aufbau, der das Gemälde stabilisieren sollte, den Erschütterungen auch standhielt. Der Wagen war dem geschicktesten und vorsichtigsten Kutscher der Toskana anvertraut worden.

Poliziano und Ginevra bildeten die Nachhut. Sie ließen die Kinder nicht aus den Augen. Alle waren sie dabei. Selbst Giuliano, noch keine vier Jahre alt, saß vor einer der Wachen Lorenzos in einer kleinen, extra für ihn angefertigten Sattelkonstruktion.

Als Lorenzo die Villa Castello für die Söhne Pierfrancescos umgebaut hatte, hatte er viel mehr Kamine als üblich errichten lassen. Die Jungen verbrachten fast das ganze Jahr auf der Villa statt in dem dunkleren und viel ungemütlicheren Haus in der Stadt. Als der durchfrorene Zug eintraf, brannten in allen Zimmern warme Feuer.

»Welch ein Luxus!« rief Ginevra, als sie das Feuer in der Eingangshalle erblickte. Sofort begann sie auszurechnen, wieviel Fässer Wein und Öl die Villa La Vacchia für sie abwerfen mußte, damit sie genug Geld verdiente, um auch dort zusätzliche Kamine anbringen zu lassen.

Lorenzos Namensvetter erbot sich, ihnen den übrigen Luxus Castellos zu zeigen. Er war sehr stolz darauf, Herr über ein so feines Haus zu sein.

Ginevra und Pico nahmen sein Angebot voller Ungeduld an. Sie waren beide noch nie in der Villa gewesen, und ihre überraschten Ausrufe und ihre Bewunderung zauberten ein befriedigtes Lächeln auf das Gesicht des jungen Lorenzo.

Wie seltsam, dachte Ginevra, ich hätte in diesem Haus leben und mit diesem Jungen verheiratet sein können, wenn es nicht zu der Verschwörung gekommen wäre, die Giuliano und Lorenzo das Leben kosten sollte. Wie seltsam und wie fürchterlich zugleich. Er ist nur ein Kind. Genauso alt wie ich, aber dennoch ein Kind. Ganz gleich, wie viele Kamine das Haus besitzt und über welchen anderen Luxus es sonst noch verfügen mag, es wäre ein elendes Leben geworden.

Sie hatte den jungen Lorenzo bisher nur bei großen Familienfeiern zu Gesicht bekommen; jetzt war es das erste Mal, daß sie überhaupt mit ihm sprach. Sie beschloß, daß sie ihn mochte – solange sie ihn nicht heiraten mußte.

Im weiteren Verlauf des Tages wuchs ihre Zuneigung sogar noch. Obwohl er die guten Manieren eines Gastgebers besaß, war es für Ginevra offensichtlich, daß er Piero, Lorenzos ältesten Sohn, nicht mochte. Auch Ginevra war Piero unsympathisch.

Sie versuchte, irgend etwas Liebenswürdiges an ihm zu finden, aber es war ihr einfach unmöglich. Er war nicht besonders intelligent. Giovanni, noch keine sieben Jahre alt, war in seinen Studien weiter als der fast fünf Jahre ältere Piero. Schlimmer war noch, daß Piero so gar keinen Charme besaß. Ginevra konnte nicht begreifen, wie es nur sein konnte, daß irgendein Kind von Lorenzo eine Qualität, die er selber so überreichlich besaß, überhaupt nicht aufwies.

Die anderen Kinder waren jedes auf seine Weise entzükkend. Giulio hatte Ginevra am meisten ins Herz geschlossen, doch sie gab zu, daß sie ihm gegenüber voreingenommen war. Er war das erste Baby gewesen, das sie je in ihren Armen gehalten hatte; sie spürte für ihn auch eine besondere Fürsorglichkeit. Er war jetzt alt genug, um zu wissen, daß er eigentlich nicht zu Lorenzos Kindern gehörte, auch wenn Lorenzo ihn als seinen Sohn bezeichnete. Ginevra hätte wetten mögen, daß Piero es gewesen war, der Giulio erzählt hatte, er sei ein Bastard. Das sähe ihm ähnlich.

Wie Ginevra nicht entging, hatte Giovanni, der jüngere Bruder Lorenzos, ebenfalls nicht viel für Piero übrig. Sie lächelte ihn an und dachte, wie froh sie doch über seine Verlobung mit Luisa war. Unter den Mädchen war Luisa ihr Liebling.

Als das Gemälde aufgehängt war, man darauf angestoßen und Sandro beglückwünscht hatte und auch Pico ein Kompliment dafür gemacht worden war, daß er einen so hervorragenden Zephyr abgab, begannen die üblichen wilden Spiele. Es dauerte nur Minuten, dann hatten die Kinder alle Erwachsenen dazu gebracht, sich wie Lorenzo zu benehmen, miteinander zu ringen oder Fangen zu spielen oder als Reitpferde zu dienen. Selbst die Söhne Pierfrancescos vergaßen ihr würdevolles Auftreten als Gastgeber und stellten sich bei einem Wettkampf, den Lorenzo zwischen zwei alters- und kräftemäßig sorgfältig ausbalancierten Mannschaften organisierte, als Pferde zur Verfügung.

Botticelli, der von Contessina mit Fußtritten und Schreien zu größerer Schnelligkeit angetrieben wurde, erklärte schließlich, daß er nicht mehr weiterspielen könne. »Noch fünf Minuten, und ich habe in Zukunft so viel Mitgefühl mit Pferden, daß ich dazu verdammt sein werde, für den Rest meines Lebens zu Fuß zu gehen.«

Dem Protestgeschrei der Kinder zum Trotz meinte Lorenzo, es sei Zeit, sich auf den Heimweg zu machen.

Ohne den Pferdewagen ritten sie viel müheloser und schneller in die Stadt zurück. Als sie am Tor von San Gallo anhielten, drehte sich Lorenzo, der gerade mit den Wachen über ihre Arbeit und die Kinder sprach, im Sattel um und grinste. »Was haltet ihr jungen, ungezogenen Strolche denn von einem Abenteuer?«

Das Jubelgeschrei ließ die Menschen um sie herum über die große glückliche Familie lächeln.

»Na gut«, sagte Lorenzo. »Dann werden wir noch nicht nach Hause zurückkehren, sondern uns ein frühes Essen in der Trattoria gönnen.«

Die Kinder waren ganz außer sich vor Begeisterung. Keines hatte jemals eine Gastwirtschaft besucht.

Die Herberge von San Gallo war ein langgestrecktes, zweistöckiges, mit dem Kloster verbundenes Gebäude, das direkt neben dessen Eingangspforte lag. Ursprünglich hatte sie Reisenden, die die Stadt nach Sonnenuntergang bei geschlossenen Stadttoren erreichten, als einfache Unterkunft gedient. Doch als Lorenzo sie zum Andenken an seine Mutter umbauen ließ, war sie vergrößert und verbessert worden. Jetzt verfügte sie über gemütliche Zimmer anstatt der großen Schlafsäle und hatte einen Speiseraum, in dem tagsüber an jeden bedürftigen Bürger von Florenz Mahlzeiten ausgegeben und darüber hinaus die in der Herberge übernachtenden Reisenden verköstigt wurden.

Der Gebäudekomplex war erst vor ein paar Monaten eröffnet worden, doch es hatte sich bereits herumgesprochen, es dort das beste Essen aller florentinischen Trattorias gab. Viele Florentiner kamen zum Abendessen her. Das Restaurant wurde von einer Familie geführt, die am Gewinn beteiligt war. Lorenzo, der ihnen diese Arbeit vermittelt hatte, wurde von ihnen begrüßt, als sei er Zeus persönlich.

Es dauerte keine Minute, da hatten sie alle Tische so zurechtgerückt, daß mitten in Raum ein großer Tisch stand, drumherum viel Platz nach allen Seiten. Bald befand sich ein weißes Tischtuch darauf, auf den Bänken lagen Kissen, und an allen vier Ecken standen bauchige Flaschen mit Wein.

»Ausnahmsweise ist an den Gerüchten etwas dran«, sagte Sandro eine Stunde später. »Das Essen ist hervorragend.«

»Ich finde, es ist besser als zu Hause«, pflichtete Maddalena bei. »Können wir hier jeden Tag herkommen, Vater?«

»Nein, das können wir nicht«, erwiderte Lorenzo. »Und erzählt den Köchen besser nicht, was ihr gerade gesagt habt, sonst bekommt ihr wochenlang nur noch Wasser und Brot… Los jetzt, wascht euch Hände und Gesicht und sagt dem *Pa-*

drone, wie sehr euch das Essen geschmeckt hat. Es ist fast dunkel. Wir sollten uns beeilen.«

Während sich die Kinder um den Wirt und dessen Frau drängten, schenkte sich Lorenzo einen Becher Wein ein. »Agnolo..., Ginevra..., bringt ihr die Kinder nach Hause? Ich werde noch ein Weilchen dableiben und herausfinden, wie die Herberge so läuft. Sandro..., Pico..., ihr könnt gehen oder bleiben, ganz wie ihr wollt.«

Sandro griff nach dem Wein. »Ich könnte mich glatt überreden lassen, noch etwas zu essen.«

Pico sagte, daß er gehen würde. Er mußte noch etwas schreiben, und Landluft inspirierte ihn immer zu neuen Ideen.

Die Kellnerin brachte Sandro noch mehr *Osso buco*. Lorenzo winkte ab, als sich die Kelle seiner Schale näherte. Mit den Fingern drehte er seinen Becher hin und her, trank aber nichts. Er ließ das sich entfernende Mädchen nicht aus den Augen.

Sandro grinste. »Eine neue Flamme, Lorenzo? Was ist denn aus der faszinierenden Bartolommea geworden?«

Lorenzo verzog das Gesicht. »Verspotte mich nicht, Sandro. Ich bin mit meinen schmerzenden Knochen genug für diese Torheit bestraft. Manchmal frage ich mich, ob die Gicht neben meinen Beinen nicht auch meinen Kopf befallen hat.«

Botticelli kaute bedächtig, sein Blick wurde nachdenklich.

Das Mädchen reichte noch mehr nach, doch Sandro schüttelte den Kopf. »Magnifico?« fragte sie. Sie stand hinter Lorenzo, ihre Brust berührte ganz leicht seine Schulter. Sandro drehte ihr den Kopf zu und blickte sie an. Hastig trat das Mädchen zurück.

»Später vielleicht«, sagte er. Die Kellnerin errötete heftig und entfernte sich.

Lorenzo drehte sich auf der Bank um. Mit verärgertem Gesicht sah er seinen Freund an. »Du unterstellst zuviel, Sandro.«

Botticelli lachte. »Ich dachte, da gäbe es keinen Zweifel.«

Sein Scherz konnte die gespannte Stimmung zwischen ihnen nicht lockern. Der Künstler zuckte die Achseln, schwang seine Beine über die Bank und erhob sich. »Ich habe das Gefühl, ich gehe jetzt wohl besser nach Hause.«

Er wollte sich gerade seinen Mantel zurechtrücken, da hielt er plötzlich inne und warf ihn über die Bank.

»Hör mir mal zu, Lorenzo!« Er setzte sich wieder hin und senkte seine Stimme, damit nur Lorenzo ihn verstehen konnte. »Vergiß deinen Ärger. Du solltest wissen, daß ich dich liebe wie einen Bruder. Ich muß dir etwas zeigen, und ich habe jetzt lange genug damit gewartet.«

Lorenzos Neugier war größer als seine schlechte Laune. »Ich hoffe, daß es sich dabei um etwas sehr Interessantes handelt, du aufdringliches Großmaul.«

Sandro nickte. »Wir werden sehen.« Er stand auf und ging mit schnellen Schritten zum Kamin. Er kratzte einen halbverbrannten Stock heraus; drei kräftige Atemstöße, und die Flamme war erloschen. Dann setzte er sich wieder hin, schob das Geschirr zur Seite und begann, mit dem schwelenden, verkohlten Ende des Stockes etwas auf das weiße Tischtuch zu zeichnen.

Sofort war der Konflikt vergessen. Lorenzo rückte näher an ihn heran.

»Nun, mein Freund, sag mir, wer das ist.« Botticellis Hand bewegte sich mit ausladenden Strichen. Ein Gesicht blickte vom Tisch herauf.

»Die Kellnerin«, antwortete Lorenzo. »Bravo, Sandro. Ich lasse das Tuch aufziehen und einrahmen. Es wird ein gutes Geschenk abgeben.« »Er griff nach dem Portrait, aber Botticelli gebot seinem Arm mit dem Stock Einhalt.

»Warte, mein Freund«, sagte er. »Der Künstler ist noch bei der Arbeit.« Acht Striche, und wie durch Zauberhand lag ein zweites Portrait vor ihm. »Die erlauchte Bartolommea.« Mit der linken Hand beförderte Sandro das Geschirr auf den Boden. Noch während es klirrte, zeichnete er auf den Teil des Tischtuches, den er gerade freigeräumt hatte, ein weiteres Gesicht. »Madonna Luisa Felceroccia«, sagte er.

Botticelli war aufgestanden und machte für drei weitere Gesichter Platz. Er skizzierte sie so schnell, daß Lorenzos Augen seinen Bewegungen kaum folgen konnten.

»Die Witwe des Bauern von unserem Jagdausflug im letzten Sommer; die Hure, die du so oft besuchst; die Frau dieses Mannes, den du kürzlich in den Haushaltsausschuß berufen hast.« Jedes Mal, wenn Sandro eines der Portraits identifizierte, klopfte er mit dem Stock darauf. »Du erinnerst dich doch an sie, oder?« Er grinste Lorenzo an. »Die letzten Monate warst du ganz schön beschäftigt, Magnifico.«

Lorenzo zuckte die Achseln. Er runzelte die Stirn, aber sein breiter, dünner Mund zitterte. Er unterdrückte ein Lachen. »Ich bin nur ein Mann wie jeder andere auch«, meinte er dann sanft. »Glücklicherweise begleitest du mich nicht öfter auf meinen Reisen, sonst brauchten wir ein größeres Tischtuch.«

Botticelli hob die Hand, um seine Aufmerksamkeit zu bannen. »Jetzt schau dir mal das hier an, Lorenzo«, sagte er. Er lachte nicht.

Mit dem Daumen berührte er das Portrait der Prostituierten, verwischte den Umriß ihres Kinnes, zeichnete einen Schatten neben die Nase. Dann bewegte er sich zum nächsten Gesicht, machte es etwas weicher, konturierte es, gab ihm mehr Tiefe. Dann ging er zum danebenliegenden Portrait über, zu dem daneben und noch eins weiter. Lorenzo gab ein knurrendes Geräusch von sich. Botticellis Hand schwebte über dem Gesicht Luisa Felceroccias.

»Hör auf!« befahl Lorenzo und packte Sandro am Handgelenk.

»Ich bin fertig«, sagte Sandro ruhig. »Du siehst, mein Freund, daß es beim letzten Portrait das gleiche wäre.« Die Portraits auf dem Tischtuch waren durch die winzigen Veränderungen, die der Daumen des Künstlers bewirkt hatte, wie verwandelt. Jetzt zeigten sie unterschiedliche Aspekte ein und derselben Frau: Ginevras Gesicht in sechsfacher Ausfertigung.

»Ich begreife das nicht.« Lorenzo schüttelte heftig den Kopf. »Das ist irgendein Trick.«

»Kein Trick. Nur deine Blindheit. Du besitzt nicht das Auge eines Künstlers. Das verwunderliche ist nur, daß du, ein Dichter, so wenig auf dein eigenes Herz gehört hast.«

48. Kapitel

»Warum schaust du mich so an, Lorenzo? Du machst mich nervös.« Ginevra strich sich mit den Fingern durch das Haar. »Habe ich etwas im Gesicht? Oder etwa Spinat zwischen den Zähnen?«

Lorenzo lachte gequält. »Nein, nichts. Ich dachte gerade an etwas anderes und habe eigentlich gar nicht richtig gesehen, worauf meine Augen gerichtet waren. Ich bitte um Verzeihung.«

Botticellis Enthüllung hatte bei ihm starkes Unbehagen ausgelöst. Es konnte doch nicht wahr sein, redete er sich ein, daß er Ginevra liebte. Wenn ein Mann eine Frau begehrt, dann weiß er das doch. Und das ganze unsinnige Geschwätz von Sandro darüber, daß Liebe etwas ganz anderes ist als Begehren, war doch nur, … na, eben Unsinn. Das gleiche galt für die Behauptung, er habe in den Armen dieser anderen Frauen nur nach Ginevra gesucht… So etwas Absurdes hatte er in seinem ganzen Leben noch nicht gehört. Das entsprach genau den mittelalterlich hochtrabenden, romantischen Ideen, die man von einem Mann erwarten konnte, der sich wegen des Todes einer Frau, der er nicht einmal in natura begegnet war, fast selbst zugrunde gerichtet hatte.

Das beunruhigende dabei war nur, daß auf irgendeine Weise, die sich seinem Verständnis entzog, Ginevra ihm auf einmal ganz verändert vorkam. Es war, als ob eine Fremde ihre Stelle eingenommen hätte. Sie sah nicht einmal mehr aus wie früher. Älter war sie jetzt und gar nicht mehr das immer zu Scherzen aufgelegte Kind mit seiner unwissenden Sorglosigkeit, an das er sich erinnerte. Jetzt war sie eine Frau, und ihre wenig weibliche Kleidung konnte das nur unvollkommen verbergen. Ihre Haut war sonnengebräunt wie die eines Mannes, aber sie zog sich über ein Gesicht mit sanften Konturen, bedeckte festes, weiches Fleisch…

»Laß das, Lorenzo. Starr auf die Wand, wenn du in Gedanken bist, aber nicht auf mich!«

Nach einigen Wochen war Ginevra so gereizt, daß sie sich hilfesuchend an Gigi Pulci wandte.

»Ich begreife einfach nicht, was mit Lorenzo los ist, Gigi, und es macht mich wahnsinnig. Weißt du es? Macht er sich über irgend etwas Sorgen? Hat er irgendeine Krankheit? Die Gicht ist es nicht, das weiß ich. Gott sei Dank hat er damit in letzter Zeit keinen Ärger gehabt.«

Pulci rieb sich das Kinn. Es war eine Geste, die er machte, wenn er die Antwort auf eine Frage hinauszögern wollte.

»Ha! Du weißt es also. Was ist es?« Ginevra riß ihm die massierende Hand vom Gesicht.

Gigi lachte.

»Du bekommst viel zuviel mit... Wirklich, ich weiß es nicht. Ich habe gesehen, wie er sich beim Essen dir gegenüber verhalten hat, und dachte mir, ihr müßtet euch wegen irgendeiner Sache fürchterlich in der Wolle haben. Ich hoffte, du würdest mir verraten, worum es eigentlich ging... Stimmt das, Ginevra? Ein richtiger Streit? Worüber?«

Sie schüttelte den Kopf. »Sollten wir uns gestritten haben, dann kann ich mich nicht daran erinnern, und einen Streit würde ich ganz bestimmt nicht vergessen. Eines Tages war Lorenzo ohne ersichtlichen Grund ganz anders, an mehr kann ich mich beim besten Willen nicht erinnern. Er schaute mich auf einmal an, als sei ich eine Statue, die er untersucht, um herauszufinden, ob sie in die Sammlung in Bertoldos Garten paßt. Und dann fing er an, mich zu meiden. Sogar sein Frühstück ißt er jetzt auf seinen Zimmern. Ich weiß nicht, was ich tun soll, Gigi. Soll ich denn sagen, es tut mir leid, was immer ich auch verbrochen haben mag, auch wenn ich gar nicht weiß, daß ich es getan habe?«

»Tut dir denn irgend etwas leid?«

Plötzlich wurde Ginevra wütend. »Mit Sicherheit nicht. An mir liegt es überhaupt nicht. Ich habe nichts getan, für das ich mich entschuldigen müßte... Aus der Haut fahren könnte ich! Hoffentlich wird es bald wärmer, dann kann ich nach La Vacchia gehen und meinen Ärger bei der Arbeit auf den Feldern ablassen. Ich würde wirklich liebend gerne aus diesem Haus verschwinden.«

»Ich werde sehen, was ich herausfinden kann«, sagte Pulci. »Ich mache mit Lorenzo einfach einen Kneipenbummel, das wird ihm schon die Zunge lösen.«

»Und dann erzählst du es mir?«

»Ehrenwort!«

Ginevra drückte ihn an sich. »Du bist ein guter Freund, Gigi. Ich mag dich, wirklich.«

Und ich werde schon damit zurechtkommen, dachte Gigi. Die Zeit, in der er Ginevra ausgefeilte Liebesbezeugungen zukommen ließ, war vorüber. Seine humorvolle Bewunderung war wie jede gute Komödie nur von kurzer Dauer gewesen. Doch die Zuneigung, die er Ginevra gegenüber empfand, war ein fester Bestandteil seines Lebens geworden. Der einzige wirklich ehrbare Teil, wie er sich eingestand.

Es sollte für Gigi keine Gelegenheit geben, irgend etwas von Lorenzo zu erfahren. Am selben Tag, an dem Ginevra ihn um Hilfe gebeten hatte, war Lorenzo zu den Bädern aufgebrochen.

Aus Bagno a Ripoli ließ er zwei Wochen später die Nachricht kommen, daß er für einige Zusammenkünfte zur Universität Pisa gehen werde. Er lud Pico ein, ihn zu begleiten.

Ginevra war wütend. Sie und Pico hatten viel Spaß miteinander gehabt; ihr war es dabei besonders gut gegangen, weil die durch Lorenzos Stimmung erzeugte Spannung aufgehoben war. Die beiden halfen Domenico Ghirlandaio bei dem ehrgeizigen Fresko, das er in der kleinen alten Kirche Santa Trinità malte.

Die Familie Sassetti hatte es als Votivgabe für die Heilung ihres Kindes in Auftrag gegeben, daher würden natürlich die Eltern abgebildet sein. Doch noch viele andere Florentiner sollten zu der Gruppe von Menschen gehören, die Zeuge der wunderbaren Auferweckung durch den heiligen Franziskus wurden. Pico war das Unmögliche gelungen: Alle Gelehrten der Platonischen Akademie kamen in Ghirlandaios Atelier, um sich zeichnen zu lassen.

Während Domenico die Entwürfe anfertigte, hielt Pico die Männer bei Laune, indem er mit ihnen über die tiefschürfenden Feinheiten seiner kürzlich aufgestellten Theorie über die wahre Natur der Hexen diskutierte.

Ginevra übersetzte Ghirlandaios Bitten, sich in bestimmte Positionen zu begeben, ins Lateinische, so daß die Akademie ihre Gedankengänge nicht durch einen Wechsel in die toskanische Mundart unterbrechen mußte.

Ich nehme an, daß ich, wenn Pico weggeht, beides tun soll, knurrte sie vor sich hin; einen Disput über den Ursprung des Bösen führen und Ficinos Arm wieder an die Stelle rücken, an der Ghirlandaio ihn haben will. Aber das kommt gar nicht in Frage. Ich werde sie wissen lassen, daß sie gar nicht erst kommen sollen. Ich bin niemandem eine gute Gesellschafterin, nicht einmal mir selbst.

Sie kritzelte einen Brief an Ficino, dann nahm sie ihn dem Boten, dem sie gerade aufgetragen hatte, ihn zu überbringen, wieder aus der Hand. »Warte«, sagte sie. »In einer Stunde bringe ich ihn wieder zurück.«

Ihre Reizbarkeit war noch lange keine Rechtfertigung für einen vollgekleeksten und fast unleserlichen Brief. Sie ging die Treppen hoch bis in den dritten Stock des Palastes.

Es war ein Bereich, den aufzusuchen sie so gut wie nie Anlaß hatte. Der Priester und der Astrologe hatten dort ihre Zimmer, ferner das Dienstpersonal, die bewaffneten Soldaten, die Wachleute und das Dutzend Schreiber, das Lorenzo angestellt hatte, um Kopien von den Büchern in seiner Bibliothek anfertigen zu lassen. Er verschenkte die Kopien entweder an die Bücherei von San Marco oder an Herrscher anderer Stadtstaaten, an die Gelehrten der Akademie oder an die Universitäten. Seit Agnolo Poliziano im Palast lebte, hatte Lorenzo begonnen, eine Sammlung für ihn aufzubauen. Auch für Pico waren bereits vier Bücher angefertigt worden. Direkt neben der Schreibstube mit den vielen Fenstern im dritten Stock, in der die Bücher abgeschrieben wurden, hatte ein Buchbinder sein Zimmer und einen Arbeitsraum.

Ginevra platzte in die Schreibstube hinein. »Guten Morgen«, sagte sie. »Würde mir jemand bitte einen schönen Brief schreiben? Meine Hand gehorcht mir heute einfach nicht.«

Alle Köpfe drehten sich nach dem jüngsten Schreiber um,

der erst seit kurzem unter ihnen war. Ginevra lächelte ihn an und reichte ihm das Papier, das sie in der Hand hielt. »Sie Glücklicher«, sagte sie. »Nur Papier, bitte, kein Pergament. Und keine Zierbuchstaben, kein Gold, keine blühenden Weinranken, nichts Besonderes. Ich hole es in einer halben Stunde wieder ab.«

Bevor der junge Schreiber irgend etwas einwenden konnte, hatte sie den Raum bereits wieder verlassen.

Ginevra wanderte müßig durch das Labyrinth sich kreuzender Korridore und fragte sich, ob zur Zeit wohl irgendwelche Botschafter in den Zimmerfluchten leben mochten, die für offizielle Besucher von Florenz immer bereitstanden. Normalerweise war es überaus interessant, sich mit Menschen aus einer anderen Stadt zu unterhalten.

»Guten Tag«, erscholl eine schnarrende Stimme.

Ginevra spähte um die Ecke einer halbgeöffneten Tür in den dahinter liegenden Raum. Es war das Zimmer des Astrologen. Sie versuchte, sich zurückzuziehen, aber der alte Mann drängte sie hereinzukommen und klang dabei so einsam, daß sie sich erweichen ließ.

Sie blieb über eine Stunde.

Als sie ging, war sie so in Gedanken versunken, daß sie in die falsche Richtung bog und es erst merkte, als sie anstelle der Schreibstube einen der Speisesäle im dritten Stock betrat.

»Als nächstes stoße ich noch mit dem Minotaurus zusammen«, murmelte sie, als sie sich wieder auf den richtigen Weg begab.

Der junge Schreiber besprenkelte den Brief gerade mit Sand, als sie die Tür zur Schreibstube gefunden hatte.

»Es ist alles fertig, Madonna«, sagte er und präsentierte ihr sein Werk.

»Danke schön«, entgegnete Ginevra. Das prächtige rotgoldene A, mit dem der Brief begann, entging ihrer Aufmerksamkeit. Auch die deutliche Verärgerung des ungeduldig wartenden Boten beachtete sie nicht. Ihre Gedanken waren ein einziges, unkontrolliert in ihrem Kopf wirbelndes Chaos.

Ganz automatisch ging sie zum einzigen Ort des großen

Gebäudes, der ihr in der Vergangenheit in jeder Verwirrung als Zufluchtsstätte gedient hatte: das Wohnzimmer Lucrezia de' Medicis.

In dem behaglichen, sonnenbeschienenen Zimmer war nichts verändert worden. Selbst ein schwacher Hauch des nach Rosen duftenden Parfums, das Lucrezia immer benutzt hatte, schwebte noch im Raum. Es drang aus dem einfachen Strohkorb mit der kunterbunten Blütenmischung, die Lucrezia aus ihrem Garten zusammengestellt hatte. Ihr Dienstmädchen schüttelte ihn jeden Tag auf im Andenken an ihre verstorbene Herrin, die sie so sehr geliebt hatte.

Ginevra ging ziellos hin und her, berührte die Tische, den Cassone, Lucrezias Schreibtisch, die Bank unter dem Fenster mit Blick auf den Garten und zuletzt den Sessel, in dem Lucrezia immer vor dem Schreibtisch gesessen hatte, um ihre Gedichte zu schreiben. Vom Sessel aus blickte man auf eine mit grünem Seidenbrokat bespannte Wand. Das Portrait Giulianos prangte in ihrer Mitte. Unterhalb des Gemäldes standen zwei kannelierte Terrakottasockel, auf denen die Büsten der beiden Söhne Lucrezias standen.

Ginevra ging langsam auf die Büste Lorenzos zu. »Warum?« fragte sie sie. »Ich begreife überhaupt nichts mehr.« Vorsichtig berührte sie sein Gesicht mit den Fingerspitzen, seufzte, aber nur ein einziges Mal. Sie drückte ihre Hände gegen seine Wangen und hielt seinen Kopf fest. Ihre Finger erforschten den Knochen unter seiner Braue, die deutlich hervortretende Falte über seinem Auge, die unregelmäßigen Umrisse seiner Nase und die gerade, dünne Linie seines Mundes. Wie sehr hatte sie sich danach gesehnt, ihn auf genau diese Art zu berühren.

Die Skulptur war hart. Und kalt, obwohl sie sich so sehr wünschte, daß sie unter ihren Händen eine lebendige Wärme annehmen möge.

Ginevra wich zurück, die Finger immer noch nach der Büste ausgestreckt. Sie holte tief und stockend Luft, dann drehte sie sich um. »Madonna Lucrezia«, rief sie. »Ich brauche dich so sehr.« Wie sie es so oft getan hatte, kniete sie sich neben Lucrezias Sessel und vergrub ihr Gesicht in dem mit Kissen gepolsterten Sitz. Dann weinte sie, ganz wie sie immer in Lucrezias Schoß geweint hatte.

»Ich bin so verwirrt, und es ist kein Mensch da, mit dem ich sprechen kann, keiner, der mir hilft, einen Grund für das Geschehene zu erkennen. Lorenzo meidet mich! In seinen Augen bin ich jemand Hassenswertes. Und ich weiß nicht, warum.

Ich kenne ihn gar nicht wieder. Er ist so kalt, so weit weg. Er ist nicht mehr Lorenzo.

Er hat den Astrologen aufgesucht, Madonna. Du weißt, daß das gar nicht seine Art ist. Nicht daß er ihn wegen der üblichen Dinge besucht hat, um den besten Tag für den Auftritt einer Reise auszuwählen oder den günstigsten Tag für die Unterzeichnung eines Vertrages oder für den ersten Spatenstich für ein neues Gebäude. Das hat er natürlich wie jeder andere auch schon immer getan. Doch dieses Mal war es etwas anderes. Ich habe Angst. Lorenzo hat sich meine Karten aufschlagen lassen. Er wollte Aufschluß über mein ganzes Leben und meine Zukunft. Warum nur? Wonach sucht er? Bin ich wieder nur die Pazzi für ihn, eine Frau, vor der er sich schützen muß?«

Ginevra setzte sich auf ihre Knie. Sie drehte sich um, schaute die Büste an. »Dazu hattest du kein Recht«, rief sie und drohte ihr mit der Faust. »Wenn du etwas über mich wissen wolltest, dann brauchtest du nur zu fragen. Ich hätte dir alles erzählt…, bis auf mein größtes Geheimnis, und das betrifft etwas, von dem du wohl lieber gar nicht erst etwas wissen willst. Warum bist du hinter meinem Rücken hingegangen und hast diesen gräßlichen alten Mann darauf angesetzt, in meinen Sternen herumzuspionieren?«

Tränen liefen ihr übers Gesicht; sie rieb sie sich mit den Fäusten ab, ließ ihren Ärger an sich selbst aus. Als die Tränen versiegt waren, lehnte sie sich wieder gegen Lucrezias Sessel und streckte die Beine auf dem Boden aus. »Ich bin so unglücklich, Madonna«, sagte sie ruhig.

Sie blickte auf das Sonnenlicht, das schräg durchs Fenster hindurch auf die gemalten Singvögel des gekachelten Fußbodens fiel. Eine lange Zeit verging, dann verblaßten die Farben im Licht des schwindenden Tages. Vor dem Abendessen sollte ich mich eigentlich noch waschen und die Kleider wechseln, dachte sie, aber sie rührte sich nicht vom Fleck. Sie war viel zu müde, als daß sie sich noch bewegen wollte.

Die Vorhänge wölbten sich; hastig drehte sie sich zur Tür, die sich im Dunkel der Wand öffnete, rappelte sich hoch, setzte zu einer Entschuldigung an, daß sie in Lucrezias Zimmer eingedrungen war.

»Ginevra?« Es war Lorenzo. »Was machst du denn hier?«

»Verzeih mir. Es tut mir leid. Ich weiß, daß ich hier nichts zu suchen habe. Ich werde auch sofort gehen und nie mehr...«

Doch Ginevra blieb reglos stehen. Lorenzos dunkle Silhouette stand vor der Tür und versperrte ihr den Weg.

»Geh nicht«, sagte Lorenzo. »Bitte!« Er ging auf sie zu, trat in den schwachen Lichtschein. Seine Hand war ausgestreckt.

Ginevra starrte sie an, dann schaute sie auf sein Gesicht.

»Willst du bei mir bleiben, Contadina?«

Sie legte ihre Hand in die seine.

»Deine Hand ist kalt«, sagte er.

»Deine ist warm.«

Lorenzos Augen wanderten rastlos durch den Raum. »Mammina«, murmelte er.

»Ich bin froh, daß nichts verändert wurde«, sagte er dann zu Ginevra. »Fast spüre ich ihre Gegenwart. Spürst du es auch? Bist du deswegen hier?«

»Nein«, sagte Ginevra. Sie konnte ihn nicht anlügen. »Ich kam, um nach ihr zu suchen, aber ich fand sie nicht.«

»Statt dessen hast du mich gefunden.« Lorenzo drückte ihre Hand.

Habe ich das? fragte sich Ginevra. Warum? Warum hältst du meine Hand, warum bist du so verändert, ein anderer Lorenzo, ein Lorenzo, den ich gar nicht kenne?

»Ich dachte, du wärest nach Pisa gegangen«, sagte sie. Es klang wie eine Anklage.

Lorenzo ließ ihre Hand los und entfernte sich von ihr. »Das hatte ich auch vor, aber ich habe mich anders entschieden. Auf dem Weg begegnete ich Pico und ließ ihn umkehren.« Er blickte aus dem Fenster, klappte einen Laden auf, klappte ihn wieder zu.

»Ginevra.« Er drehte sich um, als er sprach. »Contadina, hilf mir!« Das Licht stand hinter ihm; Ginevra konnte sein Gesicht nicht erkennen. Seine Stimme war ganz ruhig und voller Verlangen.

Sie lief auf ihn zu, aber er befahl ihr stehenzubleiben. »Laß mich aus der Entfernung zu dir sprechen«, sagte er. »Ich kam, weil ich etwas sagen wollte, das als erstes für Mamminas Ohren bestimmt war. Wäre sie noch am Leben, dann hätte ich das auch getan. Ich dachte…, ich hoffte… Es ist so schwer zu erklären. Wenn ich es ihr hätte erzählen können, dann hätte es sich beim Erzählen auch für mich geklärt… Das war immer so, wenn ich mit ihr sprach. Verstehst du?«

»Ich glaube, das verstehe ich. Vielleicht.«

Lorenzo lachte. Es war ein hartes, knappes Lachen. »Du verstehst es natürlich nicht. Wie könntest du auch? Ich rede daher wie ein Schwachkopf, was ich sage, ergibt überhaupt keinen Sinn. Herrgott noch mal, Ginevra, willst du mir nicht endlich deinen Rücken zudrehen? Wenn du mich anschaust, wenn das Licht auf dein Gesicht fällt, wenn ich dich sehen kann, dann kann ich diese Dinge nicht sagen.«

»Dann gehe ich.«

»Nein!« Es war ein wütender Aufschrei. »Das ist alles so schon schlimm genug. Ein zweites Mal könnte ich es nicht durchstehen. Ginevra, du bist mir keine Hilfe!«

»Was willst du denn von mir?« Ihr Aufschrei stand seinem in nichts nach.

Er brüllte jetzt. »Ich will, daß du mir sagst, daß du mich liebst! Dann käme ich mir nicht mehr wie ein Dummkopf vor, wenn ich dir sage, daß ich dich liebe… Was starrst du mich so an, Ginevra? … Lachst du mich aus? Bei allem was mir heilig ist, wenn du mich auslachst, bringe ich dich um.«

Ginevra legte ihre Hände vor den Mund, doch sie konnte nicht verhindern, daß man ihr Lachen hörte. Sie ließ die Hände fallen, die Handflächen waren nach außen gestreckt, flehend bat sie ihn um Vergebung. »Ich liebe dich mehr als mein Leben«, sagte sie durch das Lachen hindurch. »Das tue ich wirklich, ich schwöre es.«

Lorenzo ging steifbeinig auf sie zu, packte ihre Schultern, schüttelte sie. »Hör auf damit! Du findest mich komisch, ja?«

Ginevra wurde augenblicklich nüchtern. Sie legte ihre Hände über seine und drückte sie fest an sich. »Lorenzo!« sagte sie, und er hörte auf, sie zu schütteln. Ihre Finger krümmten sich um seine, ihre Augen suchten sein Gesicht. Durch ihre miteinander verbundenen Hände konnte er spüren, wie sie zitterte, und als sie sprach, bebte ihre Stimme, so sehr war sie von Gefühlen erfüllt.

»Hör mich an, mein liebwerter, holder Geliebter«, sagte sie. »Ich habe mich so sehr danach gesehnt, daß du meine Liebe begehren mögest. Sie gehörte immer dir, auch wenn du es nicht wußtest. Sie gehört dir jetzt und wird dir immer gehören, solange ich lebe. Begreifst du, was ich sage? Glaubst du mir?« Sie schaute auf in seine Augen, drückte mit den ihren mehr aus, als ihre Worte sagen konnten.

Lorenzo las die Sprache ihres Herzens. Erstaunen, Erleichterung, Dankbarkeit, Freude standen ihm deutlich im Gesicht. Dann wurden seine harten Konturen ganz weich, zerschmolzen zu der strahlenden Sanftheit, an der man die Liebe erkennt.

Ginevra berührte mit den Fingerspitzen ihre Lippen. »Sag nichts«, flüsterte sie. »Laß mich …« Sie hob ihre Hände an sein Gesicht und betastete es, fühlte seine kraftvolle Struktur, und alles, was sie erträumt hatte, war Wirklichkeit; nun gehörte ihr etwas, auf das sie nie zu hoffen gewagt hatte.

Sie stellte keine Fragen über die Ursachen dieses Geschenkes eines vollkommenen Glücks, weder an Lorenzo noch an sich selbst noch an Gott. Ihr verzweifeltes »Warum?« war Vergangenheit. Sie akzeptierte es und wurde von einer alles übersteigenden Freude durchströmt.

Lorenzo hielt ihre Handflächen an seine Lippen und küßte sie. Dann sprach er durch ihre Finger.

»Warum hast du gelacht?« Ein besorgtes Runzeln legte die Stirn zwischen seinen Augenbrauen in Falten.

»Nicht über dich, mein Magnifico«, antwortete Ginevra. Ihre Lippen bebten, ihre Augen waren fröhlich. »Ich habe mir in meinen Tagträumen so viele Arten ausgemalt, in meiner Vorstellung so oft gehört, wie du mir sagst, du liebst mich. Doch ich bin nie darauf gekommen, daß wir uns anschreien würden, wütend aufeinander wären. Daher wußte ich auch, daß es wahr sein mußte.«

Jetzt mußte auch Lorenzo lachen. Doch als er begann, hob Ginevra ihm ihre Lippen entgegen, und sie verloren sich im geheimnisvoll feierlichen Wunder ihres ersten Kusses.

Drittes Buch

Careggi
1483–1492

49. Kapitel

Lorenzo und Ginevra kamen in dieser Nacht gemeinsam zum Essen, Seite an Seite. Sie berührten sich nicht, hielten sich nicht an den Händen, benahmen sich in keiner Weise anders als an jedem anderen Abend, an dem sich die Freunde um Lorenzos Tisch herum versammelten. Es war üblich, daß die Erstankömmlinge zu beiden Seiten von Lorenzos Stuhl Platz nahmen, und alle, die danach kamen, die leeren Stühle, beginnend am Kopf des Tisches, auffüllten. Ginevra ging zum nächsten verfügbaren Platz, als ob es ein Tag wäre wie jeder andere auch.

Doch das war es nicht. Und im gleichen Moment, in dem die beiden das Zimmer betraten, wußten die vierzehn Männer am Tisch augenblicklich, daß etwas Ungewöhnliches geschehen war. Zwischen den beiden gab es einen Strom der Gefühle, der die Luft mit spannender Erregung auflud, und ein strahlendes Glück ließ ihre Gesichter in solchem Maße aufleuchten, daß jeder ihrer Freunde den Blick von ihnen abwendete und sich wie ein Eindringling vorkam.

Lorenzo setzte sich auf seinen Platz und klopfte mit der Handfläche auf den Tisch. Als alle Augen auf seinem breiten Lächeln ruhten, sagte er: »Mit geht es heute abend sehr gut, und ich bin glücklich, wieder zurück bei meinen Freunden zu sein. Laßt uns eine Runde *Rispetti* spielen. Ich fange an.«

Er schlug den Rhythmus mit einem Löffel und sang mit seiner unmelodischen Stimme.

>»Laßt uns Sandro willkommen heißen,
>dessen Zeichnungen unübertroffen.
>Doch ihr müßt Laken in Flicken zerreißen,
>wollt ihr auf Wandbilder hoffen.«

Alle klopften auf den Tisch und lachten. Botticellis Gewohnheit, auf allem zu zeichnen, was ihm gerade in die Hände fiel, hatte schon oft Anlaß für Scherze gegeben.

Filippino Lippi saß zu Lorenzos Rechter. Er ergänzte das Thema mit seinem Vers.

>>Als Helfer Sandros leide ich
durch Frauen auf der Straße.
Sie schauen durchs Fenster und sehen mich,
wenn ich ganz nackend schlafe.<<

Der Tisch geriet durch das anerkennende Klopfen ins Schwanken. Jeder kannte die Geschichte, daß Sandro Filippino einmal das Laken weggezogen hatte, als ihm die riesigen Bögen Papier ausgegangen waren, die er für seine lebensgroßen Skizzen verwendete.

Sie schauten auf Pico, der neben Filippino saß. Rispetti kam aus Sizilien und war ein kindisches Spiel, das aus grauer Vorzeit stammen mußte und bei dem man seinen Witz auf die Probe stellte. Die aus dem Stegreif formulierten Verse mußten ohne größere Pausen von einem nach dem anderen gesungen werden. Das ging um den ganzen Tisch herum, bis wieder derjenige an der Reihe war, der mit einem bestimmten Thema angefangen hatte. Wenn man ins Stocken geriet oder aus dem Rhythmus kam, erntete man laute Kritik und wurde von allen anderen Mitspielern mit Schimpf und Schande überzogen.

Pico beschäftigte sich gerade mit einem schwer faßbaren Gedanken, der ihm zu einer möglichen Verbindung zwischen Mathematik und der Hierarchie der Engel gekommen war. Erst viel zu spät merkte er, daß er an der Reihe war. Von allen Seiten prasselten Brotstückchen auf ihn ein, und der neben ihm sitzende Agnolo Poliziano nahm das Spiel mit verändertem Thema wieder auf.

>>Hütet euch vor dem tiefen Denker;
er trägt ein jämmerliches Los.
Und sagt er auch, er sei kein Trinker,
hat er weniger Witz als ein Kloß.<<

Die Rispetti wurden fortgesetzt, man zog über Picos Äußeres her, seine Langatmigkeit, seine dauernde Unpünktlichkeit,

seinen Jähzorn. Gigi Pulcis Vers erntete den stärksten Beifall.
Er leerte seinen Weinbecher und gurgelte beim Singen.

>»Ein Prost auf den guten Pico
mit Haaren aus schönstem Gold.
Ich hoffe, du bist keine Jungfrau,
wenn dich der Teufel holt.«

Dem jungen Philosophen schoß das Blut ins Gesicht, und er
begann, sich von seinem Sitz zu erheben. Ginevra, die neben
Pulci saß, sang so laut, daß ihre falschen Töne die anderen
aufstöhnen ließen.

>»Oh Pico, bedenke dieses:
Nimm dir Gigi doch nicht zu Herz.
Sag Pulci in zwanzig Sprachen:
Das war ein schlechter Scherz.«

Pico setzte sich wieder, lächelte Ginevra an, und die Rispetti
nahm das Thema auf und attackierten jetzt Gigis Humor.

Dieser genoß die Herausforderung und antwortete jedem
Sänger mit einem eigenen Vers, wobei er das Tempo und die
Grobheit des Spieles verdoppelte.

Als die Diener das Essen hereinbrachten, endete das Wett-
dichten. Pico stellte seine neue Theorie zur Diskussion, und
ein intensives Streitgespräch begann.

Ohne den verwickelten roten Faden der am Tisch wütenden
Streiterei zu verlieren, lenkte Lorenzo Botticellis Blick auf sich.
Er sagte nichts, das war aber auch nicht nötig. Mit seinem Eröff-
nungsvers hatte er gewürdigt, daß Sandro ihm den Weg zu einem Glück gewiesen hatte, das er erst jetzt kennengelernt hatte,
und so versteckt seine Dankbarkeit zum Ausdruck gebracht.

Als der Abend zu Ende ging, bestellte Lorenzo Fackelträger
und eine Eskorte, die seine Freunde bis zu ihren Häusern begleiten sollte. Auf diese immer gleiche Weise klangen die
Abendessen in den Monaten der zeitig hereinbrechenden
Dunkelheit und einer viel zu frühen Sperrstunde aus.

Ginevra wünschte den anderen eine gute Nacht, ohne mit irgendeinem Zeichen den Gefühlssturm in ihrem Innern zu verraten. Wie konnte sie Lorenzo zu verstehen geben, daß ihre Liebe keine Grenzen kannte, daß sie sie auf jede Weise ausdrücken wollte, daß sie sich danach sehnte, sich ihm hinzugeben – aber jetzt noch nicht?

Nicht in diesem Haus, mit seiner Frau und seinen von dieser Frau geborenen Kindern, die ruhig unter dem gleichen Dach schliefen, das auch der Vereinigung ihres Körpers mit dem seinen Schutz spenden würde.

Ginevra liebte bedingungslos. Seit sie vergewaltigt worden war, hatte es in ihrem tiefsten Innern nur die unerträgliche Angst vor der Unterwerfung gegeben. Jetzt aber hatte diese Angst in ihrer Gefühlswelt keinen Platz mehr. Sie wollte ein Teil von ihm sein, wollte, daß er ein Teil von ihr würde, ganz gleich, welche Schmerzen es ihrem Körper bereiten würde.

Doch ihr Herz flehte nach mehr als nur einer Einladung auf Lorenzos Zimmer, wollte mehr als einen Besuch von ihm bei ihr. Geheimhaltung und Heuchelei würden der Schönheit dieses wichtigsten Momentes in ihrem Leben, der Erfüllung all ihrer Träume, Abbruch tun.

Wie konnte sie Lorenzo nur begreiflich machen, daß ihr Widerstand keine Einschränkung ihrer Liebe zu ihm bedeutete.

Die Gäste waren gegangen, doch Pico machte keinerlei Anstalten, sich auf sein Zimmer zurückzuziehen. Er begann sofort, die zuvor von ihm aufgestellte These zu verteidigen.

Lorenzo hielt die Hände hoch. »Friede!« sagte er lachend.

»Ich werde mit Freuden die ganze Nacht mit dir streiten, Philosoph, doch Ginevra hat diese Strafe nicht verdient. Merk dir deine Argumente, bis ich wiederkomme.«

Er ging auf Ginevra zu; aus seinen Augen sprach die Liebe. »Komm mit mir, Contadina.«

Sie erhob sich von der Bank, um ihm entgegenzugehen, alles in ihrem Kopf wirbelte durcheinander, sie war in dem Zwiespalt zwischen ihrer Sehnsucht nach Vereinigung und ihrer Abneigung den Umständen gegenüber hin- und hergerissen.

Lorenzo hatte seine Arme fest um ihre Hüfte geschlungen, als er Ginevra auf den Korridor führte. Oben auf dem Treppenabsatz angelangt, blieb er stehen und drehte sich um, damit sie ihn ansehen konnte. »Gute Nacht, mein Lieb. Willst du zum Frühstück zu mir kommen?«

Ginevras Herz hämmerte vor Freude. Wie dumm sie doch gewesen war! Natürlich hatte Lorenzo sie verstanden, auch ohne daß dazu Worte erforderlich gewesen waren.

»Bis morgen«, sagte sie.

»Liebst du mich?«

»Von ganzem Herzen.«

»Genau wie ich dich auch.«

Er küßte ihre Hand, und es war alles, was sie brauchte, um in Ekstase zu geraten, eine Verheißung der Liebkosungen, die noch kommen würden.

Sie wußte nicht, daß Lorenzo überhaupt nicht vorgehabt hatte, sie in dieser Nacht mit in sein Bett zu nehmen. Ebensowenig wie in irgendeiner anderen Nacht.

Als die Tage und dann Wochen verstrichen, war Ginevra davon überzeugt, daß die Liebe, die Lorenzo ihr entgegenbrachte, ganz anderer Art war als das, was sie für ihn empfand.

Seine Blicke, seine Worte, seine Küsse und seine Hände in den ihren waren ein Fest für ihr Herz. Doch ein Fest war nicht genug. Ihre Liebe war unersättlich. Mutlose Stunden verbrachte sie damit, sich wegen ihrer Schwächen zu quälen. Wenn sie intelligenter wäre, dann würde er sie stärker lieben, sagte sie sich, und studierte die ganze Nacht hindurch. Wenn sie begabt wäre… Sie übte stundenlang auf der Laute. Immer wieder schaute sie in den polierten Silberspiegel in ihrem Zimmer und weinte. Sie war viel zu häßlich.

Schließlich ging sie zu einem Haus auf der *Via delle Belle Donne*, der Straße der schönen Frauen. Sie fühlte, wie die Leute sie anstarrten, als sie in diese Straße einbog, die an beiden Seiten von Bordellen gesäumt war. Ginevra schob ihr Kinn nach vorne und klopfte am größten Haus an.

»Ich möchte die Patronin sehen«, sagte sie der Bediensteten, die die Türe öffnete. »Ich habe Geld.«

Sie ließ den bauchigen Geldbeutel an ihrem Gürtel klimpern, als sie in das Studio der Madam geführt wurde. »Ich werde gut bezahlen, wenn Ihr eine schöne Frau aus mir macht«, sagte sie.

Und ein Tag voller Torturen begann.

Zuerst wurde sie ausgezogen und von Kopf bis Fuß mit Bimssteinen abgerieben. Während sie in einem Bad aus Nesselsaft aufweichte, das ihre Haut heller machen sollte, zupfte ihr die Patronin die Augenbrauen aus. Die Freudenmädchen lösten sich bei der Arbeit ab, ihr die Haare an der Vorderseite ihres Kopfes auszuzupfen, um ihr die übertrieben hohe Stirn zu verleihen, die Inbegriff idealer Schönheit war.

»Jetzt haben wir einen Streifen weiße Kopfhaut über diesem braunen Gesicht, ihr Dummköpfe«, zischte die Madam.

»Schnell, geht zum Markt und holt die Zutaten für die stärkste Bräunungstunke.«

Zu Ginevra sagte sie. »Donna, Ihr seid schon jetzt eine Rivalin für jede Schönheit von Florenz. Wenn der Tag zu Ende geht, seid Ihr die Königin.«

Ginevra hatte nichts dazu zu sagen. Der Nesselsaft brannte wie Feuer auf ihrer aufgerauhten Haut; ihr Kopf fühlte sich an, als hätte er tausend Wunden.

Stumm ließ sie es über sich ergehen, daß man sie mit rauhen Handtüchern trockenrieb, sie mit einer übelriechenden schwarzen Paste bestrich und dann wie eine Mumie in mit Eiweiß getränkte Leinenstreifen wickelte. Das ist ja schlimmer als die Bandagen um meine gebrochenen Knochen, dachte sie, aber ich werde es ertragen.

Ihre Haare wurden in Essig gewaschen, dann durch die offene Krone eines breitkrempigen Hutes gezogen und mit einer weißen Salbe bedeckt.

»Jetzt gehen wir aufs Dach und lassen die Sonne eine Weile ihr Werk tun«, sagten die Freudenmädchen fröhlich. Während Ginevra in der Sonne gebraten wurde, schwitzte und gegen den Juckreiz ankämpfte, würfelten die Mädchen und riefen dabei zu jedem Mann hinunter, der in die Straße bog: »Geh nach Hause und überrasche deine Frau mit ihrem Liebhaber. Wir haben heute geschlossen.«

Kräftige Gerüche stiegen aus der offenen Tür des Hauses nach oben, kitzelten Ginevra in der Nase und brachten ihren Magen zum Knurren. Wie kann ich nur hungrig sein, wenn ich so sehr leide? fragte sie sich. Doch sie hatte Hunger und aß mit gesundem Appetit das Brot und die Kohlsuppe, die ihr die Madam brachte. »Was kocht Ihr denn sonst noch?« fragte sie. »Das riecht ja köstlich.«

Die Patronin lachte übertrieben; die eingeölten, rosigen Speckröllchen ihres Körpers wackelten vor Vergnügen. Das sei kein Essen, erklärte sie, obwohl einige es dafür halten könnten. Es war eine Schönheitslotion, die jedes von einem Apotheker hergestellte Mittel übertraf. Stolz auf ihre Fachkenntnisse gab sie Ginevra das Rezept bekannt: eine makellos weiße Taube, getötet und gerupft, geköpft und ausgenommen, Flügel und Beine entfernt. Einhundertmal mit gleichen Teilen Weintraubensaft und Süßmandelöl gewaschen, eine Handvoll geriebener Gartenkresse dazu. Danach die Waschlösung kochen und filtrieren, um aus dem Weiß der Taube ein Destillat zu bekommen. »Ich habe die Lotion selbst entworfen, Donna, und jedes andere Haus in der Straße versucht verzweifelt, in Erfahrung zu bringen, wie sie hergestellt wird.«

Ginevra schwor feierlich, das Geheimnis nicht zu enthüllen.

Als sie sich gerade fragte, ob sie es wohl noch eine einzige Minute länger auf den heißen Kacheln des Daches würde aushalten können, brachten ihre Kosmetikerinnen sie wieder ins Haus zurück, um sie weiteren Behandlungen zu unterziehen. Sie verlor die Übersicht, wie oft ihr Kopf und ihr Körper gewaschen und mit geheimen Destillaten eingerieben wurden.

Schließlich hüllte man sie in einen zarten Überwurf und setzte sie vor einen Tisch, auf dem ein Sortiment von aus Bergkristall gefertigten Töpfen und goldenen Pomadendosen stand, das größer war als alles, was sie in ihrem ganzen Leben zu Gesicht bekommen hatte. Nicht einmal auf der Straße der Goldschmiede hatte sie Vergleichbares gesehen. Was für ein einträgliches Geschäft die Prostitution doch sein muß, dachte sie. Ich werde Lorenzo fragen, was es kostet, ein Haus wie dieses zu besuchen.

Das erste Mal seit ihrer Ankunft an diesem Morgen erinnerte sich Ginevra daran, warum sie hergekommen war. »Werde ich schön sein?« fragte sie. Ihre Stimme zitterte vor Hoffnung.

»Aber ganz gewiß«, meinte die Madam. »Ich verstehe mein Geschäft. Schließt jetzt die Augen, damit nichts hineinkommt.« Ginevra gehorchte.

Die Empfindung geübter Finger bei der Arbeit auf ihrem Gesicht, ihren Schultern und in ihrem Haar war erregend. Sie *würde* schön sein, und Lorenzo würde sagen, daß nicht einmal Lucrezia Donati je so begehrenswert gewesen war.

»*Ecco*, Madonna«, sagte die Patronin triumphierend. Ginevra öffnete die Augen.

Eine der Prostituierten hielt einen Spiegel vor ihr hoch, damit sie hineinschauen konnte. Es war einer dieser ungeheuer wertvollen venezianischen Spiegel aus versilbertem Glas, die es selbst im Medici-Palast nicht gab. Er ließ das genaueste Spiegelbild entstehen, das sie jemals gesehen hatte.

Ihr Gesicht war das ihre und gehörte doch nicht zu ihr. Es war mit einer weißen Paste bedeckt, auf die man kräftiges Rouge aufgetragen hatte, und erstreckte sich bis weit hoch zum Scheitel ihres Kopfes. Schwarze Linien umrahmten ihre Augen und formten sich darüber zu schmalen Bögen; ein schwarzes Samtherz klebte an ihrem Mundwinkel. Ihre lange Nase war so auffällig wie immer; durch ihre weiße Färbung stach sie jedoch zwischen dem Rot ihrer Wangen heraus und wirkte noch länger.

Schwarze Samtherzchen tüpfelten auch ihre Haare. Diese jedoch waren nicht mehr zu dem hellbraunen Zopf geflochten, den sie kannte, sondern heller und rötlicher gefärbt. In den verschlungenen Gebilden aus falschem, leuchtend gelbem Seidenhaar war es fast vollständig verschwunden.

Ein rotes Samtherz schwebte in ihrer weiß gefärbten Halsgrube.

Sie war ein Zerrbild ihrer selbst. Lorenzo würde abgestoßen sein, wenn er sie sah.

Verzweifelt sah Ginevra in den Spiegel. Hinter ihren angemalten, gepuderten Schultern sah sie die von Stolz erfüllten Gesichter der Madam und der Freudenmädchen.

»Eine richtige Verwandlung«, meinte die jüngste von ihnen. »Ihr seid bestimmt sehr glücklich, Donna.«

»Oh, ja«, erwiderte Ginevra. »Ihr habt Wunder gewirkt.« Warum sollte sie die anderen ebenso unglücklich machen, wie sie sich fühlte?

»Habt Ihr etwas Passendes zum Anziehen? Vielleicht ein rotes Seidenkleid oder ein amethystfarbenes Samtgewand? Juwelen?«

Ginevra versicherte ihnen, daß sie alles Nötige besaß. Sie zog ihre gebrauchte Gamurra und die Cioppa an und übergab der Patronin den bauchigen Geldbeutel.

»Ich nehme mir zwei Gulden heraus, Madonna«, sagte die Frau eifrig. »Ihr versteht, der Preis für Tauben ist heutzutage eine Unverschämtheit, und meine Mädchen hätten in dieser Zeit einen Verdienst machen...«

»Ja«, sagte Ginevra, »ich verstehe. Behaltet den Geldbeutel, nehmt das ganze Geld. Ihr wart so freundlich; jede von Euch. Ich muß jetzt laufen... Es wartet jemand auf mich.«

Sobald sie außer Sichtweite der zum Abschied winkenden Frauen war, lief sie tatsächlich. Sie hielt ihr Gesicht tief gesenkt, damit es niemand sehen konnte, und starrte auf das Straßenpflaster. Als sie den Fluß überquerte, verlangsamte sie ihren Schritt, um Atem zu schöpfen.

Dann lief sie den Hügel hinauf, auf dem die Villa La Vacchia lag, und ließ rechts und links des Weges leuchtende, flatternde Bänder aus falschen goldenen Haaren zurück, die sie sich beim Gehen vom Kopf riß.

50. Kapitel

Ginevra grub das widerspenstige Unkraut mit den polierten, glänzenden Fingernägeln aus, auf die die Freudenmädchen am Tag zuvor so stolz gewesen waren. Sie wollte jede Spur ihres albernen Versuches auslöschen, zu verändern, was sie war. Dann konnte sie vielleicht auch die Erinnerung daran ausradieren.

»Wo ist sie?« Lorenzos Stimme. Er war im Haus. Ginevra zog ihr Kopftuch tiefer in die Stirn, um die widerwärtige, weiße, gezupfte Haut zu bedecken, beugte sich weiter zum Blumenbeet hinab und wünschte, sie könnte sich dort hineingraben. Sie versuchte, seine Schritte auf dem Kiespfad zu überhören. Ihrer Sehnsucht, ihn zu sehen, zum Trotz verbot sie sich, sich nach ihm umzuschauen.

»Ginevra!« Er klang verärgert. Sie zog den Kopf ein. »Ginevra, schau mich an.« Ihr blieb keine andere Wahl.

Lorenzos Arme waren voller blühender Zweige; das finstere Gesicht über den sanften, rosaroten Blüten wirkte wie eine Gewitterwolke. »Warum bist du letzte Nacht nicht nach Hause gekommen?« grollte er. »Ich habe die Wachen bis zur Dämmerung auf die Straßen geschickt, um nach deiner Leiche zu suchen.«

»Wirklich?«

»Natürlich, du Närrin. Und was sollte ich diesen Morgen hiermit anfangen? Der erste Karren, der nach dem Öffnen das Stadttor passierte, kam aus Careggi und hatte den Maistrauß für Ginevra dabei. Doch wo steckte Ginevra? Sie spielt auf ihrer Villa im Matsch.«

Ginevras ganzer Körper fühlte sich an, als wäre er mit Luftblasen gefüllt, als könne sie hoch in die Luft steigen und dort vor überschwenglichem Glück schwerelos radschlagen. Er liebte sie! Er sorgte sich um sie. Er schenkte ihr Blumen zum 1. Mai. In Florenz pflegte an diesem Tag der Verehrer einen Blumenstrauß an der Tür des Hauses zu befestigen, in dem seine Geliebte wohnte.

Lorenzo starrte sie wütend an, dann schrie er auf, warf die Blumen zur Seite und fiel neben ihr auf die Knie. »Meine Geliebte«, sagte er, »verzeih mir meine Wut. Laß mich dich halten.« Ein Arm zog sie eng an ihn heran. »Was ist passiert? Wie hast du dich verletzt?« Seine Hand berührte ihre Braue, schob das herunterrutschende Kopftuch ein kleines Stück zurück.

Ginevra bemühte sich, es wieder nach vorne zu ziehen. »Ich möchte nicht, daß du es siehst. Hör auf. Hör auf, Lorenzo. Ich flehe dich an!«

»Was ist denn nur? Ich muß es wissen. Ich werde denjenigen umbringen, der dir das angetan hat, wer immer es auch sei.«

Ginevra faltete ihre Arme über ihrem Kopf zusammen. »Ich habe es getan.« Sie begann zu weinen.

Lorenzo drückte sie an seine Brust und wiegte sie auf die gleiche Art, wie sie einmal ihn gewiegt hatte. »Scht!« sagte er mit zarter Stimme. »Scht, meine Kleine. Scht, meine süße, dumme Contadina. Nichts ist deine Tränen wert.«

»Ich sehe aus wie ein Hanswurst«, heulte sie.

»Das tust du nicht. Du siehst aus wie ein schmuddeliges Bauernmädchen, dem irgend etwas mit seinen Haaren mißglückt ist. Haare wachsen wieder, Contadina. Und ich liebe Bauernmädchen mehr als alle anderen.«

»Ich war eine solche Närrin.« Jetzt schluchzte sie, genoß ihr Elend, weil ihr der Trost so kostbar war.

»Das warst du… Aber wir sind beide Narren, daß wir hier auf der dreckigen Erde sitzen, wenn doch im Dorf gerade die Maifeier begonnen hat. Hör auf zu weinen, und laß uns gehen und mitmachen.«

Ginevra setzte sich auf. Sie konnte es plötzlich kaum erwarten zu gehen. Sie liebte Dorffeste, war aber noch nie auf einem gewesen. Dann schlug sie die Hände über dem Kopf zusammen. »Es wird mich doch jemand sehen«, stöhnte sie.

»Ich binde dir das Kopftuch richtig fest zusammen. Und stecke eine Blume darauf.«

Der erste Mai war in den Dörfern auf dem Land eine viel lebendigere Sache als in der Stadt mit dem respektvollen, ruhigen Brauch, Blumen zu hinterlassen. Musik war immer dabei. Manchmal gab es Dudelsackspieler, die von den Hügeln herunterkamen, oft war ein angebundener Esel dabei mit auf den Rücken gebundenen Zimbeln und einer unter dem Schwanz befestigten Distel, die das Tier unaufhörlich in Bewegung hielt und so für ein nachhallendes Klirren sorgte.

Abseits der Städte hatte auch die uralte Tradition des Maibaums überlebt; zur Musik wurde getanzt. Die mit Blumen bekränzten und umgürteten unverheirateten Mädchen des Dorfes sprangen und tanzten herum und stellten ihre Reize zur Schau, während sie bunte Bänder um den Baum wanden.

Als Lorenzo und Ginevra das Dorf erreichten, war die Musik bereits im Gange. Sie gesellten sich zu einer Gruppe Bauern, die den Esel auslachten und synkopisch gegen die Zimbeln in die Hände klatschten.

»Der Maibaum, wo bleibt der Maibaum!« rief die Menge. An den Augen der Männer war abzulesen, daß sie darauf brannten, die jungen Mädchen zu sehen. Die Frauen hatten einen ganz verträumten Ausdruck in den Augen und schwelgten in Erinnerungen an ihre Jugend. Ausgelassen tollten die Kinder herum.

Ein leichter Wind zerrte an den an der Spitze festgebundenen Bändern, die unten am Baum in einem lockeren Knoten zusammengeschlungen waren, und riß sie los. Sie flogen hoch, wirbelten vom Baum weg wie ein wogendes, aus bunten Streifen zusammengesetztes Zelt. Lachend rannten die Menschen los, um sie wieder einzufangen. Von der Arbeit rauhe Hände wurden emporgestreckt und versuchten, die schwer zu erreichenden bunten Bänder festzuhalten.

Lorenzo hatte seine Hände um Ginevras Hüfte gelegt und hob sie hoch in die herumflatternden Farben. »Ich habe eins!«, schrie sie. »Nein, zwei ... drei ... oh, eins ist wieder weg ...!«

Die jungen Mädchen liefen aus der Kapelle heraus, in der sie gewartet hatten. Auch sie wurden von kräftigen Händen hochgehoben, damit sie ebenfalls Bänder für sich einfangen konnten.

»Tanzt«, forderten die Leute, »tanzt!«

Sie wichen an die Ränder des winzigen Dorfplatzes zurück,

klatschten in die Hände, stampften mit den Füßen, pfiffen, johlten und schrien.

»Darf ich?« fragte Ginevra die Mädchen um sich herum.

»Aber gerne«, erwiderte erst eines, dann auch andere.

»Nur zu!« hieß es.

Ginevra drehte einem der Mädchen das Gesicht zu, warf die Arme hoch, ahmte ihre Haltung nach. Dann folgte sie dem Beispiel der anderen Tänzerinnen, tauchte unter einer Brücke aus Bändern hindurch, reichte ihr langes, flatterndes Band über den herunterstoßenden, auf sie zukommenden, blumenbekränzten Kopf weiter, herüber, herunter, sprang, lachte, herunter, herüber, schneller, schneller, herunter, herüber, immer näher an den Maibaum heran, bis sich ihre Arme um ihn legten und mit den Armen der anderen Mädchen vereinten, die um den Maibaum herum die miteinander verschlungenen Bänder umfaßt hielten.

Die Bänder, die keine Tänzerinnen gefunden hatten, tanzten über ihren Köpfen wild im Wind.

»Noch einmal«, riefen die Dorfbewohner, und die jungen Männer rannten los, um die Mädchen hochzuheben.

Lorenzo ergriff Ginevra an der Hand und zog sie weg. »Wir müssen gehen«, sagte er mit gedämpfter Stimme. »Jemand hat mich erkannt. Das macht alles zunichte.«

»Über die Mauer«, sagte Ginevra. »Ich zeige dir den Weg.«

Am Südrand des Dorfes begannen die Ländereien von La Vacchia. Die junge Ginevra hatte sich viele hundertmal auf die Mauer gesetzt, um das geschäftige Treiben auf dem Dorfplatz zu beobachten. Sie führte Lorenzo zu der Stelle, an der die Wurzeln eines Baumes die Steine auseinandergetrieben und die Hälfte der Mauer zum Einsturz gebracht hatten.

Das Gras auf der Heuwiese war erst wenige Zentimeter hoch. Gelbe, rote und weiße Wildblumen bedeckten es mit einem Teppich dichter Blüten. Ginevra lief auf einer gewundenen Bahn durch die kräftigen Farben und kam schwankend und schwindelnd an der Seite des Medici zum Stehen.

»Es ist wundervoll, Lorenzo: Ich bin so mutlos gewesen, und jetzt bin ich so glücklich, ganz benommen vor Glück.«

»Das bin ich auch«, erwiderte er. Er war von ihrer Freiheit, ihrer Hingabe an das Leben, dessen Musik und Farben wie berauscht.

Ihr Kopftuch saß schief, und der weiße Streifen ihrer Stirn war wie eine gräßliche Verwundung auf ihrem braunen, rotwangigen Gesicht. Mit festen Händen auf ihren Schultern gab Lorenzo ihr Halt. Dann zog er mit stockenden Fingern am Rand ihres Kopftuches. Ginevra zuckte zurück und schob seine Hände weg. Mit schroffen Bewegungen schob sie das Tuch wieder zurecht, um die kahlen Stellen zu bedekken.

»Nicht«, sagte Lorenzo. »Nicht so. Du wirst dir wehtun. Warum hast du dir nur deine Haare auf diese Weise ausgerissen, Contadina? Und deine wunderhübschen Augenbrauen?«

Ginevra schaute auf den blumenübersäten Boden. »Ich wollte schön sein. Ich war töricht.« Sie schluckte ihre Angst herunter und schaute zu ihm hoch. Sie mußte es wissen, mußte ihn fragen, obwohl die Antwort sie zerstören konnte. »Ist es meine Häßlichkeit, die du nicht ertragen kannst, oder ist es noch irgend etwas anderes, etwas, das ich verändern kann? Ich würde alles tun, einfach alles, Lorenzo.«

Ganz verwirrt verzog sich sein Gesicht.

»Ich verstehe deine Worte nicht, was meinst du nur? Ich liebe dich, Contadina. Alles an dir. Ich liebe es, dich anzuschauen, dich sprechen zu hören, zu sehen, wie du dich bewegst. Was erzählst du denn da?«

»Du schläfst nicht mit mir.«

Lorenzo war wie vor den Kopf geschlagen. Er schüttelte ihn, versuchte, Klarheit in seine Gedanken zu bringen, ihren Worten und den großen, ängstlichen Augen einen Sinn zu entnehmen.

Dann sagte er: »Ginevra, setz dich her zu mir.«

Seine Finger schlossen sich um ihre Hüfte und zogen sie auf das junge Gras herab. Er blickte in ihre forschenden Augen, sprach langsam und versuchte ihr all das zu erklären, was auch für ihn noch ein Geheimnis war.

»Ich bin vierunddreißig Jahre alt, Ginevra, und fühle mich bei dieser Liebe, die ich für dich empfinde, wie ein Kind. Ich dachte, ich wüßte, was Liebe ist, ich habe oft und voller Inbrunst geliebt. Aber das hier ... Davon wußte ich nichts.

Das, wovon du sprichst, die körperliche Vereinigung, das nannte ich gewöhnlich Liebe. Nicht immer. Manchmal kann ein Mann eine Frau auch nur zum reinen Vergnügen haben. Doch wenn ich dachte, ich liebte eine Frau, wollte ich sie nehmen und besitzen.

Doch bei dir, meine Geliebte, ist alles ganz anders. Ich fühle, daß du zu mir gehörst und schon immer zu mir gehört hast; du warst mein, noch bevor die Welt entstand, so wie ich immer dein war und in alle Ewigkeit sein werde. Du bist ein Teil von mir, und ich bin ein Teil von dir.

Und doch liebe ich dich auf eine Weise, die nichts mir mir zu tun hat, ... eigentlich liebe ich dich, indem ich mich selbst ignoriere und auslösche.

Wenn mein Körper in Wallung gerät und meine Hände darauf brennen, dich zu liebkosen, ergreift mein Herz die Kontrolle über sie. Ich liebe dich zu sehr, als daß ich dich noch einmal diese entsetzliche Qual durchleiden machen will, die die Lüsternheit der Männer dir bereitet hat ... Ich erinnere mich an deine Narben und denke an dein Leid – und schaudere mit dem Innersten meiner Seele davor zurück.«

Ginevra nahm seine Hände; ihre Augen glänzten vor Zärtlichkeit. »Ich war eine größere Närrin, als ich je wußte. Ich verspreche dir, mich nie mehr von meinen Sorgen vereinnahmen zu lassen. Und du mußt mir versprechen, daß du nichts vor mir verbergen wirst. Weder deine niedersten noch deine edelsten Gedanken. Wenn wir schon beide so närrisch werden, dann laß es uns doch zumindest gemeinsam sein.

Ich will dich, Lorenzo. Ich will, daß du meine Brüste berührst, genau so.« Und sie hielt seine Hände an ihre Brüste. »Ach, wie lange habe ich mich danach gesehnt.«

Unter seinen Händen wurden ihre Brüste steif und preßten sich gegen ihn. Lorenzo schrie auf, drückte seine Lippen auf ihr Herz, spürte, wie es bei seiner Berührung höher schlug.

Sie liebten sich auf einem Bett aus Blumen, langsam und doch drängend, erforschten ihre Getrenntheit mit einer

Sanftheit, die sich zu Kraft verwandelte, um dann mit einer Macht hervorzubrechen, die sie in einer Verschmelzung von Herzen, Seelen und Körpern hinwegfegte und eins werden ließ.

Hinterher blickten sie sich tief in die Augen – Augen, in denen die schmachtende Sehnsucht zweier von Leidenschaft und Liebe erschöpfter Menschen lag. Lorenzo küßte die geschwungenen Narben auf Ginevras Brüsten. Ginevra küßte die schmale, gerade Narbe an Lorenzos Hals. Und die tragische, durch das Mordkomplott der Pazzi geschlagene Wunde war geheilt.

51. Kapitel

»Ich möchte dir meine Arbeit zeigen«, sagte Ginevra, nachdem sie sich wieder angezogen hatten, und führte ihn über die Felder, durch die Weingärten und Olivenhaine La Vacchias.

Als sie einem der Bauern begegneten, ließ das ehrfürchtige Verhalten des Mannes auf Lorenzo sie plötzlich begreifen, warum sie das Dorf so schnell verlassen hatten. Für diese Leute war Lorenzo der Magnifico, und sie waren in seiner Gegenwart wie gelähmt.

»Ist das immer so für dich?« fragte sie.

»Nur bei meinen Freunden nicht. Manchmal, wenn sie etwas wollen, allerdings sogar bei ihnen.«

»Wie traurig und einsam.« Sie drückte seinen Arm eng an sich.

Lorenzo lächelte. »Keine Gefühlsduselei, Contadina. Als ich jung war, hatte ich die Wahl, und ich habe mich für die Macht entschieden. Den Preis dafür habe ich immer gerne gezahlt.«

Aber Ginevra empfand seine Einsamkeit immer noch als traurig. Im stillen schwor sie sich, ihn so mit ihrer Liebe zu umgeben, daß er keine Einsamkeit mehr kennen würde.

Mittags nahmen sie Brot, Käse und Wein mit auf die Blumenwiese, aßen dort und liebten sich ein weiteres Mal.

»Dieses Gras werde ich nie mähen lassen«, seufzte Ginevra. »Ich möchte, daß es auf ewig als Schrein für den heutigen Tag unberührt bleibt.«

Lorenzo lachte. »Ich werde dich daran erinnern, wenn es September ist und du dir anschaust, wie das herrliche Heu gemacht wird.« Er wich ihren gespielten Faustschlägen aus.

Nachmittags ritten sie nach Careggi. »Das hier wird unser Zuhause«, sagte Lorenzo. »Hier war ich immer am glücklichsten; für uns als Liebespaar ist es der richtige Platz.«

Nur wenig mehr als zwei Wochen später stürmte Lorenzo auf der Suche nach Ginevra in den Garten von Careggi. Sie pflanzte gerade ihre Lieblingsiris aus La Vacchia in die frisch umgegrabenen Beete am Tisch unter den Bäumen.

Er nahm sie hoch und schwenkte sie im Kreis herum. »Ich habe ja immer gesagt, daß du mir Glück bringst«, rief er. »Was ich mir am meisten gewünscht habe, wird jetzt Wirklichkeit.« Er setzte sie auf den Tisch und küßte sie.

Ginevra war zu sehr außer Atem geraten, um zu fragen, was er meinte. Lorenzo brauchte jedoch keine weitere Aufforderung. Er ging vor ihr auf und ab und erzählte ihr die guten Nachrichten.

Der König von Frankreich hatte endlich auf die Briefe geantwortet, die Staatsoberhäupter, Botschafter und andere hohe Herren auf Lorenzos Drängen hin an ihn geschrieben hatten. Er hatte Lorenzos Sohn Giovanni die Abtei Font Doulce übertragen. Das bedeutete, daß der Junge jetzt eine Position in der Kirche hatte. Er war Abt.

Zumindest würde er Abt sein, sobald der Papst die Übertragung bestätigte.

»Mein Sohn wird eines Tages Kardinal«, verkündete Lorenzo. »Das hier ist erst der Anfang.«

Ginevra runzelte die Stirn. »Ich verstehe nicht, wie du von Sixtus erwarten kannst, daß er dir auch nur den kleinsten Gefallen tun wird, wo doch in Ferrara wieder der Krieg ausgebrochen ist. Ich dachte, Rom sei ein Feind von Florenz.«

Lorenzo lachte in sich hinein. »Aber Frankreich ist mein Freund und mächtiger als Rom. Sixtus kann es sich nicht leisten, König Ludwig zu beleidigen. Deshalb waren die ganzen Briefe auch an ihn gerichtet.«

Ginevra grinste. »Ich verstehe, du Fuchs. Das gleiche Spielchen wie mit der Halskette mit den Schwertlilien, die du in Neapel allen unter die Nase gehalten hast. Kein Wunder, daß du solch ein guter Schachspieler bist.«

Lorenzos Grinsen war noch breiter als ihres. »Ich bin nur deshalb ein so guter Schachspieler, weil du mich immer nach der Hälfte des Spieles gewinnen läßt, damit wir ins Bett gehen können. Lüsterne!« Er küßte die weichen Stoppelhaare auf ihrer Stirn.

In der kurzen Zeit, seit sie ein Liebespaar waren, hatten sie sich ein gemeinsames Leben geschaffen, das beide in idealer Weise zufriedenstellte. Der Mittelpunkt ihres Lebens war immer noch die Stadt; in ihren voneinander getrennten Leben hatten beide immer noch viel zu tun. Doch Careggi war nur einen kurzen Ritt von der Stadt entfernt, und sie fanden mühelos Gelegenheiten, sich in die friedliche Abgeschiedenheit dieses Ortes zurückzuziehen.

Manchmal blieben sie dort über Nacht, manchmal trafen sie sich mittags für eine Mahlzeit unter den Bäumen, manchmal gingen sie auch getrennt nach Careggi, um dort die Veränderungen vorzunehmen, die sie gemeinsam geplant hatten. Careggi war ihr Zufluchtsort und ihr Heiligtum, der Ort, wo sie am wahrhaftigsten sie selbst waren, wo sie einander ihre Herzen, ihre Seelen und ihre Liebe schenken konnten, ohne irgend etwas zurückzuhalten. Careggi machte es ihnen leicht, in der Stadt auf die gleiche Art wie immer zu leben: als Freunde. Sie täuschten niemanden, stellten ihre Liebe aber auch nie zur Schau. Es war ein privater Schatz, der viel zu neu war, um mit irgend jemand anderem geteilt zu werden.

Am 31. Mai traf eine Nachricht aus Rom ein. Der Vatikan hatte der Übertragung der Pfründe von König Ludwig auf Giovanni zugestimmt.

Lorenzo hatte es nicht anders erwartet und für den nächsten Schritt bereits alle Vorkehrungen getroffen. Am Tag darauf kam sein alter Lehrer Gentile de' Becchi in seiner Funktion als Bischof von Arezzo in den Palast. Die Familie versammelte sich in der winzigen Kapelle, um Giovannis Weihe beizuwohnen und zuzusehen, wie der Bischof ihm eine Tonsur schnitt.

Bei der darauffolgenden Feier prostete Lorenzo seinem Sohn zu und gebrauchte dabei Giovannis Kirchentitel *Messire*. Pico stand neben Ginevra. »Die florentinische Republik ist ein eigenartiges System«, meinte er. »Da kann ein Kind einen Titel tragen, während sein Vater, der Herrscher, keinen hat.«

»Ich verstehe das alles nicht«, gestand Ginevra. »Wie kann ein siebenjähriger Junge Abt eines Klosters werden, auch wenn es in Frankreich liegt?«

Picos Gesicht erstrahlte in einem wunderschönen Lächeln. »Ginevra, du machst mir Spaß. Glaubst du wirklich, Kirche bedeutet nur, daß ein Priester den Menschen Gott näherbringt? Kirche bedeutet Politik und Diplomatie und Macht..., danach kommt das Hüten der Wahrheit und das Bewachen des Himmels. In der Kirche ist alles möglich.«

Als eine Woche später die Nachricht eintraf, Giovanni sei jetzt auch Erzbischof von Aix-en-Provence, erinnerte sich Ginevra an seine Worte.

»Ich dachte mir schon, unsere Gegner stünden kurz davor, sich gegenseitig zu bekämpfen«, sagte Lorenzo Mitte Juli. »Jetzt bin ich mir dessen sicher. Venedig wird den Neffen des Papstes dazu bringen, sich sein eigenes Grab zu schaufeln.«

Er war gerade aus der Stadt gekommen und staubig und erhitzt vom Ritt. Ginevra goß Wasser in eine Schüssel und tauchte ein Tuch für ihn ein, damit er sich Gesicht und Hals abwischen konnte.

»Danke, Geliebte.«

Als der Schmutz entfernt war, verrieten Lorenzos Lippen durch ihren verräterisch blassen Rand, daß er Schmerzen hatte. Im stillen verfluchte Ginevra den Krieg, der diese täglichen Ritte in die Stadt zur Arbeit an seinem Schreibtisch und bei den Konferenzen mit der Regierung erforderlich machte. Der jetzige Gichtanfall war nicht so schlimm wie einige vorher, aber er hatte mehr als eine Woche lang gedauert. Auch über ihren Sommer in Careggi warf der Krieg seine Schatten.

Sie wußte, auf Florenz hatte er so gut wie keine Auswirkungen. Die Kämpfe fanden weit im Norden statt, und die Republik war nicht in Gefahr. Florenz spielte nur als Unterstützung Mailands eine Rolle, und für Mailand würde die Situation kritisch werden, wenn Venedig wie angekündigt danach strebte, seinen Einflußbereich über den kleinen Stadtstaat Ferrara hinaus auszudehnen.

Doch selbst diese begrenzte Beteiligung forderte Lorenzos Aufmerksamkeit für die jeden Tag im Palast eintreffenden Berichte seiner Informanten und bedeutete endlose Versammlungen der verschiedensten Ausschüsse und unaufhörliche Treffen mit Regierungsvertretern.

»Wenn Venedig mit Riario bricht, wie lange wird es dann dauern, bis der Krieg zu Ende ist?« fragte sie.

»Vor der winterlichen Waffenruhe werden die Kämpfe wahrscheinlich nicht beendet sein. Die Aufteilung der Siegesbeute kann dann noch Jahre dauern. Wir müssen eine ganze Reihe von Verhandlungen in die Wege leiten.«

Ginevra machte ein bedrücktes Gesicht.

»Laß den Kopf nicht hängen, Contadina«, sagte Lorenzo. »Selbst ein Krieg kann einem unvorhergesehene Vorteile verschaffen. Willst du nicht wissen, warum ich mir so sicher bin, daß Venedig Riario fallenlassen wird?«

»Warum?«

»Weil die Dogen Andrea gefragt haben, ob er einen Auftrag annimmt. Sie wollen einen florentinischen Künstler, obwohl Riario allem, was mit der Republik zu tun hat, feindlich gesinnt ist. Den Dogen ist es offensichtlich egal, ob es ihm gefällt oder nicht. Ergo ist das Bündnis nicht so fest, wie es einmal war.«

Jetzt zeigte Ginevra echtes Interesse. »Was hat Andrea gesagt? Wird er annehmen?«

Lorenzo lachte. »Du kennst ihn doch. Wenn Verrocchio gut genug entlohnt wird, ist er immer interessiert. Doch er ist auch ein Mann, der seinen Komfort liebt. Ich weiß nicht, ob selbst der Wohlstand Venedigs in der Lage sein wird, ihn von seinem Atelier und seinem Zuhause wegzulocken.

Er steckt in einem echten Dilemma. Ein Mann in Venedig

hat mir die Nachricht zukommen lassen, nicht er. Ich glaube, er kann sich nicht entschließen. Ich habe ihm die Botschaft übermittelt, daß wir bei Tisch sein lärmendes Wesen vermissen, und hoffe, er kommt zum Abendessen. Ich will ihn schmoren sehen.«

Careggi hatte den Palast als regelmäßiger Versammlungsort ihrer Freunde abgelöst. Die langen Tage ermöglichten es ihnen, nach Florenz zurückzukehren, bevor die Stadttore geschlossen wurden. Und die Verbindung zwischen Ginevra und Lorenzo war jetzt so vollendet, daß sie sie nicht länger vor Störungen zu schützen brauchten.

»Falsch geraten«, neckte Ginevra. »Andrea war so entschlossen, wie ich es nie zuvor bei jemandem gesehen habe. Noch nie habe ich ihn in derart heller Aufregung über irgend etwas erlebt.«

Venedig wollte, daß Verrocchio eine Statue zum Gedenken an den Feldherrn anfertigte, der in früheren Kriegen die venezianische Armee angeführt hatte. Und es sollte nicht nur eine einfache Statue werden, sondern ein Reiterstandbild aus Bronze. Lebensgroß oder größer. Padua, einer kleinen Stadt im venezianischen Staat, gehörte das einzige Standbild dieser Art, das seit den Zeiten des römischen Imperiums erfolgreich ausgeführt worden war. Auch mit ihm hatte man einem venezianischen Feldherrn ein Denkmal gesetzt, und es war ebenfalls eine Reiterfigur aus Bronze. Sie war eines der großen Wunder dieser Zeit und ein Werk des großen Donatello.

Andreas Stimme war ungewöhnlich leise gewesen, als er davon sprach.

»Man stelle sich nur vor, ich werde die Chance bekommen, dem Meister etwas Gleichwertiges entgegenzusetzen. Es ist das gewagteste Werk, mit dem man mich je betrauen wird. Und wenn ich Erfolg habe, werde ich etwas vollbracht haben, das keinem anderen lebenden Menschen gelingen konnte. Es wird mich unsterblich machen.«

Einen Monat später verließ er die Stadt. Auf dem Abschiedsessen, das Lorenzo und Ginevra ihm zu Ehren gaben, hatten alle viel zuviel getrunken. Viele weinten. Andrea würde jahrelang weg sein.

Ginevras Tränen waren bereits am Nachmittag geflossen, als Andrea in Careggi eintraf, bevor Lorenzo aus der Stadt zurückgekommen war.

»Ich wollte dich erst einmal alleine treffen«, sagte Andrea, »und dir ein Geschenk überreichen. Es ist eine andere Art Denkmal. Ginge ich nicht fort, Ginevra, könnte ich diese Dinge nicht sagen, aber ich gehe, und daher kann ich es. Seit du ein kleines Mädchen warst, habe ich dich gemocht, diesen Sommer jedoch habe ich dich lieben gelernt. Für das Glück, das du meinem Freund Lorenzo schenkst, und für die Lektion, die du meinem zynischen und in jeder Hinsicht erfahrenen Herzen erteilt hast. Ihr beide seid der Beweis, daß es eine vollkommene Liebe geben kann. Ich hätte nie gedacht, daß ich je an so etwas glauben würde.«

»Andrea…, danke.«

»Hör auf zu schniefen, Ginevra, oder ich muß mir die Nase putzen. Du hast doch noch nicht einmal das Geschenk gesehen. Es ist mit das Beste, was ich je gemacht habe. Es paßt genau in diese Oase des Glücks, die du hier geschaffen hast.«

Andrea rollte das Bündel auf, das er seinem Gepäck entnommen hatte, und Ginevra sah das entzückende, schelmische Lachen eines Bronzeengels. Er war sehr jung, hatte rundliche Füße, faltige Handgelenke und Knöchel, Pausbacken und den runden Bauch, der kleine Kinder so köstlich werden läßt. Kleine, dem Alter angemessene Flügelchen hielten ihn auf einem Fuß im Gleichgewicht, während er einen großen, sich anmutig windenden Fisch umklammert hielt, der versuchte, aus seinen Händen zu entwischen.

»Andrea, ich liebe ihn. Und dich dazu. Er ist ein Meisterwerk, und…«

»Genug, Ginevra. Es ist ein Brunnen für den Garten, den du hier entstehen läßt. Aus dem Maul des Fisches wird Wasser sprudeln. Ich könnte es nicht ertragen, wenn ich erfahren müßte, daß du so etwas Banales wie den heiligen Franziskus und die Vögel aufgestellt hast.«

52. Kapitel

»Wir müssen verrückt sein«, sagte Lorenzo.

Ginevra lachte. »Du siehst schon ein wenig seltsam aus«, meinte sie, »aber ohne Zweifel prächtig.« Der Regen lief an seinem nackten Athletenkörper herunter und klebte das Haar an seinen wunderschön geformten Kopf. Kleine Rinnsale klatschten aus dem Kranz aus Weinreben, der ihm schief über der Braue hing, auf seine massige Brust.

»Du siehst aus wie eine Wassernymphe, die in einen Fluß gefallen ist.« Lorenzo grinste, schnippte ihr einen Wassertropfen von der Nasenspitze. Auch sie war nackt; Lorenzo hatte die Wildblumen für ihren Kranz gepflückt und ihn vor Beginn des Regens mit seinen langen, geschmeidigen Fingern geflochten. Jetzt war der Kranz pitschnaß. Sie waren auf der Wiese in La Vacchia, auf der sie sich vor drei Jahren das erste Mal geliebt hatten. Jedes Jahr kamen sie am ersten Mai hierher zurück, um die Freude jener Entdeckung wieder neu entstehen zu lassen. An diesem Maitag regnete es zum ersten Mal.

Ginevra griff nach oben und rückte seinen Kranz zurecht. Lorenzos Hände berührten die ihren, dann glitten sie an ihren nassen Armen herunter zu ihren Hüften und zogen sie eng an sich. Sie fiel ihm um den Hals, ihre Augen trafen sich, tauschten wortlose Schwüre aus, ihr Lachen verebbte. Als ihre Lippen sich trafen, hörte der Regen so plötzlich auf, wie er begonnen hatte, und eine warme Brise blies die Kälte von ihren nassen Körpern.

Ginevra hielt eine Hand über Lorenzos Gesicht, um während seines Schlafes seine Augen vor der Sonne abzuschirmen. Mit der anderen Hand strich sie ihm das nasse Haar aus der Stirn. Sie war immer glücklich, wenn er sein kurzes Nickerchen machte; das gab ihm die Kraft zurück, die ihn so oft verließ, nun, da ihn die Krankheit zunehmend schwächte. Und sie gaben ihr die Möglichkeit, ihn anzuschauen, sich an der Kostbarkeit seiner Liebe zu weiden wie ein Geizhals an seinem gehorteten Gold. Sie tat es nur, wenn er schlief. Er sagte, er fühlte sich unbehaglich, wenn sie sich auf diese Weise an seinem Anblick erfreute, komme sich vor wie eines der Olivenölfässer, die sie jedes Jahr nach dem Pressen der Ernte in La Vacchia mit solcher Freude zählte.

Sie hatte ihm natürlich davon erzählt, daß sie ihn so verzückt anschaute; sie erzählte ihm immer alles, was ihr Herz und ihre Gedanken bewegte. Und auch er verbarg keinen Gedanken vor ihr. Die Intimität, die sie teilten, war vollkommen, die Vereinigung ihrer Körper nur ein Teil davon.

Ginevra wischte ein Insekt von Lorenzos Schulter und atmete den süßen Duft des Heus und der in der Sonne trocknenden Blumen ein. Nur sie allein wußte, daß Lorenzo im Grunde seines Herzens ein Romantiker war. Es war seine Idee gewesen, ihr Jubiläum wie ihren Geburtstag jedes Jahr mit einer besonderen Zeremonie zu feiern. In dieser Nacht kamen nie Gäste nach Careggi, nur sie und er waren da. Während sie aßen, ließen sie alle guten Dinge hochleben, die seit ihrem letzten Geburtstag geschehen waren, nach dem Essen prosteten sie einander zu und sagten: »Ich mache dir mein Herz zum Geschenk.« Dann liebten sie sich.

Sie lächelte, erinnerte sich an das erste Jahr, in dem sie beinahe erfroren waren. Careggi war für ein Leben im Sommer vorgesehen und nicht dafür, am ersten Januar nackt herumzutollen. In jenem Frühjahr hatte Lorenzo auch die Loggia gebaut. Sie ging bis zur Rückseite des Hauses und wies nach Süden; die Bögen waren mit Glasscheiben ausgefüllt. Alle Freunde und Bekannten waren über diesen Stilbruch entsetzt. Eine Loggia war keine Loggia, wenn sie abgeschlossen war.

Doch alle nahmen das Gesagte zurück, als es Winter wurde und sie in dem von der Sonne aufgewärmten Raum zu Mittag aßen. Mit unzeitgemäß frühen Blüten bedeckte Zitronenbäumchen standen an den Seiten der Loggia.

»Wird dir dein Arm nicht lahm, wenn du auf diese Weise den Sonnenschirm spielst?« Lorenzo war wach.

Ginevra nahm ihn herunter. »Jetzt, wo du es sagst, wird er

es tatsächlich. Ich habe es nicht bemerkt. Ich dachte gerade an diesen ersten Geburtstag in Careggi zurück.«

Lorenzo lächelte. »Wir waren damals noch verrückter als heute. Du warst blaugefroren.«

»Ha! Du warst grün.«

»Unsinn, Frau. Ich bin ein heißblütiger Italiener. Komm her, und ich werde es dir beweisen.«

Ginevra kuschelte sich an ihn, ihr Kopf fand die Vertiefung in der Nähe seines Halses, in der sie so gerne ruhte, und ihre Hände begannen langsam, den Körper zu erforschen, den sie so gut kannte.

»Das fühlt sich gut an. Noch ein Stück nach links, dann kratzen. Da hat mich etwas gebissen.«

»Ist es so gut?«

»Perfekt. Das genügt, jetzt kannst du weitergehen.«

»Wenn du willst, daß Pico sich die Beine in den Bauch steht, mit Vergnügen.«

Lorenzo gab ein grollendes Knurren von sich. »Das habe ich ja ganz vergessen. Wir müssen gehen.« Er drehte sich auf die Seite. Ginevras Kopf glitt von seiner Brust auf den Boden.

»Scheusal«, sagte sie. »Dafür wirst du nun allein zu Pico gehen müssen. Während die Bauern im Dorf damit beschäftigt sind, sich zu betrinken, werde ich nach den Weingärten schauen.«

»Feigling«, entgegnete Lorenzo. Er lachte über ihr heftiges Nicken. »Und denk ja nicht, daß du mir so leicht davonkommst«, warnte er. »Heute abend werde ich dir in allen Einzelheiten erzählen, was er mir gesagt hat.«

»Das stört mich nicht. Du bestehst ja nicht darauf, daß ich mit jedem Wort übereinstimme.«

Ginevra war über Pico verärgert und ärgerte sich doppelt darüber, daß Lorenzo ihre Gereiztheit offenbar komisch fand. Widerwillig gab sie zu, daß die Platonische Akademie aufregender und auch angenehmer war, seit Pico dazugehörte. Durch ihn angeregt und aufgestachelt, waren die Gelehrten flexibler und menschlicher geworden. Sie kamen jetzt tatsächlich nach Careggi, wo die Treffen gemütlicher waren. Und als Ghirlandaios Fresko fertig war, gingen sie jeden Tag nach Santa Trinità, bloß um sicherzugehen, daß die abertausend Menschen, die gekommen waren, um sich das Gemälde anzusehen, sie als die Männer erkannten, die in der Gruppe zu sehen waren.

Aber, meinte sie beharrlich, Picos Eigendünkel brach doch wirklich alle Regeln des Anstands. Vor zwei Jahren war er nach Rom gegangen und hatte der Kurie eine imposante Liste von neunhundert Fragen präsentiert. »Ich kann auf jede von ihnen antworten«, hatte er geprahlt, »und ich werde sie öffentlich mit jedem diskutieren, der sie zu stellen wagt.«

Die Fragen deckten von der Mathematik bis zur Theologie jedes Thema ab, basierten auf Texten, die er in Hebräisch, Arabisch und Aramäisch studiert hatte, seinen Lieblingstext, die Kabbala, inbegriffen. Zu einer Debatte kam es nicht. Die Kardinäle gingen die Liste durch und erklärten dreizehn der Fragen für ketzerisch.

Bevor er eingesperrt werden konnte, floh Pico aus Rom und setzte sich nach Frankreich ab. Doch für den Einfluß des Vatikan war die Grenze kein Hindernis. In Vincennes wurde Pico gefangengenommen. Es dauerte fast ein Jahr, und Lorenzo mußte seinen ganzen Einfluß geltend machen, um ihn aus dem dortigen Verlies freizubekommen.

Ginevra hatte geglaubt, Pico sei für die wiedergewonnene Freiheit dankbar. In Spanien endeten Ketzer auf dem Scheiterhaufen.

Doch bei seiner Rückkehr nach Florenz verkündete Pico sofort, er habe recht und die Kirche sei im Irrtum.

Jetzt wollte er Lorenzo die Abhandlung zeigen, die er geschrieben hatte, um »es zu beweisen«, wie er sich ausdrückte.

Lorenzo band die Schnüre von Ginevras Gamurra zusammen und tätschelte ihr Hinterteil. »So«, sagte er, »fertig. Du gefällst mir in nasser Kleidung, Contadina. Sie bringt deine Reize besonders gut zur Geltung.«

»Mir gefällst du naß und ohne jede Kleidung«, antwortete Ginevra mit einem übertrieben lüsternen Grinsen. »Zu schade, daß du dir jetzt den absoluten Beweis dafür anhören mußt, warum ein Wort mit sieben Buchstaben und ohne Vokale bedeutet, daß Pico della Mirandola der klügste Mann der Welt ist.«

Lorenzo lächelte. »Grausam. Giftig und grausam. Warum liebe ich eine derart boshafte Frau nur so?« Er ergriff ihre Hand. »Komm mit mir, wir holen mein Pferd, du Hexe. Bist du sicher, daß du nicht mitkommen willst?«

»Es ist besser so. Ich könnte Picos schönen Kopf mit einem schweren Gegenstand verunstalten.«

Bevor er sein Pferd bestieg, drückte Lorenzo Ginevra an sich. »Einen glücklichen Jahrestag, meine Geliebte.«

»Sehr glücklich«, flüsterte Ginevra. »Immer.«

Sie wartete, bis Lorenzo ein gutes Stück seines Weges zur Stadt zurückgelegt haben würde, dann ritt sie nach Careggi. Eigentlich wollte sie die Trauben gar nicht inspizieren; es war dazu noch viel zu früh im Jahr. Und an der Villa hatte sie längst nicht mehr das größte Interesse. Sie paßte auf La Vacchia und die Bäder in Morba, die ihr Lucrezia vermacht hatte, gut auf. In Careggi jedoch war sie zu Hause. Die beiden anderen Orte waren nur Betriebe, die Geld abwarfen.

Dieses Geld bewahrte sie in einer eigentlich für Schmuck gedachten, verschließbaren Schatulle auf. Lorenzo versuchte, sie dazu zu bringen, es zur Bank zu bringen und zu investieren. Ginevra antwortete lediglich, daß sie das Herz einer Bäuerin besitze und ihre Goldmünzen dort haben wollte, wo sie sie sich auch anschauen konnte.

»Ich würde sie ja in die Matratzen einnähen, wenn ich nicht wüßte, daß du dich über die Beulen beklagst.«

Lorenzo schlief in Careggi nur höchst selten in seiner eigenen Schlafkammer.

Als sie nach Hause kam, übergab Ginevra ihr Pferd einem der Stallburschen und hatte ein langes Gespräch mit Emilio, dem tyrannischen alten Mann, dem die Ställe anvertraut waren. Dank Emilio waren Lorenzos Rennpferde jetzt in ganz Europa bekannt. Er war Züchter und Zureiter zugleich.

Es erforderte Ginevras ganze Geduld und all ihren Charme, sich seine ärgerlichen Beschwerden anzuhören und ihn in seinem gekränkten Stolz darüber zu beschwichtigen, daß Lorenzo das Pferd verkauft hatte, von dem Emilio sicher gewesen war, daß es dieses Jahr den Palio gewonnen hätte.

Als sie die Ställe verließ, blieb sie an der Umfriedung der Weide stehen und pfiff nach Morello. Immer wieder war sie fasziniert davon, wie der stattliche Hengst als Antwort auf ihr Signal schnell wie der Wind herbeigeeilt kam.

»Ho, du Schöner!« sagte sie und streichelte seine Mähne. »Ich habe Emilio ein wenig Zucker für dich gestohlen.« Sie streckte ihre Hand aus und lächelte, als sie sah, mit wieviel Umsicht Morello zubiß, als er den Klumpen Hutzucker annahm. »Damit wirst du dich trösten müssen, mein Sieger. Vor morgen wird Lorenzo nicht hier sein.« Sie war sicher, daß er über Nacht in der Stadt bleiben würde. Seit drei Tagen hatte er jetzt die Kinder nicht mehr zu Gesicht bekommen; für ihn war das eine lange Zeit.

Morello stieß sie am Arm an, wollte mehr. »Tut mir leid, mein Freund, mehr habe ich nicht«, sagte Ginevra. Sie legte ihren Mund an Morellos Ohr und murmelte ihm zu: »Emilio hat seinen Gewinner für den Palio verloren, und er ist auf alles und jeden wütend. Doch uns ist das egal, nicht wahr? Als wir an der Reihe waren, haben wir gewonnen.«

Bevor sie in die Villa hineinging, spazierte Ginevra durch den Olivenhain zum Schweinestall. Die Schweine waren die neueste Errungenschaft in Careggi. Eine Zucht, die Lorenzo südlich von Neapel aufgetan hatte. Sie standen in dem Ruf, einen Prosciutto abzugeben, der der Götter würdig war.

Mit einem Stock kratzte sie den Rücken einer Sau, während ihr der Aufseher von dem Futter berichtete, das er gerade ausprobierte, und wieviel Gewicht seine Schützlinge zugelegt hatten.

Als sie auf ihr Zimmer kam, schrieb sich Ginevra die Zahlen für ihre Buchführung auf. Sie protokollierte alles, was auf Careggi passierte: Pflanz- und Erntedaten, Erträge, das Wetter, die Ergebnisse der Experimente, die Lorenzo durchführte, um den perfekten Käse zu finden.

Sie machte sich auch Notizen über Ereignisse in ihrem eigenen Leben. Selbst über die traurigen. Eine Seite mit einem dicken, tintenschwarzen Rand kennzeichnete den Todestag von

Gigi Pulci im Februar. Doch glücklicherweise gab es nur wenige traurige Vorfälle, die in dem Buch Eingang fanden. Dafür viel Erfreuliches. Am Schluß der Information über die Schweine schrieb sie: »Erster Mai. Regen.«

Mehr würde sie nicht brauchen, um sich das ganze Erlebnis wieder ins Gedächtnis zurückzurufen.

Ihre Lippen verzogen sich zu einem Lachen. Lorenzo hatte recht; sie mußten verrückt sein.

Als sie in jener Nacht zum Gebet niederkniete, dankte sie Gott für diese Verrücktheit.

53. KAPITEL

»Dein Freund Pico ist wirklich verrückt«, meinte Lorenzo, als er am nächsten Tag heimkam. Er lachte so sehr, daß er kaum die Worte herausbekam.

Ginevra riß sich zusammen.

»Er hat eine hervorragende Verteidigungsschrift für seine angebliche Ketzerei verfaßt«, fuhr Lorenzo fort. »Sie enthält eine Einleitung, in der steht, daß es eigentlich unnötig sei, sich überhaupt zu verteidigen. Es würde nämlich jedem gebildeten Mann sofort auffallen, daß der schlechte Stil der Erklärung der Kurie nur einen Schluß zuließe: Die Kardinäle verfügen über ein zu geringes Wissen, als daß sie seine These überhaupt begreifen könnten. Daher... quod erat demonstrandum... verdammten sie ihn, weil seine Schlußfolgerungen für sie zu schwierig waren, und nicht, weil er sich irrte.«

Ginevra war entsetzt. »Wie kannst du das lustig finden, Lorenzo? Wenn er diese Schrift dem Vatikan schickt, werden sie ihm Schlimmeres antun, als ihn nur ins Gefängnis zu werfen.« Zwar war sie selbst wütend auf Pico, aber daß er Schaden erlitt, wollte sie denn doch nicht.

Ihre Besorgtheit um ihn verpuffte, als Lorenzo das dicke Ende der Geschichte folgen ließ. »Darüber hinaus hat der Narr die Verteidigungsschrift auch noch mir gewidmet, als Dank für meine Unterstützung.«

»Oh, nein! Das ist einfach zuviel. Ich kann nicht glauben, daß Pico solch ein Idiot ist, daß er nicht weiß, was er dir da einbrockt. Du solltest ihn eigenhändig in den Kerker werfen, Lorenzo, und die Tür zumauern. Er wird alles zerstören, wofür du so hart gearbeitet hast. Der Papst wird sich gegen dich wenden.«

Der Papst hieß jetzt Innozenz VIII. und war der Nachfolger von Lorenzos altem Feind Sixtus, der vor zwei Jahren gestorben war. Innozenz war ein guter Name für diesen Mann. Er war freundlich und vor allem an den Annehmlichkeiten und Genüssen interessiert, die seine Position ihm und seinen unehelichen Kindern verschaffte.

Lorenzo war einer der wichtigsten Urheber dieser Annehmlichkeiten, und er hatte bereits starken Einfluß auf Innozenz.

Er hoffte, diesen Einfluß sehr bald noch weiter zu verstärken. Ginevras Wut auf Pico war nicht unbegründet. Die nächsten paar Monate waren für Lorenzos Erfolg beim Papst von entscheidender Bedeutung.

»Beruhige dich, Contadina. Ich werde nicht zulassen, daß Pico mich in so große Gefahr bringt. Ich habe ihn dazu überredet, mir die Verteidigungsschrift zu überlassen, damit meine Kalligraphen eine angemessen eindrucksvolle Kopie anfertigen können. Bis er wieder zurückkommt, wird er wahrscheinlich eine neue Leidenschaft entwickelt haben, und wir können diese hier vergessen.«

»Wo geht er denn hin? Hoffentlich nach China.«

»Das Nächstbessere. Er reist nach Mirandola, um seine Familie zu besuchen. Sein Vater hat die Zahlungen für ihn eingestellt, als er gefangengenommen wurde. Selbst Pico wird Zeit brauchen, um die Gunst des Prinzen wiederzugewinnen.«

Ginevra entschloß sich, das Thema zu wechseln. Pico bereitete ihr nur Kopfschmerzen. »Ich glaube, die Schweine werden ein großer Erfolg. Sie bekommen jetzt eine neue Futtermischung…«

An diesem Abend kamen die Philosophen der Akademie nach Careggi. Ginevra konzentrierte sich darauf, die jungen Männer, die Lorenzo als Gastteilnehmer eingeladen hatte, aus der Reserve zu locken. Sie empfand Sympathie für ihre Schüchternheit, weil sie sich lebhaft daran erinnerte, wie sie selber sich gefühlt hatte, als sie das erste Mal dabeigewesen war. Und sie mochte sie, weil sie nicht Pico waren.

Sie konnte jedoch nicht umhin zu bemerken, daß man immer schon vorher wußte, wie die Diskussionen endeten, und die Streitgespräche ein wenig an Glanz verloren hatten.

Die Akademie blieb über Nacht. Am nächsten Tag gab die Harmonieschule in Careggi ein Konzert. Ginevra beobachtete den ganzen Tag über nervös den Himmel, bis sie schließlich entschied, es sei sicher genug, alles so zu arrangieren, daß das Ganze im Garten stattfinden konnte.

Die Musik vermischte sich mit dem schweren Duft der Magnolienblüten, über den Himmel breitete sich ein rosiger Hauch. Angesichts der Vollkommenheit des Augenblicks seufzte Ginevra unhörbar auf.

»Es war doch wirklich vollendet, nicht wahr?« sagte sie laut, als alle heimgegangen waren und sie mit Lorenzo allein war.

»Es war perfekt«, stimmte ihr Lorenzo zu.

»Du weißt, das ist dein Werk. Du hast diese Schule ins Leben gerufen.«

Lorenzo küßte ihre Hand. »Du erinnerst mich nach jedem Konzert daran.«

»Tatsächlich? Das habe ich gar nicht gemerkt. Ich werde es in Zukunft lassen.«

»Das brauchst du nicht. Ich mag es. Mir gefällt alles, was du tust.«

Er hielt ihre Hand, beide waren still, teilten den Frieden ihres Heimes und die Schönheit der vom Licht der Sterne beleuchteten Magnolien, Hunderten bleicher Monde gleich, die an den Bäumen um sie herum hingen. Sanft plätscherte Verrocchios Brunnen in der Stille.

Da Pico nicht mehr da war, war Lorenzos Verbindung zu Papst Innozenz gesichert, zumindest für den Augenblick. Im Hochsommer entschied der Medici, daß die Zeit gekommen war, dem Papst das Bündnis anzubieten, das den Einfluß der Republik festigen würde.

Ginevra war gerade in Morba, als die Antwort des Papstes in Florenz eintraf. Als sie nach Careggi zurückkehrte, sagte ihr ein einziger Blick in Lorenzos Gesicht, daß Innozenz auf das Angebot eingegangen war.

»Gott segne diese lieben kleinen Vögel«, sagte sie. Zwei Jahre lang hatte Lorenzo jedem Brief nach Rom eine Tasche mit gemästeten Gartenammern beigefügt. Innozenz war ganz vernarrt in ihren köstlichen Geschmack. »Er hat ja gesagt, nicht wahr?«

Lorenzo nickte. »Zu allem. Alle meine Probleme sind gelöst.«

Der Sohn des Papstes, Franceschetto Cibo, wurde mit Lorenzos Tochter Maddalena verlobt. Und das päpstliche Konto wurde wieder der Medici-Bank übertragen.

»Hurra!« rief Ginevra. In einem Freudentanz wirbelte sie herum. Nur sie wußte, in welcher verzweifelten finanziellen Lage Lorenzo sich befunden hatte. Als seine älteste Tochter Lucrezia verheiratet wurde, hatte er den großen Palast, der die Medici-Bank in Mailand beherbergte, an Lodovico Sforza verkaufen müssen, um die finanziellen Mittel für ihre Mitgift aufzutreiben. Und als sein junger Vetter Lorenzo volljährig wurde, war er gezwungen gewesen, ihm die Villa in Cafaggiolo und die Bauernhöfe im Mugello zu überlassen, um damit das Darlehen zurückzuzahlen, das er sich vor Jahren bewilligt hatte.

»Hurra! Komm, tanz mit mir, Magnifico!« Ginevra ergriff Lorenzos Hand und zog ihn mit sich, ließ ihn wie sich selbst mit wilden Sprüngen im Kreis herumhüpfen.

»Contadina, nicht!« Er stolperte, fiel gegen sie.

Sofort blieb Ginevra stehen, warf ihre Arme um seine Hüfte, um ihn zu stützen.

Sie lächelte, als ob alles in Ordnung wäre. »Ich habe eine gute Idee. Um dieses Ereignis zu feiern, gehen wir in die Bäder. Morba ist ein wunderschöner Platz, und oben in den Bergen ist es kühl.«

Lorenzo streichelte ihre Wange. »Du hast noch nie überzeugend lügen können, meine Liebe. Es gibt nichts zu feiern. Du möchtest, daß ich meine Gicht behandeln lasse.«

»Ja, genau das möchte ich. Letztes Jahr hat es dir unendlich gutgetan. Monatelang hattest du keine Schmerzen. Und ich hätte wirklich länger in Morba bleiben sollen. Ich baue gerade einen Gebäudekomplex, und ich sollte zusehen, daß er fertig wird. Wenn wir morgen abreisen...«

Lorenzo legte ihr einen Finger über die Lippen. »Das reicht. Ich gehe in die Bäder. Sobald die Antwort des Papstes eingetroffen sein würde, wollte ich das ohnehin tun.« Er zog den Finger wieder weg und küßte sie.

»Doch ich gehe nicht mit dir nach Morba. Ich möchte nicht ›der Freund der Eigentümerin‹ sein. Vielmehr bevorzuge ich einen Platz, an dem ich jammern darf und genau wie alle anderen, von der Gicht befallenen alten Männer ungenießbar sein kann. Ich wollte es dieses Mal mit Spedaletto versuchen. Du kannst ja deine Gebäude fertigstellen, während ich dort bin, und dann kommen wir beide zur gleichen Zeit wieder nach Hause zurück.«

»Nein. Ich komme mit dir nach Spedaletto. Ich möchte wissen, was die Konkurrenz so treibt. Außerdem habe ich gehört, daß es dort einen hervorragenden, neuen Masseur geben soll. Vielleicht könnte ich den ja abwerben.«

Sie hatte in der Tat von diesem Masseur gehört und beabsichtigte, bei ihm Unterricht zu nehmen. Die Steifheit in Lorenzos Beinen verstärkte sich im Winter, und ihre Massagen schienen nicht länger zu helfen.

1487–1488

54. Kapitel

Auf der Terrasse vor der verglasten Loggia lag Schnee. Ginevra und Lorenzo verstreuten Brotkrumen, damit die Vögel an ihrer Geburtstagsfeier teilhaben konnten.

»Was hat dir denn in diesem Jahr am besten gefallen?« begann Ginevra die Zeremonie.

. Lorenzo antwortete, ohne zu zögern. »Der erste Mai im Regen. Und dir?«

»Genau das wollte ich auch sagen. Jetzt muß ich mir etwas anderes aussuchen... Ich denke, ich entscheide mich für das Lied, das du zum Karneval geschrieben hast. Es war so lustig, daß die Jungen, die es vorgetragen haben, vor Lachen nicht mehr weitersingen konnten... Und erinnerst du dich noch an den Jungen mit dem roten Lockenschopf? Er war so ein Schwachkopf, daß er sogar nach den ganzen Proben nicht merkte, worum es in dem Lied eigentlich ging.«

Lorenzo lachte. »Und dann hat es ihm einer der anderen erklärt, und sein Gesicht wurde genauso rot wie seine Haare... Schnapp dir die Instrumente, Ginevra, und laß uns singen.«

»...Schau, Lorenzo, wir haben die Vögel verjagt.« Ginevra schlug eine weitere Saite an, und Lorenzo begann mit einem neuen Lied. Sie saßen sich auf den Bänken gegenüber; Lorenzo hatte eine Laute, Ginevra eine Mandoline. Und sie lachten über ihre unmelodischen Stimmen und das Wunder, mit der einzigen anderen Person auf der Welt zusammenzusein, die sich an der Kakophonie nicht störte.

Sie machten oft gemeinsam Musik, weil sie beide die Musik liebten und ihre Instrumente gleichermaßen gut beherrschten. Wenn sie nicht sangen, kam mehr Ernst in ihr Vergnügen. An ihrem Geburtstag rührte die Freude daher, daß sie alles miteinander teilten, sogar die gemeinsame Schwäche.

Es galt die Regel, daß an ihrem Geburtstag nur frohe Themen angesprochen werden durften. Lorenzo wartete also bis zum nächsten Tag, um Ginevra von dem Problem zu erzählen, das im Zusammenhang mit Papst Innozenz aufgetaucht war.

»Ich dachte nie, daß dieser faule alte Mann wegen irgendeiner Sache solche Eile an den Tag legen würde«, knurrte er, »doch gestern erreichten mich vier Briefe von ihm. Vier Briefe! Und alle waren am selben Tag diktiert. Letzte Woche kamen auch schon fünf. Er sagt, sein Sohn sei ungeduldig, aber das kann unmöglich stimmen. Cibo ist noch träger als Innozenz.«

Der Papst wollte, daß die Hochzeit zwischen seinem Sohn und Lorenzos Tochter stattfand, sobald das Wetter im Frühjahr Maddalena die Reise nach Rom gestattete.

Lorenzo mußte warten, bis sich mit Hilfe des päpstlichen Kontos in der Medici-Bank genug Geld angesammelt hatte, um die ungeheure Mitgift bezahlen zu können, die er zusammen mit seiner Tochter versprochen hatte.

»Ich sagte doch, meine ganzen finanziellen Probleme seien gelöst. Erinnerst du dich noch? Und jetzt ist Geldmangel dabei, genau das Bündnis zunichte zu machen, das die Probleme lösen sollte. Es liegt auf der Hand, daß ich Innozenz nicht verraten kann, warum er warten muß. Ich muß eine plausible Entschuldigung finden.«

»Ihr Alter?«

»Sie ist fast vierzehn, das wird nicht gehen. Ich muß es mit irgend etwas versuchen, das wenigstens halbwegs glaubhaft klingt. Ich könnte sagen, Clarissa will sie noch nicht gehen lassen. Das entspricht in etwa der Wahrheit, aber es ist nicht einleuchtend. Allerdings ist Clarissa immerhin eine Orsini, und in Rom bedeutet das selbst für einen Papst eine ganze Menge.

Das ist es, Ginevra! Einen Versuch ist es allemal wert. Ich werde es Innozenz mit der ganzen herzzerreißenden Beredsamkeit nahebringen, die mir zur Verfügung steht, daß ich die Hochzeit genausosehr will wie er, ihn aber um einen Aufschub bitten muß. Wegen Clarissa. Sie kann es nicht ertragen, sich gerade jetzt von ihrer Lieblingstochter zu trennen. Sie bittet darum, Maddalena noch ein bißchen länger bei sich behalten zu können, weil es ihr nicht gutgeht und ihre Liebste ein ungeheurer Trost für sie ist.

Auch das stimmt. Die Spione des Papstes können es ihm bestätigen. Clarissa fühlt sich jetzt schon seit Wochen nicht gut. Sie hat eine schwere Verdauungsstörung…«

Ginevra starrte ihn an. Er hatte gerade ihre zweite Regel gebrochen. Er hatte über Clarissa gesprochen.

Es war gestattet, als Bestandteil diplomatischen Vorgehens von ihr zu sprechen. Es war aber nicht erlaubt, sie als wirkliche Frau zu erwähnen, die Schmerz fühlen konnte. Insgeheim war Ginevra immer bewußt gewesen, daß sie eine Ehebrecherin und Lorenzo Ehemann und Vater war. Doch sie schaffte es, nicht weiter daran zu denken, indem sie es vermied, Clarissa persönlich zu begegnen oder sie im Gespräch zu erwähnen.

»Ich bin eifersüchtig«, hatte sie Lorenzo gesagt. Und als er versuchte, sie davon zu überzeugen, daß diese Eifersucht völlig unbegründet und ihrer nicht würdig war, hatte Ginevra nicht nachgegeben. »Das ist mir alles völlig egal, Lorenzo. Tatsache ist: Ich bin eifersüchtig und will nicht über Clarissa sprechen. Niemals. Du mußt meine Gefühle respektieren, ob sie vernünftig sind oder nicht.«

Bis jetzt hatte er das nie vergessen. Und als er Ginevras Gesichtsausdruck bemerkte, fiel es ihm auch wieder ein.

Papst Innozenz nahm Lorenzos Entschuldigungen an und willigte ein, alle Hochzeitsvorbereitungen zu verschieben, bis Clarissas Gesundheitszustand sich gebessert hatte. Er schickte ihr auch ein Geschenk, ein Kruzifix, das er selbst gesegnet hatte, und ein Fläschchen mit Wasser vom Jordan, das in ihrem Zimmer versprizt werden sollte.

Lorenzo erzählte Ginevra lediglich, daß der Aufschub akzeptiert worden sei.

Sie umarmte ihn mit überströmender Zuneigung. »Dir war noch nie ein Diplomat gewachsen«, sagte sie.

Einige Tage später, als Lodovico Sforza Lorenzo ein Geschenk übersandte, wiederholte sie diese Worte. Er hatte ihm ein Kartenspiel kommen lassen, bei dem jede Karte mit komplizierten Szenen, Symbolen und Figuren vor einem gemusterten, vergoldeten Hintergrund bemalt war. Spielkarten waren in Europa etwas Neues, und selbst Lorenzo hatte keine in seinem Besitz.

»In Sforzas Brief heißt es, man könnte sie benutzen, um die Zukunft vorherzusagen oder um um Geld zu spielen«, sagte er. »Was ziehst du vor? Ich könnte einen Wahrsager von den Zigeunern kommen lassen.«

»Ich ziehe die Gegenwart der Zukunft vor. Wir können uns ja ausdenken, wie man sie bei Wetten einsetzt. Laß uns doch nach dem Essen ein wenig damit spielen. Sie können alle dabei helfen, ein Spiel zu erfinden.«

Bei den Freunden erregten die Karten sofort großes Aufsehen. Botticelli versuchte, Lorenzo zu überreden, ihn mit der Bemalung eines Kartenspiels zu beauftragen. Mit einem Lachen lehnte Lorenzo ab. »Ich habe doch bereits dieses hier, Sandro, und ich kann es mir nicht leisten, noch ein anderes zu kaufen.«

Allgemeines Gelächter war die Antwort.

Das Geschenk, das Lorenzo im Frühjahr erhielt, war für die ganze Toskana eine Riesensensation. Der Sultan von Ägypten schickte ihm eine Giraffe.

Die Florentiner verliebten sich auf Anhieb in das anmutige Fabelwesen. Sie säumten die Straßen, als das Tier in einem Umzug durch die Stadt geführt wurde, und kamen in Scharen zusammen, um das seltsame Geschöpf in dem besonders hohen Stall, den man eigens in der Nähe der Kirche von Santa Maria Novella errichtet hatte, zu bestaunen. Als sich die Nachricht von dem wundersamen Tier herumsprach, kamen die Menschen aus der ländlichen Umgebung, dann aus den Nachbarstädten und schließlich aus großen und kleinen Städten, die bis zu einhundertfünfzig Kilometer entfernt lagen.

Die Goldschmiedezunft stellte eine Kette her, mit der die Giraffe angebunden wurde. Seidenstoffe mit aufgemaltem Giraffenmuster tauchten auf einmal in der Kleidung von Männern und Frauen auf. Spaziergänger ahmten die schwankenden Bewegungen einer Giraffe nach, wenn sie herumliefen, und klebten sich versteifte, schwarze Haare an, um die fächerförmigen Augenwimpern des Tieres nachzuahmen. Jeder Künstler der Stadt zeichnete das Wesen, malte es, modellierte es in Ton oder haute es in Marmor. Elegante Frauen aller Altersgruppen trugen ihr Haar vorne knaufartig verdreht, so daß es wie die zarten Hörner der Giraffe aussah.

Am ersten Mai führte Lorenzo den Maibaum vom Land in der Stadt ein. Es war seit langem für die Nonnen von Santa Trinità Brauch, an diesem Tag auf der kleinen Piazza vor der Kirche die Armen zu speisen. Lorenzo ließ den Maibaum mitten auf dieser Piazza aufstellen und überzeugte die Familien von einem Dutzend unverheirateter Mädchen davon, daß es eine Ehre für ihre Töchter sei, den Tanz um den Maibaum aufzuführen. »Meine Tochter Maddalena wird ebenfalls eines dieser Mädchen sein«, sagte er.

Ginevra wurde mit der Aufgabe betraut, den Mädchen beizubringen, wie man tanzte. Agnolo Poliziano schrieb ein Gedicht zu der von Lorenzo komponierten Musik. Ein Sänger und ein Lautenspieler studierten das Lied ein.

»Ich persönlich finde den Esel mit den Zimbeln lustiger«, meinte Ginevra an diesem Nachmittag. »Doch es war wirklich schön, und alle waren dieser Meinung.«

»Wir sprechen später darüber«, meinte Lorenzo, »wenn wir unseren Jahrestag gefeiert haben.« Er knüpfte ihr das Gewand auf und zog sie auf den Blumenteppich der Wiese herab.

In diesem Jahr reisten sie in einen neuen Badeort in der Nähe von Siena, nach Filetta. Die Bäder dort verfügten über den neuesten Luxus. Ginevra fand kaum die Zeit, ein Bad zu nehmen, weil sie viel zuviel damit zu tun hatte, Skizzen anzufertigen und sich Notizen über Verbesserungen für Morba zu machen.

Lorenzo hatte seine Freude daran, sie zu necken. Er sagte ihr, das mit Marmorsäulen versehene Gebäude für die heiße Schwefelquelle sei belanglos. Das Wasser in Filetta war einfach besser als in Morba. Seit Jahren hatte sich der Medici nicht mehr so gut gefühlt.

Doch dann traf ein Kurier ein, und seine gute Laune war schlagartig verflogen.

»Ginevra!« Er war ganz verzweifelt. »Ich dachte, ich würde

dich überhaupt nicht mehr finden. Beeil dich, wir reisen sofort ab. Ich lasse einen Mann zurück, der unsere Sachen bringen kann. Wir dürfen unser Tempo nicht durch ein Packpferd verringern.« Seine gesunde Gesichtsfarbe war verschwunden; er wirkte abgespannt und krank.

»Clarissa ist tot.« In seiner Stimme klangen Kummer und tiefer Schmerz.

Auf dem rasenden, mörderischen Ritt nach Florenz sagte Lorenzo kaum ein Wort. Im Palast angekommen, eilte er direkt zu seinen Kindern.

Ginevra ging auf ihr Zimmer und wartete darauf, daß man ihr sagte, was sie tun sollte. Sie fühlte sich sehr isoliert und einsam.

55. KAPITEL

»Contadina, es tut mir leid, daß ich nur so wenig Gelegenheit finde, dich zu sehen. Ich muß bei den Kindern sein, und dann sind da noch die ganzen Briefe an alle Angehörigen der Familie Orsini wegen der Beerdigung, die anderen Briefe über Pieros Verlobung mit Alfonsina Orsini, die Vorkehrungen für Maddalenas Hochzeit und . . .«

»Es ist alles in Ordnung, Lorenzo. Ich verstehe ja, und es stört mich nicht. Wirklich!«

Sie verstand ihn tatsächlich. Und es störte sie auch nicht, allein in Careggi zu sein. Sie hatte aber etwas dagegen, daß Lorenzo sich um sie sorgte, als wäre er für sie auf die gleiche Weise verantwortlich wie für seine Kinder oder die Regierung. Und noch mehr störte sie, daß er so müde war, und der weiße, von Schmerzen zeugende Rand um seine Lippen lag. Am meisten aber störte es sie, daß sie ihm in einer Zeit, in der er Hilfe und Trost benötigte, nicht nützlich sein konnte.

Wenn es ihr im verborgensten Winkel ihrer Seele auch etwas ausmachte, daß er so sehr unter Clarissas Tod litt, so ließ sie diesen Gedanken doch nicht an sich herankommen. Obwohl sie der Stadt und ihren Freunden dort fernblieb, um das Tratschen der Florentiner und die für sie so unbehagliche Sympathie, die sie ihnen entgegenbrachten, zu meiden, hatte sie viel Arbeit, mit der sie ihre Tage in La Vacchia und Careggi füllen konnte. Zur Erntezeit gibt es auf einem Bauernhof immer etwas zu tun.

Und als die Tage kürzer wurden, gab es an den langen Abenden viel Zeit zum Nachdenken.

Über Lorenzo. Über sie selbst. Über sie und ihn zusammen. Und getrennt.

Ohne ihn war sie nicht genug, entschied sie.

Wäre Ginevra wirklich die Getrennte und Selbstsichere, dann würde sich Lorenzo nicht für sie verantwortlich fühlen, hätte er nicht das Bedürfnis, sich zu entschuldigen, wenn sie einmal für sich selbst sorgen mußte.

Doch ich bin ein Teil von ihm wie er ein Teil von mir, protestierte ihr Herz. Wir können nicht getrennt werden. Er ist meine Liebe und mein Leben.

Du wirst von ihm getrennt werden, sagte ihr Verstand. Lorenzo ist vierzehn Jahre älter als du.

Ginevra hielt sich die Hände über die Ohren, wollte es nicht hören.

Doch ihre Gedanken verklangen nicht, unaufhörlich kreisten sie laut und grausam in ihrem Kopf: Er ist krank, und es wird sich verschlimmern. Du aber hast die Kraft einer Bäuerin.

Sie kämpfte gegen ihren Verstand an, doch in unvorsichtigen Momenten, wenn sie am wenigsten darauf vorbereitet war, sich der eindringlichen Stimme zu entziehen, erwischte er sie immer wieder.

Als sie ihr Protokollbuch in die Hand nahm, um die Zahl der neu gesetzten Olivenbäume einzutragen, fiel das Buch an der Stelle auf, an der sie einen Zettel hineingelegt hatte. Es war jetzt schon so viele Jahre her, daß sie ihn geschrieben hatte – damals, als Gigi Pulci auf dem Boden seiner Lieblingsschenke in einer Weinpfütze starb.

Und im Dunkel der Nacht fuhr sie hoch, erschreckt von dem, was sie in ihren Träumen sah.

Und schließlich wußte sie, was sie zu tun hatte.

»Mein Herz, ich bin so froh, daheim zu sein.« Lorenzos Arme hielten sie kräftig umschlungen. »Leg deine Gartenarbeit nieder und laß uns nach drinnen gehen. Ich möchte etwas essen und Wein trinken und im sicheren Hafen unserer Loggia sein. Es gibt soviel zu erzählen.«

Die Planungen für Maddalenas Hochzeit waren endlich beendet. Unmittelbar nach Weihnachten würde sie nach Rom aufbrechen, und Piero würde die Eskorte anführen. Er würde in den Wochen seines Aufenthaltes in Rom vor der Hochzeit am 20. Januar reichlich Gelegenheit haben, mit Innozenz über Giovannis Ernennung zum Kardinal zu sprechen.

Lorenzo sprach sehr schnell und aß sehr wenig. Ginevra wartete geduldig darauf, daß er ihr erzählte, warum in aller Welt er nur so nervös war.

»Es ist noch immer nicht genügend Geld für die Mitgift da, Contadina«, sagte er. »Ich gebe ihnen den Palast der Pazzi und ihre Villa in Montughi dazu, um sie vollständig zu machen.«

Ginevra lächelte. »Dachtest du, ich hätte etwas dagegen? Diese Orte habe ich nie gekannt. Mein Zuhause war La Vacchia.«

Lorenzo brach sich ein Stück Brot ab und tunkte es in die Soße auf seinem Teller. »Genau das habe ich mir gewünscht. Ich sterbe vor Hunger.«

Zwischen den Bissen erzählte er ihr von Pieros Hochzeit. Sie würde am 22. Mai stattfinden. Alfonsinas Gesellschaft sollte laut Plan Anfang Mai eintreffen. »Ich habe der Familie Orsini aber geschrieben, daß es vor dem zweiten Mai unmöglich sei.« Er hatte einen schelmischen Blick. »Ich erzählte ihnen, daß ich mich am ersten Mai immer nackt ausziehe und auf der Heuwiese heidnische Dinge tue.«

Ginevra kicherte. Sie fühlte sich wie ein kleines Mädchen; nach so vielen Wochen der Trennung war sie ein wenig schüchtern und zitterte vor Erregung.

Auch Lorenzo wirkte recht schüchtern, und sein Lächeln glich dem eines Jungen. Er nahm ihre Hand und sagte: »Wenn wir Pieros Zeremonien durchgestanden haben, können wir uns wieder auf unsere Kraft besinnen. Dann werden wir hier heiraten und nur unsere Freunde dazu einladen. Es wird ein freudiges Ereignis sein, kein Zirkus.«

Ginevras Lächeln erstarrte. »Das kannst du nicht ernst meinen«, sagte sie. »Du weißt sehr wohl, mein Lieber, daß ich mir fest vorgenommen habe, niemals zu heiraten. Nicht einmal dich. Ich brauche meine Freiheit, um glücklich zu sein.«

Seit dem Tag, an dem sie zu Geliebten geworden waren, war das die erste Lüge gewesen, die sie ihm erzählte. Ihre Liebe zu ihm machte sie erforderlich. Sie konnte ihn nicht sterben lassen, ohne daß er seinen Frieden gefunden hatte. Er durfte nicht an sie denken, sich über sie Sorgen machen und sich für sie verantwortlich fühlen. In den Jahren, die noch vor ihnen lagen, würde sie ihn noch viele Male anlügen müssen, bis er überzeugt war, daß sie auch ohne ihn ein erfülltes Leben haben konnte.

Lorenzo hatte immer gesagt, sie sei unfähig zu lügen. In dem stundenlangen Streitgespräch, das auf ihre unbekümmerte Zurückweisung des von ihr am sehnlichsten Erwünschten folgte, verlieh ihr die Liebe das nötige Geschick dazu.

Sie bildete sich ein, einen Funken unbewußter Erleichterung in seinen Augen gesehen zu haben, als sie ihn davon überzeugte, daß sie ihn für immer lieben, aber nicht seine Frau werden würde. Ich tue das Richtige, dachte sie.

Später war sie sich dessen ganz sicher. Nachdem sie in einem leidenschaftlichen Liebesakt Erlösung gefunden hatten, weinte Lorenzo in ihren Armen. »In der Stunde ihres Todes hätte ich bei Clarissa sein sollen«, schluchzte er. »Das war ich ihr schuldig. Sie hat immer ihre Pflicht getan, und es hätte soviel für sie bedeutet, zu wissen, daß ich es immer anerkannt habe. Ich war nicht da, um es ihr zu sagen. Ein Mann ist für das Wohlergehen seiner Frau verantwortlich, und ich habe darin versagt, ihr das zu geben, worauf sie ein Anrecht hatte.«

Nach seinem unkontrollierten Gefühlsausbruch sank Lorenzo in Schlaf. Wie immer betrachtete ihn Ginevra, begierig nach dem Anblick seines geliebten Gesichtes und Körpers.

Ihr Herz wurde wie von einem eisigen Schraubstock zusammengedrückt. Die verdickten Fingerknöchel verunstalteten seine schönen Hände mit den langen Fingern. Und der kleine Finger der linken Hand war gekrümmt und an der Spitze für immer steif.

Nicht so bald, flehte sie schweigend. Oh, bitte, lieber Gott, nicht so bald. Ich bin noch nicht so weit. Ich weiß, daß ich ihn eines Tages verlieren werde, aber laß es noch nicht so bald beginnen.

56. Kapitel

Ein Rauschen der Vorfreude ging durch die Menge auf der Piazza. »Er kommt! Er kommt!« Wie die Leute um sie herum reckte auch Ginevra den Hals. Sie wußte, es war noch zu früh, und die anderen wußten es auch. Aber wie immer reckten sich alle, um irgendwie einen Blick zu erhaschen. Sie steckten sich mit ihrer Aufregung über den Festtag und das aufsehenerregende Ereignis gegenseitig an.

Ein kräftiger Wind ließ die farbenfrohen Banner auf dem Palazzo della Signoria auffliegen und so heftig flattern, daß sie scharfe, knallende Geräusche erzeugten. Auf der breiten Plattform unter den Bannern hielten die Prioren ihre leuchtenden roten Gewänder an den Seiten fest, um das Zerren des Windes in den Falten unter Kontrolle zu bringen. Die goldenen Sterne auf dem Gewand des Gonfaloniere blitzten im Sonnenlicht auf. Alles war bereit, den neuen Botschafter aus Bologna willkommen zu heißen.

Und dann ritt der Geleitzug in die Piazza ein. Das Jubeln der Menge vermischte sich mit dem Jubel, der noch aus den Straßen erscholl, durch die der Zug eben gekommen war. Zwischen den einzelnen Rufen schrien die Menschen auf, lachten und machten Bemerkungen über das Gefolge des Botschafters.

Der Zug wurde von einem Reiter angeführt, der ein in Gold eingefaßtes und mit Fransen versehenes Banner trug, auf das das leuchtende Siegel Bolognas gestickt war. Als er auf der großen freien Fläche der Piazza in den Wind hinauskam, riß der kräftige Luftzug ihm fast das Banner aus dem Griff. Sein mit einer goldenen Schabracke bedecktes Pferd tänzelte mit gefährlichen, nervösen Bewegungen ruckartig zur Seite. Die Zuschauer schlossen eifrig Wetten darüber ab, wer im Kampf zwischen Pomp und den Elementen wohl Sieger bleiben würde.

Doch dann ließen die Windstöße nach. Ein leiser, einer Brise ähnelnder Seufzer der Enttäuschung entfuhr der Menge.

Der Botschafter trug eine mit Federn und Juwelen geschmückte Kappe, deren Federschmuck vom Wind zerfetzt worden war. Seine reichhaltig verzierte Tracht erntete ein anerkennendes Murmeln, und als er sein Pferd vor der Signoria kurbettieren ließ, brach erneuter Jubel aus der Menge hervor.

Die Menschen jubelten auch seiner berittenen Dienerschaft in ihren gestreiften Seidenuniformen und mit den vergoldeten Brustplatten zu. Und seinen vierzig Infanteristen mit den mit langen, mit flatternden Bändern verzierten glänzenden Lanzen.

Der Botschafter stieg vom Pferd und stand den Führern der florentinischen Republik gegenüber. Mit einer großartigen Gebärde verbeugte er sich. Die Herolde des Palazzos bliesen ihm Salut, und die große Turmglocke läutete, als er die Treppen hinaufschritt, um sich vom Gonfaloniere willkommen heißen zu lassen.

Dann brach die Menge in ein Freudengeschrei aus, das sogar das mächtige Dröhnen der Glocke noch in den Schatten stellte.

Drei Reiter galoppierten über die Piazza, zwei Vorreiter in rot und weiß karierter Seide, der Livree der Medici, auf geschmeidigen, glänzenden Rappen, dazwischen Lorenzo im schlichten, schwarzen, wollenen Lucco der einfachen Bürger auf einem gewaltigen weißen Hengst. Der riesige unbezahlbare Diamant der Medici hing lässig an der schwarzen Samtkappe.

»Magnifico! Magnifico! Magnifico!« Wie Donner schallten die Worte von den Steinen der Stadt zurück. Genau wie die Herzen aller anderen um sie herum erfaßte auch Ginevras Herz ein Schauer.

Lorenzo verhielt am Fuße der Stufen und sprang mühelos aus dem Sattel. Dann machte er vor dem Botschafter eine elegante Verbeugung und verneigte sich respektvoll vor der Signoria. Seine Konzentration auf den Gast und die Regierung schien ihn den lauten, rasenden Beifall seines Volkes und dessen durch wildes Jubelgeschrei bezeugte Hochachtung vergessen zu lassen.

Sein schwarzes, schmuckloses Gelehrtengewand nahm den Prioren ihren Glanz und ließ den Putz des Botschafters plötzlich grell wirken.

Oh, du meisterhafter Politiker, dachte Ginevra. Und mit den anderen zusammen rief sie: »Magnifico!«

Als die Reden vorbei waren und die Tore des Palazzo sich hinter der offiziellen Gesellschaft geschlossen hatten, zerstreute sich die Menge. Aufgeregt unterhielten sich die Menschen über das bevorstehende Feuerwerk und das Gerücht, Bologna habe Wein kommen lassen, der frei an jeden ausgeteilt werden würde, der den Park am Flußufer in der Nähe der Porta al Prato besuchte. Und sie prahlten voreinander damit, daß Bologna ein Nichts sei, und das gleiche galt für Venedig, Mailand oder Rom, Frankreich, Spanien und Burgund. Florenz war allen überlegen. Florenz war Lorenzo der Prächtige.

Ginevra bewegte sich durch die Menge und lächelte in sich hinein. Lorenzo würde sich wie ein Kind über einen Korb voller Süßigkeiten freuen, wenn sie ihm berichtete, was die Menschen sich erzählten. Wie er diese launenhaften Florentiner liebte und die Liebe genoß, die sie ihm entgegenbrachten.

Sie würde ihm nicht erzählen, daß sie sich schon fragten, wann der nächste Botschafter kommen würde, zusammen mit dem ihm zugedachten Festtag und Feuerwerk. Sie stellte sich dieselbe Frage. Es gab auf einmal so viele von ihnen. Der Bolognese war schon der dritte in diesem Jahr, und es war erst April.

Emissäre hatte es natürlich immer schon gegeben. Jeder Stadtstaat hatte in jedem anderen Stadtstaat einen Repräsentanten, solange er nicht aktiv Krieg gegen ihn führte. Gewöhnlich waren es jedoch Geschäftsleute, und ihre Funktion bestand darin, den Handel zu fördern. Außerdem spielten sie noch als Spione eine Rolle. Doch die Botschafter, die in letzter Zeit gekommen waren, waren echte Diplomaten und dazu ermächtigt, im Namen ihrer Regierung zu sprechen.

Sie waren der Beweis dafür, daß überall in Italien Lorenzos Macht im Wachsen begriffen war. Er war der Friedensstifter. Der meisterhafte Coup seines Besuches in Neapel hatte seinen

Ruf als wagemutiger und überzeugender Verhandlungsführer begründet. Die landläufige Meinung, die Türken seien auf seine Veranlassung hin eingefallen, verstärkte ihn noch. Der Friedensvertrag, mit dem der Krieg über Ferrara beendet wurde, ließ dann jedoch die ganze Welt aufmerken. Bei der Beilegung jenes Konfliktes hatte er nicht nur für Florenz allein verhandelt, sondern war der Sprecher gewesen, der alle Kontrahenten dazu überredet hatte, die von ihm ersonnene friedliche Einigung zu akzeptieren. Lodovico Sforza sprach die entscheidenden Worte und erntete die Anerkennung dafür, aber alle erkannten den wahren Urheber der Übereinkunft. In den Hauptstädten Europas wurde Lorenzo »die Nadel am italienischen Kompaß« genannt.

Jetzt wollte Bologna seine Hilfe. Mittlerweile hörte sogar der Papst auf Lorenzos Rat, und der Medici war dadurch imstande, mehr zu tun, als einen Krieg zu beenden. Er konnte Krieg verhindern. Nach jahrhundertelangen gegenseitigen Kämpfen lernten die kriegerischen Stadtstaaten Italiens gerade, daß es klüger war, sich einem Schiedsspruch zu unterwerfen als zu kämpfen. Vorausgesetzt, Lorenzo war der Schlichter. Wenn sie seine Führung akzeptierten, dann brauchten sie sich nicht darum zu sorgen, daß er seine Muskeln spielen ließ und die vereinte Kraft der florentinischen Republik und der Kirche gegen einen oder mehrere von ihnen einsetzte.

Seit den Cäsaren hatte kein Mann ein solches Ansehen genossen.

Ginevra ließ sich von der Menge mitreißen, genoß die festliche Stimmung und den hellen Sonnenschein. Der Frühling war dieses Jahr naß und kalt gewesen. Eine Gruppe von in ihrer Nähe stehenden Bauern einigte sich gerade lauthals darüber, daß sie sich die Giraffe ansehen wollten, und Ginevra drängte sich zwischen zwei korpulenten Frauen hindurch, um sich ihnen anzuschließen, denn sie gingen in ihre Richtung.

Vor dem Stall der Giraffe blieb sie noch ein paar Minuten bei ihnen. »Armes Ding«, ließ eine Frau vernehmen. Ginevra stimmte ihr zu. Die Giraffe war in Decken gewickelt und wirkte durch die Einengung ganz verwirrt. Für das zerbrechliche

Geschöpf, das unter der Sonne Afrikas geboren worden war, war das Klima in Florenz viel zu rauh. Männer ließen das Tier den ganzen Winter über Tag und Nacht nicht aus den Augen und brannten im Stall unaufhörlich Fackeln ab, um es warmzuhalten.

Ginevra betrachtete den Schatten, den der Stall auf die Straße warf. Es war an der Zeit, Agnolo Poliziano zu treffen. Sie ging auf die Via de' Fossi in Richtung von Ghirlandaios Atelier.

In diesem Jahr waren sie und Agnolo für Lorenzos Karnevalswagen verantwortlich. Der Medici war viel zu sehr mit diplomatischen Missionen und den Vorkehrungen für Pieros Hochzeit beschäftigt. Domenico Ghirlandaio hatte zugestimmt, den Wagen aufzubauen und zu dekorieren. Agnolo war darüber äußerst erfreut. Domenicos Stil, mit Bildern zu sprechen, paßte perfekt zu seinen Themen aus der klassischen Mythologie.

Ganz wie es ihre Art war, stürzte sich Ginevra mit ganzem Herzen in das Projekt und genoß die genaue Planung. Doch nach dem Fortgang Andrea del Verrocchios war der Aufbau eines Wagens nie mehr so wie früher. Sie vermißte das herzhafte Lachen, die derben Scherze und die mächtige, frohe Stimme des großen Künstlers. Dieses Jahr dachte sie mehr als je zuvor an ihn. Im Februar war Andrea gestorben. Er hatte sich noch in Venedig aufgehalten; das bronzene Reiterstandbild blieb unvollendet.

Ginevra hatte stundenlang geweint und zusammengekauert und zitternd auf dem Rand des Brunnens mit dem lachenden Engel gesessen, den Verrocchio für Careggi geschaffen hatte.

Agnolo kam gerade aus der anderen Richtung auf das Atelier zu, als Ginevra die Tür erreichte. Sie winkte ihm zu und wartete.

Er hatte ihr nie besonders nahegestanden, in den letzten paar Monaten jedoch waren sie doch noch Freunde geworden. Ginevra hatte den Eindruck, daß sich Poliziano verändert hatte, seit er nicht mehr Lehrer für Lorenzos Söhne war. Er war entspannter und weniger schulmeisterlich. Hin und wieder lachte er sogar.

Es leuchtete ihr ein, daß es im Leben jedes Menschen eine unendliche Veränderung zum Besseren bedeutete, Piero loszuwerden.

Nur für Lorenzo nicht. Er blieb für die Fehler seines Sohnes blind, selbst als Piero auf der Straße in Schlägereien verwickelt wurde und seine Wachen Pieros wirklichen oder mutmaßlichen Feinden schwere Verletzungen zufügten. Wahrscheinlich hofft Lorenzo, daß die Ehe ihn erwachsen werden läßt, dachte Ginevra. Mit sechzehn zu heiraten, war für einen Mann sehr früh.

Seine Söhne seien seine Zukunft und die der Medici, hatte Lorenzo ihr gesagt. Unablässig bedrängte er den Papst, Giovanni zum Kardinal zu machen.

»Hallo, Ginevra, du kommst ja gerade richtig. Hast du den Bolognesen gesehen?« Agnolo lächelte.

Ginevra lächelte zurück. »Ich habe ihn im besten Moment seines Auftritts gesehen. Sein Pferd hat der Signoria etwas vorgetanzt.«

»Ich habe seinen schlimmsten Moment mitbekommen. Ich stand auf der Brücke, über die er kam, als der Wind vom Fluß ihm seinen hübschen Federbusch zerfetzte.«

Lachend betraten beide das Atelier.

»Ich bin froh, daß wenigstens irgend jemand glücklich ist«, meinte Ghirlandaio. »Ich hasse diese Festtage. Meine Schüler denken, sie könnten sich den ganzen Tag über nur amüsieren.«

Ginevra sah sich im Atelier um. Bis auf einen Jüngling, der den Boden scheuerte, lag es verlassen da. Ghirlandaio ging ganz nah an sie heran und sagte ruhig: »Er ist der jüngste, und er sollte eigentlich gar nicht hier sein. Ich möchte mich mit dir gerne über ihn unterhalten.«

Er hob seine Stimme. »Buonarotti, du kannst dir genausogut auch freinehmen. Der Dreck wartet schon, bis du zurückkommst.«

Der Junge erhob sich, machte eine kurze ruckartige Verbeugung und lief durch die Hintertür nach draußen. Ginevra hatte gerade genug Zeit, um zu sehen, daß er ein kräftiger junger Mann mit einem markanten, hübschen Gesicht war, das älter wirkte, als er war.

»Er ist dreizehn«, erzählte Domenico, »und heißt Michelangelo Buonarotti. Er will Bildhauer werden, mit Marmor arbeiten, aber sein Vater hat ihn bei mir in die Lehre gegeben, weil er die Malerei für seriöser hält.« Ghirlandaio lächelte. »Er meint, die Malerei sei sauberer. Ich nahm das Geld und ließ den Jungen arbeiten... Gestern fand ich das hier.«

Domenico öffnete einen kleinen Cassone und entnahm ihm ein zerknülltes Stück Papier. Auf dem Tisch vor ihnen glättete er es, so gut er konnte. »Das ist von dem Jungen. Er weiß nicht, daß ich es habe. Er dachte, es sei weggeworfen worden. Es ändert alles. Er ist ein ungeheures Talent.«

Das Papier war bedeckt von Skizzen, die mit Holzkohle gezeichnet worden waren; sie zeigten Arme, Füße, Beine, Rücken, Schultern und waren offenbar alle in kürzester Zeit aufs Papier gebracht worden. Überall waren unter der Haut die schattierten Konturen von Knochen und Muskeln zu erkennen.

»Agnolo«, sagte Ginevra drängend, »komm her und sieh dir das an. Wonach sieht das für dich aus?«

Poliziano untersuchte die Zeichnungen mit prüfendem Blick. »Irgend jemand hat Teile von Statuen abgezeichnet. Was ist damit?«

Ghirlandaio nickte, Ginevra ebenfalls. »Der Junge weiß um seine Stärke«, sagte Domenico. »Er ist Bildhauer. Wahrscheinlich sogar ein großartiger Bildhauer. Für diese Zeichnungen gab es außer in seinem Herzen überhaupt keine Modelle.

Ich möchte, daß du Lorenzo fragst, ob er den Jungen in Bertoldos Schule aufnimmt. Das Lehrgeld trete ich ab.«

»Wir können für Lorenzo sprechen«, sagte Ginevra und fällte die Entscheidung. »Schick ihn morgen in den Skulpturengarten. Ich werde noch heute mit Bertoldo sprechen.«

Erst sechs Wochen später, nachdem die übertriebenen Feierlichkeiten zu Pieros Hochzeit beendet waren, sprach Ginevra mit Lorenzo über Michelangelo. Sie gab sich äußerst geheimnisvoll. »Ich habe eine Überraschung für dich«, sagte sie. »Du mußt mit mir kommen, ohne mir irgendwelche Fragen zu stellen.«

Sie führte ihn durch den Eingang zum Skulpturengarten und machte einen Schritt von ihm weg. »Es ist irgendwo hier drin. Du mußt es finden.«

»Ginevra. Das ist absurd.«

»Mach dir keine Sorgen. Es ist keine winzige Kamee oder irgend so etwas. Es ist recht groß. Und sehr bemerkenswert. Nur zu!«

Lorenzo schnitt eine Grimasse. Bertoldo eilte auf ihn zu und beklagte sich schon im Gehen darüber, daß Lorenzo ihn seit Monaten nicht besucht hatte. Er nahm den Medici an die Hand und führte ihn durch den Garten, redete unaufhörlich über die erschwerten Bedingungen, unter denen er gezwungen war zu arbeiten, jammerte über die Dummheit und Faulheit der Schüler, den beklagenswerten Zustand der gegenwärtigen Kunst.

Ginevra schlenderte hinter ihnen her, nahe genug, um Lorenzo zu beobachten, und weit genug, um Bertoldo zu entkommen.

Michelangelo kauerte neben dem Pfad auf dem Boden und polierte eine kleine Marmorstatue. Lorenzo blieb stehen, betrachtete die Statue, sprach mit dem Jungen.

Ginevra grinste. Dann ging Lorenzo weiter. Sein Kopf war geneigt, um Bertoldos Wehklage zu lauschen. Ginevra war entsetzt. Die Überraschung war mißlungen. Sie schaute auf Michelangelo. Dann stockte ihr der Atem. Der Junge hatte einen Meißel in die Hand genommen, holte vor ihren Augen zu einem kräftigen Schlag aus und trieb das Werkzeug kraftvoll in den glatten Marmor.

Sie rannte auf ihn zu. »Aufhören! Hör auf damit, du machst ja alles kaputt!«

Michelangelo blickte zu ihr hoch. »Ich mache nichts kaputt«, sagte er, »ich verbessere es nur.«

Ginevra stockte ein zweites Mal der Atem. Den verblüffend hübschen jungen Mann gab es nicht mehr. Statt dessen hatte sie einen Jungen mit grotesk verunstalteter Nase vor sich.

»Was ist denn mit dir passiert?« fragte sie.

Michelangelo zeigte ihr ein süßes, jungenhaftes Lächeln. Er berührte seinen zusammengedrückten Nasenrücken. »Ich hatte einen Streit mit dem da.« Mit dem Daumen wies er über seine Schulter zu einem aufwendig gekleideten Schüler. »Er hat mir das Nasenbein gebrochen. Aber ich habe ihn dazu gebracht, zuzugeben, daß er sich geirrt hat.«

»Wobei?«

»Bezüglich der Kunst. Er hielt einen völlig nichtssagenden Maler für gut und erkannte Masaccios Größe nicht an. Da habe ich ihm eine Lektion erteilt.«

Ginevra lachte. »Ich bewundere Leute mit starken Überzeugungen… Aber was machst du denn da mit deiner Statue? Darf ich mal sehen?«

Der Junge zeigte ihr sein Werk ohne Schüchternheit, er wußte genau, daß es gut war. Er hatte einen ungeheuer alten und schurkischen Satyr mit zerfurchtem, zusammengefallenem Gesicht gemeißelt, dessen Mund sich zu einem widerwärtig bösen, lüsternen Grinsen verzog.

»Er ist herrlich abstoßend«, meinte Ginevra bewundernd. »Wo hast du nur je solche Bosheit gesehen.«

»Ich schaue mir die Gesichter auf den Straßen an«, erwiderte der junge Bildhauer. Er betrachtete das Gesicht, das er geschaffen hatte. »So gräßlich sah es vorher nicht aus. Doch der Magnifico hat es verbessert. ›Ein alter Mensch wie der da kann nicht so lächeln‹, sagte er. ›Dein Satyr hat ja wie ein Jugendlicher noch alle Zähne.‹« Michelangelo strich mit dem Finger über den Mund der Statue. »Daher habe ich ihm ein paar davon ausgeschlagen. Jetzt ist er alt und böse.«

»Was hat der Magnifico noch gesagt?«

Das Gesicht des Jungen strahlte vor Freude. »Er sagte, ich solle nach Hause gehen und meinen Vater zu ihm schicken. Dann sagte er noch, ich solle bei ihm im Palast leben, wo ich diese Kunst studieren könne.«

Ginevra stand auf. Mit ihrem in die Hüfte gestemmten Händen bot sie das klassische Bild frustrierten Ärgers. »So? Hat er das? Und mir hat er nicht ein einziges Wort darüber gesagt!« Wütend schaute sie hinter Lorenzo her, der mit Bertoldo am anderen Ende des Gartens zu sehen war.

Dann fing sie an zu lachen. »Ich denke, zwei Menschen lassen sich ebenso leicht überraschen wie einer«, erklärte sie dem Jungen, der kein einziges Wort davon begriff.

Im Palast gesellte sich Michelangelo zu den Dutzenden von Bewohnern im dritten Stock. Im Unterschied zu den meisten von ihnen lud Lorenzo ihn ein, an seiner Tischrunde von Künstlern und Philosophen teilzunehmen.

Als er von der zwanglosen Sitzordnung hörte, war der Junge überwältigt. Wenn er der erste war, der sich an den Tisch setzte, konnte er neben Lorenzo Platz nehmen! Jeden Abend stand er da und wartete darauf, daß die Diener kamen, um die Tür zu öffnen und den Eßsaal vorzubereiten.

Speiste Lorenzo im Palast, verschlang Michelangelo seine Worte und schwelgte in seiner Gegenwart, als ob er auf einem Festbankett der Götter wäre. War Lorenzo nicht da, rückte der Junge noch enger an seinen Stuhl heran und berührte ihn von Zeit zu Zeit mit ehrfürchtigen Fingern. Lorenzo war sein Held, Wohltäter und Gott. Ginevra liebte den Jungen für diese Verehrung.

57. KAPITEL

Ein schrecklicher Schrei riß Ginevra aus tiefem Schlaf. Sie fuhr in ihrem Bett hoch und hörte es ein zweites Mal. Neben sich. Von Lorenzo.

»Was ist los, mein Liebster? Was ist?« Sie streckte ihre Hand aus und tastete in der Dunkelheit nach ihm.

»Nein!« schrie er. »Laß mich… Himmel, berühr mich nicht, komm nicht an meine Bettdecke… Mein Gott! Gott, hilf mir in dieser Qual… Diese Schmerzen…« Wieder schrie er wie unter Folterqualen.

So schnell sie konnte, rollte sich Ginevra zur Seite, fiel aus dem Bett auf den Boden. Sie kroch zum Tisch, fand Kerze und Zunderbüchse und machte Licht.

Lorenzo war ganz starr vor Schmerz. Sein Hals war wie

zugeschnürt, sein Mund in einem gräßlichen Krampf aufgesperrt, seine Augen waren weiß vor Angst und weit aufgerissen.

»Die Decke«, ächzte er, »weg damit… vorsichtig…« Ginevra hob die Decke so sanft wie möglich in die Höhe und mußte doch an seinen Schreien erkennen, daß sie ihm dabei wehtat.

Sein rechtes Knie war auf die Größe eines Kinderkopfes angeschwollen, die gerötete Haut war gespannt und sah aus, als stünde sie kurz vor dem Platzen.

Lorenzo keuchte, alles Blut war ihm aus dem Gesicht gewichen. »Besser… kein Gewicht… Entschuldige… Habe dir Angst eingejagt…«

Ginevra schluchzte. »Sei still, mein einzig Geliebter. Du brauchst nicht zu reden oder dich bei mir zu entschuldigen. Wenn ich doch nur irgend etwas für dich tun könnte, deine Schmerzen lindern…« Ihre Hände verschränkten sich in einer Geste der Hilflosigkeit.

Lorenzo schaute sie an, und sein schmerzverzerrter Mund versuchte zitternd zu lächeln.

»Sing… mir… etwas… vor…«

Ginevras Hände flogen an ihre Lippen, unterdrückten die wimmernden Laute, bis sie sich wieder unter Kontrolle hatte.

Dann sang sie mit kräftiger, mißtönender Stimme, der Stimme, mit der sie immer gemeinsam gesungen hatten. Sie sang alle Lieder, die sie kannte, Karnevalslieder und Hymnen, Volkslieder und Wiegenlieder. Ihr Mund trocknete aus, dann ihre Kehle; sie sang alle Lieder ein zweites Mal. Dann noch einmal mit heiserer Stimme, dann krächzend mit aufgesprungenen Lippen. Die Kerze flackerte und ging aus, durch das Fenster sah man erst Grau, dann Rosa, dann das Blau des Sommerhimmels. Ginevra sang immer noch.

Bis Lorenzos unregelmäßiger schmerzgepeinigter Atem langsamer wurde, sich beruhigte und schließlich in ein leises Seufzen überging. Er war eingeschlafen.

Als Lorenzo erwachte, saß sie neben seinem Bett und beobachtete mit ängstlichen Augen das friedliche Auf und Ab seiner Brust.

»Es ist vorbei«, sagte er. »Mach dir keine Sorgen, Contadina.«

Ginevra lächelte. »Soll ich dir eine Tasse kühles Wasser bringen? Ein Tuch für deine Stirn?« Sie blickte ihn unverwandt an, vermied den Anblick seines grausam angeschwollenen Knies.

»Etwas Wasser mit Zitrone. Ganz süß.«

Er konnte die Tasse halten und trinken. Später aß er etwas Brot. Solange nichts das Knie berührte oder in Bewegung setzte, ließ sich der Schmerz aushalten.

In der darauffolgenden Nacht begann die Schwellung wieder zurückzugehen. Zwei Tage später konnte er auf dem Bein humpeln. Am Tag darauf konnte er wieder laufen.

»Wir reisen in die Bäder«, sagte Ginevra.

»Bald«, stimmte Lorenzo zu. »Sobald ich reiten kann.«

Er wartete, bis die Bäder ihn wieder ganz zu Kräften gebracht hatten, bis er ihr erzählte, was sie notwendigerweise wissen mußte.

»Ich liebe dich, meine Contadina.« Lorenzo küßte sie auf den Scheitel, Ginevra kuschelte sich noch enger an seine Schultern heran. Sie war noch ganz warm vom Liebesakt.

»Ich liebe dich heiß und innig, mein Magnifico«, murmelte sie.

Lorenzos Arm drückte sie fester an sich; seine gelassene Stimme hatte etwas Beruhigendes. »Ich erinnere mich daran, daß ich meinen Großvater und meinen Vater schreien hörte. Es wird wieder passieren. Immer wieder. Und jedes Mal wird die Zeit dazwischen ein bißchen kürzer... Nein, beweg dich nicht, du mußt zuhören, und zwar jetzt, wo ich mich wohl fühle und mit ruhigem Verstand sprechen kann.

Ich weiß nicht, warum es mich so früh befällt. Ich habe doch noch soviel zu tun. Ich dachte, es wäre ein allmählicher Prozeß, und der Schmerz ließe sich ertragen. Es hätte nicht so schnell so unerträglich werden dürfen.« Er hielt sie noch enger an sich, um ihrem Protest zuvorzukommen. »Ich nähere mich noch nicht dem Ende, meine einzige Liebe, doch es wird kommen. Auch indem du sagst, es sei nicht wahr, kannst du es nicht aufhalten.

Ich werde launisch und schwierig werden und nur noch an mich denken können. Bei Cosimo und Piero konnte ich das beobachten. Zuerst werde ich gelähmt, später verkrüppelt sein.

Du mußt dir das nicht ansehen, Ginevra. Du mußt nicht bleiben.«

Dieses Mal reichte auch seine ganze Kraft nicht aus, um sie ruhig zu halten. Sie löste sich aus seiner Umarmung und hämmerte mit ihren Fäusten gegen seine Brust. »Ich bringe dich um«, sagte sie. »Wenn du versuchst, mich wegzuschicken, bringe ich dich um. Für wen hältst du dich, daß du mich so tief beleidigst? Daß du die Liebe, die ich für dich empfinde, und die Liebe, die du für mich empfindest, so schmähst? Wie kannst du es wagen, mit mir Mitleid zu haben, als ob ich irgendein schwaches, bleiches, kraftloses Mädchen wäre. Deine Launen kann ich ertragen, wenn sie da sind, und wenn du nicht mehr laufen kannst, werde ich dich auf meinem Rücken umhertragen. Doch ich werde dich nicht verlassen, und wenn du versuchst, mich dazu zu bringen, nehme ich ein Messer in diese Hand und reiße dir das Herz aus der Brust.«

Lorenzo fing ihre Handgelenke. Er lachte. »Hör auf damit. Hör auf, einen alten Mann zu schlagen. Ich denke, deine Kur gegen Gicht ist zu rigoros für mich. Lieber bin ich in deiner Gegenwart gelähmt, als daß ich mich von dir umbringen lasse. Bleib also. Bleib und sei der Sonnenschein in meinem Leben. Bleib und liebe mich. Aber nicht so kräftig.«

Ginevras Hände erschlafften in seinem Griff. Sie schaute zu ihm hoch und grinste. »Manchmal machst du mich wirklich unglaublich wütend, Lorenzo. Das solltest du wirklich lassen; es ist gefährlich… Habe ich dir jemals erzählt, wie ich dich auf unserer Reise nach Neapel fast getötet habe? Nein? Nun, dann gib mir einen Kuß, und ich erzähle dir eine Gutenachtgeschichte…«

»Du bist eine beängstigende Frau«, sagte Lorenzo, als sie die Erzählung über ihren Verrat beendet hatte. »Warum hast du es nicht getan?«

»Ich erkannte, daß ich dich viel zu sehr liebte… Ich denke, es war der perfekte Ton deines reinen Tenors, mit dem du mein Herz gewonnen hast.«

»Hexe! Ich werde heute abend Angst vor dem Einschlafen haben und die Zeit damit verbringen müssen, dich in Verzükkung zu versetzen.«

Ginevra räkelte sich wie eine Katze. »Dann mach das gefälligst auch.«

Die langen, von Glück erfüllten Sommertage zogen dahin, und Ginevra lernte, nicht dauernd mit dem Schlimmsten zu rechnen, sondern im Glück des gegenwärtigen Augenblicks zu leben.

Sie vergaß völlig, daß sich auch etwas Tragisches ereignen konnte, das nichts mit Lorenzos Krankheit zu tun hatte. Dann, im Oktober, bekam Lorenzos Tochter Luisa plötzlich Halsweh. Zweiundzwanzig Stunden später war sie tot.

Luisa war erst elf Jahre alt.

Lorenzos Kummer war grausam und stumm. Ginevra, die selbst unter dem Verlust des Kindes litt, das sie geliebt hatte, litt noch mehr unter ihrer Unfähigkeit, ihm zu helfen. Weil sie nie Mutter gewesen war, konnte sie die Qualen eines Vaters nicht teilen, nur seine Stille. Sie saß bei ihm, ging mit ihm spazieren, ritt mit ihm, und alles, ohne einen Laut von sich zu geben.

Nach zehn Tagen brach Lorenzo das Schweigen. »Danke«, sagte er und ergriff ihre Hand.

Das Wetter wurde kälter, und Lorenzo zog von Careggi in den Palast zurück. »Kommst du auch mit?« fragte er. »Ich hätte dich gerne bei mir.«

»Natürlich komme ich mit«, erwiderte Ginevra. Sie verstand auch seine ungesagten Worte. Jeden Winter wurde die Gicht schlimmer. Die fröhlichen Ausritte zur Villa und die langen Mahlzeiten in der sonnengewärmten Loggia würde es nicht mehr geben. Das Zuhause, das er für ihre Liebe ausgewählt hatte, war wieder nichts anderes als eine Sommervilla. Und auch mit ihren Geburtstagsfeiern war es vorbei. Sie mußten versuchen, die Zeit anzuhalten, und konnten nicht länger ihr Verstreichen feiern.

Ginevra schlief jetzt in einem anderen Zimmer. Es lag neben Lorenzos Gemach.

Gegenüber war die neueste Ergänzung des Haushaltes eingezogen: Piero Leoni, ein Arzt.

Ginevra flehte Lorenzo an, ihn wegzuschicken. »Er wird dich umbringen, mein Liebster. Deine Mutter wußte das. Sie sah, wie die Ärzte deinen Vater mit ihren Quacksalbereien quälten und seinen Tod beschleunigten. Die Bäder und die Kräuterumschläge, die dich beruhigen und stärken, die brauchst du. Wir werden den Winter über nach Morba ziehen. Oder nach Filetta, wenn dir das lieber ist. Oder nach Bagno a Ripoli; dort kann auch die Regierung hinkommen. Wohin du nur willst. Ich folge dir überallhin, und ich werde mich um dich kümmern.« Sie fiel auf die Knie, flehte ihn an.

Lorenzo legte seine Hand auf ihren gesenkten Kopf. »Still, mein Liebling. Es hat keinen Zweck. Ich werde einen Arzt in der Nähe haben müssen. Ärzte kennen Arzneien, die im Kräutergarten nicht zu finden sind.«

Hartnäckig blieb sie dabei, bis Lorenzo der Geduldsfaden riß und er ihr sagte, sie möge ihn alleinlassen. »Ich gehe«, sagte sie, »aber ich bin noch nicht fertig damit. Ich werde dich solange bearbeiten, bis du Vernunft annimmst.«

In jener Nacht wachte sie im Dunkeln auf. Sie konnte ihr Herz schlagen hören. Und dann hörte sie durch die dicken Steinwände hindurch Lorenzos Schreie.

Sie kniete neben ihrem Bett, betete, horchte. Bald darauf hörte das Schreien auf.

Sie lief auf sein Zimmer, war so verzweifelt, daß sie sich nicht einmal die Zeit nahm, eine Decke um ihren Körper zu wickeln. Der Arzt schaute erschreckt hoch, als das schreiende, nackte, tobende Frauenzimmer die Tür zu Lorenzos Schlafzimmer aufstieß.

»Ihr habt ihn umgebracht! Ich wußte, daß das passieren würde! Ich wußte es!«

Sie warf sich auf ihn mit Händen wie Krallen, versuchte, ihm die Augen auszukratzen, sein Gesicht zu treffen. Leoni holte aus und schlug sie zu Boden.

»Still, Frau! Er schläft, und Ihr weckt ihn auf! Geht auf Euer Zimmer zurück und bedeckt Eure schamlose Nacktheit.«

Ginevra kam wieder hoch auf Hände und Knie, schüttelte ihren benommenen Kopf. Sie hörte Lorenzos rauhe, regelmäßige Atemzüge.

»Er schläft«, flüsterte sie. »Oh, danke, himmlischer Vater.« Sie kämpfte sich auf die Beine und sah neben der Kerze das Medizinfläschchen stehen.

»Danke, Doktor«, sagte sie, bevor sie aus dem Zimmer in den Flur stolperte. Sie würde sich auch beim Satan höchstpersönlich bedanken, wenn dieser nur Lorenzos Schmerzen lindern konnte.

In jener Nacht fand sie keine Ruhe mehr. Sie betete und weinte und versuchte, des Gefühlsaufruhrs und des Durcheinanders in ihren Gedanken Herr zu werden. Lucrezia de' Medici war die einzige Mutter gewesen, die sie je gehabt hatte; Ginevra hatte Lucrezia geliebt und bewundert, ihr absolut vertraut und gehofft, einmal eine Frau wie sie zu werden.

Lucrezia hatte sie wieder ins Leben zurückgeholt, sie wieder gesund werden lassen, als ihr Körper und ihre Seele gebrochen waren. Sie hatte es ohne Ärzte getan. Die einzige Wut, die Lucrezias sanftmütiges Herz je gekannt hatte, war ihr Zorn, ja ihr Haß auf Ärzte gewesen.

Lucrezia war so klug, bestimmt hatte sie recht gehabt.

Und doch…, und doch… Lorenzo schlief. Aber vielleicht brachte ihn die Droge um. Ärzte sind Mörder, hatte Lucrezia immer gesagt.

Ginevra wollte an etwas glauben, von dem sie wußte, daß es unmöglich war. Sie wollte glauben, daß Lorenzo nie sterben und wieder gesund werden würde und daß sie für immer zusammenblieben.

Doch es war ihr nicht möglich. Sie war von Natur aus zu ehrlich, um irgend jemanden zu belügen, nicht einmal sich selbst.

Ehrlichkeit schloß jedoch Hoffnung nicht aus. Und der Arzt hatte es geschafft, den Schmerz zum Verschwinden zu bringen. Vielleicht… Fast zwanzig Jahre war es jetzt her, daß Lorenzos Vater gestorben war. Vielleicht hatte man ja etwas Neues gefunden, neue Erkenntnisse, neue Heilpflanzen.

Am Morgen zog sich Ginevra an und ging auf das Zimmer des Arztes. Demütig bat sie Leoni, ihr zu verzeihen.

Der Stuhl, den Cosimo und Piero und nach ihnen Ginevra benutzt hatte, wurde wieder hervorgeholt. Die Gicht konzentrierte sich jetzt auf Lorenzos linken Fuß, und die Schwellung ging nicht mehr zurück. Lorenzo wollte jedoch weder Arbeit noch Vergnügen aufgeben. Wie schon sein Vater und sein Großvater vor ihm wurde er im Palast von Zimmer zu Zimmer getragen, so daß er essen, lesen, schreiben, Besuch empfangen, Gäste bewirten und seine Kinder sehen konnte.

Er versuchte, seine Behinderung auf die leichte Schulter zu nehmen. »Das ist eine ganz hervorragende Sache«, sagte er. »Ich spare so viel Energie, daß ich jetzt das Doppelte tun kann.«

Doch Ginevra sah die dunkle Furcht in seinen Augen. Und teilte sie. Und wenn er nie wieder würde gehen können? Wenn er nachts keinen Schlaf fand und allein in seiner Angst war, ging sie auf sein Zimmer. Sie massierte seinen Körper mit Ausnahme des Fußes und sang ihm etwas vor, bis er die Angst vergessen konnte, lachte und sie bat, aufzuhören, seine Ohren zu malträtieren.

Als das Weihnachtsfest näherkam, befahl Ginevra den Dienern, den neapolitanischen Cassone aus ihrem alten Zimmer in Lorenzos Schlafgemach zu bringen. »Laß uns an Neapel zurückdenken«, sagte sie mit einem Lächeln. Sie holte einige der kostümierten Terrakottafiguren von der Krippenszene heraus, die Lorenzo ihr geschenkt hatte.

»Schaff diese schäbigen Souvenirs hier weg«, fuhr Lorenzo sie barsch an. »Ich bin kein krankes Kind, das mit Spielzeugen unterhalten werden muß. Es ist keine Ablenkung für mich, die Zeiten wiederzuerleben, in denen ich noch im Vollbesitz meiner körperlichen Kräfte stand und ein richtiger Mann sein konnte. Laß mich allein, Ginevra. Ich kann es nicht ertragen, dein gesundes Gesicht und dein tapferes kleines Lächeln zu sehen.«

Michelangelo half Ginevra dabei, die Krippenszene in der Loggia des Palastes aufzubauen. Er begutachtete jede Figur mit einer Begeisterung, die ihre eigene Faszination wieder wachrief.

»In Neapel gibt es eine bewegliche Weihnachtsszene«, erzählte Ginevra, »und es ist wie ein Wunder, ihr zuzusehen. Immer wieder ging ich hin, um sie mir anzuschauen.«

Michelangelos verunstaltetes Gesicht glühte vor Aufregung. »Madonna Ginevra, bitte, erzählen Sie mir davon.«

Lorenzo, ohne jedes Anzeichen von Schmerz im Gesicht, sprach sie vom Eingang des Hauses her an. »Erzähl ihm doch etwas über den heiligen Narren, der für mich spioniert hat.«

Ginevra drückte das winzige Jesuskind aus Ton gegen ihre Brust und schickte stille Dankgebete gen Himmel. Lorenzo stand wieder auf eigenen Füßen.

»Wir haben einen Gast«, sagte er. Seine Stimme war hell vor Glück, er lachte. »Er sagt, er habe schon seit Monaten nichts Anständiges mehr zu essen bekommen.«

Sandro Botticelli hatte seine Arbeit in Pisa beendet und war wieder zurückgekehrt.

»Sandro? Wo ist er?« Ginevra legte die Figur auf den Tisch und lief zur Tür.

»Im Eßsaal. Was dachtest du denn? Es ist wirklich ein Segen mit Botticelli. Er verändert sich nie.«

Ginevra schaute sich um, als sie ging. »Michelangelo, leg die Figuren bitte wieder zurück. Wir werden uns später mit ihnen beschäftigen. Komm jetzt hoch und lerne den mir liebsten Maler auf der ganzen Welt kennen.«

Mit zitternden Fingern stellte Michelangelo die Figuren zusammen. Dann bekreuzigte er sich und hauchte ein Dankgebet. Sandro Botticelli. Hier. Und er würde ein gemeinsames Mahl mit ihm einnehmen.

1489–1490

58. Kapitel

Weihnachten wurde das Wetter so warm wie im Frühling. Ein Omen, meinten die Leute. Einige hielten es für ein gutes Omen, begriffen es als die Wärme der Liebe Gottes. Andere sahen in den unnatürlich früh blühenden Blumen eine Warnung.

Für Ginevra bedeutete es einfach, daß der Ritt nach Careggi möglich war und sie und Lorenzo ihren Geburtstag feiern konnten. Als sie seinen Körper liebkoste, küßte sie die Wülste des Narbengewebes, die die Gicht hinterlassen hatte, und sagte ihm, daß sie sehr klein und wirklich unbedeutend waren. Er tat so, als glaubte er ihr. »Es ist egal«, lachte er. »Der Körperteil, um den sich die Männer die meisten Gedanken machen, wird ohnehin nie von Gicht befallen.« Er hatte die Manneskraft eines Jugendlichen und war stolz darauf. »Du würdest doch nie darauf kommen, daß ich ein alter Mann von vierzig Jahren bin, oder? Was dich betrifft, Contadina, hältst du dich für ein altes Weib auch nicht schlecht.«

Ende des Monats kehrte der Winter zurück, und die so sorgsam umhegte Giraffe der Stadt starb. Alle Florentiner trauerten, und bei der Signoria trafen Beileidsbekundungen aus allen Städten der Republik ein.

Auch Lucrezia Donati ereilte der Tod. Lorenzo beweinte sie nur kurze Zeit. »Zwei wunderschöne sanfte Geschöpfe sind von uns gegangen«, sagte er.

Doch ein anderes schönes Geschöpf tauchte wieder auf. Eines Tages stürmte Pico della Mirandola den Palast, lebendig und enthusiastisch wie immer. Es machte Lorenzo so glücklich, ihn zu sehen, daß Ginevra Pico alle früheren Torheiten verzieh und ihn voller Herzlichkeit umarmte. Am Abend seiner Ankunft glaubte sie fast, die Zeit sei zurückgespult worden. Pico dominierte die Runde und faszinierte Michelangelo und die jüngsten Mitglieder der Gruppe, reizte Agnolo zu ernsthaften Vorhaltungen, brachte Lorenzo zum Lachen und ließ Sandros Finger bei dem Versuch, Picos wechselnden, vor Leben sprühenden Gesichtsausdruck zu skizzieren, über das Tischtuch fliegen.

»Ich schwöre dir«, rief Pico aus, »das ist der größte Prediger, den die Welt je gekannt hat. Ich bin ihm von Brescia nach Padua und dann nach Bologna gefolgt. Wohin er auch geht, versetzt er die Gemeinden mit seinen Predigten und Visionen in helle Begeisterung. Er hat das zweite Gesicht, kann die Zukunft vorhersagen. Lorenzo, du mußt ihn nach Florenz bringen. Er wird den Duomo füllen, und die Piazza davor wird voller Menschen sein, die lautstark Einlaß verlangen. Einen Prediger wie ihn hat es noch nie gegeben.«

Lorenzo lächelte. »Ich glaube, ich kann mich erinnern, daß du exakt das gleiche gesagt hast, als du zum ersten Mal Fra Mariano gehört hast, Pico. Morgen gehen wir nach San Gallo, dann kannst du dich wieder in seine Wortgewandtheit verlieben.«

»Mit Freude, Lorenzo. Ich dürste nach der Weisheit dieses Klosterbruders. Aber der neue Mann ist anders. Fra Mariano spricht mit unserem Verstand und durch unseren Verstand mit unserer Seele. Er ist Aristoteliker, ein Mann mit einem herausragenden Intellekt. Die Worte des Dominikaners hingegen fliegen direkt zur Seele. Bei ihm kommen ganz gewöhnliche Leute zusammen, die nichts vom Intellekt wissen.«

Lorenzo war interessiert. Wenn die Menschen unterhalten werden wollten, war es vor allem die Kirche, die das tat. Ein spannender Prediger gefiel den Leuten noch mehr als die religiösen Aufführungen an den Feiertagen.

»Ich tue es«, sagte er. »Für dich, mein junger Heißsporn, und für Florenz. Ich bitte den Prior von San Marco, deinen Visionär zu einem Besuch und einer Predigt in San Lorenzo einzuladen. Wie heißt er denn eigentlich?«

»Fra Girolamo Savonarola. Du wirst sehen, Lorenzo, er ist ein Zauberer. Du wirst es nie bereuen, ihn hierher gebracht zu haben.«

Den ganzen Winter über war Lorenzo damit beschäftigt, Frieden zu stiften und die Früchte seiner Bemühungen zu ernten:

Aus Neapel kam ein Botschafter mit einer reichverzierten Schriftrolle aus Pergament, dem offiziellen Dokument, mit dem König Ferrante Giovanni die Abtei Monte Cassino übertrug. Zwei Wochen später ließ Lodovico Sforza, der Herzog von Mailand, dem Jungen Miramondo zukommen; kleinere Stadtstaaten gaben ihm kleinere Pfründen, und Papst Innozenz stellte alle anderen in den Schatten, als er ihm Passignano, die reichste Abtei der ganzen Toskana, schenkte.

»Meine Träume werden wahr«, vertraute Lorenzo Ginevra an. »Giovanni wird Kardinal, und dann werden Florenz und das Haus der Medici für immer beschützt sein.« Er verdoppelte seine Anstrengungen, Papst Innozenz dazu zu überreden, Giovanni zum Kardinal zu machen, und jeden Tag gingen Kuriere mit Briefen an die Familie Orsini, an Kardinäle, die Lorenzos Anliegen gegenüber freundlich gesinnt waren, und an den Papst nach Rom ab. Der Medici hatte Männer in die nördlich der Bergpässe gelegenen Gebiete geschickt, die mit ihren Netzen noch mehr Gartenammern zum Fettfüttern fangen sollten, und fügte den Päckchen mit den Vögeln, die die Kuriere Papst Innozenz brachten, Fässer mit dem besten Wein der Toskana hinzu.

Im März gab der Papst teilweise nach. Er wollte Lorenzos dreizehnjährigen Sohn zum Kardinal machen, aber nur unter bestimmten Bedingungen.

Die Ernennung mußte unter Androhung der Exkommunikation bei Nichtbeachtung geheimgehalten werden. Einem so jungen Mann hatte man noch nie den Kardinalshut aufgesetzt. Der Junge mußte ferner auf die Universität Pisa gehen, um Theologie zu studieren. Wenn er mit sechzehn seinen Abschluß machte, würde die Ernennung öffentlich gemacht werden.

»Gib mir einen Kuß, Contadina«, sagte Lorenzo. »Da. Nicht jedes Bauernmädchen kann den Vater eines Kardinals küssen.«

Er war in Höchststimmung. Als die Nachricht eintraf, Picos predigender Mönch sei auf dem Weg nach Florenz, traf Lorenzo alle Vorbereitungen, ihn ganz formell am Tor San Gallo willkommen zu heißen. »Wir lassen Pico die Hauptrolle spielen«, sagte er lachend. »Er kann für mich die Rede halten.«

Ginevra stimmte in sein Lachen ein. »Ich würde gerne sehen, wie du den Versuch unternimmst, Pico davon abzuhalten, alle Blicke auf sich zu ziehen. Es wäre leichter, bei einem Gewitter den Donner zu verhindern als Pico zum Schweigen zu bringen.«

Der Mönch ritt auf einem weißen Esel. Sein Gesicht war tief in der schwarzen Kapuze der Dominikaner versteckt und allen Blicken entzogen. Seine Hände waren von den weißen Ärmeln des Gewandes verhüllt. Zu seinem Gefolge gehörten einige Bauern und viele prächtig gekleidete, barfüßige Männer und Frauen. Einer der Bauern führte den Esel. Alle anderen gingen hinter ihm her und sangen ein Loblied.

Ginevra flüsterte Lorenzo zu: »Warum hat er nicht noch ein paar Tage gewartet? Dann ist Palmsonntag.«

»Böse, gotteslästerliche Frau«, erwiderte er leise, »bring mich nicht zum Lachen. Pico würde mir das nie verzeihen.«

Pico ging nach vorne; er hatte die Hand erhoben, um dem Geleitzug des Mönchs das Zeichen zum Anhalten zu geben. Dann ließ er sich auf ein Knie nieder und schwang mit einer eleganten Bewegung seinen Hut.

»Ich bitte um deinen Segen, heiligster Diener Gottes«, rief er und beugte seinen Kopf.

Lorenzo lächelte. Am Tor hatten sich eine Menge Leute versammelt, um dem Schauspiel beizuwohnen. Pico wollte sie unterhalten, auch wenn sein Mönch dabei unsichtbar blieb, dachte der Medici.

In diesem Augenblick fing eine Frau aus Savonarolas Gefolge an zu schreien, tanzte wie verrückt los, die Arme hoch zum Himmel erhoben, und wirbelte mitten auf die Straße. Ihre Arme fielen wieder herab, ihre zitternden Finger zeigten auf Pico. »Welche Schönheit«, sagte sie mit Grabesstimme und verdrehte die Augen. »Zur Zeit der Lilien wird sie diese Welt verlassen.«

Ginevra umklammerte Lorenzos Arm. »Wie meint sie das?«

»Scht!« Pico war hastig und mit zornrotem Gesicht auf die Beine gesprungen.

»Schafft diese Frau von mir fort«, rief er. »Ich will ein paar Worte an Fra Savonarola richten.«

Doch niemand hörte auf ihn. Die Leute in der Nähe des Tores wichen zurück, und die Gefolgsleute Savonarolas hatten sich in einem dicht zusammengedrängten Haufen hingekniet, bekreuzigten sich und murmelten Gebete. Die Prophetin war in Ohnmacht gefallen und lag wie tot im Staub der Straße.

Auf Lorenzos Wink hin traten zwei seiner Wachen vor. »Bringt sie ins Hospiz«, sagte er und lächelte die Gruppe von Menschen an, die er auf die Beine gestellt hatte, um die Neuankömmlinge willkommen zu heißen. »Kommt und laßt uns unseren Gast begrüßen«, sagte er und ging zu Pico hinüber.

»Ein anderes Mal wird Fra Savonarola deine Worte besser würdigen als heute, Pico. Stell uns doch einander vor, dann lassen wir den Mönch gehen. Er muß ja ganz erschöpft sein von seiner Reise.«

Savonarola rührte sich nicht und sagte auch kein Wort, als Pico ihm Lorenzo vorstellte oder als Lorenzo die Regierungsvertreter der Stadt ihm bekannt machte. Nachdem der letzte Name gefallen war, zog er eine Hand aus dem Ärmel und machte das Kreuzzeichen, dann gab er mit ihr dem Eselsführer einen Wink. Als er davonritt, ließ er die Hand wieder in ihrem Versteck verschwinden.

Die Regierungsvertreter blickten Lorenzo nervös an. Noch nie war das Oberhaupt der Republik derart beleidigt worden. Lorenzo grinste sie an. »Das ist der Mönch«, sagte er, »von dem uns der Graf von Mirandola erzählt hat, er sei der beredsamste Mann von ganz Italien.«

Alle lachten, nur Pico nicht. Murmelnd entfernte er sich.

Auch Ginevra blieb ernst.

Sie hatte beobachtet, wie Savonarola davonritt. Kurz bevor er durch das Stadttor kam, machte der Esel einen Satz, und die Kapuze glitt zurück. Ginevra schauderte, als das Sonnenlicht auf sein Gesicht fiel. Der Mönch war ungeheuer abstoßend und häßlich, hatte eine riesige Hakennase und dicke, purpurrote Lippen, dichte, finstere Brauen und übermenschlich grüne Augen mit rötlichen Wimpern. Ein Lichtstrahl fiel ihm von der Seite in die Augen, und er zwinkerte. Bevor er jedoch die

Lider schloß, sah Ginevra, daß das Licht seine Augen rot aufblitzen ließ.

Sie hatte das Gefühl, ihr Rückgrat sei zu Eis erstarrt. Ihr Nacken war steif, und sie wußte, daß sich die Härchen an ihrem Hinterkopf aufgerichtet hatten. Zum ersten Mal in ihrem Leben wurde sie von unüberwindlichem Schrecken erfaßt. Sie bekreuzigte sich und war sich nicht bewußt, daß die Finger ihrer anderen Hand dabei die abergläubische Schutzgeste gegen das Böse formten.

Für den Rest ihres Lebens war Ginevra in dem festen Glauben, Savonarola sei der Teufel und sie habe es in seinen Augen gesehen.

Sie versuchte, auch Lorenzo davon zu überzeugen, aber er lachte sie nur aus. »Du bist vor seiner Häßlichkeit zurückgeschreckt, meine Liebe, das war alles. Du bist eben hübsche Männer wie mich gewöhnt.«

»Nein, Lorenzo, mach darüber bitte keine Witze. Was war denn mit dieser Frau, die Pico verfluchte? Sie war eine Hexe, eine Teufelsanbeterin.«

»Das war Camilla Rucellai, die verrückte Kusine meines Schwagers Bernardo Rucellai. Ihr ganzes Leben ist sie schon verrückt... Und was du einen Fluch nennst, war nur die Prophezeiung einer Schwachsinnigen. Die Leute sagen, es bedeute, daß Pico in jugendlichem Alter sterben wird, wie die zarten Lilien, die so rasch vergehen. Doch Picos Jugend ist schon vorüber. Er mag ja wie ein schöner Junge aussehen, aber er ist sechsundzwanzig Jahre alt, genauso alt wie du, Contadina, und damit kaum mehr ein Kind zu nennen.«

Der nächste, dem Ginevra ihre Ängste anvertraute, war Fra Mariano. Der Mönch lachte nicht, führte ihr aber die Fehler in ihren Gedankengängen vor Augen. »Fra Savonarola ist ein Diener Gottes, Ginevra. Er predigt das Wort Gottes, Worte, die die Waffen sind, die wir gegen den Satan verwenden.«

Sie schüttelte den Kopf. »Nein, Fra Mariano. Ich war bei seiner Predigt in San Lorenzo. Er predigt nicht aus den Evangelien, sondern mit seinen eigenen Worten. Er sagt den Leuten, sie seien schlecht und sündig, und Florenz sei ein Sündenpfuhl. Er predigt gegen Lorenzo.«

Fra Mariano nahm ihre Hand. »Mein liebes Kind, um Lorenzo brauchst du dir keine Sorgen zu machen. Gegen ihn läßt sich nichts sagen. Lorenzo ist der tugendhafteste Laie, den ich kenne, christlicher als die meisten Geistlichen…

Du bist überrascht? Dabei kennst du ihn doch so gut. Doch nicht in jeder Hinsicht. Du mußt nämlich wissen, Lorenzo kommt oft zu mir; wir sprechen über Aristoteles und über Jesus Christus. Ich glaube, nach all den Jahren, in denen Marsilio Ficino unaufhörlich auf Plato herumgeritten ist, bedeutet es für ihn eine willkommene Abwechslung.«

»Aber Plato…«

»Ja, ja, mein Kind, auch ich kenne meinen Plato. Du brauchst ihn weder zu erklären noch zu verteidigen. Auch ich verbringe viele Stunden in Fiesole mit der Akademie… So wie du, Ginevra. Du weißt, daß die Essenz des Neoplatonismus die Bildung einer Synthese zwischen der Weisheit der Antike und der größeren Weisheit der Lehren unseres nach der Zeit der antiken Denker in die Welt gekommenen Erlösers ist. Die eigentliche Betonung liegt auf Christus, nicht auf Plato, und so sieht es auch Lorenzo. Hast du seine Gedichte gelesen?«

Ginevra nickte.

»Dann weißt du ja auch, daß viele seiner Gedichte *Laudi* sind, Lobpreisungen unseres Herrn. Er empfindet eine tiefe Liebe zu Gott, auch sein Streben nach dem Geistigen ist tief. Durch Worte läßt sich Lorenzo nicht verletzen, ganz gleich, von wem sie stammen. Seine Seele ist sicher.«

»Aber…« Sie schüttelte den Kopf, unfähig, ihre Gedanken in Worte zu fassen.

Der Mönch tätschelte ihre Hand. »Wir Ordensleute wissen mehr von der Welt, als dir klar ist, Ginevra. Machst du dir über Lorenzos Ehebrecherei Sorgen? Seine Frau ist tot. Besorgt dich seine Hurerei, und deine? Gott hat unser Fleisch genauso geschaffen wie unsere Seelen. Er kennt unsere Schwächen und vergibt sie uns.«

Ginevra lächelte den sanftmütigen, gelehrten Mönch an. In

diesem Augenblick erinnerte er sie trotz seines ganz anderen, weltmännischen Verhaltens an den sanften Fra Marco, den Mönch in La Vacchia, bei dem sie ihre früheste religiöse Erziehung genossen hatte.

»Ich danke dir für deine Freundlichkeit und dein Verständnis, Fra Mariano«, sagte sie. »Doch bei allem Respekt glaube ich, daß du dich in Savonarola irrst. Es ist ihm ernst damit, Lorenzo zu vernichten. Er sagt, Lorenzo sei ein Tyrann und habe Florenz in die Sünde geführt und werde von Gott dafür bestraft... Er prophezeit seinen Tod. Bald.«

Fra Mariano sah die Angst in Ginevras Augen. »Meine Tochter«, sagte er ruhig, »jeder Mensch muß sterben, bevor er die Erlösung finden kann.«

Die Worte des Mönchs trösteten Ginevra und bedeuteten auch für Lorenzo Trost. Sie hatte beobachtet, daß er sich in zunehmendem Maße mit religiösen Fragen beschäftigte und wußte, daß er jeden Tag in der Kapelle des Palastes die Messe lesen ließ, oft nur für sich allein. Fra Marianos Sicherheit über Lorenzos Beziehung zu Gott überzeugte sie; sie mußte auch Lorenzo eine Hilfe sein.

Doch ihre feste Meinung zu Savonarola hatte der Mönch nicht erschüttert. Sie sah, wie die winzige Gemeinde, die sich zu seinen Predigten versammelte, immer größer wurde, und sie geriet ganz außer sich.

Lorenzos Freunde wollten nicht auf sie hören. Sie versuchte erst gar nicht, mit Pico zu reden, aber sie dachte, Sandro würde ihre Sorgen verstehen.

Er meinte, was sie sagte, sei Gotteslästerung.

Agnolo Poliziano hielt sie für verrückt.

Der Teufel lockt sie von Lorenzo fort, dachte sie. Er versucht, Lorenzo jeden Schutz zu rauben, ihn wehrlos und verwundbar zu machen. Aber das wird ihm nicht gelingen. Ich werde ihn nie verlassen.

Am ersten Mai versuchten Lorenzo und Ginevra, nicht über das Mädchen zu lachen, das beim Tanz um den Maibaum aus dem Rhythmus geriet, als die Katastrophe eintraf. Ginevra hörte Lorenzo heftig aufkeuchen, spürte seine Hand mit krampfartigem Griff ihre Schulter umklammern.

Sie schaute zu seinen Wachen hinüber, die jedoch die Tänzerinnen beobachteten. Es war keine Zeit zu verlieren. Lorenzos Finger krampften sich noch stärker zusammen.

»Der Maibaum«, rief sie so laut sie konnte. »Er kippt!« Und sie schrie.

Es standen so viele Menschen auf der Piazza, daß sich keiner von der Stelle rühren konnte. Die Menschen versuchten auf Ginevras Schrei hin, sich vor dem immensen Maibaum in Sicherheit zu bringen. Als sie merkten, daß sie in der Falle saßen, fielen ihre entsetzten Schreie mit Ginevras Rufen in einer Kakophonie des Schreckens zusammen.

»Wachen!« Ginevra rief die Männer zu sich, damit sie Lorenzo vor der wogenden, drängenden Menge schützten. Und zu ihm sagte sie: »Ruhig, mein Liebster, ruhig. Niemand wird es merken.« Sie warf ihren Kopf in den Nacken und schrie, schrie unaufhörlich, überdeckte seine gequälten Schmerzensschreie, während die Wachen ihn von der in Panik geratenen, für alles andere blind gewordenen Menge wegtrugen.

Als sie den Palast erreichte, lag Lorenzo bereits in dem einem Koma ähnelnden Tiefschlaf, den Leonis Medizin hervorrief. »Geht, Madonna!« sagte der Arzt. »Der Zustand wird viele Stunden anhalten.«

Ginevra unterdrückte ihre Tränen, während sie nach La Vacchia hinausritt. Erst im Gras ihres alljährlichen Liebesbettes ließ sie ihnen freien Lauf.

Sie pflückte Wiesenblumen, packte sie in Blätter ein, die sie im Fluß feuchtgemacht hatte, und trug sie nach Hause zu Lorenzo. Dabei wußte sie genau, daß sie sie ihm nie überreichen würde, denn sie würden verwelkt sein, bevor er aus seinem künstlichen Schlaf erwachte.

59. Kapitel

»Contadina, bist du noch da?«

»Ich bin hier. Schlaf wieder ein.«

»Ich habe nichts anderes getan, als zu schlafen. Wie lange?«

»Drei Tage. Aber es hat dir keine wirkliche Ruhe geschenkt. Jetzt hast du natürlich geschlafen. Schlaf, mein Lieb. Schlafen heilt.«

»Ich bin aufgewacht, bevor…«

»Ja, und schlaf wieder ein. Es tut dir gut. Versuch nicht, wachzubleiben… Willst du etwas trinken? Willst du, daß ich singe?«

»Noch nicht. Ich möchte mit dir sprechen. Danach kannst du dann dein Nachtigallenlied singen.« Lorenzo kicherte. »Ich frage mich, ob uns die Harmonieschule wohl aufnimmt.«

»Wir würden sie eine neue Art von Musik lehren.«

»Contadina…«

»Hier bin ich, Lorenzo.«

»Ich will dir etwas Wichtiges sagen… Nein, erzähl mir nicht, ich solle ruhen. Ich muß es dir erzählen.«

»Es ist gut. Ich bin hier an deiner Seite, höre dir zu.«

»Ich liebe dich, meine Ginevra, und weiß, daß du mich liebst. Ich glaube nicht, daß du dir bewußt bist, wie selten das ist, was wir füreinander bedeuten… Wenn ich meine Mutter und meinen Vater zusammen gesehen habe, wußte ich immer, daß ich ein Wunder schaute… Mein Wunder bist du, Ginevra. Nie habe ich gedacht, daß mir selbst ein solches Wunder widerfahren würde, aber ich irrte. Ich wollte, daß du das weißt…«

»Ich weiß es. Es bedeutet für mich das größte Glück auf Erden, dich das sagen zu hören, mein Liebster, aber ich wußte es von Anfang an. Du hast es mir auf millionenfache Weise gesagt.«

»…ich werde jetzt schlafen. Sing mir etwas vor.«

Sie sang noch, als er schon lange eingeschlafen war. Tränen strömten aus ihren Augen, und sie ließ sie herabfallen, während sie von unsterblicher Liebe sang.

60. Kapitel

Im September reiste Doktor Leoni mit ihnen zu den Schwefel-
bädern; den Sommer über begleitete er sie nach Careggi. Lorenzo hatte Angst davor, von ihm und der Erleichterung, die
er in seinem Apothekerkasten für ihn bereithielt, getrennt zu
werden. Die Anfälle waren jetzt weniger intensiv, aber dafür
häufiger.

Als sie im Oktober in die Stadt zurückkehrten, sagte Lorenzo, er wolle Savonarola predigen hören.

Ginevra war entsetzt. »Das darfst du nicht«, protestierte sie.
»Er ist ein entsetzlicher, gemeiner Teufel.«

Lorenzo lachte. »Man erzählte mir, daß mein Name häufiger fällt als der Gottes. Ich würde gerne hören, was mich so
wichtig macht.«

Als sie die Kirche verließen, wirkte er nachdenklich. »Ich kann
nicht begreifen, was den Leuten daran gefällt, wenn man ihnen sagt, sie seien Sünder, die ewige Verdammnis warte auf
sie. Doch es sind viele zusammengekommen.«

»Viel mehr als vorher«, sagte Ginevra. Ihr war ganz elend
vor Ärger und Sorge.

Lorenzo verkündete, er werde sich eine Zeitlang der häuslichen Diplomatie widmen. In Italien herrschte Frieden, er
konnte sich ganz auf die Belange der Republik konzentrieren.

»Du solltest Savonarola loswerden«, beharrte Ginevra. »Du
unterstützt doch das Kloster San Marco mit deinen Geschenken. Wenn du den Prior darum bittest, wird er ihn wegschik-
ken.«

»Ein wahnsinniger Mönch macht mir keinen Kummer. Und
er ist bei den Leuten beliebt. Mich beschäftigt vielmehr, wie
ich Piero die Regierung der Stadt sichern kann. Er hat ja nicht
einmal genügend Verstand, um mit seinem eigenen Leben
klarzukommen.«

Ginevra war erstaunt. Sie hatte geglaubt, für die Defizite
Pieros sei Lorenzo blind.

Der Medici lächelte. Er wußte, was sie dachte. »Ich habe

drei Söhne, Contadina. Einer ist ein Narr, einer ist klug, einer gut. Wenn ich mich entscheiden könnte, wer Florenz regieren soll, bliebe mir dennoch nichts anderes übrig, als Piero dafür zu bestimmen. Die Kardinalswürde kann der Familie und der Stadt den greifbarsten Nutzen bringen, daher ist es richtig, daß der klügste Sohn der Kardinal sein wird.

Giulianos freundliche Art würde ihn zur willkommenen Beute jedes Gauners in der Toskana machen, der nach einem Mäzen sucht.

Bleibt nur noch der Narr. Aber ich kann im voraus seiner Dummheit begegnen.«

Der Innenhof des Palastes wurde zu einem einzigen Getümmel von Leuten, die Lorenzo aufsuchten, darauf warteten, Einlaß zu finden oder gerade von ihrem Besuch bei ihm zurückkamen. Lorenzo mischte in allen Regierungsgeschäften mit. Er überzeugte sogar die Signoria davon, ein Gesetz zu erlassen, das auch noch jede Verlobungsfeier von seiner Zustimmung abhängig machte.

»Ich weiß, welche Männer und welche Familien gerne die Macht an sich reißen würden, wenn ich einmal nicht mehr da bin. Es wird keine Bündnisse zwischen ihnen geben.«

Ginevra schaute auf seine zitternden Hände und seine glänzenden Augen. Er verausgabte sich bis zur völligen Erschöpfung, arbeitete Tag und Nacht, ertrug die Schmerzen, solange er konnte, verließ sich auf Leonis Mittel, wenn er es nicht länger aushalten konnte.

Sie flehte ihn an, sich Ruhe zu gönnen.

»Das kann ich nicht, Contadina. Ich weiß nicht, wieviel Zeit uns noch bleibt.«

Darauf konnte auch sie nichts entgegnen. Jeder, der ihm nahestand, konnte sehen, wie krank er war.

Wie durch ein Wunder brachte er sich mit seiner Arbeit nicht etwa um, sondern wurde statt dessen nach dem Winter kräftiger, benötigte weniger Ruhe und weniger Nahrung als je zuvor und schien die Energie wiedergewonnen zu haben, die die Krankheit ihm geraubt hatte.

Beim Essen nahm er wieder den Vorsitz über die Tafel ein,

die mit ihrem Lachen, dem Witz und den scharfsinnigen, philosophischen Streitgesprächen ganz wie früher war. Er diskutierte mit Pico und Agnolo auf einem Niveau, das das Verständnis der anderen in einem Ausmaß überstieg, daß sie darum baten, von soviel Tiefgang befreit zu werden.

Morgens verlagerte der Medici die Kampfarena der Philosophie in Fra Marianos Studierzimmer in San Gallo; bei den Abendessen führte er wieder die Rispetti ein.

Tag für Tag sprach er vor Ausschüssen und Kommissionen, mit Geschäftsleuten und Händlern, war mit seiner ganzen Aufmerksamkeit bei der Sache, machte seinen Einfluß geltend, sprach Ernennungen aus, verteilte Privilegien, gewann Unterstützung für seine Politik und seinen Sohn.

Er besuchte Piero in dessen Teil des Palastes, bezauberte dessen Frau Alfonsina, führte mit seinem törichten Sohn angeregte Gespräche über die Kunst der Diplomatie und die Herausforderung, die es bedeutete, zu regieren.

Er hatte Unterredungen mit den Lehrern seiner jüngeren Kinder und bestellte Bücher aus dem Skriptorium für sie. Und er erfand neue Spiele, die er mit Contessina und Giulio und Giuliano spielen konnte, weil er nicht länger in der Lage war, mit ihnen herumzutollen und sie auf sich reiten zu lassen.

Am Neujahrstag entzündete er das Feuerwerk, das er der Stadt zum Geschenk gemacht hatte; Ostern schritt er der Prozession der Bankierszunft voran, mit der die zeremonielle Schenkung der Kerzen für den Duomo erfolgte.

Eigenhändig betreute er die Arbeit am Karnevalswagen, überwachte die Ausführung jedes Details mit einer solchen Gründlichkeit, daß Ghirlandaio damit drohte, den Wagen zu zerstören anstatt ihn fertigzustellen. Lorenzo gewann den Künstler mit einem seinen Dekorationen gewidmeten Sonett zurück. Für den Karneval schrieb er vier Lieder.

»Lorenzo, ich flehe dich an, hör auf!« sagte Ginevra unzählige Male, aber er lächelte nur, küßte sie und sagte ihr, sie solle die Lauten für ein Duett oder die Karten oder Würfel für ein Spiel holen.

Immer öfter hörte sie ihn nachts schreien. Eilig zog sie sich dann an. Oftmals schickte er Leoni, um sie zu ihm zu bringen, wenn er aufgehört hatte zu schreien. Er wollte, daß sie ihn in den Schlaf sang, sagte er. Er war sicher, daß sein Herz noch hören konnte, auch wenn er bewußtlos war.

Ginevra entging dabei nicht, daß die Gicht schlimmer geworden war. Die narbigen Knochen traten deutlicher hervor, die Schwellungen gingen jedes Mal langsamer zurück.

Lorenzo weigerte sich, vor der Krankheit zu kapitulieren. Wenn seine Füße und Beine ihn nicht mehr tragen wollten, ritt er mit »Cosimos Stuhl« umher, bis sich ihr Zustand wieder verbessert hatte. Dann ließ er Pferde kommen und nahm Ginevra und die Kinder mit auf Beizjagd in die Nähe der Villa in Fiesole.

»Leoni und ich haben den Fluch der Medici überwunden«, prahlte er siegesgewiß.

Doch im November ließ ein schlimmer Anfall seine Hände so sehr anschwellen, daß er nicht mehr schreiben konnte. Lorenzo war verzweifelt. »Ich muß doch den Menschen zum Dreikönigstag Briefe und Geschenke senden. Die Boten sind im Winter so langsam, daß sie bald auf den Weg geschickt werden müssen. Innozenz ist krank; vielleicht liegt er im Sterben. Ich muß ihn dazu bringen, Giovannis Ernennung offiziell zu machen, seine Kardinalswürde öffentlich zu verkünden. Und was Frankreich angeht, habe ich ein ungutes Gefühl. Dieser König Karl ist erst neunzehn, und junge Männer streben nach Ruhm. Ich wünschte, König Ludwig hätte länger gelebt. Er war ein vertrauenswürdiger Freund. Auch Ferrante ist krank, und Alfonso ist mir nicht wohlgesonnen. Ich muß ihn zu unserem Freund machen, bevor sein Vater stirbt und er den Thron übernimmt.«

Ginevra schluckte ihre Tränen hinunter. Dieses ganze Gerede vom Tod und vom Sterben! Konnte Lorenzo denn an nichts anderes mehr denken? Sie hatte den Eindruck, er raste seinem eigenen Ende entgegen, stürmte voran, um dem zu begegnen, was er fürchtete. Ohne sein Mittel schlief er kaum noch. Selbst in den seltenen Nächten, in denen er ihr Bett besuchte, konnte er durch die Erleichterung des Höhepunktes seiner angespannten Unruhe nur für kurze Zeit entrinnen. Seine minutenlangen Nickerchen und damit die wenigen Momente, in denen ihre Augen ihn ganz für sich gehabt hatten, waren Vergangenheit.

In der Nacht vor dem ersten Advent hörte Ginevra Lorenzo wieder schreien. Rasch warf sie sich ihre Kleider über und wartete auf Leonis Klopfen.

Doch Lorenzo hörte nicht auf zu schreien.

»Helfen Sie ihm!« flehte sie, als sie in Lorenzos Zimmer rannte. »Um Gottes willen, Doktor, geben Sie ihm die Medizin!«

Leoni weinte. »Wenn er noch mehr bekommt, stirbt er. Er hat jedes Mal höhere Dosen gebraucht; jetzt reicht auch die höchstmögliche Dosis nicht mehr aus, um den Schmerz abzutöten, ohne ihn umzubringen.«

Am nächsten Tag, zur Zeit des allgemeinen Läutens, als alle Glocken der Florentiner Kirchen gleichzeitig erklangen, verließ eine verschwiegene Gruppe den Medici-Palast. Die Träger der Sänfte waren ganz ungelenk vor Nervosität, und ihr ungleichmäßiger Schritt ließ die in Decken gewickelte Gestalt im Innern immer wieder gequält aufstöhnen.

Ginevra della Vacchia lief neben der Sänfte her, sprach ernst in leise singendem Ton. »Wir reisen zu den Bädern in Bagno a Ripoli, mein Geliebter. Es ist nicht weit. Wir schaffen es leicht in zwei Tagen. Dort wird es dir wieder besser gehen. Mit den heißen Bädern geht es dir immer besser. Die Wachen mit ihren Pferden und Packpferden sind bei uns. Wir haben alles, was wir brauchen, und wenn es dir erst wieder besser geht, dann reiten wir gemeinsam nach Hause. Wir werden dahingaloppieren, wie wir es immer getan haben. In den Dörfern, durch die wir kommen, wird es heißen: ›Da ist der Magnifico‹.

Alles wird wieder so werden, wie es einmal war.«

1491–1492

61. KAPITEL

»Die Bäder heilen mich immer«, sagte Lorenzo.

»Ich habe es ja gesagt«, stimmte Ginevra ihm zu.

Beide logen, beide wußten es.

Lorenzo war ganz ausgemergelt. Sein Sattel war gepolstert, um den Aufprall für sein knochiges Gesäß abzufedern, und hatte hinten einen Aufbau, der seinen Rücken abstützte. Sie ließen die Pferde nur Schritt laufen und hielten alle paar Kilometer an, um abzusteigen und am Wegesrand zu rasten.

Für die Strecke, die Ginevra zu Fuß in zwei Tagen zurückgelegt hatte, brauchten sie auf dem Pferd drei.

Als sie im Palast ankamen, stand Cosimos Stuhl bereit. Diener trugen Lorenzo auf sein Zimmer und machten ihn fürs Bett fertig.

Ginevra blieb im Hof. Sie hatte Lorenzo versprechen müssen, zu warten, bis er sie holen ließ.

Langsam ging sie in Richtung Garten. Ihre Schritte waren genauso schwer wie ihr Herz. Das Geräusch unterdrückten Weinens ließ sie innehalten. Der junge Bildhauer Michelangelo versuchte, sich hinter einer antiken Säule in der Ecke zu verstecken.

Ginevra eilte auf ihn zu.

Er hob sein tränenüberströmtes Gesicht von den Armen. »Ich habe ihn gesehen, Madonna. Er stirbt. Ich liebe ihn. Warum muß er nur sterben?«

»Das kann ich dir nicht beantworten«, sagte sie. Ihre angestauten Tränen brachen aus ihr hervor.

Voller Mitgefühl streckte ihr Michelangelo seine schwieligen Arbeitshände entgegen. Ginevra ergriff sie. Gemeinsam trauerten sie um den immer näherrückenden Tod Lorenzo il Magnificos.

Lorenzo kämpfte gegen den Tod an. Die Krankheit hatte jetzt seinen ganzen Körper erfaßt; unablässig lag er im Fieber, und ein Gelenk nach dem anderen wurde durch die mörderische Gicht zerstört und verdreht. Als er nicht länger an seinem Schreibtisch stehen konnte, setzte er sich davor. Als er seinen unförmigen Rücken nicht mehr aufrichten konnte, diktierte er vom Bett aus.

Die Mittel, die Leoni ihm gab, blieben wirkungslos.

Ginevra massierte ihn, wenn er es aushalten konnte, berührt zu werden.

Nichts von alledem half.

Lorenzo kämpfte allein.

An ihrem Geburtstag zog sich Ginevra die Mönchsverkleidung über, die sie in Neapel getragen hatte, und ging neben der mit Vorhängen versehenen Sänfte her, in der Lorenzo zum Grab seines Großvaters getragen wurde.

Die Träger zogen sich zurück und verschlossen die großen Portale der Kirche hinter sich. Wie Ginevra angeordnet hatte, würden sie warten, bis sie hereingerufen wurden.

Sie zog die Vorhänge auf, mit denen Lorenzos Entstelltheit vor den Blicken der Bewohner der Stadt verborgen wurde.

»Waren die Schmerzen sehr schlimm?« fragte sie.

»Die Träger verstehen ihr Handwerk«, sagte Lorenzo. Seine Stimme klang unverändert, sein Lächeln war es ebenfalls. Ginevra berührte seine Lippen mit einem hauchzarten Kuß.

»Ruf ihn für mich«, sagte Lorenzo. Sie kniete auf dem Boden vor der Marmorplatte nieder, die Cosimos Ruhestätte kennzeichnete, und fuhr mit den Fingern die Buchstaben der Grabinschrift nach.

PATER PATRIAE

Lorenzo sah ihr von seiner Trage aus zu. Als sie fertig war, begann er zu sprechen.

»Cosimo, hier ist dein Enkel Lorenzo. Wenn du mich hören kannst, dann wisse dies. Ich habe die Aufgaben, die das Leben an mich stellte, mit Ehren erfüllt. Ich habe mich um den Staat gekümmert. Ich habe der Familie sechs lebende Kinder geschenkt, einer meiner Söhne ist Kardinal in der römischen Kirche. Ich habe den Frieden bewahrt, den du der Republik geschenkt hast, und jedem Winkel Italien ebenfalls Frieden gebracht. Wenn wir uns am Fuß des Thrones Gottes wiedersehen werden, werde ich dir mit Stolz gegenübertreten können. Als ich an diesem Tag vor zweiundzwanzig Jahren ein Mann wurde, habe ich dir hier an dieser Stelle einen Gelübde abgelegt. Diesen Schwur habe ich gehalten.«

Lorenzo schloß die Augen und stieß einen tiefen Seufzer der Erfüllung und der Erschöpfung aus. Seine Pilgerfahrt war beendet.

»Gut gemacht, Lorenzo«, sagte Ginevra.

62. Kapitel

»Was gibst du mir denn da, wenn ich etwas Rotes haben will? Narr!«

Ginevra hörte Lorenzos Stimme, sobald sie auf den Flur trat. Sie lächelte und beschleunigte ihren Schritt. Er klang wütend und kräftig. Ein guter Tag. Sie eilte auf sein Zimmer.

Er hatte sich auf einen Haufen Kissen gestützt. Sein frisch rasiertes Gesicht war rot angelaufen, seine Augen funkelten. Eine Bahn roten Seidenstoffs lag wie eine vibrierende Wunde quer über dem Bett, in seinen Händen hielt er dicke Knäuel zusammengeknitterter Seide.

Der Seidenhändler hatte sich nach vorne gebeugt, bewegte sich vor und zurück, verbeugte sich und gab unzusammenhängende, kleinlaute, verängstigte Geräusche von sich. Lorenzos Wut war großartig.

»Rot ist die Farbe der Kraft und der Stärke«, rief er. »Es ist eine männliche Farbe. Und du bringst mir hier dieses Rot wie aus einem Weiberboudoir. Du mußt blind sein oder annehmen, daß ich es bin.« Er schob die Seide mit den Handrücken von sich weg. »Nimm diesen flitternden Taft und bring mir einen dicken Seidenstoff. IN ROT!«

Ginevra lief zum Bett, löste das Tuch aus seinen verkrümmten Fingern, formte es zu einem Ball und schleuderte es in die Arme des Händlers. »Und kommen Sie möglichst schnell wieder zurück«, sagte sie mit einem Lächeln. Der Mann huschte davon, verbeugte sich immer noch, murmelte etwas.

»Hast du sie?« fragte Lorenzo. Seine Worte waren eine einzige Anschuldigung.

Ginevra ahmte seine nasale Stimme nach, der sie eine triefende Süße hinzufügte. »Guten Morgen, Ginevra«, sagte sie. »Wie froh ich bin, dich zu sehen. Konntest du von Sandro die Zeichnungen für die Dekorationen bekommen? Wirklich? Wie freundlich von dir. Ich bin dir äußerst dankbar.«

Lorenzo blitzte sie wütend an.

Einen Augenblick lang schob Ginevra ihre Augenbrauen in die Höhe. Dann fiel sie in ihren normalen Tonfall zurück. »Ich habe sie. Sie sind wunderschön. Die Diener befestigen sie gerade auf Staffeleien und bringen sie hoch, damit du sie studieren kannst.«

»Ich bin froh, dich zu sehen«, sagte Lorenzo.

»Genau wie ich, mein Liebster. Du siehst sehr gut aus, ganz cholerisch. Kannst du eine Massage vertragen?«

»Nein. Ich muß arbeiten. Komm zu mir und setz dich her. Hör zu, was mir für die Musik eingefallen ist.«

Sie stellte einen Hocker neben das Bett und setzte sich neben ihn. Mit großer Sanftheit ließ sie ihre Finger in seine klumpige Hand gleiten. Lorenzos mißgestalteter Daumen krümmte sich um sie.

Die Zeremonie für Giovannis Erhebung zum Kardinal war für den sechsten März geplant, also noch etwas über einen Monat hin. Lorenzo organisierte eine Feier, die alles übertreffen würde, was man je in Florenz gesehen hatte. Das Projekt belebte ihn, aber er zahlte einen hohen Preis für die plötzlichen Kraftausbrüche. Er hatte Perioden fürchterlicher Qualen und war an einigen Tagen zu schwach, um die Augen zu öffnen. Er war ein sterbender Mann, der zum Leben entschlossen war, um den Höhepunkt seines Strebens erleben zu können.

Am Ehrentag Giovannis eilten Beobachter von der Zeremonie im alten Badia in Fiesole davon, um Lorenzo Bericht zu erstatten. Reiter, die an jedem Punkt der Prozession aufgestellt waren, stürmten zum Palast, sobald der Umzug an ihnen vorübergezogen war.

Botticellis Triumphbogen war eine Explosion farbiger Seidentücher, die über der Porta San Gallo hingen. Zwanzig Herolde standen oben auf dem Tor, um den neuen Kardinal beim Einzug in die Stadt zu begrüßen.

Die Fenster am Weg der Prozession waren mit Bannern, Flaggen und Wandteppichen geschmückt; ein Blumenteppich bedeckte die zum Duomo führenden Straßen. Der Dom war so voll, daß die Prozession kaum in ihn hineinkam. Ganz Florenz wollte einen Blick auf den eigenen Kardinal, den Sohn des Magnifico, erhaschen und ihm die Ehre erweisen.

Durch sein offenes Fenster konnte Lorenzo die Jubelrufe hören. Freudentränen strömten aus seinen Augen. Ginevra fing sie mit einem weichen Tuch auf, bevor sie seine Seidenjacke erreichen konnten. Er hatte ein juwelenbesetztes Prachtgewand angezogen, das bezeugte: Er war Lorenzo il Magnifico in seiner stolzesten Rolle; Vater des Kardinals Giovanni de' Medici.

Als die Messe beendet war, formte sich die Prozession erneut. Gefolgt von allen Würdenträgern der Stadt, bewegte sie sich in gemessenem Schritt durch die jubelnde Menge zum Palast der Medici und zu einem Festbankett, das den ganzen restlichen Tag über andauerte.

Lorenzo wurde auf einer Sänfte in den Gran Salone getragen, um seinen Sohn zu sehen.

»Er saß in der Mitte der Tafel auf seiner erhöhten Plattform«, erzählte Lorenzo Ginevra, als er wieder in seinem Bett war, »und trug seinen roten Kardinalshut...« Seine Stimme wurde schwach. »Sing mich in den Schlaf, Contadina. Jetzt kann ich ruhen.«

An den Wänden des großen Bankettsaales prangte das mit gesponnenen Goldfäden auf dicke rote Seide gestickte Wappen der Medici.

In jener Nacht brannten auf allen Dächern der Stadt Fakkeln, mit denen die Straßen für die Musikkapellen beleuchtet wurden. Die Musikanten spielten die Musik und sangen die Lieder, die Lorenzo für die Feier seines Sohnes geschrieben hatte.

»Contadina?«
»Ich bin da.«
»Ich möchte heim nach Careggi.«

63. Kapitel

Die ganze Welt wußte inzwischen, daß Lorenzo de' Medici im Sterben lag. Aus jeder Stadt Europas brachten die Kuriere Briefe nach Careggi. Lorenzos Sekretär beantwortete sie zusammen mit einer Phalanx von Schreibern in dem Skriptorium, das man in der verglasten Loggia eingerichtet hatte.

Vertreter der florentinischen Republik und Gesandte der Verbündeten der Stadt gingen in kleinen, verschwörerischen Gruppen im Garten und auf dem Hof umher und unterhielten sich mit gedämpften Stimmen miteinander, bis sie sich am Fuß der Treppe zusammendrängten, auf der Lorenzos Arzt mit einem Bericht seines Zustandes erschien.

Von der Kanzlei San Lorenzos aus rollten die Verurteilungen Savonarolas wie Donner über die Köpfe der jammernden und zu Tode erschreckten Menschenmassen hinweg. »Gottes Strafgericht ist über den Tyrannen Lorenzo hereingebrochen! Er stirbt, befleckt von den Sünden, die den himmlischen Zorn auf all diejenigen herunterbringen werden, die Luxus und leeren Prunk lieben. Bereut, bevor das Schwert des Strafgerichtes euch zerschmettert.«

Lorenzos Schlafzimmer in Careggi war klein und schlicht. Es hatte nur ein einziges Fenster, und die Wände und der Fußboden entbehrten jedes Schmuckes. Sein Bett stand in der Mitte des Raumes; vier Zitronenbäume aus der Loggia füllten die

Ecken aus. Die herbe Süße ihrer Blüten brachte einen frischen Duft in die stickige Luft des Zimmers. Das Fenster war geschlossen, weil der Druck der sanften Frühlingsbrise Lorenzo große Schmerzen verursachte.

Zwei Pflegebrüder vom Kloster Camaldoli saßen auf Hockern am Kopf des Bettes. Sie beteten still und bewegten sich nur, wenn der Arzt sie um Hilfe bat.

Leoni ging vom Fenster zur Tür, dann zum Bett und wieder zum Fenster zurück, unaufhörlich im Dreieck hin und her. Seine kleinen Goldsporen klickten gegen die polierten Tonkacheln des Fußbodens. Er rieb sich seine rundlichen, glänzenden Hände im Rhythmus seiner Schritte, und seine Schultern hingen voller Verzweiflung herab. Bis jetzt hatte er noch geglaubt, Lorenzo würde sich am Ende irgendwie erholen.

Ginevra beobachtete die Qual des kleinen Mannes, fand sie in ihrem Herzen wieder und bemitleidete ihn. Dann wanderten ihre Augen wieder zu Lorenzo zurück.

Er ähnelt einem Olivenbaum, dachte sie. Seine Beine und Arme sind knorrig und gebeugt, seine Haut ist ein lumineszierendes Grau. Sie fragte sich, ob sie ihm sagen sollte, was sie dachte. Der Olivenbaum war das wesentliche Merkmal der toskanischen Landschaft, die er so sehr liebte; viele seiner Gedichte waren Versuche, die Schönheit der silbergrünen Blätter und die Anmut der emporstrebenden Äste dieser Bäume in Worten festzuhalten.

Sie würde abwarten und sehen, ob er wollte, daß sie sprach. Immer häufiger wollte er nur, daß sie da war, wenn er seine Augen öffnete. Das Zuhören ermüdete ihn, und er brauchte seine schwindende Kraft, um Abschied zu nehmen.

Zuerst ließ er Piero kommen. »Du mußt wie ein Vater für Contessina und Giuliano sein«, sagte er. »Und sag Giovanni, daß ich Giulio seiner Obhut übergebe. Er ist der Sohn meines geliebten Bruders und verdient den Schutz der Familie. Bald wird er vierzehn sein, und er sollte die Kirchenlaufbahn einschlagen. Giovanni kann für seine Beförderung sorgen... Wirst du all das tun, Piero?«

»Das werde ich, Vater.«

Lorenzo lächelte seinen närrischen Sohn an. Zum letzten

Mal versuchte er, Piero seine Rolle als Führer der Republik zu erklären.

Ginevra konnte an Lorenzos Gesicht ablesen, daß er wußte, er vergeudete seine Worte. Versuchen mußte er es trotzdem.

Später, als er erneut Kraft zum Sprechen gesammelt hatte, ließ er einen nach dem anderen die alten Männer der Platonischen Akademie zu sich kommen und sprach in dem fließenden und wunderbar melodischen Latein mit ihnen, das nur er sprechen konnte.

Agnolo Poliziano begleitete jeden bis zur Tür, den Arm um die gramgebeugten Schultern der Philosophen gelegt.

»Laß mich bei dir bleiben, Lorenzo«, hatte Agnolo gesagt, und Lorenzo hatte ihm seinen Wunsch erfüllt.

Es war der fünfte April.

Ginevra hörte Stimmen vor der Tür und wollte dorthin eilen, aber Agnolo kam ihr zuvor. Er öffnete sie sanft und trat nach draußen, dann schloß er sie hinter sich.

Lorenzo öffnete seine Augen. »Was ist los, Contadina?«

»Ich weiß nicht. Agnolo wird es uns sagen…«

Während sie noch sprach, kehrte Poliziano zurück, begleitet von einem großen, weißhaarigen Mann in einem teuren, pelzverbrämten Gewand. »Lorenzo«, sagte Agnolo, »der Herzog von Mailand hat dir seinen Leibarzt geschickt. Hier ist Lazaro di Pavia.«

Der Arzt trat an das Bett. Seine zu kunstvollen Greifen geformten Goldsporen krachten gegen die Kacheln. Er blickte in Lorenzos Gesicht. Dann wanderten seine Augen langsam am Körper des Medici hinunter, seine mit Juwelen geschmückte Hand warf das Tuch zur Seite, das über Lorenzos Hüften lag.

Ginevra fuhr aus ihrem Sitz hoch, um ihn wegzuziehen.

»Ich kann diese Krankheit heilen«, sagte Lazaro laut.

Lorenzos schmerzgetrübte Augen weiteten sich, und verzweifelte Hoffnung glomm in ihnen auf. Ginevras Hand flog auf ihr Herz, als ob sie spüren konnte, wie es zerbrach. Sie schaute weg, um ihr sprechendes Gesicht vor Lorenzo zu verbergen, und sah in Agnolos Augen das gleiche verzweifelte

Mitgefühl, das sie selbst empfand. Er setzte seinen ganzen Willen ein, um sich zu einem Lächeln zu zwingen. »Dann werde ich dich allein lassen, während Messer Lazaro mit seiner Behandlung beginnt«, sagte er zu Lorenzo. Rasch verließ er den Raum.

Er wird weinen können, dachte Ginevra. Ich beneide ihn um die Erleichterung. Sie lächelte Lorenzo an. »Lodovico muß dich sehr lieben«, sagte sie.

Lazaro bestellte die Zutaten für die Medizin, die er für die erfolgreiche Heilung benötigte: Perlen, Rubine, Smaragde. Alles andere, sagte er, habe er selbst mitgebracht.

Er überwachte Leoni, während dieser die Edelsteine in einem silbernen Mörser zu Puder zerrieb. Dann bestand er darauf, daß ihm alle den Rücken zudrehten, während er die Zutaten aus seinem Apothekerkästchen aus Sandelholz hinzufügte.

In einem goldenen Becher mischte er das Pulver mit Wein und gab sie Lorenzo zu trinken.

Ginevra starrte mit Entsetzen auf Lorenzo, dem es fürchterliche Mühe bereitete, die Medizin herunterzuschlucken.

Am nächsten Tag wurde die Behandlung wiederholt. Es regnete, und Ginevra flüchtete an die offenen Fenster ihres eigenen Zimmers, um die klare, feuchte Luft einzuatmen und ihren Kopf von der mörderischen Wut freizuwaschen, die sie Lazaro gegenüber fühlte.

Als sie wieder zurückkam, sprach Lorenzo gerade mit Agnolo.

»Warum ist Pico nicht gekommen?«

»Er wollte dich nicht stören.«

»Laß ihn bringen, Agnolo. Sag ihm, er soll kommen, wenn sich der Sturm gelegt hat.« Lorenzos Stimme war sehr schwach.

Pico wirkte in der stickigen Luft des Zimmers wie ein Bündel aus Energie. Wie immer sprach er sehr schnell und mit unüberhörbarem Enthusiasmus. Er tat so, als sei Lorenzo gar nicht krank, als sei der Tod nicht nahe. Lautlos pries Ginevra ihn dafür.

Er und Agnolo diskutierten über Ikonographie. Pico behauptete, die weitverbreitete Symbolisierung der Christusfigur durch den Löwen werde dem Sprecher der Seligpreisungen nicht gerecht. Agnolo hingegen war der Meinung, der König der Tiere sei ein gültiges und angemessenes Symbol für die Wiederkunft Christi als Weltenrichter. Lorenzo schaute während des Gesprächs von einem zum anderen. So lebhaft hatte Ginevra ihn seit Wochen nicht mehr gesehen.

»Der Löwe wird zu häufig verwendet«, erklärte Pico. »Jede Bedeutung, die er haben könnte, wird durch den ständigen Gebrauch dieses Symbols verwässert. Der Löwe ist das Symbol zu vieler Herrscher, zu vieler Staaten. Florenz ist nicht der einzige Staat, der den Löwen gewählt hat. Außerdem ist dieses Tier ein launisches, unzuverlässiges Geschöpf. Gestern während des Sturms schlug ein Blitz in den Duomo ein und brach ein Stück Marmor aus dem durchbrochenen Türmchen. Als es herabfiel, drehten die Löwen in ihrem Gehege durch und begannen, miteinander zu kämpfen. Zwei von ihnen wurden getötet.«

»Wohin fiel das Marmorstück?« Lorenzos Stimme war gebrochen, seine Augen waren vor Sorge verdunkelt.

»Es richtete keinen Schaden an«, sagte Pico. »Nicht einmal die Dachziegel des Domes wurden beschädigt. Es zerschmetterte auf der Piazza in der Nähe der Via Ricasoli, doch wegen des Regens hielt sich dort gerade niemand auf.«

Stöhnend atmete Lorenzo aus. »In Richtung des Medici-Palastes«, flüsterte er. »Ich werde sterben... Agnolo, bring Fra Mariano zu mir.« Seine Augen schlossen sich; sein Gesicht war starr, alles Blut war aus ihm gewichen.

Fra Mariano spendete die letzten Sakramente und sprach die Totengebete.

Doch Lorenzos Leiden war noch nicht vorüber.

Am nächsten Tag wurde die Tür aufgestoßen. Ein Luftzug wirbelte durch den Raum. Protestierend drehte sich Ginevra um.

Auf der Schwelle stand Savonarola. Seine Kapuze war zurückgeworfen, seine Augen blitzten wie grüne Funken über seiner gewaltigen, räuberischen Nase. Seine fleischigen Lippen teilten sich. »Hure«, rief er geifernd, zeigte auf sie und starrte sie an. »Willst du einen Sterbenden mit dir in das ewige Höllenfeuer reißen? Hebe dich hinweg von diesem Ort!«

Ginevras Blick fiel auf Lorenzo. Die Augen des Medici waren geöffnet, ruhig blickten sie auf den fanatischen Feind. Als aber Savonarola mit einer wie eine Keule erhobenen Faust auf Ginevra losging, mischte sich Schrecken in ihren Ausdruck.

Ginevra hatte dem Mönch ihr Gesicht zugewandt, ihre Arme waren ausgestreckt, beschützten Lorenzo vor dem Teufel. Ihr Körper wurde von einem unkontrollierbaren Zittern geschüttelt. Sie erstarrte vor Grauen. »Geh«, sagte Lorenzo.

Der Schlag seiner Zurückweisung ließ sie wanken. Ihre Arme schlossen sich schützend um ihren Körper, um seine Qualen zu bändigen. Sie krümmte sich und stolperte unter Savonarolas Armen hindurch zur Tür.

Poliziano fand sie in ihrem Zimmer auf dem Boden liegend, den Kopf unter den Armen versteckt, die Knie angezogen, um ihren zitternden Körper zu wärmen.

»Ginevra, komm schnell. Er ist dem Ende nahe.«

»Der Teufel?«

»Er ist gegangen.«

»Er hat ihn nicht verletzt..?«

»Natürlich nicht. Er fragte Lorenzo, ob er mit Gott im Frieden sei, und als er ja sagte, gab ihm der Mönch seinen Segen... Komm jetzt. Lorenzo fragt nach dir.«

Der quälende Schmerz fiel von ihr ab, und sie rannte zu ihrem Geliebten.

Lorenzos Augen waren geschlossen. Seine Lippen bewegten sich, die Laute, die sie von sich gaben, waren zu schwach, als daß man sie noch hätte hören können. Ginevra legte ihr Ohr dicht an seinen Mund.

»Con...tadina...«

Das Herz hüpfte ihr in der Brust. »Hier bin ich«, sagte sie ruhig. »Hier bin ich, mein Geliebter.«

»Sing… mich in den Schlaf.« Lorenzos Lider zitterten, konnten sich nicht mehr öffnen. Seine Hand bewegte sich fast unmerklich.

Ginevra ließ ihre Finger in seine Hand gleiten. Liebe verlieh ihrer Stimme Kraft und nahm ihr alle Trauer, als sie die einfachen, alten Lieder aus ihrer ländlichen Heimat sang.

Alexandra Ripley

Ihre Romane leben von der Stimmung und der melancholischen Atmosphäre des amerikanischen Südens und wurden von der Kritik immer wieder mit »Vom Winde Verweht« verglichen.

01/8801

Außerdem erschienen:

Charleston
01/8339

Auf Wiedersehen, Charleston
01/8415

New Orleans
01/8839

Wilhelm Heyne Verlag
München

Drei Namen, eine Autorin:

Victoria Holt - Jean Plaidy - Philippa Carr

Geheimnisvoll. Dramatisch. Hinreißend leidenschaftlich.

Victoria Holt:
Das Schloß im Moor
01/5006
Das Haus der tausend Laternen
01/5404
Die Braut von Pendorric
01/5729
Das Zimmer des roten Traums
01/6461
Die Dame und der Dandy
01/6557

Jean Plaidy:
Der scharlachrote Mantel
01/7702
Die Schöne des Hofes
01/7863
Im Schatten der Krone
01/8069
Die Gefangene des Throns
01/8198
Königreich des Herzens
01/8264
Die Krone der Liebe
01/8356
Die Tochter des Königs
01/9448

Philippa Carr:
Geheimnis im Kloster
01/5927
Der springende Löwe
01/5958
Sturmnacht
01/6055
Sarabande
01/6288
Die Erbin und der Lord
01/6623
Die venezianische Tochter
01/6683
Im Sturmwind
01/6803
Die Halbschwestern
01/6851

Im Schatten des Zweifels
01/7628
Der Zigeuner und Mädchen
01/7812
Sommermond
01/7996
Das Licht und die Finsternis
01/8450
Das Geheimnis im alten Park
01/8608
Zeit des Schweigens
01/8833
Das Geheimnis von St. Branok
01/9061

**Wilhelm Heyne Verlag
München**

Noel Barber

Faszinierende, menschlich zutiefst bewegende Liebes- und
Gesellschaftsromane vor dem Hintergrund bezaubernd
schöner Landschaften.

01/8779

Außerdem erschienen:

Tanamera
01/6893

Eine Liebe in Frankreich
01/7764

Sakkara
01/7849

Koraloona
01/8156

Magari
01/8271

Wilhelm Heyne Verlag
München

Barbara Cartland

Ihr wurde offiziell der Adelstitel verliehen - aber für ihre Leserinnen ist »Dame« Barbara Cartland längst die unbestrittene Königin des romantischen Liebesromans.

Verzauberte Unschuld
Roman

01/8648

Außerdem erschienen:

Wende des Schicksals
01/6961

Mit den Waffen der Liebe
01/7657

Rache des Herzens
01/7759

Die Liebe siegt
01/7901

Irrweg der Liebe
01/7970

Lohn der Liebe
01/8050

Dornen der Liebe
01/8133

Rosen der Liebe
01/8244

Stunden der Sehnsucht
01/8332

Höhenflug der Liebe
01/8409

Wilhelm Heyne Verlag
München